コンラッド文学案内

J.H.ステイプ［編著］
社本雅信［監訳］
日本コンラッド協会［訳］

The Cambridge Companion to
JOSEPH CONRAD

研究社

The Cambridge Companion to Joseph Conrad
edited by J. H. Stape
originally published by
The Press Syndicate of the University of Cambridge

This translation is published by arrangement
with Cambridge University Press.

序

一流作家の例にもれず、ジョウゼフ・コンラッドの作品は、その解釈・鑑賞をめぐって、一大批評産業が作られてきた。しかもコンラッドは世界中いたるところで翻訳にせよ原語にせよ読まれているので、この大量の批評は言語・文化の境界線を越え、容易に予想されるように、フランス語、イタリア語、ポーランド語のみならず、たとえば、日本語やスワヒリ語による批評までがその産業の一翼を担っている。

コンラッドが町の本屋ばかりか学校の指定図書や大学の授業科目においてもほとんどあまねく存在しているということをもってしても、彼の作品が現代文学や現代の経験にきわめて重要な位置を占めていることがわかる。英語に限っても、コンラッドの人生と作品に関して公にされた本、論文、注解は数千点に達するし、学生あるいは関心のある一般読者にこのおびただしい資料へ向かうように指導する案内書でさえ、そのページ数を合計すれば、今や、数千ページにものぼる。

十二編の小論からなるこの本を手にとれば、コンラッドの作品がいっそう易しくなるということではないし、それは不可能であるけれど、この本はコンラッド作品をいっそう身近なものにすることを目標にしている。まずコンラッドの生涯の概観からはじめ、つづいて主要作品についての能動的な読解へと進む。個々の作品、あるいは一群のテクストに充てられた各章は、さまざまなイデオロギー上の問題にたえず目を注ぎながら、形式やテーマに関連することがらを詳説している。作品の背景を考慮に入れるということのような基本的な批評の姿勢によって、読者諸氏は、ときどきその複雑さに辟易《へきえき》してしまうような作品を書き、かつ、自分たち自身とはかけ離れた想像世界と文化的枠組みのなかに生きたように思えることのある作家を、きっと正しく評価できるようになるであろう。それにつづく数章はコンラッドの作品が全体として提起する大きな問題のうちのいくつかを探求している。すなわち、彼の語りの技法に特有な性質、彼と帝国主義との関係やモダニズム文学との関係についての最新の議論、彼の作品が他の作家に及ぼした多様な影響などに焦点が当てられている。最後に掲げた書籍案内ではコンラッド研究の成果と主要な標準的コンラッド批評に関する情報を提供する。

本書は、コンラッドの文化的背景や小説の技法への理解を手がかりに、豊富な知識に基づく正当な評価を下すことに力点を置いている。少なからぬ興味と評言の対象として、作家自身の生涯について考察がなされているのは、そのことで彼の小説の最大の関心事の多くが解明されるからである。こうした関心事は、その性質と範囲において、とりわけ現代的であって、たとえば、個人と個人を取り巻く社会的経済的環境、民族性と多文化的アイデンティティ、言語的対立と疎外、そして帝国と植民地との複雑な相互関係がこれに含まれる。

本書の寄稿者たちが生活し教鞭をとっている国は数ヵ国にも及び、多様な視座からコンラッドを発見し再発見するという仕事に目下積極的にたずさわっている。寄稿者たちが依拠している学術的かつ批評的伝統も多様で、アメリカ的、イギリス的、ヨーロッパ大陸的な方式などいろいろである。また、本書は一九四〇年代から進展してきたコンラッド研究の豊かな遺産を利用し、とりわけ、この二十年間の批評の動向と議論に注目している。

コンパニオン・シリーズのこの一巻がスムーズに完成までこぎつけられたのも、オーエン・ノウルズ博士、ハンス・ファン・マルレ、ジーン・M・ムーア博士、および、ケンブリッジ大学出版局のジョウジィー・ディクソンとケヴィン・テイラー諸氏の寛大なご助言のおかげである。記して感謝の意を表したい。

J・H・ステイプ

目　次

序 / J. H. ステイプ　　　　　　　　　　　　　　　　　　　　iii

第 1 章　コンラッドの生涯 / オーエン・ノウルズ　　　　　　　3

第 2 章　短編小説 / ゲイル・フレイザー　　　　　　　　　　43

第 3 章　「闇の奥」/ セドリック・ワッツ　　　　　　　　　　77

第 4 章　『ロード・ジム』/ J. H. ステイプ　　　　　　　　　106

第 5 章　『ノストローモ』/ エロイーズ・ニャップ・ヘイ　　136

第 6 章　『密偵』/ ジャック・ベアトゥー　　　　　　　　　168

第9章　コンラッドの語り／ヤコブ・ルーテ　　266

第10章　コンラッドと帝国主義／アンドレア・ホワイト　　294

第11章　コンラッドとモダニズム／ケネス・グレアム　　331

第12章　コンラッドが与えた影響／ジーン・M・ムーア　　363

　執筆者・訳者紹介　　巻末 1
　コンラッド略年譜　　巻末 5
　書籍案内　　巻末 11
　日本におけるコンラッド紹介・研究の流れ　　巻末 31
　索引／重要文芸用語解説　　巻末 35

コンラッド文学案内

本文の注において、＊（1）のようになっているのは原注を表す。訳注については〔1〕のようにアステリスクを付けず、また（　）ではなく〔　〕で表す。

第1章

コンラッドの生涯

オーエン・ノウルズ［Owen Knowles］
社本雅信（訳）

コンラッドのもっとも早い時期における自己意識は、幼少期五歳の一八六二年、自分を「ポーランド人、カトリック教徒、紳士」[1]とした表現に見られ、いかにも彼らしく複合的な要素から成るものであった（ベインズ『ジョウゼフ・コンラッド——評伝』一四頁）。一八七四年、青春時代のコンラッドは、ポーランドを逃れ船乗りとしてフランスでいっそう自由に生きる道を選んだので、周囲からは祖国を「裏切る」つもりであるかのように受けとられた。一八七八年には、表向きは依然ロシア臣民であって英語は話せなかったが、すでにイギリス商船に乗り組んでいた。船員仲間から「ポーランド人のジョー」（'Polish Joe'）という愛称で呼ばれたコンラッドは、イギリス商船旗のもとで自己を支える社会的かつ共同体的理念を見つけようとしていた。一九〇四年、すなわち、処女作の小説を発表して九年後には、初期モダニズム時代でもっとも前衛的で実験的なイギリス小説、不朽の『ノストローモ』を出していた。一九二四年八月、カンタベリーで息を引きとったとき、コンラッドはすでに伝説的人物になっていたのである。

ポーランド生まれの「ジョウゼフ・コンラッド」は、一八九五年三十七歳のとき、出版業界で認知された英語作家になったことに自ら驚いたかもしれないが、あれほど桁外れに多様で全世界的な影響を一身に受けたことを考えれば、パラドックスと難解な謎を湛えた小説家になったことはまったく驚くに当たらないことである。人生の多彩で多様な時期をつなぐ論理が、当の本人にもしばしば非常に神秘的に見えたので、彼は繰り返し人生の神秘について話したり書いたりしたときに、それが夢のような「出来事」であったという言い方をしたのである。

　このような人物の人生の記録、とりわけ若い頃のそれは、伝記の伝統的様式の多くに悩ましい難題をつきつける。[*(1)] 彼が創作した人物ロード・ジムと同様に、主体としてのコンラッドが時として視界から長い間姿を消してしまい、その結果、若い頃の数多くの危機、たとえば、幼年期の数々の病気、青年時代の自殺未遂、数々の色恋沙汰は、深い謎に包まれる。主体がほんとうに姿を見せたときでさえ、その姿はしばしばほんの一瞬目に入るだけで、しかもその姿は、うわさ、寡黙、追想、それらに伴う作り話などから成る幾重もの層を通してやっと捉《とら》えれるだけだ。コンラッドの生涯は、明確な輪郭と発展的な時系列で記述を進めたがる伝記作者の企てをくじくので、それを語るためには、創作的な救出作業が必要であると思えることがしばしばある。この作業はコンラッドが自叙伝的書き物、すなわち『海の鏡』と『個人的記録』において採用した自由な小説的手法で過去の出来事を呼び起こすというやり方に近い。この二つの作品においては、真に迫った人生史を描くために、小説と伝記とのあいだに介在するすべての境界が取り払われ、「コンラッドという主体を彼の背後の状況の中に位置づけて顕在化し」、そのことで、「われわれ人間の生そのものであるような出来事」についての印象主義的な描写が生み出されている（フォード『ジョウゼフ・コンラッド——個人的な思い出』序文六頁）。伝統的様式にとらわれた伝記作者は、コンラッドによるこのような描写、あるいはコンラッド以外の人による「コンラッド」に関するこうした描写を非公式で信頼できないとして苦々しく思うかもしれないが、コンラッドの場合には、このような記述法が、時には彼に近づく唯一可能な方法になる。[*(2)] コンラッドの人生の「出来事」を共有した親しい人々の目に映った、以下の二つの印象主義的な描写は、コンラッドに特有な言語的、文化的、文学的位置を紹介するのに役立つかもしれない。

一番目の印象記は、コンラッドの妻ジェッシーによるもので、一八九五年に挙げた風変わりな結婚式と新婚旅行を取り上げ、「母にかわいがられたという記憶がほとんどなく、どのような形にせよ、家庭生活というものをまったく経験したことがない」と思える十六歳年上の孤独なポーランド人とともに、不思議な「共同冒険」に乗り出したとの感想がしたためられたものの中にある（『わたしの知っていたジョウゼフ・コンラッド』二五頁）。ブルターニュへの新婚旅行は、コンラッドにとっては、即座に自身のもっとも生気に満ちた社会的側面を引き出したと思われる国と言語への帰還を意味した。これに対して、英語はこの当時夫婦のあいだで共有する私的な家庭言語で、ジェッシーはフランス語がまったく話せず、すべて夫に通訳してもらっていたので、ブルターニュでは二人ともすっかり「イギリス人」（‘les Anglais’《レザーングレ》）として扱われた。しかし結婚したばかりの夫が急に病気になったとき、言語の違いからジェッシー・コンラッドは二重に疎外感を感じることになった。

> まるまる一週間ものあいだ高熱が続き、その間ほとんどコンラッドは精神錯乱状態にありました。白い天蓋《てんがい》でおおわれたベッドで、夫が黒ずんだ顔をし、かすかに光る歯をのぞかせ、目をぎらぎらさせて横になっているのを見ると、それだけでも十分不安になったものでしたが、聞きなれない言語で（きっとポーランド語を話していたのでしょう）ぶつぶつ独り言を言っているのを耳にしながら、混濁した頭の中に入り込むこともできなければ、はっきり理解できる言葉を一語たりとて聞き取れないということは、若い世間知らずのむすめには、ほんとうにおそろしいことでした。
> （『わたしの知っていたジョウゼフ・コンラッド』三五頁）

この寸描はいくつかの点で人間としての、そして作家としてのコンラッドを眼前に髣髴《ほうふつ》させる。ここには、作家がのちに「エイミー・フォスター」で扱う主題が先回りした形で表現されている。「エイミー・フォスター」は、ケント州の村に漂着したポーランド人を村人が冷遇し、彼とイギリス人の妻とのあいだで言語上の悲劇的な誤解が生じることを中心に展開する短編小説である。この寸描はまた、のちにジェッシー・コンラッドにとってありふれた経験となること、すなわち、夫の著述生活にあっては病気と芸術の創造が永続的に結びついたものであることを前もって示してもいるのだ。いや、もっと重要なのは、この「共同冒険」に関するジェッシー・コンラッドの寸描に接した英語圏の読者が、コンラッドという作家と遭遇することの意味が、この寸描にすでに反響していると感じとることができる点である。すなわち、『オールメイヤーの阿房宮』に関しては、作品発表当時のイギリス人書評家が、「作家はこの物語を一人自分に向かってつぶやいているような想像を読者に抱かせる[2]」と評した（シェリー編『コンラッド——批評の遺産』五八頁）し、『闇の奥』は螺旋的譫妄《せんもう》状態を喚起し、『西欧の眼の下に』はロシアを舞台とし裏切りをテーマとすることでポーランド人の祖先の多数の声を呼び起こすが、ジェッシーの寸描はそうしたことを予示する原型であるということである。ジェッシー・コンラッドの場合と同様、読者がいっそう大きな「冒険」をするためには、さらに、いくつかの言語的・文化的伝統のはざまで奇妙に漂う作家の声に耳をすますことが求められる。コンラッドは、昼間に交わされるイギリス人の声の近くにいる点で「我々の仲間の一人」（'one of us'）となるかと思うと、つぎの瞬間には、境界を横断する能力において著しく動きが軽快であり、しかし肝心かなめのときには、一見明瞭で洞察可能と見える現象のまさしく根底に異議を唱える作家だからである。

二番目の印象記は、フォード・マドックス・フォードの手になるものであるが、フォードが合作者として若い頃〔フォード、このころ二十五歳〕にコンラッドを相手に行った交渉の思い出を語っている。

彼の声は当時とても低く、かなり親しみと愛情のこもったものであった。ゆっくりと話し始めたかと思うと、やがて非常な早口でしゃべり出す。その口調は、はっきり言って、やや浅黒い肌の人のもので、色白の人種というよりむしろ黒人種の口調であった。彼は初め純粋なマルセイユ出身のフランス人だという印象を受けた。英語をとても流暢に明確に、正確な統語法で話し、用いる言葉も意味に関しては正確無比であったが、アクセントの置き方がたいへん間違っていたので、ときどき何を言おうとしているかわからなくなるのだ。（中略）何かを強調して伝えたいときは、両手両肩を用いて話したが、話に夢中になってわれを忘れると、全身を使って話をし、椅子にドテッとからだを投げ出すように座ったかと思うと、その椅子を訪問者の座っている椅子に引き寄せたりした。最後には、すっくと立ち上がり、遠ざかり、部屋の突き当たりを端から端に行ったり来たりしたものだった。

（『ジョウゼフ・コンラッド——個人的な思い出』三四—三五頁）

多くの人が気づいていた、神経過敏というか「神経衰弱」の性格を強調するフォードの感想は、人として作家としてのコンラッドがなぜいつもきまって「捉えどころがなく」「変幻自在である」と考えられるのかという問題を解決するのに興味深い手がかりを与えてくれる。第一に、この描写はコンラッドに対する旧来的なイメージ——その一部はコンラッド自身が助長したのだが——すなわち、二重人間《ホモ・ドゥプレックス》としての、つまり「イギリスとポーランドの両国に原点をもつ」人間としての彼のイメージがもう役に立たないわけを示唆している。ポーランド、イギリス、そしてフランスから受けた感化が、真正に三ヵ国語の、三文化のアイデンティティをつくり上げたのだ。第二に、ジェッシー・コンラッドやフォードが提供する寸描は、人として作家としてのコンラッドが異文化間の通過儀礼をいともたやすく行うことができたと言ってはいない。二人の回想記が示すように、コンラッドを捉える方法はたくさんあるだろう——イギリス人の地方名士《カントリージェントルマン》、フランス人のしゃれ者、「浅黒い」スラブ人、時には、その神秘性ゆえに、「東洋人」と解することもできそうだ。コンラッドの妻によると、そうしたいくつかのものが混在した結果、夫は「エイミー・フォスター」の中心人物のように、いかにも彼らしく、自分を「イギリスにあっての外人」であるように感じることになった、という（『わたしの知っていたジョウゼフ・コンラッド』一二四頁）。

　ポーランドからの亡命者《エミグレ》で船乗りでもあったコンラッドの人生は、全体的に見て、後に雑種的《ハイブリッド》「境界人」というアイデンティティを与えられることになった人に関連づけられる気質を自身の内面に作る方向に向かったようである。「二つの世界で」生きながら「どちらの世界でもよそ者である」境界人は、自らのアイデンティティを自己意識的に作り上げるのにさいして、矛盾しあう雑多な要求と忠誠心に従わなければならない存在である。境界人としての亡命者《エミグレ》すなわち国籍離脱者に関する研究は、コンラッドをいくつかの観点から描きだしている。そのうちのひとつに、第二の故国で馴染めないという意識や疎外感がつづくと、個人は「精神不安定、強度の自意識、不安感、沈滞感[3]」（レヴァイン『曖昧からの逃亡』七五頁）に陥るが、コンラッドもそうなる可能性が高かったとする見方がある。一方の極端では、このような症候群《シンドローム》には裏切り行為の告発を受けやすいということも含まれる。なぜなら、多様な忠誠の義務に忠実を誓うことは、本来的にそうした義務のいずれにも忠実でない外観を呈するからだ。もう一方の極端では、第二の故国における亡命者《エミグレ》のこころもとなさは、受入れ側の文化遺産との関係においては、フォード流の言葉で言えば、外面的「品行方正」へ向かう傾向を助長するかもしれないということがあり、事実、コンラッドの場合、それが大いに起こりがちだった。しかし文化と文化的同一性に対する境界人の相対的な認識は、同時に、いろいろな要素で豊かに構成された個人を作り上げることもあり、このような人は、いくつもの境界線を横断できるまさにその能力によって、いくつかの世界の最良のものを得ることになる。これと関連して第二の故国で国籍離脱者が享受する自由は、受入れ国の文化遺産に対して近づくことと遠ざかるという行為との通常ならざる組合せによって中心をはずれた位置取りが可能であることから生ずる。言い換えれば、国籍離脱者は帰属していながら帰属していない人に特有な強みを持つこともありえるのだ。コンラッドは同胞のポーランド人亡命者に語っている――「海上においても陸《おか》においても私の考え方はイギリス的ではありますが、そのことから私がイギリス人になったと結論づけないでください。事実はそうではないのです。二重人間《ホモ・ドゥプレックス》は、私の場合、二つ以上の意味を持ちます。おわかりいただけるでしょうね」(フレデリック・アール・カール、ローレンス・デイヴィーズ編『ジョウゼフ・コンラッド書簡全集』第三巻、八九頁。[4] 以降、『書簡集』と略す)。文学的観点から、今まで述べてきたことをまとめると、次のようになる。コンラッドは「国民的」なイギリス文学の伝統との関係では周辺的な位置を占めるけれども、そのことによって、彼が伝統を持たない人であると見なすことはできない。それどころか、ポーランド人として、コンラッドは自分が受け継いだ西欧の遺産の広さと歴史的な深さを主張していた。そして、作家として、彼の作品が広く自由なヨーロッパの伝統、なかでもフランスの文学遺産と血族関係にあることを暗黙のうちに告げているのである。*[3]

I

上述の基本的な枠組みに実質を与えるために、大雑把な輪郭であれ、コンラッドの若い頃の生活がどんな「跳　躍《スタンディング・ジャンプ》」の軌跡を描いたかをたどる必要がある。*[4] イギリスの小説家になったコンフッドが生まれたのは、長く帝政ロシアの統治下にあったポーランド領ウクライナ地方のベルディチェフ近郊で、一八五七年十二月三日のことであった。批評家たちは不幸な幼少の数年がブロンテ姉妹やディケンズのような作家に与えた影響をしばしば口にするが、彼らの幼年期に比べると、コンラッドが人生はじめての精神的痛手を被った数年間は、数段も暗く思える。実際、幼年期を振り返って、コンラッドが、この時期を比喩的な意味の「跳躍」を最初に行った時期と考えたことには十分な根拠があった。それも、この場合は、「政治的な圧制にとどまらず、社会生活上の諸関係・家族生活・人間性のもっとも深くにある愛情、そして自然な感情の泉というべきものを侵す圧制」（『わが生涯と文学』一三〇頁）に立ち向かった悲劇的な民族史上の労苦への「跳躍」であった。作家、翻訳家であり、国民的にかなり有力なポーランド愛国者であるアポロ・コジェニョフスキとエヴァ（旧姓ボブロフスカ）とのあいだに生まれた一人っ子として、コンラッドはユゼフ・テオドル・コンラット・コジェニョフスキ（ナウェンチ家系紋章）という込み入った先祖伝来の名前を与えられた。両親はともに、地主階級の貴族すなわちシュラフタ階級に属し敬虔なカトリック教徒であった。とはいえ、二人は政治的伝統と政治的関与の在りようがまったく異なる家柄の出身であった。コジェニョフスキ家は、軍人的・騎士的美徳を積極的に信奉し、民族独立と民主的改革の名において、「モスクワ大公国」のけだものに抵抗する愛国的謀反の伝統を維持したので、一族の土地は当局によって没収されてしまっていた。コンラッドの父の所属政党は革命的「赤軍派」であり、その精神的安息の場は先代のポーランド・ロマン派作家たちが作り上げた国家の苦難と救済にまつわる救世主神話にあった。アポロの息子は、「コンラット」という名によって、アダム・ミツキェヴィッチがドラマティックな詩「コンラット・ヴァレンロット」（一八二八）において悲運の英雄と称えた自由の闘士と結びついている。「コンラット」という名前は、圧政に苦しむポーランドが果たし得なかった歴史的大義や勇気・名誉・自己犠牲をいとわない愛国心といったものを結びつける価値観と一体化しているのである。

　コジェニョフスキ家を相続することがなにを意味することになるかは、コンラッドにははっきりしていただろう。圧制的な独裁政府機関の手にその運命が握られていた家族の一員として幼年期を過ごしたからだ。隔離された土地への流刑、病気と死の絶え間ない脅威、安全な家庭というものの欠如、一八六三年の反乱が失敗した直後につづいた家族と国民の悲劇は、実質上、コンラッドの人生に訪れた衝撃的な出来事の最初のものだった。わずか三歳のとき、両親は地下革命活動の罪で逮捕され、ロシア当局から子供連れでロシアの町ヴォログダ〔モスクワ北方五十キロの都市〕の荒涼とした収容所へ送られた。母は流刑生活の厳しい環境に健康をむしばまれ、コンラッド七歳のとき他界し、つぎの四年間コンラッドはますます憂鬱の度合いを深める父とともに隔離された生活を余儀なくされ、十一歳の時父を亡くした。父を通してコンラッドは救世主の到来を信じる過激な政治的熱情を知ったが、一八六三年の反乱が失敗した後は、修道院的隠遁、凝り固まった強迫観念、そして成し得なかった大義や大切な人たちへの追悼に人生を捧げた個人のありさまをも知ったのだった。コンラッドがのちに述べた観察によると、父親は「非常に繊細な、理想主義的な夢想家で、皮肉《アイロニー》の才能に恵まれた、憂鬱な性質の人だった。そのうえ、信仰心の篤い人であったが、その信仰心も、妻を失くした後は、絶望の入り混じった神秘主義へと退化していった」（『書簡集』第二巻、二四七頁）[5]という。「子供時代」と称するにはあまりにも多難な、この幼少の数年間を構成する要素の中には、のちの作家時代の小説で扱われる寒々とした人間関係や政治状況を否応《いやおう》なしに思い起こさせるものがある。それらの小説は、純粋な理想主義が腐敗し変質して固定観念に陥るさまを繰り返し検討しているばかりでなく、人生を孤独な試練の場として、また「悪夢の選択」（『「闇の奥」その他の物語』二二八頁）として直観的に捉えようとするものだからである。

　幼少年期は困難に満ちてはいたが、この時期は明らかにコスモポリタンな文学的言語的環境に囲まれていたので、コンラッドは創作に手を染め、フランス語をマスターし、なかんずく「すぐれた本の読み手」（『個人的記録』七〇頁）になったのだった。一つには、翻訳家としての父の仕事を通じて、コンラッドは数ヵ国の文学に簡単に近づくことができた――ポーランド文学はもちろん（とりわけ、スウォヴァツキとミツキェヴィッチ）、英文学（バートン、スタンリーを含む探検文学に加えてシェイクスピア、マリアット、ディケンズ）、フランス文学（ヴィニィ、ガルネレ、ユゴー）、スペイン文学（セルバンテス）、アメリカ文学（フェニモア・クーパー）にも接した。コンラッドと父がオーストリア領ポーランドへ戻ることを許されてから、コンラッドがどのような正規の初等教育を受けたかについてはほとんど知られていない。とはいえ、少年がいくつかの病《やまい》――偏頭痛、神経性の病気、癲癇症状――にかかっていたことが、おそらく、教育が不規則なものであったことと、数名の家庭教師の手に教育がゆだねられたことの説明になるであろう。彼がつかみ損ねたものはおそらくほかにもあった（そしてここでも私たちは周辺部に立つ傍観者的個人としてのコンラッドに出会う）。それは、フルタイムの制度的な正規の学校教育に付き物の社会性修得の過程であった。

十二歳で孤児になったことで移住への思いが強まったが、このとき、コンラッドは母方の伯父タデウシュ・ボブロフスキの保護の下に置かれた。伯父の実際的で保守的な人生観は、父の革命家的熱情とは著しく対照をなすものだった。ボブロフスキの考えによると、ボブロフスキ家は伝統的に「白軍派」につながる開明的保守主義の信条を支持し、最終的にポーランド自治を達成する手段として、「現実的な」政治的調停と政治的妥協の道を探ってきたというのだ。自分もアポロと負けず劣らず愛国心が強いと考えるボブロフスキは、「我々の立場を冷静に判断し、伝来の夢物語を捨て、この先何年をも見通した国家目標計画を作り、何よりもまず、精一杯働き、辛抱し、厳しい社会規律を守る必要がある」（ナイデル編『一族の目に映じたコンラッド』三六頁）と主張した。このとき、コンラッドは、妥協の接点を見出しえない相反しあうものから自己を作り出す最初にして重大な修練に遭遇したのである。自分は開明的保守主義の、りっぱな「労働」倫理を受け継ぐ人間なのか、あるいは伯父がよく言うように、コジェニョフスキ家特有の、危険なほどにバランスを欠くロマンティックな過激行動に走りやすい若者なのか。コンラッドのこれ以降の生き方に関する証言から推察するかぎり（ボブロフスキは一八九四年に亡くなるまで甥の人生を遠くから監視していた）、これに対する解答はついに明確になりえず、実際、コンラッドが自分自身を二重人間《ホモ・ドゥプレックス》として、すなわち、革命主義と保守主義の伝統、騎士道精神と平等主義の伝統、ロマン主義と実用主義《プラグマティズム》の伝統との間をさまよう人間として認識する一因となったようだ。しかし、後のコンラッドの語るところによれば、この当時下したある決断によって、一つの断固たる拒絶が、すなわち、一家が代々受け継いできた信仰を捨てるという出来事が起きている――「私は十四のときからずっとキリスト教、キリスト教の教義、儀式、祝祭が嫌いだった」（『書簡集』第二巻、四六八頁）[*(5)(6)]。

一八七二年、コンラッドの人生でもっとも遠い将来にまで影響が及ぶ変化の一つを暗示することが突如として起きる。それは少年期の読書によって育《はぐく》まれた「冒険」であるかもしれないが、イアン・ワットが示唆するように、「回復できない国家的・個人的損失の記憶に満ちた故国においてコンラッドがなじんでいた一切のものにきっぱりと別れを告げる」抑えがたい衝動に根ざす冒険であった（『十九世紀におけるコンラッド』五頁）と考えるほうがよいだろう。十五歳から十七歳にかけての時期、コンラッドは海に出たいとの欲求を何度も口にして、後見人の伯父を驚かせた。それは海などほとんど存在しない国に住む者には理解しがたい衝動で、親類の多くからは、愚かしいほどドン・キホーテ的（非現実的）であるとか、言語道断といって良いほどに「愛国者としての務めに背くもの」であるというように受けとられたらしい（ナイデル編『一家の目に映じたコンラッド』一四一頁）。若者は粘り強く意見を主張し、一八七四年ロシア政府発行のパスポートで船乗りになるためマルセイユへと旅立つ。裏切り者という非難がたびたび返されてきてコンラッドを苦しめ、またそうした非難は彼の小説を一種の贖罪の「告白」として読もうとする後の精神分析的解釈において大きな意味を持ってくるのだが、彼は非常にしっかりした現実的な理由からポーランドを出たのであった[*(6)]。政治犯の息子ということで、コンラッドはロシア軍で二十五年間の軍務を背負わされる可能性があった。そのうえまた、フランスに向けての旅立ちは、彼の一族ばかりか彼自身にとっても前例のないことと見えたかもしれないものの、十九世紀のポーランドからの移住といういっそう広い文脈のなかにそれを置いてみることも重要である。十九世紀初頭において、パリがポーランドの国外移住者による文筆活動の確立した中心地となっていただけではない。それ以上に意味のあることは、一八七〇年から一九一四年にかけて、二五〇万人のポーランド人が「新世界」へ移住し、五十万人が西ヨーロッパに定住したという事実である。

一八七四年にコンラッドがたぶん大きな喜びをもって見つけたものは、社会的、文化的、ボヘミア的興奮に満ちた活気あふれる国際都市であり、ここで、「子犬は目を開き」「人生」が始まったのだった（『書簡集』第三巻、二四〇頁）[7]。コンラッドは、大人への通過儀礼を経験するきわめて重大な人格形成期をマルセイユで四年すごしたが、その滞在は忘れようもなくロマンティックで神話にも似た成人儀式であったばかりか、精神を鍛えあげる数々の失望をもたらした儀式であったにちがいない。「子犬」がこの時期に行っていたことの多くがいまだに不明であるのは、この数年間についての主要な情報源が、興味が尽きないほど自叙伝が作り話や神話と混在しているコンラッドの後期小説『黄金の矢』であることによる。これは、スペインのカルロス党員〔ドン・カルロスおよび彼の子孫の支持者〕のために武器の密輸入に関係し、恋愛沙汰の末、決闘に傷つく青年を主人公にした小説である。しかしながら、小説に描かれた出来事のなかには、一八七八年タデウシュ・ボブロフスキがマルセイユで「負傷した」甥の看護に当たるために呼び出されたときに知ったと思われる事実に照らして、再検討を要するものがある。ボブロフスキのかなり散文的な記述によれば、フランス籍の船での地位をめぐる幾多のいざこざ、計画された密輸遠征の財政破綻、そしてモンテ・カルロでの軽率な賭博などを経たあげく、さまよえる若者はマルセイユにほとんど一文無しで戻ってきて、自らピストルで胸部を撃ったらしい。「彼は悪い若者ではない。ただきわめて繊細で、うぬぼれが強く、控えめで、そのうえ激しやすいだけだ。要するに、私は彼の中にナウェンチ家のあらゆる欠点を見つけたのである」（ナイデル編『コンラッドのポーランド環境』一七七頁）。この時期の証拠文書の多くは内容がはっきりせず矛盾点も目に付くが、コンラッドの自殺未遂は自らの命を絶とうとする真剣な試みというよりは本質的には援助を求める必死の訴えであったことを示しているように思われる。

一八七八年という年はさらにもう一つ急な方向転換が行われた年でもある。フランス国籍の船で働くことが許されなくなったコンラッドは、この年、イギリス商船と初めて接触し、ほどなくその伝統の中にアイデンティティと天職意識を求めるようになったからである。海の生活が急速にロマンを失くし（コンラッドはやはり一人の船員として、もう一つ別の大義の消失、すなわち帆船の世界の終焉と切っても切れない関係にあった）、後に雇い主や船長の幾人かと意見が合わず衝突するようになったが、イギリス商船を通じて、コンラッドは「ここそわが家《ホーム》」との思いを強くしていくことができるような社会的伝統へと導かれたのである。忠誠と連帯という価値観、階級社会、そしてイギリス商船旗が象徴する由緒ある伝統や労働原理の規約を軸に共同生活を営む「兄弟たち」が、家族代わりになった。こうしてこのあとコンラッドはイギリスの生活へと入っていく。それはたぶん少年時代のフランスに向けての旅立ちほどには思い切った行動ではなかったにせよ、やはり重要な出来事であったことに変わりはなく、詳しく語ることは不可能なほど波乱に満ちたものだった。コンラッドが後年出した自叙伝的書き物は、イギリス生活への同化過程を、イギリスと英語が自分をいわば同志と見なしてただちに「養子縁組」にしてくれた事例として、とかく美化し神話化しがちである。しかし本当のところは、イギリス生活への同化は遅々としていて不安定なものだった。すなわち、まず言語習得があり、つぎに数回の海員試験があり、ロシア国籍からの離脱を経て、一八八六年、二十九歳のときにイギリスへの帰化が認められたのである。しかしながら、わたしたちは、コンラッドは二十一歳まで英語を知らなかったようだという、実に驚くべき事実と向かい合わないわけにいかないし、さらには、それから十五年の間、なお船乗りを続けながら英語で物語を執筆し始め、それから五年間は世界中その物語を肌身離さず携え、ついに最初の小説を発表するに至った、というささやかな奇跡を認めないわけにいかないのである。

　コンラッドの船乗り生活の後半部における重大な転機は、一八九〇年のベルギー領コンゴへの精神的外傷《トラウマ》を負った訪問である。この時、体調不良がずっと後々まで残る肉体的精神的な衰弱を体験したことにより、コンラッドは、陸《おか》で新しい生活を始める可能性に気づかされたようだ。一八九四年、ついに陸地で永住の居を定め、カリブ海、極東（ヨーロッパを中心とした見方で、アジア東部の太平洋に面した地域を指し、日本・中国・朝鮮・タイ・ミャンマー・マレーシア・インドネシア・ベトナム・フィリピンなどを含む）、アフリカ、オーストラリアなど、当時辺鄙な地域とされた世界のすみずみへ足を運んだ二十年におよぶ海上生活に終止符を打つ[*(7)]。こうした彼の体験には独創的な小説を生み出す豊かな潜在力があるとして、ヘンリー・ジェイムズは後年、「君が知っているさまざまなことを――知的に使いこなせるように――知り得た者は誰一人いない」と感嘆の声を発することになる（ジャン＝オーブリー編『ジョウゼフ・コンラッドに宛てた二十通の手紙』一二頁）。コンラッドの処女作『オールメイヤーの阿房宮』は、一八九五年、作家としては比較的遅い年齢、三十七歳のときに出版された。翌年、コンラッドはジェッシー・ジョージと結婚し、エセックス州テムズ河近くの田舎に居を構えた。それからの三十年間、「ジョウゼフ・コンラッド」という筆名で特定される作家の驚くほどに多産で精力的な生涯が出現し進展することになった。

　こうした人生上の特異な素材が、当然のことながら心理分析を得手とする文芸評論家としてのジェイムズを引き付けたとするなら、同時にそうした素材は、ある伝記作者の言葉を借用すれば、「我々を代表するモダンな人間であると同時にモダンな芸術家」（カール『ジョウゼフ・コンラッド――三つの生』前付序文一四頁）の感性の青写真を示していると言ってもいいだろう。しかしいくつかの点で、コンラッドの示す例は、ある類型に基づきながらも特異な変奏を聞かせるものである。それというのも彼の人生は裏切りという汚名、言語上の転換、変幻極まりないコスモポリタン的影響を経て、必然的に自己の支えとなる社会的、知的な伝統を探し求めることを土台として発展したものだったからだ。そのうえ、後にして思えば、コンラッドの生き方は、家族・宗教・国の網から逃れて、より自由な亡命芸術家を天職として奉じたジョイス的生き方に似ているようだが、その発展のパターンは、コンラッドの場合、もっと不規則で不確かなものである。海上勤務の確固たる規範に基づく仕事と、文筆という潜在的に無秩序な領域を中心とする仕事の二者択一に迷ったコンラッドの成人期は、ジョイスほどの確たる天職意識をもって展開してはいない。さらに彼の場合、文筆家の人生を受け入れることに伴い、必然的に母語からはるかに離れて第三言語を選択せざるをえなかったのである。

II

コンラッドの文筆生活は通常三つの期間に分けられる。一八九六年に終わるマレー小説を主とする初期の短い期間、一八九七年から一九一一年にかけての円熟期、そして多くの評論家が二期に分ける多様な後期小説群の期間——一九一一年から一九一七年にわたる過渡的な著作の時期と一九一八年から一九二四年の死にいたる晩年の衰退期である[*(8)]。コンラッドの「徒弟期間」と一般に呼ばれている短い期間は、すでに分別盛りの年齢に達し同時に子供の頃から文才を発揮していた作家が、ほぼ初めてづくしの文芸文化の内側で定着を求めた最初の行為といったほうがいっそう適切であろう。一八九八年まで作家生活に入るか海上生活へ戻るかでコンラッドは迷っていたという意味で、この定着化は初めのうちは試験的なものであったにしても、船のデッキから書き物机への移動が永続的になりそうな好ましい兆しも数多く存在した。

　駆出しの作家にしては、コンラッドはとりわけ幸運で、早くから文学通の友人やコネにめぐまれた。彼らは、コンラッドがしばしば頼りにした数多くの私的な支援グループのうちの最初のグループを形成した。このグループのひとり、評論家・原稿審査係・文学的人材の養成者であるエドワード・ガーネットは第一級の実力者であった。Ｔ・フィッシャー・アンウィン社の原稿審査係として、ガーネットはコンラッドの最初の小説を出版するのに貢献しただけでなく、およそ一九〇〇年までコンラッドの執筆途中の作品に対する親身の助言者、「創作力のある」読者として、また出版された作品をきちんと読んでくれる書評家として、いつもコンラッドの身近にいる存在だった。のちにノーベル賞受賞作家となったジョン・ゴールズワージー、コンラッドがトレンズ号で会ったパブリック・スクールの教師エドワード・サンダーソンもまたこのきわめて重大なときにコンラッドの支援にやってきた。このほか一八九七年には米国作家ヘンリー・ジェイムズとスティーヴン・クレイン、スコットランドの社会主義者であり作家でもあるＲ・Ｂ・カニンガム・グレアムと出会い、この出会いからコンラッドは友情の確証を得ただけでなく、（駆出しの作家にとっては友情におとらず重要な）精神的な支えとなる文学的、知的な仲間意識をも得たのである。

　幸先のよさを感じさせるもう一つの兆しは、コンラッドの最初の長編小説の二編『オールメイヤーの阿房宮』と『島の流れ者』に対する批評が、概して、駆出しの作家にしてはこれ以上望むべくもないほどに好意的であったということである。彼は当時の一流作家中の二人、Ｈ・Ｇ・ウェルズとアーノルド・ベネットに文学上の支持者を見出したうえに、いくつかの根拠から自分を評論家の秘蔵っ子と見なすことができた。[*9] 外見的には、極東を舞台にしたコンラッドの初期作品は、ロバート・ルイス・スティーヴンソンとラドヤード・キプリングが創造した異国風の小説に対する好みに合致し、多くの批評家はコンラッドをそうした作家と同列に位置づけた。もっとうれしいことには、作家生活初期の批評家たちの中には当時のイギリス小説とコンラッドがいかに違うかを強調したがる人もいて、一連のフランス作家、なかでもユゴー、ロティ、ゾラを引き合いに出すことを好んだ。このような反響に接して、コンラッドは、真剣さを増していく芸術的野心を犠牲にしなくても一英語作家として身を立てていける余地がありそうだと感じたに違いない。

　しかし、一八九六年の終わりには、不吉な気配がいくつか漂いだしていて、この蜜月期間が終わりそうであることを告げていた。「救助者」——やがて執筆を断念することになる小説——を書き上げようと長いあいだ必死にあがいた末に、コンラッドは将来を懸念してつぎのように記した。「ああ、残念！　純朴な愚か者のごとく、沈着かつ大胆に、『オールメイヤーの阿房宮』を書いたあの晴れ渡った日々は過去のものになってしまった。私は日に日に世俗に染まっていく。そしてますます確信をなくしていく！」（『書簡集』第一巻、三一九頁）[8]。将来の試練に対するこうした予感と並行してさらに厳しい現実認識もあった。ヴィクトリア朝末期における出版市場の競争社会では、好意的な書評がなされたからといって、必ずしも商業的成功が保証されはしなかったからである。

III

　芸術家としての信条を述べた有名な序文が付いている『ナーシサス号の黒人』（一八九七）は、コンラッドが円熟期に入ったことを示す記念碑的作品である。この作品が特に興味深いのは、読者層を広げようとする中で、自身の非常に豊かで多様な伝統と必然的に折り合いをつけることになった作家のすがたを示しているという点である。このことは、ストーリーが奇妙に錯綜し絶え間なく変化を続けるうちに完結するということに現れている。『ナーシサス号』の献辞はガーネットに捧げられているが、そのガーネットの提言に従って、コンラッドは商業的に期待が持てる「イギリス的」な題材としてはじめて海洋小説を選ぶことを決断したのだった。しかし、このストーリーのイギリス的要素それ自体が不安定な性質を帯びている。海とナーシサス号の乗組員集団の描写を通して、コンラッドはイギリスへ来る動機づけになったこの上もなく強い精神的絆のいくつかを暗に肯定してみせる。

しかし、これとは対照的に、この物語中の慎重に考え抜かれたイギリス的特色は、時に脆《もろ》くぶざまなほど借り物でできていて、それはロンドンっ子ドンキンの描写にあたりコンラッドが物語早々に通俗的英語を使ったり、一般大衆向けの海洋物語に見られる感傷的愛国主義を模倣化したりしている点に見出される。さらに、この作品は『ニュー・レヴュー』誌上に掲載予定の作品であったから、『ナーシサス号』が下しているイギリスの社会・政治に対する解釈は、編集長の闘争的トーリー党員W・E・ヘンリーの意向に沿おうとするコンラッドの努力に影響されており、『ニュー・レヴュー』誌の男性的で、反感傷的で、少数支配体制的な立場を見習おうと努めたことの結果であると言ってほぼ間違いないであろう。

　写実的描写法の実験を試みた『ナーシサス号』は、その細部の多様性と豊かさにおいて成功している作品である。いくつかの典型的な場面でつくり上げられたイギリスらしさも、いくつかの文学的遺産と文化的痕跡が妙に複雑に編み込まれたもののなかの一本のより糸にすぎない。たとえば、ウェイトがある時ドンキンに「なれなれしくしないでくれ。(中略)おれたちゃ、いっしょに豚を飼ってた仲じゃないんだ」(『ナーシサス号の黒人』二三頁)と言う時のように、チラホラ散在するポーランド語法によって、この作家の言語的ルーツが英語とは別のところにあることがわかる。しかし全体にわたるより強い影響は、この物語がフランス語の文学的な文体と根底で関連しているところに見出すことができる。原文中のおびただしいほど多くの借用語句は、コンラッドが敬愛するフランス作家たちと彼が近い関係にあったことを示す興味深い証拠となっており、フランス語の原作を「英語化する」のが彼の習慣であったことをいくらか証明するものである。[*10] さらにまた『ナーシサス号』の文体は、フランス作家であれば「美しいページ《ラ・ベル・パージュ》」と称するものにコンラッドが魅了されたことを示唆し、フランスの新ロマン主義の散文に特有な華麗なレトリック、イメージ喚起力の強い文体、流れるようなリズムを、すぐれた技量によって、英語で再現したものである。このように、『ナーシサス号』は、コンラッドが作家として「媒介者」的立場にあったこと、つまりこの場合は、彼がイギリスの読者層との関係で自分の立場をはっきりさせ始めた、円熟期の開始点にあったことを驚くほど明らかにする実例になっているのである。

一八九八年から一九〇二年までの数年は、困難に満ちた成熟過程におけるきわめて重要な形成期にあたり、外面的には彼の人生が家庭化し社会化していったように見える時期をなす。コンラッドは一八九八年に最初の息子が誕生すると同時に家庭人となったが、この年、コンラッド一家はケント州ハイズ近くのペント・ファームに引っ越し、以後この家に半永久的に居住することになる。一八九八年という年は、ラファエロ前派の画家フォード・マドックス・ブラウンの孫息子、フォード・マドックス・フォードとのあいだで以後十年にわたるコンラッドの友情が始まった年にあたる。そのうえコンラッドはフォードと合作をする取決めもし、一九〇五年までにはフォードが「言ってみれば終生変わらない習慣」(『書簡集』第三巻、二八七頁)[9]のように思える存在になっていく。一八九八年までに、コンラッドはさらに有名な出版社と文芸誌『ブラックウッズ』の創業者の孫にあたるウィリアム・ブラックウッドという人物を、新しいパトロン兼父親代わりとしていた。ブラックウッドはこの一八九八年から一九〇二年までの四年間ずっとコンラッドの著作の主要な発行者の役を務めた。出版という商業界との関係におけるコンラッドの立場は、作家代理人Ｊ・Ｂ・ピンカーと署名契約した一九〇〇年に初めて正式のものになり、ここにこの先二十年、友人・気前のいい銀行家・父親代わり・雑用係といった多くの役をこなしたピンカーとの付き合いが始まったのだった。

しかしながら本当のところこの時期は、次のおよそ十年間にコンラッドの作家生活を苦しめることになるきびしい困難の数々にはじめて足を踏み入れた時期に相当するのである。意気阻《そ》喪《そう》し動揺をきたした様子が、この時期における彼の書簡の大部分に見てとれる。作家業とは、ファウスト的契約の苦難と、重荷を上に運び上げはするが山頂に着くたびに重荷が下に転がり落ちてしまい最初からまたやり直さなければならないと知るシシュポス

（ギリシャ神話に出てくる、貪欲なコリントの王。地獄で重い岩を丘の上に上げる仕事を課せられたが、岩は必ず転げ落ちるので、その苦役は果てることがなかった）の果てしない試練の積み重なりであることにコンラッドが気づく過程が手紙にありありと表現されているのである。これらの書簡は、コンラッド自身が書いた控えめな自伝的回想録『個人的記録』とは大いに異なる「個人的記録」として、コンラッドの創作過程の煩悶がどんなものであったか、また、手に余る題材、おそろしい鬱病、不安定な気質上の衝動と格闘する作家の努力がどんなものであったかを理解するうえで貴重である。たえまなく見舞われる挫折感の原因の一つは、生粋《きっすい》のイギリス人作家を支える文学的言語的伝統から自分は抜錨《ばつびょう》されて孤立し疎《うと》んじられているという意識からきている。これとおなじ類の危機意識が、著述遮断《しゃだん》（作家が心理的要因と大脳生理学的要因から文章が書けなくなること。「スランプ」）や「インク壷《つぼ》に対する恐怖」（『書簡集』第二巻、五三頁）[10]、あるいは自分にはテキパキと物事を処理できない夢想癖があるという思い込みから生じた。そして結局このような創作上の試練は、現実の、あるいは心身相関的な疾患となり、コンラッドは小説を書き上げた途端に身体的精神的衰弱に近い状態に陥ったのだった。

　こうした創作過程が形となって現れたものが、コンラッドがのちに「逃走《ラン・アウェイ》」小説（一九二四年二月二十二日付、ジョン・ゴールズワージー宛の手紙にrunaway novelという表現が使われている。ジャン＝オーブリー編『ジョウゼフ・コンラッド——伝記と書簡』第二巻、三三九頁参照）と呼んだ小説である——すなわち、もともと短編小説として構想していたものが、原稿を一束ずつゆっくりふくらまし、複雑にし、合体させるうちに最終的には予想範囲をはるかに超え原稿締め切り期限からもはみ出してしまったというような作品である。こうした小説の最終的な形が主題自体の内的要求からどの程度決まったか、また創作行為によって動き出す気質上の衝動によってどの程度決まったかを判定することは、おそらく不可能であろう。しかしこうした創作過程の苦しみによって、『西欧の眼の下に』（を含む）までのコンラッドのほとんどの長編小説の完成が伸び伸びになっていったという事実は変わらない。じっさい、こうした創作の中断と出発との反復は、コンラッドにあっては、創作リズムの中断というよりは創作のリズムになぜか不可欠な条件であった、と結論づけることができる有力な根拠がある。別の言い方をするなら、　見したところ好ましくないさまざまな障害から、どんなに苦しい思いをさせられても、コンラッドは生産的で気力を奮い立たせる勢いを作り出していたのである。

　一八九八年から一九〇二年までの数年間、すなわち、コンラッドがのちに『ブラックウッズ』期と名づけた時期の主要な成果は、イギリスでの文化的帰属意識やイギリス人読者層と折り合いをつけるべく苦闘したもう一つの重要な時期を代表するものである。この数年間は有名な語り手マーロウの出現と結びついている。マーロウは世紀の変わり目におけるコンラッドの三作品、「青春」「闇の奥」『ロード・ジム』の実験的性質を決定づける存在だ。マーロウの進化はあまりに複雑でここで探究することは不可能であるにしても、マーロウが曖昧な境界線に対するコンラッドのこだわりをいかなる点で満たしているか、そのいくつかを指摘することは有益である[*11]。マーロウが一つにはイギリス的自己とイギリス的声を見つけなければならない作者の必要から生まれたとすれば、ジョン・ゴールズワージーがかなり以前に述べたように、「名前はイギリス人だが」、マーロウは「性質はイギリス人ではない」(「コンラッド回顧録」[11] 七八頁)というのも本当かもしれない。ゴールズワージーの念頭には、マーロウは「平水夫」からたたき上げたまともなイギリス人船長として生き生きと表現されてはいながら、不意打ちを受け、異議を唱えられ、ついには微妙に異なる二者択一のはざまで宙吊り状態になってしまうという法外な癖を持つマーロウ像があったのだろう。もう一組の曖昧な境界線は、読者をじらし続ける語りの技法の可能性から生じるもので、これはマーロウが聞き手に向かって語るという形式と密接に結びついている。マーロウは枠構造の話し言葉による物語、つまり当時の『ブラックウッズ』誌に載った物語のあいだで人気の高かった語りの手法を持ち込んだ。コンラッドはこの枠構造を作るに際してイギリス人の語り手と聞き手を配置したが、初めのうちこそ主観を排した公平《ディタッチメント》さと安心とが期待されたにしても、ほどなくこの二つはともに錯覚であるとわかる。枠は、マーロウが「まともな」イギリス人の聞き手たちにうまく真意を伝えられないために複雑化したり、悪夢のように異国的なものの侵入によって不安定化したりする。そのうえ、このような冒険談の話し言葉の特色は、いっそう理解しやすい「書き言葉」の表現様式の使用を禁じていないところにあり、それどころか、意図的に二つの言葉を並置した部分がマーロウの登場する物語の主要部分になっている。こうしたことに加えて、境界線をどこにどのように引くかというマーロウ的な関わり方が明らかに示しているのは、コンラッドの側に、中心から外れた自らの立場を小説の中に組み入れようという新しい野心が生じてきたということ、そして、「イギリス人らしさ」の概念を持ち出すにあたっても、作家とイギリス人読者との間で取り交わされる契約関係を複雑化する場合があってもよいという洗練された意識がコンラッドに生まれてきたということなのである。比喩的に言えば、両者間の契約は多くの細字部分〔契約書の本文より小さな文字で印刷された、見落としやすいが重要な注意事項〕といくつかの隠れた付記条項をもつ契約書であることが判明するのだ。

一九〇二年はコンラッドが筆力の伸長を実感したことから始まった。「私はモダンです。だから私は、円熟期にはともに少しひもじい思いをしなければならなかった音楽家ワーグナーと彫刻家ロダンを思い起こしてみたいのです。(中略)彼らもまた名を残していますが、〈新しい〉がゆえに苦しまなくてはなりませんでした。そして私もすぐれた先輩たちの後塵《こうじん》を拝しつつ自分の席を見つけたいと願うのです。ただし、それは私自身の席でなければならないのです」(『書簡集』第二巻、四一八頁)[12]。この手紙のあとに書かれた小説、『ノストローモ』『密偵』『西欧の眼の下に』は三作とも、主題や実験的技法の面で危険なほどの大胆さを持っている。エドワード七世時代〔一九〇一—一〇〕に執筆されたこれらの作品に見られる顕著な変化は、コンラッドの描く個人が船上生活によって与えてもらえそうな庇護をもはや有していないことである。個人は言うなれば陸に引き上げられ、めまぐるしく変化し、よそよそしい、現代の政治機構と思しきものの気まぐれに振り回される社会に取り込まれるのである。一八九〇年代には、意義深い言葉、ヴェルトポリティーク（直訳すれば「世界政策」）が生まれていた。この言葉は初めドイツの対外政策を言い表すために造られた言葉であったが、その後もっと一般的に、先進工業国間で展開された帝国主義支配を目ざす公然たる運動と、その結果起こった攻撃的民族主義の拡大とを意味するようになった。コンラッドの作品は、当時のたいていのイギリスの小説とは違い、暴力的で攻撃的な〈世界政策〉が個人の生活に及ぼす略奪的影響を見事に描き出しているように見える。そのうえ、これらの作品では、語り手としてのマーロウは姿を消し、それと同時に、「われらの」代表者として語ってくれる中心的な人間探究者がそばにいることから得られる安心感もあらかた消える。『ノストローモ』とか『密偵』のような小説では、マーロウの代わりに多種多様な中心人物、さまざまな孤立した意識、そして全能の作家の声が存在する。この声は非人間的な世界について論評するが、時々、それは、その世界と同じくらい冷たく非人間的であると思われることがある。そのため、この一群の小説は、自己と世界との関係は基本的に矛盾をはらみ皮肉で自家撞着的な性質を持つと考えている点で、冷酷かつ過激な作品である。これらの小説に単一のジャンル上の特徴があると言えるとしたら、それは悲劇的笑劇《ファース》の特徴と非常に似ているということだ。

　コンラッドの作家活動において文学の新しさと苦悩とが密接に結びついたものであったことは、一九〇二年以降、創作にあたって彼が経験したかずかずの試練や止めどなく増えた借金に痛ましいほどに明らかである。『ノストローモ』を仕上げた後、彼はこの小説に関してどのような「仕事」を成し遂げられたのか自信を持てずにいた。それははじめ短編小説として意図されたものだったが、二年にわたってどんどん長くなっていき、この作品の創作の苦しみを打ち明けたおびただしい手紙の中で、コンラッドは、作家には目隠しされた綱渡り師のイメージがある、一歩足を踏み外せばすべてが失われる、と書いた。『西欧の眼の下に』は、一九〇七年にはほんの六週間で完成させる予定であったが、「長く付きまとって離れなかった」（『書簡集』第四巻、一四頁）[13]ある主題の促しに応えるうちに、苦しい創作の仕事は二年以上におよんだ。こうしたいくつもの困難の裏には、出版者に対する彼の立場が変わったことから生じる新たな問題がひそんでいた。ブラックウッドとの絆を断った時点で、コンラッドはきわめて貴重な形の私的な支持と庇護を失ったのだった。その結果、一定の契約書を用意し、締切り厳守を求め、売れる原稿をとせきたてる急成長のエドワード七世時代の出版業界の市場に入らざるをえなかった。このような市場での生き残りにコンラッドは向いていなかった。なにしろ、着想をあたためるのに膨大な精力、時間、生活費を費やさなくてはならない一種の実験小説に打ち込んでいたからである。急速に増える借金の問題を解決するためにとった彼の方策の一つは、代理人の大きな好意にすがり、自分が将来受け取る原稿料と印税を担保に多額の金を借りる、というものだった。依頼人の増えつづける借金をものともしない代理人ピンカーの辛抱強さは特筆に価したが、それとてコンラッドがときどき出したと思われる要求に応えられるほど無限であるわけではなかった。一九〇四年には経済的にさらに多くの重荷を背負ったので、コンラッドは自分の時間を作るために文筆生活を作品に真剣に取り組む場合と売れ筋の原稿を書く場合の二つに分けることを余儀なくされるようになった。一方で、実験小説を執筆し、他方では、より市場価値のある素材を選ぶというような事態にますます追い込まれていった。たとえば、『ノストローモ』の出版の後、『密偵』の執筆に着手する前年の一九〇五年という年はまるまる短編小説や雑誌的な売れる素材をすばやく仕上げるのに当てられている。平たく言えば、コンラッドは、一九〇四年以降は数個のボールを空中であやつるインド人の曲芸師に似ていたと言える。そのようなわけで、『ノストローモ』執筆中の一時期には、昼間は小説を書き、夜はフォードに回想記を口述筆記させたり、以前書いた物語から一幕ものの劇をやっつけ仕事で仕上げたりしたものだった。

　丸十年にわたりこのような重圧が一点集中的にしだいに強さを増したことを考えれば、『西欧の眼の下に』がどうして崩壊を連想させる小説になったかある程度わかるが、これには一九〇九年に小説が完成したときのコンラッド自身の健康上の崩壊だけでなく、もっとも親しい支援者の二人、ピンカーとフォードとの関係の崩壊も絡んでいるのである。しかし、一番大きな破壊的圧力は、苦しみ長引く執筆の仕事中ずっとコンラッドを攻撃し「付きまとって離れなかった」この小説の主題がもつ力から出ていたことは間違いない。小説の中心人物、ラズーモフは、孤独なロシア人学生で、私生児で、幼い頃に孤児になったという経歴の人物であるが、非情なほど専制的なロシアで生活し勉学をしている。ラズーモフはそんなロシアをたった一人の親のように考え、努力によっては人生で期待できる唯一の報酬を獲得できるだろうと思っている。彼の生活は学友ではあるが革命論者のハルディンの突然の出現によって危険な状況に一変する。ラズーモフはハルディンを当局に密告し、そのためその後に経験する彼の試練はロシアの政治的亡命者たちの社会集団のなかで展開する。ジュネーヴのそんなグループの中に、死者ハルディンの妹ナターリアがいて、そのためジュネーヴはラズーモフにとって良心の呵責に苛まれる異郷の地であり、善と悪の二重生活の場であり、贖罪探究の舞台でもあるのだ。

このようにかいつまんで小説の内容を紹介しただけでも、その主題が、ポーランドに生まれ、幼年期を救世主神話を奉じ革命をめざす伝統に囲まれて過ごし（小説ではハルディンによって表されている）、青春期には裏切り者という非難にたびたび立ち向かい（それはラズーモフの試練という形で屈折し反響している）、最後には「立派な」イギリスの作家になった（たぶん、イギリス人語学教師の語り手に茶化し気味に表されている）人物の最深部の感受性を刺激しないではいなかったことがうかがわれるだろう。主題の選択がコンラッドに提示した課題は、単に一地域内での共感の行き場の衝突を扱うだけではなく、彼がポーランド人として受け継いだものの最底辺部に潜む不安を探求し、二重人間《ホモ・ドゥプレックス》として構築された自らのアイデンティティを探求するきっかけをもたらしもした。[*(12)]　この小説に付けたコンラッドの序にもあるように、ロシア的なものを扱う決断には、彼が継承した信念の正しさを疑って見る必要が高まり、かつてないほど大きくディタッチメント（感情や偏見からの超越）が求められた。しかし、ディタッチメントを保とうとする姿勢は常に試練にさらされていた。というのは、ロシア作家フョードル・ドストエフスキーと『罪と罰』の作品世界と激しく対話しつつ、なんとかそれらを否定しようというこの小説の試みからは、もう一つコンラッドに強烈に「まとわりついて離れない」ものが感じられるからだ。

「なんとしても表に出さなければならない」（『書簡集』第四巻、一四頁）[14]主題という重荷をおろす行為には深刻な外部崩壊が二つ伴った。一九〇八年、フォードとの十年来の友情が崩れだした。一つにはフォードの無秩序な私生活によって引き起こされる心痛をコンラッドが嫌ったためであるが、職業作家としての両者の違いがしだいに大きくなっていったためでもある。これと時を同じくして、コンラッドとピンカーとの関係も崩壊に向かっていた。コンラッドに締切りを守らせ、それによって一定の原稿枚数に応じた額の金を払おうと考えた作家代理人の計画は、『西欧の眼の下に』の制作途中ですべて挫折していた。一九〇九年十二月、コンラッドのピンカーへの借金が二七〇〇ポンド（今日では、少なく見積もっても十万ポンドに相当する）に達したとき、ピンカーもついに堪忍袋の緒が切れ、『西欧の眼の下に』を二週間以内に仕上げないかぎり、今後金を前貸しすることはできないとの最後通牒《つうちょう》を発した。コンラッドは初め原稿を火の中に投げ込むぞとおどしたが、怒りが起爆剤となったためか、猛烈な勢いで作品を完成させ、原稿をロンドンで手渡すと、ピンカーと激しくけんかをし、それがもとで二人の仲は二年間冷え切った。家に帰るとすぐ、コンラッドは精神的にも肉体的にもひどい衰弱をおぼえて倒れ、三ヵ月寝込んだ。ジェッシー・コンラッドは病身のコンラッドを次のように記している。「あそこもここも、痛い、のどがどうした、舌がどうした、頭がどうのと愚痴ばかり（中略）かわいそうに、あの小説が毎日の生活から離れないのです、ずっととりとめもなく話し、お医者さんとわたしがグルになって、あの人を精神病院に入れようとしているって言い張るのです*[13]」

IV

「どういうわけか自分で自分を粉々に打ち壊してしまったみたいな気がする」とコンラッドは一九一一年に記した（『書簡集』第四巻、四〇七頁）[15]。この言葉は、この後二、三年間に彼の出す手紙に見出される新たな、しかし周期的に繰り返される一節の章句、すなわち自分は全盛期を過ぎ、作家生活の苦闘に疲れ、書くことがなくなったという述懐を先取りするものだ。思いがけない偶然の一致というしかないが、コンラッドは、作家としての仕事が「達成から衰退」をたどったとするその後の多くの文芸評論家や伝記作者たちの説の要点を先回りして述べていたのである。この説は一九五七年に発表されたトマス・C・モーザーの研究で大きな説得力をもって論じられているが、それによれば、コンラッドの主要な作品は一八九七年から一九一一年の期間に生み出されていて、その後の作品は気力の減退と消耗のため質が落ちたという。まず、愛や男女間の性的関係に絡む「性《しょう》に合わない主題」を取り上げて能力をすり減らしたために、作品は急に衰えて行き、それから、物事を単純化して「断定」する傾向も進行して、ついに後期小説群は疲労困憊状態に陥った、というのである。

最近の評論の多くはこの説に異議を唱え、この説の根幹的な精神分析的仮説に過度の単純化がときどき行われているのではないか、またコンラッドの後期小説はいくつかの意味合いから視点を変えて評価する必要がありそうだと指摘している。このような議論は歓迎すべきではあるが、議論の正しさを完全に証明するには、後期小説から内的な証拠を集めるだけでなく、晩年、身辺整理のために広く創作以外の方面で動いたコンラッドの行動様式をも考察する必要がある。コンラッドの人生において一九一〇年から一四年の間に起きた三つの重要な変化から、この期間が決定的な分岐点にあったことがわかる。

第一に、一九一〇年以降コンラッド自身が身体的にも創作上でも痛ましいほど疲労を感じていたとの証拠がある。当時の彼の手紙はひどい疲労感を繰り返し訴えている。それは、自身に対する絶えまない「神経性のいらだち」(『書簡集』第四巻、四八七頁[16])という形で内面に現れる場合もあれば、長い休筆期間という形で外面に現れる場合もあった。コンラッドは、病気になったり、疲れを押し切って創作活動をがんばったあと鬱《うつ》状態に陥ったりして、休筆を余儀なくされたのだった。一九一三年バートランド・ラッセル[17]へのコンラッドの切実な告白には、「表層で生き、作風を変えたい[18]」という願望と同時に、「書くことに飽き飽きしたし、やるだけのことはやったと感じているが、その一方で、なお書き続けてあのことをもう一度言っておかなければいけない」との感想も含まれている(クラーク『バートランド・ラッセル伝』二二二頁)。これは創作上の倦怠と「あのことをもう一度言っておかなければいけない」との強迫衝動が連動していることを示しているが、一九〇九年以降に書かれたコンラッド作品の多くに、しばしば過去への回帰意識が潜んでいるのはこの連動によるのかもしれない。あたかも以前に成し遂げた達成を取り戻そうと努めるかのように過去の方式を繰り返す傾向は、『陸と海の間《あわい》に』と『潮路《しおじ》の中に』を構成する中・短編小説のほとんどで東洋に関する主題と冒険物語《ロマンス》の手法に回帰している点においてだけでなく、一九一四年の『運命』でマーロウを復活させている点においても、まちがいなく歴然と表れている。第一次大戦後、以前の領域を再訪したいというこの衝動は、小説の素材となった若い時代のロマンスの世界へ、いわば帰巣《きそう》本能に導かれるようにして回顧的に帰還していくことによってますます激しさを増し、なおいっそう顕著になった。職業作家としてやり残している仕事がないことを確かめるためでもあるかのように、コンラッドは、ずっと以前に手がけながら完成させていない企画を『救助』と『サスペンス』という形で復活させ、『勝利』と『密偵』を再び取り上げて演劇用に脚色した。

　第二に、一九一〇年のコンラッドの衰弱は、古い友だち仲間が消えて次第に若い崇拝者仲間が集まりつつあった時期とおおよそ一致している。そんな崇拝者の中に、将来、コンラッドの最初の評論家になる人がいた――スティーヴン・レノルズ、アンドレ・ジッド、バートランド・ラッセル、リチャード・カール、ジャン＝オーブリー、ヒュー・ウォルポールがそれである。彼らの援護はコンラッドの評判を強化するのに実効があったが、〈コンラッド「まさに驚嘆すべき」偉人〉という伝説の創造にすぐさま貢献する純粋な英雄崇拝を伴ってもいた。このような伝説のお蔭で、一九一四年のコンラッドによるポーランド訪問は、自国の有名な息子であり国際的に名の通った作家が錦を着て故郷に帰ることのように受け止められるまでになっていて、疲弊したコンラッドも喜んでこうした伝説を演じ通したことを示唆する証拠が残っている。

　第三の重要な変化は、コンラッドが財政的安定に向かっていたことと、「一般読者」が彼になにを望んでいるかを、おそらく、落ち着いて感じ取れるようになったことである。『運命《チャンス》』は大衆受けし商業的にも成功を収めた。小説をハッピーエンドにするためにコンラッドが行ったいくつかの変更はもちろん、彼がこの小説に関して「これは大衆受けする可能性《チャンス》がありそうな作品だ。作品は全体を通して一人の娘を取り上げ、初めから一貫して女性一般を話題にしている」＊(14)と述べた言葉も、この小説を連載した『ニューヨーク・ヘラルド』紙と本を発行したF・N・ダブルデイの両者が展開していた精力的な宣伝キャンペーンの意図とほぼ一致する。ちなみに、ダブルデイはこの時点ですでにアメリカにおけるコンラッドの出版権を買い取っていて、一九二三年にはコンラッドのために全米宣伝ツアーを念入りに企画することになる。

　第一次世界大戦中にコンラッドが刊行した主要作品は『陰影線』一編のみで、この時期、孤独なコンラッドは単調で創造力に欠ける「病的な無気力」〔19〕状態に陥った（ジャン＝オーブリー編『ジョウゼフ・コンラッド——伝記と書簡』第二巻、一六三頁）。この無気力にさらに拍車をかけたのが、従軍中の息子ボリスに対する心配と、戦争に協力するために若干の政治的宣伝用の短い記事を書くことぐらいしかできない自身の無力であった。こうした悪条件がすべてそろったとき、コンラッドは、数年間の戦争で崩壊したヨーロッパは、コンラッド自身の悪夢のような崩壊の言葉を映しだす鏡だ、と感じるようになった。一九一七年五月、彼はエドワード・ガーネットに宛てた手紙で自身を次のような言葉で表現した。「僕はわが親愛なる友である君と同じだ。砕かれ——二つに引きちぎられ——ばらばらになってしまった。自分を正常に機能させられない、十分に集中できないのだ。ひょっとして戦争のせいだろうか。それともコンラッドは終わった、というだけのことか」（ガーネット編『ジョウゼフ・コンラッドからの手紙』一九八頁）。終わってしまった、大変動が生じたというこの感じは、彼の妻の言葉を借りると、「戦争が今までになく強烈に夫の若い頃の悲劇的な生活を思い出させ、（中略）死ぬまでの長い期間あの人は故国の呼び声を感じていました」（『わたしの知っていたジョウゼフ・コンラッド』一六頁）という事実によっていっそう強まっていた。しかし、これとは別の資料には、創造力を奪われたという感じは、文学活動全般に波及した戦争の強い影響力によるものであることが述べられている。「こんな時に、やれ本が、小説が、出版が、と言うのは、ほとんど犯罪にも等しい不謹慎なことのように思えます。この戦争が悪夢のようにわたしの枕もとに付きまとって不安でならないのです。眠っているときも気が滅入り、目を覚ましたときも安心できません」（ジャン＝オーブリー編『ジョウゼフ・コンラッド——伝記と書簡』第二巻、一六八頁[20]）。

　こういう戦時の感想は「達成から衰退」論争における広範な背景の一部を成している。コンラッドの悲しげな嘆きは当時の人心を反映していて、十九世紀にしっかり根を張っている旧世代の作家たちが共有したものである。というのも、彼らは無力でなにも活動できない立場で戦争を耐え忍び、そのことを自由主義の良心の包括的敗北であると感じていたからだ。ヘンリー・ジェイムズもコンラッドに同調し、同世代の人々の気持ちを代弁している。

> 戦争のおかげで言葉はすっかり疲弊してしまいました。言葉の力は弱まり、自動車のタイヤのように劣化し

てしまいました。ほかの無数の物と同じように、言葉もこの半年でかつてないほど酷使され、手荒く扱われ、好ましい形を奪われ、今や私たちは言葉すべての価値の低下に、換言すれば、言葉の弱体化による表現の喪失に直面しているのです。いったい、「亡霊」と化した私たちの言葉にどれほどの力が残っているかと思わざるを得ません。

（「ヘンリー・ジェイムズへの第一回インタヴュー」四頁）

ジェイムズは一九一六年に死去し、したがって、「亡霊」として生き残ることはなかった。ジェイムズより数年長生きしたコンラッドは、ますます「酷使され、手荒く扱われて」いるように感じた。折しも、彼と同世代の文学者が、いっそう若いグループ、エリオット、ジョイス、パウンド、ウルフといった、その作品が戦後モダニズムの新しい局面を象徴するような作家たちにまさに道を譲ろうとしている時代であった。

　コンラッドの最後の十年間においても、マイケル・ミルゲイトによる作家生活の幕引きに関する研究のなかで、作家の「遺言書づくり」とか、あるいは作家の終盤戦とか名づけられたものの一つのパターンが展開している様子がわかる。ミルゲイトによると、作家は、死が近づいていることに気づいたとき、「晩年に到達した審美的知覚力、道徳的識別力、創造的な選択力が、作家生活の初めの頃に支配的であったものとどんなに大きく異なろうとも、これらの力をはっきり映し出している作品と自己に対する解釈を、意識的にも、無意識的にも後世に押しつけようと」試みる（『遺言書づくり』四頁）。コンラッドは一九二二年になってはじめて遺言書を作成したが、一九一八年にはすでに、ジャン＝オーブリーの言葉を借りれば、「自分が終わりに近づいているという考えにとりつかれ、未来に向けて身辺整理をしておきたいと思った」という（『海を夢見る人』二七四頁）。こうした情況では、創作活動は（今ではその大半が口述によるものだった）、この世に別れを告げ未来との調整を図るという重要な行為の二の次になったかもしれない。たとえば、晩年の十年間、作家が後世の人々に自分を合わせようとしたことは非常にはっきりしていて、インタヴューを受け、自身の肖像画や彫像を作ることを許したし、一九二三年のアメリカ訪問のときのように、公開朗読会や公開スピーチの誘いに応じた。さらにほかの点でも、彼は成長をつづけるコンラッド産業に快く参加したようで、原稿を売却し、自作の本に署名をし、収集家市場向けの限定版小冊子の刊行に同意し、増加の一途をたどる目の肥えた評論家たちとの対話に積極的に加わったりした。

　多大な時間を費やしてコンラッドが最後の十年間に行ったもう一つの活動は、全集の刊行を通して未来の読者のためにしっかりした正典《カノン》を用意しておくことであった。早くも一九一三年には、F・N・ダブルデイがこのような全集の可能性を切り出し、アメリカ版を基にした選集をイギリスではハイネマンから共同出版することについて、早急にコンラッドの同意をとりつけていた。この計画全体を遂行するために、コンラッドは、ヘンリー・ジェイムズが長編、中・短編小説を収めた有名な〈ニューヨーク版全集〉を準備するにあたってとった方針にならった。比較的初期の版本に手を入れ、散り散りになった折々の書き物を過去から寄せ集め、各巻ごとに「作者覚書」を書き、広告の手配をし、本の体裁についてじっくり想を練ったのである。皮肉なことに、晩年のある時期になって、初期小説の異国情緒の幾分かを復活させる気になった作家コンラッドは、ダブルデイにこんな指示を出していた。

> この全集は完全に独自性のあるものであってほしい。どんな特別な象徴やしるしをも帯びさせたくはない。私は海洋作家以外の何かであり、たぶんそれ以上の何かだ――いや、熱帯作家ですらない。大体において異国風作家であるというのでさえない。もっとも、はじめのうち評論家諸君はどうも私をそんな範疇《はんちゅう》の一つに分類したがってはいたが。しかしもはやこれは真実ではない。私は何かそれ以上に偉大な、とまでは言えないとしても、少なくとも、それ以上に大きい何かである、と今では認められている。[*15]

時をほとんど同じくして、コンラッドは、作家としてこれまでに行ったすべての仕事が、アンドレ・ジッドの編集になるフランス語訳を通じて再現されつつあることを知った。この選集の仕事にも、彼は自ら関与した。この仕事のほとんどすべてにコンラッドが関わったということには、自身の博物館が作られていく様子を楽しそうに見物し、展示品の選択に際して館長的な役割すら果たしていることにも似た意味合いが含まれている。名誉学位やナイト爵位を授与する話が出たときには、それを断っていたが、コンラッドはノーベル賞というさらにいっそう輝かしい賞を望んでいた。彼の人生で最後に行ったことの一つは、遺言書づくりである。すなわち、比較的初期の共有著作物[21]に関してフォードと一緒に仕分けを行い協議の上解決したことである。その後ほどなく、一九二四年八月三日、長年にわたる精神的緊張と健康不良が響き、コンラッドは六十六歳で心臓発作のため逝去した。

　コンラッドの晩年についてこれまで提起されてきた問題の力点の置き所を変えて、健康不良と老齢による非常に多くの困難にもかかわらず、彼が死ぬまで文学者としての人生を貫いたのはなぜかと問うた時、いくつかの答えが考えられる。一つには、コンラッドは、晩年、ひどく契約に縛られた作家で出版契約を履行するために仕事をした、ということがある。もう一つには、妻や息子たちのために経済的な安定を与えたいと願った、ということがある。それ以上に重要なのは、彼は晩年になっても、作家の駆出しの頃と基本的に同じ姿勢を保っていたと見なすことが可能であることだ。ジョイスやイェイツと同様、コンラッドが自らの芸術家像を説明するにあたって借用するのは、常にプロメテウス的イメージであった。芸術創造の名のもとに神々と格闘し、生涯をかけて作品を制作することで後世の人々にとっての叙事詩的な記念碑を打ち立てようと英雄的な努力をするのが芸術家だというものである。早くも一八九六年、コンラッドは芸術において達成不可能な「完全」への渇望を口にし、このようにつづけた――「私は大かがり火のように燃え立ち、燃え尽きて一ペニーの糸心ローソクのかすかな光を放つ覚悟だ――たとえそれだけのものでしかなくとも」(『書簡集』第一巻、三一九頁)[22]。このようにひとひねりした自己卑下はいかにもコンラッドらしい。しかしこの言葉に込められた英雄的野心は隠しようがなく、大胆不敵さ、自己犠牲、純粋なひたむきさも言外に示されている。ズジスワフ・ナイデルの巧みな指摘のとおり(『ジョウゼフ・コンラッド――年代記』四九二頁)、『放浪者』の巻頭の題辞《エピグラフ》として使われ、コンラッドの墓石に彫りつけられたスペンサーの『妖精の女王』からの詩行、「労苦のあとの眠り、荒れ狂う波浪のあとの港/戦いのあとのくつろぎ、生のあとの死は大いなる喜び[23]」は、この詩の元々のスペンサーの文脈を無視すれば、ある種の適切さを有している。しかしながら、スペンサーの詩でこの言葉を口にするのは「絶望巨人」であり、巨人が「赤十字の騎士」に自殺するようにしきりに誘うも無益に終わるという内容である。この文脈は、〈最後《ウスク》の《アド》最後まで《フィネム》〉[24]重圧のもとで勇気を奮って抵抗したという言外の意味も含めてこそ、ジョウゼフ・コンラッドにとってきわだってふさわしいものに思われる。

原注

(1) カールの「コンラッド伝記における解決困難な三領域」は、コンラッドの一生(いくつかの生き方)がコンラッドの伝記作者や通常の伝記スタイルに投げかける課題に関して、刺激的な論を提示している。おびただしい数のコンラッドの伝記に関する手引きについては、巻末の「書籍案内」を参照のこと。

(2) レイ編『ジョウゼフ・コンラッド――対談と回顧』は、家族、友人、作家仲間たちによるコンラッドのさまざまな人生段階での彼に関する印象記や思い出話を集めた魅力的な書である。

(3) コンラッドとヨーロッパ大陸の密接な関係は、当然のことながら、いままで大いに評論家の注意を引いてきた。ワット『十九世紀におけるコンラッド』は、ヨーロッパ文学、ヨーロッパ哲学がコンラッドの初期小説にどのような影響を与えているかを綿密に探っている。より専門的な研究のなかでもっともすぐれているものに、エルヴエ『ジョウゼフ・コンラッドのフランス的側面』、ブッシャ「コンラッドのポーランド文学的背景」、バーマン「コンラッドとロシア入門」がある。

(4)「跳躍」という言葉は、自身がポーランドを去ったときの様子を伝えるコンラッドの叙述の中に現れる——「私と国籍と祖先を同じくする少年で、その民族的な環境と結びつきから、いわば、跳躍して出て行った例は、私が唯一であったと確信している」(『個人的記録』一二一頁)。

(5) レスター『コンラッドの宗教』は、コンラッドの小説で西欧の宗教と東洋の宗教が果たす役割だけでなく、コンラッドの宗教的背景に関して包括的な説明を行っている。

(6) 一九三〇年に出版されたモーフの先駆者的研究『ジョウゼフ・コンラッドのポーランド遺産』は、コンラッドの「外国人コンプレックス」に関する最初の精神分析的探究である。モーフによると、コンラッドの一生は、自身の遠い過去を引きずりながら展開し、ポーランド国家の大義に背いたことに対する罪の意識に絶えず苦しんだという。彼はコンラッドのすべての小説を「告白」として、すなわち、象徴的で遠まわしの表現によって「裏切り」を正当化し、償いをしようとする努力として探究する。モーフの中核を成す考えは、バーナード・C・マイヤーを含む後の評論家の幾人かに受け入れられている。ただし、マイヤーは精神分析的方法をコンラッドの人生と小説に適用し、モーフを超えたかなり先にまで進んでいる。

(7) アレン『ジョウゼフ・コンラッドの海上勤務年間』は、コンラッドの海上勤務に関する包括的な、ただし必ずしも信頼できるとはかぎらない記述を行っている。シェリー『コンラッドの東洋世界』と『コンラッドの西洋世界』は、コンラッドが小説中で自分の海上での経験をどのように想像力豊かに用いたのかを教えてくれる。

(8) ワッツ『ジョウゼフ・コンラッド——文筆生活』は、作家としてのコンラッドの生涯の形成と進展とに関する研究である。

(9) シェリー編『コンラッド——批評の遺産』は、コンラッドに対する評判が生存中に高まっていく過程を詳しく調べると同時に、当時の評論やエッセイを広く収録している。

(10) カーシュナー『コンラッド——芸術家としての心理学者』(二〇〇—五頁)を参照のこと。カーシュナーは『ナーシサス号』にモーパッサンから借用したものが数多くあることを認めた最初の評論家であった。

(11) ワット『十九世紀におけるコンラッド』の中のマーロウに関する章(特に二〇〇—一四頁、二一三—四一頁、三一〇—三八頁)は、語り手の進化と機能を考察するのにすぐれた出発点を提供する。ヴィダン「『ブラックウッズ』との文脈におけるコンラッド」は、マーロウの語りと一八九〇年代の『ブラックウッズ』の読者がもつ一般的な「期待の地平」との関係を探究したものである。〔訳注——期待の地平（horizon of expectation）——受容理論の術語。読者集団が持つ思想・感じ方・通念の背景的網状組織のことで、これを通して対象作品を知覚する。このような地平はたえず変化をするから、読者の作品に対する解釈は時代が違えばまったく異なる解釈を下すことは避けられない〕

（12）この本の第7章でキャラバインは、相対立する声と解釈規準が『西欧の眼の下に』の表現形式におよぼす効果を論じている。

（13）ジェッシー・コンラッドからアリス・ローゼンスタインに宛てた一九一〇年二月六日付の手紙、ハーヴァード大学ホートン図書館所蔵。

（14）J・B・ピンカーに宛てた一九一三年四月六日付の手紙、ニューヨーク公共図書館バーグ・コレクション所蔵。

（15）ジョン・クウィンに宛てた一九一六年五月十九日付の手紙、ニューヨーク公共図書館手書き部門（Manuscripts Division）所蔵。

訳注

〔1〕五歳数ヵ月のコンラッドを写した写真の裏に、コンラッドの筆跡で、「牢屋に入っているかわいそうなお父さんにケーキを贈るのを手伝ってくれた大好きなおばあちゃんへ。ポーランド人、カトリック教徒、紳士。一八六三年七月六日。コンラット」と記されている。

〔2〕月刊文芸雑誌『ブックマン』（一八九一—一九三四）の一八九五年九月号に掲載された無署名の書評の一部。

〔3〕括弧内の引用語句は、境界人が苦しむ特徴的な症候群として、アメリカの社会学者ロバート・E・パークが挙げたもの。それをレヴァインが自著に借用したものである。

〔4〕一九〇三年十二月五日付、カジミェシ・ヴァリシェフスキ宛の手紙。

〔5〕一九〇〇年一月二十日付、エドワード・ガーネットに宛てた手紙。

〔6〕一九〇二年十二月二十二日付、エドワード・ガーネットに宛てた手紙。

〔7〕一九〇五年五月八日付、ジョン・ゴールズワージーに宛てた手紙。

〔8〕［一八九六年］十一月二十一日付、エドワード・L・サンダーソンに宛てた手紙。

〔9〕一九〇五年十月二十日、H・G・ウェルズに宛てた手紙。

〔10〕一九〇三年八月二十二日、ヘンリー・デュランド・ダヴレイに宛てた手紙。

〔11〕一九二四年コンラッドの死後、ゴールズワージーの書いた非常に感覚の鋭い死亡記事。

〔12〕一九〇二年五月三十一日付、ウィリアム・ブラックウッドに宛てた手紙。

〔13〕一九〇八年一月七日付、J・B・ピンカー宛の手紙。

〔14〕一九〇八年一月七日付、J・B・ピンカーに宛てた手紙。

〔15〕一九一一年一月十二日付、エドワード・ガーネット宛の手紙。

〔16〕一九一一年十月十六日［または二十三日］月曜日夜、ノーマン・ダグラスに宛てた手紙。

〔17〕ラッセルはオットリーン夫人の紹介で一九一三年九月にケント州のキャペル・ハウスにコンラッドを訪れた。この最初の出会いで、二人は互いに強い影響を受けた。九月の終わりには、今度はコンラッドがケンブリッジにラッセルを訪れている。その後、コンラッドが亡くなる間近まで、二人の間で何度か書簡の往復があった。

〔18〕コンラッドがラッセルに打ち明けた告白は、コンラッドに会ったときの模様をラッセルがオットリーン夫人宛に書いた報告文にある。「私は（中略）物事を徹底的に見つめて一見事実と見えるものより深層部のまさしく根源にまで降り立つということが、あなたの作品の特徴であると彼に告げた。コンラッドは私が彼を理解したと感じたようだった。（中略）やがて、できれば表層で生き作風を変えたいと思うようになった、恐ろしくなってきた、と彼は述べた。その瞬間の彼の目は、彼が常に戦っていると思われる内的な苦痛と恐怖を物語っていた。次に彼は、書くことに飽き飽きしたし、やるだけのことはやったと感じているが、その一方で、なお書き続けてあのことをもう一度言っておかなければいけない、と言った」

〔19〕一九一四年十一月十五日付、ゴールズワージー夫妻宛の手紙に見られる表現。

〔20〕一九一五年一月二十八日付、ミセズ・ウェッジウッド宛の手紙。

〔21〕二人の合作『相続者』と『ロマンス』は将来コンラッド作品の全集に入れ、フォードの全集には入れないこと、その見返りにフォードはコンラッドに入る印税の半分を受け取ることができ、二作品のフランス語あるいはその他のヨーロッパ語による翻訳が発行されたときは、それらの権利と印税はすべてフォードに帰属することで協議が成立した。――*The Oxford Reader's Companion to Joseph Conrad* による。

〔22〕 一八九六年十一月二十一日付、エドワード・L・サンダーソンに宛てた手紙。
〔23〕『妖精の女王』第一巻九歌四〇連より。
〔24〕ウスクアドフィネム（*usque ad finem*）——コンラッドが好きな言い回し。このラテン語表現は、『ロード・ジム』第二〇章で、シュタインがマーロウに夢を追い求めることの大切さを述べる箇所にも用いられている。

引用文献

Allen, Jerry. *The Sea Years of Joseph Conrad*. Garden City, NY: Doubleday, 1965; London: Methuen, 1967.

Baines, Jocelyn. *Joseph Conrad: A Critical Biography*. London: Weidenfeld & Nicolson: New York: McGraw-Hill, 1960. Reprinted. Penguin Books, 1971.

Berman, Jeffrey. ‘Introduction to Conrad and the Russians’. *Conradiana* 12.1 (1980), 3–12.

Busza, Andrzej. ‘Conrad’s Polish literary background and some illustrations of Polish literature on his work’. *Antemurale* 10 (1966), 109–255.

Clark, Ronand W. *The Life of Bertrand Russell*. London: Cape and Weidenfeld & Nicolson, 1975.

Conrad, Jessie. *Joseph Conrad as I Knew Him*. London: Heinemann; Garden City, NY: Doubleday, 1926.

Conrad, Joseph. ‘The Crime of Partition’. *Notes on Life and Letters*. 1921. London: Dent, 1970, pp. 115–33.

The Nigger of the ‘Narcissus’. 1897. Ed. Jacques Berthoud. Oxford: Oxford University Press, 1984.

‘Heart of Darkness’ and Other Tales. Ed. Cedric Watts. Oxford: Oxford University Press, 1990.

‘The Mirror of the Sea’ and ‘A Personal Record’. 1906 and 1912. Ed. Zdzisław Najder. Oxford: Oxford University Press, 1988.

Ford, Ford Madox. *Joseph Conrad: A Personal Remembrance*. London: Duckworth; Boston: Little, Brown, 1924.

Galsworthy, John. ‘Reminiscences of Conrad’. In *Castles in Spain and Other Screeds*. London: Heinemann; New York: Scribner’s, 1928, pp. 74–95.

Garnett, Edward, ed. *Letters from Joseph Conrad, 1895–1924*. London: Nonesuch; Indianapolis: Bobbs-Merrill, 1928.

Hervouet, Yves. *The French Face of Joseph Conrad*. Cambridge: Cambridge University Press, 1990.

James, Henry. 'Henry James's first interview'. *New York Times Magazine*, 21 March 1915, pp. 3–4.

Jean-Aubry, G. *The Sea Dreamer: A Definitive Biography of Joseph Conrad*. Tr. Helen Sebba. London: Allen & Unwin, 1957.

Jean-Aubry, ed. *Twenty Letters to Joseph Conrad*. London: Curwen, 1926.

Joseph Conrad: Life and Letters. 2 vols. London: Heinemann; Garden City, NY: Doubleday, Page & Com., 1927.

Karl, Frederick R. *Joseph Conrad: The Three Lives—A Biography*. New York: Farrar, Straus, and Giroux; London: Faber & Faber, 1979.

'Three problematical areas in Conrad biography'. In *Conrad Revisited: Essays for the Eighties*. Ed. Ross C. Murfin. University: Alabama University Press, 1985, pp. 13–30.

Kirschner, Paul. *Conrad: The Psychologist as Artist*. Edinburgh: Oliver & Boyd, 1968.

Lester, John. *Conrad's Religion*. London: Macmillan, 1988.

Levine, Donald M. *The Flight from Ambiguity: Essays on Social and Cultural Theory*. Chicago: University of Chicago Press, 1985.

Meyer, Bernard C. *Joseph Conrad: A Psychoanalytical Biography*. Princeton, NJ: Princeton University Press, 1967.

Millgate, Michael. *Testamentary Acts: Browning, Tennyson, James, Hardy*. Oxford: Clarendon, 1992.

Morf, Gustav. *The Polish Heritage of Joseph Conrad*. London: Samson Low, Marston, 1930; New York: Richard R. Smith, 1931.

Moser, Thomas C. *Joseph Conrad: Achievement and Decline*. Cambridge, MA: Harvard University Press, 1957. Reprinted. Hamden, CT: Archon Books, 1966.

Najder, Zdzisław. *Joseph Conrad: A Chronicle*. Tr. Halina Carroll-Najder. New Brunswick, NJ: Rutgers University Press; Cambridge: Cambridge University Press, 1983.

Najder, Zdzisław, ed. *Conrad's Polish Background: Letters to and from Polish Friends*. Tr. Halina Carroll. London: Oxford University Press, 1964.

Conrad under Familial Eyes. Tr. Halina Carroll-Najder. Cambridge: Cambridge University Press, 1983.

Ray, Martin, ed. *Joseph Conrad: Interviews and Recollections*. London: Macmillan, 1990.

Sherry, Norman. *Conrad's Eastern World*. Cambridge: Cambridge University Press, 1966.

Conrad's Western World. Cambridge: Cambridge University Press, 1971.

Sherry, Norman, ed. *Conrad: The Critical Heritage*. London: Routledge & Kegan Paul, 1973.

Vidan, Ivo. 'Conrad in his *Blackwood*'s context: an essay in applied reception theory'. In *The Ugo Mursia Memorial Lectures, University of Pisa, September 7th-11th* 1983. Ed. Mario Curreli. Milan: Mursia International, 1988, pp. 399–422.

Watt, Ian. *Conrad in the Nineteenth Century*. Berkeley: University of California Press, 1979; London: Chatto & Windus, 1980.

Watts, Cedric. *Joseph Conrad: A Literary Life*. London: Macmillan, 1989.

第2章

短編小説

ゲイル・フレイザー［Gail FRASER］
田中賢司（訳）

I

芸術形式としての「ノベル（長編小説）」にコンラッドが魅了されていたことは、フォード・マドックス・フォードなどが残した文書で十分証明されているが、コンラッドは自身の長めの作品を呼ぶのに滅多にその語を使わなかった。副題では、彼の長編小説のうち六つを「はなし」（tales）、一つを「物語」（story）と称し、語りのフィクションという古風で広い範疇を重視した。書簡においても、コンラッドは短編小説と長編小説との区別をつけたがらず、両形式とも「物語」と呼んだ。[*1] ジャンルの領域がこのようにぼんやりしているのは、彼の作品の多くが自然発生的に進化したことの反映である。たとえば、『ノストローモ』を原稿で五六〇頁も書いたあとで、彼はまだ「物語」と呼んでいたが、実際には短編小説を書くつもりで始めたのが、「長めの短編小説」となり、それから「長い物語」つまり「ノベル」となったのである。事実、コンラッドの創作過程全体を見わたせば、彼の芸術形式が「環境」のもたらす圧力によってたえず修正を繰り返していることから、フィクションを書くときに本質的に進化論的《ダーウィニアン》な方法で取り組んだことがわかるだろう。たぶんそうした理由から、彼は自身の創作法を説明するために原初的な力すなわち自然の力のたとえをしばしば有効利用したのだった。「私は『(ナーシサス号の)黒人』を自由に振舞わせている。黒人はどんどん成長する」、「〈台風〉はまだ吹いている」、「ヴァーロックは」――すこし前まで「この獣《けもの》」と呼んでいたが――「どんどん広がってきている」、「ラズーモフは、私が彼と手を切る頃には小振りな本になっているだろう」など、のように(『書簡集』第一巻三一二頁、第二巻三〇七頁、第三巻三一八頁、第四巻七六頁)〔1〕。あらゆるコンラッドの物語や小説のうちで、おおよそ六千語の初期作品である「潟湖《せきこ》」が、執筆以前に指定された長さの基準に一致しているだけである*(2)。

ある企てに着手する作家で、自分の作品がどんなふうになるか完全に詳細な考え、もしくは正確な考えを持っていると主張する者などほとんどいない。にもかかわらず、コンラッドの場合は特に注意が必要となる。彼の創作上の弾力性を最大限に理解するには、これと、ヘンリー・ジェイムズの実践と人となりとを比べさえすればよい。ジェイムズはコンラッドと多くの芸術的関心を共有し、コンラッドと同様、短編小説においても長編小説においても、後期ヴィクトリア朝の技法に挑んだのだった。第一に、ジェイムズと市場との関係は、相互の明確な理解、多くは正確無比な理解に基づいていた。いったん自らの物語について構想を決めると、ジェイムズはページの長さを特定する契約の交渉に逆らうことはなかったし、作品を寄稿するように求められると、題材を注文に合わせて最も短い形式(五千語から六千語)にまで切りつめる技術があった*(3)。コンラッドはこんなふうに寸法に合わせて書くことに滅多なことでは同意しなかった。定期刊行物の市場では、『ブラックウッズ・エジンバラ・マガジン』*(4)が、よく知られているように時間と空間がとられるのを意に介することなく、彼の短編および長編小説を出版した*(4)。彼が一冊の短編集としてまとめると約束した各物語の長さは(限度内で)融通をきかすことができたし、ある計画に着手するときには、たいていどんな契約もどんな特定の雑誌も念頭になかった。さまざまな編集者による語数や頁数についての要求に無関心であることが自分にとって「不利」であると認めながら、それでもやはりコンラッドはほかにどうしようもないと言い張った（『書簡集』第四巻、三五三―五四頁）[2]。明らかに、ジェイムズの想像力と創意工夫の才を刺激したのと同一の条件が、コンラッドのそれには反対に作用したのである。

　両者の執筆中の作品に関する記録を検討すると、この二人の作家の違いがいっそう際立ってくる。（二つの重要な例外があるものの）長編小説のすべてを短編小説として着手したコンラッドとは対照的に、ジェイムズは「はなし」として書き始めたもののうち一編――『ポイントンの蒐集品』――を長編小説に進化させただけであった。この二つのタイプの創作エネルギーの違いは、ジェイムズが『ボストンの人々』について経験したことからもっとも印象的に説明がつく。当初この作品を（六回連載にかけて）「短めに」するつもりであったにもかかわらず、ジェイムズは、執筆しはじめる前からすでに、『ボストンの人々』と『カサマシマ公爵夫人』の主題は「大きくて重要であり、したがってそれの表現法も同じくらい大きく重要になるだろう」と説明している[*5]。事実、この見解を示したときには、ジェイムズはすでに契約の再交渉をすませていて、「私のノベルを完結させるまでの期間中なんとか生活していけるだけの現金」を稼ぐために、連載の延長を依頼していた[*6]。これに対して、コンラッドの新しい企画への取りかかりは、いつも決まってもっと控えめでもっと柔軟であった。非常に真剣に取り組むことになるようなフィクションの場合にも、書き始める前には細部は「スケッチ」程度の構想を立てたにすぎず、作品に着手したときも――たとえば、『密偵』がそうであるが――、初めは八千語そこそこでおさまりそうだと予想したのであった[*7]。たいていの場合、彼は長めの短編小説にせよ、長編小説にせよ、後半部に突入した時点で、そこまで自然にまとまってきた形で「必ず最後まで書き終える」と心に決めたのである。しかし彼がのちに「まやかし物」あるいは「雑誌的」と呼んだ「ガスパール・ルイス」や「七つ島のフレイア」のような作品でさえ、最初の境界をかなり越えて大きくなった。

一部批評家はこのパターンに注目して、コンラッドは短編形式がむずかしい、あるいは自分の好みに合わないものと思っていたのではないかと言い出した。[*8] おそらく、結末をなかなかつけたがらなかったあまりにも有名な例（『ロード・ジム』と『西欧の眼の下に』が思い浮かぶ）が念頭にあって、コンラッドのフィクションの取りかかり方に関する一つの重大な事実を見逃してしまったのであろう。コンラッドが短編小説あるいは「スケッチ」というより長編小説として手がけた二作品だけは、あらゆる作品の中で書き上げるのにもっとも困難なものとなった。[*9] このうち、「姉妹たち」は未完成作品のまま残り、もう一つの『救助』も二十三年もの間きちんとした形にまとまってこなかった——もっとも、彼は第一部を書き終えた後、それを脇に置き、その後この物語を続ける試みを数回行っているが。意志と創作力のこの二つの失敗例は、短めの形式が彼の芸術の形成に必要不可欠なかたちで着想を練るのに資したことを示唆している。

『救助』での創作上の行き詰まりに関するコンラッドの説明は、この結論を裏づけるように思われる。一八九六年八月にこの小説を放棄する前に、コンラッドは、物語のプロット（筋）が彼の「感覚」の「混沌」からどうしても現れてこない、また「人物と感情に明るい光を当てる光源的な挿話」を考え出すことができないと書いている（『書簡集』第一巻、一八八、二九六頁）[3]。例によって、芸術上の諸問題に関する考えは、コンラッドが作家生活の終わり近くに書いた「作者覚書」よりも執筆中の作品について日々感想を書きとめた記述のほうに、ずっと多くが披露されている。『救助』についての感想は、創作する意義を探し出し感覚にしっかりした構造を与えるうえで「光源的な挿話」が必要であることをそれとなく示している（「挿話」についての説明は、彼のもっともよく知られた短編小説の中のいくつかのもの——たとえば「青春」、「闇の奥」——がとった直観的な真実把握の形態を先取りして論じたものであることにも注意したい）。小説を構成するとき、コンラッドはまずあるエピソード、ある状況、あるいは「道徳の中枢」から始め、物語の方向性がはっきりするにつれ、そうしたものの含意を広げていった。そのようなわけで、『島の流れ者』――これは「姉妹たち」や『救助』と格闘する前にきわめて上首尾に仕上げた作品である――における劇的な焦点は、ヴィレムスが「突然零落する」こと、ヴィレムスが第一部の終わりでジャングルに消えるとき、アイーサの「奴隷と化すこと」にある。このジャングルに消える場面は、アイロニーの効果をあげるために展開が二度延ばされるが、クライマックスにおいて悲劇モードで再開される。コンラッドが『島の流れ者』を短編小説として構想していたときにも、彼の脳裏にはこの「山場」があった。*[10] 長編小説家の多く（ディケンズとイーディス・ウォートン[4]は、この山場の変動範囲がいかに広範であるかを示す例である）は、さまざまな筋、人物、モチーフの全体的展開についておおまかな方針を立てることによって作品をつくってきた。コンラッドは長さを気にせず、書いていくうちにたった一つのエピソードが主題と形式の可能性を広げるにまかせて最高の作品を仕上げたようである。そしてそのような芸術上の危険を冒すためには、おそらく、控えめな取りかかり方が必要であったのだろう。

さらにまた、物語のアイディアを最初に思いついたとき、コンラッドがなぜ短編形式をかくも魅力的だと思ったかについては、いくつかの理由があるかもしれない。短編形式は、モーパッサン、フロベール、ツルゲーネフの如く、コンラッドがその職人芸を入念に学び敬愛した作家たちにより、効果的に利用されていた。おそらくこの理由により、作家としての道を歩みだしたほとんど初めから、コンラッドは短編小説をより劣った芸術と見なす誘惑を回避することができた。最初の短編小説集が出版されるよりも前、英国で当時彼の作品の出版を引き受けていた出版業者T・フィッシャー・アンウィンに、彼は、市場での現在の「不評」は筋が通らない、「作品の持つ本来の価値はその長さと何の関係もないからだ」との手紙を送っている（『書簡集』第二巻、四九頁）[5]。この点で彼は、またしても、ヘンリー・ジェイムズとは異なっていた。というのは、ジェイムズのヌーベル〔*nouvelle*―コント（短編小説）とロマン（長編小説）の中間の長さの小説。中編小説〕への好みはよく知られていたが、「どう見てもほとんど与えるものがない」形式の中で書くという困難な仕事を説明しながら、ジェイムズは短編小説の限界を強調しているからである（「ベルトラフィオの作者」への序文、一二三頁）。

対するにコンラッドは、短編小説は作家の文体の特徴的要素を「際立たせる」ことができるので美を鑑賞する機会を多々与えてくれることを指摘し、「名人芸を披露するには小規模の物語（短編小説）が必要です」と述べた（『書簡集』第一巻、一二四頁）[6]。この興味深い言葉の言わんとするところは、それがなされた情況に照らすとはっきりさせることができる。その脈絡を見失うと、たとえ半信半疑にせよ、この言葉は短編小説が長編小説に勝ることを言おうとしたもののように単純に受け取られかねない。すなわち、コンラッドは、マルグリット・ポラドフスカ（彼の親友で「先生《シエール・メトル》」でもあった）に、彼女のごく最近の仕事の成果である一連の短編について感想をしたためた手紙を書き送った。この手紙で、彼はいくぶん私的な言葉を用いて、ポラドフスカの文体を「魅力的な筆致、鋭い観察、実人生から取り出したものに満ちあふれている」と評した。コンラッドが暗に述べているように、文体がほんとうに作家ポラドフスカの世界観を映し出しているとすると、「名人芸」に言及した言葉は、コンラッドにとっては、ポラドフスカの長編小説よりも彼女の短い「挿話」を読むことで、芸術家としての彼女の個性を、より明瞭に、より直接的に感じ取ることができたこと、そしてこの作用は短編小説というジャンルを特徴づけるものであることを言おうとしたものであろう[*(11)]。

この観点からコンラッドが書いたものを見ると、初期の短編小説の中には、その作品をそれとわかるほどに「コンラッド的」にしている技法それ自体のための試験場として役立ったものがあることがわかる。たとえば「進歩の前哨所」において、コンラッドはフロベールやモーパッサンにはない彼独特の皮肉な文体を創りだすためにグロテスクなイメージと視点の急激な転換を開発した。ほとんど時を同じくして、「潟湖《せきこ》」においては、ツルゲーネフが短めの作品で好んで用いた「語り手と聞き手」を並べる語りの手法をより徹底的で両義的な形で試してみた。

この二編の物語のおのおのには、それぞれ別個の様相を呈するコンラッドの文体が濃縮されていることが、彼の形容詞の使い方に関するある研究論文の中で示され、さらにその論文は「進歩の前哨所」と「潟湖」は「非常に異なっているので別々の作家によって書かれたと思えるほどだ」と結論づけている（ルーカス「コンラッドの形容詞の奇抜さについて」一三四頁）。少なくともコンラッドに関するかぎり、芸術家の文体と個性のある要素を「際立たせる」ことのできる短編小説の能力が、その作家生活を通じて明らかである。「エイミー・フォスター」は、カルパチア山脈地帯出身の一農夫がケント州の海岸に漂着した後、文化的な疎外を経験するという話であるが、『ノストローモ』や『密偵』のように多様な筋と人物関係とモチーフを扱う複雑な作品よりも、いっそうはっきり焦点の合ったコンラッド像（あるいはコンラッドの一側面）を読者に与えてくれる。もう一つの適例「秘密の共有者」は、作家自身が認める「二重人間《ホモ・ドゥプレックス》」としての自己意識を、読者がコンラッドの長編小説に見出す以上の持続的な迫力で映し出している。

　コンラッドのフィクションの中で短めの形式のものは、長めの作品形式においてさらにもう一つ別の意義をもっている。というのは、短めの形式は交互に起きるリズムの重要な一部を担っているからである。コンラッドの手紙によれば、短編小説の主題がいつも「脳裏で休息をとって」いて、長編小説の仕事にもうすでに全力を出しきった時に、その主題を友人や、代理人や、見込みのありそうな出版社に説明したくなった、という（『書簡集』第四巻、四七三頁）[7]。彼はまた、長めの作品から方向転換して短編小説の主題に着手する時に強い解放感を覚えると告白して、「台風」は『ロード・ジム』を書き終えるという「悪夢」の後で「新規まき直しの再スタート」になるだろうと記し（『書簡集』第二巻、二八九、二九三頁）[8]、さらに『西欧の眼の下に』を執筆している最中に「秘密の共有者」を書くことで自信がついたと述べている（『書簡集』第四巻、二九六頁）[9]。さらにはまた、『勝利』を執筆中に「突然衝動に駆られて」書き始めた「マラタ島の農園主」のおかげで、「前にもまして元気よくあのノベルに戻れるだろう」とも書いている。[*12] 中短編作品は予想したようには「簡単」に行かないというのがほとんど常だったが、脳裏にある題材をつかって「短い出し物」を書きたくなるコンラッドの気持ちは、ノベルをちょうど仕上げたばかりの時とか、ノベルの執筆が後半の時期に入った時、あるいは、『救助』や『運命』の場合のように、思うように筆が進まなくなったような時に、しばしばもっとも強くなるのだった。この交錯する創作上のリズムは、コンラッドの中短編小説を作り出したかもしれない力の一つである。このほかの力は、これから見ることになるが、もっと広く知られていて実証可能なものである。[*13]

II

ヴィクトリア朝およびヴィクトリア朝後期の小説家のほとんどすべては、短編小説、詩、あるいは時局的な記事を定期刊行物に発表することで小説家としての道を歩みだしたが、これとは対照的に、コンラッドの最初の二つの作品は長編小説であり、しかも『オールメイヤーの阿房宮』にせよ『島の流れ者』にせよ連載物ではなかった。文学市場で彼が受けたほんとうの教育は、一八九六年夏、三つの短編「白痴」、「進歩の前哨所」、「潟湖」の出版先を探す努力から始まった。エドワード・ガーネットの助言と情緒面での支援をあてにしつつ、コンラッドは新しい冒険的企てである「白痴」について皮肉っぽく思いをめぐらし、「君がこれを読んでどこかの大衆的な雑誌のたそがれを飾るにふさわしいものとして通してでもくれないかぎり、ぜひこれを出してほしいとは思わない」と書いた(『書簡集』第一巻、二八四頁)[10]。つぎの数ヵ月間で「出版社やその他の恐怖」との経験が大きくなるにつれ、コンラッドは利害の対立を調整することが時には可能であると気づき、『コーンヒル・マガジン』誌は「掲載されて悪くない雑誌だ」と記した(『書簡集』第一巻、二八六頁)[11]。たしかに、『コーンヒル・マガジン』誌は払いっぷりがよかった。しかし、これと同じくらいの頻度で、コンラッドは妥協しなければならない場合もあった。保守主義的な政治傾向で評判の雑誌『サヴォイ』は、コンラッドの興味を引かなかったが、アンウィンへの手紙で、「あちらでよりもむしろこちらで受け入れられることに特にこれといった満足があるわけではない。――『サヴォイ』とやらが、私の作品がほしいというのなら、やってもいいじゃないか。まあ我慢できるほどに支払いがよいということはわかっている」（『書簡集』第一巻、二九三頁）[12]。さらにはまた、W・E・ヘンリーが編集長を務める月刊雑誌は非常に影響力のある雑誌であったので、コンラッドは支払い額には興味がなくなったと言いたい（ほどだ）と述べ、『ニュー・レヴュー』にぜひ載せてもらいたいから、雑誌社がどんな申し出をしてこようと（ばかげて低い額でなければ）、その申し出を受け入れるつもりだ」と記している（『書簡集』第一巻、三一九頁）[13]。一八九七年十一月、「帰宅」を続き物として連載することをあきらめていた頃には、コンラッドはすでに雑誌市場で時機を見はからうすぐれた判断力を持ち合わせ、二、三ヵ月後には有力な知人の協力を得てスティーヴン・クレインを手助けするまでになっていた。

この修業時代が示すように、連載に対するコンラッドの考え方に関わる矛盾は、短編小説を市場に出し、出版する行為にもっとも明白に表れている。借金がどんどん膨らんでいた事情にかんがみて、もっとも緊急優先的に考慮すべき事柄の一つは、金が必要であるということだった。イギリスの雑誌が短編小説に十分な報酬を払い始めた一八八〇年代後半から、物語を売るということが作家の生き残りにとって重要なことになり、コンラッドの場合はしばしば死に物狂いのいとなみとなった。実際、生活苦の軽減が（たとえ束の間であれ）すぐに起きただけでなく、机に向かって過ごした時間のわりにはその軽減の度合いは高かったのである。一八九六年七月に三週間弱で書かれた「進歩の前哨所」には五十ポンドが支払われた。これは完成までに一年を要した『島の流れ者』の版権料として受け取っていた金額と同額である。彼が長めの作品を連載し始めたときにも、雑誌社の物語への支払いのほうが長めの作品よりも比較的高かった。たとえば、「カライン」には（一回読み切りに対し）四十ポンドが払われたが、『ロード・ジム』には（十四回連載に対して）三百ポンドが払われただけである。さらに作品を市場に出すために作家代理人J・B・ピンカーを雇った後は、短編小説を書くことで「当面の生計を立てる」コンラッドの能力は増大した。ピンカーは、「台風」の原稿（ピンカーがコンラッドのために扱った最初の作品であるが）を受け取るとすぐ、連載権を担保に百ポンドを彼に前貸しした。ピンカーはその後のすべての作品についてこの方式をつづけた（この方式がすでに日々の生活を切り盛りできなくなっていたコンラッドの状況をいっそう不安定なものにしたことは、『ペルメル・マガジン』誌が「台風」に七十五ポンドしか払わなかったという事実によって示されている）。コンラッドの借金が一九一〇年の春までには総額二二五〇ポンドにまでなっていたことを考慮し、さらに同作品がアメリカの雑誌に借金額と同じ報酬で売却されたことを知ると、私たちは自己の芸術を妥協の産物として見たくなったコンラッドの気持ちがいっそうよく理解できる。[*14]

　妥協の上で成り立った連載形式は、短編小説にとって特にダメージが大きいが、ほとんど避けがたいものであった。掲載が予定されていたコンラッドの最初の短編小説「進歩の前哨所」が二回に分けて掲載されると知ったとき、彼は、それを二つに分けると自分の意図した皮肉な手法の累積効果が損なわれると言って、次のように反対した――「私はお話にならない馬鹿どもに言ってやった。半分に分断されたものは死んだサソリ同然効果に乏しいものになる。片や針のない部分があり、片や針のある部分がある。切り離されてしまうと、二つの部分は毒の抜けたものになるだけでなく胸糞の悪いものになってしまう、とね」（『書簡集』第一巻、三三〇頁）[14]。この「進歩の前哨所」とその後の「エイミー・フォスター」や「秘密の共有者」のような物語においてとられた二回ないし三回に分ける連載形式は、作家とその作品とを相手に絶えず親しく語り合っているという読者の感覚――これが短編小説というジャンルを他と区別する一つの特徴である――を打ち壊すものであった。この点でコンラッドは短編小説について論じる今日の大方の文芸批評家と意見が一致しているといってよいだろう。なぜなら、今日の批評家は、量と持続時間との関連で記憶の働き方が異なるから、中短編小説を読む経験と長編小説を読む経験とは異なる、と論じるからである（フリードマン「最近の短編小説理論」二五頁）。読者は短編小説の場合のほうが細部をより多く記憶することができるから、各々の細部は長編小説における以上に重要な意味を持ち、読者の非常に集中した注意力に報いることになる。この点に関して、コンラッドは、「私について言えば、読者はきっと私の物語を一つの統一体として振り返ってくれると信じている」と述べている（『書簡集』第二巻、四四一頁）[15]。彼が「力不足」と断じた雑誌――たとえば、『ハーパーズ』がそうである――はもちろん、『コズモポリス』や『ブラックウッズ』のように注意深い編集が行われた雑誌をも取り込むほどに普及した慣習に抗議をしながら、コンラッドは、実は、現代の一つの芸術形式としての短編小説の一体性を主張していたのである。コンラッドはどこで分離したらよいかをできるかぎり提案することで、ダメージを最小限に食い止めようと努めたが、週単位であるいは月単位でコンラッドの作品を連載する形式は、当然のことながら、物語の意味に中心的な主題やイメージを結びつける読者の能力を妨げたのだった。

　コンラッドが「帰宅」を売るのに失敗したことは、単行本の出版とは対照的な雑誌出版のもう一つの限界、つまり中流階級の人々の好みを満足させたいと思う編集部の気遣いを示している。確かに「帰宅」は均一性に欠けるが、その多層的な皮肉と力強いイメージは、当時の標準的な雑誌小説よりもずっと高い水準にこの作品を位置づけている。コンラッドとアンウィンが二人して掲載の注文を求めて歩き回った各雑誌社はさておき、『チャップマンズ・マガジン』が難色を示したのは、この作品の主題――「典型的な」中流階級の結婚生活の表面下に潜む激情と性の不一致――にあった。確かにコンラッドによる女性の欲求不満に対する表現法は露骨すぎるので、彼はエドワード・ガーネットに原稿について細君がどう思うか聞いてほしいと言ったが、われわれの知るかぎり、それは得られなかった。「フォーク」は連載されることはなかったし（主人公が人食いを告白する話である）、さらに二つの物語「白痴」と「七つ島のフレイア」は少なくとも一度は拒絶された。明らかに、この三編の物語は当たり障りのない主題や、文体あるいは表現法の平易さや、ハッピーエンドを好む市場戦略に譲歩するところがほとんどなかったからだ。もちろん、「進歩の前哨所」や「闇の奥」を見ればわかるように、雑誌編集者がいつも短編小説の刺激的な主題や実験的な手法に敵意を抱いていたわけではない。しかし、質それ自体はコンラッドの作品が好意的に受け入れられるかどうかを示す確かな指標とはならなかった。ピンカーがコンラッドの最高にすぐれた短編小説の一つである「エイミー・フォスター」の出版先を探すのに比較的もたついたのは、十中八九、その悲劇的なクライマックスと徹底した懐疑主義が原因である。

「一般受け」という問題を複雑にしていたのは、「なにが一般大衆を喜ばせるか」を知りたいと思うコンラッドの芸術家としての動機（『書簡集』第四巻、一〇二頁[16]）と、質はどうあれ、雑誌が多種多様なタイプの読者に届き影響を与えるという彼の認識であった。この最後にあげた事実は、『ナーシサス号の黒人』の序文で述べているような作家の役割に関する彼の意見にとって著しく重要であった。その序文は、社会的職業的な境界を越えて「全人類を結びつける（中略）夢の中での連帯」（序文四〇頁）に訴えかける能力を強調したものだからである。一九〇二年にコンラッドはある雑誌編集長に有名な自己芸術の擁護論を書き送ったのだったが、この擁護論のように熟考に熟考を重ねた上の主張の中で、彼は、たとえばH・G・ウェルズやバーナード・ショーと同じく、一般読者に固有の価値を認めている。

私の才能は（中略）実にさまざまな個性の人たちに訴えかけている。たとえばW・H・（原文ママ）ヘンリーやバーナード・ショー、H・G・ウェルズやフィンランド大学のユルィヨ・ヒルン教授のような人に、さらには画家モーリス・グライフェンハーゲン、ペルシャ湾の蒸気船の船長で私の「台風」の掲載雑誌に感想文を書いてきた人、PMM（『ペルメル・マガジン』）の編集長、はてはウィンチェスターのチャーミングな老婦人に至るまでね。（『書簡集』第二巻、四一六頁[17]）

「台風」への言及が示唆しているように、コンラッドは、仕事場あるいは書斎と外界とをつなぐために短編小説が占める戦略上の位置をよく認識していた。

十九世紀と二十世紀の変わり目に、短編小説の市場は「巨大で、明らかに膨張の一途」にあった、と歴史家は言う。もっと具体的に言えば、この市場は本にまとめた選集の形でというよりはむしろ定期刊行物の形でほとんど全面的に取引きされていたということだ（オーレル『ヴィクトリア朝の短編小説』一八六―九一頁）。そのうえ、雑誌版では、短編小説は連載長編小説にまさる固有の強みがあった。なぜならば、短編数編のほうが同じ期間でより広範囲の読者を標的にできたからである。コンラッドが短編を書いていた当時、驚くほど多くの多様な定期刊行物が、短編小説を強く求めていた。「文芸」雑誌から「家族向け」の雑誌、変わったところでは、たとえば、コンラッドに「男向けの物語」の寄稿を求めてきた『ジェントルマンズ・ジャーナル』という新聞に至るまで（『書簡集』第四巻、二九八頁[18]）。短編小説に非常に好ましい風潮に応えるという意味もあって、コンラッドは「台風」、「フォーク」、「エイミー・フォスター」を『ブラックウッズ』以外の雑誌に売り込むことにした。それまでは『ブラックウッズ・マガジン』が「カライン」と「青春」を掲載し、『ロード・ジム』を連載してきたのだったが、コンラッドはこのとき、作家代理人ピンカーに「『ブラックウッズ』とは別の読者層を獲得したい」との意向を伝えている（『書簡集』第二巻、三二一頁[19]）。この作戦が明らかに失敗に終わり、コンラッドは強い衝撃を受けた。というのも、この作戦を立てた一年後、彼は『ブラックウッズ』のロンドン担当顧問デイヴィッド・メルドラムに手紙を書き、「あの三作品の掲載が遅れている」と不満を述べ、つづいて、「そのせいで私はしばらくの間とても滑稽で嘆かわしいくらい元気が萎えていた。——だって、何と言っても私は自分が何をしているのか十分よく分かっているからで、編集者たちがあの三作品を出し渋っているとしても、それによって作品の価値が影響を受けることはない」と書きしるしているからである（『書簡集』第二巻、三六八頁）[20]。こうして見ると、コンラッドの短編小説は作家生活の移行期に二重の役割を果たしていたことがわかる。一方で短編小説は、なじみの『ブラックウッズ』の読者層を越えたところにまで彼を押し出すこととなり、他方で、それは芸術家としての真剣な努力と市場との隔たりを証明する明らかな証拠を提供している、ということである。

それでは定期刊行物市場によるさまざまな圧力は、どの程度までコンラッドの作品を方向づけたのだろうか。まず彼はほとんどの場合に雑誌との契約を結ばずに物語の執筆にかかったことを思い出してみよう。『ブラックウッズ』から実際に注文を受けた作品——「青春」「闇の奥」「万策尽きて」——に関してのみ、私たちはある特定の読者層あるいは編集長の及ぼす影響について何がしかの自信をもって推測を下すことができる。しかしコンラッドと『ブラックウッズ』との特殊な関係から、「青春」において、彼の他の数編の物語と際立った対照をなすイデオロギー上の課題が生じているので、この関係を徹底的に考えてみる価値がある。

『ブラックウッズ』に短編小説を発表することで、コンラッドは一般読者を獲得する最初の重要な一歩を踏み出そうとしていた。最初の長編小説二編の売行きは期待はずれだった。『コズモポリス』、『コーンヒル』、『ニュー・レヴュー』はそれまでコンラッドのフィクションを連載していたので、彼は好意的にそれらの雑誌を評価したが、『ブラックウッズ』は海外だけでなくイギリスにおいてもそれらの雑誌以上に発行部数が多かった。一八九七年にはイギリスにいっそう深く根を下ろし始めていたコンラッドにとって、この広範な読者層は大いに魅力的であった。後に彼はこのように書いている——「イギリスの支配する海洋と自治領内には、『マガ』[21]を一部そなえていないようなクラブや船内食堂《メスルーム》や軍艦は一つとしてない。世界各地に散在するスコットランド人がこれを持っているのは言うまでもないことだ」(『書簡集』第四巻、五〇六頁)[22]。「青春」におけるマーロウの視点から、つまり自ら「外航」を経験したことのある典型的なイギリス人船乗りとして語りつつ、コンラッドは、遠まわしの手法によって、かつ内部の人間として、読者の文化的特性や価値観を探求することができた(対照的に、マーロウを紹介する語り手は、外部の人間としての視点から、ひたすら国民的神話に読者の注意を引きつけることから物語を始める——「こういったことは人と海とが互いに浸透し合っているイギリスでなければ起こりえなかっただろう」)。コンラッドは「青春」を他の二編の物語と合わせて短編集としてまとめた本の中で、イギリスの優秀性よりもむしろイギリスが他のヨーロッパ諸国と違っていることを力説しようと努めているが、「青春」の雑誌版でイギリスの国民性を苦心して作り上げたマーロウの陳述には明らかにイデオロギー的意図がある。つまり、一八〇〇年代の初期以来『ブラックウッズ』が謳いあげてきた伝統尊重主義者の価値観を支持し、そうすることで、イギリスは心身・意志が弱ってきていると認められるとの命題をめぐり、当時行われていた論争に読者を巻き込む意図である。この点で、「青春」は、数年後フォードが『イングリッシュ・レヴュー』の中ではるかに雑駁《ざつぱく》な形で引き受けた役割を演じようとする野心に燃えた作品なのである。フォードはこの雑誌で、「われわれは女々しくなり、(中略)侵略を受けやすく、愛国心を失いかけている(中略)われわれの不屈の精神はすっかり過去のものとなり、われわれの勇ましさは退化している、と日がな一日言いふらす」人々を痛烈に非難したのだったが(「論説」三五九頁)。

この物語のもっとも劇的なエピソードは、マーロウが愛国的感情にもっとも強く訴える格好の場にもなっている。ユダヤ号の石炭の積荷に火がついて爆発したとき、「リヴァプールのごろつき」からなる水夫たちは印象的な統制と意志を発揮して対応する。マーロウは言う——「だが彼らはみんな働いた。リヴァプールのごろつきからなるあの水夫たちは、まっとうな根性をもっていた。おれの経験では、あそこの連中はいつもそうだ。あの根性を作り上げるのは海だよ」*[15]。傍点を付した文は「まっとうな根性」が決してなくなりはしないだろうと主張するものであるが、原稿段階の後と連載段階の前とで付け加えられた同種の数多くのもののうちの一つである。こうしたものの中にはマーロウが国家精神を賛美するときに口にする「永遠不滅の《エヴァラースティング》」というキーワードが含まれている。*[16]初稿でコンラッドはすでに、一八九二年に一緒に航海した国際色豊かな水夫たちを、「そばからちょっとながめる人間の目には」「救いようもない罰当たりなやくざ連」としか見えないがほんとうは根性の座ったイギリス人水夫たちへと大きく変化させていたのである（『「闇の奥」その他の物語』一一八頁）。作品を修正しながら、彼は定期刊行物にほとんど毎日出てくる「退化」の報告記事もそれとなく見ていた。このようにして、彼は『ブラックウッズ』の読者を相手に、意識の最深部に蓄えられた愛国的感情にたよる連帯を主張することができたのである。

「青春」の前後にコンラッドの書いた作品を検討すると、この主題に対していっそう曖昧で皮肉な表現がとられているのがわかる。*[17]一八九九年二月から四月にかけて『ブラックウッズ』に載った「闇の奥」の中で、彼は「青春」で開拓したのと同じ語りの手法を用いまでして、たとえば「効率」といったようないわゆるイギリスの国民性の価値に疑問を投げかけている。しかし「青春」の連載版に『ブラックウッズ』の読者が及ぼした影響ともっとはっきりした対照を示すのは、「台風」に見られる愛国的感傷に関するコンラッドの懐疑的な記述である。この物語では、あの正当にも有名なシャムの旗に関するエピソードがこの主題の発端《ほったん》となっている。というのは、マックワー船長が一等航海士ジュークスの民族主義的な義憤を理解できないことがこの若者に対する皮肉な見方につながっていくからである。コンラッドはまずわれわれに、イギリス国旗からシャム国旗に移されることについて、ジュークスが伝統を尊重する立場から自己中心的に「自分が侮辱された」と解するさまを示し、つづいて、ジュークスの「そいつにおれががまんしていられるかってんだ。おれは職を放り投げるよ」という言葉と彼の行動との不一致を指摘するのだ（『「台風」その他の物語』九—一〇頁）。物語が続くにつれて、コンラッドは一等航海士が台風のさなかと後で苦力《クーリー》を理不尽に恐れていること、やはり同様な外国人恐怖症に駆られて彼がシャム国旗のせいで船は暴力と復讐の行為にさらされるに違いないと言い張るさまを強調している。コンラッドが「台風」で愛国心を喚起するレトリックを廃棄したということは、コンラッドの書いたフィクション全体のイデオロギーに定期刊行物の読者が与えた影響は限られたものであったことを示している。その影響が多少なりとも意義をもったとすれば、それは「青春」に始まり、「青春」で終わっているのだ。

　コンラッドの短編小説の形式と文体に与える定期刊行物の圧力がもっともはっきり表れるのは、ピンカーがコンラッドの希望通りに「フォーク」と「エイミー・フォスター」の出版先をすぐには見つけられなかった後のことである。「エイミー・フォスター」の後、そしてそれの姉妹編として書かれた「明日」のほうが、雑誌小説の標準的な様式にずっとうまく一致している。この物語は明らかにハッピーエンドを欠くが、コンラッドは、容赦なく皮肉な「運命の巡り合わせ」をみせるプロットを強調することで、さらにはハグバード船長、ベッシー、長い間行方不明の（船長の）息子といった登場人物の成長を抑えて大衆向けの紋切り型の人物に合致させることで、「急旋回」を成し遂げている。「明日」が完成して二ヵ月もしないうちに、ピンカーはそれを『ペルメル・マガジン』に預けた。一九〇二年八月における「明日」の掲載は、コンラッドの短編小説が形式と主題においてそれまでほどには実験的でなくなり、「雑誌の要求」を念頭におきながらいっそう慎重に創作が行われた時期の始まりを示している（『書簡集』第二巻、三七三頁）[23]。「潟湖」と「カライン」でコンラッドは冒険物語を語り手の懐疑的ないしは両義的な視点で縁取りしたのだったが、それらとは違って「ガスパール・ルイス」（一九〇五）、「無政府主義者」（一九〇五）、「密告者」（一九〇六）および「怪物」（一九〇六）のような作品は、本質的には歴史的なこぼれ話である。読者の大半は「黒い髪の航海士」（一九〇八）と「二人の魔女の宿」（一九一二）が間違いなくありふれた物語であることを知る。

このような展開は物語というジャンルに対するコンラッドの考え方を反映している。作家生活に踏み出した初めの頃は、「カライン」で成し遂げた達成を批判的な目で回顧して、「その作品にどことなく雑誌的なもの」を見出したのだったが（『書簡集』第二巻、五七頁）[24]、今やコンラッドは、概して、大衆の好みを変えることに努めるよりもむしろその好みに訴えかけるような短編小説を創ることに懸命だった。しかし、それだけで彼が比較的軽いフィクションのすべてに、従来守ってきたものと完全に異なる芸術上の基準を当てはめたと結論づけるべきではない。ガーネットが「七つ島のフレイア」はハッピーエンドにすると『センチュリー・マガジン』の編集長にいっそう喜んで引き取ってもらえそうだがと提案したとき、コンラッドはこれに断固とした反応を示した——「私の物語を作り変えて『明るい』結末を迎えさせることについて言えば、その仕事をするためにペンを執るぐらいなら、私はアメリカの雑誌全部とアメリカの編集長全員がバタバタ地獄に落とされるところを見たいものだ」（『書簡集』第四巻、四六九頁）[25]。これに次ぐフィクション作品である長編小説『運命』を校正しながら、コンラッドは連載版として「もっと気持ちのいい」終わり方をつけることに決めた。新しい終結部《コーダ》ではマーロウがフローラとパウエルの仲人を務めるが、この終結部はプロットのロマンティックな構造を乱すことなく『ニューヨーク・ヘラルド』紙の読者を満足させることをもくろんだものである。別離と挫折を主題とする悲劇的な物語に手直しを加えるのを拒否することで、コンラッドは想像作品としての「フレイア」の一体性を主張したが、同時にその作品の題材の軽さと表現法の単純化を認めてもいたのだった。彼はガーネットに宛てこう書いた。「わたしはいくらか体面を保ちつつ雑誌っぽいことをやってみようとした」（『書簡集』第四巻、四六四頁）[26]。

III

コンラッドの短編小説における全般的な成果の特質を述べ始めると、彼のもっとも力強く示唆に富んだ作品は彼の主要な長編小説を特徴づけているのと同じ関心事に集中していることにほどなく気づく。たとえば、「闇の奥」は、『ロード・ジム』、『ノストローモ』の数箇所、およびその他の長めの作品に似ていて、道徳的アイデンティティを試す手段として人が同類の人々から切り離されたときの状態を力強く表現している。同様に、「台風」は人の絆を裂く強い風の力と、宇宙的かつ人間的混沌を目前にしながらもめげないマックワー船長の「指揮をとる人間の孤独」を描いている。「エイミー・フォスター」と「秘密の共有者」はともに、共同体によるよそ者の拒絶を描きつつ、一方では（少なくとも「秘密の共有者」においては）共通基盤を捜し出そうとする個人の努力を肯定している。さらにこれらの物語では、短編小説のジャンルがもっとも大切にしてきた約束事のいくつか、たとえば「助言する立場にある」常に信頼できる物語の話し手を据える手法に異議を唱えることによって、コンラッドはモーパッサン、フロベール、その他のヨーロッパの作家の仕事を継続している（ベンジャミン「物語の語り手」）。このように、「闇の奥」、「台風」、「エイミー・フォスター」、「秘密の共有者」は、小さくはあるが重要な主題を取り上げ、創意工夫に富んだ形式をそなえる作品群を構成しているのである。しかしこれらの物語を書く以前に、コンラッドはすでに短めの形式に熟達していたばかりでなく、それを一新するために徹底的な努力を重ねていたのだった。

「当時感じた苦々しさのすべて、目に映じるすべてのものが果たしていかなる意味をもつかを困惑混じりに疑問に感じたことのすべて、見せかけだけの博愛主義を腹立たしく思ったことのすべて、――それらが執筆中の私に再びよみがえってきました。（中略）私は哀れみと――いくばくかの軽蔑のほかは全部脱ぎ捨てました」（『書簡集』

第一巻、二九四頁)[27]。「進歩の前哨所」の読者はコンラッドの皮肉《アイロニー》が哀れみ以上に軽蔑をもたらしていることを知るだろう。それにもかかわらず、この物語がひときわ際立ってモダンな作品に仕上がっているわけは、批判的な観察距離からいっそう直接的な関与へと破壊的な転換が行われているからである。そのようなわけで、孤立した交易所の無能な所長であるカイエールは、彼と同様に無能な「副所長」カルリエと角砂糖数個のことで大喧嘩を始めるまでは、冷笑的に一歩離れて観察されている。だが、この時突然コンラッドは読者を、「出口のない状態に追い詰められた――生も死も一瞬にして等しく困難で恐ろしいものになった」と気づく所長の心の内側へ引き込むのだ(『「闇の奥」その他の物語』二九頁)。カイエールと同じように、読者は一見脈絡のない感覚的印象から重要な出来事を「解読」しなければならない。すなわち、カルリエが射ち殺されたことを「大きな爆発音」とそのあとの「赤い炎の轟音《ごうおん》、濃い煙」(三〇頁)から、蒸気船の到着を「霧が出ていた。誰かが霧の中で霧笛を吹いた」(三二頁)から「解読」しなければならない[*18]。これと同様な方法で、コンラッドはグロテスクなイメージを用いて――たとえば文明会社の蒸気船をかん高い声で鳴くけものに、カイエールの死体を宙ぶらりんの操り人形になぞらえたりして――、距離を保ち皮肉な目で観察できる安全な場所からわれわれ読者を移動させるのである。

一八九七年におけるイギリスの多くの読者が信じた拡張主義の意見を考えれば、この物語の内容は、その技法と同じくらい挑発的である。確かに、「数ヵ国のヨーロッパ列強によって安全を保証されている某陸軍」の騎兵隊員としてのカルリエの前身に関する記述は、はっきりベルギーを念頭に置いたものであるが、コンラッドの本当の標的は、ヨーロッパによる植民地化政策全体である。彼のつけた題名は帝国主義のレトリックの中でもっともよく知られた言い回しの一つを利用している。二人の主要人物、つまり官僚と兵士は、まさにヨーロッパの社会秩序の基盤を体現している。コンラッドは「貿易と進歩に携わる二人の開拓者」と「地上の暗黒の地に光明と信仰と通商をもたらす(中略)人々」について言及することで、当時の新聞記者の口調をもじり、ヨーロッパの「文明開化の使命」をあざ笑っているのである。帝国主義イデオロギーのもう一つ別の重要な教義、すなわち社会進化論は、原住民の商人の集団が交易所を訪れる場面で風刺されている。コンラッドはカイエールとカルリエを、「みごとな四肢」をもち悠然と歩く原住民と対比させている。これにもまして痛烈な風刺の効いたところは、この二人の白人が「あのおかしな獣」、「みごとな獣たち」、「あの獣の群れ」というような言葉を用いて、ベランダの高い所から「取引きの成行き」を描写するところである（九―一〇頁）。徐々にクライマックスへと盛り上げていくこのような場面の配列は、カイエールとカルリエがヨーロッパの「本国で」始まった思想や慣習の無力な犠牲者であるとの印象を強めるのだが、それが一万語の物語の範囲内で、長い時間をさばくコンラッドの手腕をよく示しているのである。「白痴」は、「進歩の前哨所」の二ヵ月前に書かれたものであるが、かなりぎごちない筆致ながら、コンラッドが最初に手がけた短編小説であった。そして印象的に題材を凝縮し並置し選り抜いて、彼が「エイミー・フォスター」で再度成功したのは、五年も後のことだった。

　このジャンルにおけるコンラッドの最高の出来を示す作品の典型的な形式は、「進歩の前哨所」よりもいくぶん長い物語である「青春」に見出される。この物語はただ一つの挿話すなわち出来事に焦点を当てている。大方の文芸評論家によって過小評価されている「青春」は、展開が速くすっきりした語りの様式と、印象の鮮烈な近接性と具体性、および語り手が自分の過去に感傷的に浸りたがる性向を（たいていの場合）切り捨てる滑稽な皮肉をもつ。この話はコンラッドが一八八一年から一八八三年にかけて実生活でパレスチナ号の二等航海士として乗り組んだときの航海を再現したものである。「青春」は、作者が時々主張したように、厳密な意味での自伝的作品ではないけれども、ユダヤ号が最初はロンドンからタイン河までのろのろと進行したこと、石炭の荷積みが手間取ったこと、イギリス海峡で大しけに見舞われもう少しで船を失うところであったこと、バンコックへ向けて再度出港するまでにファルマスで修理のために何ヵ月も待たされたこと、船倉内でくすぶっていた小火《ぼや》に続いて石炭のガス爆発があり大火災が発生したこと、そして乗組員が無蓋ボートで東洋の岸に接近したこと、それらはすべて作者の言う「経験の記録」の真実の部分である。おそらくそのために、彼が生の素材に対して行った変更に人はなおのこと注意するのかもしれない。たとえば、ニューカースル港で蒸気船に衝突されたという脚色（この衝突でユダヤ号の試練がさらに増える）とか、ユダヤ号の乗組員の構成が途中で変更された、といったことに、である。これに加えて重要なのは、陸地初認場面の描写がロマンティックに誇張されていることである。事実は、パレスチナ号が沈んだ後、乗組員はわずか十四時間漕いだだけでムントックに上陸したのであり、コンラッドは後にムントックを「浜もなければ魅惑的な美しさもない呪われた穴」と回想しているのだ[*19]。

　マーロウは語りの冒頭で「人生を描き出すために筋道が組み立てられたような、生存の象徴とも見てとれるような航海がある」と述べる（『「闇の奥」その他の物語』九三―九四頁）。「闇の奥」「台風」「秘密の共有者」と同様に、「青春」はただ一つの出来事のもつ言外の意味を発展させ、その出来事から強烈に隠喩的な主張を作り出している。かくて、コンラッドの航海とマーロウの航海の相違が重要であるのは、その相違が人間のあらゆる努力に内在する愚かさと矛盾、自己変身を志向しながらも一過性で終わる青年期の活力、共同作業と国民的連帯の至高の価値を「例証する」ために役立っているからである。しかしこうしたテーマの新鮮さと魅力は、コンラッドが印象主義的な技法を大胆に試したことのおかげである。マーロウを語り手として用いることにより、青年期二十歳の自然発生的なエゴイズムは壮年期四十二歳のひとひねりした知恵と対比させられ、ロマンティックな幻想は相対化される。さらにこの二重の視点によって、コンラッドはテクストから距離を置き、柔軟に道徳的問題を探求し、読者代理、つまりマホガニーのテーブルを囲んで集まる四人の聞き手を通して読者を巻き込むことができた。独創性とモダニズムの気迫の面で、こうした戦略は「闇の奥」や『ロード・ジム』へとつながる道を指し示すが、同時にこのすばらしい初期の物語を手に取る読者を満足させるものにもなっているのだ。

「青春」のおよそ二年半後に書かれた「台風」から、コンラッドは新生面を切り開きつづけた。この物語は、『ナーシサス号の黒人』と同じように「嵐もの」ではあるが、蒸気船の苦難は帆船のそれとは多くの点で異なることを題材にしたものである。乗組員を「水夫と火夫」に分ける分掌《ぶんしょう》、舵手《だしゅ》ハクットや補助機関係ビールのような者たちの明らかにロマンティックにはほど遠い労働、ますます強まった船長の孤立――コンラッドはこういった歴史上の諸変化を叙述するのに、生気あふれる個々の事例を象徴的描写で際立たせるやり方で行っている。斬新な技法もしくは取組み方《アプローチ》について言えば、作者自身の解説はいくぶん人を惑わせる――「これは言わばおもしろおかしく主題を扱った私の最初の試みです」(『書簡集』第二巻、三〇四頁)[28]。マックワー船長の想像力の欠如と鈍感な態度が、特に南山《ナンシャン》丸の一等航海士ミスター・ジュークスとの言葉のやりとりにおいて滑稽に描かれていることは確かに本当である。だが、シャムの国旗のエピソードですでに見たように、このユーモアの多くはジュークスにはね返り、批判の重荷がより大きくなってかかってくる。特に苦力《クーリー》の問題に関して、ジュークスの想像力と高潔な感情はかえって判断力、慈悲心、真の洞察の欠如を増幅させることになった。もちろんこのタイプの反語的な逆転は、コンラッドの作品における新しい傾向を示すものではない。むしろ、この物語に見られる主な文体上の新機軸は、作家による時間軸の操作と、終結部で安定した道徳的見地を捨て去っていることの二点である。

　おそらく現代の短編小説においてもっとも称賛されている省略が「台風」の第五章と第六章の間で起きている。ここで、コンラッドは嵐の最高潮に達した怒りを控えめな表現で通り越す。

> またもや激怒を燃えさからせた大暴風が、船におそいかかってくる前に、マックワー船長はまるで怒ったような語調で自分の意思を表明したくなった――「わしはこの船を沈ませたくないと思う」
>
> 　彼は沈没の苦悩を味わわずにすんだ。

六章

輝かしく日光の照る日、煙をはるか前へ吹き送る追風を受けながら、南山丸は福州に入港した。
（『「台風」その他の物語』九〇―九一頁）

時間軸におけるこの前方への跳躍は、フィクションは「厳格な選択」と「出来事の巧みな調整」によって「現実の幻影」を提示するとのモーパッサンの見解表明（「小説論」二七頁）よりもずっとさきへ行っている。少なくともこの点でポストモダニストであるコンラッドは、（ジュークスが紡ぎだす）「長話」の技法に注意を向けさせ、読者の想像力を刺激して省略部分の溝を埋めるようにうながす。この省略の与える効果は、非常にタイプの異なる語りの時間のすぐ後で行われているので、なおのこと大きい。嵐とその後に来る二十分間の凪の写実的な描写においては、コンラッドは物語の時間と語りの時間をできるかぎり等しくさせている。[*20] その結果、読者を「現実」の試練の中に浸し、一体性と知恵の源《みなもと》としての「直接の」経験がいかに重要であるかを力説する仕組みになっているのだ。

「台風」はこの主題を探究するにしても、ある程度の懐疑心をもってこれを行っている。終結部《コーダ》において、物語の語り手の道徳的権威は消失し、マックワー、ジュークス、それに機関長ラウトは、自分たちが経験から学んだことを文章にして人に伝えようとして、それぞれ不首尾に終わる様子を読者は目のあたりにする。しかしながら、物語の中心的行為で発揮されるマックワーの素朴な実際行動性と人間味あふれる直観は、神話的な意義を帯びる。「嵐の暗黒の荒波のかなた、どこか遠い平和郷から送られてくるように、この騒音の巨大な狂乱」（四四頁）を船長ただ一人の声が貫通するというイメージは、「人間疎外」が問題視され終末的な世界観が流行した二十世紀的文脈にこういった美徳が存続していることを示しているのである。

「台風」と同じように、「エイミー・フォスター」と「秘密の共有者」は、コンラッドの最高の短編小説がいかに経験の神話的もしくは普遍的な枠組み《パラダイム》を強調する傾向にあるかということを読者に示してくれる。確かに、「エイミー・フォスター」では、ヤンコー・グーロールの苦境も感動的に具体的で独自性が与えられている。カルパチア山脈の村から列車と船を乗り継いだ旅の記述から始め、コールブルックの招かれざる新参者としてのヤンコーの経験に焦点を合わせながら、コンラッドは彼の信心深く子供のような視点から見た多くの風景と音を描き、この若者の言語様式を再生さえしている。したがって、イギリスの村の生活によくある側面は、読者がこの異国人の文化的違和感を共有できるように、なじめないものとされている。[*21] ヤンコーは「とても裕福な村に囲まれた教会がどれもひどく貧弱であること」に気がつき、「なぜ日曜以外は教会が閉まっているのか」(『「台風」その他の物語』二二九頁)と不思議がる。彼は村人たちの顔を「別世界から来た人間の、——死人の顔」のように「閉ざされ」、「物言わぬ」ものであると描く(二二七頁)。そしてこのように具体的で印象主義的なことばで表現されるのはヤンコーの視点だけではない。コールブルックのヤンコーに対する見方を描写しながら、コンラッドは地域方言や口語的表現、それに地域住民が賛成できないと思う気持ちの語調すらも正確に用いている——「わしらは、昼食時に、草原に仰向けに寝ころんで空を眺めたりは決してせん」(二三〇頁)。こんな風にヤンコーと村人との違いがつぶさに列挙される一方で、コンラッドはそれらの普遍性を強調するのである。

「エイミー・フォスター」の出所《ソース》の一つは、難破したドイツ船の一乗組員に関する地方の逸話ではあるが、よくまとまった地域社会において、変わっているがゆえに迫害される外国人の苦境は、イギリスのみならず大陸の文学において繰り返し扱われる主題である。この点、物語はヴィクトル・ユゴーの『海に働く人々』(一八六六)およびH・G・ウェルズの『透明人間』(一八九八)などのよく知られた数編の長編小説とつながっている。この短編では、一つにはケネディ医師を語り手として使用することにより、また一つにはヤンコーの死の場面とケント州の岸に彼が漂着した時の場面とを一つにまとめることにより、よそ者／漂着者の典型が浮き彫りにされている。語りの冒頭部分でケネディは、漂流者にまつわる古くからの言い伝えに占めるヤンコーの位置を指摘する。それは「昔の難破の話」のなかで詳細に説明されている。

> 難破者は一旦溺死を免れても、荒涼たる浜辺で惨めにも飢え死にしてしまうことも多い。よそ者として、その住民の疑惑や嫌悪や恐怖の的となって不安定な生活を何年も送った後に、非業《ひごう》の死を遂げたり、奴隷の身分に陥る者もあった。
> （『「台風」その他の物語』二一一頁）

ヤンコーが経験する非常に重要な出来事のなかには、ケネディの話を強く連想させるものがある。彼はスウォッファ氏のもとで一種の奴隷扱いを受け、村では「不安定な足場」以上のものは決して得られず、「嵐と戸外にさらされた」ある夜は危うく溺死し飢え死にするところを生き延びたが、別の夜には、「病み――体の自由がきかず――のどが渇いて」死ぬ（二三二―三九頁）。村の少年たちに石を投げつけられたことと、ヤンコーがエイミーからパンと水をめぐんでもらうのを頼みにしたことは、彼の試練の儀式化した側面を際立たせ、この物語の暗い主題、すなわち集団の偏見の中核にある恐怖と無知は決して老いることはなく減らすこともできないという主題をなおいっそう強調する。「エイミー・フォスター」が活字になった後、コンラッドは一つの「単純な」発想を「重視しすぎた」のではないかと恐れた（『書簡集』第二巻、三九一―九二頁）[29]のだったが、典型人物の様式化と確固とした現実感に支えられた複合的な視点が一体になった結果、「エイミー・フォスター」は読者を感動させ引きつける力をもつことになったのである。

「秘密の共有者」では、よそ者の苦境は「エイミー・フォスター」以上に両義的に扱われている。この短編の魅力の一部は、短編が青年船長の決断、つまり、レガットを匿《かくま》い彼に「陸《おか》の法律」の網の目をくぐらせようとした決断を、真っ正直に肯定することをためらっているところにある。この点で、「秘密の共有者」はよく知られたコンラッド的逆説《パラドックス》を劇的に表現している。というのも、船長の間髪を入れない無法者《アウトロー》に対する同情は、船長が職員や部員とのあいだで連帯を達成する必要があることとは相容れないからである。彼の忠誠心の分裂は、非常に解決困難な自己分裂として描かれている。「私は私の指揮する船とすっかり二人きりでいるというのではなかった。なぜなら、私の船室にはあのよそ者がいたからだ。いやもっと正確には、私は船と完全にすっかり一体であったというのではなかった、と言っておこう。私の一部が不在だった」（『「台風」その他の物語』二七七頁）。コンラッドはL字型をした船室（それは船長とレガットとの「秘密の仲間関係」を象徴する）と、本船の甲板および船長が表向き指揮している共同体の「確立した日常業務」とを対比させる。しかし、この物語のドラマティックな結末で、これらの矛盾から生じる緊張は解消される。そればかりか、すでにコーリン島の危機よりも前に、船長は「分身」とともにいる時のほうが、「いっそう二つに裂かれた感じが少ない」と告白している（一七五頁）。さらにこれより早く、レガットの神秘的な到着以前に、船長は、自分は船にも自己自身に対してもよそ者であると認めている。自己を指揮者として船の共同体に溶け込ませて一体になるために、船長はよそ者であると同時に「もう一人の自分」でもあるレガットとの連帯を真っ先に証明しなければならなかったのである。

　この二重の責任の板ばさみ《ジレンマ》を提起することによって、コンラッドはドッペルゲンガー（分身）の伝統様式にある特質を加えている。この様式は、慣例的に、主人公と「そっくりの人物《ダブル》」をそれまで隠されてきたか抑えつけられてきた自己の一面と見なすものである。「秘密の共有者」は、船長の表向きの、公的なアイデンティティの片割れとして演じられるレガットの役割を探究しているので、このタイプのフィクションと似ている。つまり、（セフォラ号のアーチボールド船長についた嘘に見られるように）レガットの存在を否定することは、自己切断にひとしい行為になるであろう。しかし実際には、もう一つの個人——高級船員の仲間——としてのレガットに対する船長の道義的共感こそ、まさにこの短編をスティーヴンソンの「ジーキル博士とハイド氏」あるいはドストエフスキーの「分身」のような作品とは違った特別なものにしているのである。

　コンラッドは、創世記にあるカインとアベルの物語に複数回さりげなく言及し、さらに主がカインにしるしを付ける一節に一度直接言及しているが、このことは船長の仲間意識からくる行動に寓話的な共鳴を起こす。レガットとカインとの対照性は、類似点同様に重要である。カインと違い、レガットは共同体の安全を脅かしていた「アベル」のような男を殺す。同様にカインとは違って、レガットは「殺そうとする者の手を押さえる（中略）呪いの烙印」も無く大海原《ウィルダネス》に入る（二九四頁）。同時に、船長がレガットを保護しようとする本能は、単に「私は弟の番人でしょうか」という問いに対する肯定の答えをなすだけではない。いやむしろ、船長の本能は、もう一人の人間に対する自己の責任を認めることで、（公的かつ私的な役割の相互依存に第一次的な意義を持たせる心理学者の用いる意味において）本物の自分を見つけることと関連しているのである。

　このすぐれた達成をなしとげた三作品は、「闇の奥」やそれ以前の物語と同様、短めの形式の範囲内で文体と内容の両方を試したいというコンラッドの強い衝動を証明するものである。こうしたことは短編小説にも長編小説にも力を注ぐ作家たちに必ずしも当てはまらない。たとえばフォークナーに関して言えるように、このタイプの作家は、物語をあくまでさまざまな考えを実験的に試す手段として用い、その考えを長めのフィクションでいっそう充実しいっそう革新的な形で表現して見せるのである。「明日」が出版された後にも、つまりコンラッドの短編小説が、主題においてより複雑でなくなり技法においてより大胆でなくなってきた時でさえも、「伯爵」、「秘密の共有者」および「決闘」において注目に値する方向転換が行われている。したがって、「進化論的《ダーウィニアン》」という言葉の少なくとも一つ別の意味において、コンラッドの中短編小説は、フィクションを書くという行為に作家独自の

「進化論的」姿勢で取り組んだことを物語っているのである。

原注

(1) 批評家は、当該の作品が三万五千語ないし四万語を越えたときに、「長めの短編小説」すなわち「中編小説《ノヴェラ》」(コンラッドが決して使わなかった用語だが)と「ノベル(長編小説)」との区別をどのようにつけるかをまだ決めていない。本の形で発行されながら、コンラッドと出版社の双方が「ノベル」というよりむしろ「物語《ストーリーズ》」として扱った作品も、私は短編小説の範疇に含めている。たとえば、「万策尽きて」は『陰影線』より長いけれども、一冊の物語集の形で出版されたのに対して、『陰影線』はノベルとして単独に出版された。この問題を取り扱うほかの方法については、グレイヴァー『コンラッドの短編小説』(序文八—九頁)、およびハインズ「語りの技巧」(序文一一—一二頁)を参照。

(2) 「潟湖」が掲載されるより前、一八九六年六月三日に、『コーンヒル・マガジン』誌は六千語から八千語の短編小説を寄稿してほしいと要求していた。雑誌社からの手紙は、グレイヴァーの『コンラッドの短編小説』(一七—一八頁)に再録されている。

(3) ヘンリー・ジェイムズとジェイムズ・R・オズグッド社との間で交わされた一八八三年四月ー三日付の覚書契約書を参照。アネスコ『市場との摩擦』(八三—八四頁)に再録されている。アネスコはジェイムズの未公開書簡から抜粋した有益な情報も紹介している。

(4) 一八九八年九月八日、ウィリアム・ブラックウッドはコンラッドに宛てた手紙の中で次のように書いた——「私は以前からずっとフィクションの執筆を時間や空間に全面的にしばられるわけではないものと見なしてきた」(ブラックバーン編『ジョウゼフ・コンラッド——ウィリアム・ブラックウッドとデイヴィッド・S・メルドラムへの書簡』二八—二九頁)。『ロード・ジム』がどんどん長くなって連載がつづくことについて、ブラックウッドが寛大であったことはよく知られているが、コンラッドが何か企画にとりかかったばかりのときに、自由に書かせたことは、それと等しく特筆に値する(同書、三五—三六頁、五七頁)。

(5) 一八八四年五月二十日付、ウィリアム・ジェイムズに宛てた手紙(『ジェイムズ文書』、ハーヴァード大学、ホートン図書館所蔵)。アネスコ『市場との摩擦』(八五頁)に引用あり。『ボストンの人々』はジェイムズが題材をうまく制御できなかった例と一般に見なされているが、彼はほとんどはじめからその作品が長くなりそうであることに気づいていたようである。

（6）一八八四年一月二十九日付、ジェイムズ・R・オズグッドに宛てた手紙（『ジェイムズ文書』、デューク大学所蔵）。アネスコ『市場との摩擦』（八六頁）に引用あり。

（7）J・B・ピンカーに原稿の最初の数頁を送ったとき、コンラッドは、この物語が八千二百語の「怪物」よりも「大して」長くならないだろうと見積もった（『書簡集』第三巻、三一七頁）。〔訳注――一九〇六年二月二十一日付、J・B・ピンカーに宛てた手紙〕

（8）フォードは、コンラッドが「真の短編小説を決して書いたことはない」（『ジョウゼフ・コンラッド――個人的な思い出』二一八頁）と主張した。最近の、フォードほど独断的ではない論評に関しては、ヒグドン／シアード共著『「最後がやっかい」』を参照のこと。

（9）『オールメイヤーの阿房宮』はいくつかの点で特別なケースである。コンラッドは五年をかけてこの最初の長編小説を書いたが、その間彼はコンゴと海上で仕事に就いてもいた。この作品が短編小説として手がけられたかどうかは不明である。

（10）一八九四年八月半ばから十月終わりにかけてのどこかの時点で、コンラッドはある一つの出来事について焦点を当てる「スケッチ」をいっそう詳しいものに進展させていた（『書簡集』第一巻、一八五頁）。〔訳注――一八九四年十月二十九日あるいは十一月五日付、マルグリット・ポラドフスカに宛てた手紙〕

（11）一方、サイードは、この言い回しはいっそう厳格な形式の中で「進化、秩序、熟練が演じられる」という意味である、と解釈する（『ジョウゼフ・コンラッドと自伝のフィクション』二七頁）。

（12）一九一三年［十一月］金曜日、J・B・ピンカーに宛てた手紙。ニューヨーク公共図書館、バーグ・コレクション所蔵。

（13）「闇の奥」と『ロード・ジム』、「秘密の共有者」と『西欧の眼の下に』との間に見られる形式と主題上の関連は、コンラッドの短編小説と長編小説が相互に関係していることを示すさらにもう一つの証拠である。フレイザー『ジョウゼフ・コンラッドの作品における織り合わせ模様』第五章および第六章を参照のこと。

（14）コンラッドの財政状態に関する説明は、ワッツ『ジョウゼフ・コンラッド――文筆生活』およびキャラバイン「書評『ジョウゼフ・コンラッド――文筆生活』」を参照のこと。二人ともコンラッドが物語の執筆料として受け取った額をお付きのメードと秘書に彼が払った賃金と対比させている。「台風」に対して払われた七十五ポンドは、同じ年に『ストランド』（誌）が「台風」よりもずっと質の劣る物語に対してH・G・ウェルズに払った一二五ポンドに比べると、実は、高くはなかった。

(15)『ブラックウッズ・エジンバラ・マガジン』一八九八年九月号、三二三頁（強調付加）。〔訳注――本文中の「青春」からの英文引用に対する邦訳は、宮西豊逸（角川文庫）を（一部変更の上）借用した〕

(16) コンラッドのテクストへのこれらの変更は、連載版と「ある航海」と題された原稿（コルゲイト大学エヴェレット・ニーダム・ケース・ライブラリー所蔵）とを比較することによって確認されている。

(17)『ナーシサス号の黒人』の終結部に内在する矛盾については、ベアトゥーの同作品への「序文」（一一―一三頁）を参照のこと。

(18) この語（decode「解読する」）はイアン・ワットによる造語である。ワット『十九世紀におけるコンラッド』を参照。

(19) 一九二二年四月二十四日付の手紙。ナイデル『ジョウゼフ・コンラッド――年代記』（七七頁）に引用されている。

(20) コンラッドによる濃厚な情景描写は、その「速さ」が「一定している」ので物語の時間と語りの時間が等しいという印象を与える。〔訳注――本文中の「台風」からの英文引用に対する邦訳は、宮西豊逸（角川文庫）を（一部変更の上）借用した〕

(21) この物語を修正するにあたり、コンラッドはヤンコーの受ける印象を強め、その印象と村人の視点とを対比させることに集中した。フレイザー「コンラッドによるエイミー・フォスターの修正」を参照のこと。〔訳注――本文中の「エイミー・フォスター」からの英文引用に対する邦訳は、佐伯彰一訳（『潟・エイミィ・フォスター』英宝社）を（一部変更の上）借用した〕

訳注

〔1〕［一八九六年十一月一日］日曜日、エドワード・ガーネットに宛てた手紙。［一九〇〇年十一月二十七日］火曜日朝、デイヴィッド・メルドラムに宛てた手紙。一九〇六年三月二日付、J・B・ピンカーに宛てた手紙。一九〇八年四月十六日付、ジョン・ゴールズワージーに宛てた手紙。

〔2〕一九一〇年八月五日付、ジョン・ゴールズワージーに宛てた手紙。

〔3〕一八九六年六月十九日付、エドワード・ガーネットに宛てた手紙。一八九六年八月五日付、エドワード・ガーネットに宛てた手紙。

〔4〕イーディス・ウォートン（一八六二―一九三七）は米国の女性小説家。

〔5〕一八九八年三月二十六日付の手紙。

〔6〕一八九三年二月三日付、マルグリット・ポラドフスカに宛てた手紙。

〔7〕一九一一年八月二十三日付、ヘンリー・ミルズ・オールデンに宛てた手紙。

〔8〕一九〇〇年九月一日付、デイヴィッド・メルドラムに宛てた手紙。一九〇〇年九月九日付、ヘレン・サンダーソンに宛てた手紙。

〔9〕一九〇九年十二月十四日付、ジョン・ゴールズワージーに宛てた手紙。

〔10〕一八九六年六月二日付の手紙。

〔11〕一八九六年六月七日付、T・フィッシャー・アンウィンに宛てた手紙。

〔12〕一八九六年七月二十二日付の手紙。

〔13〕［一八九六年］十一月二十一日付、E・L・サンダーソンに宛てた手紙。

〔14〕一八九六年十一月二十一日付、E・L・サンダーソンに宛てた手紙。

〔15〕［一九〇二年八月（あるいは九月）］金曜日、デイヴィッド・メルドラムに宛てた手紙。「万策尽きて」に関しての言及である。

〔16〕［一九〇八年八月十一日］火曜日、J・B・ピンカーに宛てた手紙。

〔17〕一九〇二年五月三十一日付、ウィリアム・ブラックウッドに宛てた手紙。

〔18〕［一九〇九年十二月十五日］水曜日、J・B・ピンカーに宛てた手紙。

〔19〕一九〇一年一月二十三日付、J・B・ピンカーに宛てた手紙。

〔20〕一九〇二年一月七日付の手紙。

〔21〕『ブラックウッズ・エジンバラ・マガジン』の愛称。

〔22〕［一九一一年十一月十二日あるいは十九日］日曜日、J・B・ピンカーに宛てた手紙。

〔23〕一九〇二年一月十六日付、J・B・ピンカーに宛てた手紙。
〔24〕［一八九八年四月十四日］木曜日、R・B・カニンガム・グレアムに宛てた手紙。
〔25〕［一九一一年八月四日］エドワード・ガーネットに宛てた手紙。
〔26〕［一九一一年七月二十九日］の手紙。
〔27〕一八九六年七月二十二日付、T・フィッシャー・アンウィンに宛てた手紙。
〔28〕［一九〇〇年十一月?］月曜日、J・B・ピンカーに宛てた手紙。
〔29〕一九〇二年三月十一日付、ジェイン・ウェルズに宛てた手紙。

引用文献

Anesko, Michael. *'Friction with the Market': Henry James and the Profession of Authorship*. New York: Oxford University Press, 1986.

Benjamin, Walter. 'The storyteller'. *Illuminations*. 1955. Ed. Hannah Arendt. New York: Schocken Books, 1968, pp. 83–109.

Berthoud, Jacques. Introduction. *The Nigger of the 'Narcissus'*. Ed. Jacques Berthoud. Oxford: Oxford University Press, 1984, pp. vii–xxvi.

Blackburn, William, ed. *Joseph Conrad: Letters to William Blackwood and David S. Meldrum*. Durham, NC: Duke University Press, 1958.

Carabine, Keith. Review of *Joseph Conrad: A Literary Life* by Cedric Watts. *The Conradian* 16.2 (1992), 85–91.

Conrad, Joseph. *'Heart of Darkness' and Other Tales*. Ed. Cedric Watts. Oxford: Oxford University Press, 1990.

The Nigger of the 'Narcissus'. 1897. Ed. Jacques Berthoud. Oxford: Oxford University Press, 1984.

'Typhoon' and Other Tales. Ed. Cedric Watts. Oxford: Oxford University Press, 1986.

Ford, Ford Madox. Editorial. *The English Review* 1 (1909), 356–60.

Joseph Conrad: A Personal Remembrance. 1924. New York: Octagon, 1965.

Fraser, Gail. 'Conrad's revisions to "Amy Foster"'. *Conradiana* 20.3 (1988), 181–93.

Interweaving Patterns in the Works of Joseph Conrad. Ann Arbor: UMI Research Press, 1988.

Friedman, Norman. 'Recent short story theories: problems in definition'. In *Short Story Theory at a Crossroads*. Ed. Susan Lohafer and Jo Ellyn Clarey. Baton Rouge: Louisiana State University Press, 1989, pp. 13–31.

Genette, Gérard. *Narrative Discourse: An Essay in Method*. Tr. Jane E. Levin. Ithaca: Cornell University Press, 1980.

Graver, Lawrence. *Conrad's Short Fiction*. Berkeley: University of California Press, 1969.

Higdon, David Leon and Robert F. Sheard. '"The end is the devil": the conclusions to Conrad's *Under Western Eyes*'. *Studies in the Novel* 19 (1987), 187–96.

Hynes, Samuel. 'The art of telling: an introduction to Conrad's tales'. *The Complete Short Fiction of Joseph Conrad*. Ed. Samuel Hynes. London: Pickering; Hopewell, NJ: Ecco Press, 1992, III, pp. xi–xiii.

James, Henry. Preface to 'The Author of Beltraffio'. In *The Art of the Novel*. Ed. Leon Edel. New York: Scribner's, 1934, pp. 232–40.

Lucas, Michael. 'Conrad's adjectival eccentricity'. *Style* 25 (1991), 130–39.

Maupassant, Guy de. 'The Novel'. *Pierre and Jean*. 1888. Tr. Leonard Tancock. Harmondsworth: Penguin Books, 1979, pp. 21–35.

Najder, Zdzisław. *Joseph Conrad: A Chronicle*. Tr. Halina Carroll-Najder. New Brunswick, NJ: Rutgers University Press; Cambridge: Cambridge University Press, 1983.

Orel, Harold. *The Victorian Short Story: Development and Triumph of a Literary Genre*. Cambridge: Cambridge University Press, 1986.

Said, Edward W. *Joseph Conrad and the Fiction of Autobiography*. Cambridge, MA: Harvard University Press, 1966.

Watt, Ian. *Conrad in the Nineteenth Century*. Berkeley: University of California Press, 1979; London: Chatto & Windus, 1980.

Watts, Cedric. *Joseph Conrad: A Literary Life*. London: Macmillan, 1989.

Wilson, Harris, ed. *Arnold Bennett and H. G. Wells*. Urbata: University of Illinois Press, 1960.

第3章

「闇の奥」

セドリック・ワッツ［Cedric WATTS］
井上真理（訳）

コンラッドの「闇の奥」は、豊かで、鮮烈で、重層的で、逆説に満ちた、一筋縄ではいかない中編小説《ノヴェラ》、すなわち長めの物語《テイル》であり、一見それとはわからない自伝、紀行文、冒険物語、精神的放浪、政治風刺、象徴的散文詩、ブラック・コメディ、超自然的メロドラマ、懐疑的思索の混合体である。あとから振り返ると、それは「時代に先んじた」、つまり非常に先見性の高いテクストであった。一八九九年の『ブラックウッズ・エジンバラ・マガジン』にまず連載されると、歳月を経るごとに多大な影響力を持つようになり、一九五〇年から七五年にかけての時期に、批評家の称賛は頂点に達した。ところが二十世紀最後の四半世紀には、「闇の奥」は、その影響をますます広く浸透させる一方で、多くのフェミニズム批評家と左翼系および第三世界の一部の評論家によって、政治的な見地から猛攻撃された。[*1] この論文では、「因果はこまのように巡る」〔シェイクスピア『十二夜』のフェステの名文句〕ことによるこの中編小説の浮き沈みを論じるとともに、この小説が今でもなお批評家たちを批評する力を残していることを示そうと思う。

I

はじめに、「時代に先んじた」という言い方には補足が必要である。この作品が時代に先んじることができたのは、知的にその時代を扱ったからである。つまり、コンラッドはあのような目配りの利いた巧妙さと多義性をもって同時代の諸論点に取り組んだからこそ、多くの二十世紀的関心事を先取りできた。

いくつかの点で「闇の奥」は明らかに十九世紀末の作品である。まず、これは旅と未知の探検と、いわゆる「進歩の前哨所」〔植民地における宗主国の出先機関のこと〕の物語である。[1] ライダー・ハガードやラドヤード・キプリング、R・L・スティーヴンソン、その他大勢の作家を通じて人気が出たような素材に頼っている点で、帝国主義の最盛期にふさわしい小説である。ストーリーは「最暗黒アフリカ」[2]に向かう旅であるが、その地域は、H・M・スタンリーの探検によってのみならず、一八八五年のベルリン会議――ベルギー国王レオポルド二世の私有地としての「コンゴ自由国」を承認――によっても世間から注目されていた。それは植民地領土をめぐる烈しい国際競争の時代であった。多くの人が、アフリカの植民地化によってヨーロッパにもたらされた政治的・道徳的・精神的課題に関心を持っていた。また、この物語は先祖返り《アタヴィズム》と退廃《デカダンス》を取り上げたが、ちょうどその頃、ゾラや「自然主義者たち」、チェーザレ・ロンブローゾ（犯罪学者）とマックス・ノルダウ（『退化論』の著者）、さらには審美主義運動をめぐる論争によって、これらの話題が一般に流布するようになっていた。たとえばノルダウは、道徳的に退化した人々の影響で文明が崩壊しつつあると主張しており、彼の言う「高度な才能を持つ退化者」、すなわちカリスマ的ながら倒錯した天才についての説は、コンラッドの描くクルツ像に影響したかもしれない。しかし、それよりもさらに重大だったのは、ダーウィン進化論の普及によって人間性とその起源、そしてその行く末に広範な危惧《きぐ》が生じていたことである。そして最後に、ケルヴィン卿の熱力学第二法則、すなわちエントロピー法則の一般への普及があった。その示唆するところによると、やがて太陽が天空で冷たくなり、地球上の生物は絶滅し、地球は究極の闇に包まれる運命であるという。コンラッドは物語中でこれらすべての話題を取り上げるか、遠まわしにほのめかすかした。[*2] いかにも彼らしいのは、大衆的な要素と非常に高度な分析を共存させたことである。大衆的要素には、時事ネタの間接的借用や、わくわくするような語り、さまざまなエキゾチックな素材などがある。そして、その素材を処理する方法は読者に挑戦するかのように多様で手が込んでいた。

「闇の奥」では、ある物語が一人の英国紳士によって、他の英国紳士たちに語られる。このような「話中話」の手法はめずらしくなく、また当時には特にふさわしかった。コンラッドが高く評価していた同時代の作家では、ツルゲーネフやモーパッサン、ジェイムズ、キプリング、クレイン、カニンガム・グレアム、ウェルズがそれを採用した。この手法は、紳士クラブとセミ・フォーマルな社交の集まり――そのような場で旅行家たちが出会い、情報交換や外地での体験を披露しあった――の時代の社会的慣習を反映しただけではない。それはまた、個人的経験と社会的経験の相互作用を際立たせる手法でもあり、認識の相対性や知識の限界、あるいは私的原則と公的原則の衝突を表していたと見ることができなくもない。作品名にはじまって（「闇の奥」は相容れない複数の概念を呼び起こす）、この物語は逆説に満ちている。そして一八九〇年代というのは、大小の逆説が文学にあふれていた十年だった。それもオスカー・ワイルドの警句《エピグラム》のように引用しやすいものだけでなく、もっと大規模な逆説がサミュエル・バトラー、エドワード・カーペンター、ジョージ・バーナード・ショー、トマス・ハーディ、そして再びワイルド（たとえば、エッセイ「社会主義下における個人の魂」）の作品に見られた。ここでは観念上の矛盾が圧縮された修辞を獲得していた。すでにボードレールは、自然が「象徴の森」[*3] をくれると明言していたが、象徴主義が散文と韻文で新たな興味をかきたてた時代にあって、コンラッドは明示的な文章によるだけでなく、多義的なイメージや多面的なシンボルによっても逆説を示すことができた。たとえば、「闇の奥」の語りには次のような逆説がある。

文明は野蛮でありうる。それは偽善的なうわべであると同時に、油断なく守られるべき貴重な努力の結晶でもある。

社会は私たちを堕落から守るが、社会は堕落している。

帝国主義は「その背後にあるひとつの観念」によって救われるかもしれないが、帝国主義は救いがたい「力まかせの強盗」である。

友愛は人種の違いを超えるけれども、「ちょうど夢を見るのと同じように、僕らは生きているんだ――ただひとりぼっちでね」。

真実は伝えられるべきであるが、女性には伝えられるべきではない。本質的なことの伝達は不可能である。

道徳は偽物である。しかし、それなしでは人間は偽物の人間になる。

知っているのは、知らないよりも良い。私たちは知らないほうが良いと知ることもあり、無知こそ至福と学ぶことさえある。

魂を売る者は少なくとも売るだけの魂を持っていて、凡人には与えられない種類の意味を獲得する可能性がある。[3]

諸種のイメージは繰り返し逆説的であると判明する。白と黒、光と闇というお決まりの連想がさまざまな形で利用され、かつ覆《くつがえ》されている。都市は「墓場のよう」であり、ロンドンは「垂れ込めた闇」を連想させ、しかも作品名‘Heart of Darkness’自体が「最暗黒アフリカ」の中心部だけでなく、クルツの堕落や闇に包まれたロンドン、さらには多種多様な闇と不分明——物理的・道徳的・存在論的な——を指している。

「闇の奥」の顕著な特徴のうち、十九世紀を経て遠い過去にさかのぼることができないものはほとんどない。帝国主義に対する風刺的な描写は、スウィフトの『ガリヴァー旅行記』（一七二六）や、ヴォルテールの『カンディード』（一七五九）、バイロンの『ドン・ジュアン』（一八一九―二四）に先例がある。聡明でありながら堕落していて、悪に染まっていながら魅力的でもある、カリスマ的なクルツは、ゴシック小説の「悪漢ヒーロー」の流れをくむ——そのもっとも顕著な例がエミリー・ブロンテのヒースクリフであり、そのヒースクリフはさらに、アン・ラドクリフのモントーニ伯爵〔『ユードルフォ城の秘密』の登場人物〕と同じく、ロマン派が崇高な反逆児と見なすミルトンの悪魔の文学的子孫である。さらには、物語から喚起されるイメージからすると、クルツは現代のファウスト、すなわち権力と欲求充足のために魂を売った人間であるから、ひょっとするとチャーリー・マーロウ（Charlie Marlow）のマーロウはクリストファー・マーロウ（Christopher Marlowe）にあやかってつけられた名前かもしれない。[*4] 一八九〇年代に大流行したあの間接的な語りの手法も、ブラウニングやテニスンが愛用した劇的独白という詩の手法や、ブロンテが『嵐が丘』で用いた多数の語り手による複雑な語りと関連づけることができる。さらに、この手法は、コールリッジの「老水夫行」を経てチョーサーの『カンタベリー物語』へ、そしてついには、ホメーロス叙事詩の入れ子構造の語りにまでさかのぼることができる。マーロウの悪夢めいた旅は「地獄篇」のダンテの想像上の旅を明示的になぞらえているし、古代ローマへの言及は、『アエネーイス』〔古代ローマの詩人ウェルギリウスの未完の長編叙事詩〕を、とりわけ伝説的な帝政主義者アエネーアスが冥界を旅する第六巻を思い起こさせる。[5]

もちろん、この中編には作者の個人的経験から来ている要素も多い。「帝国の使命」に対するコンラッドの懐疑は、彼の生まれ落ちたのが（オーストリア・プロイセン・ロシアによって分割されて）ヨーロッパ地図から消えていたポーランドであったことや、両親が筋金入りの愛国者で、地下活動のかどでロシア当局によって流刑に処せられたことなどに関連づけられる。ロシアの圧制に対する政治的闘争も一因となり、両親ともコンラッドがまだ子供の頃に死亡した。コンラッドが政治的な理想主義のために、いやそれにとどまらず、さまざまな種類の理想主義のために強いられる人的犠牲にあれほど敏感だったのはそこに由来する。彼の強度の孤立感もまたそこに由来する。父アポロ・コジェニョフスキのロマン主義と、伯父であり後見人でもあったタデウシュ・ボブロフスキの明敏で懐疑的な忠告の好対照が、逆説と倫理的葛藤に対するコンラッドの感覚を養った。[6] さらに長年の海での生活が、船乗りであることに伴う倫理――労働と職務の倫理――を重んじる精神を培《つちか》った。それはマーロウが精神的な支えとし、物語中の船舶ボイラー技師をそのささやかな模範とする倫理であり、場違いにもジャングルの真ん中で発見される、あの「タウワーかタウスン――何かそんな名前」の著者による航海術の手引書として目に見える形を与えられている。

「闇の奥」執筆の大きな原動力となったのは、一八九〇年にコンラッド自身がコンゴの奥地へ分け入った旅であった。この旅で、彼はさまざまな残虐行為と搾取と非効率と偽善の証拠を目の当たりにし、帝国主義の美辞麗句と「人間の良心の歴史を汚すこの上もなく不道徳なぶん取り合戦」（『最後の随筆集』一七頁[7]）という不快な現実との乖離《かいり》を、いやというほど思い知らされた。このときの経験を基にした「闇の奥」には事情に通じた者の憤りが表明されている。しかし、その憤りと幻のような象徴性を持たせるねらいの組合せは、確かに風刺的誇張につながっている。物語中に描かれる非効率と無能があまりにも広汎《こうはん》であるために、アフリカにいた帝国主義者たちが使用可能な鉄道や道路網や町を築けたとは思えないほどである。同様に、ノーマン・シェリーが明らかにしたように、クルツに相当する実在の人物ジョルジュ・アントワーヌ・クラインとクルツとの共通点は、クラインがコンゴで病気になった交易所所員で、コンラッドの船で連れ戻されなくてはならず、その船上で死んだことだけである。この人物がクルツほどに才能豊かで堕落していた証拠はどこにもない*(8)。

　もっと身近な人々や個人的な事柄も「闇の奥」の素材になった。コンラッドは座談の名手で、G・F・W・ホープ、W・B・キーン、C・H・メアーズの三人とよくテムズ河に係留されたホープのヨール型帆船（二本マストの小型艇）ネリー号に集まっていろいろな話を披露しあっていた。それがこの物語の冒頭部分の設定と形式になった。ホープは物語中のホスト役と同じように会社重役、キーンは会計士、メアーズは事務弁護士（法廷弁護士と依頼人との間に立って訴訟事務を取り扱う）だった。コンラッドはコンゴでの貿易を取りしきるベルギー企業の職を求めてブリュッセルに行き、マーロウはブリュッセルと思しき「墓場のような都市」に面接を受けに行く。コンラッドはマーロウと同じように、伯母のコネで面接のチャンスをつかんだ（ただし、コンラッドの場合、「伯母様」と呼んでいたマルグリット・ポラドフスカは遠い親戚の妻であった）。コンラッドがコンゴから戻ってポラドフスカ夫人を訪ねたとき、彼女が夫の喪に服していたこと、さらに、コンラッドが彼女に心を惹かれていたことからして、マーロウがほのかな愛を感じる*(9)あのクルツに先立たれた婚約者のモデルは、どうやらポラドフスカ夫人であるらしい。マーロウとコンラッドに共通した特徴が数多く見られる一方で、クルツの描かれ方は、クルツの苦境がひたむきな創作作家のそれに似ているというコンラッドの思いによっておそらく色づけされている。コンラッドは、自伝的作品『個人的記録』の中で、作家としての自身の目標を省察して次のように述べている。

> 芸術家の考えや感情が、想像上の冒険という経験を捜し求めに行くあの内なる世界には、彼に度を超させないようにする警官も、法律も、身の回りの圧力も、世論の恐怖も一切ない。だとしたら芸術家の良心以外に誰が彼の直面する誘惑に「否」と言うのだろうか。
>
> （序文一八頁）[4]

以上見てきたように、「闇の奥」がコンゴ行きに先立つコンラッド自身の経験や、さまざまな一八九〇年代の関心事、そして長い文学的伝統の擁する多様性にこんなにもはっきりと関係づけられるとすれば、何がそれを先見的にするのだろうか。なぜ「時代に先んじる」ことになったのだろうか。答えは、作品内外の要因が重なったことにある。内的要因としては、気迫のこもった風刺と大胆な懐疑、示唆に富む複雑さと多義性（すなわち、重層的な語り、アイロニックな意味、象徴的含意）、徹底的な逆説志向、意図的な不透明さがあげられる。外的要因には次のようなものがある。まず、のちに文化的モダニズムとして知られるようになるものの萌芽《ほうが》があり、これに続いてモダニズム的と考えられる特徴を多くの批評家が積極的に評価し推奨するようになったことがある。[*10] そして、これに連動して展開した批評の手続きでは、とりわけ作品中の多義性やアイロニーや多面的な象徴的意味が注目されるようになったことがある。さらに、宗教、歴史、文明、人間性に対する懐疑主義の高まりもあった――もっとも、多少の宗教への郷愁や根強い信仰の習慣、人間主義的な期待のために事は複雑であったが。なおまた、帝国主義への反感が一般に強まっていったことがあり、多くの読者にはこのテクストもその反映と思われた（ただし、時が経つと、これに異論を唱える読者も現れた）。「闇の奥」は含蓄に富み、至るところに引用したくなる箇所がある。二十世紀に起きた歴史的事実に照らしてみて初めてその重要性が顕在化してきたような経験の領域を、この作品が予言者的に要約していたと見えたことも幾度となくあった。それは現代の堕落と無秩序を要約した一幅《いっぷく》の図像を提示した。つまり、この物語はさまざまな縮図の選集《アンソロジー》と化したのである。

第一次世界大戦はいかに人間が自ら生み出した体制と科学技術に呑み込まれ、矮小《わいしょう》化され、破壊されうるかを示した。アフリカで人々が容赦なき体制に奉仕し、体制のために死にゆく様を描くとき、コンラッドはそれを予期していたかのようだった。彼が描くのは、人々を支配するシステムと異質な環境の前に矮小化された人間たちである。ヒトラー主義とナチによるホロコーストは、クルツのカリスマ的退廃の描写のなかで予言されていたかのようである。もしかすると「急進党のすばらしい党首」になったかもしれないクルツは、人々を熱狂させる雄弁で知られ、その壮大な野望が「蛮人どもを皆殺しにせよ！」という絶叫に要約される人心収攬《しゅうらん》の天才である。*[11] 二十世紀を通じて、（しばしば宗教的あるいは理想主義的な）帝国主義プロパガンダと現実のむごたらしい搾取のはなはだしい乖離《かいり》が次第によく知られるようになった。そのような事情も、「この地上の征服とは、（中略）たいていの場合、肌の色が違うか、僕らより少しひらべったい鼻の人間たちからその土地を奪ってしまうことを意味する」（『「闇の奥」その他の物語』一四〇頁）と言い放ったこの物語をおおかた正当化するものとして働いた。「闇の奥」がヴェトナム戦争の批判的な解説になっていたとすら思われることは、フランシス・フォード・コッポラの超大作映画『地獄の黙示録』（一九七九）において認知されたが、同時に生み出されたメイキングの記録映画『ハート・オブ・ダークネス――コッポラの黙示録』[5]のほうは、現実のクルツ的堕落と退廃を証言していた。その後ニコラス・ローグがもうひとつの映画版[6]を制作した。二十世紀史の愚行と野蛮によって、この物語の陰鬱《いんうつ》で懐疑的な側面は十分に実証されたように思われた。

一九〇二年には、コンラッドの友人で、かつて文学上の助言者でもあったエドワード・ガーネットが、「『闇の奥』は、人間生活の批判の巧妙さにおいて、当作家の才能の最高水準を示すものである」（シェリー編『コンラッド

——批評の遺産』一三三頁）と書いた。一九七四年には、C・B・コックスが自信を持って、「この名作は、二十世紀芸術の性格そのものや、二十世紀芸術の課題と到達点を物語る、トーマス・マンの『ヴェニスに死す』やカフカの『審判』のような、驚嘆すべきモダニズム小説のひとつになった」（序文七頁）と断言できるまでになっていた。この物語が二十世紀の文化的関心事を予告していたように思われることが幾度もあった。ジークムント・フロイトが分裂した自己、つまり自我や超自我の抑圧にもかかわらず充足されようとする執拗で貪欲で無秩序なイド〔本能的衝動の源泉〕を強調するようになることは、コンゴでのクルツの貪欲な欲望成就の描写にすでに予見されていた。C・G・ユングもまた、次のように力説するとき、ほとんどクルツと、この物語が喚起する光と闇のイメージを念頭に置いているかのようであった。それによると、「芸術創造の幻想的形態」は、

> 人間の心の奥を出所とする——人類出現以前の時代とわれわれを隔てるあの時の深淵や、光と闇が鮮やかに対照をなす超人的な世界を思い起こさせる——何か見知らぬものである。それは一種の原初体験であり、人知を超えた、そしてそれゆえに人を屈服させかねない体験である。
> （『魂を求める現代人』一八〇頁）[7]

フロイトとユングが（後にはノースロップ・フライ、ジョウゼフ・キャンベル、クロード・レヴィ゠ストロースが）神話の持つ重要性に対して示した関心は、多くのモダニスト作家にも共有されたものであるが、ここでも先手を打ったのはコンラッドのほうであったようだ。一九二三年にT・S・エリオットは、ジェイムズ・ジョイスが『ユリシーズ』で「神話的方法」を編み出したことを賞賛したが、その方法は、古代神話への言及によって「現代史という虚無と混沌の壮大なパノラマ」を扱う作品群に調和をもたらすことを可能にした（「『ユリシーズ』と秩序と神話」四八三頁）。しかし、そのような神話的な過去と物質主義的な現在の皮肉な対照を手際よく示してみせる

趣向は、エリオットの『荒地』にもきわめて顕著であるが、すでに「闇の奥」の特徴だったのであり、それは現代の混乱を描きながらファウスト神話や『神曲』や『アエネーイス』の記憶を呼び起こすものだった。実際、エリオットがコンラッドから受けた文学的恩恵を認めていたことは、『荒地』のもともとの題辞《エピグラフ》がクルツの「地獄《ザ・ホラー》だ！　地獄《ザ・ホラー》だ！」という言葉で終わる「闇の奥」の一節であったことや、第三部「火の説教」のテムズ河の描写に「闇の奥」の冒頭から持ってきた細部《ディテール》を使っていることに表れている。*[12] もっと重要なのは、あのゾッとするような逆説、つまり世俗的生活を営む大多数の人々が絶滅という死に向かう一方で、クルツはその悪の強烈さによって少なくとも意味を与えられているという逆説を、「闇の奥」がすでにほのめかしていたことである。確かに彼は魂を売ったかもしれないが、少なくとも彼には売るだけの魂があった。そしてこの逆説も、エリオットが『荒地』や評論的随筆のなかでさらに踏み込んだ点である――「地獄落ちそれ自体は救済――現代生活の倦怠からの救済――のもっとも手っ取り早い形態である。なぜなら、それは少なくとも人生に何らかの意味を与えるからである。（中略）現代の悪人のもっとも悪いところは（中略）彼らが地獄落ちに値するほどに悪人らしくないことなのだ」（『評論選集』四二七、四二九頁）。グレアム・グリーンも『ブライトン・ロック』（一九三八）で同じ逆説を用いたし、しばしばコンラッドへの謝意を表しもした。グリーン原作、キャロル・リード監督の映画『第三の男』（一九四九）に登場する悪役ハリー・ライムはクルツ的カリスマの持ち主であり、その子分のひとりは「クルツ男爵」と呼ばれている。ライムを演じたオーソン・ウェルズは自分でも「闇の奥」の映画を作ろうとしたことがあった。一八九九年という時点で、鮮やかな描写技術、特にすばやいモンタージュとイメージのオーバーラップ、象徴的な色彩と明暗対照法《キアロスクーロ》を使った「闇の奥」は、映画が映画的でなかった時代――まだ揺籃《ようらん》期――にあって冒険的なまでに映画的だった。

モダニストのテクストにしばしば見られる特徴は、不条理・無意味感、人々の孤立感、意思疎通の困難さに対する認識である。エリオット、カフカ、ウルフ、ベケットがそうした問題に取り組んだ代表的作家だが、それらはすべて「闇の奥」においてすでに明確に描かれていた。また、人間の科学技術が自然環境を汚すという認識も「闇の奥」の語りのもうひとつの迫力ある特徴であり、これもエリオット、ロレンス、グリーンをはじめ、後世の非常に多くの作家によって取り上げられることになった。クルツの「地獄だ！　地獄だ！」という言葉は、ついには『地獄の黙示録』のマーロン・ブランド演じるカーツ大佐にくぐもり声で再現されることになったが、その直前に彼が引用したのがエリオットの「うつろな人々」という詩の数行である。これはよくできた文化的アイロニーになった。というのも「うつろな人々」は、「ミスタ・クルツ、彼、死んでる」〔クルツの死を現地雇いのボーイが報告したときのせりふ〕を題辞《エピグラフ》として、世俗的存在の不条理というコンラッド的主題を発展させたものだからである。

　この物語の文化的影響は、時間と大陸を超えて広がっている。クルツは一九六〇年代に絶賛されたケニア小説、グギ・ワ・ジオンゴの『一粒の麦』（一九六七）に登場する不道徳で傲慢《ごうまん》な理想主義者トムソンの文学的な父である。クルツの「蛮習廃止協会」への報告書に相当するのがトムソンの「アフリカのプロスペロ」というエッセイである。クルツが「蛮人どもを皆殺しにせよ！」と結論するのに対して、トムソンは「害虫は駆除しなければならぬ」（四八―五〇頁、一一七頁）と考える。「闇の奥」とは根本的に異なる小説、ロバート・ストーンの『ドッグ・ソルジャー』（一九七五）はアメリカの麻薬汚染と麻薬暴力を描いたスリラーで文学賞を獲得しているが、それにふさわしい題辞《エピグラフ》として、「闇の奥」から次の数行を借用している。

> 暴力や、貪欲や、燃えたぎる情欲の悪魔にもお目にかかった。だが、誓ってもいいが、奴らは頑強で、太っていて、赤い目をした悪魔どもだった。そして、そいつらがまわりの男たちを、いいかね、いっぱしの男たちをだぜ、どつき回し、駆り立てていたのだ。しかし、この丘の中腹に立って、僕は予感した。あの土地の

目も眩《くら》むばかりの日差しの下で、強欲無慈悲な愚行にふける、無気力で目のしょぼくれた見かけ倒しの悪魔と、僕はやがて知り合うことになるだろうということをね。

（一五五頁[*13]）

II

一九七〇年代までには、「闇の奥」は多方面で批評家の称賛を集め、高校・人学では「指定図書」のひとつとして広く普及した。それは今や「正典」であった。いくつかの欠点（ひょっとすると「形容への固執[*14]」）があったにしても、長所は短所を補って余りあった。その文化的影響は明らかに広く及んでいた。この中編は規範的な参考文献、すなわち二十世紀的問題、とりわけ二十世紀的な搾取と腐敗と退廃をいろいろな形で切り取ってみせる場面と章句の選集《アンソロジー》として機能した。しかし、『十二夜』のフェステの言葉どおり、「因果はこまのように巡って彼の身に降りかかり」、一九七〇年代の批評では「闇の奥」に対する過激な攻撃が始まった。マルクス主義者テリー・イーグルトンに言わせると、コンラッドの文学はイデオロギー上の矛盾を抱え込んだ文学で、最終的には袋小路で行き詰まる性質のものだった。

コンラッドは、植民地主義国家の文化的優位を信じることもなければ、帝国主義を即座に否定することもない。「闇の奥」は、西欧文明は根本においてアフリカの社会同様野蛮であるという「教訓」を与えてくれるが、このような見方は、帝国主義のよって立つ基盤を揺がしつつ、同じぐらいその基盤を補強することを意味する。

（『文芸批評とイデオロギー』一三五頁[8]）

しかし、はるかにダメージの大きい政治的批判がすでに行われていた。一九七五年の講演で、高名なナイジェリア人作家がコンラッドを「とんでもない人種差別主義者」と決めつけたのである(「あるアフリカのイメージ」七八八頁)。アチェベは「闇の奥」がアフリカを「さまざまな否定の場(中略)、それと比較することによって西洋の精神的美点が引き立つ場」として描いていると主張した(七八三頁)。アフリカ人は非人間化され、格下げされ、グロテスクな生きものか、わめきたてる暴徒と見なされている。彼らは発言を許されず、許されるのは自らの口で自分たちを貶《おとし》めるためだけである。私たちに示されるのは、「アフリカ人を人間としては登場させない舞台と背景幕としてのアフリカ。ほとんど人間らしきものを目にすることのない形而上的な戦いの場としてのアフリカ、そこは放浪の西洋人が命がけで入って行くところ」である(七八八頁)。その結果が(と彼は言う)、人種的不寛容を助長する、それゆえ糾弾《きゅうだん》されてしかるべき「不愉快な、じつに嘆かわしい本」である。

アチェベの講演は大きな衝撃を与え、その文章は繰り返し活字になり、幅広く議論された。「闇の奥」はそれまで帝国主義に大胆で鋭い攻撃を加えたと思われていたが、今や、アフリカ文学の第一人者の意見によると、本当は人種的偏見を是認する帝国主義側の作品であることが示されたのである。次なる猛攻撃はフェミニスト批評家によってなされ、同様の根拠にもとづいていた。アチェベはアフリカ人が周縁化され、屈辱的にステレオタイプ化されていると見たのに対し、多数のフェミニスト批評家はこの物語が同じように女性をひどく軽んじていると感じたのである。ニーナ・ペリカン・ストラウス、ベット・ロンドン、ジョハンナ・M・スミス、そしてエレイン・ショウォールターは、「闇の奥」が帝国主義的なだけでなく「性差別主義的」であると主張した代表的な人々である。ストラウスは、男性の批評家たちはこれまで何度も「女たちに嘘をつくことにより男たちに真実をもたらす」マーロウの共犯になってきたと断言した(「婚約者の締め出し」一三〇頁)。クルツの婚約者は、名前を与えられていないばかりか、男同士の支配的絆を維持せんがために真実に触れることも許されていないと言う。

女性読者は（中略）マーロウのへっぴり腰が、不穏《ふおん》な自己を直視できないことから成っていることを主張できる立場にある。というのも、それは彼自身の男権主義的な弱さ、つまり彼がクルツと共有した人種差別的で、性差別的で、帝国主義的で、リビドー充足的な世界への共犯性を具現したものだからなのである。
（一三五頁）

同じくスミスも、この物語が「帝国主義と家父長制の共謀を示している、つまり、マーロウの語りは野蛮な闇と女性の両方を植民地化し、平定しようとしている」と主張した（「まったくあまりにも美しすぎて」一八〇頁）。

要するに、かつては「時代に先んじて」いるかに見えた、つまり二十世紀の文化的進展を先取りし、二十世紀的問題を要約していた十九世紀小説も、今では時代遅れに見えてきたということである——昨今のいろいろな進歩に追い越されて。政治的急進性のためにあれほど誉めそやされたテクストが、今では政治的反動に映った。「闇の奥」の功罪をめぐる論争が提起した問題は、もはや単なる細部の解釈にとどまらず、文学テクストの評価基準そのもの、文学鑑賞と道徳的・政治的判断との関係の問題でもあった。

III

アチェベの批評を念頭に「闇の奥」を読み返してみると、すぐにも不穏な特色が多々目につき始める。たとえば、ヨーロッパ人は確かに、さまざまな堕落と不道徳の徴候を示しているが、この作品のファウスト的主題は超自然的な悪をアフリカの原野に結びつけている。瀕死のクルツが何かの儀式的行事のために岸辺を這って行き、マーロウが先回りしてそれを止めようとする。

僕は、この原野の重苦しい無言の呪縛《じゅばく》――とっくに忘れられた野獣の本能を呼び覚まし、かつての醜怪な情欲の満足感の記憶を呼び戻すことで、彼をその残忍非情な胸に引き寄せようとするかのような原野の呪縛を、何とか破ろうとした。ほかでもない、この呪縛が森の果てに、叢林《そうりん》のなかに、篝火《かがりび》の輝き、太鼓の鼓動、妖気迫る呪文の唱和の方へと、彼を駆り立ててやまなかったのだと僕は確信した。まさにこの呪縛が彼の背徳の魂を巧みに欺いて、人間に許された願望の限界を踏み越えさせたものに違いない。 （二三四頁）

そしてその原野のただ中では、

黒い人影がひとつ立ち上がると、長く黒い腕を振りふり、長く黒い足で大股に火の前を横切った。頭の上には角――アンテロープの角だったと思う――を付けていた。妖術使いか魔法使いに違いない。まさしく悪魔に見えた。 （二三三頁）

宗教的なことに関しては、マーロウはたいてい懐疑的なようである。人生とは「何か空しい目的のために無情な論理によってお膳立てされた不可解なもの」というマーロウの発言には、確かに無神論的な響きがある。ところが、クルツの堕落のこととなると、マーロウは進んで超自然的な悪の存在を認めているように見える――そして、その悪ははっきりとアフリカのジャングルの住人に結びつけられているのである。今日の懐疑的読者なら、私たちは堕落の神秘化だけでなく、人種差別的神秘化も見せられていると結論したくなるかもしれない。しかしここでひとつ問題なのは、ここで引合いに出された言説はすべてマーロウのもので、したがってそれには「全知の語り手」が保証してくれるような権威がないということである。アチェベは、コンラッドが「どのように精巧な形にせよ、あるいはどのように躊躇《ちゅうちょ》した形にせよ、代替的な準拠枠を示唆するのを怠っている。（中略）私には、マーロウがコンラッドの全幅の信頼を受けているように思われる」と述べる（七八七頁）。しかしながら、これに対しては、コンラッドは二重に間接的な語りをわざわざ選んでいるではないかと反論することができるかもしれない。マーロウの話は、ときに聞き手たちの不服そうな言葉に遮《さえぎ》られながら、ある匿名の登場人物を介して私たちに伝えられている。マーロウ自身が真実を見極めて正確に伝えることの難しさをはっきりと強調するうえに、彼は「結論を定めない《インコンクルーシヴ》」語りでも有名である。その口調は、クルツの臨終を語るときには、他の場面に比べていっそう修辞的に凝ったものになり、観察の精度も低くなっている。この間接的な語りの全般的な効果は、「マーロウはおおよそ信頼できるのだろうが、油断は禁物だ。全面的に信頼できるとは言えない」と私たちに思わせることだろう。実際、コンラッドは他のたいていの間接的な語りの使い手より、ずっと注意して、読者と虚構の語り手との間の批評的距離を残そうとした。

とはいえ、アチェベは説得力をもってこのテクストの時代性を暴露した。マーロウによる「ニガー（黒んぼ）」という言葉の不用意な使用など、多くの要素からこの物語のヴィクトリア朝的な起源がおのずと見えてくる。そのため、この作品を擁護しようとする者は、今や、怪しげな論法を用いる危険を冒すことになった。すなわち、マーロウが彼らにも賛成できることを言ったときには、それをコンラッドの手柄にし、マーロウが彼らを当惑させるようなことを言ったときには、間接的な語りの手法を引き合いに出してマーロウを責め、コンラッドは無罪放免にしたのだった。明らかに、そのような論法は、反論者によって見事に逆用されかねないものだった。

アチェベの有効な一撃は、強烈で、包括的で、あえて論争を巻き起こそうという意図が感じられたが、あとになって彼はその攻撃の手を少し緩《ゆる》めた。*[15] 他の第三世界の作家たち、グギ・ワ・ジオンゴやウィルソン・ハリス、フランシス・B・シン、C・P・サーヴァンなどは、人種問題についてのコンラッドの態度は確かに両面価値的だったが、「闇の奥」は植民地主義者の風刺的描写においては進歩的であったと述べた。シンは、「闇の奥」はアフリカ人を超自然的な悪と結びつけるなど、いくつかの点では無防備だったが、その話は「植民地主義を糾弾《きゅうだん》する古典的小説」のひとつであり続けるだろうと述べた。サーヴァンは「コンラッドは同時代の信念や傾向からの感化を完全に免れていたわけではないが、そうした感化から自由になろうと努めた点においては万人に先んじていた」[*16]と結論づけた。「闇の奥」を公平に扱うためには、他のどの文学的テクストに対してもそうであるように、それが書かれた年代を考慮しなくてはならない。サーヴァンが指摘するように、ヴィクトリア朝帝国主義の最盛期である一八九〇年代の基準に照らせば、やはり「闇の奥」はアフリカでの帝国主義事業の、ひいては帝国主義事業全般の批判において進歩的だった。コンラッドがこれを執筆していたのは、多くの社会主義者も含めて、イギリス国民の大半がまだ帝国主義を立派な事業と見なしていた時代である。彼はコンゴにおけるアフリカ人への虐待に注意を喚起することによって、彼らの待遇改善にも役立ったと言える。実際、この物語はコンゴにおけるベルギーの非人道的行為を抑制するための国際的な抗議運動に貢献することになった。コンゴ改革協会の主導者E・D・モレルは、「闇の奥」が「この主題で今まで書かれたもののなかで、もっとも説得力がある」とはっきり述べた。コンラッドは知人の（モレルの運動の協力者でもあった）ロジャー・ケースメントに激励の手紙を書き、ケースメントは一九〇四年にベルギー行政官の犯した残虐行為を記した議会報告書を公表した[*17]。アチェベは「闇の奥」がアフリカ人を周縁化していると言うが、鎖につながれた一団や、茂みで死んでゆく搾取された労働者たちの惨状を非常に鮮明に語るとき、マーロウは彼らを目に見える存在にしている。他のヨーロッパ人たちが無視することにしたものを、マーロウはつぶさに観察し、冷笑を込めて憤っている。アフリカ人の周縁化は、それこそが批判の対象になっているわけだが、この物語のひとつの主題なのである。

　この物語が一八九九年に出版されたことは、フェミニストの攻撃に対しても多少の防壁になるが、それは防御であって正当化ではない。マーロウの女性に対する庇護者ぶった見解の数々は、当時の男性に広く共有されていたと考えてよいが、このテクストはそれをいろいろな方法で問題化し、フェミニズム批評家たちが自分たちの議論にも生かしたようなアイロニーを生み出している。マーロウは、女性は「真実から遠く遊離していて、（中略）自分勝手な世界に住んでいる」（一四九頁）と言っているが、職を得るために伯母に頼っているのであるから、彼女の世界は実は彼の世界でもある。その上、マーロウがクルツの婚約者につく嘘（これが批評家たちに大変な物議をかもした）は、もともと議論を誘うように描かれたものである。彼はその場面で明らかに混乱しているし（「天が頭の上に落ちて来るのではないかと（中略）思われた」、「こんな些細なことで天は落ちない」）、それ以前にも「僕は嘘が嫌いだ、大嫌いだ、何とも我慢がならない」と言っているので、彼自身の言葉が、女性たちを（a）あまりにも真実に不案内であり、（b）男たちに嘘をついてもらわなくてはならない存在と見なす、二重基準《ダブル・スタンダード》〔ここでは男女により異なる基準をいう〕を露呈している。どちらにせよ、男たちのいかにも「男らしい」事業である、植民地をめぐる戦争や「未開地」の征服は、マーロウによって、無益な破壊を繰り返すほとんど狂気の沙汰として描写されている。

「闇の奥」に対するこうした政治的批評によっていっそう大きな問題が持ち上がってくる。アチェベやストラウスが例示するひとつの標準的な批評手続きとは、物語から推測される政治的見解が批評家のそれに合致するかどうかによって物語を判断するという方法で、つまり批評家の見方を反映している程度においてその物語を賞賛し、反映していない程度において非難するというものである。このやり方は身近ではあるが奇妙である。それは批評家の見方が大体において妥当であることを前提としているが、人によって見方はそれぞれ違う。そればかりか、その批評家の見方が変わらないとも限らず、いろいろな文学作品に出会うなどの経験によって変化するかもしれない。この点で、「闇の奥」は批判者を待ち伏せしているように思われる。マーロウはアフリカ経験によって変わり、そしてその後も変わり続けている。このテクストのもっとも巧妙な点のひとつは、マーロウの確信のなさやおずおずしたところ、彼が手探り状態で断言的な意見を見つけようとするが、後から自らの語りによってそうした主張に疑問を投げかける過程をドラマ化していることである。マーロウを介して、この識閾《しきいき》〔無意識と意識の境界〕をさまよう変幻自在の中編小説は、教えと学び、そして交渉の過程に、型にはまらない視点をもたらしている。ひとつ明白な例をあげると、マーロウはクルツの叫び「地獄だ！　地獄だ！」について、いくつかの相容れない解釈を示す。それはクルツの破滅を意味するのかもしれないし、また無意味な宇宙の恐ろしさを意味するのかもしれない。しかし、他にも意味があるかもしれず、究極の答えは何も示されていない。マーロウは一隻の船の上で友人たちに語りかけている。彼らはマーロウとは違う見方をするかもしれず、実際、不満の声が上がる――「少し言葉を慎めよ」、「馬鹿げている」。コンラッドが「人種差別主義者」であるとか「性差別主義者」であると断言する評論家は、よくあるステレオタイプをコンラッドに押し付けようとすることがあるが、もっともうまくいっている部分では、この物語はステレオタイプを押し付けるプロセスそのものを問題にしているのである。「無知蒙《もう》昧《まい》な数百万の原住民を救い出す」（一四九頁）とか「敵、罪人、人夫（中略）反逆者」（一二二頁）といった表現、あるいは「不健全な方法」とか「急進党の党首」といった表現には、冷笑とアイロニーが込められている。加えて、このテクストに政治的な意見を述べる評論家は、文学的な地平を彼または彼女自身の個人的な価値体系の地平に取り込もうとしている点で帝国主義的だと言うこともできるかもしれない。もし、（私たちの不確かな理解からすると）現在の価値観あるいは偏見を支持しそびれているように思われる過去の作品をすべて廃するなら、生き残る作品はほとんどないだろう。文学作品は多様な政治的含意や影響を持ちうるけれども、政治的な声明《マニフェスト》ではない。文学作品は、想像の産物であり、自発的な仮想体験を誘うものである。作品が言語的な質感としては進歩的であっても、容易に言い換えることのできる内容のほうは進歩的でないこともありうる。作品にこめられた意味はすべて、虚構性という見えない引用符の中にとどまっている。他の作品では、当然ながら、同じ作者がまるで異なる素材を対蹠《たいしょ》的な意味合いで用いることがありうる。マーロウは、「闇の奥」では女たちが真実から遠く遊離していると言うが、『運命』では、女たちには「真実がすっかり」見えているのに、男たちは「知らぬが仏」で生きていると言っている（一四四頁）。その間の一九一〇年に、コンラッドは首相のハーバート・アスキスに宛てた女性参政権を求める公式文書に署名した（『書簡集』第四巻、三二七頁）。*(18)〔9〕コンラッドの複雑さを知れば、必然的に、昨今一般に浸透している批評の癖のようなもの、すなわち現在の政治的な振舞いを正当化しようとして過去を単純化し捏造《ねつぞう》する傾向に気づかざるをえない。「闇の奥」は、この批評上の傾向に似たものが過去にもあったことを私たちに気づかせてくれる。ほかでもない、植民者の搾取行為を正当化するために被植民者を見下す態度がとられたことである。物語中の「巡礼者たち」は現代の一部の評論家先生たちの父なのである。

　私たちはさまざまな種類の楽しみを求めて小説を読む。コンラッドはエンターテイナーとして生計を立てたのであり、宗教や政治的パンフレットの著者として生計を立てたのではない。「闇の奥」がもたらす楽しみには、多くの源がある。場面が彷彿《ほうふつ》とする描写力やサスペンス風の手法、独創性、思考を喚起する力もその一部である。わかりやすい言い換えは批評に必要な手段ではあるけれども、言い換えは決して原作《オリジナル》と等価ではなく、原作の活力は特殊と普遍、理性と感情の組合せにある。この作品の政治的な読みだけが唯一の読み方ではないし、必ずしもそれがもっとも深い理解につながる読みというわけでもない。文学批評は政治的な主張とは異なるものとして存在する。それは、創作が政治的なノンフィクションとは違うのと同じである。テクストが時を経るにしたがって、歴史的・文化的環境の変化ゆえに、その説得力はさまざまな形で強まりもすれば弱まりもするだろう。したがってテクストというのは、ある期間死んでいるように見えて、再び活力を取り戻すことがある。シェイクスピアの『リア王』は約百五十年間舞台から消えていたため、十八世紀に『リア王』を見た観衆はネイハム・テイトの劇を見たのであって、シェイクスピア劇を見たわけではなかった。メイ・シンクレアの優れた小説『ハリエット・フリーンの生と死』（一九二二）は、イギリスの出版社ヴィラーゴウ・プレスが復刻するまで数十年も忘れられていた。「闇の奥」の評価は今では議論の分かれるところであり、その評判は落ちることがあるかもしれないが、その複雑さによって、多くの読者にとってこれからも長く実り多きものとなるであろうことは約束されている。

これまで見てきたように、「闇の奥」（'Heart of Darkness' もともとは 'The Heart of Darkness'）というタイトルの多義性それ自体に、その複雑さは予告されていた。この作品名は当時、「最暗黒アフリカ」の奥地を思い起こさせた。しかし、それはクルツの堕落の予告にもなっており、物語は「日の没することのない」帝国の中心であるロンドンそのものが（「たれこめた闇」の棺衣に覆われた）ひとつの闇の奥になりうることの、いくつかの視覚的な暗示とともに始まっている。したがって、最初からこの物語はよくある対照——遠いところと近いところ、「野蛮」なものと「文明化」したもの、熱帯的なものと都会的なもの——に探りを入れ、問い直し、そして転覆させるのである。随所で、コンラッドの遅延解読《ディレイド・ディコーディング》——結果を原因の先に描く手法[*19]——がこの物語の叙述に躍動感を与えている。彼はまずある出来事の影響を見せ、一拍置いてからようやくその出来事の説明をするのである。その典型的なものは、沿岸出張所の無秩序な様子（後で鉄道の建設現場と説明される）や、鎖でつながれて搾取されるアフリカ人たち（同じく、後になって「罪人と呼ばれていた」とある）の描写である。この手法は、まざまざと目に浮かぶような迫真性と心理的な現実性を読解の過程に与えるが、同時に、そこで起きている出来事と、その出来事に対する月並みな解釈とのあいだのアイロニックなずれ、あるいは潜在的なずれを強調している。遅延解読は些細《ささい》な細部に、大きな出来事の描写に、さらには物語中の筋《プロット》の展開にと、いろいろな局面で用いられる。説明が遅ればせであったり、不適切であったり、単純化された捏造になっていたりするところにアイロニーが見出されることもある。そして、この点にこそ「闇の奥」を評する者への警告がある。「闇の奥」を一八九〇年代のテクストの中でも際立ったものにした特徴のひとつは、経験された現実とそれについての型どおりの解釈との齟齬《そご》に気づいていたことだった。この物語は要約をすりぬける還元不能な剰余があることを何度も暗示している。そのことは、合理的なノンフィクションの散文という狭い言説の枠にとどまり、この虚構テクストが用意している多様な情報源をすっかり見落としてしまいがちな評者たちへの警告になるだろう。匿名の語り手はロマンティックかつ雄弁に、テムズ河から船出して行ったすべての偉大な男たちの話をする。しかし、マーロウは「ここもねえ、（中略）地球上の暗黒の地のひとつだったんだ」とそれに割って入り、さらに続けて、イギリスもかつては、今のヨーロッパ人にとってのアフリカと同じぐらい、野蛮な荒野とローマの植民者には思われただろう、と匿名の語り手に気づかせる。これは帝国の建設者への、そして文明の永続性を信じる者への警告であり、謙虚になることを教えてくれる年代記的な視野をもたらし、読者をはっとさせて慎重にさせるだろう。

　この一節をよく考えてみれば、初めは「闇の奥」とその執筆された時代とを正しく関連づけられなかったり、それ自体が時代の産物である現在の視点――「われわれ人間の生なんてはかないもの」なのだ〔第一部の比較的初めのほうのマーロウの言葉〕――の優越を前提してかかったりするような、どんな評者も慎重になることだろう。「闇の奥」が再三暗示するように、論理上、価値判断を事実の陳述から導くことはできない。この物語は、ひとつには、道徳の妥当性がもはや保証されないと思われるときに人道的な道徳を維持しようとする苦闘を語っている。その意味では「闇の奥」は依然として説得力があり、批評家たちに慎重になることを教えるだろう。この物語には陰鬱な含みがあり、その長年にわたる受容史にもそれがあるが、「闇の奥」が時代に取り組んだときの雄弁さと技巧性と熱意は見事なものであり、おそらくこの作品の生命の長さを保証するものと思われる。

原注

(1) この中編小説の評価の変遷は、以下の本でたどることができる。シェリー編『コンラッド――批評の遺産』、ハークネス編『コンラッドの「闇の奥」と評論家』、マーフィン編『ジョウゼフ・コンラッド「闇の奥」――現代批評における事例研究』、ブルーム編『ジョウゼフ・コンラッドの「闇の奥」』、キャラバイン編『ジョウゼフ・コンラッド――評論家による評価』、キンブローの一九六三、一九七一、一九八八年のノートン版、バードゥン『「闇の奥」――多様な文学批評への入門』。フォザーギル『闇の奥』は手早く概要をつかむのに有益である。〔訳注――ポール・B・アームストロング編のノートン版第四版が二〇〇六年に出版されている〕

(2) 「コンゴ自由国」の歴史およびコンラッドのその地域への行程に関する資料はキンブロー編『ジョウゼフ・コンラッドの「闇の奥」』(七八―一九二頁)に再録されている。文化的背景についてはワット『十九世紀におけるコンラッド』を参照のこと。ノルダウとケルヴィンについてはワッツ『コンラッドの「闇の奥」――批評と背景に関する論考』(一三二―三四頁、一四一―一五頁)を参照のこと(ノルダウは以前コンラッドに手紙を書き、『ナーシサス号の黒人』の成功を祝福したことがある)。

(3) ボードレールの詩集『悪の華』(一七―一八頁)の「万物照応」。

(4) ワッツ『欺瞞的なテクスト』(七四―八二頁)を参照のこと。

(5) エヴァンズ「コンラッドの冥界」、フェイダー「マーロウの地獄への下降」を参照のこと。

(6) ポーランド的背景についてはナイデル『ジョウゼフ・コンラッド――年代記』(二一―五三頁)および同書の諸所を参照のこと。

(7) キンブロー編『ジョウゼフ・コンラッドの「闇の奥」』(一五九―六六頁)の「コンゴ日記」を参照のこと。

(8) シェリーの『コンラッドの西洋世界』の一～十二章は、アフリカの事実にもとづく素材に創作の過程で加えられた変形について考察している。クラインについては七二―七八頁に論じられている。

(9) コンラッドの言葉では、「終わりの数ページにかろうじて愛の主題の面影」がある(『書簡集』第二巻、一四五―四六頁)。〔訳注――一八九九年一月二日付、デイヴィッド・メルドラムに宛てた手紙に見出される表現〕

(10) コンラッドのモダニズムとの関係についてはグレアムによる本書第11章、ワット『十九世紀におけるコンラッド』(三二一—三三頁）および同書の諸所を参照。

(11)　このつながりはジョージ・スタイナーの小説『サン・クリストバルへのA・Hの移送』（一九八一）において認知されており、その小説ではクルツ的な役どころが年老いてなお雄弁なアドルフ・ヒトラーという人物によって演じられ、この人物もジャングルの奥地で発見される。

(12)　エリオット『荒地』（三、一二五頁）を参照のこと。

(13)　ストーンの引用（七頁）には小さな間違いがいくつかある。

(14)　「その結果、『口にするのも憚られる儀式』、『口に出せない秘密』、『醜怪な情欲』、『不可解な謎』といった形容への、余計を通り越して有害な固執が目につく。（中略）コンラッドは（中略）自分の言いたいことがわからないのを逆にうまく利用しようと腐心している」リーヴィス『偉大な伝統』（一九八—九九頁）。

(15)　たとえば、キンブロー編『ジョウゼフ・コンラッドの「闇の奥」』に収められた「あるアフリカのイメージ」の改訂版二五一—六二頁では、コンラッドを「ナチス時代のドイツで、憎しみに満ちた人種差別に才能を貸した人々」と結びつける一節を削除し、「闇の奥」には「記憶に残る見事なくだりと場面」がいくつかあると認めている。「とんでもない人種差別主義者」（a bloody racist）という表現は「徹底した人種差別主義者」（a thoroughgoing racist）に変わった。キャラバイン編『ジョウゼフ・コンラッド——評論家による評価』の第二巻にもこの改訂版が再録されているが、誤って一九七七年のテクストとしている（〔訳注——正しくは、一九八七年〕）。

(16)　サーヴァンについてはキンブロー編『ジョウゼフ・コンラッドの「闇の奥」』（一八五頁）を参照のこと。グギ・ワ・ジオンゴは一八五頁に言及されている。ハリスとシンの論文は二六二—八〇頁に再録されている。キャラバイン編『ジョウゼフ・コンラッド——評論家による評価』の第二巻（四〇五—八〇頁）もアチェベに対する一連の反応を収めている。

(17)　モレルについてはホーキンズ「コンラッドの帝国主義批判」（一九三頁）を参照のこと。〔訳注——『書簡集』第三巻におけるケースメント関係の手紙の典拠は、次の通り。一九〇三年十二月一日、十二月十七日、十二月二十一日、十二月二十九日付、ケースメントに宛てた手紙。一九〇三年十二月二十六日付、R・B・カニンガム・グレアムに宛てた手紙では、コンラッドはケースメントと知り合ったいきさつ、ケースメントの人柄などを書いている〕

(18)　デイヴィーズの「コンラッド、『運命』、そして女性読者たち」も参照のこと。

（19）遅延解読についてはワット『十九世紀におけるコンラッド』（一七五―七九頁、二七〇―七一頁、三五七頁）、ワッツ『欺瞞的なテクスト』（四三―四六頁）および『コンラッド入門』（一一四―一七頁）を参照のこと。

訳注

〔1〕「闇の奥」に先行して、コンラッドはやはりコンゴを舞台にした短編「進歩の前哨所」を執筆している。

〔2〕この言い回しは、スタンリーの探検記『最暗黒アフリカにて』（一八九〇）に由来するとされる。

〔3〕本文・原注中の「闇の奥」の引用に対する日本語訳は、藤永茂（訳）『闇の奥』（三交社、二〇〇六）による。ただし、文脈に合わせて一部改訳した。中野好夫訳（岩波文庫、一九五八）、岩清水由美子訳（近代文芸社、二〇〇一）、黒原敏行訳（光文社古典新訳文庫、二〇〇九）も参考にした。

〔4〕日本語訳は、木宮直仁（訳）『コンラッド自伝――個人的記録』（鳥影社、一九九四）による。

〔5〕ファックス・バー、ジョージ・ヒッケンルーパー監督、一九九一年。コッポラ夫人のエレノアがリハーサルやロケ現場で撮っていたフィルムに録音テープやインタビューを加えたドキュメンタリー映画。

〔6〕「闇の奥」の映画版。映画の題名は*Heart of Darkness*（米、一九九四年制作）であるが、日本では『真・地獄の黙示録』というタイトルで上映された。

〔7〕邦訳に、高橋義孝・江野専次郎（訳）『現代人のたましい』（日本教文社、一九七〇）がある。

〔8〕日本語訳は、高田康成（訳）『文芸批評とイデオロギー――マルクス主義文学理論のために』（岩波書店、一九八〇）による。

〔9〕一九一〇年五月十一日付、ローレンス・ハウスマンに宛てた手紙の中に、女性参政権を求めて陳情書を出したことが書かれている。

引用文献

Achebe, Chinua. 'An image of Africa: racism in Conrad's "Heart of Darkness"'. *Massachusetts Review* 17.4 (1977), 782–94.

Reprinted (revised) in Kimbrough, ed., *Joseph Conrad's 'Heart of Darkness'*, pp. 251–62.

Baudelaire, Charles. *Les Fleurs du mal*. 1857. Paris: Aux quais de Paris, 1957.

Bloom, Harold, ed. *Joseph Conrad's 'Heart of Darkness'*. New York: Chelsea House, 1987.

Burden, Robert. *'Heart of Darkness': An Introduction to the Variety of Criticism*. London: Macmillan, 1991.

Carabine, Keith, ed. *Joseph Conrad: Critical Assessments*. 4 vols. Robertsbridge: Helm Information, 1992.

Conrad, Joseph. *Chance*. 1914. Ed. Martin Ray. Oxford: Oxford University Press, 1988.

Heart of Darkness and Other Tales. Ed. Cedric Watts. Oxford: Oxford University Press, 1990.

'A Familiar Preface'. *'The Mirror of the Sea' and 'A Personal Record'*. 1906 and 1912. Ed. Zdzisław Najder. Oxford: Oxford University Press, 1988, pp. xi–xxi.

'Geography and some explorers'. 1924. *Last Essays*. Ed. Richard Curle. London: Dent, 1926. Reprinted. 1955, pp. 1–22.

Cox, C. B. Introduction. *Youth: A Narrative/Heart of Darkness / The End of the Tether*. London: Dent; Vermont: Tuttle, 1974.

Davies, Laurence. 'Conrad, *Chance*, and women readers'. *The Conradian* 17.1 (1993), 75–88.

Eagleton, Terry. *Criticism and Ideology: A Study in Marxist Literary Theory*. London: Verso, 1976.

Eliot, T. S. *The Waste Land: A Facsimile and Transcript of the Original Drafts including the Annotations of Ezra Pound*. Ed. Valerie Eliot. London: Faber & Faber, 1971.

Selected Essays. London: Faber & Faber, 1951.

'*Ulysses*, order and myth'. *The Dial* 75 (1923), 480–83.

Evans, Robert O. 'Conrad's underworld'. *Modern Fiction Studies* 2.2 (1956), 56–92.

Feder, Lillian. 'Marlow's Descent into hell'. *Nineteenth Century Fiction* 9.4 (1955), 280–92.

Fothergill, Anthony. *Heart of Darkness*. Milton Keynes: Open University Press, 1989.

Harkness, Bruce, ed. *Conrad's 'Heart of Darkness' and the Critics*. Belmont, CA: Wadsworth, 1960.

Harris, Wilson. 'The frontier on which "Heart of Darkness" stands'. *Research on African Literatures* 12 (1981), 86–92. Reprinted. Kimbrough, ed., *Joseph Conrad's 'Heart of Darkness'*, pp. 262–68.

Hawkins, Hunt. 'Conrad's critique of imperialism'. *PMLA* 94 (1979), 286–99.

Jung, C. B. *Modern Man in Search of a Soul*. London: Routledge & Kegan Paul, 1933. Reprinted. 1966.

Kimbrough, Robert, ed. *Joseph Conrad's 'Heart of Darkness'*. 3rd edn. New York: Norton, 1988.

Leavis, F. R. *The Great Tradition: George Eliot, Henry James, Joseph Conrad*. London: Chatto & Windus; New York: G. W. Stewart, 1948. Reprinted. Harmondsworth: Penguin Books, 1962.

London, Bette. *The Appropriated Voice: Narrative Authority in Conrad, Forster, and Woolf*. Ann Arbor: University of Michigan Press, 1990.

Murfin, Ross C., *Joseph Conrad: 'Heart of Darkness': A Case Study in Contemporary Criticism*. New York: Bedford Books of St Martin's Press, 1989.

Najder, Zdzisław. *Joseph Conrad: A Chronicle*. Tr. Halina Carrol-Najder. New Brunswick, NJ: Rutgers University Press; Cambridge: Cambridge University Press, 1983.

Sarvan, C. P. 'Racism and the "Heart of Darkness"'. *International Fiction Review* 7 (1980), 6–10. Reprinted. Kimbrough, ed., *Joseph Conrad's 'Heart of Darkness'*, pp. 280–85.

Sherry, Norman. *Conrad's Western World*. Cambridge: Cambridge University Press, 1971.

Sherry, Norman, ed. *Conrad: The Critical Heritage*. London: Routledge & Kegan Paul, 1973.

Showalter, Elaine. *Sexual Anarchy*. London: Bloomsbury, 1991.

Smith, Johanna M. '"too beautiful altogether"': patriarchal ideology in "Heart of Darkness"'. In *Joseph Conrad: 'Heart of Darkness': A Case Study in Contemporary Criticism*. Ed. Ross C. Murfin. New York: Bedford Books of St Martin's Press, 1989.

Steiner, George. *The Portage to San Cristobal of A. H.* London: Faber & Faber, 1981.

Stone, Robert. *Dog Soldiers*. London: Secker & Warburg, 1975. Reprinted. London: Pan Books, 1988.

Straus, Nina Pelikan. 'The Exclusion of the Intended from secret sharing in Conrad's "Heart of Darkness"'. *Novel* 20.2 (1987), 123–37.

Thiong'o, Ngugi wa. *A Grain of Wheat*. London: Heinemann, 1967. Reset 1975.

Watt, Ian. *Conrad in the Nineteenth Century*. Berkeley: University of California Press, 1979; London: Chatto & Windus,

1980.

Watts, Cedric. *Conrad's 'Heart of Darkness': A Critical and Contextual Discussion*. Milan: Mursia, 1977.

The Deceptive Text: An Introduction to Covert Plots. Brighton: Harvester; Totowa, NJ: Barnes & Noble, 1984.

A Preface to Conrad. 2nd edn. London: Longman, 1993.

第4章 『ロード・ジム』

J・H・ステイプ (J. H. Stape)
奥田洋子 (訳)

I

『ロード・ジム』を包括的に読みたいと願うなら、どんな読み方をしようと必ず、この小説の題名にもなっている主人公を受け容れなければならない。エマソンの言葉を借りるなら、ジムは「ごく平凡な、アダムのような男、すなわち社会全体を敵に回している単純で純粋な自己」を体現している。そして、この社会との戦いは、知ってのとおり、初めから決着の付いている、勝ち目のない戦いなのである。マレー諸島を舞台とした初期の小説群、すなわち「リンガード三部作」と呼ばれる『オールメイヤーの阿房宮』『島の流れ者』、そして未完成の「救助者」もまた、『ロード・ジム』同様に、自分の属する文化を離れて異郷に暮らし、やみくもに不幸への道を突き進む人物に焦点を当てていた[*(1)]。しかし、初期の小説が読者の同情を引くことのない主人公たちが挫折する姿を描いているのに対して(この点ではリンガードもまた、未熟で傲慢であるために読者の心から距離を置いてしまう)、『ロード・ジム』は、周知のとおり、多義的な解釈が可能なことで知られている。技巧的な力作であるこの作品は、ひとりの若者、しかもその欠点から見ても美点から見ても一見「俺たちの仲間のひとり」に見える若者の行動と意識を、骨身を惜しまず分析し、再構築してみせる。しかしながら、多様で高度な語りの技巧がときには読者を離反させるために、ジムはこの小説の中心部にいながら同時に周辺部にも存在している。かくして彼はいつでも存在しているが、ちょうどディケンズやジョージ・エリオットの忘れがたい登場人物のように、もっとも目立つ前景にしっかりと描かれた人物として存在していることもあり、または目立たない後景にためらいがちに描き出された人物として存在していることもある。

　このように主人公が中心に据えられている理由のひとつとして、コンラッドがジャンル上のさまざまな手法の幅を広げようとしていたことが挙げられる。三作目の長編小説『ロード・ジム』は、教養小説、すなわちひとりの若い主人公が大人の社会の倫理的、社会的な要請に真っ向から向き合い、さまざまな苦悩を経験した末にその仲間入りを果たす過程をたどる成長小説を、コンラッドがかなり辛抱強く書こうとした例である。コンラッドの教養小説への関心は、『島の流れ者』や「青春」、そして「闇の奥」にはっきりと現れている。ずっと後になって発表された『陰影線』は冒頭の危機から終結部、そして社会との和解に至るまでのプロットの進展においてこの形式の特徴がより顕著で、『ロード・ジム』を書くさいにコンラッドが自らに課した形式上の努力目標のいくつかを引き継いで、さらに展開させている。バフチンが提唱したように、教養小説は、「成長を遂げつつある人物像」に焦点を定めている（「教養小説」一九頁）。これとは対照的に、ジェローム・ハミルトン・バックリーは、教養小説を論じた研究書の中で、この形式が重視しているのは、「世代間の葛藤、地方的偏見、より大きな社会、（中略）恋の試練、天職や実践的人生哲学の探求」（『青年期』一八頁）を受け容れられるようになるまでに、主人公が通過する社会とのかかわりであることを強調している。実は、この類いの小説には、二重の焦点がある。ひとつは、主人公の周りにすでに存在している社会情況、もうひとつは、さまざまな試練と体験によって形作られていく主人公自身のまだ発達段階にある精神的な世界である。

この教養小説という形式は、束の間の考えや感情を精妙の限りを尽くして伝える能力に加え、社会の微妙な陰影を捉える鋭い感覚をも必要とする。この形式は――フィールディングの作品中にいくつかの側面が見出されることからわかるように――イギリス文学においては長い伝統を誇るものではあるが、コンラッドが直接の手本としたのは、まず間違いなくフランス文学で、スタンダールの『赤と黒』（一八三一）とフロベールの『感情教育』（一八六九）は、ジムの描写に大きな影響を及ぼしている。とは言っても、スタンダールやフロベールの小説の若い主人公たちは、本質的には読者に共感を覚えさせない人物で、彼らの野心がときには卑小あるいは卑劣でさえある点でジムとは決定的に異なる。しかも、語りにおける辛辣なアイロニーが読者とこれらの主人公たちとの距離をさらに広げている。これに対して、『ロード・ジム』においては、主人公との間に距離を置いた、アイロニーを含んだ語りが、語り手マーロウ自身のジムへの思い入れと釣り合っているのである。

コンラッドはいくつかの点で、伝統的な教養小説の形式上の構造を作り変えている。彼は、異国情緒あふれる熱帯地方の舞台背景や、残忍な海賊のスリルあふれる襲撃場面を含め、ロバート・ルイス・スティーヴンソンに典型的な冒険空想小説の特徴を伝統的な教養小説に付け加えている。さらに重要なことには、『ロード・ジム』の本質的に悲劇的な世界観、作品全体のよりどころとしての複雑で重層的な意味を持つシンボル、そして多様で巧妙な語りの技巧が、この種の小説の本来写実的な特質を変質させている。そして最後に、『ロード・ジム』の哲学的な志向（シュタインが、「いかに生きるべきか」と端的に表現している問い）がこの小説をあまりにも複雑なものにしているので、教養小説の特徴であるはずの、主人公と社会との和解につながる建設的な物語の動きが不可能になっている。

コンラッドのすべての代表作同様、『ロード・ジム』は、多様な伝統を受け継ぐ広範な文学的・文化的材源から影響を受けると同時に、それらの伝統を変質させてもいる。コンラッドの広範囲に及ぶ、古典文学、フランス文学、イギリス文学、そしてポーランド文学についての文学上の知識、洋上生活や東アジアおよびマレー地方における体験、そして人づてに聞いたものであれ、直接見聞きしたものであれ、現実の状況と人々を創作上の材源としたことは、彼が借り入れて作り変えた文学的遺産を、より豊かなものにしている。[*2] しかも『ロード・ジム』は、きわめて個人的で、コンラッドの過去に深く根ざしている。『ロード・ジム』は、母国や家族を襲った悲劇の犠牲者である孤児としての、また、国外在住を余儀なくされた青年としてのコンラッドが置かれた状況を遠まわしに描き、かつ成人後の不安定な生活の中で、コンラッドが終始感じていた不安と切望をもいくらか表現している。『ロード・ジム』はまた、異国の地、異国の言語で自分の内なる目に映じた世界観を具体的に表現することを自らに課した芸術家としての、彼自身の人生経験にも基づいている（いくつかの点でコンラッドは、主人公ジムと同様に、彼を完全には理解できない読者から社会的に認められることを求める英雄的な亡命者であった[*3]）。散在する数多くの社会的財源（新聞、本、巷のうわさ話など）をよりどころとしている点で、『ロード・ジム』はまた「社会によって書かれた」と言うことができるかもしれない（ヘンリクセン『ノマドの声』八五頁）。『ロード・ジム』は、多様な材源から成り、文学的に雑多な伝統を継承し、ジャンル的にも多様で、かつ非常に複雑な技巧とテーマに対する野心を反映しているので、当然ながら自己言及的な作品であり、ときにこの作品の語りの技巧とテーマの設定方法に、執拗なまでに強い関心を示している。

　コンラッドの芸術上の円熟期における最初の長編小説である『ロード・ジム』は、堅い内容の体制派総合雑誌『ブラックウッズ・エジンバラ・マガジン』に一八九九年から一九〇〇年にかけて月に一回、計十四回にわたって連載された。この小説の直接の発端となったのは、「テュアン・ジム――小品《スケッチ》」という題の未完の原稿で、初めコンラッドは連載ものの短編にしようと考えていた。[*4]「テュアン・ジム」の萌芽は、すでにコンラッドが「救助者」

を書いている合間に一八九六年に書いた「潟湖《ラグーン》」の中に認められる。「潟湖」の舞台は、二十年後にようやく完成することになる「救助者」（後の『救助』）、そして、当時はまだコンラッド自身予見するまでにいたっていなかった『ロード・ジム』の舞台と同じ、マレー世界である。『救助』や『ロード・ジム』同様、「潟湖」でも異郷に生活する者に焦点が当てられており、「潟湖」の主人公は、相矛盾する道理に直面する中で倫理的な複雑さに目覚めていく。利己心に駆られて行動した結果、彼はもっとも絶対的な信頼を裏切る。その結果、コンラッドの小説における他のこうしたすべての裏切り者同様、この裏切りは必然的に自己への裏切りへと発展する。「潟湖」は、『ロード・ジム』同様、自己の破滅という、解釈の難しい行為で終わるのである。

　コンラッドは、「潟湖」を書いたいきさつを、いみじくも強迫観念と病とに喩えて説明している。「この短編は、病のように私に取りついた――その結果『救助』は後回しにせざるをえなかった」（『書簡集』第一巻、二九八頁）[1]。ちょうど短編として書き始めた作品が手に負えなくなって標準的な長さの小説になったように、長めの作品を、一時的にせよ、もっと急を要する密度の高い類似した作品のために後回しにするのは、コンラッドの執筆歴の中で繰り返し見られることである。[*5]『ロード・ジム』自体もともと巡礼船のエピソードを中心とした短編小説にするつもりだったのである。この物語はある史実、すなわちロンドンや植民地のマスコミで大きく取り上げられた海事事件で、一八八〇年八月に英国人の乗組員たちがジェッダ号を乗り捨てたという史実に基づいている。

　コンラッドは書き始めるまで、『ロード・ジム』について十分な構想を練っていなかった。しかも、この小説の執筆がかなり進んだ段階ですら、彼はいつもの癖で、終わりはまだずっと先のことなのに結末を予測していた。この作品は、彼が出版社へ最初に伝えていたおおよその語数を、出版社の心配にはお構いなしに、かなりオーバーした。そして、コンラッドは、『ロード・ジム』の「作者覚書」の中で、『ロード・ジム』が最終的にあのような長さになるとは思ってもいなかったことを認めている。構想を欠いたがためにかえって、第五章において、全知の三人称の語り手から作中人物でもある一人称の語り手への移行が実現し、この小説のセダニズムの顕著な特性と言える見事な即興的技巧が生み出されたのかもしれない。三人称の語りという技巧が、主人公ジムの生い立ちについての必要な背景情報を、簡潔かつ印象的に提供している一方で、一人称の語りへの技巧の変更は、テーマと形式にいくつかの重要な影響を広範囲にわたってもたらしている。第一に、一人称の語り手へ移行することで、この小説の中心的な技巧上の難題が人間らしい視点から示され、その結果冒頭の、人間の観点を超越したような視点を生み出している超然として平静すぎる安寧が、複雑化かつ不安定化されている。自分が語りたいと悟った物語――いや実は、いくつかのエピソード――に対して、三人称の語り手は不適切で、とどのつまり障害にさえなり得る語り手であるということに、コンラッドは早々と気づいたのである。

登場人物のひとりとして起こることを目撃し、かつそれに関与する一人称の語り手に移行した結果、連帯――集団への個人の必然的な依存と責任――というテーマが、ジムの体験とマーロウの語りの相互作用の上に、少なからず深みを与える。このことは教養小説に、さらにもうひとつ形式上の変化をもたらす。ちなみに、教養小説はときに、実の父親と不和になるかまたは疎遠になった主人公のために、代理の父親的な人物を登場させる。しかしながらコンラッドは、悩める若者であるジムと経験豊かな助言者であるマーロウの両方が徐々に変わって行く二重のプロットを展開させることで、この形式をさらに込み入ったものにしている。ヘンリー・ジェイムズの「ねじの回転」をコンラッドは一八九八年の秋に読んでいるのだが（『書簡集』第二巻、一一一頁）[2]、もしかしたらそれである程度『ロード・ジム』における形式上の巧妙な技巧の説明がつくかもしれない。いずれにしても、当初の短編としての着想と語りの技巧は、どうやらバフチンが長編小説の本質的な要素と考えた圧力の前に屈服したようである。単純でごくわかり易い短編小説の素材が、戯曲、伝記、そして年代記といった異質の要素から成る小説に特徴的な、中心から離れようとする遠心力――多声的な文体、時間軸の不安定さ、そして観念の不確定さ

――の前に屈したのである。

II

文学上のモダニズムを代表する重要な作品のひとつ、いや、それどころか「最高のお手本」（ラヴァール「『ロード・ジム』の語りのよりどころ」九一頁）とさえ見なされている『ロード・ジム』は、十九世紀末期のものの見方や文学的表現に断固として疑問を投げかける。この小説の最終的な表題（『ロード・ジム、ある物語』）は、「ロード」という敬称が示唆する気位の高いものを、「ジム」という愛称が示唆する親近感を覚える馴染み深いものと融合させ、類のないほど個人的で「リアルな」存在を、社会の一員としてとらえた架空なものと融合させるという相矛盾した方向性を示唆している（コンラッドは、この小説の副題として「小品《スケッチ》」や「冒険小説《ロマンス》」といった副題を考えていたが、これらの語句もまた小説というジャンルの特性を強調している）[3]。一九〇〇年十月に本の形で出版されたさいの『ロード・ジム』の書評はおおむね好意的であり、この作品は、読者に対して高度な読解力を求めるにもかかわらず――特に一回目に読むときには――、これまでのコンラッドの作品中もっとも人気があり、かつもっとも研究された本のうちの一冊としての地位を保ち続けている。この作品は、純然たる話を紡ぎ出す力もさることながら、その技巧の斬新さが持つすばらしさによってその地位を保ち続けてきたのである。セドリック・ワッツが端的に述べているように、『ロード・ジム』は、「コンラッドのもっとも重要な作品のひとつであり、よって世界文学の名作のひとつ」（「序文」一九頁）としてゆるぎない地位を獲得している。

『ロード・ジム』の大きな魅力と面白さのひとつは、作品中の多くの語りの技巧――そのうち誰の目から見ても明瞭なものだけをリストアップするならば、際立った個性を与えられた枠物語の語り手の起用、時系列を外れた出来事の配列、印象主義的な修辞的技巧、アイロニーを生じさせる対照的な出来事の時差を超えた隣接、時間軸上無関係なテーマの並置、そして何かが起こってからその意味を悟るまでに登場人物が経験する時間のずれを読者にも体験させる遅延的解読〔4〕——と、その複雑な語りの戦略が導き出しかつ発展させている倫理的、哲学的、政治的、そして思想的な難題との間にどんな相関関係があるのかを探求することに見出されるのである。『ロード・ジム』は、この物語の比較的単純なプロットの主要な事実関係を確認するのに少なくとも一回の再読を、そして読者がこの物語の問題点を受け容れるのに何回もの再読を要する。さまざまな観点からこの作品を取り上げた広範囲に及ぶ研究論文が、自問自答する哲学作品としてのこの作品の重厚さを証明している。*(8)

　この小説を、再読を要するものとして構築することによって、コンラッドはヴィクトリア朝中期や末期の小説家の伝統的な構築方法を覆している。サッカレーやトロロプの小説では、予測可能な結末へと向かう絡み合ったいくつかのプロットをほどくために、全知の語り手と彼の「親愛なる読者」とが共謀する。それとは対照的に、『ロード・ジム』でコンラッドは伝統的なイギリス小説のわき筋《サブプロット》を避け（こうして大陸、それも特にフランスの小説に負うところがかなり大きいことを明らかに示して）、故意に、そして激しいまでに読者の信念を揺るがす難解な要求をする。そして最終的には、これらの技巧上の戦略のために、マーロウが強迫観念に駆られて語るジムの物語によって解き明かされる意味を、読者は相対的に眺めることを強いられ、当惑した不安定状態に陥る。脱構築的な読解が許容する単なる「お遊び」の類いとはまったく違って、語りの信頼性を絶え間なく蝕《むしば》むことでテクストに根拠を与えることを執拗に拒否するため、コンラッドは読者の心の中に、かつては作品の中心を占めていた信頼できる語りへの郷愁に似た切ないほどのあこがれをかき立てる。そうなると、ときに読者は、マーロウが提起する複雑な問題の答を指し示せる視点を与えてくれるかもしれない信頼できる語り手に、思い焦がれることになる。

コンラッドが青春期に文化的、言語的混乱を経験しているために、この語り手によって生み出された不安定さは、根本的に彼の哲学上の世界観を形成し、彼の作品の構想とテーマに影響を及ぼしている*(7)。これに対して、この作品の語りの技巧は、ときにコンラッドが『個人的記録』の中で唱えている、例の「山々のように古いいくつかのきわめて単純な理念」(序文一九頁)、特に現世の基底をなす誠意という理念に立ち返って、単なるその場限りの価値観ではない、根本的な価値観を探究、提案しているようにさえ思われる。この矛盾した傾向が一部の読者に、問題の答えを探究させてそれに固執させ、そしてまた、真実、もしくはいくつかの真実が、たとえそれがほんの仮のものであろうと、この小説の行動基盤への激しい問いかけの中から浮かび上がってくるのだと主張させるのである。こうして批評家たちはこれまで、ジムの取った行動を解説してみせる作品中の誰かしらを、ジムの体験ひいてはこの小説の決定的な意味を解説する特権が与えられた案内者であると位置づけてきた。なかでもシュタインとフランス人海軍中尉は、このふたりを巡るイメジャリーが、彼らの重要だが不完全な意見の正当性を決定的に限定し、ことによると最終的にはその正当性を否定している可能性があるにもかかわらず、しばしば特に信頼できる解説者であると見られてきた*(8)。

　この小説が表明している規範の喪失は、一連の技巧上の戦略と、いつまでも記憶に残る哀愁感漂う語調に表現されている。これらの戦略と語調とが合わさって、ヴィクトリア朝末期のイギリスという国自体の純粋さに加えてジムの天真爛漫さの喪失をも憂いているのである(もっとも、ジムの純真さは皮肉にも、ついには損なわれないまま残るのかもしれないが)。十九世紀のイギリスは、どの時代の帝国もそうであるように、世界におけるイギリスの実存的、また政治的な地位の自己満足的慰めとなる「確信性」の数々に助長されて、自らの影響力と価値観についてほとんど疑念を覚えることができなかった。コンラッドの初期の小説のように、『ロード・ジム』はこれらに、なかでも、実に多くの恐るべきエネルギーと才能とがつぎ込まれた帝国主義の影響力と価値観に疑問を呈し続けている。[9]

矛盾した語りの技巧がもたらす確信性の喪失が、読者を動揺させ、かつ重大な問題を提起する。観察可能な「事実」に基づく世界で起こっているように見える出来事、すなわち、パトナ号の取調べの冒頭でマーロウが軽蔑を抱いているらしい出来事をどう解釈するか、という問題である。しかしながら、コンラッドのこの物語の当初の着想が拡大、いや爆発したと言ってもよいほど広がったために、濃密に絡み合った、「濃厚で、過度なまでに織り上げられた」(ベアトゥー『ジョウゼフ・コンラッド——円熟期』六四頁)語りの技巧、すなわち観察している自分とその自分にとって観察できるものを語る手段の本質を徹底的に探究する語りの技巧を、必然的に生じさせたのである。すべての言語化に対するあからさまな不信感の表明に加え、目撃者の多様性、探究のメタファー、時間配列の混乱、情報源の拡散と不確実性(特にこの小説の最後の三分の一で)とが合わさって強調されているのは、結論に達することの不可能性である。これらの技巧の数々を駆使している点で、『ロード・ジム』はコンラッドが彼の人生の次の十年間にあたる、もっとも創造力に富んだ時期に書く小説の先触れとなるものである。

これらの語りの技巧のうち、コンラッドがすでに「青春」、「闇の奥」、そして初期のいくつかの作品で使った伝統的な枠物語の技巧は、ジムの内面を物語るのに非常に適切である。この内面の物語は、彼の精神生活を取り巻くさまざまな欲求、不安、そして不合理な考え方に焦点を合わせている。コンラッドの枠物語への依存は、もしそうしていなければ欠けていたと思われる奥行きと多声性を題材に与えている。さらに、この枠物語は、形式上挽歌的《エレジー》な冒険物語《ロマンス》、すなわち、ある人物についての別の人物による回想と当時を振り返っての判断から成る物語を本質的に支えている[10](このジャンルの別の例として、「闇の奥」と『ロード・ジム』の両作品に負うところが明らかに大きいF・スコット・フィッツジェラルドの『グレート・ギャッツビー』が挙げられる)。青年特有の情熱と壮年の分別ある距離感覚との対立、そして、未熟な者と老練な者との意見の対位とに特徴づけられるこの形式の中心にあるのは、セネクス・プエ（青年と老年）の対立関係と緊張状態である。この枠物語のもうひとつの役割は、標準的な行動規範を守る社会的信望のある人物と、その行動規範への確信をぐらつかせる「感受性の弱さ」を持つ人物との対比の戯曲的な描出[5]である。

「青春」と「闇の奥」に登場したマーロウを用いたこと、そしてジムの非現実的な素朴さと楽天的な観測と、マーロウの年長者らしい多くの経験に基づいた、少なくとも作品の冒頭では確信に満ちているような考え方とを交互に示したことは、構成上の、また形式上の問題を解決するばかりではなく、この小説のテーマをより複雑にし、ふくらませている。マーロウが典型的に長話をすることが好きな船員であるという設定は、小説家稼業の最後までずっと会話の特徴をつかむことが苦手であったコンラッドにとっては、くだけた対話の分量を減らすという点でもまた好都合であった。さらに重要なことには、別の人物の声をとおしてジムを語ることは、読者に対して判断の根拠の釣り合いが取れているということを強調するか、少なくともそのような錯覚を読者に与えるのに役立つ。このことは、やや距離を置きつつも、親密で個人的であるがために、どうしてもジムに肩入れをした偏った判断基準を読者に与える。そして最後に、この手法は読者とのつながりをより密接なものにする。というのは、マーロウが言う「あなた」という相手は、彼が話しかけている仲間たち（第三十六章以降は、「選ばれた男」に絞られている）だけではなく、明らかに読者をも含み、その結果読者を強引に物語の中に引き込むからである。『ロード・ジム』の枠物語はこのようにして、ジムの物語の持つ意味を読み解くことに読者を積極的に関わらせる。

III

懐疑主義的な傾向を募らせる世紀末にあって、『ロード・ジム』は一連の文化的な幻想を暴き出しており、ジムはその幻想を受け継ぎ、それを象徴するとともに、その犠牲者でもあるのである。ジムは、わかりにくいまでも「単純な」性格の持ち主で、彼の感情、そして本能は複雑ではないように見える。だが、ジムの動機や感情、そして本能は、ジム自身のみならず、マーロウのそれらを提示しかつ理解しようとする根気強い努力をもってしても、なかなか手に負えないということが明らかになる。この小説の題辞《エピグラフ》（連載されたときには含まれていなかった）はドイツのロマン派詩人であるノヴァーリスの作品からとられたもので、[6]自己探求の雰囲気を強く醸し出している。「どんな確信であれ、別の人間が信じてくれたとたんに自分自身の確信もはるかに強まるということは、疑う余地がないことである」（一頁）。自己という本質的に社会的な概念を強調すると同時に、この題辞《エピグラフ》は、自己のどうしようもない脆さと不安定さとを明らかにし、自己の自律性と個性とが共同体によって維持された虚構であることを明らかにしている。この小説が始まる以前にコンラッドはすでにこのようにして、個人の独自性を不安定な社会的な枠にはめ込んでいるのである。

　この自律性の概念は、外面的に装った自己と、その自己の想像力に根ざした内面的な基盤とをむしり取って、英雄的な自己という概念を全面的に問い質すことによって蝕まれ続ける。すでに広く認識されているように、訓練船上の出来事は、作品の冒頭で水先案内人というジムのその後の不名誉な稼業についての情報が与えられた後に来るように、厳密に計算された上で配置されており、その結果、ジムがその後パトナ号を乗り捨てたこと、そしてそのさいの職務怠慢を非難されて東方に逃避し続けたこと、ひいては、そのように非難されることをいかに恐れたかということをさえ予示しているのである。この訓練船上の出来事は、無慈悲なまでに、英雄になりたいというジムの素朴な欲望を分析してみせ、ジムの青年にありがちな空威張りを嘲る。ジムはまだこれから、世間的な成功と精神的な成熟とに必要な、入念に磨き上げられた反射的なまでに有効な反応、つまり、フランス人中尉が「習慣――習慣――必要性……他人の目」（一四七頁）という平凡な言葉で定義する力を身に付けなければならないのである。このようなふるまいは、目の前にある仕事を成し遂げるにあたって自己を目立たないようにすることを要する。ところがジムは、現実に根ざさないだけでなく、現実において与えられた条件にこそ問題があるのだという自己の想像に基づく楽観主義を盾に、訓練船上の自分の失敗を受け容れることを拒む。訓練船上の出来事は、ジムの心理を読み解く鍵であり、コンラッドはこのようなジムの心理を、いくらかはフロベールの『ボヴァリー夫人』（一八五七）から、またいくらかは、『ボヴァリー夫人』におけるほど明らかではないものの、同じくらい影響を受けたスタンダールの『赤と黒』の、あまりにもロマンティックでかつ型破りの主人公ジュリアン・ソレルからも取り入れている。コンラッドは、ジムの置かれた状況が「特殊」ではあるものの、それが青春期に見られるあきれるほど普遍的な状況である、ということを強調するために骨を折っている。階級意識や職業意識、国家への忠誠心とのつながりはさておき、マーロウがジムを繰り返し「俺たちの仲間のひとり」と見なすとき、それは、大人である以上避けることのできない妥協と挫折の前に結局は消えゆく運命にある青年期の野望をも包含しているのである。

　訓練船上の出来事の前後に配置されたふたつのテーマが、理想主義的なジムの自己のイメージを作り上げている。教区牧師であるジムの父親は、「本来知ることのできないはずのことについての何らかの知識」（五頁）、つまり一度も検証されたことのない信仰の中に慰安を求めている。ここでいう「知識」とは、明らかにその表現の仕方から察して皮肉を込めてそう呼ばれている。その結果ジムの父親は、これまでずっと何かを達成する機会を自分に与えないようにしてきた。それに比べれば進取の気性に富んではいるものの、メッカへの困難な道のりを歩むマレー人の巡礼者たちも、「ある観念の呼び声」（一四頁）に対する絶対的な忠誠心に促されて行動している。そうであるとすれば、ジムの挫折や彼の抱く価値観は、それぞれの信奉者の行動を動機づけるふたつの伝統的な信仰体系の狭間に位置していることになる。訓練船上での出来事をこのように位置づけることによって、コンラッドはジムの自己中心的な自分への「信仰」、そして文化に深く根ざした彼の英雄願望を強調しようとしているのである。だが、ジムが心に描く、英雄とは他人のために自然の脅威をものともせずに恐怖に打ち勝つ孤独な存在である、という考えは、彼の属する社会によって是認されている。訓練船上での出来事では暗示されているだけであるが、この点は、後にパトゥーサンの住民がジムのことを、自分たちのように無力感に襲われるという弱点を持たないから自分たちよりも偉大な存在であると信じ、ジムを神秘化するところで十分に示されている。この点では、ありふれた帝国主義的な修辞的技巧——畏怖にとらわれた原住民によるヨーロッパ人の神格化——を利用しているが、この比喩の心理的側面は、明白な政治上の意味内容をほとんど欠いた神話化の試みには典型的に見出されるものである。さらに、コンラッドのもっとも大きなねらいは、想像力というものの生来矛盾した働きを描くことである。想像力は、一方では実在しないものや知覚できないものの概念を抱くためになくてはならないものである。またもう一方では、妄想を生み出すことがあるばかりか、妄想を生み出すためにこそ本質的に誂えられた働きなのである。後に続くシュタインやパトゥーサンの章では、この想像力についての二通りの考え方が微妙な陰翳をもって入念に描かれている。

　これに加えてふたつの近接した場面が、想像力の性質についてのコンラッドの考え方を詳しく描出している。ふたつの場面とは、マーロウがパトナ号の機関長を病院に見舞う場面と、パトナ号の裁判でマレー人の操舵手が登場する場面である。「印象主義的な直接性」（ワット『十九世紀におけるコンラッド』二七四頁）を示す優れた例ではあるものの、マーロウが病院に見舞いに行くことは、パトナ号事件が持つ意味を内側から理解しようとする上での長い、そして結局は無駄な試みなのである。説明を見出すどころかマーロウは、現実と妄想との区別ができず、そのふたつを切り離すこともできない衰弱しきった機関長の想像力に直面することになる。機関長はひどいアルコール中毒であるために喚くのだが、それにもかかわらず、担当の外科医がハムレットの狂気を思い出させるような冗談っぽい言い方で語るように、「(その狂気の中には)何かしら秩序がある」(五四頁)[*11]のである。第一に、機関長の幻覚は、彼に委ねられた船の乗客を見捨てた後ろめたさをはっきりと物語っている。だが、機関長の、良心の呵責に苛まれたどうしようもない「助け」を求める叫びは、狂気に飲み込まれ、「溺れそうになった」とでも言える恐怖を戯曲的に描出している(コンラッドはもしかしたらここでひそかに、アブサンかアヘンに侵されたロマン主義の妄想家をあてこすっているのかもしれない)。機関長の言動の支離滅裂さそのものが、精神的に完全に消滅することへの赤裸々な恐怖心を伝えている。そして、マーロウは皮肉っぽく、かつ多少無神経に、機関長の証言など「重要」(五五頁)ではない、と退けているが、それどころかこのアルコール中毒による振顫譫妄症《しんせんせんもうしょう》、英語で言うところの「ジムジャム」(五五頁)――ジムの「ジャム」つまりジムの「苦境」というとんでもない語呂合わせ――から生じた証言は、読者がジムの倫理観と心理的な経験について理解することと意味深長なつながりを持っている。最後にこの場面は不十分ながらも、パトナ号事件の裁判が召集された原因となった倫理的な問題を提示しているのである。

この場面は明らかに、想像力の特質を究明しようとしているのだが、これはまた、『ロード・ジム』における終わることのない語りの技巧の探求にも大きく貢献していると見なすことができるだろう。機関長の精神状態は、明らかにその極端な例である。つまり彼の場合、想像力は、創造的なものごとを理解するための力としてではなく、破壊的で人の心を苛む有害な力として描出されている。よって機関長の精神状態は、ジムの場合ほど一途にではないにせよ、ジムが直面している危険のひとつに単刀直入に触れるだけでなく、自分が作り出したフィクションと自分を取り巻く世界との間をとりなす芸術家の置かれた状況について、自己反映的に語っている。機関長の精神状態が読者にはっきりと思い起こさせるのは、言語が、人間存在の解きがたい状況を伝えることはおろか、人間存在の基盤となる状況を伝えるための道具としてすらいかに不完全であり恣意的なものであるかということであり、そしていかにそうであろうとも、言語は断固として、しかもはっきりとした意味を欠いているときでさえも、本来表現できるはずがないがそれでいて重要な考えを伝えようとする意思表示であり続ける、ということである。最後に、この見舞いの場面は、物語の進行に自己陶酔的にこだわりすぎないように読者に忠告する。というのは、想像力が弱まり、ついには働かなくなってしまうからである。あるテクストが自己反映的に自らの働きに目を向ければ向けるほど、あまりにも多くの種類の技巧が選択可能であることから、言語的、物語的混乱の脅威に晒されることになるからである。

ジムの想像力――実は、想像力そのものの働き――について、さらにもうひとつ読者に用心を促す観点が、パトナ号裁判の二日目に提出される証拠によって示されている。過去の船の名前を恍惚として唱えながら、パトナ号の船員たちが職場を放棄したのには何かしら秘められた理由があったに違いない、と主張するマレー人の操舵手の証言は、機関長の証言同様、ジムに対する読者の反応を難しくする。船員たちが職場を放棄したとき、操舵手は、「何も考えなかった」と明言しているからだ。この操舵手の想像力の欠如は、もしそのような傾向が広く見られるとしたら、機関長の想像力の欠如と変わらないくらい、究極的には人が行動を起こそうとする力を完全に阻むものである。徹底的に、そしてまったく無意識に船員の掟を厳守し、思考力を停止させて目前の仕事を実行することに心を奪われてしまい、操舵手は、別の形で命令に従うなどということは思いつかなかったのである。この眼前の仕事を成し遂げる責任感には読者を安心させる力があるが、またそれに匹敵するほどの限界がある。シュタインが収集する宙を舞う蝶が象徴する理想主義者とは対照的に、地を這う甲虫によって象徴される実利主義者のひとりであることが明白なチェスターが皮肉っぽく勧めるように、ごくふつうに、こつこつと、凡庸に「ものごとをあるがままに」捉えて受け容れることは、生存し続けるためには明らかに必要であるからだ[*12]（コンラッドらしい皮肉な状況として、この自称現実主義者は、「ものごとをあるがままに」受け容れることを提案しながら、一方で、ジムを水もないグアノの島で働かせるという突拍子もない奇抜な計画を実行させるために、マーロウを説き伏せようとするのである)。「ものごとをありのままに」受け容れることは、それが愚かさから生じる場合でも、皮肉な考えから生じる場合でも、不完全ながらも人を人生の浮沈や難問に備えさせる。ただ、トニー・タナーが、この想像力を欠くがために献身的に仕事ができる操舵手は、コンラッドの小説中でもっとも「選ばれた」もしくは「恵まれた」人物であると言っている(一六一頁)のは誤読である。『ナーシサス号の黒人』の中のシングルトンは、一見この操舵手と似ているように思われる。しかし、このマレー人の操舵手はシングルトンのように誇張して描出されてはいないので、シングルトンの誠実で献身的な労働に与えられている高潔さが欠けているのである。さらに、コンラッドがこの場面で、そしてまた「万策尽きて」のウェイリー船長をとおして明らかにしているように、想像力の欠如は、常に想像力の働きにとらわれているのと同じくらい破滅的である。

この主張は、ジムの物語を語るさいにブリアリー船長の自殺を重要な節目に位置づけたことで、さらに徹底的に展開されることになる。ブリアリーの自殺もまた、一見感情を排した行為のように見えるものの、実は人生における自己の利害を、既成の船乗りの掟の利害に準じさせた一例である。自分の属する共同体を守るために、自己を捧げたのである。しかし、この事例は、操舵手の場合とは正反対である。なぜならこの事例は、最後には自分自身を破滅させるほどの想像力によって特徴づけられているからである。自己のイメージを船乗りの掟に準じて作り上げていたブリアリーは、その掟が何から強固に成り立ち、何を有無を言わさず求めているか(自己奉仕よりむしろ無慈悲なまでの自己犠牲)にもう手遅れになってから気づいたとき、強い挫折感を味わったのである。このふたつの場面を並列的に並べることで、テクストが言わんとしていることは疑いの余地がない。一方で、生の衝動は間違いなく自己に向けられており本質的に利己的であるのだが、それは精神の安定と社会的な存在としての自己を維持するために、自分の外によりどころとなるものを要する。ブリアリーは、ジムと自分とを重ね合わせた結果、単なる社会的な存在である自己という虚構を持ち続けることはできないと確信したように思われる。マーロウは、ブリアリーとジムについて話し合ったときのことを振り返ることによって、後になってこれらのことを少しずつ理解するのである。だが最終的には、ブリアリーの自殺の動機は、本質的に説明不可能なのである。年老いたジョーンズの「いったいなぜなんだ」（六四頁）という問いは、答えの出せない、子供っぽい問いとしての余韻を残して響き渡る。というのは、そのような問いはある意味で空しいものだからである。その問いのゆゆしさと空しさは、ブリアリーの飼い犬のローヴァーが悲しげに遠くに向かって吠えるときにこの場面に差し挟まれる悲哀感によって強調されている。皮肉なことにこの犬は、主人がいっしょに海に飛び込むことを阻みさえしなかったら、死ぬまで主人に忠実であったであろう。そして、ローヴァーの完全に本能的な衝動と無意識的な主人への忠誠とは、ローヴァーが主人が死んだ後も生き延びるためには、抑制されざるを得なかったのである。

無慈悲で容赦ない一方、どこか嘲笑的なユーモアを含んだローヴァーのこの場面は、人類が本能と疎遠になってしまった事実を暴露する。ジムは平凡な人間であるので、彼がパトナ号から飛び下りたのはまったく自然な衝動で、自分の命を救おうとする本能的な行為であったと思われるにもかかわらず、この事実を危機と見なして立ち向かう。とはいえ、彼の行為はまた、比喩的、そして心理的に、混沌と死からの逃避でもある。と同時にその行為は、他人のために自分の命を捨てることを強要する根深い社会的な圧力に公然と刃向うことでもある。この小説の結末は、ジュエルがジムに、自分自身を「救おう」とする衝動に従ってほしいと哀れっぽく嘆願したのにもかかわらず、ジムが、清廉と公平から成り立っている社会の規範に従い、自分が最終的に運命と見なしたものの雪辱を果たすために、パトナ号事件の場合と同じくらい自然なこの衝動を抑えるときに、皮肉にもパトナ号のさいの状況を逆転させてしまう。コンラッドは、復讐を遂げようとするドラミンを意図的に原始的な力として、すなわち「咽ぶような動物的な音」をたてる「くびきにつながれた牡牛」（四一五頁）として描いている。ドラミンは、何としても我と我が身を守ろうとする社会の本能的な衝動を象徴している。これに対してジムは、本能的な行動をとって生き残るよりも、むしろ抽象的で理想的な自己のイメージを維持するために死ぬことを選ぶ。そしてそのことによって、このドラミンの象徴する本能的な衝動を退けるのである。

IV

作品の冒頭においてマーロウは自信たっぷりで、模索を続ける年下の探求者ジムに対して、距離を置いて冷静に観察する経験豊かな良き助言者の役割を意識的に果たしているが、ジムを近くで観察すればするほど、自分自身についての認識と信念とを揺さぶられるようになる。この点で『ロード・ジム』は、主人公がふたりいる教養小説であると言える。マーロウが経験するこの危機は、「闇の奥」の中のマーロウがクルツの証人として経験する危機と似てはいるが、あの中編小説においては事実を埋め合わせるための妄想を抱き続ける必要性があるのに対して、『ロード・ジム』では、マーロウが経験する危機はそれほど根源的なものではない。『ロード・ジム』は、教養小説としての性格を持ち続けると同時に、その後二十世紀が「中年の危機」と呼ぶようになる、死が近づきつつあるという認識が人生の新たな方向づけをもたらすことによって生まれる不安をも取り入れて展開する。マーロウがジムの味方となることは、マーロウがジムの身になって彼に同情することを含む情緒的な関わり合いを意味するが、そのことがマーロウに自分の生き方や責任を見直すことを促す。そこでマーロウは、ジムの抱える難題への現実的な解決策としてシュタインに目を付けるが、彼がそうするのはまた、ジムとの友情によってマーロウ自身が自覚するようになった哲学的な問題と取り組むうえでの助言を得る必要があったためでもある。ジムが今すぐマーロウの助けを必要としているのに対して、マーロウもまた、自分の自我の意識を確認するために、ジムを必要としていることに気づくのである。

「コンラッドの作品群中友情を謳った偉大なる詩」（バチェラー『ジョウゼフ・コンラッド伝』六一頁）としてこの小説を特徴づけることは、マーロウのジムに対する慈愛に満ちた心遣いだけでなく、ジムとデイン・ウォリスという異文化に属する者相互の友情はもちろんのこと、マーロウのシュタインへの友情をも含むこの主題に、コンラッドがどれほど真剣に取り組んだかということを的確に示すことにつながる。しかしながら、同情心と、対等な者同士の人間関係や自己認識の糸のもつれは、マーロウが、ジムを正しく評価し、かつ彼を、単なる法律万能主義を超えたより慈悲深い洞察、つまり、「誰も、誰も完璧ではない」（三一九頁）という洞察へと導く力を鈍らせ、ついには奪ってしまう。マーロウがジムを綿密に観察すればするほど、彼はその対象である刻々と変化するジムを客観的にとらえることができなくなり、やがてジムに対して同情心が芽生えてくると、マーロウはジムの真実を究明することをやめてしまう。マーロウの心の変化そのものが、パトゥーサンを舞台とした部分では第二のテーマとなり、コンラッドはこの部分ではジムの多様な解釈を許す功績と意味づけの困難な死とを戯曲的手法で描写する一方で、マーロウが自身の生の基盤に対して抱く情緒的、倫理的な不信感の高まりを対位法的に詳述する。ジムが以前ほど孤立したものでなくなり、かつ彼が社会の中における自分を認識し、社会的な役割を果たすようになり、ジュエルへの愛情をとおして感受性の幅を広げていくにつれ、マーロウの疑念は募り、かつ深まっていくのである。以前、これらの疑念に妨げられていなかったころ、マーロウはパトナ号事件におけるジムの行動について迷うことなく結論を下していたのに、今や、パトゥーサンにいてパトナ号事件のときよりも一見単純なジムの行動や選択を目にして、マーロウはためらい始めるのである。マーロウ自身の経験が深まった結果、「固定した規範」への彼の信念が、彼自身気づかないうちに失われたからである。

パトゥーサンを舞台とした部分における倫理的な問題点は、パトナ号を舞台とした部分の倫理的問題点よりも意図的にわかりやすく描かれている。ジムがパトゥーサンで、破滅に向かって突っ走る無法な共同体の統治を首尾よく達成するきっかけとなった温情主義は（この小説を論じる最近の批評家の多くはこれにこだわるが、コンラッド自身が多くの場合そうしたように）別とすれば、このことは特に明らかである。パトゥーサンのこの共同体は、実際、その緊張関係や体質において、言い換えれば、政治的狭量、根深い貪欲さ、そして自滅に走る傾向において、マレーもしくは東南アジアに特有のものであるというよりは、むしろ、バルザックの描くフランス社会の広大な全景におけるように、単にただ、象徴的な意味合いで、人間的である。パトゥーサンのこの普遍性は、それが雑多な民族で構成されていることによって際立たせられている。ジムは、ドラミンの率いるブギス族がかつて侵略した土着のダヤク族をイスラム教に改宗させた僻地においてアラブ人のシェリフ・アリが権勢をふるっているという複雑な同盟関係と陰謀の渦巻く政治状況の真っただなかにこの地にやって来るのである。シェリフ・アリは、これまた別の「部外者」としての一団を形成している中国人社会の商人の一人によって、その戦略を手助けされている。コンラッドの関心はこの地域のイギリスとオランダの植民地獲得への野望に注がれているものの、これらイギリスとオランダから来た新しい「部外者」たちだけが植民地獲得への野心を抱いていたわけではない。このことは、コンラッドの初期のマレー小説中の種々雑多な少数民族社会間の争いでも同様に強調されている。したがって、『ロード・ジム』の中で探求されているきわめて複雑な政治的、倫理的状況は、パトゥーサンという地もまた同様に複雑な状況にあることを考えると、表層だけでは判断できないのである。

　パトゥーサンを舞台とした出来事は、パトナ号事件と明らかに対照的に展開する。パトゥーサンで起こる出来事はしばしば深みと機微とに欠けると評されるが、パトナ号の出来事に比べ、パトゥーサンのそれらの出来事の持つより単純な構成や、この部分を貫く恋愛の要素は、この小説における真実の探求の徹底的な進展に大きく貢献している。「命は助かったが、ジムの人生は終わりを告げていた。彼には、足を下ろせる地面も、目を喜ばせる光景も、また、耳に触れる声もなかったから」（一一五頁）という言葉が示しているように、パトナ号事件におけるジムの孤立した存在は、彼がパトゥーサンにしっかり根を下ろしていることと鋭い対照を示している。パトゥーサンで愛と友情とを見つけた結果、ジムは責任感をも身に付けるのである（コンラッドは、『西欧の眼の下に』でもう一度このテーマを取り上げている。この作品の中でラズーモフは、他者との人間関係が希薄なせいで、ハルディンを裏切ってしまう。この小説のジュネーブを舞台とした部分でコンラッドは、ラズーモフが他者と人間関係を築き、特にナターリアを愛するようになることで善悪の判断力を強め、倫理に目覚める過程を詳細に描いている）。忠誠と誠意とは、コンラッドの作品中にしばしば登場するキーワードだが、これらのキーワードの基盤となっているのは、自分自身の確信を支えてくれる「他者」の存在への思い入れに根ざした責任感である。目前の仕事を成し遂げるための冷徹なまでの必然性と自制心とを示唆する「義務」という言葉でさえも、ジムの物語の最初の語り手である枠外の語り手によると、仕事とのロマンティックな関係、つまり、「仕事に対する献身的な愛」（二〇頁）に究極的な意味を見出しているということは、別に今さら驚くほどのことではない。

しかしながら、『ロード・ジム』の第二部は、異国情緒あふれる舞台でのロマンティックな恋愛物語と英雄的な冒険物語などではもちろんない。ジムに原型的な太陽神的英雄の偉大さを付与している標準的な民間伝承や神話のテーマ、「恋愛物語」自体、聖書の影響の跡（特にキリストの死）、悲劇や聖人伝や哀歌の影響、そして教育や試練を描いた小説の特徴――すべて既存の継承された物語形式――は皆、過去の小説のページから抜き取られ、民間に伝承されてきた物語の中から出現した、宿命を負った主人公としてのジムの類型的な特徴を強調する役割を果たしている。これらの権威ある形式のおかげで、ジムの置かれた状況を理解することが可能となり、かつ、パトナ号事件をめぐる部分の語りの技巧の桁外れと言えるほどの独創性との均衡が、ある程度達成されている。コンラッドが、物語の進展をいくらか犠牲にしてでもこれらの形式に頼ったことは、このようにテーマ上は多くの効果をもたらしている。パトゥーサンを舞台とした部分は、パトナ号を舞台とした部分のテーマを深め、かつ拡げている。『ロード・ジム』は、F・R・リーヴィスや彼に続く何人かの批評家が主張したように、ふたつの部分にぎごちなく分裂してしまっているどころか、まさにさまざまな物語形式を取り入れることで、しっかりと絡み合ったテーマ上の一貫性を目指し、それを達成しているのである。

　この物語形式の多様性はまた、原因が明らかでないジムの死について、いくとおりもの解釈を促している。ロマンティックな性向から生じる主観性の強さ、つまり、セルバンテスのドン・キホーテ流の、外界をできる限り自分本位に解釈しようとする性向と、サンチョ・パンザ流に外界を「あるがままに」受け容れる必然性を認める現実的な性向とは、この小説の結末が鋭く指摘している古くからの難題を提起している。客観性と主観性との葛藤を的確に戯曲的な手法で描写しているジムの死は、この物語のよく知られている難解な解釈上の問題を提示し、この物語の結末についていくつかの疑問を投げかけている。イアン・ワットは、ジムが二十世紀の文学の主人公としては珍しく、「名誉のために死ぬ」と主張している（『十九世紀におけるコンラッド』三五六頁）。同様に、ベニタ・パリーもジムの死を「偉業」であり「勝利」であると述べている（『コンラッドと帝国主義』九五、九八頁）。それに対してトニー・タナーは、ジムの死は「短絡的な打開策」であり、人生の複雑な状況からの「逃避」であると論じている（『コンラッド――「ロード・ジム」』五五頁）。ジャック・ベアトゥーは、ジムの死はいくつかの意味を持っていると述べ、フランス文学の悲劇の中の人物のように、融通の利かない掟を論理的かつ無情なまでに徹底的に追求するジム自身にとってはあるひとつの意味を持ち、また、それを「苛まれた生涯の中のもっとも理解しにくい行為」（『ジョウゼフ・コンラッド――円熟期』九三頁）と解釈するマーロウにとってはまた別の意味を持つのだ、と微妙に示唆している。また、最近の批評家たちは、どちらかと言うと、ジムの死と社会との関連性や重要性を強調している。この観点から見ると、ジムは自分本位にふるまってジュエルを捨て、いかに良かれと思ってしたことであろうと不成功に終わったことに変わりなく、帝国主義的冒険の結末としてパトゥーサンに再び政治的な混沌をもたらすという負の遺産を残して、「本質的に不名誉な」死（コンロイ「コンラッドの作品中の植民地的自己形成」三五頁）を遂げたことになる。

　他の多くのモダニスト文学同様、『ロード・ジム』には、故意に意味を明らかにしないようにすることで読者が解決を探ることを促すと同時にそれを妨げる傾向がある。ジムの動機に対するマーロウの粘り強い問いかけと、取り調べが暗示するメタファー自体が、この小説の結末までには読者に認識論的な疑念を抱かせるにいたっている。その疑念とはすなわち、意味を把握したり分析したりするいかなる方法も完璧ではあり得ないのではないか、という疑念である。このことは、証拠がない場合、またあったとしても矛盾して当てにならないものであった場合、ジムが死んだ原因は不明だとする結論を下すことを読者に促す。それにもかかわらずコンラッドはこの物語の結びで、巧妙な語りの技巧を用いてこれとは逆の結論を出すことを促している。この物語の最後の数ページは、マーロウとジュエルと社会、つまりジムがそこにおいて信望と影響力のある地位を獲得した社会の、きわめて強い悲痛感、ジムを失ったことによる耐え難いまでの喪失感をあらわにしている。まさにこの点において、主人公が当初の社会をあるがままに受け容れる十九世紀的教養小説の型からコンラッドは外れているのである。しかしながら、『ロード・ジム』の結びの部分で罰せられるのは、体制に順応した一団のひとりとなり卑小な存在となったジムなどではなく、萎縮した社会そのものである（ジムが死ぬときの入り日と血のように赤い空とは、英雄の死に伴う神話的な表示である）。さらに、マーロウの悲しみの声と高ぶった、大げさなほどの語り方は、ジムの死が単なる個人の死ではなく、ある意味で、その社会全体が抱いていた信念の終わりを告げていることを、強く暗示している。小説の終わりでシュタインが経験する死へのけだるい衝動がもたらす暗い終局感もまた、ジムの死が必然的に個人の死以上の大きな喪失であることを意味することを示唆している。

そうであるとすると、コンラッドが宗教への不信を率直に認めているにもかかわらず、一部の読者が、ジムの死に伴う聖書への言及にも根拠づけられて、犠牲、償い、そして贖罪が根底にあるこの小説に、きわめてキリスト教的な背景が認められると主張しているのも無理からぬことである。しかし、この小説にそのような枠をはめてしまうことは、この小説が持つ本来逆説的な傾向を無視することになる。この小説は、ジムについてマーロウや読者が最終的な判断を下すのを阻み続けるのである。マーロウが、自分には洞察力が欠如しているのだと主張していること、この小説の前半の部分で彼があまりにも性急にジムを型にはめてしまうことに加え、繰り返し登場する「謎」や「不可解」という言葉、雲や靄、霧、夢、そして空虚さを表す比喩は、読者が拙速に判断を下すことに対して警報を鳴らす。これに対して、ジムは間違いなく自分自身の人格の奥底から生じる衝動に、また、彼の性質を作り上げている不安定な矛盾に対して「誠実」であり続けたのである。すべてのロマンティックな人々にとって、シュタインのよく知られた蝶の比喩が暗示しているように、ジムの誠実さは、超越への憧憬と妥協と偶然性からの逃避を包含し、よって死にのみ見出される解放への切望なのである。コンラッドの最後のアイロニーのひとつは、ジムにこの人間の抱く願望の中でもきわめて個人的な性格の強い願望を、社会的な場に見出させていることである。彼は、部族の長として法の無情な公平さを代表するドラミンの前に、自ら進んで現れる。このように自ら進んで出て行くことによって、シュタインが、ジムを不誠実だと非難するジュエルに強く反論するときにふと気づくように、ジムは「不誠実ではなく、誠実、誠実、誠実」（三五〇頁）だったのである。社会的な制約によって規制されている世界では、精神的な誠実さ（「名誉」とか「自己認識」とかいう婉曲的な表現が昔からよく使われているが、「名誉」や「自己認識」では「精神的な誠実さ」を十分に説明することはできない）を達成するということは、一部の読者が不服を唱えるように、高い社会的な代価を必要とする。本質的に、またもしかすると猛烈に反社会的であるために、精神的な誠実さというものは、順応を迫り続ける社会への、英雄的で、おそらく高潔な抵抗を暗示しているのである。こうしてジムが進んで死を受け容れたことに私たちはイプセンのヘッダ・ガブラーが、自殺することによって、すなわち、ブラック判事の朗々たる言葉を借りるなら「私たちがやらない」ことをまさにやることによって、無理解な世界に非難の言葉を投げつけたことを思い起こさせるのである。ここでもまた、社会に認められようと認められまいと、妥協を許さない自分独自の世界観にあくまでも誠実であろうとする芸術家らしさが見られる。ロマンティックな人間にとって現実の世界は常に、そうあるべき世界、そうありえたかもしれない世界に劣る世界である。こうしてジムの悲劇的な欠点は、一貫して、彼がいやしくも想像力というものを持っていたことに尽きるのである。その読者が個人――「世界に逆らう」自己――を何よりも尊重するか、それとも個人よりも社会の権利と義務が優先すると主張する世界観を尊重するか、つまり、マーロウがたびたび繰り返す多義的な表現を借りるならば、ジムを「俺たちの仲間のひとり」であると考えるか否か、まさにこの点でこの小説の解釈は必然的に意見が分かれ、また、これからも意見が分かれ続けるであろう。

原注

(1) 一八九八年に起稿された「救助者」は、一九二〇年にようやく完成し、『救助』として出版された。ここで取り上げられているのは「救助者」である。

(2) コンラッドの歴史的材源と文学上の知識については、シェリーの『コンラッドの東洋世界』(四一―一七〇頁)を参照のこと。ファン・マルレとルフランクは共著「陸上と海上」で『ロード・ジム』の舞台に関するシェリーの誤りを指摘している。また、ステイプは「確信の達成」で新たな文学的材源を提唱している。

(3) コンラッドが『ロード・ジム』を脱稿して一年足らずの一九〇一年の五月から六月にかけて執筆された「エイミー・フォスター」では、アイデンティティと文化的混乱が中心的なテーマとして取り上げられている。

(4)『ロード・ジム』の原文批評については、ゴーダンの『ジョウゼフ・コンラッド――小説家が誕生するまで』を参照のこと。ヘイは「『ロード・ジム』――短編から長編小説へ」でこの初稿と最終稿との相違点を考察し、コンラッドは『ロード・ジム』を一八九六年にはもう起稿していたかもしれないと推測している。

(5) コンラッドの短編小説と長編小説との相関関係については、フレイザーの『ジョウゼフ・コンラッドの作品に仕組まれた意匠』を参照のこと。

(6) 一九六〇年以降の『ロード・ジム』の基本的解釈には、バチェラーの『ロード・ジム』、マーフィンの「『ロード・ジム』――真実の追及」、タナーの『コンラッド――「ロード・ジム」』、フェルルーンの『パトナとパトゥーサンの両視点』、ワットの『十九世紀におけるコンラッド』(二五四―三五六頁)とブルーム編『ジョウゼフ・コンラッドの「ロード・ジム」』およびモーザー編『ロード・ジム』が含まれる。また、この小説の批評の変遷を簡潔に概説したものについてはバチェラーの『ロード・ジム』(一八七―二一二頁)を、書評についてはシェリー編『コンラッド――批評の遺産』を参照のこと。

(7) この論題に関するさらに詳しい論考については、ウォラガーの『ジョウゼフ・コンラッドと懐疑的小説』を参照のこと。

(8) いずれの解釈も、テクスト中に働いている相反する力については、ごく控えめにしか論じていない。フランス人の海軍中尉は、無意識な仕草や身体的な硬直性によってその力を弱められ、それに対して第二十章のよく知られたシュタインの場面中におけるさりげないイメジャリーは、根本的な多義性を示唆する働きをしている。

(9) 本書第10章、ホワイトの「コンラッドと帝国主義」の論考を参照のこと。

(10) この文脈において「闇の奥」と『ロード・ジム』とを考察した論文としては、ブラッフィーの『哀歌的ロマンス』の第三章と第四章とを参照のこと。ワットの『十九世紀におけるコンラッド』(三三一―三八頁)は、マーロウとジムの友情についてことに精緻な解釈を下し、ランゲの「眼にあり」と、マクラッケンの「『存在の厳しく絶対的な条件』」は、男性のアイデンティティとホモソーシャルな関係性を分析している。

(11) ハムレットとジムとの類似性は、シュタインの「どう生きるべきか」(『ロード・ジム』二一四頁)という問いによってもはっきりと喚起されている。多くの批評家がシェイクスピアの作品との類似点やシェイクスピアの影響を詳細に論じている。たとえば、バチェラーの『ロード・ジム』、ギロンの『コンラッドとシェイクスピア』、ヘイの「『ロード・ジム』とハムレット的特性」、シュルトハイスの「ロード・ハムレットとロード・ジム」を参照のこと。

（12）『ロード・ジム』中の蝶と甲虫の隠喩に関するさらに詳しい論考は、タナーの『コンラッド――「ロード・ジム」』を参照のこと。

訳注

〔1〕一八九六年八月九日付、T・フィッシャー・アンウィン宛の手紙。

〔2〕一八九八年十月二十日付、フォード・マドックス・フォード宛の手紙。

〔3〕最初の副題にある「小品」（sketch）とは、短編よりも短く、プロットや人物造型も未発達の作品を指す。これに対して最終的な副題となった「物語」（tale）は、誰かが語っているような語調で書かれた物語を指す。

〔4〕「遅延的解読」（delayed decoding）はイアン・ワットが『十九世紀におけるコンラッド』（一九八〇）の中で案出した新語である。

〔5〕「戯曲的な描出」（dramatization）とは、語り手が、登場人物の会話や行動を含めて、出来事を演劇に近い形で中立的に描出し、読者に対して登場人物の心理や動機などを説明しない描出法を指す。

〔6〕ノヴァーリスの宗教的・哲学的論考『断章』から。

引用文献

Bakhtin, M. M. *The Dialogic Imagination: Four Essays*. Ed. Michael Holquist. Tr. Caryl Emerson and Michael Holquist. Austin: University of Texas Press, 1981.

‘The *Bildungsroman* and its significance in the history of realism（Toward a historical typology of the novel）’. In *Speech Genres and Other Late Essays*. Ed. Caryl Emerson and Michael Holquist. Tr. Vern W. McGee Austin: University of Texas Press, 1986, pp. 10–59.

Batchelor, John. *The Life of Joseph Conrad: A Critical Biography*. Oxford: Blackwell, 1994.

Lord Jim. London: Unwin Hyman, 1988.

Berthoud, Jacques. *Joseph Conrad: The Major Phase*. Cambridge: Cambridge University Press, 1978.

Bloom, Harold, ed. *Joseph Conrad's 'Lord Jim'*. New York: Chelsea House, 1987.

Bruffee, Kenneth A. *Elegiac Romance: Cultural Change and Loss of the Hero in Modern Fiction*. Ithaca: Cornell University Press, 1983.

Buckley, Jerome Hamilton. *Season of Youth: The Bildungsroman from Dickens to Golding*. Cambridge, MA: Harvard University Press, 1974.

Conrad, Joseph. 'A Familiar Preface'. *'The Mirror of the Sea' and 'A Personal Record'*. 1906 and 1912. Ed. Zdzisław Najder. Oxford: Oxford University Press, 1988, pp. xi–xxi.

Lord Jim, A Tale. 1900. Ed. John Batchelor. Oxford: Oxford University Press,1983.

Conroy, Mark. 'Colonial self-fashioning in Conrad: writing and remembrance in *Lord Jim*'. *L'Epoque Conradienne* 19 (1993), 25–36.

Fraser, Gail. *Interweaving Patterns in the Works of Joseph Conrad*. Ann Arbor: UMI Research Press, 1988.

Gillon, Adam. *'Conrad and Shakespeare' and Other Essays*. New York: Astra Books, 1976.

Gordan, John Dozier. *Joseph Conrad: The Making of a Novelist*. Cambridge, MA: Harvard University Press, 1940.

Hay, Eloise Knapp. '*Lord Jim*: from sketch to novel'. *Comparative Literature* 12 (1960), 289–309. Reprinted (revised) in Moser, ed. *Lord Jim*, pp. 418–37.

'*Lord Jim* and *le Hamletisme*'. *L'Epoque Conradienne* 16 (1990), 9–27.

Henricksen, Bruce. *Nomadic Voices: Conrad and the Subject of Narrative*. Urbana: University of Illinois Press, 1992.

Lange, Robert J. G. 'The eyes have it: homoeroticism in *Lord Jim*'. *West Virginia Philological Papers* 38 (1992), 59–68.

Leavis, F. R. *The Great Tradition: George Eliot, Henry James, Joseph Conrad*. London: Chatto & Windus; New York: G. W. Stewart, 1948. ［長岩寛・田中純蔵（訳）『偉大な伝統——イギリス小説論』、英潮社、一九七二年］

McCracken, Scott. '"A hard and absolute condition of existence": reading masculinity in *Lord Jim*'. *The Conradian* 17.2 (1993), 17–38.

Marle, Hans van and Pierre Lefranc. 'Ashore and Afloat: new perspectives on topography and geography in *Lord Jim*'. *Con-*

radiana 20 (1988), 109–35.

Moser, Thomas C., ed. *Lord Jim: An Authoritative Text, Backgrounds, Sources*. New York: Norton, 1968.

Murfin, Ross C. *'Lord Jim': After the Truth*. New York: Twayne, 1992.

Parry, Benita. *Conrad and Imperialism: Ideological Boundaries and Visionary Frontiers*. London: Macmillan; Topsfield, MA: Salem Academy/Merrimack Publishing, 1984.

Raval, Suresh. 'Narrative authority in *Lord Jim*: Conrad's art of failure'. *ELH* 48 (1981), 387–410. Reprinted in Bloom, ed., *Joseph Conrad's 'Lord Jim'*, pp. 77–98.

Schultheiss, Thomas. 'Lord Hamlet and Lord Jim'. *Polish Review* 11 (1966), 103–33.

Sherry, Norman. *Conrad's Eastern World*. Cambridge: Cambridge University Press, 1966.

Sherry, Norman, ed. *Conrad: The Critical Heritage*. London: Routledge & Kegan Paul, 1973.

Stape, J. H. '"Gaining conviction": Conradian borrowing and the *Patna* episode in *Lord Jim*'. *Conradiana* 25 (1993), 222–34.

Tanner, Tony. *Conrad: 'Lord Jim'*. London: Arnold; New York: Barron's Educational Series, 1963.

Verleun, Jan. *Patna and Patusan Perspectives: A Study of the Function of Minor Characters in 'Lord Jim'*. Groningen: Bouma's Boekhuis, 1979.

Watt, Ian. *Conrad in the Nineteenth Century*. Berkeley: University of California Press, 1979; London: Chatto & Windus, 1980.

Watts, Cedric. Introduction. *Lord Jim*. Ed. Cedric Watts and Robert Hampson. Harmondsworth: Penguin Books, 1986, pp. 11–30.

Wollaeger, Mark A. *Joseph Conrad and the Fictions of Skepticism*. Stanford: Stanford University Press, 1991.

第5章

『ノストローモ』

エロイーズ・ニャップ・ヘイ［Eloise Knapp Hay］
中井義一（訳）

一九〇七年、コンラッドは作家代理人J・B・ピンカーに、「大衆の関心は戦争と平和と労働に向かっています」と書き送っている。これに続けて、「それらのテーマを（中略）現代的な視点で取り扱う」つもりだと記している（『書簡集』第三巻、四三九―四〇頁）[1]。しかしながら、こうした問題は、コンラッドがそれより四年前『ノストローモ』を書いたとき、すでに彼のテーマとなっていて、以降ずっと生涯を通じ、彼の最大の関心事となったのだった。労使関係というテーマは、これよりさらに前に遡り、一八九七年から広くコンラッドの小説に現れていた。すなわち、『ナーシサス号の黒人』をはじめとする海の物語では、アリスタンやアフリカでのマーロウのような船長が登場して、ときに反抗的な態度をとる部下の高級船員や乗組員をうまくさばいている。『ノストローモ』は、『ナーシサス号』とは別の、しかし『ナーシサス号』同様に「現代的」な、「戦争と平和」に関するテーマを導入した最初のもので、コンラッドにとって、このテーマはポストコロニアル世界における革命と、革命がもたらす影響を意味することとなった。

何世代にもわたり、読者は、『ノストローモ』をレオ・トルストイの『戦争と平和』（一八六九）と関連づけてきた。コンラッドはこのロシア小説を計画的にお手本にしたわけではなかったにせよ、両者には共通点が数多く見られる。すなわち、二つの小説は広大な範囲の歴史を再演していること、国家が侵略軍を撃退したことを称賛していること、幾組かの結婚を成立させ、その結婚が成功したり失敗したりする理由を中心に展開する多様なプロットと家族の歴史を語っていることである。『ノストローモ』の中で、家族といえば、グールド家、デクー家、アーベジャーノス家（三家族とも「クレオーリョ」、すなわち、ヨーロッパ系の南アメリカ定住者である）と、イタリア人のヴィオラ家であるが、ノストローモはヴィオラ家において、実の「息子」同然の扱いを受けている。『ノストローモ』もまた、やはりトルストイの小説同様、思想の闘争、とりわけ歴史的決定論と個人の自由の対立という思想によって構築された物語である。しかし『戦争と平和』の場合には、歴史が個人の意志によって決定されるのに対して、『ノストローモ』の場合には、行為者の意志の自由は、彼らがはとんど制御できない歴史上の力、すなわち銀の力によって圧倒されている。トルストイの小説と対比して、コンラッドの小説がとりわけ「モダン」であるのは、その歴史観が英雄的で祝勝的であるというよりむしろ皮肉っぽく索漠としたものであるという点である。実際、反ドストエフスキー的な『西欧の眼の下に』がそうであるように、『ノストローモ』はコンラッドが嫌悪したロシア小説に対抗して書いた最初の例ではないかと問いかけたくなるのも無理からぬことなのだ。ちょうどこの頃イギリスではロシア小説が大いにもてはやされていて、コンラッドはその流行にさらされ、その向こうを張らないわけにいかなくなったのである。ロシア小説の英語翻訳の第一人者がコンラッドの友人エドワード・ガーネットの妻コンスタンスであったから、このことはコンラッドにとってはなおのこといらだたしいことだったかもしれない。

　ジョン・ハルヴァーソンやイアン・ワットが、「作者覚書」の中に示唆されていることから明らかにしたように、自分には語るべき話があるというコンラッドの自覚は、南アメリカの海岸沖で銀を載せた艀を盗んだ抜け目のないイタリア人の船員にまつわる話を聞いて一気に高まった（「原本ノストローモ」四九―五二頁）。クローディン・ルサージュは、『ノストローモ』の舞台設定のためにマルセイユ近郊の港の記憶を用いているという議論を説得的に行っているが、コンラッドが物語をラテンアメリカに設定した多くの理由は、一八九八年にまで遡るカニンガム・グレアムに宛てた手紙の中に見ることができる。この一八九八年とその後に、コンラッドは、スペイン人の血が幾分混じってはいるが大部分はスコットランド人の血を引く友人のグレアム（彼は南アメリカ大陸を広く探検した経歴をもっていた）に手紙を書いて、フィリピン諸島やカリブ海でのアメリカ合衆国の帝国主義の台頭に対する激しい憤りを表した（『書簡集』第二巻、六〇頁[2]／第三巻、一〇二頁[3]）。ガリバルディに関するさまざまな歴史や伝記からラテンアメリカのヨーロッパ人について小説の素材をたくさん得る一方で、カニンガム・グレアムからはラテンアメリカ諸国の歴史や人々についての資料を提供してもらい、コンラッド自らも素材を求めてロンドン図書館に足繁く通った。*(1)『ノストローモ』はコンラッドが自分自身の個人的体験にほとんど依拠しない最初の小説であり、彼の飽くなき読書が題材のほとんどを占める最初の小説だった。

　このようにして、コンラッドは『ノストローモ』によって、マレー諸島やアフリカでの船員時代の思い出から、西半球について書くことへと方向転換したのである。コンラッドはその場所には十七歳と十八歳のときに何週間もの間滞在したことがあって、一八七五年と一八七六年にはカリブ海の港とベネズエラへ三度航海をしている。独立戦争のおかげで、この地域の大半がスペイン支配からすでに解放されていて、コンラッドがそれらの地域を訪れていたときは、独立後の革命が勃発しているところだった。彼は、後に、あるコルシカ人の船員仲間（ノストローモのモデルの一人、ドミニク・チェルヴォーニ）の手助けをして、コロンビアで発生した反乱を支援すべく銃を運んだことがあると、何度も主張している（ファン・マルレ「合法と非合法」九二―一一一頁）。また、子供の頃のラテンアメリカとの関わりもコンラッドの関心を高めた。というのは、五歳の時、彼は、贈り物でもらった『地上の天使たち、美徳と偉大な行為の化身』という題名の本で、アメリカ大陸の激動の歴史と悲劇的な搾取を知ったからである。その本には、歴史上さほど有名ではない人々に混じって、コロンブスの伝記や、コロンブスの「日誌」を書き写し、スペイン人たちのインディオの扱いに抗議する内容の手紙をラテンアメリカからスペインへ数年間送り続けたドミニコ会托鉢修道士のバルトローメ・ド・ラス・カサス（一四七四―一五六六）の伝記が含まれていた。コンラッドはラス・カサスの「魂」を思い出しながら『ノストローモ』を執筆したのである（『書簡集』第三巻、一〇二頁）。

テリー・イーグルトン、エドワード・サイード、フレドリック・ジェイムソン等多くの読者が、『ノストローモ』の主要な焦点として帝国主義というテーマを選んできた。だが、帝国主義が問題である以上に、架空のコスタグアナ共和国の内部から創り出され育まれる、相反する革命イデオロギーが演じるドラマのほうがはるかに大きな問題である。M・C・ブラッドブルックの古典的なコンラッド研究は、「革命と反革命が（中略）この作品の中心である」と指摘したが（『ジョウゼフ・コンラッド――イギリスの天才ポーランド人』四五頁）、近年の批評家は、明らかに小説そのものからよりむしろ、一九六〇年代から学界で急速に広がってきたマルクス主義から見解を述べるようになってきた。帝国主義、すなわちさまざまな手段による「地上の征服」は、確かに「闇の奥」におけるコンラッドの明確なテーマだった。しかしサイードは、『ノストローモ』について論じるなかで、彼のいう「帝国主義という家父長的な横柄さ」なるものが、この小説の主題でありまた小説中でのコンラッドの視点でもあると言うのである（「外国人《グリンゴー》の目を通して」七〇頁）。サイードは「帝国主義の大事業」――単数形の事業である――を中心に論を展開し、『ノストローモ』はこの大事業を批判するだけでなく再生産もしていると述べ、コンラッドにも批判の眼差しを向けている。サイードは、コンラッドがコスタグアナの白人に焦点を合わせるばかりで、語るべき、「原住民」の活動を考慮に入れるのを怠っていると主張し、チヌア・アチェベによる一九七五年の「闇の奥」

批判で名高くなった路線を踏襲している。アチェベ同様、サイードも、「原住民には描写すべき何ものかがある」はずなのに、コンラッドはそれを「筆舌に尽くしがたいほど腐敗し、退化し、手の施しようがない」（『故国喪失についての省察』二八一頁）ものにしていると非難している。

「原住民の」を厳密に定義づければ、この語は小説中のインディオを指すとしか考えられず、その生活は貧しく、重荷を負わされ、搾取され、活力がないものとして描かれている。これは歴史的にもインディオ居住区域の状況に合っている。だが、コンラッドの描くインディオはいかなる意味においても腐敗あるいは退化などしていない。なるほどコンラッドのメスティーソ（インディオとの混血スペイン人）の多くはこの描写に一致する。しかしながら、彼らの中には、英雄的なエルナンデス、ドン・ペペ、ドン・ペペが監督する鉱山労働者の家族のように、あっぱれな人たちもたくさんいる。最近の批評家が「帝国主義者」と呼べるのは、この国に対してあからさまに帝国主義的な意図を抱いている、あの不愉快なアメリカ人資本家ホルロイドと、イギリスの鉄道会社の経営者ジョン卿だけである。そのうえ、この二人の男性は遠方の脅威であって、中心人物ではない。彼らが主として重要になるのは、私の解釈では、主要登場人物であるチャールズ・グールドとその妻がコスタグアナを独立、繁栄させ、民主主義的な方向に向かわせるという希望を当初抱いていたにもかかわらず、外国の利害関係に巻き込まれていく悲劇が語られるときである。グールドは何世代にもわたってこの地域に根を下ろしてきた家系に属し、一貫して生粋のコスタグアナ人として描きこまれている。彼は、先祖たちと同様、イタリア育ちのイギリス人女性を妻に娶るけれども、外国に血縁もいないし利害を同じくする人々もいない。この小説の主要な行為者として、グールドはメスティーソのモンテロ兄弟に劣らず革命論者である。グールド家の銀鉱を再開発する彼の目的は、相続した銀鉱と鉱山技師としての自己の能力を生かして、野蛮な政権が入れ替わり立ち代りする故国の長い歴史を根底から変革し、繁栄をもたらし、すぐれた統治を行うための諸条件を創り出すことである。

この小説にはグールドのほかに二人の主要人物が登場するが、彼らもやはり白人である。その二人というのは、グールド同様に生粋のコスタグアナ人である（フランス化している）デクーと、作品の題名に使われているイタリア人船員のノストローモである。彼らも、グールド夫妻同様、「帝国主義の」意図に関与していない。もっとも危険な帝国建設者ホルロイドですら、この小説の進行中ではグールドの鉱山を手中に収める努力をしていない。ただ、グールド夫妻は、物語が終わりを迎えたとき、不運に陥り孤立しているのに対し、スラコという攻撃されやすい「宝庫」の外に陣取るホルロイド等の略奪者たちは、今にもこの町を攻撃しようと身構えている。この小説で繰り広げられる革命が（モンテロ兄弟のように）貪欲さによって動機づけられているか、あるいは（グールド夫妻のように）物質的利益に基づく信念によって動機づけられているかぎり、コスタグアナの国民が切に望んでいる公正な平和は生まれないのである。

　コンラッドはある民間伝説から『ノストローモ』を始める。それはコスタグアナの貧しい人々によって伝えられてきたもので、「二人のさまよえる船員――おそらく、アメリカ人だったろうが、あやしげなグリンゴー」が、「賭博をしているろくでなし」のインディオに荒涼たる峡谷に眠る呪われた財宝を探し出すのを手伝わせるという話である（『ノストローモ』四頁）。財宝が見つかると、「不信心な」二人の白人は、財宝の魔力に魅せられて、永遠にそれを見張るべく運命づけられる。気の毒なインディオは、妻が彼のためにミサを行ったので、「たぶん死ぬことを許してもらえたのだろう……（中略）キリスト者であったならば宝物の権利を放棄し解放されていただろうに」（五頁）、二人の白人は不信心者であったからついに財宝から解放されることがなかったというのである。この迷信は、グールドとノストローモという、この小説に登場する二人の中心的なグリンゴーを次第に虜にする銀への妄執を描くための寓話的な枠組みとなっている[*2]。

　コンラッドの小説が展開するにつれて、グールドと新婚の妻エミリアは、グールドの父親が禁じた鉱山の復興に挑み、およそ三、四世代前にスペイン人の征服者たちが追い出されて以来この国で支配的であった、革命、反革命、その合間に起こる恐ろしい出来事といううんざりするような連鎖を終わらせるために、グールドの相続した財産を使うことを主張し始める。しかし、グールドの高潔な志から生まれた革命は、悲惨な連鎖をただ増幅させるばかりで、小説の終わりでは、「民衆」の大義を掲げた革命が新たに発生し、かつてのスペインによる侵略と少しも変わらない、残忍な帝国主義者による侵略が何度も繰り返されそうである。

一九〇三年以降のコンラッドのもっともすぐれた作品の多くは、作者が十八世紀フランスに始まるとした革命の時代における革命の意味をさらに綿密に検証するものであった。これらの作品には、『ノストローモ』出版後ほどなくして書かれたエッセイ「専制政治と戦争」と、『六つの物語』の中の四つの中短編、そして『密偵』『西欧の眼の下に』が含まれる。『救助』『放浪者』『サスペンス』を加えると、これらの「戦争と平和と労働」に関する主要作品から、コンラッドの歴史観がハンナ・アレントの後期の歴史観と非常に類似していることがわかる。彼女は一九六三年に次のように述べた。「戦争と革命は今なお［我々の世界の］中心的な二つの政治問題となっている。革命と戦争は生きながらえたが、それらを正当化するイデオロギー上の根拠のすべてを失った」――「たとえば、（中略）資本主義と帝国主義、社会主義と共産主義のような根拠は失われたのである。なぜならば、それらは我々の世界が直面している重大な現実との接触を失ってしまったからである」と。アレントによれば、「あらゆる大義名分の中でもっとも古くからある、自由対専制政治という大義名分を除けば、いかなる大義名分も残っていない」（『革命について』一頁）という。アレントはコンラッドのいくつかの作品を読み解いてこうした結論に至ったのかもしれない。

このような密接な関係にある物語の中で最初のものである『ノストローモ』は、その後に続くすべてのテクストにとって貴重なテクストである。コンラッドは、『放浪者』と『サスペンス』でもって最後となる後期の作品の中で焦点を当てている革命が、『ノストローモ』を念頭に置きながら読まれることを想定していたようだ。そこで提示される西欧の歴史を念頭に置かなければ、たとえば、『個人的記録』につけた「作者覚書」の中で、「革命家の息子」と呼ばれることをコンラッドが嫌ったことの意味を解明する重要な糸を見失ってしまう。コンラッドは言う、彼の父親のように「思想と行動の領域において強い責任感を持った人間に革命家という言葉ほど不適当な形容詞はあり得ないだろう」と。彼はまた「革命的」という語が、一八三一年と一八六二年のポーランド人の蜂起には当てはまらないと述べ、それらは「外国による支配に対する純粋な反乱」であると称している。「ロシア人自身もそれらを『反乱』と呼んでいた」とコンラッドは回想し、彼の父親は「どんなものであれ［合法的な］社会的・政治的施策をくつがえすために働くという意味での」革命家などではなかった、と付け加えている（『個人的記録』「作者覚書」七―八頁）。

このことはコンラッドがすべての革命を軽蔑していたということなのだろうか。コンラッドの作品の中に、革命に対する強烈な両面感情〔好きでもあり嫌いでもある二重の複雑な気持ち〕を認める人々が多い。この両面感情の中に、一般には一八六三年の「革命」と解されているものに父親が関与したことを非難したいという抑圧された願望と、破滅を待ち望む願望も含めることもできよう。ほかにも、私を含めて、コンラッドは一七九二年以前にポーランドを統治したような国の正統な政府を転覆させる暴力革命と、一七九二年以後のポーランドにおけるロシア人のような侵略者を追い出す反乱とを区別することにおいて一途かつ明快な態度をとったという説を成す人もいる。とはいえ、『ノストローモ』においては、政府の正統性は問題にはなっていない。コンラッドが南アメリカの西海岸のどこかに設定した架空の国コスタグアナに関するかぎり、正統性に関するいかなる問題もこの小説が始まるずっと前に忘れ去られていて、コンラッドが知りえた西欧の歴史にはそうした正統性の問題は一度も存在しなかったであろう。

読者にはかなりの量の歴史的知識が備わっていることが求められている。一四九二年以降、スペインやその他のヨーロッパの植民者たちが絶え間なく波のようにこの「新世界」へ押し寄せ、住みつくが、しばしばヨーロッパ人自身が扇動した一連の革命の中で権力の座から引きずりおろされた。こんなとき、たいていは「外国人を排斥せよ！」とのスローガンが掲げられたのだった。では、「外国人」とは誰なのか、これが『ノストローモ』の中に込められているアイロニーである。なぜなら、どんな政府であれ、最初の植民者が引き揚げた後、その政府内で発言権をもっていた人のほとんどすべてはヨーロッパ人の子孫であるか、あるいは主にヨーロッパからその思想を得ている以上、彼らを外国人と呼んで差し支えないからである。

このような長期的な視野が『ノストローモ』の特徴である。コンラッドが彼の共和国を「コスタグアナ」と名づけたのも、おそらくそれが「海岸」を意味するスペイン語を想起させるばかりでなく、コロンブスが「インド諸島」に着いたとき、原住民から教わった陸地にあたる最初の名称を想起させるからでもあるだろう。「インディオたちはこの地を『グアナハニ』と呼んでいます」とコロンブスは本国へ書き送っている（グリーンブラット『すばらしき植民地』五二頁）。従来、「グアナ」‘guana’ は単に「グアノ」‘guano’、すなわち爆薬を作るために使われる海鳥糞を指すと考えていた人が多い。コンラッドは「グアノ」を象徴的に――しかも適切に――『ロード・ジム』の中で用いたのだが、「グアナ」という語のほうは、黄色い花をつける海岸の木を指し、『ノストローモ』で描写される、芳香の漂う沿岸にいっそうふさわしいと思われる。それはまた、とりわけ作家がその名称に〈元からその地にあった、原生の〉という含みを持たせたがったという理由で、その国の住民たちにはいっそう好ましく思われるだろう。

この小説はスペイン人の侵略者たちと戦った南アメリカの革命を事実上是認している。それがガリバルディの率いた革命であったことは非常にはっきりしていて、その革命の面影がジョルジオ・ヴィオラの色あせかけた理想主義の中に映し出されているのである。ヴィオラは、コンラッドが後に「作者覚書」（一九一九）の中で用いた言葉を使えば、「昔の、人道主義的な革命」（『ノストローモ』「作者覚書」四四頁）を振り返る。コンラッドはガリバルディの解放戦争を近年のボリシェヴィキ革命と暗に対照させているのである。「ガリバルディ党の古き党員」であるヴィオラの革命は、小説中の早い段階で詳細に回想されるけれども、主な出来事の始まりとなる革命はグールドの革命である。グールドの行動計画は、「外国人」が牛耳るという意味での「帝国主義的」なものでは断じてない。あの悪名高きペドリート・モンテロが、パリーやサイードやジェイムソンの見解を先取りして、そのように我々を信じ込ませようとするけれども。グールドは、これらの評論家が言うような「イギリス人」ではなく、コンラッドが言うように、「アメリカ大陸人」（八三頁）であり、第三世代のコスタグアナ人だからである。銀山を再開し、初めのうち謎めいたジョン卿のみならず実に不愉快なホルロイドの力にすがるほかなかったとき、グールドは、銀山が外国の支配を受ける危険をおかしている。しかしながら、外国支配は小説の中では起こらず、このような実際の「外国人」が手に入れたものといえば、事業利潤（国にも繁栄がもたらされる）の分け前に与った程度である。銀山に投資したあと、「より純粋な形のキリスト教精神」（八〇頁）を発揮してラテンアメリカ全域に大変革をもたらす改革運動を行うというホルロイドの狙いは、確かにある種の文化帝国主義である。しかし、小説の中では、それは一つの可能性としてあるだけであり、決して実在のものではない。ホルロイドの経験豊かな共同事業者たちも、「ホルロイド・グループは将来コスタグアナ共和国全体をすっかり手に入れるつもりでいた。しかし、実際は、（中略）。ホルロイドは、そこで大事業を運営しているのではない（中略）。一人の男を切り回しているだけさ！」と「憂鬱そうに心得顔してつぶやく」（八一頁）のである。

　ホルロイド（Holroyd）という名前は「聖なる十字架」（holy rood）を連想させる。それはまた、合衆国の上院議員であった、ヘンリー・カボット・ロッジ（Henry Cabot Lodge）のアナグラム〔つづり換え遊び〕に近いものでもある。ロッジはフィリピンやキューバの獲得のみならず、ラテンアメリカへの文化的・経済的な拡大を熱心に支持し、マッキンリー大統領〔アメリカ合衆国第二十五代大統領（在任一八九七—一九〇一）〕とルーズベルト大統領〔アメリカ合衆国第二十六代大統領（在任一九〇一—〇九）〕の後ろ盾を得て、大いに一般民衆の支持を得た人物であった。一方、その頃コンラッドはこの小説を書いているところだった。しかし、ホルロイドとジョン卿はマイナーな登場人物であり、ホルロイドの醜悪さが際立つ発言は、もし鉱山が敵側の手に落ちれば、自分は「早晩グールドと関係を絶つだろう」という、グールドへの脅し文句ぐらいである。だが、これもグールドにとってまったく好都合であった。というのは、そのような合意によって「鉱山は自立性を保ち、（中略）こうして、以前と変わらず鉱山経営はグールド一人の肩にかかりつづけた」（八二頁）のだから。

　したがって、我々の注意は、新たな種類の帝国主義ではなく、グールドが高潔な理想を実現するために関係しないわけにいかなかった「現実政策《レイアールポールティーク》」へと向けられる。グールドは、自分は決してホルロイドとも他のいかなる外国人とも内通することはないが、自身の銀への執着がコスタグアナの中で伝染していて、鉱山を基盤とした経済への妄執が国外からの侵略を受けたときと同様の害毒を民衆に流していることに次第に気づき始める。グールドのユートピア的な当初の未来図は、彼が考えもしなかったような形で現実となってしまう。グールドは、「物質的利益がいったん確たる足場を築きさえしたら」その安定に必要な有利な条件が生み出されるだろう、すなわち「金儲けが非合法や騒乱を前にしたときには、ここでこのように正当化されるのだ。金儲けが要求する安定は、抑圧された民衆と共有されるべきものである以上、それは当然なのだ。もっとすぐれた公正さはその後にやって来る」（八四頁）と期待を込めて言っているが、そのときには未来のことを予見できなかったのだ。ただし、全知の語り手は、グールドが「身をかがめて武器を取る覚悟があった」が、「いかなる幻想も抱いていないがゆえに有能であった」とつけ加える（八五頁）。この評価は、グールドが「幻想を支えにして」（一三九頁）生きていると思いこんでいるデクーを完全に信頼してはいけないと警告するものであろう。デクーと対照的な作者の声は、一瞬の間にせよグールドの革命の意図を現実主義的に是認するものであるし、実際、欲得と無縁なエミリアも、最初はすばらしいとすら思うのだ。

　それにもかかわらず、この反トルストイ的な叙事詩的小説における希望や企ては、悲劇に終わる。グールド夫妻の勇敢な努力が、夫婦相互の愛情、そして夫妻に依存している民衆に対する夫妻の愛情を、塵と堕落へ変えてしまうからなおのこと悲劇性が際立つのだ。小説の道徳的良心であるモニガム医師は、グールドの、表向きは成功したかに見える事業の失敗を総括して、物質的利益は、便宜主義をよりどころにしながら、それ特有の法と正義を持つと見抜く。物質的利益は非人間的で、公正さと力強さはもたない。そういったものは「道徳的原理の中にのみ見出される」と言う。モニガムは、国から採掘権を与えられたグールド・コンセッションは、まもなく、数年前の「野蛮さ、残酷さ、無法状態と同じくらい重い負担となって民衆の上にのしかかる」だろう、と予見している（五一一頁）。こうして、この小説も終わり近くになってから、我々はグールドの事業を支えられたかもしれない「道徳的原理」、つまり、グールド夫妻を含むコスタグアナの人々を銀山への隷属から免れさせることができたかもしれない原理を探すように指示されるのである。

　この小説が言っているのは、「物質的利益」が現地生まれの労働者によって全面的に支配されてさえいれば問題は何も起きないことなのだと読んでしまうと、こうしたことはしばしば見過ごされがちになる。支配する者が「外国人」であろうとなかろうと、物質的な富にまさるいかなる力をも信じようとしない態度こそ国を不幸にするものである。コンラッドが述べているように、この小説では「銀が道徳的・物質的な出来事の中心」なのである（ジャン＝オーブリー編『ジョウゼフ・コンラッド――伝記と書簡』第二巻、九六頁）[4]。

　ただ、グールドは明らかに「アメリカーノ〔アメリカ大陸生まれの人〕」ではあるが、彼の思想は、その功利主義的原理においてイギリス的であり、彼の鉱山支配もついにゆるむことがない。いやもっと正確に言えば、それは、グールドに対する鉱山の支配力が最終的には完全なものとなるということと同じなのである。グールドはまた、愛情を込めて、もちろん皮肉も込めて、「エル・レイ（王、王者）」、（比較的）善良なスペイン王ドン・カルロス四世〔一七四八―一八一九、在位一七八八―一八〇八〕の後継者として知られる。しかし、エミリア・グールドが夫の故国――「あなたの国」――を話題にするとき、それは常にコスタグアナを指すのである（八六頁）。語り手によるグールドの伯父ハリーに対する次のような描写はグールド本人にこそ一致するものだろう。「彼はこの国の人で、この国を愛した。しかし考え方においては本質的にイギリス人でありつづけた。（中略）彼はただ道理にかなった自由を純粋に愛し圧政を憎む心から社会秩序を守るために立ち上がったにすぎない」（六四頁、強調部分は引用者）。これがコスタグアナに革命を起こそうという彼の決意を促す思想である。

もう一つの主要な革命は、グールドによる革命が始まるとすぐに生じたモンテロ一派の革命である。この革命も、生粋のコスタグアナ人が扇動したものではあるが、グールドによる革命同様、土着文化優先を謳いながら、その思想においてヨーロッパ的なものであった。この反乱は、小説のもっとも輝かしい数章を彩る。デクーが、ノストローモの助けを借りながら夜陰に乗じてはしけ一艘分の銀をプラシド湾へと持ち出し、鉱山の銀を守ろうとする章。はしけが反乱扇動者たちの船と衝突する章。島に銀を埋めるが、後にノストローモに回収される、というよりは、盗まれてしまう章。デクーが絶望して自殺する章。そしてモニガム医師がモンテロ一派をだまして――モニガム自身は銀は失われたと思っているのだが――湾内のどこかでまだ銀が見つかるかもしれないと思い込ませ、こうすることで、時間稼ぎをし、グールドの支持者たちがスラコを奪い返す章である。マルクス主義者などによる黎明《れいめい》期の革命がこの小説の終盤に起こりそうなことが、「秘密結社」や青白い金髪の写真家によって示唆されているし、それらは、グールドの主導した革命とは異なり、今後は外国人や外国思想によって主導されることが推測されるのであるが、それまでは、テレサ・ヴィオラの臨終の言葉が、彼女自身だけでなく、多くの人々にも当てはまるだろう。彼女は、「彼らの革命が、彼らの革命が、(中略)ほら、ジャン・バッティスタ、とうとうそれが私の命を奪ったのだわ！(中略)この革命で私は命絶えたのよ」(二五三頁)と言うが、その革命とはモンテロ派による革命を指しているのである。

『ノストローモ』についての多くの解釈や、セドリック・ワッツのような批評家たちは、小説の終盤に来て、もう一つ別の革命が起こりそうなことがそれとなく示されているのに、読者はそれを見逃してきたと主張する。この小説は五つの異なる革命思想を基に構成されている。グールド、ジョルジオ・ヴィオラ、モンテロ兄弟、マルクス主義者の革命、それにノストローモ自身の内部に起こる精神的革命であるが、五番目のものについては、今まで以上に注目することが必要である。この小説で使われている時間軸のずらし技法は、これまでにも大いに議論され、しばしば読者を面食らわせてきた技法であるが、五つのイデオロギーの過去、現在、未来における展開を並置することで、一つの合成的な模様を描くことに役立っている。しかも、このとき、個人の身にふりかかろうとしている変化よりもむしろ思想に起ころうとしている変化に注目するならば(ぜひそうすべきだが)、モダニズム的といってもいいくらいのコラージュを成していることに気づく。この五つの革命を時間軸の順序に戻すと、リーヴィスから始まりサイードやジェイムソンに至る批評家[*3]がこの物語に読み取ってきた、あの耳障りな軋みや空虚さのわけがわかる。しかしながら、そのような印象は、我々がノストローモ自身の精神的変化に注目し、彼を通して、小説の結末でなお進展をつづけている唯一希望に満ちた革命に注目したとき、目立たなくなるのだ。この精神革命は、小説の題名にもなっている主人公としてのノストローモの立場を正当化しながら、彼を鉱山事業者の単なる道具から自発的な「民衆の男(中略)、民衆の内部にとどまる力」へと変身させ、その結果、(「作者覚書」にあるように)ノストローモはついに「新しい革命を扇動する運動の謎の保護者」となる(『ノストローモ』

「作者覚書」四四—四六頁)。ノストローモは精神的変化によって、物質的利益から解放され、さらに彼を通して他者も解放され、巻頭の題辞《エピグラフ》——「あらしが来てはじめてこんな荒れた天気は晴れる[5]」で言及される晴れた空が最後に広がる。当然のことながら、こうした天気の回復は、あらしの襲来後のことであるのと同様に、小説の終了後におとずれるので、その後のことは、読者の想像にゆだねられている。

　小説のメインプロットのはじめのほうで、グールドによる革命とそれが拠り所とする鉱山は帝国内に小さな帝国を創る。この「帝国内の帝国」(一三五頁)は古代ローマの「市民」を模範にした帝国で、外国からの侵略者によって支配されるのではなくむしろその国の市民が自らのために発展させる帝国である。イタリアの歴史との皮肉な関連は、明らかにコンラッドがこの小説を執筆するにあたって立てた最初の計画の一部であった。実際、コンラッドは、この小説を書き始めて少なくとも五ヵ月目に入った一九〇三年五月に、カニンガム・グレアムに「私はこの小説をコスタグアナと呼ぶ共和国に設定する予定です。とはいえ、その大部分はイタリア的なものです」(『書簡集』第三巻、三四頁[6])と伝えている。

　コンラッドが革命についての最初の小説を西半球に設定したことには強い動機がいくつかあった。そのなかでおそらく真っ先にあげるべき動機は、合衆国の成立前からすでに始まっていた新世界の発見と発展が、ヨーロッパで起きた最初の政治的革命のお膳立てをした、とコンラッドが考えていたことにあろう。コンラッドは「地理学と探検家たち」(一九二四)の中でこれに触れ、「アメリカ大陸の発見は人類史上未曾有の野放図な残酷と貪《どん》欲の噴出を引き起こした」と書いている(『最後の随筆集』三頁)。コンラッドは言う。コロンブス以後、ほとんどの探検家は「物欲、すなわち何らかの形でもうけを得ようという考えや多かれ少なかれ美辞麗句を弄《ろう》しての交易願望あるいは略奪願望に駆り立てられた」(一〇頁)。この新しい、地球規模の貪欲は、後世、アフリカ大陸の「開拓」への道をも切り開いた。コンラッドはそれをこの評論集の中で「人間の良心の歴史を歪めた不道徳きわまりないぶん取り合戦」と呼んでいる（一七頁）。

　このように『ノストローモ』は、「歴史」の形がもっともひどく「歪められ」始めたとコンラッドのいう原初的な場面に設定されている。『西欧の眼の下に』では、ラズーモフがロシアのために歴史を書き始めることを夢見るのだが、歴史とは、巧劣の差こそあれ、その形を変えられうるものなのである。コンラッドは、歴史も「人間の良心」もその形を変え意識的に方向づけることが可能であると言っているのだ。『ノストローモ』における鉱山の銀が、ある時代の「原初」を表象している——サイードはこの考えに同意する（『始まりの現象』一一七頁）——とすれば、我々は、ハンナ・アレントの『革命について』から、あらゆる革命のはじまりとその誘因となったものは、本来、新世界とその富の発見でもあったことを学び知るのである（一五頁）。

　これは誇張でも何でもない。アレントは、貧困から脱しうる社会というユートピア的な思想を初めて可能にしたのは西半球であると明快に論証している。それ以前に政治的動乱がなかったわけではない。アリストテレスは、経済的動機から「金持ちが政府を［暴力的手段で］転覆させ寡頭政治を樹立すること、（中略）［そして後には］貧しい人々が政府を転覆し民主政体を樹立すること」を理解していた（アレント『革命について』一四頁）。しかし、アレントによれば、コロンブスの出現までは、貧困が「人間の条件において固有のもの」であることを疑う文筆家は誰一人としていなかったという。アレントはさらに説明する。「地上の生活は欠乏によって呪われているのではなく、豊かさに祝福されているはずだ」というユートピア的な思想は「（中略）アメリカ大陸に始まった。その思想はアメリカ大陸の植民地化の経験からじかに発展していき」、現代的な意味での革命の時代の口火を切った。「最初にロックが——おそらく新世界の植民地が繁栄したことに感化されて——、次にアダム・スミスが、労働と労苦は貧困の属性であるどころか、（中略）富の源泉であると主張したとき革命の舞台装置が整った」（『革命について』一五頁）、と。まもなく、この「労働価値説」は、リカード、マルクスの双方に引き継がれた。

チャールズ・グールドは、南アメリカの「先祖代々のグールド一族」に属し、「解放者、探検家、コーヒー農園主、商人、革命家」(四八頁)を輩出した一族の子孫として、生まれながらに革命の構想を受け継いでいる。グールドの政治改革案は、真の革命はすべて「歴史が突如新しい針路をとりはじめ、(中略)いまだかつて読んだことも聞いたこともない一つの物語がまさに繰り広げられようとしているという考えと分かちがたく結びついている」(『革命について』二一頁)と述べるアレントの記述と合致している。グールドは、封建制から自由主義的資本主義へ、そこからさらに理想の平和な王国の樹立へという、数百年にわたる革命を一生涯で成し遂げようと試み、なんとかそれを成し遂げる寸前までいく。グールドが手始めにホルロイドのような資本家の支援を仰ぐことから始めたことは、コスタグアナに帝国主義列強を招き入れることになるかもしれないが、ホルロイドは、グールドが秩序と支配を保っているかぎり「手を出さない」つもりであると明言して、多くの外国資本家の立場を代弁する。この資本家は、もう一度革命が起きれば、姿を消すと約束したし、そうなればジョン卿の鉄道も収用されるであろう。ホルロイドとジョン卿は、利潤を上げながら、自分たちの影響下で中南米大陸が変わるのを見届けたがっている。ホルロイドは、大陸がプロテスタント化し、北米化してほしいと思い、ジョン卿は大陸の生産技術が進歩してイギリス化してほしいと思っている。

グールドは、政治的には、現地生まれの人々から成る穏健派のブランコ党のみを支持しようとする。この資本主義者グールドの唱える平和にとって、そしてむろん、彼が「その後に」やって来ると考えている正義にとっての最大の脅威は、モンテロ将軍の軍事政権による革命である。この脅威のために、デクーの画策に乗せられて不安定な本土からのスラコの独立宣言がなされるのであり、ついには、グールドの本来の運動から独立した政府が生まれるのだ。

ハント・ホーキンズは、グールドが「民族資本家」に依存していることを明らかにし、モンテロ一派の革命は、コンラッドがアフリカばかりでなくラテンアメリカの暴力的運動を十分に理解していた証拠であると論じる。政治哲学者で精神科医であったフランツ・ファノンから広く引用しながら、ホーキンズは、グールドの「民族資本家」の失敗が軍によるクーデターへの道を開いたと指摘し、クーデターは「立憲政府が外国の財閥と結託し、生活状況を改善できないでいることへの、一般民衆の政府に対する怒り」に火をつけた、という。さらに、「（中略）軍自身の欧米に対する態度は」、ファノンの明快な説明を借りれば「分裂病的である」という。一方で、軍は国粋主義的で、外国からの干渉を嫌い、外国からの融資を拒むが、他方では、軍は外国人しか提供できない資本や軍事用機器を渇望しているからである。通常、財閥は、銀を掌中にするグールドのように、軍を買収することに成功するが、軍はやがてずるずる腐敗に陥り、ますます暴力に頼るようになる。独裁者は、最後には死ぬか職務を全うできなくなり、そのときには別の独裁者に取って代わられるか、もしくは「[第一世界の]諸国家にしつこく迫られて、『国家経済を浄化する』と考えられる『民族資本家』に取って代わられるかである」。ホーキンズは、このような説明がグールドの革命に刺激されて起きたモンテロ一派の革命に見事に適合すると述べる。

しかし、示唆的なことは、それがこの小説の中で扱われている第三の革命であるということだ。ジョルジオ・ヴィオラが抱く革命思想は、出来事の年代順配列と区別されて、コンラッドのプロットの中でもっとも重要な位置を占める。第三章と第四章で紹介されるヴィオラの経歴は、読者に与えられる最初の内省的な視座であり、これに先立つ形で海岸の景色の生き生きとした描写と来るべき出来事の簡潔な概観が置かれている（ヴィオラにまつわる話の前置きとして、コンラッドはこの小説の終着点とも言うべきものを提示している。そこでは大洋汽船会社の出張所長キャプテン・ミッチェルがばかばかしいほどに快活な調子で、あと知恵的な話を披露している。キャプテン・ミッチェルは小説中の暴力的な事件のすべてを、過ぎ去った、似たり寄ったりの、特性のない革命として、つまり、その合間合間に楽団が公園で演奏するようなものとして、記憶している）。ジェイムソンは、

「ヴィオラ老人の語る話は（中略）まったく余計である」と見なしているが（『政治的無意識』二七三頁）、ヴィオラの考えが提示されているこの三章と四章の叙述は、それとは逆に、グールド夫妻の、そして後のほうで紹介されるモンテロ兄弟のものの考え方を理解するのにきわめて重要である。

ヴィオラの物語は、革命家の精神について真剣に吟味した最初の記述であると同時に、すでに一八二〇年から一八六五年にかけてスペインからの自由を求めて戦った偉大な南アメリカの革命を思い起こすのに必要である。この最初の革命は、グールドの革命とは違い、「物質的利益」に依存することのない戦いであった。ヴィオラは、彼が英雄と崇める漁師ガリバルディとともに「アメリカ大陸における自由のために」イタリアからやって来て、モンテヴィデオ防衛戦で「英雄的に死ぬ」ことになる「黒人歩兵中隊」に属する原住民を支援した（三〇頁）。

このように、ガリバルディやヴィオラのような男が武器を取ったのは、ただ思想を実現するためであって、物質的な利益を得るためでは決してなかった。ガリバルディがイタリアで「王と大臣たち」による圧政から貧しい人たちを解放するのに失敗したことに落胆し、今や年老いてしまったヴィオラは、かつて自分が理想を実現するために戦ったように、エミリア・グールドと、どうやらその夫も、理想によって生きていると知り、いくらか希望を回復する。ハンナ・アレントは、ヴィオラやエミリアが抱いているような革命に対する関心はフランス革命に由来すると見なす。フランス革命時には、虐《しいた》げられた大衆が、「暗やみと恥辱に埋もれて」いた状態から、初めて公的領域に登場したのだった（『革命について』四一頁）。まさしく、夫が鉱山労働者を求めて奔走するあいだ、二ヵ月間国内を旅したエミリア・グールドは、旅の先々で貧困を目の当たりにして、今後も行動しつづける気持ちを固める。彼女は、イタリアで教育を受けそこで数年を小作農民の観察に費やした経験から、自ら率先して「コスタグアナ人」になる（八九頁）。エミリアの信奉する「革命の時代」は、かつてヴィオラが身を投じた革命の時代と同じく、「愛他精神、（中略）おおらかな博愛主義への献身」と「すべての私的利益に対する厳粛なまでの軽蔑」によって触発されたものである（三一、四六頁）。

我々は、ガリバルディの革命と、エミリア・グールドが夫の革命に対して抱いている考えとには知的な類縁性が存在することを思い出す必要がある。夫の革命は、「法と誠実と秩序」とコスタグアナの「圧政に苦しむ人々と共有できる」安定をもたらすであろうと、彼女は信じていた（八四頁）。エミリアは、心浮き立ち、スラコの社会的変革のために働きながら、ガリバルディ同様、新たな社会構造の樹立に打ち込む。「沿岸地域の町を彩るわずかなヨーロッパ的虚飾とは無縁の内陸部」への旅をしているとき、彼女は「民衆が、黙々と苦しみに耐え、哀れなまでに動きを止めたまま辛抱強く未来を待っている」のを見る（八八頁）。エミリアが夫とともにコスタグアナにやって来たのも、その未来を保証するためであり、その後も——二人の革命にかける希望が吹き飛んで、ジョルジオのように、気落ちしたときでさえも——、彼女の言葉を借りれば、現在が「過ぎ行く一瞬ごとの時間に過去への配慮と未来への配慮が含まれる」ように、彼女はなおも働く（五二一頁）。エミリアは、アーヴィング・ハウの古くすぐれたコンラッド研究が『ノストローモ』に向けた非難、つまり、エミリアは単に、コンラッドの「私的な愛情という資源へ」の「非政治的な」後退（『政治と小説』一二三頁）を象徴する人物にすぎないという非難には当たらないのである。

グールド夫人の掲げる理想は、グールドの最初の計画が持っていた陰りのない信念に基づいた側面を抽出したものであり、彼女は繰り返し政治的な行動を取る。グールド夫人はデクーを支持し、デクーは夫人ひとりを信頼し、スラコを腐敗した国家から分離させる。まっさきに社会の除け者（元盗賊）エルナンデスの価値を認めたのもグールド夫人で、エルナンデスはこれによってグールドの反革命を援助するために連れて来られ、後に軍務大臣となる。そしてついに、モニガム医師の活動を鼓舞することによって、夫人は新しい共和国を救う最後の奇跡を行う。校正刷りが示すところによれば、コンラッドが最初に『ノストローモ』に付けた題辞《エピグラフ》においては、グールド夫人だけでなく、アントニア・アーベジャーノスやリンダ、ジゼルのヴィオラ姉妹にもある種の中心的役割が与えられていたという。彼女たちはみな情熱的な女性であるが、その愛は愛する男性を救うこともできず、（エミリアとアントニアの場合は）これらの女性たちが身を捧げる立派な主義を救うこともできない。この題辞《エピグラフ》は、ウォルター・スコットの『最後の吟遊詩人の歌』からの引用で、皮肉にも、「愛は宮廷も野営地も木立も支配する」（第Ⅲ巻、第二連[*4]）になる予定であった。しかし、小説中には小説中で皮肉が伴わないままでいるものも存在する。それは、一九三九年にE・M・フォースターがうまく言い表した表現を借りれば、「個人的な立派さ[7]を公の事柄へ移し変えることができた」時にはじめて、民主主義は三度目の喝采を得られるだろうという見解である（「私の信条」一八頁）。

ハウはマックス・ヴェーバーにならって、十九世紀のモダンな改革運動への情熱が公的領域から個人主義や家族という私的領域へ退きつつあるかもしれないと恐れた。そして、コンラッドやフォースターはその点私的領域へ退きつつあるような存在に見えるかもしれない。サイードのグールド夫人に関する物語に対する解釈はハウの意見と似ていて、「グールド夫人だけがスラコのあるがままの姿をとらえている」とはいえ、失われた銀がどこに埋められているかに耳を貸そうとしない彼女の行為は、「現代政治の基準に照らせば無価値である」と言う（『始まりの現象』一〇八―九頁）。だが、この小説が目指したのは、まさに、「現代政治の基準」なるものをはねつけることにある。おそらくグールド夫人からもっとも強いインパクトを受けるのは読者で、読者はノストローモのように、グールド夫人を銀の邪悪な影響の呪縛から人を解き放つ唯一の資格者として見るように仕向けられるのだ。万が一グールド夫人がノストローモの告白を受け容れるならば、――ノストローモは今や、名は体を表すとは言えないまでも、彼のちゃんとした姓でまともにフィダンツァと呼ばれている[8]――彼女は信義にかけて銀のありかを他の人々に伝えるかもしれない[*5]。迷信的な（沖仲仕の）親方《カパタース》ノストローモは、罪の意識の重荷から解放されるために、グールド夫人がそうしてくれることを明らかに期待している。なぜなら、「キリスト者であったならば宝物の権利を放棄し解放されていただろうに」（五頁）という民間伝説の知恵を彼は信じているからだ。しかも、ノストローモは、神父に告白すれば秘密が保たれるようには、グールド夫人に秘密を守る義務を負わせはしていない。告解の相手としてグールド夫人を選んだのは、ヴィオラにならって神父を軽蔑しているからだ。しかしグールド夫人は銀の埋蔵場所を知ろうとはしないのである。なぜなら銀の存在を知ることは、それを盗んだ盗人《ぬすっと》だけでなくグールドへの信頼をけがすことでもあるからだ。希求する革命の成否は「腐敗しない」銀（三〇〇頁）が無事であるか否かにかかるようになり、グールドは、銀は沈められたというモニガムによる嘘の策略のおかげで勝利を得る。銀を事実上処分することにより、エミリア・グールドはもう一度みずから公的な責任を引き受けることになる。彼女はまた、コンラッドの政治的プログラムのなかで重大な関心事となっている「過去への配慮と未来への配慮」に基づく行動の模範をもう一度示すことになるのである。

　小説の構成は細心の注意を払って組み立てられている。フィダンツァが告白を試みるところから始まり、フィダンツァが亡くなったことを聞きリンダ・ヴィオラが苦痛のあまり叫ぶところで終わる終結部分の数場面の中で、大して重要でないという場面は一つもない。実際、この作品を読んで同じような感想を述べた人も過去にも幾人かいる。この一連のきわめて重要な出来事は、五番目の最後の革命——ノストローモの心の中に起こる革命に焦点を当てるのに役立っている。彼の内部の変化は、巻頭の引用句にあるように、最後には天気が晴れ上がることの伏線になっている。死の床にあるフィダンツァは、グールド夫人の拒絶によって、自力にすがるより仕方がなくなるが、彼はすぐに銀所有を断念するといういっそう効果的な方法を思いつく。民間伝説として語り伝えられてきた〈あやしげなグリンゴー〉の行動パターンを、自身の実生活はそのままたどってきたことに気づき、フィダンツァは銀を断念しないわけにいかなかったからである（二五五、二五八—六〇、二六三—六四頁）。

秘密結社のいくつかに出入りを繰り返してきた沖仲仕の親方《カパタース・デ・カルガドーレス》フィダンツァも、ヴィオラに人まちがいされて撃たれ（しかし強盗を殺したと思った点ではヴィオラはまちがってはいなかったわけだが）、死の床にあって、マルクス主義者の写真家と向かい合っている。この写真家はさらにもう一つ別の将来起こりそうな革命、つまり順番からするとヴィオラ、グールド、モンテロ兄弟による革命のあとの四番目の革命を象徴する人物であるが、この四番目の革命は、「民衆の男」フィダンンツァがゆっくりと財産を貯め込んでいる間に、小説の前面に出てきたのだった。しかし、ジャン・バッティスタ・フィダンツァは、銀を救出するために命がけの危険を冒したとき以来ずっと変化してきているので、もはや喜んで他の男たちの命令に仕えるようなことはしない。フィダンツァは、テレサ・ヴィオラの死に際に与えた侮辱[9]を、つまり、搾取するオムブレス・フィーノス（紳士連中）にただで自分を売ってしまったことをおぼえていて、あの呪われた宝を当然の報酬として所有してきた。フィダンツァは、「物質的利益」の所有物にすぎなかった「ノストローモ」——「我々の男」というあだ名で呼ばれることはもはやない。頭の鈍いミッチェル所長を例外とすれば。マルクス主義者の写真家が、資本家の陰謀に関する情報を収集するためにフィダンツァを詰問するとき、写真家は、フィダンツァがモニガムは「貧しい人たちすべてを——民衆をもっとも軽蔑している人物」（五一八頁）であると非難していたのを思い出す。その非難は、モニガム医師がどうやらヒルシュを裏切ったらしいことと、それと関連して医師がグールド夫人の身の安全をはかるためにフィダンツァすらも犠牲にするのをいとわないことに基づくものである。マルクス主義者は、こうして医師をブラックリストに載せたいと願うが、モニガムはオムブレス・フィーノスの中で唯一革命家でもなければ、マルクス主義者が呼ぶような、資本主義的な「民衆の敵」（五六三頁）でもない。この思想小説は、最終的には、政治的に緊迫した最後の一場面におけるフィダンツァの反応にかかっている。

これまで、我々はフィダンツァにもイデオロギーがないと仮定してきた。ただし、彼の自己陶酔的な個人主義と、「民衆」つまり特権を与えられていない両半球の多くの人々との直観的な結合を除けば、の話である。しかしながら結末近くの病院の場面で、フィダンツァは死を目前にして変貌し、ジョルジオ・ヴィオラに焦点を合わせた冒頭の数章以降に力をつけてきた革命のイデオロギーにおいて、彼がエミリア・グールドと提携してこれを推進するさまを、我々は目にするのだ。マルクス主義者はフィダンツァに、資本家打倒に向けて高まりつつある強力な革命のために、銀を譲り渡すように要求する。資本家たちは、カパタース（親方）を単なる物体として扱い、その命をもてあそんできた、というのである。この要求に対するフィダンツァの反応が最大どれほどの説得力を持つかは、彼の考えが言葉としてはっきり表現されず終いであったにせよ、意識のなかでどのような変化をたどってきたかを見極めることにかかっている。

我々は、彼がものを考えない「動物」であることから自身の労働の価値を十分に認識する状態へ突如推移したことを思い出す。銀を救出し、岸へ泳ぎ着き、「（中略）野生の獣のように目を覚ます」と、彼は自己の中に「男らしい男」を発見する（四一二頁）。ここで使われた語り手の隠喩は、そうした一人前の〈男〉への覚醒が、早くからグールド夫人の感化を受けた結果であることを物語る。グールド夫人は、「民衆の偉大な価値を理解でき」、「黙々と悲しげな目をして重荷を背負った獣を装った男」（八九頁）を見抜くことができた。海から再生したとき、フィダンツァは、雇い主が見逃していたこと、つまり、自分が雇い主に依存しているのではなく、雇い主が繁栄のために自分のような労働者に依存していることを理解する労働者のリーダーとしての自覚を持つに至った。カパタース（親方）は海から出てくると、フランツ・ファノンの用語に言う、「物体人間」であることから誰にも束縛を受けない自立した人間になる精神の旅を始める。この精神の旅とは、これなしでは真の革命が不可能な、絶対必要な転換であったのだ（『アフリカの革命に向けて』三五頁）

さて、グールド夫人のおかげで、カパタースは、自分で判断し行動することで、精神の革命においてもう一つ飛躍し（夫人も今しがたちょうどそれを効果的にやってのけたのであったが）、経済的利潤を追求するような革命をすべてはねのける。もうこれ以上陰謀の手先となるのはまっぴらごめんとばかりに、フィダンツァは沈黙を守って抵抗の気持ちを伝える。この点で、彼は今や硬く口を閉ざして沈黙するグールドとよく似ている。グールドも自分が銀の奴隷になってしまったと気づいているからだ[*6]。「作者覚書」でコンラッドが、「カパタースはついに（中略）富の束縛から救われた」と述べているので、我々は論理的につぎのように結論づけてもよいであろう。マルクス主義者を「謎めいた、馬鹿にしたような軽蔑の眼差し」で見やる最後の反抗行為によって、カパタースは現世的な意味で解放され、あとのことはすべて死に神にゆだねたのである、と[*7]。

むろんこれは、ジャン・バッティスタ[10]――聖書を読む人にとってはバプテスマのヨハネ、つまり「イエス・キリストの先駆者」という意味を表す――が、単に彼自身の思考の中で革命を達成したにすぎないことを証明しているだけかもしれない。しかし、コンラッドが「作者覚書」で、彼を「新しい革命を扇動する活動の謎の保護者」（『ノストローモ』「作者覚書」四六頁）と名づけていることからして、これをこの小説の五番目の、そしてもっとも重要な革命と呼んで差し支えないだろう。この五番目の革命は、革命の変遷をバッティスタが目撃してきた結果必然的に生まれたものである。つまり、はじめに、ヴィオラの記憶の中に生きている、昔の独立をもとめての「観念的で」人道主義的な革命、つぎに、グールド夫妻による自由主義《リベラル》思想の資本家の革命、つづいて、グールド夫妻の革命に刺激されて生まれたものの失敗に終わったモンテロ一派によるいわゆる「民主主義」革命、そして最後から二番目に、マルクス主義世界革命のはしりを目撃したことから生まれてきたものだ。フィダンツァの最後の行為を、別の、非マルクス主義革命との連帯と読み取ることについては、コンラッドが『ノストローモ』以外の著作、たとえば「専制政治と戦争」『西欧の眼の下に』『放浪者』で展開した言説の多くに、その裏づけを求めることができる。

『放浪者』の老ペロールは、フィダンツァのように「民衆の男」であり、フィダンツァと同じように、彼を取り巻く革命世界を揺り動かす政治動乱に大きな軽蔑を抱いている。さらにはフィダンツァと同じように、老ペロールも政治的無関心の態度から転じて反抗的態度で死んで行くが、それはペロール個人の、政治的な信念に基づく行為である。[*(8)] 同様に、『西欧の眼の下に』で、革命に関してもっともはっきり意見を述べたのは、ナターリア・ハルディンと思われるが、彼女はイギリス人と、おそらくは一六八八年の「名誉革命」を、多くのイギリス人歴史家ですら正確であると認める根拠にもとづいて鋭く批判する。彼女は言う、イギリス人は革命が「大嫌い」で、「運命と取引きして手を打ってきて、（中略）これこれこれだけの現金と引き換えにこれこれこれだけの自由を」（三四頁）という方針でやっていく国民である、と。これこそまさしく、『ノストローモ』でチャールズ・グールドが行った取引きである。ナターリア・ハルディンは、想像力の欠如した英語教師には途方もなくユートピア的理想主義者と映るが、彼女の政治的考えには、不思議なことに、「専制政治と戦争」におけるコンラッド自身の政治的考えが反映しているのである。

　このエッセイで、現代戦争の暴力の罪は、国家がその安寧を商業的な成功や侵略的な種類の行動に依存していることにあると述べ、コンラッドはほとんどナターリア・ハルディンのような口ぶりで、このように書き記している――「友好と正義の究極の勝利はまだ」「今までのところ考えられない」、「なぜならそれを樹立するべく、ジャングルがまだ切り開かれていないからである」（八四、一〇七頁）。「真の世界平和は（中略）物質的利益の土台ほどには腐敗が進むことのない土台の上に建てられるであろう」（一〇七頁）。このエッセイの中で、コンラッドは、政治行動は「民衆の建設的な本能」と「集団的良心」、そして、モニガム医師の処方箋のように、まだこれから獲得すべき道徳的「原理」（九一、一一一頁）に基づかねばならないと主張する。

　フレドリック・ジェイムソンは、アーヴィング・ハウと同じ方向ではあるがはるかに踏み込んで論を展開し、

『ノストローモ』だけでなくコンラッドの小説すべてにおいて、彼の政治的想像力はロマンスや夢に人生の現実問題、すなわちいかに生計を立てるかという問題の代役を務めさせている、と述べる。船上生活（これは日々の糧を得ることとかなり関係があると思われる）をコンラッドが理想化する場合においてさえ、ジェイムソンは、コンラッドが物質的現実と縁を切って空想の世界に逃避していると言う（たとえば二一三—一四頁）。しかしながら、サイードのコンラッド攻撃によく似たこのようなコンラッドへの極端な攻撃の背後で、ジェイムソンは、自分自身のユートピア、すなわち物質的に満たされた暮らしが非唯物的な要求に関する幻想に煩わされることなく栄えるマルクス主義のユートピアを考えているように思われる。これは、『ノストローモ』の非常に現実的な世界においてはもちろんのこと、コンラッドが作るいかなる世界にも劣らないようなおとぎ話の世界のように見える。

　この小説で、読者は、小説の題名になっている主人公が、自分を単に他人の目に映る映像と見なすことから、一個の確立した個性へと精神的成長を遂げる過程を追体験する。そしてファノンが鋭くも述べているように、「個人の解放は国家の解放のあとに来るものではない。真の国家の解放は、どの程度個人が後戻りできないほど自力で自身を解放したか、まさにその解放の程度にこそある」（『アフリカの革命に向けて』一〇三頁）のだ。

　政治的に深くものを考える人々は、長くこういった考え方をしてきた。たとえば、一八一五年にジョン・アダムズがトマス・ジェファソン宛に書いた手紙を考えてみるがいい。アダムズはジェファソンに、「革命とはどのような意味を表すのでしょうか。戦争でしょうか。しかし、それは革命の主要な部分であったためしがありません。戦争は革命の結果と帰結でしかなかったからです。しかし、革命とは民衆の精神の中にあって、一七六〇年から一七七五年の十五年にかけて、一滴の血も流さずにすんだ期間にもたらされたものだったのです」（『アダムズ—ジェファソン往復書簡集』二巻、四五五頁）。『ノストローモ』は、その主人公が新・旧両世界における「民衆」を代表していることから題名がつけられたことを、コンラッドは明らかにしている。この小説のもっとも未完成で、もっとも継続的な革命は、ついに読者の男となった「我らが男」の革命であると予言されているようだ。彼は「ノストローモ」(イタリア語の発音をまちがえた英語)[11]という名をありがたく大事にした男から、腐敗を招く腐敗しない銀による支配などの外的な支配を一切拒絶する男へと変貌を遂げたのだった。

原注

(1) シェリー『コンラッドの西洋世界』(一四七―二〇一頁)とワット『ジョウゼフ・コンラッド「ノストローモ」』(一九―五一頁)は、コンラッドが得た主要な情報源を記述している点で、とくに有益である。

(2) ウォレス・S・ワトソンは、コンラッドが『ノストローモ』の宝探しの主題とそれを導く逸話などの相当多くを、ガーンジー島とイギリス海峡を舞台としたヴィクトル・ユゴーの『海に働く人々』から借用していることを確認した。筆者が用いる作品からの引用節はエルヴェの『ジョウゼフ・コンラッドのフランス的側面』に広く引用されている。

(3) 例えば、リーヴィス『偉大な伝統』(一七三―二二六頁)、サイード『世界・テクスト・批評家』(九五―九六、一〇一頁)、ジェイムソン『政治的無意識』(二七八頁)を参照のこと。

(4) この題辞の存在に気づかせてくださったJ・H・スティプ博士に感謝いたします。

(5) マクローラン『コンラッド「ノストローモ」』(八―九頁)は、コンラッドが小説の題名として選んだ名前の重要な意味を手際よくまとめている。

(6) 『ノストローモ』における発話と沈黙の、ここで取り上げたもの以外の側面については、フォーゲル「銀と沈黙」(一〇三―二五頁)を参照のこと。筆者としては、フォーゲルが帝国主義的拡大と結びつける誇張したレトリックは、ドン・ホセ・アベジャーノスの純朴な自由主義やペードリート・モンテロの革命をめざす言葉遣いといっそう詳細に結びついている、ということを付け加えておきたい。

(7) ノストローモがいまわの時にマルクス主義者の写真家とやりとりする場面を論じる際、私はモダン・ライブラリー版に従っている。この版のほうが、ワールズ・クラシックス・シリーズとして再発行されたデント版よりも、ローゼンバッハ博物館に所蔵されている一九〇四年原稿に近いからである。デント版は、一九一八年以降に発行されたすべての版と同様、フィダンツァがマルクス主義者に対してただ沈黙と「謎めいた、深い物問いたげな眼差し」で応えるとある。この変更は、フィダンツァがマルクス主義者の革命を即座に拒絶しないで、むしろ自分とマルクス主義者との関係をじっくり考えていることを暗示する。古いほうの終わり方のほうが、フィダンツァが他者の道具として使われていたことから自分の判断で行動する自立した存在へと変化していったことといっそう一致するのに対して、新しいほうの終わり方は、フィダンツァが死ぬ間際に立っていた未確定な立場を強調し、コルベラン大司教がグールドに警告したこと、すなわち民衆は最後には何らかの方法で、グールドの鉱山の富によって生じる不平等に対して反乱を起こすだろうとの警告と一致する。

（8）ヘイは、論文「コンラッドの最後の題辞と『妖精女王』」において、コンラッドは『放浪者』の題辞で〈絶望巨人〉の言葉を意図的に用いて、ペロールが追跡してくるイギリス戦艦と競争して自ら命を絶つ場面を浮き立たせている、と述べる。フォースター流に言えば、老放浪者の行為は、アルレットの恋人を救う「個人的な立派さ」であると同時に、ペロールのフランスへの忠誠とフランス革命への軽蔑を表す「公の事柄」でもあり、この事柄のために、彼の実質上の自殺は三倍にも同情できるものになっている。

訳注

〔1〕一九〇七年五月十八日付の手紙。

〔2〕一八九八年五月一日付の手紙。

〔3〕一九〇三年十二月二十六日付の手紙。

〔4〕一九二三年三月七日付、エルンスト・ベンツに宛てた手紙。

〔5〕シェイクスピア『ジョン王』第四幕第二場にあるジョン王の台詞。

〔6〕一九〇三年五月九日付の手紙。

〔7〕繊細さ、思いやり、勇敢の三つの性質を指す。

〔8〕ノストローモの本名はジョヴァンニ・バッティスタ・フィダンツァ (Giovanni Battista Fidanza)。フィダンツァは、古イタリア語で「信頼」を意味する。

〔9〕告解のために神父を呼んでほしいとのテレサ・ヴィオラの最後の希望を、フィダンツァがかなえてやれず、銀を隠す

という任務に走ったこと、をいう。

〔10〕 イタリア語の Gian' Battista (Giovanni Battista) は、「バプテスマのヨハネ」(John the Baptist) を表す。

〔11〕 「我らが男」の意味を表すイタリア語 *nostro uomo* の発音をまちがえたもの、ということ。

引用文献

Achebe, Chinua. 'An image of Africa: racism in Conrad's "Heart of Darkness"'. *Massachusetts Review* 17.4 (1977), 782–94. Reprinted. *Hopes and Impediments: Selected Essays, 1967–87*. London: Heinemann, 1988; New York: Doubleday, 1989, pp. 1–13.

Adams, John. *The Adams-Jefferson Letters*. 2 vols. Ed. Lester J. Cappon. Chapel Hill: University of North Carolina Press, 1959.

Arendt, Hannah. *On Revolution*. New York: Viking, 1963. 〔志水速雄訳『革命について』、筑摩書房、一九九五年〕

Bradbrook, M. C. *Joseph Conrad: England's Polish Genius*. Cambridge: Cambridge University Press; New York: Macmillan, 1941. Reprinted. New York: Russell & Russell, 1965.

Carabine, Keith. Introduction. *Nostromo*. Ed. Keith Carabine. Oxford: Oxford University Press, 1984.

Conrad, Joseph. 'Autocracy and War'. 1905. *Notes on Life and Letters*. 1921. London: Dent, 1970, pp. 83–114.

'Geography and some explorers'. 1924. *Last Essays*. Ed. Richard Curle. London: Dent, 1926, pp. 1–21. Reprinted. 1955.

'The Mirror of the Sea' and 'A Personal Record'. 1906 and 1912. Ed. Zdzisław Najder. Oxford: Oxford University Press, 1988.

Nostromo. 1904. Ed. Keith Carabine. Oxford: Oxford University Press, 1984.

Nostromo. 1904. New York: Random House, 1951.

Eagleton, Terry. *Criticism and Ideology: A Study in Marxist Literary Theory*. London: Verso Press, 1976. 〔高田康成訳『文芸批評とイデオロギー――マルクス主義文学理論のために』、岩波書店、一九九六年〕

Fanon, Frantz. *Toward the African Revolution*. Tr. Haakon Chevalier. New York: Monthly Review Press, 1967. 〔北山陽一訳

『アフリカ革命に向けて』、みすず書房、二〇〇八年］

Fogel, Aaron. 'Silver and silence: dependent currencies in *Nostromo*'. In *Joseph Conrad's Nostromo*. Ed. Harold Bloom. New York: Chelsea House, 1987, pp. 205–27.

Forster, E. M. 'What I Believe'. 1939. *Two Cheers for Democracy*. Ed. Oliver Stallybrass. London: Arnold, 1972, pp. 65–73. ［小野寺健訳『フォースター評論集』、岩波文庫、一九九六年所収］

Greenblatt, Stephen. *Marvelous Possessions: The Wonder of the New World*. Chicago: Chicago University Press, 1991. ［荒木正純訳『驚異と占有——新世界の驚き』、みすず書房、一九九四年］（本文中では『すばらしき植民地』）

Halverson, John and Ian Watt. 'The original Nostromo: Conrad's source'. *Review of English Studies*, ns 10 (1959), 49–52.

Hawkins, Hunt. '*Nostromo* and neo-colonialism', Joseph Conrad Society of America Session, Modern Language Association Convention, San Francisco, December 1991.

Hay, Eloise. 'Conrad's last epigraph and *The Faerie Queene*: a reassessment of *The Rover*'. *Conradiana* 2.3 (1970), 9–15.

Hervouet, Yves. *The French Face of Joseph Conrad*. Cambridge: Cambridge University Press, 1991.

Howe, Irving. *Politics and the Novel*. New York: Meridian Books, 1957. ［中村保男訳『小説と政治』、紀伊國屋書店、一九五八年］

Jameson, Fredric. *The Political Unconscious: Narrative as a Symbolic Act*. Ithaca: Cornell University Press, 1981. ［大橋洋一・木村茂雄・太田耕人訳『政治的無意識——社会的象徴行為としての物語』、平凡社、二〇一〇年］

Jean-Aubry, G., ed. *Joseph Conrad: Life and Letters*. 2 vols. London: Heinemann: Garden City, NY: Doubleday, Page, 1927.

Leavis, F. R. *The Great Tradition: George Eliot, Henry James, Joseph Conrad*. London: Chatto & Windus; New York: G. W. Stewart, 1948. ［長岩寛・田中純蔵訳『偉大な伝統——イギリス小説論』、英潮社、一九七二年］

Lesage, Claudine. *La Maison de Thérèse—Joseph Conrad: les années françaises, 1874–1878*. Sterne: Presses de l'UFR Clerc—Université de Picardie, 1993.

McLauchlan, Juliet. *Conrad: 'Nostromo'*. London: Arnold, 1969.

Marle, Hans van. 'Lawful and lawless: young Korzeniowski's adventures in the Caribbean'. *L'Epoque Conradienne* 17 (1991), 91–113.

Najder, Zdzisław, ed. *Conrad under Familial Eyes*. Tr. Halina Carroll-Najder. Cambridge: Cambridge University Press, 1983.
Parry, Benita. *Conrad and Imperialism: Ideological Boundaries and Visionary Frontiers*. London: Macmillan; Topsfield, MA: Salem Academy/Merrymack Publishing, 1984.
Said, Edward. *Beginnings: Intention and Method*. New York: Basic Books, 1975.［山形和美・小林昌夫訳『始まりの現象――意図と方法』、法政大学出版局、一九九二年］
Culture and Imperialism. New York: Knopf, 1993.［大橋洋一訳『文化と帝国主義』、みすず書店、一九九八年］
'Through gringo eyes: with Conrad in Latin America'. *Harper's Magazine*, April 1938, 70–72.
The World, the Text, and the Critic. Cambridge, MA: Harvard University Press, 1983.［山形和美訳『世界・テキスト・批評家』、法政大学出版局、一九九五年］
Reflections on Exile: And Other Literary and Cultural Essays. London:Granta , 2001.［大橋洋一・和田唯訳『故国喪失についての省察』、みすず書房、二〇〇六年］
Sherry, Norman. *Conrad's Western World*. Cambridge: Cambridge University Press, 1971.
Watson, Wallace. 'Joseph Conrad's debts to the French'. PhD thesis, Indiana University, 1966.
Watt, Ian. *Joseph Conrad: 'Nostromo'*. Cambridge: Cambridge University Press, 1988.
Watts, Cedric. *Joseph Conrad: 'Nostromo'*. London: Penguin Critical Studies, 1990.

第6章 『密偵』

ジャック・ベアトゥー［Jacques BERTHOUD］
伊藤正範（訳）

「いまいましいプロフェッサーどもはみんな、根っこでは過激派なんだ」——『密偵』第二章

I

コンラッドにとって、いまや小説の技巧面で彼の最高傑作とされている作品の出版は、妙に落ち着かない出来事となった。相も変わらず家族の病気や経済的問題を抱えながら、最初の草稿は一九〇六年二月から十月にかけて、九ヵ月という驚異的な早さで書きあげられた。いつものように産みの苦しみの叫びを上げることもなく。しかし一九〇六年十月から一九〇七年一月にかけての連載に至ると、さらにその後、出版に備えての改訂（一九〇七年五月から七月にかけて、もとの草稿に二万八千語を書き加えている）に至ると、彼は突如として自信をなくしてしまったようだ。小説そのものにというよりは、それを待ち受ける世間の反応に対してであったようだが[*1]。

その主たる証拠は彼の書簡にある。執筆中の作品に触れるたびに、その筆致が妙に保身的になるのだ。一九〇

六年九月十二日、彼はすでに原稿の一部を送っていたジョン・ゴールズワージーにこう書き送った。「こういった物語は誤解を生みやすいのです。とにかくこれをあまり深刻にとらないでください。すべてがうわべだけですし、ただのお話にすぎないのですから」(『書簡集』第三巻、三五四頁)。軽く読み流してくれという懇願はまったくコンラッドらしくないことだし、そこに付け足される手の込んだ説明を聞いても、別段事情が飲み込めた感じはしない。

> 私は、アナーキズムを政治的に考察するつもりも、その哲学的な面を真剣に論じるつもりもありません。[むしろ]人間の本質が(中略)その不満や愚かさの中に広く現れ出る様を扱いたかったのです。そこに入り込んでくるのは(中略)普遍的なものの見方であり、あくまでも個々の事例に——ロシアとかラテン諸国とかに——当てはまるようなものではありません。アナーキズムを、やれ人道主義的な熱狂だとか、知的な自暴自棄だとか、社会的な無神論だとかいって攻撃することは——もしそうする価値があるのなら——私よりもずっと元気な物書きや、より強健な精神の持ち主が、そしておそらくより実直な人間がする仕事でしょう。
>
> (『書簡集』第三巻、三五四—五五頁)

この手紙が言わんとしていることはつまりこうだ。アナーキズムは完全に付帯的な要素であり、この小説はただ個人を提示しようとしているだけだというのだ。その個人がたまたまアナーキストだっただけで、人間の道徳的側面における批判を展開できるのならば、べつにフェニアン結社(十九世紀半ばアイルランドをイギリス支配から解放しようとした秘密革命結社)の会員でもモルモン教徒でもよかったのだ。国に益するスパイであるとか、敵対的政治思想の代表であるとか、イデオロギーの体現者であるとして個人を批判しているわけではないというのである。しかし、コンラッドの個人的な意図の説明として、これは決して誠実なものとは言いがたい。文学や理論にまつわる企図を一貫して否定しておきながら、同時に彼は、フィクションというものが作者の偽らざる信念を内包・受容できていないことに批判的だったからだ。さらに、『密偵』というテクストの説明として、これは明らかに誤っている。なぜならこの作品には、ロシア人（ウラジミール氏）、アメリカ人（プロフェッサー）、イギリス人（ウィニー・ヴァーロック）、警視監などの多様な国民性が、さらには「人道主義的な熱狂」（ミケイリス）、「社会的な無神論」（プロフェッサー）、果ては「知的な自暴自棄」（語り手の「普遍的なものの見方」が傾斜していくもの）に至るまでのさまざまな実例が、明らかに取り込まれているからだ。

　一九〇七年九月十日、メシューエンからこの本が出版された後も、コンラッドの言い逃れは続いた。十月七日、彼は、友人である社会主義者のR・B・カニンガム・グレアムに宛てた手紙で、チェシャム・スクエアとウェストミンスターの場面を気に入ってくれたことに対する安堵を表した。だがその直後、彼の口調はまたしても弁解がましいものになる。「私は革命の世界を諷刺したわけではありません。この連中はみな革命家ではなく、まがいものなのです」（『書簡集』第三巻、四九一頁）。しかしこの文言は、そっくりそのまま、『密偵』に対してよく唱えられる異議の一つとなってきた。古典的なところでは、アーヴィング・ハウがこう批判している。「登場人物たちから野心や幻想を少しずつ奪い去ること」は、「彼らに尊厳と救済を求める権利をいささかも与えない」ことと一緒にはならない[*(2)]。それをするということは、彼らに対して芸術による犯罪をおかしているも同然だ、と。コンラッドはプロフェッサーを戯画《カリカチュア》から除外する。「私は彼を蔑《さげす》みの対象にするつもりはありませんでした。いずれにせよ彼は堕落などしません。（中略）せいぜい極端型の誇大妄想狂といったところです。それに極端性向をもつ人々とはみな敬うべき者たちなのです」（『書簡集』第三巻、四九一頁）。だが、ここでもコンラッドは、言葉巧みに政治的なものを心理的なものへと転換し、意図を原因へと還元している。この見方からすると、プロフェッサーは本物の罪人ではなく、本物の狂人ということになるのだ。実に、手紙全体が矛盾で真っ二つに引き裂かれている。一方でコンラッドは、体制に対する諷刺を、現状との関連において正当化する。だから彼は、ウラジミールが（「九〇年代に（中略）パドレフスキの射殺した」）実在のセリヴェルツォフ将軍に基づいているとグレアムに語り、さらに元国会議員のグレアムが、大物自由党大臣ウィリアム・ハーコート卿をモデルにした国務大臣エセルレッド卿の描写に太鼓判を押してくれたことに対して、感謝を表すのだ。しかし他方、ロンドンのアナーキストたちが視野に入ってくるやいなや、この基準は消えうせ――八〇年代、九〇年代にソーホーのクラブに足繁く通っていた、怪しげな、欺瞞に満ちたアナーキストたちのイメージを呼び出すことが、コンラッドにとって何の造作もないことだったというのに――諷刺的な意図はことごとく否定されるのである。

　これらの書簡に露呈されたちぐはぐさは、文通相手である二人の左翼の感情を害するのをコンラッドが恐れたことによるものだと、これまでは考えられてきた。だが政治的見解の相違は、必ずしも彼の足かせになっていたわけではない。たとえば彼は、カニンガム・グレアムが自信満々に唱えていた万人教育や、民主主義的な「同胞愛」の超越的価値に対して、何のためらいもなく異議を差し挟んでいる（『書簡集』第二巻、一五七―六一頁）[1]。『密偵』の受容に関する彼の不安は、単に友人たちとの関係に対する気遣いからきたものではない。とにかくそれは友人関係などというものをはるかに越えたところへと延びていき、その過程で（関連してはいるものの）別の形を取ったのである。コンラッドはいつも、実生活からどれだけ素材を得ているかを極力明かさないようにしていた。『密偵』に関していえば、締まり屋といってもいいぐらいの徹底ぶりであった。むろん、ヴィクトリア朝のイギリスで唯一起こったアナーキスト事件をきっかけに小説の主筋《メインプロット》を着想したことは、否定しようがなかった。一八九四年二月十五日、グリニッジ天文台の近くで、爆弾の暴発とおぼしきものにより、爆弾を携行していたマルシャル・ブルダンという人物――アナーキズム宣伝の小冊子《パンフレット》を書き散らしていたH・B・サミュエルズという人物の義弟にあたる――が死んだ事件である。そのようなわけで、コンラッドは、一九〇六年十一月初旬、発行者のアルジャノン・メシューエンに、新しい小説が「アナーキズム運動の歴史において起こったある事件の内部情報にもとづいたもの」だと打ち明けた（そう言いながらもやはり、「何の社会的、哲学的意図も含んでいない」（『書簡集』第三巻、三七〇―七一頁）[2]ことはしっかりと付け加えたのだが）。しかし、こうやって明かされた最小限の事実や、一九二〇年の「作者覚書」でわずかに示された元ネタの情報は、好奇心を満足させるというよりはむしろ削《そ》ぐことを狙っていた。実際、彼がどれほど徹底して自分の足跡を隠そうとしたかは、死の一年足らず前に、グリニッジ事件にまつわる小冊子を受け取ったさいの返信にはっきり示されている。「確か『グリニッジ爆弾事件』と呼ばれていたと思うのですが、実はその事件のことを、私はまるで知らないのです。事件が起こったとき私はイギリス国外にいたため、当時新聞に書かれていたことはまったく目にしていません。私が意識していたのは単なる事実だけです。この小説の意図は、ウィニー・ヴァーロックの歴史を描き出すことなのです」（ジャン＝オーブリー編『ジョウゼフ・コンラッド――伝記と書簡』第二巻、三二二頁）[*3][3]。その後に続くのが、もはやお決まりとなった否認である――「この本の目的が、何かの主義主張を攻撃することでもないし、ましてやその主義主張を持っている人々を非難するものでもないことをわかっていただけたらと思います」。

しかしながら、ありのままの事実とはこうだ。「グリニッジ爆弾事件」のとき、コンラッドはピムリコー（ロンドン南西部の地域）で『オールメイヤーの阿房宮』に取り組んでいた。そして十一年後、コンラッドはフィクションの題材として再びこの事件に着目する。そうしてできた小説は、それからさらに十四年、彼が自らの知識を頑なに否認しつづけた、例の小冊子で唱えられた事件の真相なるものを、そっくりなぞったものだったのだ（オリヴァー『国際アナーキスト運動』一〇七頁）。実際、『密偵』を準備するにあたって、彼は周到なまでの事実調査を行っている。その中で、友人であり共作者でもあったフォード・マドックス・フォード――若き日の彼はアナーキズムとつながっていた――と話をしているし、フォードの従姉妹、ヘレン・ロセッティ――若い頃、有力アナーキズム紙の編集をしていた――とも会っている。またコンラッドは、この事件の新聞報道を遡って調べたり、『アラーム』（ここから彼はプロフェッサーの着想を得た）などのアメリカの小冊子をはじめとする当時のアナーキズム文献を調査したり、事件に関わった人々、たとえば最初に捜査を担当したロンドン警視庁犯罪捜査課（CID）の警視監ロバート・アンダーソンなどの手記を通読したりしている。[*(4)] したがって、私たちが眼前にしているのは、苦心して編み出された言い逃れにすぎないのだ。要するにコンラッドは小説の政治的内容に関して責任を負いたくないのである。そのことが、小説が資料や観察に大きく基づいていることを認めようとしない彼の姿勢となって表れている。この小説は「単なるお話」なのだと、それ以上のことを求めるのは愚かなことなのだということを、私たちは繰り返し告げられるのだ。作品が矮小化してしまうほどに。

II

作品が結果として作者自身の手で故意に陳腐化されているように見えることを、私たちはどう説明したらよいのだろうか。コンラッドが一見、自らの小説を廃嫡しているかのようなこの問題を、見過ごすわけにはいかない。卓抜した文体や語りにもかかわらず、『密偵』が知的実質や一貫性に欠けているという見方は、そのせいで決定され、定着してきたからである。友人の、そして読者の反応をコントロールしようとすることで、コンラッドは結局、後世の評価を下げてしまっているだけに見える。もし批評家たちの意見が一つだけ一致する点があるならば、それはこの小説が真剣な知的挑戦をしていないということである。現代コンラッド伝の嚆矢《こうし》、ジョスリン・ベインズはこう言う。「他のほとんどのコンラッド作品とは異なり、この本には統一的なテーマがない。精査するうちに、ばらばらの場面が単にうわべで結びついて連続しているだけであることがわかってくる」(『ジョゥゼフ・コンラッド——評伝』)。現代コンラッド批評の嚆矢、アルバート・J・ゲラードは、同じようにこう述べる。『密偵』は「(思想というものに関していえば)探求や発見をしようとする作品ではない」(『小説家コンラッド』二四四頁)、と。あるいは、現象学的な分析を行うJ・ヒリス・ミラーのように統一概念を見いだすことに固執する者たちは、『密偵』のテーマは物質と精神の乖離《かいり》であるように見える」(『実在探求の詩人たち』五七頁)、と空虚な議論に走る。他にも、フライシュマン、ダレスキー、シュウォーツなどは——洞察に富む研究ではあるが——フォルマリストの立場から、『密偵』では「隠喩《メタファー》の媒体《ビークル》が、想像世界の本質としての主旨《テナー》に取って代わっている」(シュウォーツ『コンラッド』一六二頁)という仮説を立てる。また、ハウとルーテのように、修辞批評的な観点から語りのアイロニーを強調し、人間にまつわる事象が、偶然性、断片性、エントロピー[4]によって翻弄されていると解する者たちもいる。過去二十年にわたって、『密偵』の評価は、政治的なものも、脱構築的、フェミニズム的、歴史的、フロイト的なものも、あるいは単に鑑賞的なものも含めて、概念的に弱い作品であるという点において、申し合わせたかのように一致してきた[*5]。こうして、コンラッドが自らの作品に残した遺産は、『密偵』を弱体化しながら百年近くものあいだ存続し、いまだ目減りせずにいるのだ。彼は、物語を語る以上のことは何もしていないと主張する。だが、もしそれを信じるとしても、物語が負わされている社会歴史的な荷重については、どう説明したらよいのだろうか。この「物語」が月並みなものではなく、きわめて精巧な構築物であるとする今風の解説は、事態を悪くするだけである。なぜなら一個の文学作品が、技巧面における傑作であると同時に、知的に空っぽだなどということが、どうして起こりうるだろうか。トーマス・マンは、ジョルジュ・シムノンのような天才小説家が、なぜあんなにも「能なし」だったのかと問いただしたことで名高い。メグレ警部の生みの親に対してこんなことを言うのがフェアかどうかはさて置いて、マンの感じた困難はおおむね本物なのだ。

「形式」と「内容」、あるいはこの場合のように「語り」と「政治」という、一見して相容れない二つの選択肢のあいだで迷ったときは、立ち止まって二項対立そのものを問いただしてみるべきである。まず「語り」に注目すると、小説が政治的な意図を持ち合わせていないことを強調するために手紙の中で用いられた「単なるお話」（'mere tale'）という言葉が、この本の副題である「単純な物語」（'Simple Tale'）という言葉に昇華していることは、これまできちんと指摘されてこなかった。言い換えれば、小説の購入者は、手にしているものが文学作品であって、政治的な小冊子でも哲学的な随筆でもないことを、最初から告げられているのである。この副題に気づいた者たちはたいてい、これは読者をからかうジョークだと、すなわちこの小説固有のアイロニーが外にこぼれ出てきたものと受け取ってきた。読み進めていくと、この「単純な」物語は、きわめて複雑なものであることがわかるからだ。しかし同時に、そこで強調されているのは「物語」（'tale'）という言葉であるとも考えられる。つまり、これはあるがままの物語として読まれるべきものであって、メッセージをくみ出すための寓話でもなければ教訓話でもない、ということである。「物語」という言葉に荷重がかかっている事実が、この見方を裏づけてくれる。読者が一枚ページをめくると、次のようなH・G・ウェルズへの献辞が目に飛び込んでくる。「ルーイシャム氏の愛の年代記編者で／キップスの伝記作家で／来るべき時代を語った歴史家に／愛を込めてこの十九世紀の単純な物語を捧ぐ」。この記述は多くの突飛な解釈を生みだしてきたが、要点はきわめて明快である。この小説を捧げてよいかどうかをウェルズに尋ねたとき、コンラッド自身がそれを明かしている。「わかってもらいたいのですが、私はこの定義の中に、完全な小説家というものがどうあるべきであるかを示しているのです。それが年代記編者、伝記作家、歴史家ということなのです」（『書簡集』第三巻、四六一頁）[5]。この定義づけによれば、単に小説を書くだけで十二分ということになる。「十九世紀」を内に取り込める文学的ナラティヴならば、その欠陥を弁明する必要などないのだから。コンラッドは表と裏を使い分けているように見える。手紙では人を欺き、小説では暗示に満ちている。後者に関するかぎりでは、思想が虚構世界に入り込んでいるかどうかは問題ではない。どのように入り込んでいるか、が問題なのだ。

　二項対立のもう一方、つまり「語り」の対立項としての「政治」について、コンラッドはこう主張する。政治のディスコース内で政治に関与しているわけではないから、自分の小説は「政治的」とは呼びようがない、と。ここでは虚構《フィクション》が政治に抵抗するのではなく、政治が虚構を拒絶する。しかし、他所でコンラッドは、もっと緩やかな意味での政治性を擁護している。『密偵』の準備期間中に書いた「専制政治と戦争」という、一九〇五年の日露戦争についての名論説の中で、彼は、遠方の戦争を報じる「本や新聞の生彩のない活字」は「苦痛や死や病気を伴う戦争の過酷で単調な側面」を私たちに現実的なものとして提示する役割を果たしてこなかったし、「人道主義を唱える喧噪」、あまつさえ「人道主義的思想の真の進歩」までもが同様の道をたどってきた、と述べる（『わが生涯と文学』八三―八四頁）。情報も統計も（そこには「無力でむなしい正確さしか」ない）、私たちの目を覚ますことはできない。「事実を直視すること、あるいは優れた芸術による刺激」だけが、「我々を自己の生存の条件に甘んじさせるあの無関心という安全装置」を突き破って、「我々の共感的な想像力」をほんの時折ではあるが呼び覚ます。そして「ただそれのみによって我々は調和と正義が最後に勝つことを期待できるのだ」、と（『わが生涯と文学』八四頁、筆者強調）。ある政治エッセイの冒頭で、コンラッドは、完成された文明の慣習――ルポルタージュ、情報、統計、人道的コメント――によって促される機械的ででき合いの感情は、真の共感と対立するものであると述べている。真の共感とは、消極的で受動的というよりは積極的で能動的なものであり、ゆえにその対象物が、ひいては共感そのものが何らかの現実性を獲得しようとするときには、想像力を一心に働かせる必要に迫られる。もちろんそうした共感がなにかの政治的もくろみを生み出すわけではない。だが、それがなければ、政治は単に理論上のもの、野心的なもの、中身のない管理的なものにとどまってしまうだろう。この考え方では、小説は、政治を正当化するにあたって決定的な役割を果たすことができる。しかし同じ理由で、政治は小説に真剣さと重厚さを付与することができるし、またおそらくそうあるべきなのである。

　となると、想像の世界を現実化するために物語芸術《ナラティヴ・アート》という手段を活用することは、「調和と正義」を最終的に達成する条件を創り出すことである。だが、コンラッドにとってこれは必然的に、脱神秘化を行っていくということを意味する。政治的フィクションが解体・解読していくのは、前述のような正当化を欠く政治の非現実性なのだ。『密偵』における自分の関心はアナーキズムの誤りを証明することにはない、と主張するコンラッドは正しい。彼はもっと革新的な作戦を遂行しているのだ。それは、物語リアリズムのディスコース内部にアナーキズムを再配置するという作戦である。もっと厳密に言えば、彼はアナーキズムそのものにというよりは、むしろアナーキズムに対する浅はかな、あるいは想像力に乏しいリベラル進歩主義的な反応に――調和と正義の名のもとに――異議を唱えようとしているのだ。手短に言えば、この小説が扱う真の主題とは、生半可なインテリ読者《レクトゥール・モワイヤン・アンテレクチュエル》がこの小説を読んで持ち出してくる思考様式――ありきたりの思想、態度、感情からなる教義問答《カテキズム》――なのである。

　こうしてみると、この小説について友人たちに手紙を書くときの異常なまでに保身的なコンラッドの姿勢は、許容できるとまではいかなくとも、より理解できるものとなる。彼の手紙の主な受取人は、多彩な顔ぶれの左翼知識人たちである。コンラッドが『密偵』を執筆中の一九〇六年に反ブルジョワの『資産家』を出版したジョン・ゴールズワージーは、社会的革命を予見・歓迎し、その到来を必然と考えていた（デュプレ『ジョン・ゴールズワージー』一五五頁）。一八八九年の第二インターナショナルの会議に参加し、革命を唱えたカニンガム・グレアムは、一九〇六年当時、議会労働党の極左の社会主義者として活動していた（ワッツ、デイヴィーズ『カニンガム・グレアム』二六六頁）。コンラッドの文筆活動におけるパトロン、エドワード・ガーネットもまた、ズジスワフ・ナイデルの冷淡な言い方を借りれば、「リベラル派の左翼」であり、ロシア古典の翻訳家としてイギリス随一であった妻コンスタンスとともに、ヴォルホフスキー、クロポトキン、そして元暗殺者のステプニャークといった名高い亡命アナーキストたちを長く支援してきた(ジェファソン『エドワード・ガーネット』一九―二二頁)。コンラッドが、イギリスの友人たちに最大級の敬意を払っていたことは疑いない。だがまた、彼らとの関係においてコンラッドが政治的な自立性を保っていたことも確かである。彼が時に対立すら辞さなかったことは、次の一例に示されている。一九一一年、彼は、ガーネットの『西欧の眼の下に』評における、「ああした人道主義を愛する者たちの合言葉に向けられたコンラッド氏の仮借ない拒絶には、ほとんど辛辣といってよいものがある」という裁断に対して、「文学共和国にやってきたロシアの駐在大使」のような態度だと毒づき、こう続けた。「ねえ君、君はあまりにロシア化されすぎていて、真実を目にしてもそれが真実だとわからないのだよ――そこからキャベツスープの匂いがして、たちまちのうちに君の深遠なる敬意を呼び覚まさない限りはね」(『書簡集』第四巻、四八八頁)[6]。だが、このような怒りも、『密偵』における、エドワード朝のリベラル・イデオロギーに対する徹底した攻撃ぶりに比べれば、どうということはない。誰かの意見や判断に異議を唱えることと、そうした個々の意見を支えている価値体系全体に異議を唱えるということは、まったくの別ものである。この小説における中心的問題は、アナーキズムをいかに裁くべきかということではなく、アナーキズムが当時のイギリスに関するどんなことを明かしているのかということである。『密偵』は、アナーキズムそのものへの攻撃ではない、というコンラッドの主張はおそらく正しい。むしろこの小説は、アナーキズムをロンドンの生活に投げ込むことで、その生活が突如として透明性を失い、陰気な要素を沈澱させていく様子を描き出している。そうしながら小説は、イギリスの左翼が真剣に社会変革に取り組んでいるのかという問い全体を前景化するのである。もしそうだとすれば、友人への書簡におけるコンラッドのはぐらかしは納得がいく。それほど深刻に、ちょっとした意見の食い違いというレベルをはるかに超えて、この小説は友情を脅かしているのだ。

III

コンラッドが語りと政治の概念について並々ならぬ理解を持っていたことがいったんわかれば、小説で何をなそうとしているかについて、彼にはまったく迷いがなかったことが見えてくる。執筆を始めてわずか六週間の頃、コンラッドは代理人のJ・B・ピンカーに、この小説は、「アイロニカルな意図を有しながらもドラマティックな展開を遂げる物語として書き続けていかねばならない」と語った（『書簡集』第三巻、三二六頁）[7]。同年の終わり頃には、彼は、メシューエンに宛てた手紙で、今度の小説が「ある特殊な主題、いわばセンセーショナルな主題にアイロニーを込めたものであり、それがかなり上手に、かつ誠実にできた事例」である、としたためた（『書簡集』第三巻、三七一頁）[8]。それから十一ヵ月後、小説がまもなく出版されるというときに、彼は、同じような文面をカニンガム・グレアムに対して書き送り、そのさらに五年後、この小説のフランス語訳に賛辞を送ってきた伯母にもそれを繰り返した（ラパン編『ジョウゼフ・コンラッドからの書簡』一九九頁）。さて、アイロニーの主要な機能は、その攻撃対象がもつ固定化した、それゆえに意外性を欠く考えを揺り動かすことである。アイロニーとは、一人の人間に内在する二人の聞き手――一人目はただ表層の意味だけを目にし、二人目は奥に潜む正反対の意味を見る――に訴えかけるよう、言語を用いることだからだ。だから、『密偵』はメロドラマをアイロニーをもって扱う試みだと述べたとき、コンラッドは「新しいジャンルの出発」（カニンガム・グレアムに宛てた書簡の文面）以上のことに取り組んでいたのだ。それは脱構築的なもくろみを内包する実験だったのである。

一義的な、ないしはアイロニーを欠いた言説がいかに不適切なものか、というのが『密偵』全体に浸透したモチーフである。こうした言説に含まれるものとしては、後期ヴィクトリア朝のテロリズム小説の慣習《コンヴェンション》*[6]、一八九〇年から一九一〇年にかけて未曾有の成長を遂げた日刊紙の言語、そして一八七八年のロンドン警視庁犯罪捜査課（ＣＩＤ）の設立とともに発達し、コナン・ドイルによって完成の域に導かれた、さまざまな様式の推理小説がある。この推理小説を頼りに、『密偵』の特徴的な筋書きに切り込んでいってみよう。この様式に求められるのは、犯罪ミステリーの体裁である。そこにおいて、犯罪は、腕利きの探偵の偏見なき知性をもってすれば、原則として解決可能なものである。スコットランドヤードの目には、当初、グリニッジにおける爆発事件は不可解なものとして映る。しかし、ヒート警部は、お抱えの情報提供者であるアナーキストのヴァーロックと事件とを結びつける証拠を見つける。それをもみ消し、身代わりを用意しようとする彼であったが、上官である警視監は、抜け目なくこのことを、さらにはヴァーロックがロシア大使館から給料を得ていることまで看破し、ヴァーロックが煽動工作員として動いていたという推測にたどり着く。捜査を自らの手で行うことにした警視監は、反動色の濃い、かの大国に対して不利な証言を得る代わりとして、ヴァーロックの身の安全を保障する権限を内務大臣から手に入れ、その晩のうちに結果報告に来る約束をする。果たして彼は、得意満面でその報告をすることができる。自らヴァーロックにかけた嫌疑が固まり、ヴァーロックが国家の証人となることに同意したからである。確かに、警視監は完全に「偏見なき」人物というわけではない。というのも、彼が部下のヒート警部を疑ったきっかけは、仮釈放中のアナーキストであるミケイリスを守ろうという個人的理由からきているからである。事実、ヒートはミケイリスを爆発事件の犯人に仕立て上げようとしていた。だが小説は、仮にミケイリスがクロでも警視監が彼を無罪放免しただろうとは言ってない。ゆえに警察の論法から見れば、この結末は決定的なものである。罪を犯した者は看破され、無実の者は救われた。捜査は「事件の底」（『密偵』一一〇頁）に触れたのだ。しかし、コンラッド的なアイロニーから見れば、こんなにも決定性を欠くものはない。冷静沈着な警視監が、ヴァーロックが「身の安全の保障」を受け入れたことを内務大臣に報告しているまさにその瞬間、ヴァーロックは妻の包丁によって刺し殺されているのだから（一一〇頁）。実際コンラッドは、ヴァーロック殺害（十一章）を、警視監の最終報告（十章）の後に来るように語りを配列している。そうすれば私たちは、大臣に暇乞いを告げるときに警視監が口にした独りよがりの軽口――「見方によっては、私たちはここで家庭内のドラマを眼前にしているわけですよ」（二六八頁）――に仄めかされる彼の理解力の欠如を、心ゆくまで味わうことができるからである。確かにコンラッドはイギリス警察を誹謗してはいない。実際に警察は事件の底に触れることができたし、しかも駐英外交官が黒幕であることを、当人も青ざめるほどの早さで突き止め、その日の晩にはもう警視監の口を通して警告を出しているからだ。だがこの小説は、彼らの手柄をあまりに決定的に貶《おとし》めてしまう。ゆえに『密偵』が知性の力や、法と秩序の価値を、ましてやイギリス的伝統の美徳を賛美しているなどという読みは、とうていできなくなってしまうのだ。

もう一つの言説、すなわち十九世紀後半に隆盛を極めたアナーキズム小説の言説に対するコンラッドの態度もまた、決して保守的なものではない。バーバラ・メルキオーリが論証したように、そうした小説の多くは、あらゆる形の社会的抗議が本質においてテロリズム的であると提示することで、政治的現状を承認していた（『後期ヴィクトリア朝小説におけるテロリズム』二四八頁）。アナーキズム小説は、爆弾を作る科学者や煽動工作員などを登場させることで、また秘密結社や国際的陰謀などといった用語を取りそろえることで不安を広め、反動を引き出そうと狙っていたのだ。『密偵』にはそれらの要素がすべて備わっている。ユートピア的社会主義者ミケイリス、血に飢えた虚無主義者《ニヒリスト》のユント、そして遺伝子工学者オシポンは（それぞれ明確に異なる特徴を抱えながらも）半地下組織を形成し、ソーホー地区にあるヴァーロックの店で定期的に集会を開いている。ヴァーロックは大陸と往き来しながらアナーキスト運動をとりもち、とある大国のために煽動工作を仕組む。プロフェッサーと呼ばれるどう見ても名ばかりの化学者は、イズリントン（ロンドン北東部の貧困層が多く居住した地区）でにわか仕立ての研究所を営み、そこからニトログリセリンをばらまいている。正体不明の中核組織「プロレタリアートの未来」は、「多種多様な革命思想」(二六頁)を育成し、「なにやら怪しげな〈赤色委員会〉」は工作員や宣伝活動員《プロパガンディスト》の集う支部をいくつも運営している。しかし、これらの分子が、通常のテロリズム小説では社会構造そのものを脅かしているのに対し、コンラッドの小説では、無害で無能なペテン師になりさがっているのだ。プロフェッサー以外の革命家はみな、自ら何かを主導する活力も能力もない、心を病んだ体制順応者たちである。彼らは完全に女性たちに依存し、ことあるごとに彼女たちを食い物にする。老いぼれのユントが生きながらえているのは献身的な老婆のおかげだし、無力なミケイリスが自由を得ているのはパトロンの貴婦人のおかげである。うぬぼれ屋のオシポンは、口説き落とした子守女に生活費を出してもらっているし、密偵ヴァーロックの幸福は、アナーキズムとはほど遠い婚姻の制度に依存している(ちなみに、ヴァーロックの婚姻の事実は、ベルグレーヴィア〔当時のロシア大使館があった、ハイドパークに隣接する高級住宅地〕の名士ウラジミールや、ウェストミンスターの超大物、エセルレッド卿を「驚愕」させる(三二頁、一六七頁)。これも、彼らのアナーキズム解釈が表面的なものにすぎないからである)。

テロリズム小説において、アナーキズムは活動過剰な状態と見なされる。そこでは、扇動者と、群衆あるいは「暴徒《モブ》」は、爆発力を秘めたまま一体化する。バーバラ・メルキオーリは、一八八〇年代の小説、W・H・マロック作『旧体制の変容』において、大衆が(彼らのまさに火付け薬として用いられる)ニトログリセリンにも匹敵する爆発力を持つものとして描かれていると論じながら、その一節を引用する。それによると、突然の生活水準の低下に見舞われた「一般大衆」は、「ダイナマイトの無害な原材料が化学的処理によって危険なものに変じるのと同じように、まず間違いなく、社会的化学の法則に基づいて危険物と化す」のだという。[*(7)]『密偵』はおそらくそうしたものとはまったく無縁である。この作品はアナーキズム小説における慣習を覆《くつがえ》し、壮大な規模に及ぶロンドンの群衆が、有機的現象のように無力で無関心で無意識的であることを強調する。プロフェッサーは、街角で絶え間なく彼を追い越していく群衆を意識するたびに、彼らを動かすことに望みを持てなくなる。コンラッドの語りの中でただ一つ起こる革命的行動とは、政治とは無関係の精神薄弱者によって、本人の意志とは関わりなく、時満ちぬままに引き起こされた爆発だけである。そして彼は、自分の体以外は何一つとして吹き飛ばすことはない。要するに、コンラッドにおけるアナーキズムは、何の政治的脅威も打ち出していないのだ。この点において、コンラッドは歴史的事実を味方につけているように見える。後期ヴィクトリア朝のイギリスにおいて、ほとんどのアナーキストは難民か亡命者で、自らを寛容に匿《かくま》ってくれる場所を躍起になって確保しようとしていた。実際、移民排斥法が導入される十九世紀の終わりまで、イギリス国家に対する脅威は、アナーキズムからではなく、イギリス自体の寛容さからきていた。アナーキズムの暗殺活動や無差別テロを恐れるヨーロッパ諸国にとって、そうした姿勢は神経を逆なでするものだったからだ。したがって、テロリスト小説の慣習によって『密偵』に突きつけられる問い――「グリニッジの爆発はどれほど危険なのか？」――には、はっきりとした答えが出ている。警察小説の慣習による問い――「爆破事件の背後には誰がいるのか？」――が明確な答えを得られているのと同様である。だが、後者の問いと同じく、前者の問いもまたコンラッド的アイロニーによって支配されている。事実、満ち足りたトーリー主義の保安意識を強化するだけの無害な爆発事件は、一つの家族をまるごと消し去ってしまう。最初はスティーヴィー、次にヴァーロック、それからウィニー、最後に――現実にとは言わないまでも実質上――ウィニーの母親を。一見、淡々とした型どおりの展開を見せながらも、『密偵』は、日常生活が実は恐ろしいほど不安定なものであることを示すと同時に、ロンドンが爆弾事件に脅えるヨーロッパ各国がうらやむ静穏の避難所であるどころか、その住民の圧倒的大多数に、緊張、恐怖、苦労、不安、苦痛、そして敗北をもたらす場であることを示しているのだ。

IV

『密偵』において貧民や障害者が言及されるさい、そのアイロニーは諸刃《もろは》の剣となる。第一章において、スティーヴィーは、シュールなまでに喜劇的なエピソードをもって紹介される。十四歳のとき、下働きをしていた事務所の階段で次々に花火を爆発させ、建物全体にパニックを引き起こしたというのだ。「スティーヴィーがなぜこのような独創的な発作を起こしたのか、その動機は理解しがたかった」とコンラッドは綴る。後日、スティーヴィーの姉は、彼が二人の雑用係の少年によって焚きつけられたのだということを知る。スティーヴィーは、彼らから「不公平と抑圧にまつわる話を聞かされ、同情心が高じて狂乱の極に達した」（一三頁）のであった。そしてコンラッドはこう付け加える。「そのような利他的な偉業を果たしたスティーヴィーは、その後、地階の調理場で皿洗いを手伝わされることになった」（一四頁）。

「独創的な発作」とか「利他的な偉業」といった言い回しは、何を標的にしているのだろうか。明らかにそれは、無神経な悪ふざけの餌食となったスティーヴィーの低能さである。そしてそれは、彼を苦しめた者たち（単なるひねくれたいじめっ子たち）ではなく、寛大な物腰で彼を上から見下ろす世間の人々の視点から眺められたものだ。だがすでにこの時点で、つまりこのエピソードがスティーヴィーの最期を完全に予示しているとわかるはるか以前に、アイロニーが騒ぎに興じる人々の優越感だけを伴っているのではないことに、私たちは気づく。その理由はアイロニーが準備されてきた過程にある。私たちが知らされるのは、すぐに気が逸れてしまうせいで、スティーヴィーがしばしば家にたどり着けないという事実である。たとえば、「転倒した馬のドラマ」に気を取られ、「その激しくも哀切感あふれる光景を目にした彼は、時として観衆の中で耳をつんざくような悲鳴をあげたために、国民的ショーを静かに楽しんでいるところを邪魔された人々は嫌な思いをした」（一三頁）という。ここでは、アイロニーの矛先は、スティーヴィーではなく群衆に向かう。「専制政治と戦争」によると、「酷使された馬が我々の家の窓の前で倒れ込む」というような実生活上の出来事は、新聞記事において報道される戦争などより「はるかに嘘偽りのない感情を呼び覚ます」(『わが生涯と文学』八四頁)という。これと関連させてみると、「利他的な偉業」という言い回しを、単なるあざけりとして片付けるわけにはいかなくなる。一瞬これを面白がった読者は、すぐに、そうした反応こそがまた不適切なのだと気づくだろう。アイロニーが寛容で超然とした態度を誘い出すのは、そうした態度をくつがえすためである。というのは、このような超然たる態度(「国民的ショー」を群衆が楽しむときのような態度)は、スティーヴィーの悲鳴や「怒りのねずみ花火」と異なり、真の共感とはおよそ無縁のものだからである。こうしたコンラッドのアイロニーは、リアリズムをより肥沃なものにする。そこでは、弱さや不条理を認めることとは、必ずしも真の共感を否認することとは結びつかない。ロンドンが差し出す環境の中で、スティーヴィーの反応は、本当に「利他的な偉業」を果たすものかもしれないのだ。なるほど、彼は精神薄弱者かもしれない。だがその内奥には物事の真理が秘められているのである。

　コンラッドは、『密偵』のアイロニーが二重性を持つことを常に明言していた。一九二〇年に付け加えた「作者覚書」においてもなお、「哀れみとともに蔑みをもって言わなければならないと感じていることをすべて言うには、アイロニーをもって臨むしかないと心から信じていた」(七頁、筆者強調)と振り返っている。そして、「人間の感情に対するいわれのない侮辱」と解されないよう、この小説の「人の心を奮い立たせるような怒りと、その底流にある哀れみと侮蔑」に目を留めてほしいと、彼は強く要求する(八頁、四頁、筆者強調)。この二重性に反応できなければ、語りの調子を容赦ないペシミズムで固めてしまうばかりではなく、その中核にある関心——改良主義政治における共感の場所、もっと正確に言えば、「我々の共感的想像力」の場所——を非常にわかりにくいものにしてしまう。「専制政治と戦争」からもう一例を引けば、このことはもっと明白になる。遠くにある苦しみを想像することの難しさを説明しながら、コンラッドは、ロンドンを行き交う人々を目にした、ある特権階級の博愛主義者の反応を思い起こす。「ヴィクトリア朝初期、いやひょっとしたらヴィクトリア朝以前のことかもしれないが、とある感傷家が、階上の窓から人であふれる通りを――たぶん他ならぬフリート街だと思うが――見下ろし、そのあまりに活気に満ちた様子に嬉し泣きした、と彼に心酔する友人が書き記している」（『わが生涯と文学』八四頁）。この階上の窓からの眺めとそれが喚起する「牧歌風の涙」は、歩道の低みから発せられたスティーヴィーの甲高い悲鳴と比べると、まるで別世界のものである。感情の対象物への優位性は――物質的優位性にしても、社会的優位性にしても――「安易な感情」を、すなわち知覚によって支配された感情ではなく、むしろ流行によって決定づけられた感情を引き起こす、というのがコンラッドの要点である。この出来事に関して、コンラッドは、「もっとも極端な例においてさえも、個人の心理には、その時代の不安と希望の総体が反映されている」（『わが生涯と文学』八五頁）と述べる。言い換えれば、私たちの内奥にある自己とは、思うほど私たちのものではないのだ。ゆえに、私たちの怠惰さを助長したり、自尊心を舞い上がらせたりするでき合いの感情に対して、私たちは、自らが考えるほどの抵抗を示していないのである。ということはつまり、リベラルな主義主張に固執したり、急進的な運動を支持したりするだけでは、不公平の犠牲者との連帯感を確実なものにすることはできないのである。

　こうした洞察を小説テクストの内部に埋め込むことが、コンラッド的アイロニーの作用の一つである。第八章の名場面、ウィニーの母親が生涯で最後の辻馬車に乗る様子の描写を見てみよう。行程は終わり、ウィニーが母親のわずかな荷物を養老院に運び込むのを手伝っているとき、隻腕《せきわん》の御者は、興奮したスティーヴィーに、彼が老いぼれた馬をなおも使い続けなければならない理由を説明する。

　　御者の陽気そうな紫がかった頬には、白い髭がびっしりと生えていた。そして、顔を桑の実の汁でべとべとにしながら、シチリアの無知な羊飼いにオリンポスの神々のことを話して聞かせたウェルギリウスのシーレーノスのように、彼はスティーヴィーに家庭のことを、そして苦しみは大きく生命の保証はまるでない人間のことを話して聞かせるのだった。

「わしは夜馬車の御者なんじゃ、わしは」。静かにそう話す彼の口調には、何やら自慢げな憤りのようなものがあった。「馬車置き場でどんなにとんでもない馬を渡されようとも、わしはそいつを連れてこにゃいかんのさ。家にはかみさんと四人の餓鬼がいるんでな」　（一一八頁）

ウェルギリウスとの類比《アナロジー》が持つ力とは何か。アーヴィング・ハウによると、それは、この小説の特徴であるアイロニーの過剰を示しているという。この小説では、アイロニーが空転し、「その浸透性と無差別性を通し安易なものと」なり、登場人物たちの「尊厳と贖罪」を求める権利をことごとく奪い去ってしまうのだ、と（『政治と小説』一〇八頁）。だが、安易なのはこうした反応のほうだ。ウェルギリウス的な崇高さと庶民的な話し言葉が併置されているにもかかわらず、この類比がとるのは疑似英雄詩《モック・ヒロイック》の——描写対象をことごとく矮小《わいしょう》化してしまう——様式ではない。それは手はじめに、老齢が身体に及ぼす影響や、過酷な苦難、アルコールへの耽溺を異化し、その実態をまざまざと描き出す。この小説においては、肥満さえも単純なものではない。一口に肥満といっても、金持ちが血色よくまるまると太った様から、貧乏人がぶくぶくと脂肪をためた様に至るまで、さまざまなものがあるからだ。さらにまた、ウラジミールのめかした身なりやヴァーロックの肉付きのよさは、ミケイリスの病的な肥満やウィニーの母親の腺疾患とはまったく異なるものである。したがって、御者の境遇をシーレーノスに重ね合わせて描きだすことは、それがいかに社会的な剝奪《はくだつ》の産物であるかを明らかにすることなのである。つまり、ここでのアイロニーは、リアリズム特有の反感傷的な偏向を支持している。しかし、アイロニーは同時に、高みから見下ろす態度を抑止する効果も保っている。それは対比というよりむしろ類似の働きによるものである。ウェルギリウスの『詩選』第六篇におけるのと同様、放埒な老人には主張すべきことがあり、彼の教えを授かる「無知な」生徒には学ぶべきことがある。それは、「ここは楽な世界なんぞじゃない」ということだ。御者は老馬の苦しみを和らげてやることができない。彼自身と「かみさんと四人の餓鬼」の苦しみを和らげるためには、馬が頼みの綱だからだ。ウェルギリウスのシーレーノスは、世界の始まりについて話す。コンラッドの御者は、私たちの地上での旅に逃れがたい苦しみがついてまわること、その目的地が不確かなものであることを明かす。このようにして、コンラッドのアイロニーは、御者とスティーヴィーの両者を「我々の仲間の一人」として提示するのである。冷ややかな優越感は消え去り、私たちが持つ最上の利他的衝動が凍り付くことは食い止められる。もっとも打ちひしがれた生命のなかにすら人間性が残っていることを暴き出すことで。

『個人的記録』の「くだけた序文」の中で、コンラッドは「苦しみを受け入れる器の大きさがあってこそ、人は人々の目に堂々たるものとして映る」（一六頁）と述べる。感じることができなければ、「人々」も「人」も卑小な存在になってしまう——そう暗示しているこの所見が真実であることは、リア王を思い起こせばあまりにも明らかである。コンラッドのアイロニカルな文体が成し遂げた最大の功績は、おそらく、私たちがこの洞察を下層社会に持ち込む道を切り拓いた点にあろう。息子を、あるいは弟を守るために、自らの望みの成就をひそかに犠牲にする二人の女性——一人は好きでもない男の世話に身を委ね、もう一人は墓場への待合室とも思えるような場所に自ら移り住み、結果、守るべき者は死に、自分たちは消え去ることになってしまった——は、崇高な感覚を呼び起こすその器の大きさにおいて、齢八十を超すシェイクスピアの老王にまったく引けを取らない。コンラッドは小説家のアーノルド・ベネットにこう言ったことがある。「君は、君自身の写実主義の教義に忠実であるがゆえに、完全なる写実に到達する一歩手前で立ち止まっているのだ」（『書簡集』第二巻、三九〇頁）[9]と。ベネットのような「写実主義」は、道徳的、楽天的、理想主義的な冗長さを削ぎ落とすことで物事をあるがままに伝えようとするが、それ以上のことはなしえない。芸術の持つ資源の大半を拒絶するがゆえに、暴き出そうとする事実の意味を正しく評価することができなくなってしまうのだ。しかし、たとえ人が生きているという事実だけによっても、すべての人生には意味があると考えるコンラッドにしてみれば、芸術においてそのような拒絶をするなどあり得ないことである。以下の描写を考察してみよう。

> 馬車はガタガタ、カンカン、ドスンドスンと進んだ。実際、このドスンは尋常ではなかった。その不釣り合いな荒々しさと激しさは、前進しているという感覚をことごとく消し去った。その効果といったらまるで中世の刑罰用装置とでもいうのか、あるいは肝臓病治療のための新式の発明品とでもいうのか、そんな感じの固定器具の中で揺さぶられているようなものだった。それはひどく苦しい道のりだった。そしてヴァーロック夫人の母親が上げる声は、苦痛のむせび泣きのように響いた。（一二六頁）

この描写ほど「写実的」なものがあろうか。これは、身体的経験における不快さや混乱を、私たちにひとつ残らず見せてくれている。それでいて、それにとどまらない何と多くのことを、この場面は伝えてくれているだろうか。言及される宗教裁判や医療用の拷問器具は、その残酷なユーモアにもかかわらず、母親の苦痛をより大きな世界へとつなげていく。「苦痛のむせび泣き」に喩えられる母親の声は、聞こえにくいものだが、彼女がどのような人物かがわかりはじめた者にだけ、その苦悶を明かしてくれる。この一節の一言一句は、単に五感の受けた影響を記録するだけにとどまらず、その五感の前後にあるものを見やる。しかもそうした語句は、自らが属する語りの内部にあるものだけでなく、自らを包摂する文化の内部にあるものにも目を向けようとしているのだ。このようにして、コンラッドの小説は叙事詩の力を手に入れる。その力のもとで、一つの挿話——乗り心地の悪い馬車での道程——は、乗客たちの人生経験を、すなわち貧困の過酷さ、コミュニケーションの困難さ、敗北の逃れがたさを表すものとなる。馬車の挿話が、人生という象徴的な旅へと転換されているのではない。むしろ、その多面的な「現実」が、一文一文の展開とともに次第に完全な形をとって明かされていくのである。ジェイムズ・ジョイスのように、しかし彼とはまったく異なる目的のために、コンラッドは高尚な芸術が持つすべての資源をつつましく生きる人々への奉仕に用いるのである。

V

一九〇六年一月に書かれ、その年の十二月に出版され、かくして『密偵』の初稿の下敷きとなった「密告者」という物語の中で、コンラッドは上流ブルジョワジーの政治的幻想を暴き出してみせる。金持ちの「内部の」語り手は、中国美術、美食、そして政治秘密結社に深い造詣をもつ。彼はまた、熱烈に因習打破を唱える極左の宣伝活動員《プロパガンディスト》でもあり、その造詣のもう一つの表れとしてアナーキズムを支援していることがしだいに明らかになる。彼が語る物語は、「志の高いアマチュア」精神をもってロンドンのアナーキスト支部に加わった、ある上流階級の若い女性にまつわるものである。その女性は、最後の場面で、彼女への愛ゆえに警察のスパイであることを告白した若き同志を、芝居がかったやり方で拒絶する。語り手はそこで、女性の行動がある社会階級に特有のものであることを指摘する。そうした人々の人生は「格好つけやジェスチャーばかりのため、（中略）本物の社会運動が、そして見せかけの意味をまったくもたない言葉が大きな力と危険をはらむことに理解が及ばない」（『六つの物語』七八頁）というのである。語り手は自らが考えている以上に真実を語っている。というのも、その一言一句に表れているとおり、彼の診断は、他ならぬ彼自身にまず真っ先に当てはまるものだからである。このアイロニーを見れば、物語の主題がアナーキズムではなく、むしろアナーキズムの庇護者、擁護者、共感者たちの人物像にあることがわかる。

そうした上流のお仲間たちは、『密偵』のページをいくら繰っても見つからない（ミケイリスのパトロンである貴婦人は、彼のことを無害な犠牲者だと考えるから支援しているだけである）。それでもやはり私が言いたいのは、彼らはそれらのページの、いわば前景に存在しているということである。アイロニーを基調にした小説は――小説とは、読者が囚われていると思われる前提を問いただすものであるという意味において――読者を構築する、もしくは少なくとも特定の立場に置くものである。これまでの私の論点は、そうした小説に描き出される人間の苦しみというものが、普遍的な、あるいは距離を置いた視点から眺められるそれとは一致せず、実質上、育ちの良い共感者が陥りがちな感傷趣味やお高くとまった態度に対する反証をなしているということにあった。これから先は、そうした小説におけるアナーキズム――この教義にもし何か威厳があるとしたら、それは社会的不公平に抵抗する点にある――の描写が、現実の革命家たちだけに当てはまるのではなく、現代生活の至る所に散らばった精神性《メンタリティ》を包含するものであることを論証していきたい。

これまで見てきたように、『密偵』のアナーキズムは、一見すると政治的に無力である。小説の中心にあるグリニッジ爆弾事件という出来事は、ふたを開けてみれば反アナーキズムの行為である。恐ろしい事件ながらも、その影響は家庭という狭い領域にしか及ばない。私たちが出会うアナーキストたちは、一様に諷刺されているわけではないが、自身が建前として蔑んでいるはずの支援や安穏たる生活に依存することで骨抜きになっている。事実、彼らは、ヒート警部のような警察官（彼は自らの所属する部署や、そこで与えられた名称・地位の外部では何の実質的存在も持たない）と同様、制度化された存在にすぎない。しかしながら、私たちはそこに一つの例外があることに目を留めてきた。「密告者」においてもごくわずかながら印象的な登場をするプロフェッサーであるが、彼はあらゆる社会制度を真剣に拒絶し、自らを組織化された生活の外に置くために、いつでも代償を払う覚悟を持っている。社会制度に対する攻撃がその制度によって骨抜きにされずにいるためには、その攻撃が正当化されてはならないことを、彼は理解している。正当化というものは、確立した規範と結びついてしか存在し得ないからである。いかなる破壊の手段も、正当化を試みたその時点ですでに、自らが破壊しようとしているものに屈服しているのだ。プロフェッサーとオシポンが最初に会話を交わす場面で、オシポンは報道されたばかりのグリニッジ爆弾事件について次のように言う。「現在の状況下では」（つまりイギリスにおけるアナーキズムの脆弱性を考えると）「こいつはまったく犯罪も同然だ」。プロフェッサーはすぐにその失言を捉える。「犯罪だと！ それは何だ？ いったい何が犯罪なのだ？ そんなふうに言い切ることにどんな意味があるというのかね？」（五九頁）。プロフェッサーは、自分とオシポンのような革命家たちとを区別するものが何なのかをはっきりと言う――「やつらは生に依存している。生とはちなみに、ありとあらゆる制約と配慮によって取り囲まれた歴史的な事実だよ。複合的で組織化された事実だから、隙だらけでどこからでも攻撃できる。対するに、私は死に依存している。死には制約などないし、攻撃の隙もない」（五七頁）。この意気軒昂《けんこう》たる言葉の言わんとしていることは明瞭だ。もし命が大事ならば、人は弱くなる。命とは過去と他者から受け取るもので、それゆえに制御も用心もきかないからである。しかし、命が大事なものではないと決断できれば、危険にさらされることはなくなる。もはや失うものはないのだから。いわば歴史的なものや社会的なものの中に拡散した状態から、拒絶意志の理想点へと収斂していくのである。こうした考え方において――ちなみに、プロフェッサーが群衆を嫌うわけもこれでわかる――生とは多様性と偶発性であり、死とは個人主義と抽象化である。

　この両者の違いがよくわかるのは、プロフェッサーが、警察を牽制するためにポケットに信管つきの爆弾を持ち歩いていることを明かす場面である。その警察もまた、彼がためらいなく爆弾を起爆できることを知っている。この意味において、死は実に生よりも強い。もしプロフェッサーが、オシポンとグラスを傾けているレストランで自爆したとしても、その行為は、自ら選択した行動の結果として、彼の個としての存在を逆説的に確証することになるだろう。しかし、何も知らないレストランの常連客たちにとっては話が違う。「この部屋にいるやつらは誰も逃げられっこない。(中略)いま階段を上っているあのカップルだってな」(五六頁)。彼が死と呼ぶものとは異なり、生はいたるところに散らばり、テロリストの意志にその無力さをさらけ出している。プロフェッサーの特異さがさらに鮮明になるのは、彼の爆弾に、起爆から爆発まで二十秒の間《ま》があることをオシポンが知ったときである。生を愛するオシポンにとってそれは恐怖に満たされた時間だが、死に固執するプロフェッサーにとっては「個性の力」(五六頁)に満たされた時間である。この「力」の強さは、社会的、文化的、道徳的、言語的なものが、個を包摂しようと際限なく回復し続ける中で、どれだけ抵抗できるかによって決まる。ゆえに、プロフェッサーが容認しうる唯一の政治的方策は、少なくとも「何か決定的なもの」(五七頁)であるような、完全な起爆装置の開発――もっとも、スティーヴィーが遂げる最期から判断すると、それはまだ決定的なものとはいえないが――と、ダイナマイトの大量頒布《はんぷ》である。もちろんこれは、イタリアの国際共産主義者ピサカーネ(一八一八―五七――イタリアの革命家、政治思想家)によって初めて提起された、悪名高い「行動によるプロパガンダ」のプロフェッサー版である。ピサカーネは、「思想によるプロパガンダ」は「とりとめのない空想《キマイラ》」にすぎないと主張し、その理由として「思想は行動から発するが、行動は思想から発しない」(ウッドコック『アナーキズム』三〇八頁)と述べた。

プロフェッサーの存在は、〈決別の哲学〉ゆえに払わなければならない代償の大きさを示している。社会的なものを(論理というよりむしろ歴史の産物として)、専制的、偶発的、不合理、不公平な領域であり続けるという理由で消去していくと、結局のところきわめて抽象的な個人主義にしか行き着かない。原理上は、自己でないものとのつながりをすべて断つことになるのだ。息子でも、生徒でも、同志でも、教師でも、固有名詞でも、果てはアナーキスト（はたから見れば、プロフェッサーはこれらすべてに当てはまっているように見える）ですらなくなり、ついには果てしなく拒絶を続けていくだけの存在になりさがってしまう。「私には独りでやっていく胆力《たんりょく》がある。たった独りで、まったくの独りでね」（五八頁）――こうプロフェッサーは宣言する。そして、その結果得られるのは何か。「個人としての我々の身に起こることは露ほども重要ではない」（六〇頁）という確信である。これが、自らの人生から逃げだした者の信条なのだ。カミカゼ特攻隊員は、煎じ詰めれば祖国のために自らの身を灰にしたことになる。だがプロフェッサーは、想像することさえあたわない未来のために自己を犠牲にすることしかできない。そうやって未来を、嫌悪すべき現在の現実で汚《けが》さないようにしているのである。

極端性向というのは異常性の一形態であるが、スティーヴィー同様、プロフェッサーもその見本のような人物である。共感の対象に対するスティーヴィーの反応は、そのあまりの激しさゆえに、当の対象と、人生において要求される他のものとを関連づける彼自身の能力を破壊してしまう。そのため、関連づけの能力は感覚世界における足がかりを失い、折り重なった無数の円を紙切れに描いていくことでしか機能しなくなるのだ。しかしスティーヴィーは、他者を私たちにとって実体のあるものとすることがどんなに重要であるかを、確かに教えてくれる。他方、プロフェッサーは、歴史的な世界に対して激しく反発し、結果として絶対的な個人主義へと引きこもってしまう。そうした個人主義は論理的にあまりに純粋であるがゆえに、個人主義者には、そのルーツが十九世紀のイギリスやアメリカにおける清教徒のセクト主義にあることが見えてこない。だが、プロフェッサーのそうした反応もまた典型的な事例である。それはポスト啓蒙主義の合理性が数々の矛盾を内包し、それがゆえに（コンラッドの言葉を借りれば）自らが追求する改良主義的な目標に到達できないでいることを暴き出すのだ。

VI

『個人的記録』において、コンラッドは、「霊感は、冷たい、恒久不変の天からやってくるのではなく、過去と歴史と未来を持つ地からやってくる」（九五頁）と述べ、ルソーをやり玉に挙げる。ここにおいて彼は、伝統の権威よりも理性の権威を、社会的役割よりも自然の心情の権威を重んじる啓蒙主義に敵対することを自ら宣言しているのだ。とりわけ彼は、啓蒙主義がより極端に傾いたときの遺産の一つ、アナーキズムを敵視していた。コンラッド自身の否認とは裏腹に、彼はアナーキズムのことをかなりよく理解していた。だから彼は、アナーキズムが、自然主義的な社会観に名を借りて、言い換えれば、「人間は、自由を享受しつつ社会的な調和を保って生きることを可能にするすべての属性を生まれつき自然に持っている」（ウッドコック『アナーキズム』一九頁）という見方から、文化的制度に戦いを挑んでいることもわかっていた。だがコンラッドは、自由な「人間」が自発的に手を組んで非強制的な組織を作り上げていくと考えるどころか、「人間は邪悪な生き物である。（中略）犯罪は組織的存在の必須条件である」（『書簡集』第二巻、一五九頁）[10]、と断言する。しかし、『密偵』における彼の標的は、アナーキズムよりももっと一般的なものだ。それは現代世界を特徴づける合理性の教義である。この教義は、「科学万能主義」、すなわち科学の自立性への信仰という形をとって、明白に小説中に入り込む。グリニッジ天文台への襲撃に関するウラジミールの奇怪な正当化は、少なくとも「中産階級」が宗教よりも、あまつさえ芸術よりも科学を崇拝しているという仮説にもとづいている点で正しい。「稼ぎのあるばかどもはみなそいつを信じている。どうしてだかはわからなくても、そいつがともかくも大事だと信じている。この上なく神聖な呪物《じゅふつ》というわけさ」（三〇頁）。そしてこの教義は、オシポンという人物を通して発展させられる。元医学生の彼は、犯罪が遺伝的要因によるものだとするロンブローゾ理論の信奉者で、「科学にのめり込んだ者だけがもちうる、鼻持ちのならない、救いがたいほど深い充足感」（四一頁）を示す人物である。この、一滴のアイロニーすら混じらない激しい非難からは、科学の合理性が自らその信頼性の基礎を築き上げるという主張に、コンラッドが徹底的に抵抗しているすがたを読み取ることができる。コンラッドの言葉を借りれば、科学は「地」を迂回《うかい》し、「天」から自己定義的な正当化の原理を受け取ろうとしているのである。実際、私たちが知っているように、「科学的」と呼ばれる活動は自己生成したものではなく、科学の外部にある、いわゆる予備理解的なコンテクストに依存したものである。ありきたりの現実をもとから熟知していること、物事や道具に実際的に対処できること、技術を獲得できる能力を持っていること、共同作業に適応できること――そうした要素から成り立つコンテクストだ（ブブナー『現代ドイツ哲学』一三〇頁）[*8]。政治と同様、科学においても、合理性は、自己を欺き変性させることによって「地」を無効化することしかできない。案にたがわず、『密偵』は、合理性が個人の苦しみを取り扱うさまを描くことによって、この点を掘り下げているのである。スティーヴィーの絵に対するオシポンの「とてもよい」という判定は、評価ではなく診断である。そのことは、ヴァーロックに意味を問われたときの、「こうした形の退化においては典型的なことだ」（四〇頁）という彼の答えに表れている。アナーキズムを掲げるプロフェッサー同様、オシポンは、彼の科学万能主義によって説明のつかないものをすべて排除する。つまり、スティーヴィーを母親と姉にとって、それどころか実は私たちにとってもかけがえないものとしているすべてが、彼にとっては排除すべき対象なのだ。要するに、オシポンにとってスティーヴィーは中身のないアイデンティティにすぎないのである。

　ヴァーロック殺害を見事に描いた第十一章において、ヴァーロックと妻とのあいだで問題になっているのは、まさにこの点である。義弟の死という結果から抜け出す道を探り当てようという、はるかに実用《プラグマティック》的なレベルにおいてではあるものの、ヴァーロックもまた合理主義者である。この瞬間において実用主義《プラグマティズム》的態度が可能だったのは、「とりわけ動物が好きなわけでもない男が妻の愛猫《あいびょう》に対して示すような理解を、スティーヴィーに対して示す」（三五頁）ことにヴァーロックが慣れており、その結果、ウラジミールの要求に応えるべく、他者の苦しみに対して感じやすいスティーヴィーを利用しても気がとがめなかったからである。スティーヴィーの身に起こったことを妻が知った後、ヴァーロックが初めて真剣に口にした言葉が、彼の運命を決める。「どうにもならなかったんだよ。（中略）さあ、ウィニー、明日のことを考えなければ。私が連行された後は、君がしっかりしなければならないんだ」（一七六頁）。障害のある、愛する弟を養うために、自らの現在と過去、そして未来すらもすべて捧げてきた女性に、そして史上最悪の地震よりなおひどい精神的ショックを今まさに受けている（一九二頁）女性に向けて、この言葉は発せられる。合理的なヴァーロックが実質上妻に告げているのは、彼女の弟の死は、彼女ではなく彼の問題だということだ。つまり、打ちのめされているのは彼女ではなく彼だというのだ。彼は、妻に、愛情の対象から自己の存在を切り離すよう促す。今まで生活してきた家、家族、地域以外の場所に――たとえば「スペイン」か「南アメリカ」に、あるいは実際に生き延びていくためならばどこであれ――移り住むことを想像するように促すのだ（一八九頁）。しかしこれが厳密には不可能な要求であることは、彼女が激しい悲嘆に暮れているという事実――彼女のアイデンティティの本当の姿を示すものであり、またその尺度となるもの――にはっきりと表れている。彼女の存在とその愛情の対象とを分かつことが不可能であるがゆえに、弟の死は、彼女を小さく切りつめてしまうのだ。プロフェッサーが明らかにしているように、弱味のない主体とは、理論上、攻撃される可能性のあるすべてのものを、非我《ノン・エゴ》の領域に委ねることができる主体なのである。[*9]

　コンラッドは、ヴァーロックがウィニーの弟への「愛情」の深さを測りそこねたことは、「許される」ことだと述べる。「彼が彼であることをやめない限り、それを理解することは不可能だから」（一七六―七七頁）という。もちろん、ウィニーも、ヴァーロックの思いに気づかなかったことについて、同じように許されるだろう。ウィニーは、自らがスティーヴィーのために取り結んだ婚姻契約の相手としてヴァーロックを愛していたにすぎないのだが、ヴァーロックは自分自身が本当にウィニーに愛されていると思い込んでいたのだ。コンラッドの代表的小説がみなそうであるように、『密偵』の語りは、たがいに食い違う思惑の網目から成り立っている。しかし、この小説の語りの独特な点は、おそらくその診断的なもくろみにある。まさに名人技ともいえる語りが入念に示し出すのは、「手はずが狂い、企んだ者の頭上に落ちてきた思惑」〔『ハムレット』第五幕第二場、ホレイショーの台詞〕が、現代性《モダニティ》――膨大な数の人々を特定の環境に集約し、その個々の人生を匿名的で、孤立した、非人間的なものとして保ち続けるもの――の症例であるということだ。[*10] そのもっとも明白な理由は、現代都市が、コンラッドの言うところの「本物のアナーキスト、つまりは百万長者」（『書簡集』第三巻、四九一頁）[11] によって生み出されたものだということである。他方で、このアナーキストの背後には、社会的なものに対立させて個人を定義づける合理主義イデオロギーがある。この見方において、小説のタイトルにもなっている「密偵」ヴァーロックは典型例となる。彼の人物像は、市民の一人一人が、大都市の生活において――大都市では社会的役割が自己の外にある単なる仮面となり、そのせいで自己を涵養することができないという意味において――実質的に密偵であることを示唆しているからだ。ウィニーやその母親のように、多くは自らの意図を隠すか、無関心で興味がないことを装うよう強いられ、やがてはその偽りの仮面が習慣化してしまう。あるいは「悪徳、愚行、または人間のより低級な恐怖」（一六頁）を食いものにするために、ペテンを身につける者もいる。ヴァーロック自身はといえば、アナーキストとして嫉妬と怨恨を食いものにし、警察の密告者として官僚的な野望を食いものにし、大使館のスパイとして反動的な思い上がりを食いものにし、店主として色欲を食いものにして生きている。しかしその結果、彼のアイデンティティは溶解し、「道徳的ニヒリズム」に陥ってしまう。そして、彼がスティーヴィーをあのような形で利用したことがどうして犯罪になるのか、あるいはウィニーがスティーヴィーをあのような形で失ったことがどうして単なる不都合ではおさまらないのか、まったく想像できなくなってしまうのだ。

なぜコンラッドが、この小説の連載版に最後の二章を付け加えることを必要と考えたのか、私たちはこれで理解できる。女性の騙されやすさと悲痛を食いものにする手練《てだれ》、オシポンと、そのナイーブさと苦悶において彼の最大でもっとも容易な獲物、ウィニーとの関連は、このテクストで働いている二者択一的な原理、すなわち自律的理性と他律的苦難の対決を表している。読者は、オシポンによって貯金を奪われ、自殺だけが待ち受ける列車と船の旅に送り出されたウィニーの破滅が、苦難を訴える声の敗北を示していると考えたくなるかもしれない。しかし、『密偵』の語りは（確かに暗いかもしれないが）そこまで暗いものではない。というのも、ウィニーの敗北は、オシポンの人生を定義づけてきた「鼻持ちのならない、救いがたいほど深い充足感」に対する逆説的な勝利でもあるからだ。オシポンの最終的敗北に至るプロセスは複雑である。だが間違いなく言えるのは、そのプロセスがクライマックスに達したとき、小説の中心的洞察が完成されるということである。ウィニーの失踪から七日、その出来事を報じる新聞の、「この狂気と絶望の行為は永遠に不可解な謎に包まれる運命にあるようだ」（二二八頁）という一節は、強迫観念のようにオシポンを苛んでいる。新聞報道という、物語の重要な場面で繰り返し現れるモチーフは、コンラッドにとって、常に空虚なディスコースとしてあり続けてきたものである。彼は「専制政治と戦争」において、「印刷された新聞紙面は、ある種の沈黙の騒音を発し、人間から熟慮する力と真正なる感情の機能を奪い去ってしまう」（『わが生涯と文学』九〇頁）と述べる。しかし今この場面において、それは正反対の効果を発揮する。百万の無知な読者に理解を錯覚させるはずのその語句は、オシポンに、そして彼だけに否応なく、その淵源となっている出来事のおぞましい内面をあますところなく暴き出すのだ。もちろんコンラッドは、挫折した医学生の運命の中に自己の姿を認めるよう、読者（その中には当時のもっとも著名なリベラル知識人たちも含まれている）に求めているわけではない。しかし、コンラッドが彼らに、人間の世界をより良くするためには、抽象的原理や普遍化された感情以上のものが必要であることを熟考するよう求めているのは確かである。

原注

（1）ナイデル『ジョウゼフ・コンラッド――年代記』（三二九―三〇頁）参照。また、ベインズ『ジョウゼフ・コンラッド――評伝』における『密偵』の章を参照。この小説のケンブリッジ版で、ハークネスとリードは、執筆・修正の歴史を丹念に再構築している（二三五―五九頁）。

（2）ハウ『政治と小説』（七六―一一三頁）参照。関連する章の大部分が、ワット編『《密偵》ケースブック』に再録されている。同書は重要な書評・論文も選りすぐって収録しており有益。

（3）ニコルによるグリニッジ爆弾事件を扱った小冊子に関しては、オリヴァー『後期ヴィクトリア朝ロンドンにおける国際的アナーキスト運動』（一〇五―九頁）と、シェリー『コンラッドの西洋世界』（二三九―四四頁）において論じられている。両者ともに、この小説の題材についての必携研究。

（4）アヴリッチの「コンラッドのアナーキスト教授」は、もっと周知されてもよい論文で、この登場人物の原型について扱っている。シェリー『コンラッドの西洋世界』とオリヴァー『国際的アナーキスト運動』は、アンダーソンの手記について論じている。

（5）ベインズ『ジョウゼフ・コンラッド――評伝』、ダレスキー『ジョウゼフ・コンラッド――自己放棄の道』、フライシュマン『コンラッドの政治』、ゲラード『小説家コンラッド』、ルーテ『コンラッドの語りの方法』、ミラー『実在探究の詩人たち』、シュウォーツ『コンラッド――《オールメイヤーの阿房宮》から《西欧の眼の下に》』を参照。

（6）このトピックの議論については、メルキオーリ『後期ヴィクトリア朝小説におけるテロリズム』を参照。

（7）メルキオーリ『後期ヴィクトリア朝小説におけるテロリズム』（一九〇頁）に引用。引用文はマロック『旧体制の変容』（第三巻、四七頁）より。

（8）ブブナー『現代ドイツ哲学』中の論文「言語の哲学と科学の理論」（六九―一三九頁）を参照。

（9）デコンブ『現代理性の指標』（一四二―四六頁）参照。最後の二章において、啓蒙主義の遺産に対する卓越した論評が展開されている。

（10）ムーア編『コンラッドの都市』参照。この小説中のロンドンに注目した論文が四本収録されている。

訳注

〔1〕一八九九年二月八日付の手紙。
〔2〕一九〇六年十一月七日付の手紙。
〔3〕一九二三年九月一日付、アンブローズ・J・バーカーに宛てた手紙。
〔4〕ある系内の無秩序化への度合いを示す尺度。この用語そのものは一八六〇年代の後半にルドルフ・クラウジウス（一八二二―八八――ドイツの物理学者・数学者で、熱力学の基礎を築いた一人）によって提起された。クラウジウスによると、孤立系のエントロピーはその系内の熱の輸送によって常に増大するため、宇宙のエントロピーは最大値に向かうという。
〔5〕一九〇七年七月三十日付の手紙。
〔6〕一九一一年十月二十日付の手紙。
〔7〕一九〇六年四月四日付の手紙。
〔8〕一九〇六年十一月七日付の手紙。
〔9〕一九〇二年三月十日付の手紙。
〔10〕一八九九年二月八日付、カニンガム・グレアムに宛てた手紙。
〔11〕一九〇七年十月七日付、カニンガム・グレアムに宛てた手紙。

引用文献

Anderson, Sir Robert. *Sidelights on the Home Rule Movement*. London: Murray, 1906.
Avrich, Paul. ‘Conrad’s Anarchist Professor: An Undiscovered Source’. *Labour History* 18.3 (1977), 297–302.
Baines, Jocelyn. *Joseph Conrad: A Critical Biography*. London: Weidenfeld & Nicolson; New York: McGraw-Hill, 1960. Reprinted. Penguin Books, 1971.
Berthoud, Jacques. *Joseph Conrad: The Major Phase*. Cambridge: Cambridge University Press, 1978.
Bubner, Rüdiger. *Modern German Philosophy*. Cambridge: Cambridge University Press, 1981.

Conrad, Joseph. 'Autocracy and War'. 1905. In *Notes on Life and Letters*. 1921. London: Dent, 1970, pp. 83–114.

'The Mirror of the Sea' and 'A Personal Record'. 1906 and 1912. Ed. Zdzisław Najder. Oxford: Oxford University Press, 1988.

'The Informer'. 1906. In *A Set of Six*. London: Dent, 1954, pp. 73–102.

The Secret Agent. 1907. Ed. Bruce Harkness and S. W. Reid. Cambridge: Cambridge University Press, 1990.

Daleski, H. M. *Joseph Conrad: The Way of Dispossession*. London: Faber & Faber; New York: Holmes & Meier, 1977.

Descombes, Vincent. *Philosophie par gros temps*. 1989. As *The Barometer of Modern Reason: On the Philosophies of Current Events*. Tr. Stephen A. Schwartz. Oxford: Oxford University Press, 1993.

Dupré, Catherine. *John Galsworthy: A Biography*. London: Collins, 1976.

Fleishman, Avrom. *Conrad's Politics: Community and Anarchy in the Fiction of Joseph Conrad*. Baltimore: Johns Hopkins Press, 1967.

Guerard, Albert J. *Conrad the Novelist*. Cambridge, MA: Harvard University Press, 1958.

Howe, Irving. *Politics and the Novel*. New York: Meridian, 1957.

Jean-Aubry, G., ed. *Joseph Conrad: Life and Letters*. 2 vols. London: Heinemann; Garden City, NY: Doubleday, Page, 1927.

Jefferson, George. *Edward Garnett: A Life in Literature*. London: Cape, 1982.

Lothe, Jakob. *Conrad's Narrative Method*. Oxford: Clarendon Press, 1989.

Mallock, W. H. *The Old Order Changes*. 3 vols. London: Bentley, 1886.

Melchiori, Barbara Arnett. *Terrorism in the Late Victorian Novel*. London: Croom Helm, 1985.

Miller, J. Hillis. *Poets of Reality: Six Twentieth-Century Writers*. Cambridge, MA: Harvard University Press, 1966.

Moore, Gene M., ed. *Conrad's Cities: Essays for Hans van Marle*. Amsterdam: Rodopi, 1992.

Najder, Zdzisław. *Joseph Conrad: A Chronicle*. Tr. Halina Carroll-Najder. New Brunswick, NJ: Rutgers University Press; Cambridge: Cambridge University Press, 1983.

Nicol, David. *The Greenwich Mystery*. Sheffield, 1897.

Oliver, Hermia. *The International Anarchist Movement in Late Victorian London*. London: Croom Helm, 1983.

Rapin, René, ed. *Lettres de Joseph Conrad à Marguerite Poradowska*. Geneva: Droz, 1966.

Schwarz, Daniel R. *Conrad: 'Almayer's Folly' to 'Under Western Eyes'*. London: Macmillan, 1980.

Sherry, Norman. *Conrad's Western World*. Cambridge: Cambridge University Press, 1971.

Watt, Ian, ed. *'The Secret Agent': A Casebook*. London: Macmillan, 1973.

Watts, Cedric and Laurence Davies. *Cunninghame Graham: A Critical Biography*. Cambridge: Cambridge University Press, 1979.

Woodcock, George. *Anarchism*. Harmondsworth: Penguin Books, 1962.

第7章 『西欧の眼の下に』

キース・キャラバイン［Keith CARABINE］
伊村大樹（訳）

芸術家の関心と人間一般の関心の相互依存関係について、コンラッドの述べたもっとも簡潔にして説得力のある言葉は、『ニューヨーク・タイムズ』紙に投稿した一九〇一年八月二日付の手紙の中に含まれている――「創作活動を正当化する唯一の根拠は、我々の生をかくも謎めき、かくも荷が重く、かくも魅力的で、かくも危険に――かくも希望に満ちたものにしている相容れない諸対立を、勇気をもって認めることにある」（『書簡集』第二巻、三四八―四九頁）。彼の主要な小説はすべて、決して最終的な解決を見ることのない諸対立を提示し、探求し、またそれらの諸対立から構成されている。こうした二項対立の中でよく知られているものに、利己主義と利他主義、感情と理性、連帯と孤立、倫理的堕落と救済、英雄的行為と偶然性、忠誠と裏切り、理想主義と懐疑主義、敬愛と軽蔑、そして、「わずかばかりの非常に素朴な思想」から成る規範に忠実であることと「自らの感ずるところに誠実であること」（『個人的記録』「くだけた序文」一九頁、『潮路の中に』「作者覚書」六頁）がある。同じ手紙の中で止むこと無き「対立概念の闘争」を認めているコンラッドのこの認識は、人類の運命全体を包括する想像力から湧き出ていて、フロベールと同様に彼にとっても、「真実の全体は表現の仕方にある」ので、コンラッドの想像力はそれに見合う表現形式への絶えざる探求を推し進めることになるのである（『書簡集』第二巻、二〇〇頁）[1]。

『西欧の眼の下に』における形式の問題は、この論文で後ほど検討しよう。さしあたりはコンラッドの「民族と一族に固有の経験」（『西欧の眼の下に』「作者覚書」三〇頁）を生み出した諸々の要因をスケッチ風に手短に記しておく必要がある。それらが要因となって、コンラッドの生誕の地を舞台にした唯一の小説において、互いに相容れない対立の衝突が特別な激しさを伴わずにはいられなくなったからである。コンラッドもラズーモフもともに、「歴史上の独裁国家が思想を抑圧し（中略）自己存続を確保する方法について、世襲的にも、また個人的にも知識をもつ」孤児であり、二人とも、「国内不和」に苦しむ民族主義者の「非常に大きな」家の出である（『西欧の眼の下に』二五、一一頁）。ラズーモフは独裁者と革命家の衝突を体現する人物である。コンラッドは相反する二つのポーランド愛国主義イデオロギーを受け継いだ。彼の両親であるアポロ／エヴァ・コジェニョフスキ夫妻は、救世主の到来を信じるロマンティックな愛国主義者であり、モスクワの圧制から自国を解放するという徒労に終わった努力に一生を捧げた。母方の伯父であり両親の死後コンラッドの後見人となったタデウシュ・ボブロフスキは、恐怖のロシア独裁国家と「まずまずの暫定協定《モーダス・ヴィヴェンダイ》に達すること」を目指す調停人であり、非現実的な政治目標や反乱扇動者的な親族の「すぐかっとなる気性」を軽蔑していた（ナイデル編『一族の目に映じたコンラッド』三六頁）[*(1)]。

「ラズーモフ」という短編に着手しようという一九〇七年十二月のコンラッドの決意は、相容れない諸対立に対する彼の想像力の源泉への回帰を示し、また彼の内面生活の暗い影との戦いを意味した。当然のことながら、このとき自分の選んだ主題について著しく分裂した意識でとりかかったので、それが小説の二重の語りに反映している。一九〇八年一月六日の手紙で、コンラッドはこう記した。「私はロシア的なるものの魂そのものを捉えようと努めているのです」（『書簡集』第四巻、八頁）[2]。したがって、自らのポーランド的な「情熱、偏見、そして（中略）

個人的記憶さえ」(『西欧の眼の下に』「作者覚書」三一頁)も隠蔽《いんぺい》するために、三ヵ国語に通じ、名実ともに英語作家としての地位を確立していた小説家コンラッドは、自分の裏返しのイメージである語り手兼編集者(彼は初老のロシア生まれでイギリス育ちの語学教師で、芸術的才能も想像力もロシアに関する知識も持ち合わせていないと言ってはばからないが、それでも「ロシア魂」をこきおろす人物である)を創造した。しかし同じ手紙の中で、「物語の真の主題」とコンラッドが呼ぶもの——すなわち、ラズーモフの裏切り、罪の意識、告白へと至る「心理的展開」(『書簡集』第四巻、九頁)[3]——に関して述べた概略は、コンラッド的テーマの「魂そのもの」を繰り返し述べたものであり、実際、そうしたテーマは、たとえば、ジムやノストローモといった分裂した者たちの辿った一生においてすでに探求されたものである。今回の試みは、ロシア人青年の日記を通しているぶんだけひねりが加わっているが、コンラッドに「久しく前から取り憑いて」おり、「いまこそ生まれ出ずるべき」ものだったのである(『書簡集』第四巻、一四頁)[4]。これはコンラッドの小説においては基本的と言っていい二重人間《ホモ・ドゥプレックス》を扱った物語である。[*2]

I

『西欧の眼の下に』を早くに評した二人の意見が、後に続く批評の基本線をすでに示している。コンラッドの友人エドワード・ガーネットは、「作品の最後の一ページに来ても、我々は最初のページとほとんど変わらない暗闇に閉ざされたままだ。確信が持てるのはただ、ある実際の出来事がいくつか提示されたということと、それらに対する解釈はおそらく存在はするのだろうが、それにたどり着けるかどうかは運次第であるということである」と言っている。一方、ある匿名の書評家によると、「いくつかの点で(中略)コンラッド氏の著作はその題名を裏切っており、その洞察力はロシア的思考習慣に深く染めぬかれている」[*(3)]という。その後、数世代にわたりこの作品を解釈しようと試みた人々は皆、暗闇にいるように感じ、語りの二つの際立った特徴に面食らい、それらを筋道立てて理解しようと真剣に努力してきた。批評家の一人は、この小説を「解釈失敗の年代記」と呼び、この小説では、あらゆる人物が互いに意図がかみ合わない会話を交わし、いったん話し始めた話を完結させなかったり、当事者同士が同時にだましあって相手の真意を探ろうとしたりすることもしばしばだと言う（スィッチャ「メタフィクション」八三〇頁）。その結果、読者は解釈を邪魔し拒みさえする話し手たちを理解しようとあがくことになる。そのうえ、イギリス人語り手による編集上の相反する意見、彼の語りにおける複合的な役割、そしてラズーモフのロシア語日記との間に生じる複雑な相互作用によって、我々はさらにひどい苦境に陥る。

『西欧の眼の下に』の語り手に対する驚くほど多様な批評家の反応は、コンラッド自身が主題に対して根底から分裂した意識と態度を持っていることと切り離せないが、批評家の反応はまた、「残された事実をつなぎ合わせても、それが小説全体の中でどのような意味を持つのかほとんどわからないことにますます戸惑いを感じる」（ワット『十九世紀におけるコンラッド』二一〇頁）ほかない読者の気持ちを代弁してもいるのだ。たとえば、ジャック・ベアトゥーは、語り手を、理性を象徴しているという点でラズーモフと同列に扱い、総じて頼りになり信用できる人物である語り手がロシア人を理解できないのは、「ロシア人がそもそも理解不可能である」からだという（『ジョウゼフ・コンラッド――円熟期』一六三頁）。しかし大方の批評家は老教師の言葉を額面通りに受け取り、彼を「頭の鈍い西洋人」（『西欧の眼の下に』一一二頁）と見なす。ヘイにとっては、彼は「（西欧の堕落した冷ややかな民主政体を象徴する）取るに足らない人物」（『ジョウゼフ・コンラッドの政治小説』二九六頁）であり、ローゼンフィールドには、「ただの観察者」にすぎず（『蛇の楽園』一六四頁）、パーマーが見るところ、彼の「気取った抽象的思考はしばしば、作品の主題を引き寄せてくれるのではなくそれを隠してしまう」（『ジョウゼフ・コンラッドのフィクション』

一三一頁）という。セカーには、語り手は「初めから終わりまで、自分の周りに渦巻いている活動に加わることも、それを理解することも、滑稽なほどできないように思える」（「『西欧の眼の下に』における語り手」三四頁）。そしてカーモードのすこぶる繊細な分析では、彼は「嘘の父」であり、ラズーモフが主張する通り「悪魔的」だという（「隠し事と語りの流れ」一五三頁）。

ロシア的「思考習慣」に関するこの小説の洞察力について触れた先の匿名の書評家は、のちに二派に分かれる批評家の反応を引き出した。まず、もっぱら小説の二重の焦点あるいは二重の権威について着目し、その形式が小説として成功しているかどうかについては評価をかなり異にする批評家たちの一派である。ゼイベルは「（ロシア人の運命という主題に対する）作家個人のはげしい思い入れが、道徳的かつ人間主義的な客観性を保とうとする厳しい制約を受けながら表出されている」（「序論」三四頁）と見るが、他方タナーは、ラズーモフの悪夢がひとりよがりの語り手の意識のフィルターを通して語られ、しかも、その語り手の「西欧的常識が結合した全体」すら最終的には否定されることになっていると見る（「悪夢と自己満足」二〇〇頁）。つぎに、この匿名書評家に触発された後続の批評家の別の一派は、この小説の「ロシア的なるもの」との葛藤を説明すべく、その手がかりを小説が試みているドストエフスキーとの複雑な対話に求めたり、革命家に根深い不信を抱き民族的・家系的に「ロシア的精神」への恐怖と嫌悪を受け継いだポーランド人コンラッドの人生と意見の中に求めたりする。

私自身もかつて、コンラッドが『西欧の眼の下に』の草稿においてラズーモフの「記録の存在」の裏にある「真の秘密」と呼んでいるものを解き明かす鍵は、コンラッド自らも認識していたように、彼自身の「半身に影のみが巣食う二重生活」（『書簡集』第三巻、四九一頁）[5]にあること、言い換えれば、懐柔を拒みいつまでもつきまとうポーランドの亡霊の影にあることを指摘したことがある。加えて、小説の執筆が長きに渡り困難を極めたことと幾多の草稿が物語るように、また「作者覚書」で告白したように、コンラッドは、第一部を書き終えた後になってようやく、小説の「悲劇的な性格」に気づいたのだった（「作者覚書」三〇頁）[*4]。コンラッドの主題に対する根底から分裂した意識と態度は、『西欧の眼の下に』の形式と表現に深く影響している。本論は、当惑する読者に語り手が提示する相対立する解釈モデルを検討し、それらの解釈はすべて、最終的に、悲劇的な読みをもたらすことを明らかにしようとするものである。

II

コンラッドの意図と、真の主題はこれだという彼の意識との間の明らかな乖離《かいり》は、物語の語り手である初老の英語教師の前口上にすでに明らかである。語り手は、読者を当惑させようとするかのごとく、ラズーモフの日記を理解できない理由を、二通り別々に持ち出してくる。第一の理由は、言葉は「現実の大きな敵」であるというものである。語り手がこういう認識を深めるに至ったのは、日記をつけようと決めたラズーモフの動機に思いを馳せたときであったが、そのさい語り手は「これほど多くの者たちが自己省察《せいさつ》に用いてきたからには、単なる言葉にも、何か驚くべき鎮静作用があるに違いない」（五頁）と言う。語り手が冒頭で発する疲れのにじみ出たようなこの感想は、人間の表現の能力には欺瞞的な性質があるという、コンラッドが習慣的に口にしていた洞察に手を加えたものである。したがって、「鎮静作用のある言葉」と「人間の表現能力に関する定式」の両者から示唆されていることとは、例によってコンラッドの場合には、「自己省察」が自らを知ることと混同されてはならないということである。言葉と表現は本来不安定で裏表ある性質を持っていて、自己と他者、話し手と聞き手、作者と読者との意思疎通を疎外する。そう仮定すれば、ラズーモフの現実は、日記の中の自己理解からだけでなく、その日記を翻訳し評価する際の語り手の理解からもすり抜けてしまう可能性が常に存在するということになる。

このおなじみのコンラッド的な解釈は、老教師のもう一つの主張とセットになっている。老教師によれば、ロシア民族は、自分より「低いところに」もしくは自分の「内部に」存在するという意味において、ともかく、自分の目の「下に」あり、ロシア民族が自分には理解不能であるのは、それが西欧から遠く離れたところで民族的・歴史的伝統を継承し、西欧とは「異なる条件で西洋思想」（二五頁）を構築したためであるという。自分は無知だとはっきり言っておきながら、解説者としての老教師は「ロシア的なるものの魂そのものを捉える」（強調筆者）ことを、つまりロシア的なるものを彼の圧倒的な視線の「下で」、「支配し、抑え、あるいは縛りあげる」ことを手早く試みる。しかしながら、理解不能と明言した主題を解き明かし、制御し、掌握したいと思う語り手の願望自体がその主題に対する軽蔑と同情という対立した姿勢に引き裂かれているのである。彼が奇妙にも「脱線」と呼ぶ部分には彼の軽蔑の気持ちが表現されていて、ロシア民族の特徴は「彼らの考え方の筋の通らなさ」と「結論の恣意性」であると言う。彼らは「ある特殊な人間的特徴」を持ち、それは「言葉への並々ならぬ愛」と分かちがたく結びついているというのである（四頁）。

しかしながら、語り手の、読者の反応を方向づけ読者をロシア的精神の他者性から遠ざけようとする軽蔑的な試みは、ラズーモフの日記に記録された出来事や日記をつけた人自身の生々しさを、同じように強烈に同情をもって評価することによって達成を阻まれてしまう。こうして第一章で彼はラズーモフの日記の執筆動機に触れ、いかめしい調子で、「自由への欲求、熱烈な愛国心、正義を愛する心、哀れみの情、はては純真な心の抱く忠誠心」といった「人間のこの上なく高貴な大望」にさえ影を落とす、ツァーリズム（ロシア帝政）の「道徳的腐敗」を描いてみせるのである（七頁）。

このように恐ろしいまでに数多くの熱望が埋もれていく状況を語り手という中心モデルが強調するのは、祖国を分裂させつつあった意見の衝突を体現したラズーモフのたどった悲劇的運命を理解するためだ。ラズーモフは、クルツ、ジム、ウェイリー船長[6]、ノストローモといった各人各様の対立によって引き裂かれる一連の主人公の極北なのだ。コンラッドは人間の運命に対する厳しい倫理観から、こうした主人公の人間性を最大限の試練にさらすために、主人公たちにそうした対立の存在に気づかせ、それと葛藤させるのである。そして、語り手が分裂した男というものを寛容にして同情的な言葉で扱っていることと、そうした男のモデルが暗に示しているように、主人公と彼の祖国の運命もまた悲劇的なものとして解釈されうるのである。

　読者はこれまで何世代にもわたり語り手の視点の謎に戸惑ったり憤ったりしてきた。それも当然だ。ラズーモフが残したロシア語の日記の翻訳者と編集者という役割において、また東と西の仲介者として、自らの主題に当惑している語り手自身が読者には謎の人物として提示されているからである。彼は書き手としての技量不足をはっきり認めるのだが、作家らしい冷静沈着さで物語を形にしていき、ラズーモフの分裂の表象的な、また象徴的な性質を見積もろうとするのである。民族、年齢、歴史的・政治的経験のために自分の扱う主題とは断絶があり理解も欠くということをおおっぴらに認めるコンラッド初の語り部でありながら、それでもなおこの語り手は読者に、主題、読者ともに自分の思い通りに操るために相矛盾するモデルを差し出すのである。一方で、彼は話を脱線させる権利を控えめに主張し、それからロシア人は西欧人としての彼の目には特異な、劣った民族と映ると言ってロシア人の国民性をけなす。他方でイギリス小説には見られなかった力強さ、広がり、情熱的な物腰をもって彼は専制政治が社会に悲劇的な影響を及ぼしていると確信的に評定する。その結果、コンラッドは読者に並外れた要求を迫ることになる。なにしろコンラッドは小説の早い段階で読者を誘導して、相矛盾したいくつかのモデルを通してロシアとラズーモフの日記を読み解くように求めるのだ。しかも、このモデル自体が、自分自身の主題理解が深いところで分裂していることに気づいていないらしい解説者の提示するものなのだ。そのうえ、これらのモデルはすべて、テクストの初めから終わりまで有効でありつづけ、競り合うので、我々読者はわけがわからなくなってしまうのである。

III

コンラッドの語りの手順を完全に特色づけるものは、第一部第三章の初め（ラズーモフがハルディンを裏切った後）で、老教師が二回目の脱線をしてロシア精神を解釈するための新しい混乱を招くようなモデルを提示する場面である。彼は言葉のロシア化とロシアの「道徳的腐敗」について前のほうで述べていた編集者としての意見を別角度から見直し、驚いたことに、新たに芸術家としての目的をつまびらかにする。ラズーモフの奇妙な日記について熱心に考えをめぐらせた後、彼は自分の任務は、「この地表の大きな部分を支配する道徳的状況」を描き出すことだと気づくのだ。彼が主張するには、この状況は、「何らかのキーワードが見つかるまでは」捉えることができないだろうが、それが見つかれば、「すべての物語の目的である精神的発見を促すに十分な真実をひょっとしたらつかむことができるかもしれない」という。そして、彼が持ち出すのがシニシズム（冷笑的な性質）という語である。

（略）それはロシアの専制政治とロシアの反逆を特徴づけるものである。（略）（ロシアは）妙に神聖さを気取るという点において、（中略）ロシアの精神とはシニシズムの精神である。シニシズムは政治家の宣言、ロシアの革命家の理論、預言者の神秘的な預言（中略）に浸透していて（inform）（中略）、自由をさながら放縦の一つの形であるかのように見せ、キリスト教的美徳を実は不品行なものであるかのように見せる。（六七頁）

言葉への、とりわけ言葉による定式化への語り手の不信は相当のものなのに、いったいどうして語り手は、何らかのキーワードが見つかれば十分だなどと考えられるのだろうか。そのうえ、シニシズムは動機が問題になるから、この言葉で意を尽くせるものかどうかすぐさまあやしくなる。シニカル（冷笑的）であるためには登場人物たちは、辞書の定義にもあるように、「善なる動機への懐疑」を持っていなければならない。彼らはあざ笑いけちをつけたがる人でなければならない。しかし、「シニシズムの精神」が、「感情、原理、特性を吹き込む」という意味で「浸透している（inform）」とすれば、ロシア人の思考は論理性を逸脱しているということになり、結果として言葉を使っているというよりも言葉に使われていることに感づいていないということになる。そうすると、論争好きで激しい非難を口にする語り手によるロシア人についての定式化は、持続的な解釈というよりも単なる場当たり的な偏見なのだろうか。彼の脱線のすべてが尻すぼみになって頓絶法《とんぜつ》〔aposiopeses《アパサイアピーシス》——発話の突然の中断〕に終わりがちであることを考えると、作品で多用される例の黒い点々は、狡猾にも読者を語り手の背後にかくれた作者と結託するように誘《いざな》い、語り手の提示する定式は彼が槍玉に挙げるロシア人についての定式と同様に恣意的なものであることを示唆しているのだろうか。さらに、この時点での語り手自身が、嘲笑的にとがめだてする人というシニック（冷笑家）の一般的な定義に当てはまっており、「アンダー（under）」のさらにもう一つの言葉遊びにおいて、ロシア人を西欧人としての彼の視線より下に位置する劣った民族と見ていることは明らかである。そうするとシニシズムは脱線なのか、あるいは道徳的発見の重要な鍵なのか。

この作品の語りの特徴をよく示すことだが、教師のこの二番目の脱線により、読者はこの時点までの語りを再解釈し、シニシズムが小説のキーワードとしてたびたび呼び出されていることに気づくようになる。したがって、まずは第一部に集中して語り手の言葉をそのまま信じ、この解釈モデルを、競い合うほかの解釈モデルと対照させて検証を行うことが適切である。

ツァーリスト（専制政治支持者）たちの言説は、シニシズムの通常の意味をそのまま確認するような内容だ。「自由などという概念がかつて造物主のみわざの中にあったことはない」（八頁）と神秘的な宣言をしているド・P—氏の「有名な国家文書」からの引用語句も、ミクーリンの「確かに信仰心は優れているが……」（九〇頁）という途中で思考を中断した形の言葉も、「善なる動機への懐疑」を孕んでいる。さらに、彼らの自由観は慣例にかなって正しく考えることと不可分であり、彼らが政治的自由の可能性そのものを否定するのもそうした思考の結果である。ツァーリストは、ロシアは「キリストを愛する国土」（九三頁）であることを強調するが、信仰が優れているのは、支配、監視、抑圧、恐怖といった目的のために信仰を冷笑的に利用できるからである。

一方、ド・P—氏を暗殺することに神の意志が実現されるとするハルディンの狂信的な主張は、ツァーリストたちの信条と同様に、「キリスト教の美徳自体を、実のところは不品行なものであるように見せてしまう」（六七頁）。また、すべての革命家と何ら変わらず、ハルディンの「予言」は神秘的であり、革命家の「使命」と「新たな啓示」（二二頁）への献身が反逆に始まり反逆に終わるように見えるので、「自由を放蕩の一つの形」のように見せてしまう。しかし、飲んだくれのジーミアニッチを聖人と誤解してしまうこの若者は、きっと、「サマリア人」テクラ（三七九頁）や固い信念と寛容な心をもつ革命家ソフィア・アントノーヴナと同様に、冷笑家のアンチテーゼなのであろう。語り手がこの後で読者に思い出させるように、ハルディンの人生は「実直であり、ひょっとするとその思想は崇高で、道徳的苦悩は深遠で、人生最後の行動は真の自己犠牲だったのかもしれない」からである。語り手の評価は条件付きで表現されているが、彼はすぐさま読者に直接訴えかけ、一生を棒に振った者たちの悲劇的な声を響かせる——「妨げられた欲求の激しさを一方的に非難するなどというのは、自由を勝ち得てのうのうと恋にふけっている我々のすべきことではない」（一六四頁）。ハルディンとテクラとソフィアが専制政治を嫌悪するのは革命の効能を盲目的に信じていることに発するといってよいが、小説には、彼らがまちがった思い込みからとはいえ自由獲得のために勇敢に身を投じ、かつ正義を愛しながらもひどい妨害を受けることへの同情が溢れている。

人間と言葉の関係や、人間の言葉の使用に関して語り手が持ち出す決まり文句の視点からこうした言説を判定すれば、いっそう同情的な判断が浮かび上がってくる。かくて、専制君主も革命家も皆、言葉の力で現実をつなぎ止めようとするが叶わず、皆「大衆の合議」（八頁）の内側で平和に過ごしていることができないのである。ラズーモフと同じように彼らは、ナターリアの言葉で言えば、「敵対しあう思想」（一〇五頁）によって区切られた陸地に住む人類共通の宿命であるところの「大勢のガヤガヤしゃべる声」（三三頁）に我慢がならない。彼らはある「定型」を求めはするが、代りに「なにか和解手段に過ぎないもの」（五頁）、つまり一義的で神秘的な言説で手を打つほかない。ド・P―氏の「神は宇宙の専制君主であった」（八頁）とか、ラズーモフの「未来の偉大な専制君主」（三五頁）、ナターリアの「協調」（一〇四頁）、ピョートル・イヴァノヴィッチの「救済の道」（一二八頁）、あるいはソフィアの「恥ずべきものの壊滅を！」（二六三頁）などである。こういったものでは、彼らが消去したいとか和解させたいと熱望する対立が継続するのを確実にするかそれを避けて通ることにしかならない。このモデルに従えば話し手たちは皆、コンラッドの大きな関心事のロシア版を表明していることになるのであり、すべての人間は「近視眼的な知恵によって永遠に裏切られている」（三〇五頁）のだと老教師が述べるとき、彼が悲しげにも包括的に記録しているものは、コンラッドのこうした関心事なのである。そして、小説中、ラズーモフはこのことを示す極めつけの例にほかならない。

およそ一般に認められるどんな意味であれ、個人的動機と関連づけられるシニシズムが当てはまるのは、ツァーリストのみであるが、その彼らでさえも語り手が読者に信じてもらいたがっているほど卑劣だというわけでもない。なおまた、気の利いた語呂合わせを使って表現すると、革命家たちも、口を開けば、その特徴的な言い回しによって自ら墓穴を掘るようなことをする[7](白い紙に黒い省略記号の点々を置いていくコンラッドのいたずらっぽい処理は、こうるさいほどに革命家を風刺したものとなっている)けれども、彼らがそのことに気づいていなければシニカル(冷笑的)とは言えない[*5]。それにもかかわらず、革命家は、その思考過程に欠陥があり、かつその「ものすごく浸食性の強い純真さ」(一〇四頁)が語り手の軽蔑の対象になっているというまさにその理由で、当然のことながら、我々をまちがいなく不安にさせるのである。語り手の革命家への視点が、同情と軽蔑のどちらにあるか一定しないからだ。

インフォーム(inform)という語の二番目の意味――「感情、原理、特性を吹き込む」――は、ロシア人の言説すべてを特徴づける精神を探すよう我々を誘う。この見方からすれば、ロシア人は、ピョートル・イヴァノヴィッチの言葉を借りると、「比喩的に」(一二八頁)話しているのであり、その比喩表現がキリスト教の、ナショナリズムの、そして政治の言説を神秘的につなぎ合わせてしまう。革命家の言説が示すように、ロシアの国内不和はツァーリストと革命家のあいだで繰り広げられる闘いの中に顕在化していて、両者それぞれ、自分たちの理不尽な大義を正当化するためにキリスト教言説で好まれる象徴的表現を自分に都合のいいように用いる。たとえば、ド・P―氏にとって「神」は「専制君主」であり、ハルディンにとって革命は「新しい啓示」であるが、ツァーリストの密偵K―公爵にとっては「神意」(四四頁)であり、ピョートル・イヴァノヴィッチにとって革命活動は「救済の道」であり、ド・S―夫人にとって政治は超自然信仰の分派である(二二二頁)。これらの言葉では、キリスト教が一連の超越的な信条であることが否定されるばかりか、個人的な魂の慰めの一つの形であるということまでも否定され、理性的な政治的言説の可能性そのものも却下されてしまう。語り手が三番目の脱線で言うように、ロシア人は「西側の世界に知られている政治的自由のあらゆる実際的形態」を理解できず、それどころか、それを「軽蔑している」(一〇四頁)。神権政治的なツァーリストたちにとっては、政治的な論点と慣例は、すでに神の教えとして銘記されていて守られねばならないものなのである。「血と暴力」（一〇五頁）から花開く協調と正義を思い描くユートピア的理想主義の革命家たちにとっては、そういった政治的自由に関する問題はいつとは知れぬ未来に解決されるべきものである。彼らはみな、比喩的な思考によって聖的なものと世俗的なものを混同し、もって破壊を招くという理由で、シニカルである。この解釈モデルで評価するなら、ロシア人は、誤った恣意的な推論をすべく運命づけられた、特異な民族であるということになる。しかしこのモデルは理想主義の革命家たちにはふさわしいとは言えない。なぜなら、彼らもまた、コンラッドの偉大な悲劇的テーマの一つ、すなわち、このうえなく高貴な大望を全身全霊で追い求めた結果、当初意図していたものとは正反対のものがもたらされ、自他もろともに破滅することがあるというテーマのロシア版であるからだ。

　これまで見てきたように、読者は二つの違った論説モデルの間を往復させられる。すなわち、ロシア人の特異さを主張するモデルと、ロシア人も人間共通の苦境をさまざまな形で体験していることを示すモデルである。前者は通常語り手の軽蔑を、後者は共感を表明するはたらきをする。語りの全体を謎めかせているのは、この優柔不断のせいであり、批評家の語りに対する反応が多岐多様であるのもこれによって説明できる。しかしながら、シニシズムに促された道徳的発見のいくつかが、大きく分けて三通りの違った理由で、不十分であることは明らかである[*(6)]。第一に、ここではほかの二つの理由に比べ重要性で劣るが、語り手の脱線が我々の注意を作者へと向けさせることである。老教師の発見は、コンラッドが一九〇五年のエッセイ「専制政治と戦争」で俎上《そじょう》に上げたロシア的精神への攻撃に見られるポーランド的偏見を蒸し返したもので、単純に言えば、コンラッドにもわかっていたように、論拠が弱い。なにしろ、コンラッド自身の父アポロ・コジェニョフスキが、世界の国々の間でポーランドが救世主的役割を持つという神話を奉《たてまつ》る「神秘的言辞」にとらわれていたのであり、コンラッドは父の救世主信仰とカトリック信仰を二つとも退けたのである[*(7)]。二番目に、「大勢のガヤガヤしゃべる声」と「大衆の合議」から逃れ、人類が地上で受け継いできた諸対立を乗り越えようと、登場人物たちが一義的な定式に寄りすがる様子を探求する小説にあって、語り手が一つのキーワードを探すというのはそもそも疑わしく、ロシア的窮境のもつ複雑性と普遍的重要性とを否定する役割を果たしてしまうからである。最後に、そしてこれがもっとも重要なことだが、シニシズムは説得力を持ち得てはいない。なぜなら、ロシア的精神に対する語り手の軽蔑は、もう一方のいっそう共感的な評価とは違い、コンラッド小説における「二重人間《ホモ・ドゥプレックス》」の極めつきの例であるラズーモフを引き付け理解することができないからである。遅ればせながらコンラッドの物語の「悲劇的な性格」がはっきりわかるのは、ここで詳細に検討したすべてのモデルが再演され、またこの物語のロシア的側面だけでなくより普遍的なコンラッド的地平をも例示するほかのモデルが導入される過程においてのことである。さらに、後に論じるように、ラズーモフは、入手した日記を託す相手であるナターリアに、語り手の脱線で述べられたシニシズムの発見とは別の、しかも非常に異なる道徳的発見の機会を提供してみせるのである。

IV

第四部の冒頭で、語り手は突如サンクトペテルブルクに舞台を戻し、第一部の結末でラズーモフが苦しみもだえてミクーリンと対話する場面を再び取り上げる。再度、語り手は主人公の日記の編集者兼翻訳者に戻り、新しい事実と、自身が語る物語の新しい理解の仕方とを我々読者に提示する。細部をないがしろにしまいと決意しつつ、語り手は「万人共通の人間性という地平に立脚して」、ラズーモフが二重スパイだったという「紛れもない真実」を明かす。二重スパイになったことは、「私たちがサンクトペテルブルクでラズーモフ氏から離れる」間際に発せられ、かつ「この個別事件の一般的な意味に光を当てる」「どこへ行くのかね?」というミクーリンの単純な質問に対して、ラズーモフの示した最終的な返事であった（二九三頁）。

　ここで初めて読者は、老教師の共感を求める訴えかけと、狡猾な細工師コンラッドによって読者がまんまとかつがれていたという思いがけない事実とが同時かつ不可分の形で提示されていることをはっきり知るのである。コンラッドは、ラズーモフがスパイであるというきわめて重大な事実を隠すことによって、我々の感性を、語り手の感性とともに、意図的に操っていたのである。この時点で初めて読者は、第二部冒頭で、物語が「明確さと効果のために守るべき作法」に関して老教師の述べた当たり障りのない所見は悪ふざけの類いであったこと、ミクーリンの「どこへ行くのかね？」が読者をだしにしたいたずらであったことに気づくのである。

　老教師が公正さを要求し、ラズーモフへの共感を求めていることは、ロシア人は特異な民族であるという彼の脱線の中での軽蔑的な主張とは、明らかに齟齬《そご》をきたしている。実のところ、この時点から先、語り手の論評には、ロシア人たちの陥っている苦境の悲劇的性格をますます強く認識しはじめた彼の作者としての声が、そこかしこに混じるようになる。ロシア人の悲劇にはその国特有の特徴があるとはいえ、その悲劇は「我々自身と非常によく似ていて同じ空の下に生きている他者」にとっての重要な問題である。そして、「我々にとっては言葉、野心、投票にかかわる問題（加えて、たとえ感情の問題であったとしても、それが我々の心の奥底にある愛情に関係するようなことはない）で収まるたかだか多様なものの見方を許容する自由主義にすぎないもの」が、自分たちにとっては、「忍耐を試される重い試練、涙と苦悩と流血を要する問題」（三一八頁）であることに気づくべく生まれついているのがロシア人なのである。万人共通の人間性という地平に立脚しながら、老教師は西欧の読者たちももはや部外者ではないこと、そしてロシア人ももはや解読不能な性格ゆえに別個の切り離された存在であるというのではないことを明らかにする。この見地から見ると、語り手の一貫性のなさは、コンラッドが語り手をいくつかの相反するやり方で用いていることに起因している。語り手は、小説の提示する大きな悲劇性に対する理解を作者が徐々に深めていくための媒体であり、またその犠牲者でもある。*[8]

コンラッドは、老教師の相反する解釈を意識的に強調し、語りの作法を崩し、彼の言うところの「想像力の放蕩」(『書簡集』第四巻、四九〇頁)[8]を引き起こすことで、もう一度読者に多大な負担を強いる。しかしながら、この悪ふざけによって我々は、この時点までのラズーモフの経歴と、読者としての我々自身の行為を、ラズーモフが二重スパイを働いているという見地から再考することを求められる。ラズーモフの置かれている立場の意味をつきとめるために、老教師は読者に、「我々がラズーモフ氏の独立宣言と呼んでよいものに対する穏やかな質問の形での返答」(二九三頁)であったミクーリンの「どこへ行くのかね？」が、どのような波及効果をもたらしたかを検討することから始めるように提案しているのである。

V

何らかの形で「退きたい」というラズーモフの願望は、コンラッドの提示する多様な社会層の登場人物が行動を起こす刺激になってしまうので、決してかなえられることはない。もっと正しく言えば、これらの登場人物は「我々の生をあらしめる相容れない諸対立」を認め、それらに耐えるよう義務づけられた存在である。したがって、コンラッドの厳しい倫理的世界においては、ラズーモフの万人共通の人間性と多くの情熱に十分な試練を与え、また彼の「近視眼的な知恵」の脆弱さと頑迷さを精査するためには、彼が革命と対決することが、必須なのである。この視点からすればラズーモフの物語は、コンラッドのすべての偉大な小説と同じように万策尽きた男の不安の物語だと言える。

ラズーモフの「退きたい」という願望は、誰もが「言葉の原野で途方にくれ」、言語の二重性に潜む裏切りにさらされ、比喩的表現の巧みな才によって惑わされているのだ、という語り手の悲しげな判断とのっぴきならないほど結びついている。ラズーモフ自身が、自らの記述するロシアの出来事に他者といっしょに自分も関与していることを解釈するにあたって、ひどい分裂と困難に見舞われている。したがって、すべての悩める「反射人物」[9]の場合と同様、読者は常にラズーモフの目を通して同時に出来事を見、彼の自己省察の持つ一貫性のなさと自己欺瞞を通して出来事を見るように促される[*9]。その結果、ラズーモフが愛国者的な考えでハルディンへの裏切りを正当化しようと思うときにはいつも、彼の思考は、たとえば「殺人は殺人だ。ただしもちろん、仮にある種の自由主義的制度が……」（二六頁）のように急に中断するか、あるいは「なにもかもうまく行くというわけにはいかないのだ。独裁的な官僚制……悪弊……腐敗……などなど」（三五頁）のように省略記号で飛び飛びになるかのどちらかである。

　ラズーモフの切れ切れでためらいがちな思考は、不名誉なジャンプを説明しようと懸命に努力するロード・ジムや、「こんな罪もない人々のただ中に——死をまき散らすなどということを——おれが！　このおれが！　……おれは蝿一匹殺せやしないのに！」（二二頁）と口ごもりながら言うハルディンを我々に否応なく思い出させる。当然ながら、ジムが言葉を使い言葉に関わりを持つことについて、困惑しながらもマーロウがめぐらす考えは、三者の立場すべてに当てはまり、同時に読者の苦しさをも言い表している。「彼自身がそれをどれだけ信じていたか、おれにはわからない（中略）彼にもわからなかったのではないだろうか。というのも、誰だって、自己認識の気味の悪い影から逃れるためにまるっきりひとりで編み出した巧みな言い逃れを、決して理解できないというのが、おれの信念だからね」（『ロード・ジム』八〇頁）。ロシア人にかぎらず、すべての人間が誤った考え方に陥る傾向があり、何かに脅かされたときには特に、「情けないほど巧みに過ちを犯す才能」（三〇五頁）を持っているのである。

『西欧の眼の下に』において専制政治の影はロシア人とラズーモフを覆い、語り手の理解を拒むかのように「彼の姿を陰らせる」（一八四頁）。その魔の手は逃れがたく、ロシア人の思考、物の見方、感覚を「染めて」、「謎めいた彼らの沈黙につきまとう」（二〇七頁）のである。ラズーモフはとりわけ染められている。知る辺《べ》のない孤児として、ロシア人であるということのほかには何も持たないために、自分をロシア人と見なさざるを得ないので、ハルディンの破滅した後のラズーモフの状況は悲劇的である。どこへも行き場のない彼は、専制政治と革命という相争う勢力のうちどちらかを選ばざるを得ない。ここでラズーモフが前者を選ぶのは、自分の名前にかけて語呂合わせ（razumという語根はロシア語で「理性」を表す）をしながら、ミクーリンに苛立ちまじりに告げたように、「ぼくは理性的だ」（八九頁）からだ。したがって彼は、ハルディンがすべての「空想家」同様に軽蔑している「人類の発展に関する世俗的な論理」（九五頁）を重んずる。

　ハルディンと接触したことで衝撃を受けて、ラズーモフは「独立宣言」（二九三頁）を書き、「歴史」「愛国心」「進化」「指導」そして「統一」（六六頁）の五つの原理を立てる。ミクーリンが後に述べるように、これらの原理は「ある種の政治的信仰告白」（九九頁）を成している。ラズーモフの信仰は理にかなったものである。それというのも、彼は小説に登場する他のすべてのロシア人のように、西欧の基本的な政治的価値観を軽蔑することをせず、また彼の定式化は聖なるものと俗なるものを神秘主義的に混ぜ合わせてはいないからである。それどころか、彼は伝統、妥協、漸進的変化、進歩といった明らかに英国的な世俗的価値観（それは実際には議会制度や地方自治や慣例という形をとる）を賛美するのだ。

　祖国と自分自身を引き裂きつつある暴力の循環を必死に止めようと、理性的人物たるラズーモフは、社会改良的で自由主義《リベラル》的な価値観を専制政治の幹に接木《つぎき》しようと苦闘する。専制政治は生来的に融合を拒絶し、体制的にも融合に抗《あらが》う。タタール人的源流を持つロシアは「破壊」と「分裂」（六六頁）は知っているが、長くゆっくりとした過程を経て徐々に進化していくという伝統を歴史的にまったく持っていない。西欧で当たり前のものとされている「中庸的進展《ミドル・マーチ》」なるものは、ロシアには存在せず、またロシアがその巨大帝国のすみずみまで抑圧している民族（たとえばポーランド人）にも存在しない。したがって、ラズーモフにせよ彼の国で争いあう諸党派にせよ、「平和の形」ないしは自由の現実的な形を見出すことができない。彼の悲劇は、切り抜けることが不可能な相容れない諸対立の板挟みになった理性的人間の悲劇である。悲劇的なことに、「人間の発展の世俗的論理」（九五頁）や「進化」という（西欧が当然のものとしている）中道は、新たな啓示への手段としての「破壊」を選ぶか地上での神の権威としての専制政治を選ぶかの二者択一と同じくらい巨大な妄想なのである。ロシアでは、〈理性の人〉でさえ生まれながらにして分裂しており、そうした抑圧社会における二重人間《ホモ・ドゥプレックス》にとっては、「身を退く」のような控えめな独立宣言さえも成就は望めないのである。

　ミクーリンの「どこへ行くのかね？」に対するラズーモフの最終的な返事は、ジュネーヴの革命家集団へ潜入せよという提案を受け入れることである。ミクーリンはラズーモフに、ラズーモフの政治的信念を脅かし彼からロシアでの未来を奪ったまさにその諸勢力をくつがえすのだから、この決断は彼の自由主義の論理的帰結であると物腰柔らかに保証する。ラズーモフはもちろん、革命家という偽の経歴とハルディンという脳裏につきまとう秘密の共有者によって、自らの倫理的孤立が悪化し、二重に陥れられたことを発見する。この発見によって、自ら請い求め促しながらも忌み嫌う「巧妙な虚偽の」対話から成るブラックユーモアに満ちた「間違いつづきの喜劇」（二八四頁）において、彼は二重人間《ホモ・ドゥプレックス》の役割を当然果たさなければならなくなる。愛するナターリアと軽蔑する革命家たちに告白した場合でしか、欺瞞はラズーモフから取り除かれることはないだろう。

　ラズーモフの耐え難い立場の持つ悲劇的性格は、ピョートル・イヴァノヴィッチとの「虚偽の対話」が行われているときに、もっとも簡潔に表現されている。婚外子であるラズーモフがスパイとして成功するためには、「我々の仲間の一人」であることを認めることが絶対条件であるという恐ろしい真実が、ピョートル・イヴァノヴィッチとの対話から偶然にも確認されたからだ。小説でのラズーモフの機能にかかわる、彼の有名な返答——「ロシアがぼくを見捨てるなどできるはずがない（中略）ぼくこそがそれなんだから！」（二〇九頁）——は、彼の運命を解釈するための決定的モデルを作り直す。ラズーモフが悲劇的なのは、祖国のより大きな悲劇をその身に体現しているからだけではなくて、ロシアが「彼の知性《インテリジェンス》の自由な使用」（八三頁）を生まれながらに拒み、彼を見捨ててきたからでもあるのだ。深遠な語呂合わせが暗に示すように、冷笑的で「穏やかならざる専制国家」においては、秘密情報《インテリジェンス》のみが自由に使われるという恐ろしい真実を、彼の経歴が証明している（フォーゲル『発話の強要』一九二—九四頁）。こうしたモデルを積み重ねて解釈すると、ラズーモフは同情に値する人物と言えよう。

VI

ナターリアに告白するという段になって、ラズーモフは「神意が働いているという迷信」をさげすみながら受け入れ、その代わりとなる「我々の純真な先祖たちが作り上げた人格的な悪魔」（三五〇頁）を退ける。彼はここで、自らの悲惨な運命を解釈するのに使ってきた対立する二つのモデルを詳細に検討しているのだ。この二つのモデルは、彼の登場する物語の大きな悲劇性を理解するためのもう一つの方法を読者に与えるために、彼の知らないうちに詳しく物語られてきたものでもあった。ラズーモフは苦々しい気持ちで一杯である。ハルディンを裏切った後でも、きみは「神意の道具」（二九六頁）であると断言した慈父的存在のK—公爵とミクーリンが思い出されるからである。ラズーモフは、神に見放されたというわびしい思いを抱いていたにもかかわらず、K—公爵とミクーリンの神意による企ての論理を受け入れてスパイとなったとき、彼らの企みに自暴自棄な思いで加わろうとしたのだった。

ラズーモフが人を疑ったり人に嘘をついたりすることとは無縁な純真無垢なナターリアに、君は「犠牲者になるべく運命づけられた人」だと告げるとき、自分が彼女と結婚するか、さもなければボレル館《やかた》に出入りする革命思想の居住者たちが彼女を「洗脳する」のをそのまま見過ごすかすれば、彼女の魂をたやすく堕落させることができるから、自分は悪魔的な力を持つと認めているのである（三四九―五〇頁）。しかし彼がこのように認めたということは、彼の書き残す告白の中で彼自身が熱心に構築したもう一つ別の神意のモデル――誘惑と懺悔という私的ドラマ――を、彼が熱烈に奉じていることをあらかじめ示してもいるのである。このパターンにおいては、ナターリアは初めラズーモフの無力な獲物だった（その点は語り手も同様である。彼はナターリアの不運な仲介者としての役回りであり、女を取り持つ男というチョイ役を感情的に割り当てられてしまうのだから）が、やがてラズーモフの書き残す告白においては、彼を救い、そして、彼の描く図式に従えば、彼を救うことで自分自身を救う聖母の役割を与えられている。

ラズーモフの構築した、神意の働きが解放をもたらすという筋書きは、悪魔によってお膳立てされているという気がする「間違いつづきの喜劇」から逃れたいという彼の欲求の表れである。彼の日記の編集者も、悪魔のゲームのモデルを呼び出し、ミクーリンがラズーモフとの間で行った「巧妙な虚偽の」対話を叙述するが、この叙述の中でラズーモフは深い哀れみをもって「誘惑された魂」と解されている（三〇五頁）。しかし、当然のことながら、ラズーモフはこうしたことに気づかない。このこと以上に注目すべきは、彼の虚構の生における最高の神意は彼を創造した作者であり、コンラッドがこれらの対話を組み立てているということであって、ラズーモフにはそれがわかっていないということなのだ。それらの対話はロシア人に限らない人間一般の「巧みに過ちを犯す才能」の豊かさを皮肉にも証し立てているのであり、またラズーモフの痛いところをぐさりと衝き、内面的な苦しさのあまり戸外の「空気」（三三四頁）を吸いたくなり、誠実さと解放への欲求を刺激するように精密に練り上げられている。こうして手際よく運命の逆転が行われてラズーモフに救いの手が差しのべられ、彼は懺悔へと駆り立てられるのである。

第二部と第三部におけるラズーモフとの虚偽の対話はすべて、目もくらむばかりの誤解や半面だけの真理や嘘や沈黙から成り、ここでは、シェイクスピアにおけるのと同じように、すべての人物が常に本心以上のことを言ったり伝えたりし、「神」としての作者が、ラズーモフの「事件」について「じっくり語る」（三〇六頁）一方で、欺いているのではとの警戒心を我々に起こさせる。ミクーリンやT—将軍とは違って、コンラッドは彼の秘かな「限りなき力」を使い、苦しみの拷問と嘘の牢獄から主人公を解放し、無知の落とし穴からナターリアを解放し、そして一杯食わせる小説から読者を解放するのである。

ラズーモフはナターリアに書き残す告白を、「私は独立しています——したがって永遠の破滅が私の運命なのです」（三六二頁）という挑戦的な調子で終えている。彼の恐ろしい運命の中心で悲劇的な逆説を示す作家の慈悲深い神意のおかげで、彼の最後の自己造型は結局間違いであることが判明する。結末では、テクラに介護され、肉体に傷を負うことで精神的に浄化されたラズーモフは、最後にやっとロシアの中に、生まれてこのかた与えられずにいた「物質的な」また「精神的な避難所」（三二頁）を見出す。聴力を失い、「大衆の合議」からは遠い場所に身を置いて、ラズーモフは独立を得て自らの声を見出す。今や革命家たちは、彼の辺鄙なつつましい住居を、邪魔するためではなく意見を聞くために訪れる。というのも「彼には思想がある」し、「話がうまい」（三七九頁）からである。ソフィア・アントノーヴナは彼の思想についてもその話の価値についても詳しく述べはしない。しかしそれらの思想は、ラズーモフの日記が手渡される正確ないきさつを我々が最終的に知ることになった時のある注目すべき場面で明示されることになるのだ。老教師はロシアに帰る用意を整えた愛しいナターリアに最後の訪問をする。彼女は彼に、「私のヴェールに包まれて」送られてきた「まだ生きているもの」であるところのラズーモフの日記を手渡す。彼女は語り手に、日記を読むあいだずっと、「あの方を公平に評価して」、自分は確かに「無防備だった」ことを忘れないでいてほしいと指示する（三七五―七六頁）。

　語り手の嘲笑的な脱線と時折見せる鈍感さとよそよそしさにもかかわらず、この「平たい包み」は、ナターリアの自己認識と世界認識を変容させたように、人間を解放する力を秘めているために、生命を保っている。ナターリアは「私は無防備でした。そしてあの方は……」と言って、思考を完結させない。しかしながら、今回は途切れた発話がつながりを断たれているわけではない。むしろこの発話によって我々は、老教師が見通していたように、ラズーモフが彼女を愛していたこと、それゆえ無知の落とし穴から彼女を解放してやりたいと望んでいたことを認めることになるのだ。彼女は今や「奉仕に労を惜しむ」（三七八頁）まいと心に決めてロシアに帰ることができる。たとえ、彼女の自由と公正への献身がひどい政治的状況の網にからまっていること、兄が解釈を誤った熱烈な革命主義者であったこと、そしてあらゆる理念が発話と言葉に内在する二重性から逃れられないということをわかっているにせよ。

　伝達にまつわる問題を扱ったこの一節は、小説の冒頭の数節（それは「現実の大きな敵」としての言葉への率直な絶望を表明する文章で始まった）で記されていた語り手の想像力欠如表明を繰り返し持ち出してくるものだ。しかし我々が今手にしているラズーモフの日記をベースにしたこの本は――ラズーモフの懸賞論文の「インクで黒くしただけの紙くず」（六八頁）とも走り書きのスパイ報告書とも違い、またラスパラの革命的機関紙『生きていることば』やピョートル・イヴァノヴィッチの自伝や「人間性を高めるという確固たる目的をもって書かれた他の書物」（一二五頁）とも違って――我々の共同作業がそれを再活性化したために、実際に「まだ生きている」のである[*10]。ナターリアのヴェールに包まれて届けられ、彼女の苦しみと純粋さと無防備さと、そして彼女の持つ贖罪の力とを象徴するこの日記は、語り手が冒頭の一文で自分にはないと認めた「想像力と表現力の高い才能」を実証している。この才能のおかげで、コンラッドは「目に見える世界に最大限の公正な形を与え」、かつ「あらゆる創造物との隠れた仲間意識」（『ナーシサス号の黒人』「序文」三九、四〇頁）を喚起したいという彼の願望の証《あかし》である一つの「生きた形」を読者のために創り出すことができたのだった。付け加えるならば、とりわけ「たいへん苦しい目」（三七六頁）にある時、コンラッドは、「人間を直接掌握する」（『密偵』六七頁）ために、さまざまな困難にもかかわらず言葉と現実を隔てるヴェールを取り除こうと奮闘する。この本を読むといくつかの誤った解釈のひどい循環やこの本の経験を形作っている相反する諸解釈モデルを前にして読者はわけがわからなくなる感を当初抱くが、最終的には、老教師の例のシニシズムが提示する読みよりも寛容で許容範囲の広い悲劇的な読みが生み出される。人間につきまとい、ロシア的様相を帯びた時にはひどく恐ろしい姿で現れる相容れない諸対立にもかかわらず、この「道徳的発見」は解放、行動、啓発へと向かう働きをしているのである。

原注

（1）コンラッドがポーランドから何を受け継いだのかという論争の的となる問題に関心のある読者は、まずナイデルの『一族の目に映じたコンラッド』と『コンラッドのポーランド環境』を参照するべきだろう。またブッシャの論文、スミス編『ジョウゼフ・コンラッド』の「西欧の眼の下に」所収のキャラバインの論文、ホッジズ、ミウォシュ、モーフの著書、本書第1章のノウルズの論文も参照のこと。

（2）コンラッドはどうして『西欧の眼の下に』を書くことになったかを説明するために『個人的記録』に「くだけた序文（‘A Familiar Preface’）」を書いた（『書簡集』第四巻、四七七頁参照）。その中でコンラッドは、作品の個人的な由来については、「想像上の出来事と人物たちに囲まれた虚構の世界の中で唯一の現実である」小説家の生きかたの中に求められねばならないと述べ、「そういった出来事や人物について書くことで、作家はただ自分自身について書いているのである」と告白している。スミス編『ジョウゼフ・コンラッドの「西欧の眼の下に」』所収のキャラバインの論文（一―三七頁）を参照のこと。

（3）一九一一年十月二十一日号の『ネーション』紙に掲載され、シェリー編『コンラッド――批評の遺産』（二三七―三九頁）に再録された無署名の書評〔訳注――紙面では無署名だが、実際の執筆者はエドワード・ガーネット〕と、一九一一年十月十四日号の『サタデイ・レヴュー』紙に掲載され、キャラバイン編『ジョウゼフ・コンラッド――評論家による評価』第一巻（三三九頁）に再録された匿名の書評を参照のこと。

（4）コンラッドがこの小説を執筆するのに困難を極めたことを論じた評論と、初期段階の原稿、改訂原稿、最終段階の原稿を論じた評論を収めた、スミス編の評論集を参照のこと。

（5）『西欧の眼の下に』には書くという行為への、また構成や作者という存在、解釈といった問題への言及がたくさん見られる。このテーマの議論に関しては、フライシュマン、ホーソン、カーモード、シュリーファー、スィッチャを参照。カーモードへのキャラバインの回答については、キャラバイン編『ジョウゼフ・コンラッド――評論家による評価』（一八七―二一〇頁）を参照のこと。

（6）セーヴソンは、コンラッドのシニシズムの使用をニーチェのそれに関連づけ、本小説が確実に「現代のロシアに生き残っている、主人と奴隷の社会に固有の道徳的現象」という「道徳的発見」（四八頁）を含んでいると結論している。一方、シュリーファーは、ロシアの「神秘主義」に対する語り手の態度はそれ自体シニカルであるという。ベアトゥーの『ジョウゼフ・コンラッド――円熟期』（一六〇―八五頁）も参照のこと。

（7）一九〇二年十二月二十二日のコンラッドのエドワード・ガーネットに宛てた書簡を参照（『書簡集』第二巻、四六八頁）。スミス編書に所収のキャラバインが論ずるには、ポーランドの影を取り込んだ小説の最初の草稿を完成させた後の一九一〇年一月の神経衰弱は、自らのポーランドでの過去や来歴と折り合いをつけることが自分を滅ぼすとのコンラッドの予感を証明している。ミウォシュと、さらにナイデルの『一族の目に映じたコンラッド』に所収されているコジェニョフスキが息子の洗礼式の日のために書いた詩「息子へ」（三二一―二三頁）も参照のこと。

（8）先行の批評家の大半が気づかずにいることは、語り手が読者を面食らわせる理由は、コンラッドが長い時間をかけ苦労してこの小説を書き上げたので、相反する大量の役割、機能、人物、特徴、声、意見をこの語り手が溜めこんだことにあるということである。こうしたものの中には、ラズーモフの日記のナイーヴで分裂した編集者兼注釈者、コンラッドのポーランド的偏見を遮《さえぎ》る目隠し、そして西欧的価値観の代弁者といった役割が含まれる。さらにまた、第二部以降、語り手は自身の物語る話においても、続くラズーモフの日記においても一登場人物の役を演じることにより、コンラッドの、自らの主題に対する意識の変化を反映させる媒体となっている。こういった問題に注目していたスィッチャは尊敬すべき例外である。

（9）反射人物の意義の説明としては、ヘンリー・ジェイムズの英文全集ニューヨーク版第十一巻（『メイジーの知ったこと』「瞳孔」「郵便支局にて」）（一九〇八）の「序文」を参照のこと。なお、この「序文」は、『ヘンリー・ジェイムズ——文学批評』の一一五六—七二頁に翻刻されている。ウェイン・C・ブースの『フィクションの修辞学』はこのテーマを扱った古典的著作である。

（10）コンラッドの書簡と序文が率直に示しているように、彼は読者反応批評の中心的主張を先取りしていた。コンラッドは、「読者の中に幻影を喚起することを目的とした」自分の「語りの作法」は、「読者が作者と協力する」ことを意味することを知っていた（『書簡集』第一巻、一八九七年九月六日、三八一頁［ウィリアム・ブラックウッドに宛てた手紙］／第二巻、三九四頁［一九〇二年三月二十二日付、ハリエット・メアリ・ケイプスに宛てた手紙］）。

訳注

〔1〕一八九九年十月九日付、ヒュー・クリフォードに宛てた手紙。

〔2〕一九〇八年一月六日付、ジョン・ゴールズワージーに宛てた手紙。

〔3〕一九〇八年一月六日付、ジョン・ゴールズワージーに宛てた手紙。

〔4〕一九〇八年一月七日付、J・B・ピンカーに宛てた手紙。

〔5〕一九〇七年十月七日付、R・B・カニンガム・グレアムに宛てた手紙。

〔6〕中編小説「万策尽きて」の主人公。

〔7〕原文 'inform against themselves' が「自らを密告する」すなわち「他者に密告されるというのではなく、自らを密告する」と「自身に不利な情報を提供する」の語呂合わせになっている。

〔8〕一九一一年十月二十日付、オリヴィア・レイン・ガーネットに宛てた手紙。

〔9〕 視点人物は起こった出来事を読者に反射して見せる「鏡」である、というヘンリー・ジェイムズの考え方をいう。

引用文献

Berthoud, Jacques. *Joseph Conrad: The Major Phase*. Cambridge: Cambridge University Press, 1978.

Booth, Wayne C. *The Rhetoric of Fiction*. 2nd edn. Chicago: University of Chicago Press, 1983.［米本弘一・服部典之・渡辺克昭訳『フィクションの修辞学』、書肆風の薔薇、一九九一年］

Busza, Andrzej. ‘Conrad’s Polish literary background and some illustrations of Polish literature on his work’. *Antemurale* 10 (1966), 109–255.

Carabine, Keith. ‘Construing “secrets” and “diabolism” in *Under Western Eyes*: a response to Frank Kermode’. In *Conrad’s Literary Career*. Ed. Keith Carabine, Owen Knowles, and Wiesław Krajka. Boulder: East European Monographs, 1992, pp. 187–210.

‘“The figure behind the veil”: Conrad and Razumov in *Under Western Eyes*’. *Joseph Conrad’s ‘Under Western Eyes’: Beginnings, Revisions, Final Forms—Five Essays*. Ed. David R. Smith. Hamden, CT: Archon Books, 1991, pp. 1–37.

Carabine, Keith, ed. *Joseph Conrad: Critical Assessments*. Robertsbridge: Helm Information, 1992.

Conrad, Joseph. *The Nigger of the ‘Narcissus’*. 1897. Ed. Jacques Berthoud. Oxford: Oxford University Press, 1984.

Lord Jim, A Tale. 1900. Ed. John Batchelor. Oxford: Oxford University Press, 1983.

‘The Mirror of the Sea’ and ‘A Personal Record’. 1906 and 1912. Ed. Zdzisław Najder. Oxford: Oxford University Press, 1988.

The Secret Agent. 1907. Ed. Bruce Harkness and S.W. Reid. Cambridge: Cambridge University Press, 1990.

The Shadow-Line and Within the Tides. London: J. M. Dent & Sons, 1950.

Under Western Eyes. 1911. Ed. Jeremy Hawthorn. Oxford: Oxford University Press, 1983.

Fleishman, Avrom. ‘Speech and writing in Conrad’s *Under Western Eyes*. In *Joseph Conrad: A Commemoration*. Ed. Norman Sherry. London: Macmillan; New York: Barnes and Noble, 1976, pp. 119–28.

Fogel, Aaron. *Coercion to Speak: Conrad's Poetics of Dialogue*. Cambridge, MA: Harvard University Press, 1985.

Hawthorn, Jeremy. *Joseph Conrad: Language and Fictional Self-Consciousness*. London: Arnold; Lincoln: University of Nebraska Press, 1979.

Hay, Eloise Knapp. *The Political Novels of Joseph Conrad: A Critical Study*. Chicago: University of Chicago Press, 1963; rev. edn. 1981.

Hodges, Robert F. *The Dual Heritage of Joseph Conrad*. The Hague: Mouton, 1967.

James, Henry. *French Writers. Other European Writers. The Prefaces to the New York Edition*. New York: Library of America, 1984.

Kermode, Frank. 'Secrets and narrative sequence'. *Essays on Fiction: 1971–82*. London: Routledge & Kegan Paul, 1982, pp. 133–55.

Miłosz, Czesław. *Kultura*, February 1956, 60–80. Reprinted. *Mosaic* 6.4 (1973), 121–40.

Morf, Gustav. *The Polish Heritage of Joseph Conrad*. London: Samson Low, Marston, 1930; New York: Richard R. Smith, 1931.

Najder, Zdzisław, ed. *Conrad's Polish Background: Letters to and from Polish Friends*. Tr. Halina Carroll. London: Oxford University Press, 1964.

Conrad under Familial Eyes. Tr. Halina Carroll-Najder. Cambridge: Cambridge University Press, 1983.

Palmer, John A. *Joseph Conrad's Fiction: A Study in Literary Growth*. Ithaca: Cornell University Press, 1968.

Rosenfield, Claire. *Paradise of Snakes: An Archetypal Analysis of Conrad's Political Novels*. Chicago: Chicago University Press, 1967.

Saveson, John E. 'The moral discovery of *Under Western Eyes*'. *Criticism* 14 (1972), 32–48.

Schliefer, Ronald. 'Public and private narrative in *Under Western Eyes*'. *Conradiana* 9.3 (1977), 237–54.

Secor, Robert. 'The function of the narrator in *Under Western Eyes*'. *Conradiana* 3.1 (1971), 27–38.

Sherry, Norman, ed. *Conrad: The Critical Heritage*. London: Routledge & Kegan Paul, 1973.

Smith, David R., ed. *Joseph Conrad's 'Under Western Eyes': Beginnings, Revisions, Final Forms—Five Essays*. Hamden,

CT: Archon Books, 1991.

Stine, Peter. 'Joseph Conrad's confession in *Under Western Eyes*'. *Cambridge Quarterly* 9.2 (1980), 95–113.

Szittya, Penn R. 'Metafiction: the double narration in *Under Western Eyes*'. *ELH* 48 (1981), 817–40. Reprinted. *Critical Essays on Joseph Conrad*. Ed. Ted Billy. Boston: Hall, 1987, pp. 142–62.

Tanner, Tony. 'Nightmare and complacency: Razumov and the western eye'. *Critical Quarterly* 43 (1982), 197–214.

Watt, Ian. *Conrad in the Nineteenth Century*. Berkeley: University of California Press, 1979; London: Chatto & Windus, 1980.

Zabel, Morton Dauwen. Introduction. *Under Western Eyes*. New York: Doubleday, 1963, pp. ix–lviii.

第8章 後期小説

ロバート・ハンプソン［Robert HAMPSON］
岩清水由美子（訳）

比較的最近までコンラッドの後期小説は批評家から軽視され、かつ過小評価されてきた。一九五〇年代には、ダグラス・ヒューイット、トマス・C・モーザー、アルバート・J・ゲラードが、コンラッドの後期小説は、『ロード・ジム』、『ノストローモ』、『密偵』といった彼の「円熟」期の小説が遂げた達成の後の衰退を示すと主張した。これらの批評家たちは、コンラッド批評の方法論を確立し、コンラッドに関するその後の評論はほとんどこのパラダイムの範囲内で行われてきた。[*1] これに異議を唱える声もあった。たとえば、M・C・ブラッドブルック、ポール・ワイリー、ウォルター・F・ライトは、衰退はなく、コンラッドの後期小説は道徳性を肯定する小説として称えられるべきだと主張した。そしてこの二十年間に、第三のアプローチ（研究法）が次第に現れてきた。これは後期小説が道徳性を肯定していると思われることに対してではなく、むしろ小説の新しい様式と技法に工夫を凝らしていることに対して積極的な評価を下している。このアプローチは最初モートン・ドーウェン・ゼイベルの論文によって概略が示され、ジョン・パーマー、ロバート・セカー、ゲアリ・ゲッディスによってさらに進化した。たとえばゲッディスは、一九五〇年代の批評家たちは「コンラッドにとってもはやもっとも重要ではなくなった小説の様式と技法を偏愛した」ために彼の小説の目的を理解できなかったと主張した（『コンラッドの後期小説』一頁）。さらにゲッディスは、五十年代の批評家のアプローチは「自己のドラマを提示する小説」に片寄った評価を持つものであったために、後期小説における「コンラッドの、道義的責務に対するより広い、より社会的な表明」に対応できなかったと論じた（同書、五頁）。最近の批評は、「道義的責務」を力説することも、コンラッドの後期小説に特徴的な、幅広い解釈を許す探求を適切に評価するうえで不適当であると示唆しているようだ。コンラッドが、後期小説において、初期の作品とは違う様式と技法を発展させることに関心を持っていたことは確かだ。後期小説群は、モーザーが論じたように、疲弊した作家が古い主題に回帰したというようなものではなく（『ジョウゼフ・コンラッド――達成と衰退』一八〇頁）、引き続きコンラッドの関心をとらえた主題にとってだけでなく、新たな主題にとっても適切な小説形式を試す継続的実験の場であった。実際、後期小説における女性とセクシュアリティに対するコンラッドの特別の関心は、ジェンダーの問題に対する最近の批評的関心に見事に合致することがわかったのである。[*2]

I

軽視され、過小評価されるというパターンを取らなかった後期作品の一つは、『陰影線』である。たとえばF・R・リーヴィスは、一九五八年にこの作品を「コンラッドの天才的才能の中心的なもの」と評した。この批評は、『陰影線』は一九一五年に書かれたが、多くの点で「古い主題」と古い様式に回帰していると言っているのとおそらく同じであろう。[*3] コンラッドは作家代理人J・B・ピンカーにこの作品を「いくぶん『青春』風の古い主題」を持つものだと説明したからである。[*4]「青春」と同様、物語はコンラッド自身の体験、この場合は、一八八八年にオターゴ号で指揮を執った経験に直接基づいている。しかし「青春」と違って、『陰影線』の語りは〈語りの中の語り〉として展開しないで、「秘密の共有者」のように、語り手の一人称的回想という形式をとっている。やはり「秘密の共有者」と同じく、『陰影線』は初めて船長を務める者の孤独に関わるものであり、船旅の記述は、若かりし頃の自己が「無垢から経験へ、そして若さから成熟へ」と進む歩みを描くために使われているのである（シュウォーツ『コンラッド——後期小説』八二—八三頁）。

『陰影線』は語り手の若かった自己が危機の時期を経験する話で始まるが、それは「若さと成熟の間のあの薄明の境域」（『陰影線』二六頁）の特徴として提示されている。彼は航海士としての仕事をやめ、英国に戻るための船を待ちながら、高級船員用の海員会館に入って行く。そこで彼は船長が亡くなった船の指揮を執る機会を思いがけなく提供され、「私の職業に対する最後の試金石」（四八頁）としてこの機会に飛びつく。ストーリーはそのあと若い船長の期待と経験による挫折という観点から構成される。船長は自分の新しい役割を初めは「自己の人生における諸問題すべてを魔法のように解決してくれる場」と見なすが、「道義的責務、心理的発見、社会的責任が織りなす複雑なネットワーク」を伴うものであることがわかる（ワット「ストーリーと思想」一三八—八九頁）。当初期待していた「もっと熱烈な生」の代わりに、「手足もろとも縛られて」自由な行動を取れない自分に船長は気づく（一〇七頁）。船長は、前任者であった「一連の人々」（五二頁）を通して船長職がつぎつぎと継承されていったことに精神的支えを見出すのではなく、強烈な「道徳的孤立」を経験する（一〇六頁）。その後、船が直面するさまざまな危機の中で、彼は自分が裁かれ、船員仲間から役不足と見なされているように感じる。しかし最後は、後ろめたさや自己不信の感情に対峙することを通して、彼は専門的職業人としての自己実現を遂げる。『ナーシサス号の黒人』や『ロード・ジム』のように、『陰影線』は個人と専門的職業の関係について語っている。青年船長は、『ロード・ジム』のフランス軍中尉のように、「他人と同様ひどく不安であるのかもしれない」が、彼の行為は、義務、仕事、責任という船乗りの価値観と一致するものでなければならないのだ（シュウォーツ『コンラッド――後期小説』八二、八五―八六頁）。

『陰影線』は、商船という男性世界の内部で、成熟した個の確立《アイデンティティ》に至るまでの通過儀礼を詳しく物語っている。しかしながら、これはこの話が扱っている唯一の境界線ではない。正気と狂気、自然と超自然、生と死の「陰影線」もまたある。たとえば、ランサムは職務への忠誠を絵にかいたような人物であるだけではなく、心臓が悪いために、死が間近に迫っていることを絶えず連想させる人物である。船長が学ぶことは、ほぼ間違いなく、ランサムが肉体的に具現していること、つまり自分自身の弱さを十分意識しながら職務を遂行すること、「不確かな海で困難な天職」に従事していることである。『陰影線』という題名が注意を引こうとしている境目の状態と移行の瞬間は、コンラッドの後期小説に繰り返される特徴である。特に、死はますます注意の焦点となる。しかしながら、『陰影線』以外のほかの後期小説においては、「不確かさ」は主題だけでなく形式にも影響を及ぼしている。コンラッドは、虚構性をさまざまに志向した小説を生み出すために、彼の先行作品に常に存在していた形而上学的、認識論的懐疑を前面に押し出すのである。

II

一九一四年一月に出版された『運命』は、一見「古い主題」への回帰に見えるかもしれない。「青春」、「闇の奥」、『ロード・ジム』と同様に、『運命』はマーロウを語り手として、船長、船、海に関わる話を語っている。しかし、その主題的関心は初期の小説のそれとまったく違っていて、マーロウはまったく異なったやり方で使われている。実際、この小説に対する初期の批評の不満のいくつかは、明らかにこの新しいマーロウに対する失望感から生じた。[5] これはマーロウの性格描写の変化を反映していたが、コンラッドの作者としての戦略を読み違えたことにもよる。初期の批評家たちは、「闇の奥」と『ロード・ジム』の繊細で探究心旺盛なマーロウ、どうやら信頼できる解説者であり、解釈者のように読めるマーロウを望んでいた。これに対して、こちらのマーロウは鈍感で、無責任で、信頼できないように思えたのである。最近の批評は、この無責任なマーロウを失敗としてではなく、意図的な語りの戦略として受け入れている。[6] また長い間『運命』は、ジェイムズ的小説を試みながらも失敗に終わった作品と解されてきた。このような読み方への道を開いたのは、マーロウの語りを「あばかれた事件という大地の広がりの上を、主観が延々と旋回しながら飛んでいるようなもの」(「新しい小説」)として、戸惑いを感じつつもこれを称えた、ヘンリー・ジェイムズ当人のこの小説に対する評論であった。たとえば、グレアム・ハフは、語り手が次々に変わることに対するジェイムズの批判を繰り返した。ハフは「測り知れない手法の確かさ」をほめたが、「現実から一段階離れたところに、それどころか数段階も離れたところに引き留められているようなかすかに不安な感じ」(「『運命』とジョウゼフ・コンラッド」二一七頁)を指摘した。しかしながら、この語りの基盤となっているのは、まさに「現実性」の不確かな状態なのである。マーロウは「青春」の中で自分自身の話を語り、「闇の奥」と『ロード・ジム』の両作品で、自分と他者との相互作用を探求したのに反して、『運命』の前半部では二回しか会っていないフローラ・ド・バラールについて論じ、後半部では一度も会ったことがないアンソニー船長について論じることに、ページを費やしているのである。

『ロード・ジム』におけるのと同じように、マーロウは一連の目撃者によってもたらされる詳細な情報から帰納して、自身の語りを構成している。しかし『運命』では、マーロウは自身の論評が推測的な性質を帯びていること、自身の語りが必然的に虚構的な性質を帯びていること、この二つをともに強調している。これは一つには、マーロウの語りの方法の模範が実はジェイムズ的小説ではなくて、エドガー・アラン・ポーやアーサー・コナン・

ドイルの探偵小説であるからだ。「盗み取られた弟の事件」（『運命』一四八頁）、「姿を消すパウエルのなぞ」（二五八頁）、そしてアンソニーの船ファーンデイル号上での「不安な気持ちにさせる心理学的な船室のなぞ」（三二五頁）といった表現のように、語りは明確に一連の神秘な出来事として組み立てられている。この小説は、それ自体優れて自意識的なジャンルを自意識的に使っている。トドロフは、探偵小説は「一つではなく二つのストーリー、つまり犯罪のストーリーと調査のストーリーを含んでいる」と指摘した（『散文の詩学』四四頁）。そしてこの二つめのストーリーは、それ自体を語りとしても明確に意識している、探究的で解釈的な語りなのである。

　このような探偵小説の使い方と対となるような特徴がこの小説のほかの部分にも認められ、そのことは騎士道ロマンスを自意識的に用いている点に顕著である。コンラッドはすでに『ロード・ジム』において、冒険ロマンスをこれと同じように用いていた。前半部は、ジムが好んだ「休暇に読む一連の娯楽文学」（『ロード・ジム』五頁）である海洋小説のモチーフ（巻末の文芸用語解説を参照）から出発しつつも、そのモチーフを反転させているが、パトゥーサンでは、ジムは冒険ロマンスの世界において、この世界とその慣例にとってのみふさわしい英雄になることが許されている。そしてこの冒険ロマンスの世界と慣例は、ジムの抱く自己像ともつれあい、ついにはジムの英雄としての資質が疑われることになるのである。同じような手法で、『運命』では騎士道ロマンスとの密接な結合が誇示されている。すなわち「乙女《ダムゼル》」と「騎士《ナイト》」という二部からなる『運命』は、一連の救出劇として読むことが可能である。マーロウはフローラを自殺から救い、アンソニー船長はフローラと駆け落ちすることによって彼女を救い、ファイン夫妻は悪巧みを企てる女家庭教師から見捨てられたフローラを救い、後には、親類による虐待からフローラを救うのである。探偵小説の利用と同様、騎士道ロマンスとの結合は登場人物と一定の距離を置いておくための技巧であるが、この距離取りの技巧もまた、マーロウがアンソニー船長の自己像と見なしているものへの批評の一部をなしている。いやそれ以上に重要なのは、その自己像の中核をなす男らしさ《マスキュリニティ》が騎士道的構造をなしていることへの批評の一部になっていることである。

ファーンデイル号上で起こる出来事に関するマーロウの解釈は、アンソニー船長の自己否定的決意がこの騎士道的規範から来ていると断定している。ジムのように、アンソニーは理想化した自己像のために自分を犠牲にしかねない人物として描かれている。『ノストローモ』におけるチャールズ・グールドや『勝利』におけるアクセル・ヘイストと同様に、アンソニーは父から継承したものによって形作られている（それどころか損なわれている）が、彼の自己像がある独特な男らしさの構造と関連しているのは、まさにこの点においてである。彼の自己否定的決意は、父の詩の中のことば「我々の時代の家庭と社会の快適さ」（『運命』三八頁）を理想化して思い描いたことから来ているが、同時にマーロウは、その詩の「極度に洗練された基準」（三二八頁）と、詩人の家庭生活に示される「原始時代の穴居人の気質の痕跡《こんせき》」（三八頁）とのずれを強調する。カーリオン・アンソニーとその息子を通して、コンラッドは騎士道的な男らしさを批判し、男性による女性の理想化を批判しているのである。カーリオン・アンソニーは詩の中では女性を理想化しながら、現実には二人の妻の身も心もズタズタにしてしまったのに対し、息子は、その騎士道的振舞いによって自分自身が苦しむだけでなくフローラをも苦しませる。アンソニー船長の男らしさというものに対する概念が、彼自身の性的欲望の力を軽視し、フローラの要求と欲求を読み誤らせる。コンラッドは、フォードが『善良な兵士』（一九一五）の中で展開することになる、騎士道的心理から男は苦悩する女を救出しようとするが、実はその女の苦悩に性的刺激を感じているという見方を、暗に示してもいるのだ。かくして女は、騎士的欲望のシナリオの中で、犠牲者としての曖昧な位置づけがされているのである。

一九一二年十月から一九一四年七月に書かれた『勝利』は、このようなテーマを探究し、この探究をより明白な手法的実験と結びつけている。この小説を理解する一つの鍵は、セカーが「移動するパースペクティヴ〔1〕の修辞《レトリック》」と呼んでいるものである。視点の変化は、さまざまな意識の状態、価値観の体系、知のさまざまな方法を具体化する。「諸々の事件には、さまざまな人物によって、あるいは同一の人物によってでさえ、時が違えば違って理解される特性」(『勝利』二四八頁)があり、語りの方法は、登場人物たちがいかに自分だけの虚構の世界に住み、めいめいが自分だけの独特の限られた見方を持って生きているかを示している。

『勝利』は、「外地」(三頁)に根を下ろした私たちの仲間の一人としか身元が確認できない名前のない語り手によって始まる。彼はヘイストを直接知っているわけではないと主張するが、マレー諸島のヨーロッパ人のうわさ話から、そして特にヘイストの失踪に関するデイヴィッドソンの調査をたどることによって、ヘイストについての語りをつなぎ合わせる。第二部になってやっとヘイストの視点に移り、彼の内面世界が示される。ここまで名前のない語り手は、ヘイストの控えめな態度、優しさ、紳士らしさに注意を向けてきたが、第二部で、ヘイストの一連の放浪譚、つまり「苦しむことなく人生を通り抜ける」方法として選んだ「計画的で絶え間のない放浪」の有様が明らかにされる(九〇頁)。彼の合理主義者としての懐疑と同情的な気質との葛藤、自分の意思で決めた現実世界からの離脱《ディタッチメント》と自己の抑圧されたさまざまな側面との葛藤が示される。つづいて語りはリーナの視点に移り、ヘイストを理解しようとする彼女の試みが示される。この語りによって、ヘイストにとっては単に優しさの表れにすぎないものを、リーナがヘイストとは異なる階級の立場からいかに読み誤り過大評価しているか、リーナの自己に対する過小評価がいかにヘイストの感情表現の欠如に対する彼女の解釈だけでなく、それに対する反応をも決定づけているかが、示されるのである。なかんずく興味深いのは、リーナが日曜学校で教わったことや女らしさ《フェミニニティ》というものに対するヴィクトリア朝的な価値観に影響され、性愛的な感情を理想主義的な自己犠牲に置き換えるシナリオを自分自身のために書いてしまっているということを、語りが示していることである。ヘイストとリーナが隠棲《いんせい》した島にジョーンズとその仲間が侵入したことにより、リーナは贖罪《しょくざい》のドラマに身を投じる好機を得るが、このドラマの情感を伝える言葉遣いと組立ては、感傷的ロマンスに由来するものである。[*(7)]

作品の出だしからコンラッドは、知覚と認識の進行過程や解釈の限界に注意を向けている。小説が進行するにつれ、誤解が語りの展開の中できわめて重要な役割を果たすようになる。プロットの鍵となるのは、ショムベルクのヘイストに対する悪意のある誤解である。この誤解が次にはジョーンズとリカードウによるヘイストに対する誤解へとつながり、つづいてヘイストとリーナがたがいに複雑な誤解をしあう描写が、最終章で読者の持続的な注意の焦点となるのである。

『勝利』はまた演劇的な提示方法と〈分身〉を用いることによって、解釈者としての読者に多くの負担を強いる作品である。コンラッドは、一九〇四年、短編小説「明日」を一幕物の『もう一日』に脚色したとき、はじめて戯曲に手を染めていた。コンラッドは、一九一三年の春、『勝利』を執筆しながら、コンラッドは友人のパーシヴァル・ギボンと劇を合作する可能性を探っていたし、この小説を完成させる前の一九一四年三月には、A・C・ブラッドリーの『シェイクスピアの悲劇』(一九〇四)を読んでいた。戯曲に対してコンラッドが改めて抱いた関心の一つの効果は、対話の扱い方に明らかである。つまり『勝利』とこれに続く小説群において、彼は客観的に表現された対話とアクションをしばしば利用し、動機と言外の意味を推理させる余地を読者に残したのである。[*(8)]

分身技法は、コンラッドが初期の小説から使っていた技法である。『勝利』では、ショムベルクとヘイストの間にある明白な物語上の類似点がある。二人ともリーナに関心を持っているし、二人ともジョーンズとその仲間に対処する方法を見つけなければならない。このショムベルクとヘイストの立場上の類似点が、二人の間にさらに別のより微妙な類似点を発生させる——いや類似点と言ってよさそうなものが、からかい気味に示唆されるのである。たとえば、ショムベルクのジョーンズとリカードウに対する対応の仕方は、ショムベルクの内面の感情と彼の主張する自己《アイデンティティ》との相違をあばく。つまり、「この二人の男に対して内心卑屈な態度をとっていることに気づくと、ショムベルクはいつもグッと胸を突き出し、しかつめらしい表情を装った」(一二二—一二三頁)。ショムベルクの軍人らしい外観は、恐怖感と無力感を補うものである（かつそれらの感情の表れである）ことは明白であるが、同時に彼の外観は、「肩幅の広い軍人らしい風采」であるにもかかわらず「戦闘的な男」（九頁）ではないヘイストを映し出してもいる。そういうわけで、分身技法は男らしさを探究する手段である。ヘイストとショムベルクを通して軍人的な意識の男らしさが疑問視され、ともに「紳士」であり放浪者として関連づけられたジョーンズとヘイストを通して「紳士らしい」感情表現の欠如、男性的な超然たる態度、同性愛、女性に対する恐怖と嫌悪が探究されるのである。二つの場合ともに、登場人物間に設定された一そろいの関係は問題提起をしてはいるが、答えを与えていない。その代わり、彼らの間の類似点をほのめかすことで、コンラッドは読者に男らしさ、男のセクシュアリティ、性の駆引きに関して幅広い解釈のできる探究を可能にしているのである。

III

『勝利』は新しい領域を切り開いているが、コンラッドの後期の作品において主要な関心となるはずのものをもっともはっきりと提示しているのは『運命』である。その中心にフローラ・ド・バラールという人物がいる。マーロウの語りは、フローラが崖のふちに現れたことから彼女がそこに来ることになった事情へとさかのぼる。すなわち父の経済的成功と失敗、女家庭教師の拒絶にあったことによるフローラの精神的外傷、その後の彼女の人生に起こるさまざまな出来事によって強まった存在論的不安が語られる。続いてマーロウは、アンソニーとフローラの結婚が成立した「船室の謎」に解釈を加えながら、フローラの存在論的不安とアンソニーの騎士道的な男らしさとの相互作用について思いをめぐらす。フローラは後期小説における最初の傷ついた女性である。彼女は『勝利』のリーナ、『黄金の矢』のリータ、『放浪者』のアルレット、そしておそらく『サスペンス』のアデルにも先行する女性なのである。

『運命』における語りの複雑さも、後期小説に共通の特徴に先鞭をつけるものである。『運命』が「まさにその構造」において明らかにしようとしているのは、「男性的言説の形と意味が女性主体に押しつけられることが決定づけられている中にあって、そうした男性的言説の上方、下方、あるいは周辺に、みずからの声を聞き届けさせようとする女性たちのあがき」を示す好例である（ネイデルハフト『ジョウゼフ・コンラッド』一一〇頁）。それは「フローラを助けようと企てているように見えるが、実は彼女の声を消すことに躍起になっている」「さまざまな男たち」（同書同頁）を描いている。ロバーツはこの考えをさらに推し進め、小説中の男たちの間で繰り広げられる女性に関する言説《ディスコース》の流通とは「男の無知を秘密に共有しあうことであり、恐怖と情欲とのひそやかな結託」（「秘密の主体と秘密の客体」九七頁）にほかならず、これと同じことが語りの外側で、マーロウと男性読者との間でも起こると論じた。この二つの特徴は、ともに『黄金の矢』の中で再び現れる。

『黄金の矢』は一九一七年から一九一八年にかけて執筆されたが、着想も題材も新しくなかった。『黄金の矢』と、コンラッドの自伝的書き物である『海の鏡』および『個人的記録』との間に関係があるのと同様に、『黄金の矢』には、コンラッドの初期の未完小説「姉妹たち」と明らかに類似する点がいくつかあるからだ。初期の評論家《コメンテイター》たちは、『黄金の矢』の自伝的正確さに気をとられるあまり、作品批評を怠ることになった。なぜなら、コンラッドの伝記を通してのアプローチは、『黄金の矢』の書き方とムッシュー・ジョルジュの語りの機能を二つとも読み誤るからである。[*9] 批評家たちは、この小説を（コンラッドが題材に近づきすぎ、青春の思い出にひたりすぎているとほのめかしつつ）むらのあるロマンスと読む傾向があった。しかし皮肉《アイロニック》で破壊的な要素に注目すれば、そのような読み方は防げただろう。[*10] ワイリーの共感的で洞察力に満ちた初期の評価は、「感覚の幻影を客観的に写し出す」コンラッドの手法に注意を向け、『黄金の矢』以外に、コンラッドが散文における画家としてこれほどしっかりと描いている小説はない」（『コンラッドの人間尺度』一五八、一六三頁）と論じた。その例として、ワイリーが挙げたのは、リータの描写（『黄金の矢』六六頁）、姉テレーズの明暗対照法《キアロスクーロ》による描写（一三八―三九頁）、ブラント大尉の母親ブラント夫人を描くのに用いているグリザイユ〔灰色の単色で浮き彫りのように描く装飾画法〕的描写（一八〇頁）である。実際、コンラッドはほとんどすべての登場人物について同じような簡潔な描写《ヴィネット》を行い、それぞれどの場合にも、散文における画家的な効果を生み出しているだけでなく（たとえば、フォードが一九〇六年の小説『第五番目の女王』で行ったように）、視覚的芸術に明らかに当てはまる効果を生み出している。『黄金の矢』の語りを特徴づけているのは、ワイリーが示唆したように、感覚的印象を客観的に転写しているところではなく、むしろ自意識的なまでに審美的な言葉で、描写を系統立て意味づけしているところである。*(11)『勝利』におけるのと同様に、語りの手法はさまざまな視点を拠り所にしていて、そうした視点のおのおのがそれぞれ異なる方法で目に映るものの意味を解釈していくのだが、このとき自意識的なまでに審美的な見方を用いながら視覚の対象物に迫っていくのである。

　ムッシュー・ジョルジュによる解説が語りを構成するために、さまざまな見方の中で彼の見方がもっとも重要である。にもかかわらず、彼は信頼すべき唯一の解説者ではなく、『運命』のマーロウのように、信頼できない、鈍感ですらある語り手である。「姉妹たち」の若い男性の主人公は複雑な性格を与えられていたが、ムッシュー・ジョルジュははるかに単純な若者である。ジョルジュ本人のジェイムズ的言い回しによると、ジョルジュは「うるわしいほど物を考えず――限りなく受け身である」（八頁）。ジョルジュが暗に述べているように、もし彼が何かを表しているとすれば、「それは感情の完全な若々しさとすがすがしい無知」（三一頁）である。そしてムッシュー・ジョルジュの語りに枠組みを与える技法として「二つの覚書」を使っていることが（ムッシュー・ジョルジュの書いたテクストをまとめ、そのテクストからすぐれたものを選んだ「編集者」の技法と相まって）、さらに彼から語りの権威を奪っている。

物語は、「私があの女性を知らなかった人生のあの時期の最後の晩」(一一三頁)と語り手から見なされている謝肉祭の終わり頃、マルセイユのカフェで始まる。『陰影線』の若い船長のように、ムッシュー・ジョルジュは若さと成熟とを隔てる境界線を横切るだろうし、そうした境界線の横断が彼を「狂気といってもいいところまで、それどころか、狂気を越えたところまで」連れて行くだろう(トリヴァー「コンラッドの『黄金の矢』」一四九頁)。語り手ははげしい愛の目覚めを物語るが、焦点は彼の欲情の対象であるリータに当てられている。というのも、語りは登場人物同士との間に、そして語り手と読者との間にリータのイメージを広めているからである。

第一部の大半は、ミルズとブラントとの間で交わされる議論と、ムッシュー・ジョルジュがそれに耳を傾けている叙述で占められている。この議論は、リータに関する一連のイメージと印象を提示するものである。*(12) リータはまず、彼女の人生の途上で、画家であり蒐集家でもあるアレーグルの果たした役割によって具象化される。アレーグルから受けた保護とその結果をあれこれ話し合うミルズとブラントとの対話を通して、リータは消費と交換(消費あるいは交換)の対象として提示されるのである。つまり、彼女は男性の凝視の審美的対象、男性の欲情の性的対象、そして男性的言説の中の偶像である。リータは、彼女の「分身」、つまりアレーグルの絵の活動期間にリータの代わりをした人形によっても客体化され、この人形がムッシュー・ジョルジュにとっても読者にとっても、リータに代わる女の働きをし続ける。さらに、この「手足をなくした人形」(一一二頁)は、男性の凝視に内在するサディズムばかりか、凝視する男たちがその上にさまざまな役柄と自己《アイデンティティ》とを投影する肉体としてのリータの役割をも暗示しているのである。

ムッシュー・ジョルジュが第二部でついにリータと会ったとき、彼が彼女とすぐに一体化したということ——そして「私たちがお互いに相手について知らなければならないことはそれ以上何もなかった」(七〇頁)という彼の結論――は、ロバーツが論じたように（「凝視と人形」）、リータが自分自身に関して述べていることに、ムッシュー・ジョルジュは耳を傾ける必要がないと感じていることを意味する。リータの言葉は、ムッシュー・ジョルジュの自己愛《ナルシシズム》的な関与と自己愛《ナルシシズム》的語りを積極的に問題にし、これを覆《くつがえ》そうとするものであるが、それを妨げるまでには至らない。それどころか、ムッシュー・ジョルジュは、愛を最愛の人との同一化にあるとひたすら考えつづける。しかしこのような考えかたは、明らかにリータの主体性を無視しているために、男性による客体化と私物化の別名にすぎない。ムッシュー・ジョルジュはリータの言葉を無視するが、読者は無視すべきではない。たとえば、彼女とアレーグルの最初の出会いに関する二つの説明の違いが、このことをはっきり示している。「彼女は湿った草の中に足を下ろし、ボロボロの本を読みながら、何か古い手すりの破片のような石の上に座っていた」（三四頁）というブラントの説明は、牧歌的な純真さを一枚の絵として提示する。感傷的なヴィクトリア朝の風俗画を思わせるこの描写は、幼年時代の純真さというイメージでリータを描くものであり、彼女のセクシュアリティについてブラントが抱える問題から直接派生している。この最初の出会いについてのリータ自身の説明は、重要な解釈のし直しを迫る。ブラントの絵のような説明が、リータを男性の凝視――アレーグルの凝視、ブラントの凝視、彼の聞き手の凝視、そして連座する男性読者の凝視――の受身の客体として固定するのに対し、リータの説明は、彼女の静止状態が積極的に選択したものであることを強調している。ブラントがリータのセクシュアリティと折り合いがつけられないのに対し、リータのほうはブラントをはっきりと理解していることは、彼についての彼女の論評および彼女の彼との対話から明らかである。ブラントの場合と同様、リータはムッシュー・ジョルジュの彼女に対する読み取り方に対しても、繰り返し異議を唱えている。ムッシュー・ジョルジュはリータを美化し、自分とリータは子供のようだという退行的空想に耽っている。彼は沈黙との親しい語らい、あるいは絶対的なものへの溶解を求める。そしてリータを「すべての女性に内在する密かで理解しがたいあの何か」（一四六頁）を体現する謎と見なしている。彼は、リータをどうしても生身《なまみ》の一個の人間としてはとらえようとしないのである。

かくしてリータは、男性的言説の「上方に、下方に、さらには周辺に」自分の声を聞き届けさせようとあがく（ネイデルハフト『ジョウゼフ・コンラッド』一一〇頁）。ムッシュー・ジョルジュの語りの中では、男性は能動的で支配的で欲情的であり、リータは欲情の対象として位置づけられ、男性的言説に巻き込まれているが、ムッシュー・ジョルジュがしばしばリータの「誘惑」に触れることからわかるように、彼女は欲情する性的主体としての位置を与えられていない。「誘惑」はリータの演じる能動的な役でもないし、リータの男性に対する欲情をいくらかでも表現するものでもない。それどころか、リータの「誘惑」は、彼女から欲情も主体性も奪いながら、彼女を男性の欲情の記号表現へと還元しているのである。ムッシュー・ジョルジュの言葉遣いには有無を言わせない力があるので、ジョルジョの語りの中に隠された語り、すなわち、リータの女性に対する関係や、間接話法によるリータの「共通の人間性」に対する関心（九一頁）を伝える語りを見逃してしまいそうである。したがって、「完全さ」を力説するジョルジョの語りと、リータを理想化し、美化し、普遍化し、あるいは本質化しようとする男性の試みの真実さにも疑いがもたれることになる。

第三部において子供時代のオルテガとの関係について物語るリータの説明は、ブラントの報告にもあるように、当時のリータが抱いた感情は恐怖感でしかなかったことを説明するが、後の事件の展開から明らかなように、これは彼女を形成するに至った精神的外傷《トラウマ》の説明としては不完全である。リータの最初の説明は、オルテガに対する彼女の性的欲求を除外している（あるいは過小評価している）が、彼女が認める必要があるのはまさにこの欲求である。オルテガによって地下壕に閉じ込められたというリータの報告は、語りのクライマックスで、リータとムッシュー・ジョルジュがオルテガに鍵のかかった部屋に閉じ込められるという形で再演される。オルテガは、男性の女性に対する意識の投影の極端な例を表わしている。オルテガのリータに対する苦痛に満ちた欲求と憎悪は、小説中の男性的言説に疑いを投げかけ、かつそれを覆してしまうのである。ちょうどブラントとオルテガがムッシュー・ジョルジュの分身として現れる場面が、リータに対するムッシュー・ジョルジュの「愛」を問題視し、その「愛」が一つの模範あるいは理想として浮上することを妨げているように。同様に、子供時代のオルテガとの「戯れ」について語るリータは、ムッシュー・ジョルジュが彼女との関係に投影している牧歌的な子供時代のイメージを覆しているのだ。

鍵のかかった部屋でオルテガとのトラウマ的な子供時代の経験が再演されるうちに、リータはこれらの記憶から解放されると言ってもいいだろう。ムッシュー・ジョルジュは精神分析学者としての役割を占めていると見なすことができるだろうし、したがって彼がその場面を目撃することは、彼女の性的欲求の男の側からの正当化という観点から考えることができるかもしれない。しかしながら、この重大な転換点の後、ムッシュー・ジョルジュは、「まるで自分がもう一人のオルテガでもあるかのように一種の狂乱状態で」（三二八頁）叫んでいるのに気づく。そして翌朝リータがムッシュー・ジョルジュから飛びのいたとき、「教えられ、疑念を抱いた、憎しみにも似た大人の苦々しさが私の心から湧き出した」（三三四頁）と彼は表現する。彼が意図する「大人の男」とは、これにさらに言葉を続けて、自分はオルテガがかつてしたように「石を投げたりはしない」と言う場面に暗示されている（三三四頁）。この挿話は、リータを彼女のトラウマ的記憶から解放するというよりもむしろ、ムッシュー・ジョルジュの中にオルテガの感情に似た感情を放出したように思える。そしてムッシュー・ジョルジュの経験が成熟への過程を表しているとすれば、この段階ではオルテガが彼のお手本であるようだと言わざるをえない。

二番目の覚書も同様に、小説の結末部にいくつもの疑問を投げかけるものを含んでいる。二番目の覚書は牧歌的な「危うい至福」を描いてはいるが、この「至福」はジョルジュの至福の投影にすぎないという可能性が残っている。語りの中でジョルジュは自分を理想の恋人と見なしているが、理想の恋人というより、知らず知らずのうちに、他者を私物化する男性を演じているだけなのかもしれない。これに対する答えが何であれ、この二番目の覚書では、リータの姿は、ムッシュー・ジョルジュとミルズとの最後の会話のやりとりが示されるまで、神秘のベールに包まれ続けるのである。ミルズによると、リータはムッシュー・ジョルジュの人生の「高潔さ」のため、愛のチャンスを「犠牲にした」ことになっている。しかしながら批評家ロバーツが論じたように、ミルズはムッシュー・ジョルジュが聞く必要があると感じていることを語っているという可能性が常に存在する。いや、リータが自己の「高潔さ」を守るために行動したことを、ミルズ自身理解できずにいるという可能性さえも常に存在するのである。

興味深いことに、二番目の覚書の編集者は性《ジェンダー》が指定されていない。しかしこの覚書が「女性を知る人」（おそらく女性である人々とは異なるグループだろう）に話しかけている形をとっていることは、『運命』と同じように、語りの内部で流通している女性についての言説が、語りの外部で、男性編集者と男性読者の間で再生されていることを暗示している。つまり、（最初の覚書の）元々のテクストは女性の読者に話しかけられていたのに対し、編集者は女性の聞き手を抑圧し、テクストを改訂して男性の読者のために充てたのである。そこにはいないリータについて、ミルズとムッシュー・ジョルジュとの間で交わされた最後の対話と、排除された女性の聞き手の頭越しに編集者が（男性）読者に話しかけることとのあいだには、平行関係が成立している。そして男性たちの対話場面からリータが消えているのは、リータが締め出されているというよりは、むしろリータが自己の高潔さを救うために能動的に男性の語りからそっと逃げ出し、男性の語りをかわしたものと見なすことができるかもしれない。

IV

『黄金の矢』が「若きユリシーズ」を中心人物としているのに対して、一九二一年十月に書き始められ、一九二二年七月に完成した『放浪者』は、船乗りの帰郷を描いている。語りはジャン・ペロールが長期間を海で過ごした後、フランスに戻る話で始まる。リータ・ド・ラスタオラやフローラ・ド・バラールのように、ペロールは、子供時代に彼の性格を決定的に形づくった経験を持っている。彼の場合、少年時代に体験した母の死というトラウマ的経験が、「新しく、説明できない人生の状況」（『放浪者』二五頁）を受け入れる方法として、感情的な自己隠蔽を生み出した。冒頭の数章では、ペロールの感情表現の欠如は、故国からの疎外感の反映として描き出されている。しかし彼の感情表現の欠如が深奥部での敏感な感受性を覆い隠しているように、彼の疎外感もにわかには理解しがたいものであることがわかる。語りはペロールには疎外感と帰属意識が同時に存在することを明らかにし、フランスを四十年間離れている間に失ったものと得たものを、彼が絶えず探っている様子を示す。同時に、フランス革命と革命後の変化のさなかにおける彼の無法者としての経歴は、小説の筋運びの背景として小説全編に流れる絶えざる変化と不安定さ――いやそれどころか、「危うさ」と言ってもいい状態――の雰囲気づくりにも寄与している。

ペロールのトラウマによる人柄の変化はまた、革命によって精神的に傷つくアルレットとレアールという二人の中心人物の登場への伏線となっている。アルレットの錯乱は、両親の非業の死と彼女自身がツーロンの大虐殺に巻き込まれたことの結果である。レアールは、アルレットと同じく両親を革命で亡くし、ペロールと同じく両親の死にさいしては、海上生活に逃げ場を求めた。やはりペロールと同じように、レアールも「あらゆる現象の危うさ」から「革命の孤児」がとらざるを得なくなった「仕込まれた控えめな態度」（七一頁）が身についている。

この三人の登場人物間の平行性は類似と反復の構造を示す一方で、彼らの人物関係が語りの中心をなしている。

『放浪者』を「芸術的な簡潔さの偉業」と自ら評したコンラッドの言葉は、むだのない語りにもっとも明白に証明されている。[*13] イメージの「強烈さと具象性」や語りの「緊張感」、小説の最後の数ページに「小説の出だし部分の人物と場所の描写から、次第に展開していった事件の頂点」を置くというやり方は、正当に評価されてきた（ゲッディス『コンラッドの後期小説』一七九、一七四―七五頁）。語りは一連の謎が部分的に重なり合いながら進んで行く。ペロールの動機と目的に関する謎、アルレットのふるまいに関する謎、イギリス船の任務の謎、シモンズの失踪の謎、そしてレアールの個人的で職業的な動機の謎というように。これらは『勝利』の技法をさらに進化させたものである。さまざまな理由から、主要人物たちは互いに孤立している。アルレットとセヴォーラは、異なった形で精神に錯乱をきたし、レアールとペロールはともに無口な秘密の所有者である。物語は視点の注意深い操作と語りのパースペクティヴ（語り手の視点からの空間的・時間的展望をいう。語りの遠近法）の巧みな移動を通して進行する。

金《きん》を詰め込んだペロールのベスト、つまり最初に服を脱いだときに明らかになる「彼ののろのろした動作の秘密」（一一頁）は、この小説の数多い秘密の最初のものにすぎない。これらの秘密は、鍵をかけられた部屋という小説全編に浸透するモチーフの中で具体的に形象化されている。たとえば、第三章でセヴォーラは、アルレットの両親の死に関する簡潔な説明の中で三角帆船《タータン》（地中海の一本マストの帆船）に言及する。第七章では、ペロールが自分が買いとろうとする三角帆船は、「あたかも船内に秘密か宝物でもあるかのように」船室のドアに「巨大な南京錠」がついていて、これがセヴォーラが話題にした例の舟であることに気づく（八四頁）。この三角帆船が示す最初の秘密は、ツーロン大虐殺にその舟が一役を担《にな》ったという残虐な記憶である。したがって、三角帆船はアルレットの精神状態を決定づけた要素の記憶の象徴として機能し、三角帆船の外観を変えたペロールの行為は、アルレットとレアールに対するペロールの影響力を物語ることになる。三角帆船は後にシモンズをつかまえて監禁するというもう一つ別の「秘密」(一〇一頁)と結びついて、プロットに対してさまざまな含みを持つことになる。三角帆船は、この水兵(シモンズ)の謎めいた失踪を説明し、レアールとの「午前中の対話」(一二六頁)の間ペロールが気にしていたことを遡《そ》及《きゅう》的に明らかにし、イギリス人に対抗して三角帆船が使われることの伏線になっている。しかし三角帆船にシモンズが閉じ込められた事件はまた、「沿岸の兄弟」と共に過ごした時期に関するペロールの記憶のいくつかを解き放つ結果をもたらす。このことはペロールの老化の過程を簡潔に具象化したものであると同時に、三角帆船の巧みな操縦と長期にわたる海上生活とを結びつけてもいる。シモンズを閉じ込めるための船室の使用はまた、それが後でセヴォーラを拘禁するための牢獄として使用され、最後に埋葬の部屋として使用されることへの伏線になっている。シモンズの代わりにセヴォーラを鍵をかけた船室に監禁する出来事は、フランス革命の殺人の罪を浄化する儀式で最後に執り行う一連の代替行為の一つである[*14]。

　三角帆船の南京錠をかけられた船室のモチーフと対位法的に絡み合っているのは、アルレットに関連して使われている鍵をかけられた部屋とかけられていない部屋というもう一つのモチーフである。第一のモチーフが死の方向に向かう物語の重要な一部であるのに対し、第二のモチーフは愛の物語と関わっている。第一に、ツーロンからエスカンポバール家に連れ戻された直後、カトリーヌはアルレットをセヴォーラの性的関心から守るために部屋に閉じ込めた。後にアルレットは、レアールの部屋に閉じ込もってレアールのことをあれこれ考えるが、ドアに鍵がかかっていることで、アルレットのレアールに対する恋心がセヴォーラにばれてしまう。さらにもっと後になると、アルレットは自分が理性を取り戻しただけでなくレアールを愛していることをも示すために、一緒にレアールの部屋に閉じ込もる。鍵をかけられた部屋は、今度は二人がはじめてほんとうに意思を通じ合うための空間となるのである。対照的に、この決意を生み出した決定的な出来事は、この家の他の住人が隣の台所にいる間、鍵をかけられていない部屋、広間《サル》で起こる。アルレットとレアールはこの出来事に対してそれぞれ別個の説明をする。このように、両方の場合ともに、鍵をかけられた部屋と鍵のかかっていない部屋で起きる出来事が並置されているのである。

『放浪者』は、まさに観察し、解釈し、問題解決する小説である。ペロールとレアールはイギリス船アミーリア号を観察し、「見張り」に多くの時間を費やすが、そのアミーリア号もフランスの沿岸を観察している。翻ってこのことは、家庭内に存在する監視システムと相似形をなしていると見ることもできる。レアールはアルレットとペロールを観察し、ペロールはレアールとアルレットを観察し、カトリーヌはアルレットを見守り、アルレットはレアールを見守る。そしてセヴォーラは、偏執症的に革命に対する警戒心を持ち続けている。アルレットを見守ることに協力するよう読者は促されるが、これには多少医学的な観察に似たものがある。彼女の落ち着かない目と「ドレスをかき集めるように胸に抱え込んでいる」（四二頁）彼女の指は、明らかに神経症の徴候を示しているからである。

しかしながら、観察し徴候を読み取るということは、不確かなことである。というのは、『勝利』が示すように、それは読み取りと読み誤り、解釈と解釈の誤りをともに引き起こすからである。『放浪者』では、語りのパースペクティヴと焦点化（フランスのジェラール・ジュネットの提唱した概念。焦点化という概念で、〈眺める〉という行為を規定した）が変わるにつれ、読者はその特権的な位置から、秘密、不思議な出来事、誤った解釈への洞察が与えられる。たとえば、「何ものをもってしても変えられないような場所」（五六頁）と評しているが、このコメントは、見当はずれである。皮肉なことに、エスカンポバール家はボルトがそれを今では懐かしく思い出しているというまさにその理由から、部分的に変わってしまっているからである。実際、こんなふうにアルレットの両親を訪れたことをボルトが追憶する場面から、読者は、彼らが敵のイギリスと接触していたとの確証が得られるのだ。これとは別の箇所では、たとえばペロールとレアールとが結託して自分にとって思わしくないことを企てているとセヴォーラが確信する場面では、セヴォーラの偏執症的語りは、誤った関連づけを作り上げることで解釈のパロディ化と転覆が図られる。逆に最後の章では、レアールは一見つながっていないように見える二つの出来事から、ペロールの運命を推論しなければならない。すなわち、ペロールの乗る三角帆船をアミーリア号が観察し追跡したという出来事と、一隻の三角帆船が翌日軍艦によって銃撃されたといううわさ話からである。読者は、再びイギリス側の視点から二つの出来事をつなぐ物語を与えられたのである。

『放浪者』における凝視の性質についてのコンラッドの探求はさらに続く。たとえば、ペロールがはじめてアルレットを見たとき、アルレットが欲望の対象として見られていたように、後のレアールとアルレットとの関係も主として視覚によるものである。両方の場合ともに、アルレットの目覚めを特徴づけるのは力関係の逆転である。アルレットは、「黒い、抗しがたい自らの一瞥《いちべつ》から必死に視線をそらそうとするペロールの眼」(一七五頁)を捕えることによって、彼から情報を聞き出そうとする。そしてもっと後になると、アルレットはレアールを見るために窓辺へ連れて行き、「彼女の深遠な黒い目が、(中略)探るような占有するような表情で彼の目を覗きこんだ」のである(二二五―二二六頁)。この二つの例ではともに、アルレットは凝視の主体として「男性的な」役割を演じている。実際、アルレットとレアールの関係全体が視覚によって跡づけされていて、両者の関係における危機は、レアールが何かの拍子に「彼女を見ているところを見つけられる」(二一二頁)時に生じている。アルレットの「この世の驚くべき新発見」(一六〇頁)はこの出来事によって引き起こされ、その新発見に関する彼女の説明には、凝視の演出が伴っている。見つめたり見つめられたりすることが交互に行われることで、彼女は自己認識に至り、他者の凝視に「当惑することなく」(一六一頁)対応することができるようになるのである。

V

コンラッドの最後の小説『サスペンス』は、一九二五年に死後出版された。初版の序文の中でリチャード・カールは、この小説をコンラッドが「長期間にわたって熟考したナポレオン時代を舞台にした小説」であると評し、『放浪者』は「より長い『サスペンス』という物語から示唆を受けた幕間の作品にすぎない」（『サスペンス』序文六頁）と指摘した。『黄金の矢』が二つの「覚書」によって枠組みが与えられているのに対して、『サスペンス』を効果的に枠づけしているのは、コズモ・レイザムとアッティリオの二度の出会いである。この小説の冒頭部分での出会いは、ジェノア港を見下ろす塔上で起こる。小説の結末部分での二回目の出会いは、同じ塔の基底部で始まる。最初の出会いは、さまざまな点で二回目の出会いへの伏線になっている。最初の出会いでアッティリオがコズモに、きみの友人や宿屋の召使いがきみの「長い不在」を「心配しだしているかもしれない」という懸念を表明する（七頁）。両者の二度目の出会いは、コズモの謎めいた失踪に対する解決を与えるが、実は、この失踪は宿屋にいる彼の友人と召使いを慌てさせていた。二回の出会いのいずれにおいても、コズモはアッティリオの「謎めいた仕事」を快く手伝う（一三頁）。おそらくもっと重要なのは、最初の出会いの後、コズモが再びアッティリオに会いたいという気持ちを表現していることである。そのあと、この願望に対する意識は、コズモが従僕に与えた、アッティリオから目を離さないようにという指示の形で継続し、その結果、小説の結末部分でこの願いがかなえられるのである。この物語の連鎖は、少年が少年に会い、少年が少年を失い、再び少年が少年に会う、というものであると言ってもいいかもしれない。確かに、異性間のロマンスは不可解なものとして提示されている（ダルマン侯爵夫人に対するコズモの父の愛であれ、侯爵夫人の令嬢アデルに対するコズモ自身の愛であれ）のに対して、男同士の関係は顕著に前面に出ている。

しかしながら、最終章はコズモとアッティリオを再び会わせるだけではなく、警備されたジェノアの港からボートで脱出する旅についての長々しい話で終わる(「救助者」の原稿も、リンガードとトラヴァース夫人が小さなボートで境界線へ、すなわちダラテス・サーラムのまわりを囲む浅瀬への入口を示す珊瑚礁のほうへ出帆する長々しい話で終わる。この出帆のさい、リンガードは昔の自分を捨て、衝動と欲望と愛欲の人生という、別の生き方に身をゆだねるのである。『サスペンス』も同じような境界を越えることで終わる作品である)。コズモはアッティリオと共に行動することに身をゆだねるが、これはまた未知なるものに深く関わることでもある。「どこへ、何の目的で行くのかもわからないまま、ある秘密の仕事を課せられている男の命令どおりに、(中略)ひそかに旅立つ」(二七〇頁)。同時に、コズモをボートに乗せて港の向こう側へ渡すために寝ているところを起こされた老船頭も自身の境界線を越える。アッティリオが発した最後の言葉は、ボートの舵を取るという「最後のちょっとした仕事」を、おそらくは「イタリアのために行った」老船頭に捧げる追悼の辞なのである(二七四頁)。『放浪者』と同じく、『サスペンス』は政治的大義に仕えた老人の死とともに終わる——いずれの場合にも、歴史的に見ればその犠牲が無駄に終わったことが暗示されているけれども。

フォードの後期小説と同様に、『サスペンス』は二、三日間の出来事を物語っているが(ここではコズモがジェノアで過ごす三日間である)、それらの出来事はより大きな時間の遠近法の中で扱われている[*15]。たとえば、第一部はコズモとアッティリオを紹介した後、読者を革命前のフランスと、イタリアでコズモの父が青年期に体験した波乱に満ちた出来事へ、すなわち父とダルマン侯爵夫妻との友情や、これに続く父とモリー・アストンとの結婚へと連れ戻す。第二部は、コズモがアデルと彼女の夫デ・モンテヴェソ伯爵と出会ったことや、コズモがジェノアの政治世界の中へ導かれる経過で占められているが、ロンドンで始まったアデルの結婚生活と、第一帝政期におけるアデルのパリでの生活へのフラッシュ・バックも含まれていて、そこでは、彼女の結婚も第一帝政もいわば仮面舞踏会として表現されている。アデルがリータを演じるのに対し、コズモはムッシュー・ジョルジュを演じている。つまり純真な若者と、さまざまな経験をしたことで老成し、頑なになった若い女性とが演じ分けられているのである。第三部は、コズモの失踪につながる出来事を描いている。ここでもやはりフォードの後期の小説と同様、『サスペンス』も「謎《ミステリー》」をかなり多用している。第四部ではコズモの失踪の謎は解決されるが、小説の結末部ではそれ以外の多くの謎が未解決のままである。アッティリオとデ・モンテヴェソ伯爵双方の政治的陰謀は謎に包まれたままであるし、コズモのアデルへの明白な愛は展開しないままである。そしてアデルが実は彼の異母妹であるかもしれないという可能性は、強い仄《ほの》めかしのままである。クレリアの正体、クレリアとデ・モンテヴェソ伯爵との関係、クレリアのコズモに対する欲望も探求されないまま残されている。しかしながら、もっとも大きな謎は、コズモを逃走へと促すトラウマ的瞬間である。

> 彼女（＝アデル）は、彼がレイザム・ホールで見た何かの絵の中で、彼に予告されていたにちがいなかった。その館《やかた》では、予期しない場所、階段の踊り場、暗い廊下の突き当たり、予備の客用寝室で、絵に（たいていはイタリアの画派の絵だが）出くわすのだった。暗い背景から輝くように浮き上がる瓜実顔《うりざねがお》――高貴な全身像の女性が、宝石をちりばめた留め金付きのベルトでとめた長い着衣を身につけ、頭と胸を真珠で飾り、書物とペンを持ち（いや、あれは椰子だっただろうか）、狭い額縁から歩み出してきた――そうだ！　彼は恐怖におびえながらはっきりとそれを見た――彼女の左胸には、短剣が突き刺されていたのを。（一九五頁）

この詳細な描写は、解釈へといざなう。キリスト教の図像学では、椰子は殉教者を象徴する。書物とペンは（椰子ではなくペンだったとして）聖人を、たとえばアレクサンドリアの聖カタリナ〔紀元二八七―三〇五年〕キリスト教の聖人で殉教者。「十四救難聖人」の一人〕か、聖バルバラ〔実在したかどうかははっきりしない半伝説的な三世紀の聖女で、「十四救難聖人の一人」〕のような聖人を連想させる。しかし図像学が二人の聖人のうちどちらかに必ずしもぴったり当てはまるとは言えず、衣服はどちらの聖人のものでもない[*16]。この女性が殺されたのか、自殺したのかは不明である。さらに重要なのは、なぜこのことがコズモにとってトラウマ的経験であるのか明らかではないし、またこれが彼にとって何を意味するか、彼に関連してこのことをどのように解釈すべきかも明らかではないことである。言い換えれば、彼の失踪の説明は、単に答えが見つからない疑問をいくつか提起するだけなのだ。

それでもやはり、未解決の謎と答えの見つからない疑問というこのような不確定な背景をバックにしても、この物語のある特徴、特に男同士の絆と英雄的男性にたいする強調と、女性の身体に向けられた暴力の印象的なイメージがくっきりと浮かび上がっている。女性の絵画的描写を繰り返し用いた小説で、主人公が経験するトラウマにこのようなイメージが付きまとっているという事実は、たぶん、結婚におけるアデルの自己犠牲をコズモが衝撃を受けつつも認知していたということを、いやひょっとすると、この結婚における彼女の運命を予知すらしていたということを示唆するだけでなく、男性の凝視のサディズムをも必然的に示唆しているのかもしれない。

ローラ・マルヴィによれば、女性が凝視の対象である場合には「男性の凝視と享楽のために提示された聖像《イコン》としての女性は、（中略）本来表象していた不安[2]を常に引き起こすおそれがある」という（『視覚的快楽とその他の快楽』二一頁）。マルヴィは男性の無意識に対して二つの逃げ道を示唆する。すなわち、最初のトラウマの再演（これには女性を詳細に観察し女性の神秘性を取り除くことが必要となる）か、でなければ呪物崇拝的視覚快楽嗜好《しこう》（フェティシスティック・スコポフィリア）（これは、見る行為における快楽と去勢[3]の否認との結合を示すフロイトの用語であるが）の再演である。『黄金の矢』と『運命』では、このトラウマの再演は男性の登場人物による語りの中だけでなく、編集者または語り手と、男性読者によって語りの外でも試みられている。一方、『黄金の矢』で行われているのは、リータを呪物崇拝的視覚快楽嗜好の対象として繰り返し描こうとする試みでもある。しかしながら、男性が男性の凝視の対象である場合は、その男性は「凝視のエロティックな対象ではなく、いっそう完璧・完全で、いっそう力強い、理想自我」の特徴を持つことになるとマルヴィは示唆している（同書、二〇頁）。焦点は、性的本能の代わりに、欲望を言語化する象徴秩序[4]において同一化過程がはたす役割へと移る。ペロールがレアールの保証人の役を務め、ジャイルズ船長が『陰影線』の語り手の保証人としての役を務めているのと同じくらい、ミルズとチェルヴォニがムッシュー・ジョルジュの成熟過程で後見人としての役を務めていることは、おそらく重要である。語りが焦点化しているとすれば、ミルズとチェルヴォニに対するムッシュー・ジョルジュの態度は、彼らとの自己愛的同一化として読むこともできる。同様に、『放浪者』におけるペロールの犠牲と勝利は、ネルソンとの自己愛的な同一化の意味合いを含み、『サスペンス』においては、コズモの語りは潜在的内容としてナポレオンとの自己愛的な同一化を含む、と言ってもいいだろう。この最後の二つの小説において、ネルソンとナポレオンは自己愛的同一化の物語における決定的不在物と見なすことができるだろう。同時に両作品のどちらにおいても、男性の肉体を眺めるという行為にはエロティックな感情が関与しているかもしれないが、その可能性は性的のぞき見趣味に固有のサディズムを戦いの場面で実演することによってしっかり抑制され、語りの焦点は男性の肉体から離れて代わりに儀式としての戦闘場面へと移行するのである。

だから、コンラッドの晩年の小説群が昔の主題に戻っているとすれば、もっとも初期の作品『オールメイヤーの阿房宮』や『島の流れ者』の特色をなした、女性とセクシュアリティに対する関心に戻っているということである。しかしながら、これらの主題は今や徹底的に異なる方法で検討され、表現されている。初期の作品では、絡まり合う人種とジェンダーの言説をヨーロッパ人とマレー人の異文化間の出会いの物語の中で扱っていたのに対し、地中海を舞台背景とした最後の三つの小説は、揃ってジェンダーの問題にいっそう鮮明な焦点を当てている。かつてコンラッドの「肌に合わない主題」と呼ばれていたものは、実は、繊細で複雑な分析を要する領域であることが最近の評論で明らかになったし、晩年の小説の歴史的で政治的な題材は、『運命』と『勝利』で始まった男らしさに関する徹底的な考察の基礎を提供しているのである。

原注

（1）この見方の影響が続いていることは、いくつかの比較的最近の研究に示されている。たとえば、ベアトゥー『ジョウゼフ・コンラッド——円熟期』、フォーゲル『発話の強要』、ゲコスキー『小説家の道徳的世界』、ロータ『コンラッドの語りの方法』、ラヴァル『失敗の芸術』を参照のこと。

（2）たとえば、ロバーツ編『コンラッドとジェンダー』所収のジョーンズ、デイヴィーズ、ロバーツの論文を参照のこと。

（3）『ジョウゼフ・コンラッド——達成と衰退』の中で、モーザーはコンラッドの創作力の衰えの時期を『陰影線』以後と定めている。ヒューイットは、後期作品群の価値を傷つけているのは、「懲りすぎたレトリック癖」にあるが、そうした「欠点のすべてから免れている」小説として唯一『陰影線』を選び出している。

（4）ピンカーに宛てた一九一五年二月三日付の手紙、ニューヨーク公共図書館、バーグ・コレクション所蔵。

（5）たとえば、ヒューイット『コンラッド——再評価』とモーザー『ジョウゼフ・コンラッド——達成と衰退』を参照のこと。

（6）たとえば、エルディナスト＝ヴァルカン「コンラッドの『運命』におけるテクスチュアリティと代理人」、ハンプソン「『運命』と秘密の生活」、ネイデルハフト『ジョウゼフ・コンラッド』を参照のこと。

（7）コンラッドの、独自の言葉遣い《イディオム》を介してのリーナの描き方を、『ユリシーズ』の「ナウシカア」の一章における、ジョイスのガーティ・マクダウェルの表現法と比較すること。

（8）一九一一六年の間、ベイジル・マクドナルド・ヘイスティングズとヘンリー・アーヴィングは、『勝利』を舞台用に脚色する提案をコンラッドに申し入れし、その後三年間にわたってコンラッドは『勝利』の劇化に非常に関心を持っていた。

(9) この小説の自伝的側面の議論については、ベインズ『ジョウゼフ・コンラッド——評伝』(五一—八〇頁)、カール『ジョウゼフ・コンラッド』(一五八—七八頁)、ファン・マルレ「陸にあがった若きユリシーズ」、ヴィジアック『コンラッドの鏡』(九九—一〇三頁)を参照のこと。

(10) エルディナスト=ヴァルカン「コンラッドの『運命』におけるテクスチュアリティと代理性」とロバーツ「秘密の主体と秘密の客体」は、これらの要素に注意を引き、この小説がロマンス文学の再評価と関わることを論じている。

(11) ビックリーとハンプソン「〈キスされた唇〉」〔訳注——イギリスのラファエル前派の画家、ダンテ・ガブリエル・ロセッティの描いた絵から〕、ゲッディス『コンラッドの後期小説』(九頁、一二一頁)もまた参照のこと。

(12) 『黄金の矢』のこの議論は、アンドルー・マイケル・ロバーツに負っている。

(13) ガーネットに宛てた一九二三年十二月四日付の手紙、ジャン・オーブリー編『ジョウゼフ・コンラッド——伝記と書簡』(第二巻、三二七頁)。ゲッディスによれば、「『放浪者』は自己の芸術とまさしく一つになった作家の作品である」(『コンラッドの後期小説』一八六頁)。

(14) この取替えについての人類学的読みについては、ハンプソン「フレイザー、コンラッドと〈原初的激情の真理〉」〔訳注——コンラッドの短編「フォーク」に用いられている語句から。フォークの言葉、顔つき、身振りを思い出すと、その話が本当にあった話と思えるだけでなく、原初的な激情の絶対的な真理を帯びてくるのであった〕を参照のこと。

(15) フォードの小説『神々にわずかに劣る』(一九二八)は、このナポレオン物語をフォード流に表現した作品である。

(16) この絵画の図像の主題と、『サスペンス』全体における絵画的描写については、ジョーンズ「ジョウゼフ・コンラッドの作品における女性描写」を参照のこと。

訳注

〔1〕 物語論を展開したジェラール・ジュネットの概念。語り手が対象(小説中のキャラクターの行動・思考形式、事件など)をどのように見ているか、対象がどのように見えるかということ。

〔2〕 ここでいう「不安」とは、性器を切り取られるのではないかという「去勢不安」「去勢コンプレックス」のこと。

〔3〕 精神分析では、「ペニス」は「万能であること」の象徴とされ、「自分が万能であることをあきらめる」ことを「去勢」

と呼ぶ。

〔4〕 精神分析学者ジャック・ラカン（一九〇一―八一）の用語。人間が言語によって、言語を通して、言語として構成する形の文化の秩序を「象徴秩序」と呼ぶ。

引用文献

Baines, Jocelyn. *Joseph Conrad: A Critical Biography*. London: Weidenfeld & Nicolson; New York: McGraw-Hill, 1960. Reprinted. Penguin Books, 1971.

Berthoud, Jacques. *Joseph Conrad: The Major Phase*. Cambridge: Cambridge University Press, 1978.

Bickley, Pamela and Robert Hampson. '"Lips that have been kissed": Boccacio, Verdi, Rossetti and *The Arrow of Gold*'. *L'Epoque Conradienne* 14 (1988), 77–91.

Bradbrook, M. C. *Joseph Conrad: England's Polish Genius*. Cambridge: Cambridge University Press. New York: Macmillan, 1941. Reprinted. New York: Russell & Russell, 1965.

Conrad, Joseph. *The Arrow of Gold*. 1919. London: Dent, 1924.

Chance. 1914. Ed. Martin Ray. Oxford: Oxford University Press, 1988.

Lord Jim, A Tale. 1900. Ed. John Batchelor. Oxford: Oxford University Press, 1983.

The Rover. 1923. Ed Andrzej Busza and J. H. Stape. Oxford: Oxford University Press, 1992.

The Shadow-Line. 1917. Ed. Jeremy Hawthorn. Oxford: Oxford University Press, 1988.

Suspence. Ed. Richard Curle. London: Dent, 1925.

Victory. 1915. Ed. John Batchelor. Oxford: Oxford University Press, 1986.

Erdinast-Vulcan, Daphna. 'Textuality and surrogacy in Conrad's *Chance*'. *L'Epoque Conradienne* 15 (1989), 51–65.

Fogel, Aaron. *Coercion to Speak: Conrad's Poetics of Dialogue*. Cambridge, MA: Harvard University Press, 1985.

Geddes, Gary. *Conrad's Later Novels*. Montreal: McGill-Queen's University Press, 1980.

Gekoski, R. A. *Conrad: The Moral World of the Novelist*. London: Elek, 1978.

Guerard, Albert J. *Conrad the Novelist*. Cambridge, MA: Harvard University Press, 1958.

Hampson, Robert. '*Chance* and the secret life: Conrad, Thackeray, Stevenson'. In *Conrad and Gender*. Ed. Andrew Michael Roberts. Amsterdam: Rodopi, 1993, pp. 105–22.

'Frazer, Conrad and the "truth of primitive passion"'. In *Sir James Frazer and the Literary Imagination*. Ed. Robert Frazer. London: Macmillan, 1990, pp. 172–91.

Joseph Conrad: Betrayal and Identity. London: Macmillan, 1992.

Hewitt, Douglas. *Conrad: A Reassessment*. Cambridge: Bowes & Bowes, 1952.

Hough, Graham. '*Chance* and Joseph Conrad'. In *Image and Experience: Studies in a Literary Revolution*. London: Duckworth, 1960; Lincoln: University of Nebraska Press, 1964, pp. 211–22.

James, Henry. 'The new novel'. In *Notes on Novelists*, London: Dent, 1914, pp. 273–78.

Jean-Aubry, G., ed. *Joseph Conrad: Life and Letters*. 2 vols. London: Heinemann; Garden City, NY: Doubleday, Page, 1927.

Jones, Susan. 'The representation of women in the works of Joseph Conrad', DPhil thesis, Oxford University.

Karl, Frederick R. *Joseph Conrad: The Three Lives—A Biography*. New York: Farrar, Straus and Giroux; London: Faber & Faber, 1979.

Leavis, F. R. 'Joseph Conrad'. *Sewanee Review* 66.2 (1958), 179–200. Reprinted as *'The Shadow-Line'* in *Anna Karenina and Other Essays*. London: Chatto & Windus, 1967, pp. 92–110.

Lothe, Jakob. *Conrad's Narrative Method*. Oxford: Clarendon Press, 1989.

Marle, Hans van. 'Young Ulysses ashore: young Korzeniowski's adventures in the Caribbean'. *L'Epoque Conradienne* 2 (1976), 22–35.

Moser, Thomas C. *Joseph Conrad: Achievement and Decline*. Cambridge, MA: Harvard University Press, 1957. Reprinted. Hamden, CT: Archon Books, 1966.

Mulvey, Laura. *Visual and Other Pleasures*. London: Macmillan,1989.

Nadelhaft, Ruth L. *Joseph Conrad*. Atlantic Highlands, NJ: Humanities Press; Hemel Hempstead: Harvester Wheatsheaf, 1991.

Palmer, John A. *Joseph Conrad's Fiction: A Study in Literary Growth*. Ithaca: Cornell University Press,1968.

Raval, Suresh. *The Art of Failure: Conrad's Fiction*. Boston: Allen & Unwin, 1986.

Roberts, Andrew Michael. 'The gaze and the dummy: sexual politics in *The Arrow of Gold*'. Third International Symposium of the Scandinavian Joseph Conrad Society, Lund and Copenhagen, September 1990.

'Secret agents and secret objects: action, passivity, and gender in *Chance*'. In *Conrad and Gender*. Ed. Andrew Michael Roberts. Amsterdam: Rodopi, 1993, pp. 89–104.

Roberts, Andrew Michael, ed. *Conrad and Gender*. Amsterdam: Rodopi, 1993.

Schwarz, Daniel R. *Conrad: The Later Fiction*. London: Macmillan, 1982.

Secor, Robert. *The Rhetoric of Shifting Perspectives: Conrad's 'Victory'*. University Park: Pennsylvania University Press, 1971.

Todorov, Tzvetan. *The Poetics of Prose*. Tr. Richard Howard. Oxford: Blackwell, 1977.

Toliver, Harold E. 'Conrad's *Arrow of Gold* and pastoral tradition'. *Modern Fiction Studies* 8.2 (1962), 148–58.

Visiak, E. H. *The Mirror of Conrad*. London: Laurie, 1955.

Wiley, Paul. *Conrad's Measure of Man*. Madison: University of Wisconsin Press, 1954.

Wright, Walter F. *Romance and Tragedy in Joseph Conrad*. Lincoln: University of Nebraska Press, 1949.

Watt, Ian. 'Story and idea in Conrad's *The Shadow-Line*'. *Critical Quarterly* 2.2 (1960), 133–48.

Zabel, Morton Dauwen. 'Joseph Conrad: chance and recognition'. *Sewanee Review* 53 (1945), 1–22. Reprinted as 'Conrad' in *Craft and Character in Modern Fiction*. New York: Viking, pp. 147–227.

第9章 コンラッドの語り

ヤコブ・ルーテ［Jakob LOTHE］
宮川美佐子（訳）

I

コンラッドの語りはきわめて精緻《せいち》で変化に富んでいるだけでなく、テーマとの関係においてもきわめて生産的である。すべての大作家に共通することだが、コンラッドの小説の内容はその語り方と切り離せない。この点を指摘することは、内容に対する全体的理解を重要視しないということではない。コンラッドの文学的想像力の修辞的説得力、イデオロギー的緊張、劇的な迫真性、持続的な関心と社会性は、多様で独特な語りの技法に依拠し、むしろそこから生じ形作られるものだと強調したいのである。したがって、コンラッドの語りを論じることは本質的な批評の試みなのだ。[*1] この章では、コンラッドの語りの技法のうち特に重要ないくつかの側面を扱う。時系列順に論を進め、コンラッドの主要作品の大半を網羅して、最後にコンラッドの語りの作品テーマに関わる意義について考察する。

　コンラッドの語りの劇的な迫真性とテーマの含蓄深さは、作品によってかなり違いはしても、語りの成功と書かれた時期の間には直接的な関係も明白な関係も存在しない。概して、『西欧の眼の下に』以降の作品の芸術性は次第に衰えていくものの、『勝利』「実話」『陰影線』などはきわだった例外になっている。より重要なことに、コンラッドの語りは非常に急速に成熟した。最初の小説『オールメイヤーの阿房宮』において、語りはオールメイヤーの不名誉な状況と不毛な夢をあばきだす主要な事件を示すだけでなく、貿易上の競争相手であるオールメイヤーを排除しようというアブドゥラーの計画を中心とする隠れたプロットをも示している。この隠れプロットは、初めて作品を読む時よりも再読で気づくことが多いが、主筋におけるオールメイヤーの人物造型を支える一方で、その結果をも予見させる（ワッツ『コンラッド入門』一一九頁）。コンラッド初の小説のわりに、『オールメイヤーの阿房宮』では言語化された思考を表現する技法もまた洗練されている。これは特に自由間接話法の使い方に当てはまるが、この技法はコンラッドに多大な「語りの柔軟性と流動性」を与えている（ホーソン『ジョウゼフ・コンラッド――語りの技法』一頁[*(2)]）。

『オールメイヤーの阿房宮』の二年後に、コンラッドはその語りの技法の進化において重要な『ナーシサス号の黒人』を出版する。この中編《ノヴェラ》は、種々の技術的な問題が目立つが、その欠点や矛盾を補ってあり余るほどの力強い語りのレトリックを備えている。このテクストについて手短に検討する前に、後でそれぞれのテクストを論じるさいの補足的な概念を紹介する基盤として、いくつかの理論的な考察をしておく必要がある。

語りという概念は包括的なものと理解される。すなわち、語りはコンラッドの文学的な世界を構成するさまざまな側面を明示するとともに、それらを一体化するものである。語りが提示し形作るこの世界は、虚構の世界である。起きたことを記録するというよりもむしろ、語りはより一般化されあまり明確でないレベルで、起こりうることを描き出す。〈歴史上の作者〉としてのコンラッドは書き手であり、虚構世界の設計者である。コンラッドはこの世界の外に留まるが、彼の見解、疑い、恐怖、希望等々の「名残」は作り出した作品中に見て取れる。そうした名残は、テクストの語りの言説から作り出される、作家の第二の自己ともいうべき〈含意された作者〉[1]という抽象的な概念の下に包含される。興味深いことに、「コンラッド」という時、我々が念頭に置いているのは含意された作者としてのコンラッド、すなわちその作品によって表される、あるいは作品から現れるコンラッドである。しかしながら、コンラッドにとっては現実の客観的な描写など存在しないため、「小説の対話的ダイナミズム[2]は（中略）複数のレベルで作用する。小説の形式と表象の有り様は、主人公の明確なまたは暗黙の言説とちょうど同じくらいイデオロギーに満ちている」（エルディナスト＝ヴァルカン『ジョウゼフ・コンラッドとモダニズム気質』八頁）。さらに、歴史上のだろうと含意されたのだろうと、作者という概念は語り手の概念と関連させる必要がある。創作の欠くことのできない部分として、単数または複数の語り手は作者にとってテクストを形成する第一の手段であり、テクストとは語り手が演じさせられる活動や機能から成るのである。コンラッド作品ではこれらの機能は、たいていの場合、作品の内容を提示するのに決定的に重要である。語り手の果たす機能がテクストに多面的に密接に関わっていることは、たとえば『ロード・ジム』に充溢する光と闇のイメジャリーによって示される。厳密に言えばこの比喩的な対照は小説の語りの進行の一部ではないにもかかわらず、語り手としてのマーロウの機能から切り離すことはできない。

　分ける側の基準によって語り手はいろいろなグループに分類・再分類できるが、一般論であれコンラッドの場合であれ、もっとも基本的なのは三人称と一人称の語り手に分けるものだろう。この区分に問題がないわけではないが、コンラッドの語りにこれを適用することによって多くのものが得られる。さらに、語り手の存在論的位置に関わる非常に重要な点がここに含まれている。

生身の語り手とそうした肉体性を備えていない語り手、すなわち一人称と三人称の語り手の対照は、語り手の語りの動機の点でもっとも重要な違いを表している。生身の語り手にとっては、この動機は実存的なもので、彼の実際の経験に関連する（中略）。一方、三人称の語り手には、語らねばという実存的な強迫はない。

（スタンツェル『語りの理論』九三頁）

コンラッド作品はこの批評的区分の妥当性を証明する。コンラッドの語りは、『陰影線』におけるように一貫して緊迫した一人称のこともあるし、『ノストローモ』におけるように広範囲を展望する三人称のこともあり、『ロード・ジム』におけるようにこの二種類の主要な語りを組み合わせようと試みることもある。このように組み合わせた語りのもたらす利益は潜在的に相当大きいが、この結合は同時に作者に語りの諸問題を生じさせ、『ナーシサス号の黒人』の語りの矛盾が示すようにテクストの表出を複雑にしている。

　コンラッドの最初の二小説、『オールメイヤーの阿房宮』と『島の流れ者』は極限状態の孤立を描くために三人称の語りを使用しているが、『ナーシサス号の黒人』は船の乗組員や、最後に死んで海に葬られる病気のバルバドス人ジェイムズ・ウェイトと乗組員との関係に焦点を絞っている。この乗組員は一種の脅かされたゲマインシャフトとして提示される。ゲマインシャフトとは、全員が一つの家族や村や船のメンバーであるような階層化された共同体だ。これはフェルディナント・テンニエスの用語で、これを補完する概念は彼の古典的著作『ゲマインシャフトとゲゼルシャフト』（一八八七）の後半に説明されている。テンニエスにとっては、ゲゼルシャフト（社会）はゲマインシャフト（共同体）の近代版である。ゲゼルシャフトは階層的というよりも水平的な社会形態であり、その構成員はさまざまな労働組合あるいは政党から自分でどれを選択するかの自由を持っている。[*3]

　テンニエスの区別は『ナーシサス号の黒人』の語りに二重に関連してくる。第一に、これはモダンへ向かう歴史的過程の重要な一段階を際立たせる。この移行は、抽象性の高いレベルにおいて、この中編小説の語りの言説の根底にあるメタナラティヴにとって不可欠な部分である。この点に注目することは、初期のコンラッドを論じたイアン・ワットの基本的な考えに従うことになる。コンラッドの語りは革新的ではあったが、十九世紀の歴史的・文化的な激変のなかにしっかり根付いていた。ポーランド人という出自ゆえにコンラッドは、たとえば「一八九〇年代に発生して強力になった新しい帝国主義」（トロッター『歴史の中の英国小説』一四三頁）といった同時代の歴史的事件や潮流にとりわけ敏感に反応した。彼はまた作品を通じて、間接的に、しかし力強くダーウィンやショーペンハウアー、その他の知識人の理論に反応しており、また主題面ばかりでなく形式面でもフロベール、モーパッサン、ディケンズからかなりの影響を受けている。

第二に、テンニエスの考えた二つの社会形態は『ナーシサス号の黒人』の語りの中に効果的に対比されている。個人の利己的利益や特定の人々のための利益は、たとえば、ベルファストが高級船員たちの食べ物を盗む時に明らかに現れる。そのような利益は、「彼ら」という声を発する語り手と関連していて、語り手は自分自身のアイデンティティを船員集団のアイデンティティと対比して違いを際立たせる。「しかし、コックが嵐をついてコーヒーを作りに行く時、船員たちがウェイトのことを忘れ大風と戦う時、そしてシングルトンが独りで三十時間舵輪を握っている時、より古い共同体が主張を現してくる。『私たち』という声はそうした共同体を表す」（ヘンリクセン『ノマドの声』三〇頁）。『ナーシサス号の黒人』における、利害の衝突というこの中心的テーマは語りの展開と密接に関わっている。技法的には、語りの問題は同一人物と思われる語り手が代名詞を用いて「彼ら」と言ったり「私たち」と言ったりすることにある。これがこの中編小説の語りの問題点である。つまり、物語は名前のない三人称の語り手によって語られているようなのに、次第に一人称の語りの特徴が強くなってくるのだ。

冒頭における語りの変動は、コンラッドの作品の中でもっとも示唆に富み、もっとも視覚的に印象的な描写を含んでいる。たとえば第二章の初めのところでは、三人称の語りは、三つの別々ではあるが互いに関連しあう焦点を据えている。第一にナーシサス号自身がある。それからとりわけ海を中心とする自然、そこには海の調和と平安も暗示され、また陸の生活と切り離され対照された、自然の欠かせぬ一部としての船がある。そして最後に「その小さな世界の統治者である」(『ナーシサス号の黒人』三二頁)アリスタン船長を含む乗組員がいる。特に第一段落は、通常は小説より詩に見られるような技法によって、これら三つの焦点が溶け合っていることを示している。


翌朝、払暁《ふつぎょう》にナーシサス号は出航した。

　かすかな霞が水平線をぼやけさせていた。港から出ると、測り知れぬ広がりを持つなめらかな海水が宝石を敷いた床のように輝き、しかも空のように虚ろだった。(中略)ゆったりした上帆はやわらかな曲線を描いて微風にはためき、ロープの迷宮に捕らわれた小さな白雲のようだった。そして帆脚索《ほあしづな》で帆がいっぱいに張られ、帆桁が上げられると、船は孤高のピラミッドとなり、真っ白に輝きながら陽光に満ちた靄の中をすべっていった。(二七頁)

相異なる知覚様式を反映したこの一節は、どのように語りの形式がそれらにあたえられているかを示している。「宝石を敷いた床のように輝き、しかも空のように虚ろ」な海水という連想をかきたてる直喩の後に、「船は孤高のピラミッドとなり」という強力な同一化の隠喩が続く。視覚的観察が思考に溶け込み、同時に第三の様式——つまり神話的な航海を連想させるかもしれない隠喩の集まり——が両者の様式の構成要素になっている。

　この種の、高揚した叙景的な三人称の語りは、一人称の語りとは大いに趣を異にしている。というのも、一人称による語りは、作品の後半で、事件に巻き込まれ「その場に居合わせた」ある船員の個人的回想と関連しているように見えるからだ。一人称の語りへ次第に傾いていくこのような叙述に問題がある理由のひとつは、読者に語り手の権威について疑問を抱かせることにある。したがって、『ナーシサス号の黒人』は名前のないもの（三人称）と特定された個人のもの（一人称）と、二つの語りの声を持っていると言うにしても、どちらの声が語っているのかしばしばはっきりしないと付言しなければならない。コンラッドは、先に示したようなレトリックによって、技法上の問題が明らかになる箇所から読者の注意を逸らすのに幾分かは成功している。そのことによって、我々の関心は作中の視点《パースペクティヴ》や距離の諸変化に関する精巧な相互作用に向けられるのである。[*(4)]

　これらの視点の変動は、語りをいっそう断片的にまた多面的にしているので、ジャンルとしての小説に関する中心的な概念の一つと関連してくる。すなわち、小説の開花は、「安定した言語・イデオロギー体系の崩壊と、（中略）言語的多様性の強化と常に結びついている」（バフチン『対話の想像力』三七〇—七一頁[3]）という考えである。テクストのレベルでは、このような視点の変動は、この中編小説の「ミクロ視点」と呼ばれてきたものにも関連づけることができ、「語りが描く世界で互いに競い合う多様な声への構造的反応である価値評価的な語調」を、語りの言説の内部で形成している（ヘンリクセン『ノマドの声』三一頁）。それでもなお、全体的に見ると、『ナーシサス号の黒人』の語りは、作品中の多様な「価値評価的な語調」を含め、郷愁《ノスタルジア》と共同体の喪失を呼び起こす背景音、すなわち今や船上にしか見出せず、いや船上においてさえ存在が脅かされているゲマインシャフトの奏する背景音を特徴とするように思われる。ナーシサス号上で繰り広げられるような生活は、作品の終結部分が示しているように、時間的に限られたものであるということは、そうした生活形態の価値を増すだけでなく、「振り返ってみると一つの達成であったとわかるものへの郷愁の誘惑」（ベアトゥー「コンラッドと海」序文、七頁）を高めてもいるのだ。

II

コンラッドが一八九七年から一九〇〇年にかけて書いた小説は、彼の語りの技法の発展にとってきわめて重要だった。『ナーシサス号の黒人』の後、彼は続けざまに「進歩の前哨所」、「闇の奥」、『ロード・ジム』といった主要な作品を出版した。「進歩の前哨所」の三人称の語りは「闇の奥」よりもむしろ『ノストローモ』に先鞭をつけるものだが、凝縮された語りのみごとな偉業である。カイエールとカルリエの描き方は簡潔でパノラマ的で全知の視点を用い、その語りの言説には次の例に見るようにアイロニーが込められている。「何日間も、交易と進歩の開拓者である二人は、垂直に照りつける太陽の揺らめくまぶしい光を浴びた空っぽの中庭を眺めていた」（『「闇の奥」その他の物語』一〇頁）。ここでのアイロニーは、カイエールとカルリエが考える自分たちの姿と、三人称の語り手の判断による（そしてこの判断は当然受け入れられるべきものであることが暗に示されている）彼らの実像とのズレから生じている。しかしこの明らかなアイロニーにさらに輪をかけた形で、「進歩」ということばに対する遊びが行われていて、進歩の通常の意味（『オックスフォード英語辞典』の定義では「しだいにより良い状態へ、継続的な向上へと進むこと」）と、この物語全編にわたって「進歩」と呼ばれている活動との皮肉《アイロニック》な対照が暗示されているのである。このアイロニーは語り手が用意した一般論に内在する懐疑主義の一部を成している。

「進歩の前哨所」の特徴が、単調さ、虚しさ、不条理さの密接に絡み合う特定の状況に焦点化されていることにあるとしても、この短編は累積《るいせき》効果的な主題の含蓄深さをもその特徴としている——これは、「闇の奥」でコンラッドがさらに探究することになる問題と関連し、間接的で曖昧性を強調した語りの手法（巻末の文芸用語解説を参照のこと）が結果としてこの中編小説の主題と鮮やかに合っていることが示されるのである。ここでの議論は、作家としてのこの時期におけるコンラッドの語りにとりわけ特徴的な点のいくつかに焦点を絞ってみたい。[*(5)]

コンラッドの語りは精読だけでなくしばしば繰り返し再読することをも要求する。しかしながら、テクストの構造に焦点を合わせることは、テクストが歴史的・文化的に真空に存在することを意味するものではない。また、歴史上の人物としての作者とテクストの語りのさまざまな要素との関係が重要でない、ということにもならない。ある意味で、「語り」という術語と、「歴史」という術語とを対立させるのは作為的であり、それどころか、もしかしたら理論的にも根拠が弱いかもしれない。なぜなら、「文学的発展を述べることができるのは構造のレベルにおいてのみである」（トドロフ『詩学入門』六一頁）からだ。というわけで、どのようなかたちであれ、コンラッドの小説の達成を議論するとなると、その語りの形式について考える必要がある。

「闇の奥」を論じて、ピーター・マドセンはこう記している。

> 言語というのは単なる文法や辞書以上のものだが、この「以上のもの」は、フォルマリストや構造主義者の詩学が主張するような、経験に関して中立的な、文学に特化されるような文法とはちがう。文学形式とは経験の体系的な陳述である――アドルノ[4]が言うように、文学形式は経験の沈澱である。（中略）語りの形式とはこのような類《たぐい》のものだ。どんな新しい物語も、これに先行する物語が作者の経験を体系的に述べるのに干渉したかぎりにおいて、先行する物語と関連している。（中略）しかし「語り」という言葉は曖昧である。テクスト自体を超えたところを指し示しつつ、語りは出来事の連なり（「物語」）のみならず語りの行為にも関連している。
>
> （「モダニティとメランコリー」一〇〇頁）

これは個人の経験と文学作品との複雑な関係について表現に微妙な陰影をもたせた見解だ。この観察は、たとえば、「闇の奥」に影響を与えている数々の他のテクスト――ウェルギリウスからダンテ、さらには近代の旅行記など——に関連づけられる。またコンラッドが主たる語り手としてマーロウを使用することにも関連づけられる。マーロウの導入はコンラッドの語りの転換点となった。この転換は単に技法に関係するだけではなく、コンラッドの小説家としての確信のなさと実験性とも密接に関連している。コンラッドの文筆活動にとってのマーロウの重要性に関して、ズジスワフ・ナイデルは有益な論評を加えている。

> 典型的な英国紳士、商船の元高級船員であるマーロウは、万が一完全に英国化することができたらコンラッドがなりたかった人物そのものだった。そしてそれは叶わぬことだったため、また自分の主人公の物の見方を完全には共有しなかったため、コンラッドは知的にも感情的にもマーロウに同一化する必要がなかった。マーロウの二重性のおかげで、コンラッドは身代わりを通じて英国との連帯と帰属意識を感じることができ、同時に、想像力の産物に対して持つ距離を保つこともできたのだ。こうして、コンラッドは自己アイデンティティに対する一貫性のある意識を探求しながら、この探求に永遠に決着をつけられなかったにしても、作家としての最悪の危機から逃《のが》れられる統合的な視点をついに手に入れたのだった。
>
> （『ジョウゼフ・コンラッド——年代記』二三一頁）

この論評にはなるほどと思わせる説得力があるが、その理由は、一つに、コンラッドにとってマーロウが主要な語り手であり重要な登場人物というだけでなく、作品の素材を操作しそれに明確な形を与えるのに役立つ距離を取るための装置でもあった、ということが言外に示唆されているためである。早くも一九一二年に出版された古典的論文で、エドワード・ブロウは「距離」を表現に美的な正当性を与える特質と見なしていた。「距離を取るということは、思想であれ複雑な経験であれ、個人の存在に影響を与えている一切のものを、その経験をした有形の人格と切り離すことを意味する」（「心理的距離」一二七頁）。このように理解すると、この概念はコンラッドの語りのもっとも顕著な特徴の一つを定めるのに役立つ。ことコンラッドに関するかぎり、ブロウの一般論は、かりにも何かを書こうと思えば、作品からだけでなく、複雑な方法で、読者からも距離を取る必要があったこととしっくり重なっていく。

しかしながら、距離に関する概念を批評として役立たせるためには、これを多様化させる必要がある。もっとも重要なのは時間的、空間的、そして物の考え方における距離だ。「闇の奥」の場合、小説の元になっているコンラッドの一八九〇年におけるコンゴでの個人的体験と、小説が書かれたおよそ八年後の時期との間に時間的距離がある。語りの行為の舞台となっているロンドンと、小説の主要な筋の舞台であるコンゴとの間には相当大きな空間的距離もある。最後に、時間的・空間的距離は、「物の考え方における」距離、すなわち語り手（たち）と含意された作者のイデオロギー的な視点と関連している。なかでも、最後にあげた距離がもっとも複雑である。なぜならば、それはほかの二つの距離以上に、含意された作者や語り手兼登場人物の変動する洞察力のレベルと密接に関連し、また批評的隠喩として、読者の解釈活動と関連するからである。

距離の調節の好例は「闇の奥」冒頭に見られる。この中編小説は、主筋のまわりに格別に静的な枠を設置した語りの舞台へ、読者を引き合わせることから始まる。五人の男たちが遊覧航海用のヨール（二本マストの帆船）上に集《つど》い、潮の流れが変わるのを待っている。

> テムズ河口は我々の前に果てしない水路のように海のほうまで広がっていた。遥かの沖合《おきあい》は、海と空とがどこともなく一つに溶け合い、光あふれる空間の中を、潮に乗って溯《さかのぼ》ってくる荷船の日に焼けた三角帆が、ニスで輝く斜桁《スプリット》をつけ、鋭く尖った帆布《ほぬの》の赤い塊となって群がり、じっと静止しているように見えた。（一三五頁）

この冒頭描写の視覚性は、コンラッドの文学的印象主義を議論するさいにしばしば言及されるものに似ている。一人称の語りを示す代名詞「我々」とはネリー号上の五人を指す。その一人がマーロウだ。しかしここで話しているのは、マーロウではなく名前の示されない一人称の語り手である。この枠の語り手が、我々を主たる語り手としてのマーロウにだけでなく小説の舞台に引き合わせる。マーロウがしかるべく紹介され、彼の話を語り始めると、枠の語り手はマーロウが語りかける集団の中の聞き手(a narratee)にもなるために、その機能はより複雑になる。[*6] これを別の言い方で表現するとこうなる。用いられた語りの約束事にしたがうと、枠の語り手はまず聞き手として、つぎにマーロウの物語を読者に取り次ぐ一人称の語り手として機能している。「語りの約束事」という言い方が必要であるわけは、「闇の奥」では伝統的で単純な語りの時代は終わっているからである。一見、この作品の語りの状況はヴォルフガング・カイザーが〈叙事詩的原状況〉(epische Ursituation)と名づけるもの(『言語芸術作品』三四九頁)、すなわち、ある語り手がこれまでに起きた出来事について聞き手に語る「元始の」語りの状況に似ている(歴史的メタナラティヴに関連づけると、これはゲマインシャフトの語りの状況である)。しかし、どれほど興味深かろうと、この類似はやはり表層的なものにすぎない。カイザーのいう元始の語りの状況についての概念は、枠の語り手の工夫について考慮していないというだけでなく、「闇の奥」においては語りの行為も動機も、元始の語りのそれに比べてずっと複雑な問題をはらんでいるからである。

古典的な枠構造の語りでは、枠の語り手は、もろもろの語り手の中でしばしばもっとも信頼のできる聡明な語り手である。「闇の奥」ではそうではない。というのも、枠の語り手はマーロウの物語を伝え、信頼できるように見えるが、その洞察力は明らかにマーロウに劣る。第二の例がこの点を明らかにするだろう。導入の描写を終え、語り手は叫ぶ。「それにしても、この河の引き潮に乗って未知の陸地の神秘へと入っていったもののいかに偉大だったことだろう! ……人類の夢、連邦の種子《たね》、帝国の萌芽!」(一三七頁)。前後関係から切り離されると、この叫びは帝国主義者のレトリックに聞こえる。この印象はマーロウの発する最初の言葉のインパクトと意味深長さを強める。「ここもねえ、（中略）地上の暗黒の地のひとつだったのだ」（一三八頁）。

この語りの変奏は、コンラッドのすべての小説の中でもっとも効果的なもののひとつだ。マーロウの言葉は、枠の語り手が比較的単純であることとその洞察力の限界を暴露し、マーロウ自身が語ろうとしている話が複雑で暗いものであることをそれとなく予告する。この意見は後の、「千九百年前――いや、つい先日」（一三九頁）英国に渡って来たローマ人についての彼の考察にも繋《つな》がる。マーロウはさらに言葉を続けて、ローマ人にとって、英国は「世界の果て」のもてなしの悪い荒地に見えたに違いないとまことしやかに示唆する。加えて、マーロウの切り出しの言葉が、テクストにおける中心的な隠喩である「闇」のプロレプシスとしても機能していることは、「闇の奥」の並外れた語りの効率性を示している。[*7] ローマ人は「闇に挑んだ勇敢な男たちだった（中略）」としても、「彼らは征服者だったのだ、そしてそのためにはただ獣の力さえあればよかったのだ――そんな力は持っていても何一つ自慢にはならない。なぜならその強さは相手の弱さから来る偶然にすぎないからだ」（一三九―四〇頁）。この一般論はもちろんローマ人を指しているが、マーロウが今まさに始めようとしている語りへのプロレプシスでもある。

マーロウの洞察力が枠の語り手よりも優れたレベルにあることを示すこうした短い観察は、マーロウの一人称の語りの鍵となる特徴のいくつかをも示している。すなわち、感銘を与え説得することを意図した内省的なレトリック、個人的な好奇心と知的好奇心の特異な混合、それに個人の経験を基に一般論をしようという傾向である。こうしてコンラッドは「闇の奥」で一人称の語り手を二人使い、そしてマーロウの語りの効果は枠の語り手の機能と切り離すことはできない。

語り手の使用というのは距離を取る技法であり、「闇の奥」は一人よりも二人の語り手を使用することで距離を取ることを際立たせる。同時に、この中編小説は、距離を取るはずの語りの技法が読者の注意と興味を逆説的に増大させるテクストの好例でもある。コンラッドはマーロウの話をよりもっともらしく見せるために、枠の語り手の、型にはまった、あるいは、ありふれた性質を効果的に利用している。枠構造の語りは読者を枠の語り手の聞き手としての位置と似通った位置へとたくみに誘導する。それは、マーロウの話に込められた幻滅を経た洞察に対して、瞑想にふけりつつも大筋で受け入れるという位置である。この効果は枠の語り手によって語られる作品の最後の段落に特に明らかである。なんども言及された「闇」という語をこだまさせる形で、この小説を締めくくる「広大な闇」(二五二頁)という句は、マーロウがその直前の段落で最後に口にした言葉を反復したものである。

「闇の奥」では、実存的な動機に基づき物事を秩序立てて検証する追体験という形をとったマーロウの一人称の語りと、はからずもその追体験に巻き込まれ驚くべき理解を示す枠の語り手の一人称の語りとの間に、生産的な相互関係が生じる。枠の語り手の関与の度合いは、彼自身が伝達する印象主義的な語りの結果増幅していく。イアン・ワットはコンラッドの印象主義的語りのこの側面を表すのに〈遅延解読《ディレイド・ディコーディング》〉という言葉を造った。〈遅延解読〉を通して、作者は「一つの感覚的印象を提示し、後々までそれに名前を与えたりそれの意味を説明したりしないでおく。(中略)このことは、観察者が何かを知覚したまさにその瞬間の意識に読者を直接引き入れ、その知覚を引き起こした原因は後《のち》に説明される」(『十九世紀におけるコンラッド』一七五頁)。コンラッドは「闇の奥」以前にもこの技法を用いていたが、この技法のとりわけはっきりした例は、クルツの出張所近くの下流でボートが襲われるさいのマーロウの混乱ぶりに見られる。後になってやっと、彼は目撃したさまざまな奇妙な変化の原因に気づく。「なんと、矢だ！　誰かおれたちをねらっているのだ！」(二〇〇頁)。

〈遅延解読〉という概念は、一時的に説明できない印象や出来事の、比較的単純な例を記述するのにたぶん非常に便利なものであろう。より大きな問題、たとえばマーロウの持つクルツの印象の謎は解かれることはないが、だからといって、マーロウとクルツとの出会いが無意味であるかもしれないということにはならない。

この点は『ロード・ジム』にも当てはまる。この小説には〈遅延解読〉が数例見られるが、作品の中心にある問題――ジムがパトナ号から飛び降りたことについて考えられる理由と結果――については満足のいくように、あるいは疑問の余地なく「解明される」のではなく、むしろねばりづよくいつまでも探求が続く。この「否定的」な結論が弱みというよりも強みであるとすれば、その理由は、ジムの問題を本質的に困難で解決不能でさえあり得るとする語りの展開に求められる。「闇の奥」が、帝国主義とその結果に晒《さら》されることによって生じる人間の状態と人間の精神《サイキ》に関する小説世界での探求だとすると、『ロード・ジム』も同様に、主人公が晒される決定的な試練から語りを発展させ、ジムの人生を探ることと、より一般的な「いかに生きるべきか」（『ロード・ジム』二一三頁）という問いとを結合させているのである。

『ロード・ジム』の大部分はジムとマーロウとの関係を中心として展開する。多様な問題をはらみ読者を悩ませるこの関係は、この小説全体に浸透する懐疑主義の一因になっている。しかし同時にそれは奇妙な友情へと発展していく。表向き一人称という形は取っているものの、マーロウの語りの持つ機能はしばしば興味深いほど編集的で説明的だ。『ロード・ジム』において、コンラッドの語りは、視点と声とさまざまな形態の語りの距離との複雑な相互作用を伴いながら、もっとも変化に富み精緻なものになっている。この小説の語りの緊迫感は、一つにはジムの道徳的問題の深刻さに起因するが、マーロウのジムに対する態度に見られる緊張になおいっそう強く関連している。すなわち、根本的で実存的な疑念と、はからずも次第に強まっていく友情との間の緊張状態である。この緊張とそれに伴うマーロウの人格の変化は、マーロウのきわめて重要な語りの機能と密接に関わっている。マーロウの「至高の力」（五〇頁）に対する確信に疑念が生じはじめた時、この疑念と、立場・方向・一貫性を喪失することへの脅威が小説のテーマと関連を持ちはじめ、ジムという登場人物の複雑さがいっそう増してくる。同時に、これは主たる語り手と主人公との関係を、より予想のつかないより興味深いものにする。このテーマの繋がりを支えるものは、マーロウの語りとその語りに物思いに沈んで耳を傾ける聞き手たちとの関わり方、その語りが外周の三人称の語りによって効果をあげる方法であることはもちろん、語り手としてのマーロウの活動の特性と語りの調節の仕方でもある。――「そして後になって、幾度も、世界の遠く離れた場所で、マーロウは進んでジムの思い出話をしたのだった、長々と、事細かに、よく聞こえるように」（三三頁）。

小説冒頭の三人称の語りからマーロウの一人称の語りへの移行の最後の段階となるこの文章は、『ロード・ジム』の言説を性格づけコンラッドの語り全般をも特徴づける、きわめて適切な情報を示している。「後になって、（中略）世界の遠く離れた場所で」という言葉は、小説の残りの部分が裏づけるように、空間的・時間的距離がコンラッドの語りにとって鍵となる要素であることを示している。それらの距離のおかげでコンラッドは語りの焦点を強くジムに合わせ、合わせたままにできるのだが、その距離はまた、ジムの経験から引き出すことのできるより一般的な（本質的に認識論的で道徳的な）問題をも浮き彫りにする。ここで認められる時間的距離は、相互に関係し合う二つの事柄の並立というこの小説の特徴を強める。すなわち、時間的距離はドラマティックな――ある意味ではだんだんメロドラマ性を増す――人生の物語を提示し、さらに、そのすべてが実際にどのように、なぜ生じることになったかについて考察を加える。空間的距離も小説の後のほうで何度か強調され、マーロウにもジムにも関わっている。マーロウの場合、空間的または地理的な移動性は主として技法上の工夫として機能しているようだ。この移動性のために、マーロウは東へ東へと退いていくジムを追っていけるのである。しかしマーロウにとってジムが「我々の仲間の一人」であることに読者が気づくにつれ、語りの問題はテーマ上の問題と渾《こん》然《ぜん》一体となる。物語の関連性と意義は、ジムの問題がすべての人の問題でありどこにでもあるものだというマーロウの主張によって高められる。

さらに、マーロウがジムのことを思い出し「長々と」「幾度も」進んで話しているというこの文章は、この小説にある反復という問題を際立たせ、マーロウの話は長くなるだろうという警告になっている。もともと短編として構想された『ロード・ジム』が長編小説に膨らんだことについて、イアン・ワットは「コンラッドは、持ち前の懐疑主義ゆえに、(中略)登場人物の行動や彼らがどんな人物であるかを理解する手がかりになりそうな証しはどんなものでも、どれほど断片的あるいは曖昧なものであろうと、この上なく徹底的に提示し探究する傾向がある」(『十九世紀におけるコンラッド』二六九頁)と述べている。注意深く言葉を選んだこの指摘は明らかに『ロード・ジム』の語りの技法と関連している。すなわち、数々の語りの声を列挙することが、一人称の語り手であるマーロウという技法を取り入れたとたんにいっそう楽々とできるようになり、テクストの量を増やしたのである。

ところで『ロード・ジム』の構造がこの意味で反復的だとすると、反復の問題もテーマの観点から大きく浮き出てくる。『ロード・ジム』においては、『ノストローモ』や『西欧の眼の下に』と同様、反復を文芸批評で活用する可能性はとりわけ豊かだ——語りのさまざまな側面(たとえば、複数の語り手も参加して作り上げる物語を、マーロウが繰り返し語るというような側面)と、ある個人の素性・アイデンティティ・誠実性・責任・恐怖という複雑な問題をテーマとして探究することが、反復によって溶け合ってくる様子を追求するためだけであっても。『ロード・ジム』では、反復は「繰り返し現れるイメージのデザイン」(ミラー『小説と反復』三一頁)に繋がる。これはコンラッドの語り全般——特にイメージや有形物を象徴へ変換するさいの反復の使われ方——にも言えることである(もっとも有名な例は「闇の奥」の闇、『ノストローモ』の銀である)。

マーロウの語りは『ロード・ジム』の唯一の語りではないが、彼の語りの補完のされ方や「枠」へのはめられ方は「闇の奥」とは異なっている。「闇の奥」では、マーロウに比べ枠の語り手は比較的単純である(そして聞き手としてマーロウの話から学ぶ立場にある)。対照的に、『ロード・ジム』冒頭の全知の三人称の語りは、主人公を紹介するにあたり、アナレプシス的に彼の背景のあらましを示し、プロレプシス的に彼の大きな弱点を指摘する。このように、ジムのコンウェイ号での訓練はジムがエリートとして教育を受けたことを読者に教え、彼の過ちが重大であることを強調する。もっとはっきり言えば、ジムの背景は彼のその後のジャンプを特に意外で人を動揺させるものに思わせるよう描かれている。このようにして見ると、訓練船でのエピソードは二重のプロレプシスによって新たな意味を帯びてくる。すなわち、それは反復的行為の形としてパトナ号からのジャンプを予示し、決定的な過去の背景情報を読者に与えることによって、読者がジャンプ後のジムの弁解に対し懐疑的になることである。マーロウはこの情報を共有していないため、読者はマーロウの同情心と彼の語ろうという動機にもより批判的になることができる。とはいうものの、ひとたびマーロウが主たる語り手として現れると、三人称の語り手が何か価値判断の入った評価を彼に加えるのをたいていの場合控えていることは付け加えなくてはならない。やはりこのことも、語りとテーマの中心が、独創的で生産的な機能を持つ一人称の語り手マーロウにあることを示している。

III

イアン・ワットは〈テーマ上の並置《シマティック・アポジション》〉を「コンラッドの成熟した語りの技法の中でもおそらくもっとも特徴的なもの」と述べた(『十九世紀におけるコンラッド』一八五頁)。『ロード・ジム』では、この種の並置、つまりテーマ上関連する場面を並べることは、話をどんどんつないでいくマーロウの語りに密接に関連している。『ノストローモ』におけるテーマ上の並置の多様性も、同様に、この小説におけるコンラッドの語りの柔軟性と切り離すことができない。『ノストローモ』では、テーマ上の並置は語りの「全知」性と語りの移動性にしばしば拠っている。「全知」性と移動性のどちらもこの小説に特徴的な語りの柔軟性、ダイナミズム、テーマの幅広さに本質的に寄与している。この幅広さをもっともよく示すのは、三人称の語りに不可欠の部分として機能するアイロニーという語りのしかけである。アイロニーは登場人物の造型を多様にし、またこの小説のテーマにつながる重要な事柄や幻滅を経た洞察に必要な態度上の距離を与えるためにも役立っている。人物造型に関して言えば、三人称の語り手は、さまざまなかたちでアイロニーを調整しながら、たとえば力とその力がもたらす影響の関係というような社会的・経済的問題はもちろん、個人の誠実さや堕落というような道徳的な問題をも含め、テクストの内容の本質的な面を数々取り入れこれを発展させていくのである。

三人称の語り手の態度は多様な語りの視点と距離にもっとも直接的に結びついている。それはあたかもこの語り手（そしてその背後にいるコンラッド）が、物語の陰鬱な題材に語りの焦点を置き続けるためには、この小説の事件の展開や登場人物から確固としたしばしばアイロニックな距離を取る必要があるかのようだ。グレート・イザベル島でのデクーの描写のように、たとえこの距離が小さくなりアイロニーが一時的に消えたとしても、距離とアイロニーはそのうち戻ってきて再び調整される。この種のアイロニックな態度と小説を貫く懐疑主義は重要に相関している。なおそのうえに、この種のアイロニーと関連する距離の必要性は、『ノストローモ』の三人称の語りへのより技法的な動機づけを裏づける。つまり、この小説の語りの柔軟性とテーマの幅広さが全知の語りとパノラマ的な概観に依拠しているのと同様に、そうした全知と関連する距離は、逆説的にも、語り手が自分の語る物語に深刻に、ほとんど恐いほどのめり込んでいることに動機づけられているのである。

コンラッドの語りのもう一つの重要な特徴は時系列の歪《ゆが》みである。『ノストローモ』ではこれは特に第一部において顕著であり、そこでは、物事は歴史の昔ながらの手法で先へ進むのでなく、過去の出来事についての詳細な情報を提供しながら螺旋《らせん》状に後ろに戻っていく。この技法の利点の一つは、それが「虚構の歴史的事件に尋常でない本物らしさを与え」、その結果こうした事件が「立体鏡のような性質を持つ」ことである（ワッツ『コンラッド入門』一五八頁）。この小説の長い、アナレプシス的な回り道はそのアイロニーに「革新的で触手のような性質」を付与している（同書）。たとえば第五章のリビエラの大統領就任の宴会を読むと、この独裁者兼大統領の堂々とした様子と、我々がすでに読んで知っている翌年の彼の惨めなスラコ到着との対照から生じるアイロニーを味わうことができる。一言でいえば、早くに現れるプロレプシスのおかげで、より大きな範囲でのアナレプシスに織り込まれたアイロニーを読者は正確に推定することができるのである。

　これに関連するコンラッドの語りの別の側面が〈異化作用〉、つまり、言語上の工夫と語りの工夫を結びつけることによって、なじみ深いものをなじみのない奇妙なものに見せる技法である。次の例がこれをよく示している。

　この記憶すべき暴動の日、彼の腕は胸の上に組まれていたのではなかった。彼の手は敷居に据えられた銃身を摑《つか》んでいた。彼はイゲロータの白いドームを見上げることはなかったが、冷ややかに純粋なその山は熱した大地から孤高を保っているようだった。彼は好奇の目で平原を眺めた。（中略）人びとがばらばらに必死に走っていた。騎馬の者たちは全速力で互いに近づいたり、一斉に馬の向きを変えたり、急いで離れたりしていた。ジョルジオが見ていると一人が落馬し、人馬もろともまっしぐらに走って峡谷へ落ちていったかのように消え去り、その場の激しい動きは、騎馬の者もそうでない者もいる小人たちが、ちっぽけな喉で叫びつつ平原で演じる暴力的なゲームが、沈黙の巨大な権化のような山のもと繰り広げられているかのようだった。

（『ノストローモ』二一六―二一七頁）

主人公級ではない登場人物――暴動の時に戦闘を見ているジョルジオ・ヴィオラ――に結びつけられてはいるが、三人称の語りの声とパノラマ的視点をこの一般化された戦争描写の中に見て取ることができる。これは個人による色づけを重要視しないということではない。それどころか、個人的色彩はこの描写の視覚的切迫感とテーマの含蓄深さの両方を増している。コスタグアナの多くの住民同様、ジョルジオにとって戦争はあまりにも身近なものである。しかしながらこの瞬間、戦いからの彼の距離は、広大な平原とその上にそびえる巨大な山とあいまって、戦闘を「小人たちが（中略）演じる暴力的なゲーム」に見せている。比喩を用いたこうした言葉の置き換えは、ジョルジオにとって、さらにはおそらく読者にとっても、殺人の馬鹿馬鹿しさを強調している。平原で行われていることと沈黙する山との対照は異化効果に決定的に寄与している。

　コンラッドの三人称の語りは、『ノストローモ』と『密偵』において達成の最高峰を示している。両作品とも柔軟で広範囲を展望する、しばしばアイロニックな三人称の語りに拠っているが、『ノストローモ』に特徴的な集団に当てた焦点とは対照的に、『密偵』の語りはより選択的に（とは言え、とても深く掘り下げながら）公的な世界と私的な世界との間の数々の緊張と決着することのない矛盾を探っている。決着することのない矛盾と困惑するような断片化というこの印象は、語り手によるスティーヴィーの描写においてもっとも強い。スティーヴィーがイデオロギーの力と個人的な弱さのために殺される時、語り手が共感を持ってアイロニーをほとんど加えずに扱っているこの単純な人物の悲劇的運命は、三人称の語りにも、その語りが伝えるテーマにもあふれている懐疑的な幻滅を効果的にしている。

　『ノストローモ』も『密偵』もともに高度に柔軟な三人称の語りで特徴づけられているとすると、『西欧の眼の下に』の語りの複雑さは根本的に逆説的なものである。この小説は、一人称の語り手である語学教師がはっきり表明している物の見方と、全体の語りからテーマとして暗に表現されている事柄との対照《コントラスト》を中心とし、そこから発展している。この小説の独創性は、とりわけ語学教師の一人称の語りが調節され皮肉に掘り崩されることにある。

『西欧の眼の下に』のプロットはスパイもの、「全体として、社会的無秩序状況《アノミー》の物語」（ケイヴ『認識』四六六頁）のように見えるだろう。しかしこの物語の語りの展開は物語の意味を非常に複雑なものにしている。一人称の語り手の「言説——現に存在している通りの小説——は、すべてを知り改変の余地のない解釈の立場から回想の形で書かれている。（中略）しかし、物語は語り手が無知から知へと進んでいく順番通りには提示されていない」（同書、四六九頁）。『西欧の眼の下に』では、言語による思考と人間のコミュニケーションの形式としての語りの持つ可能性と問題というテーマがドラマ仕立てに描かれている。この意味で、この小説はコンラッドのもっとも痛切に個人的な作品である。さらに、自己言及性、テクスト相互関連性、語りの権威といった問題の探究において、これはコンラッドのもっとも顕著なモダニズム作品のひとつである。『西欧の眼の下に』の中の書くこととコミュニケーションの問題は、断片化された作品世界を提示する語りと密接に関わっている。この断片化はすでに指摘した対照、すなわち語学教師の語り——その大部分は他人が書いたり言ったりしたことを彼が別の言葉で言い換えたものである——と小説の「すべてがそろった」テクストとの対照によって証明される。後者には小説の題が含まれている。すなわち、この題は含意された作者の見解を反映するものであり、語学教師には自身の語る物語の題材に対する理解が乏しいことに注意を促すのである。

人とのコミュニケーションを解決すべき問題・課題として探る『西欧の眼の下に』は、コミュニケーションのさまざまな形式（言語・視覚によるもの・身振り）についても考えをめぐらしている。コミュニケーションの問題はラズーモフと他のすべての登場人物との関係に影響を与え、語学教師と彼の語りが典拠とする情報源との不確定な関係を通していっそう詳しく論じられる。コンラッドの主要作品の大半においてと同様に、登場人物たちが言ったり考えたりすることの提示が、コンラッドの語りの技法にとって不可欠な部分を成している。第一部終わり近くのラズーモフとミクーリン顧問官との面談の場面である次の段落はこのことをよく示している。

> 「あれはかつらだろうか?」ラズーモフは自分が意外にも落ち着いてそんなことを考えているのに気づいた。彼の自信はかなり揺らいだ。もう無駄話はするまいと決意した。気をつけろ! 気をつけろ! 質問が来た時、絶対の決意でジミアニッチの一件は秘密にさえすればよいのだ。ジミアニッチをすべての答えから必ず締め出せ。
>
> (『西欧の眼の下に』九〇頁)

この文章は直接話法から始まり、地の文が続き、それからすばやく自由間接話法に滑り込んでいく。精緻な技法を凝らしたラズーモフの心情描写は、テーマから考えても豊かで、興味深い対照を作り出している。つまり、ラズーモフは自分が発する言葉を制限しようと試みるが、自分自身に言葉で命令する(ホーソン『ジョウゼフ・コンラッド——語りの技法』四九頁)。さらに、自由間接話法(描出話法)の使用は「語り手とラズーモフとの間の距離を増す」(同書、四九頁)効果を持つ。

語り手による発言保留、言い換え、一貫性のなさ、単純化された一般論などが奇妙にあいまって、読者は小説中のロシア人の登場人物たちに対して一貫したイメージを持てないばかりか、語り手の知的な健全さや、もしかすると、彼の拠り所とする西欧文化の一貫性や優越性さえをも疑うようになる。しかし『西欧の眼の下に』は、モダニズム小説においてさえ語りの一貫性とテーマ上の効果は直接的な関係がないことを実証している。この小説の大部分では、語学教師の不確定な位置と機能に挑戦し、あるいは対抗するかのような、非常に効果的な心理的リアリズムが際立っている。この心理的リアリズムが、皮肉な論評《コメント》にしばしば傾きがちな一人称の語りを通して提示され説得力を持って掘り下げられているということは、この小説におけるコンラッドの語りの達成値を示すものだ。

このように『西欧の眼の下に』では一人称の語り手の機能が複雑で逆説的であるのに対して、『陰影線』の一人称の語りは、時の経過と絡む語りとテーマの可能性を開拓し、主人公が学んでいく過程と切っても切れないほど密接に関わり合っている。この後期の中編小説の語りは、鮮烈な記憶をずっと辿っていくという行為に似ている。一人称の語り手の教育的経験に焦点を絞ったこの回想行為は、彼に船長としての自立と責任を与える社会への通過儀礼を生き生きと表現している。

コンラッドに見られる語りの多様性と精緻さのかたちは作品によって異なり、また精読を要求するため、彼の語りについて何か一般論を述べてみても、その稀有な多様性に充分正当な評価を与えることはできない。作者のさまざまな語りの技法をまとめようと試みるよりも、むしろコンラッドの語りに基本的な特徴を三つ強調することで結論とするほうがいっそう有益であろう。

第一に、コンラッドの語りを一人称と三人称に分類するのは有益かもしれないが、彼のもっとも重要な作品のいくつかはその両方の要素を含んでいる。コンラッドのこの二種類の主要な語りは驚くほど柔軟である。それをもっともよく示す例のいくつかは、おそらく『ロード・ジム』の複雑に絡み合った三人称と一人称の語りと、『ノストローモ』の非常に広範囲の視野をもつ弾力性のある三人称の語りだろう。

第二に、コンラッドの小説は逆説《パラドックス》に向かう傾向が特徴的であり、そのひとつは「腐食性で信念を破壊する知性への明白な恐怖が、深く皮肉な懐疑主義によって倍加されている」ことである（ゲラード『小説家コンラッド』五七頁）。こうした逆説はコンラッドの小説の内容においてかずかずの緊張を生み出すが、このような緊張あるいは葛藤は、彼の語りを通してはっきりした形を与えられ、生々しく表現され、強化される。たとえば、「闇の奥」と

『ロード・ジム』においては、逆説への圧力は、コンラッドの迂遠な語りの技法（これにはさまざまな語り手や登場人物間の複雑で不安定な関係が含まれる）と不可分に結びついているのである。「個人と社会の相互の、しかし相反する要求についてのコンラッドの悲劇的認識」（ワット『十九世紀におけるコンラッド』三五八―五九頁）も、ある意味、逆説的である。そしてそれはハムスン、プルースト、カフカ、ジョイスなどモダニズムの大作家との、大きな違いとともに興味深い親近性を示している。

これまでの観察をしめくくりの言葉に結びつけよう。コンラッドにとって、語りの実験はそれ自体を目的とするものではなく、語りの技法と作品のテーマとの間の弁証法的な関係を強化するものである。こうしてたとえば、ジムが抱えている問題が内在的に困難なものであるからこそ、ジムに「雲がかかって」（『ロード・ジム』四一六頁）おり、語り手のマーロウもわれわれ読者も彼をはっきり見ることができないのは理にかなったことなのである。コンラッドと語り手たちとの関係は複雑だが、だからといって、それが重要でないということにはきっとならない。コンラッドの小説においては、語り手と語られる物語との関係は、作者と作品――そして当然、その作品が描く世界――との関係と切り離すことはできないのだ。

原注

（1）コンラッドの語りについて詳しくは、拙著『コンラッドの語りの技法』や以下の研究を参照のこと。アンブロジーニ『批評言説としてのコンラッド作品』、ベアトゥー『ジョウゼフ・コンラッド――円熟期』、ゲラード『小説家コンラッド』、ホーソン『ジョウゼフ・コンラッド――語りの技巧』、ヘンリクセン『ノマドの声』、ワット『十九世紀におけるコンラッド』、ワッツ『コンラッド入門』。

（2）ドリット・コーンは自由間接話法を「三人称の書き方をし、語りの基本的な時制のまま、登場人物の思考をその人物自身の言葉で示す技法」（『透明な精神』一〇〇頁）と定義している。以下で論じる『西欧の眼の下に』の例を参照。

（3）テンニエスの著作の紹介と議論は、ワット『十九世紀におけるコンラッド』（一一二―一五頁）参照。またエルディナスト＝ヴァルカン『ジョウゼフ・コンラッドとモダニズム気質』（一―三四頁）も参照。

（4）ヘンリクセン『ノマドの声』（三二頁）参照。ジュネットに従い、ここでいう「視点《パースペクティヴ》（視野）」とは語りのテクストにおいて「見る、見える」（すなわち、語りの全体像の方位を定める）ものを指し、「声」とは語っている人（話し手）を意味する。『物語のディスクール』（一八六頁）参照。「距離」については以下の「闇の奥」論で説明される。〔訳注――ジュネット（Gérard《ジェラール》 Genette, 一九三〇―）はフランスの批評家。物語論の大家の一人。『物語のディスクール　方法論の試み』には邦訳がある（花輪光・和泉涼一訳、水声社、一九八五）〕

（5）他の主要な小説を扱うさいにもこの批評の手順を取る。

（6）聞き手（narratee）とは少なくとも暗示的に、そしてコンラッド作品ではしばしば明確に、語り手に話しかけられている存在である。

（7）ジュネットはプロレプシス（prolepsis）を「後に起きる出来事を前もって語ったり呼び出したりすることから成る語りの工夫のすべて」と定義している（『物語のディスクール』四〇頁）。プロレプシスより頻度の高いアナレプシス（analepsis）は「事後《じご》に、物語で読者がいる任意の時点より前に起きた出来事を呼び出すこと」を意味する（同箇所）。

訳注

〔1〕〈含意された作者〉というのは、ウェイン・C・ブースの提唱した概念。現実に存在した生身の人間としての作者を〈歴史上の作者〉と呼ぶのに対し、対象となる文学作品からうかがわれる存在を、それと切り離し〈含意された作者〉と呼ぶ。作品テクストを重視する批評において、〈歴史上の作者〉の伝記的事実を過剰に読み込むことを排除するためや、逆に〈歴史上の作者〉が表明していない隠された考えや無意識をテクストに見出すために、〈含意された作者〉という概念が用いられる。

〔2〕バフチンの「対話」概念への言及で、作品の中の多様な声の競合、併存による活力を指す。

〔3〕言語的多様性（ロシア語ではラズノレーチェ、英語ではヘテログロッシア）とは、「対話」と同じくバフチンの中心となる概念のひとつで、作品中の、しばしば相反する多数の声（作者、語り手、端役を含む、さまざまな社会階層の登場人

物）が競合しつつ意味を生成する状態を指す。なお、この書は『小説の言葉』（伊東一郎訳、平凡社、一九六六）として邦訳されている。

〔4〕 ドイツのユダヤ系の社会学者、哲学者、音楽学者。著書に『啓蒙の弁証法』「ワグナー論」など。

引用文献

Ambrosini, Richard. *Conrad's Fiction as Critical Discourse*. Cambridge: Cambridge University Press, 1991.

Bakhtin, M. M. *The Dialogic Imagination: Four Essays*. Ed. Michael Holquist. Tr. Carryl Emerson and Michael Holquist. Austin: University of Texas Press, 1982.

Berthoud, Jacques. *Joseph Conrad: The Major Phase*. Cambridge: Cambridge University Press, 1978.

'Conrad and the sea'. Introduction. *The Nigger of the 'Narcissus'*. Ed. Jacques Berthoud. Oxford: Oxford University Press, 1984, pp. vii–xxvi.

Bullough, Edward. 'Psychical distance'. 1912. In *Aesthetics: Lectures and Essays*. Ed. Elizabeth M. Wilkinson. Stanford: Stanford University Press, 1957, pp. 124–45.

Cave, Terence. *Recognitions: A Study in Poetics*. Oxford: Clarendon Press, 1988.

Cohn, Dorrit. *Transparent Minds: Narrative Modes for Presenting Consciousness in Fiction*. Princeton: Princeton University Press, 1978.

Conrad, Joseph. *The Nigger of the 'Narcissus'*. 1897. Ed. Jacques Berthoud. Oxford: Oxford University Press, 1984.

'*Heart of Darkness' and Other Tales*. Ed. Cedric Watts. Oxford: Oxford University Press, 1990.

Lord Jim, A Tale. 1900. Ed. John Batchelor. Oxford: Oxford University Press, 1983.

Nostromo. 1904. Ed. Keith Carabine. Oxford: Oxford University Press, 1984.

Under Western Eyes. 1911. Ed. Jeremy Hawthorn. Oxford: Oxford University Press, 1983.

Erdinast-Vulcan, Daphna. *Joseph Conrad and the Modern Temper*. Oxford: Clarendon Press, 1991.

Genette, Gérard. *Narrative Discourse*. Oxford: Blackwell, 1980.

Guerard, Albert J. *Conrad the Novelist*. Cambridge, MA: Harvard University Press, 1958.

Hawthorn, Jeremy. *Joseph Conrad: Narrative Technique and Ideological Commitment*. London: Arnold, 1990.

Henricksen, Bruce. *Nomadic Voices: Conrad and the Subject of Narrative*. Urbana: University of Illinois Press, 1992.

Kayser, Wolfgang. *Das sprachliche Kunstwerk*. 1948. Berne: Francke Verlag, 1971.

Lothe, Jakob. *Conrad's Narrative Method*. Oxford: Clarendon Press, 1989.

Madsen, Peter. 'Modernitet og melankoli: Fortælling, diskurs og identitet i Joseph Conrads *Mörkets hjerte*' ['Modernity and melancholy: narration, discourse, and identity in "Heart of Darkness"']. In *Fortælling og erfaring*. Ed. O. B. Andersen *et al*. Aarhus: Aarhus University Press, 1988, pp. 97–118 (English version: *Conrad in Scandinavia*. Ed. Jakob Lothe. New York: Columbia University Press, 1995, pp. 127–54).

Miller, J. Hillis. *Fiction and Repetition: Seven English Novels*. Oxford: Blackwell, 1982.

Najder, Zdzisław. *Joseph Conrad: A Chronicle*. Tr. Halina Carroll-Najder. New Brunswick, NJ: Rutgers University Press; Cambridge: Cambridge University Press, 1983.

Stanzel, Franz K. *A Theory of Narrative*. Cambridge: Cambridge University Press, 1986.

Todorov, Tzvetan. *Introduction to Poetics*. Tr. Richard Howard. Brighton: Harvester, 1981.

Trotter, David. *The English Novel in History: 1895–1920*. London: Routledge, 1993.

Watt, Ian. *Conrad in the Nineteenth Century*. Berkeley: University of California Press, 1979; London: Chatto & Windus, 1980.

Watts, Cedric. *A Preface to Conrad*. 2nd edn. London: Longman, 1993.

第10章 コンラッドと帝国主義

アンドレア・ホワイト［Andrea WHITE］
設楽靖子（訳）

「コンラッド氏が植民地化や領土拡大ばかりでなく、帝国主義さえも非難しているなどと考えてはいけない」と、『マンチェスター・ガーディアン』紙の書評家は、「闇の奥」の当時の読者に断言した（シェリー編『コンラッド――批評の遺産』一三五頁）。その一方で、一九〇二年十二月、『アカデミーと文学』誌において、エドワード・ガーネットはこの小説の「転覆性」に注目し、「暗黒大陸の実態から切り取られた一ページ、すなわち、今までヨーロッパ人の目から注意深く暈《ぼか》され遠ざけられてきた一ページ」と表現した（同書、一三三頁）。コンラッドの小説は、このような正反対の反応を現在でも引き起こし続けている。特にこの三十年間、コンラッド研究においては作品の政治的側面に焦点が当てられることが多く、おおむねガーネットの見解が優勢である一方、これら初期の二つの意見は今も論議の枠組みをなしており、多様な視点による論議が作り出され続けている。

事実、論議はさまざまで、コンラッドを帝国主義に対する保守的な「イギリス的見解」の持ち主と見なすものから、帝国の事業全体に懐疑的で反植民地抗争の代弁者と見なすものまで広範囲に及んでいる（イーグルトン『文芸批評とイデオロギー』一二五頁、ホーキンズ「コンラッドと植民地主義の心理」八六頁）。ナイジェリアの作家チヌア・

アチェベはコンラッドを「とんでもない人種差別主義者」と非難したが、南アフリカの作家エゼキエル・ムファーレレは、コンラッドは「自らとは異なる文化集団に属する人物たちについて優れた造形をなした傑出した白人小説家」の数少ないうちの一人であったと反論している（『アフリカのイメージ』一二五頁）。スリランカ在住のD・C・R・A・グナティラカは、コンラッドを「マーク・トウェイン、ロジャー・ケースメント、E・D・モレルといった、帝国主義に対して当時徹底的な批判を展開した錚々たる面々の少数派」（『イギリス小説における発展途上国』一頁）の一人と位置づける。[*1] このように、コンラッドの作品は当時支配的であった自画自賛的な帝国主義的言説を再提示するものであると読み解く人もいれば、それを「転覆」させるものとして読む人もいる。いずれにせよ、コンラッドの最大の関心が植民地主義者の心理に向けられていたことは大方の認めるところであるが、現地の人々やその風景を後景化するそのこと自体が好ましくないと主張する立場をとる人もいる。

もしサルマン・ラシュディが主張するように、「我々は皆、歴史の照射を受けている」（『想像の祖国』一〇〇頁）のであれば、そこから行動を起こすか観察するか、書くか読むかにあたっての、中立的な場所など実際あり得ない。したがって、このように多様で相反する読みは、我々自身の読みも含め、必然的に、一九六〇年代から九〇年代にかけての諸々《もろもろ》の出来事や思想の潮流を反映している。我々は、必然的に、それぞれに何らかの特徴づけをなされた主体としてコンラッドのテクストに入りこむのである。とはいえ、彼の作品はこうした複雑さや不安定さを反映している一方で、十九世紀末から二十世紀初頭にかけてのヨーロッパにおける帝国の事情を深く考察したものとなっており、帝国主義が遠くから見れば安定した一枚岩のように見えたとしても実際には決してそうではなかったことを明らかにしている。コンラッドの作品は、マラヤにおけるゆるやかで暫定的《アドホック》な統治形態から、アフリカで繰り広げられた激しい土地収奪、南米にもたらされた経済的な属国状態にいたるまで、帝国主義展開の諸段階における特徴を跡づけるものとなっている。

I

「大人になったら絶対に〝そこへ〟行くんだ」と、十一歳のユゼフ・テオドル・コンラット・コジェニョフスキは心に誓ったが、「〝そこ〟は、スタンリー滝がある地域で、一八六八年には地図で描かれた地表の空白部の中でも、とりわけ空白となっているところだった」（『個人的記録』一三頁）。ポーランドの学校では地理は重視されていない科目だったと本人は不満であったらしいが、そのように地図を見つめることは、アフリカ、アジア、太平洋の辺境植民地から本国の中心部へと送り返されてくる冒険と探検に関するおびただしい数の報告に心躍らせた十九世紀中葉のヨーロッパ人にとって、とりたてて珍しい趣味であったはずがない。すでに年齢を重ねていた作家コンラッドの言葉を信じるなら、この若きポーランド人は、ジェイムズ・クック船長、レオポルド・マクリントック卿、デイヴィッド・リヴィングストンらの日記に深く感動し、これらの「真実の探求［者］」（『最後の随筆集』一〇頁）に憧れていた。しかし、若いときに憧れてアフリカに自分で行ってみようと誓ったときから、実際に一八九〇年にコンゴに到着するまでのあいだに、少年時代に思い描いた探検という夢は、マーティン・グリーンが言うところの「帝国の行為」へと変化していた。アフリカの地図にあったあの「空白」の空間は、ヨーロッパの帝国主義によって、すでに暗黒の地とされていたのである。

　子供の頃の宣言から十年後、コンラッドがイギリス商船員として働き始める一八七八年までには、非ヨーロッパ世界に対するヨーロッパの帝国支配は地球の陸地の三分の二近くに及んでおり、イギリス帝国はそのような保有領土の多くの部分を占めていた。オセアニア、ニュージーランド、オーストラリアでの領土から、海峡植民地やマレー連合州、さらにインド、カナダ、アフリカ、カリブ世界、中国や、より非公式に交易の支配をしていた南米にいたるまで、コンラッドが仕えたイギリス帝国は広大な地域に及ぶものであった。十九世紀末には、その帝国は、陸地の四分の一近く、世界人口の四分の一以上を占めるようになっていた。

そこで、帰化してまもないイギリス臣民たるコンラッドがこの時点の自分を称して「イギリスのタールにまみれたポーランド人貴族」(『書簡集』第一巻、五三頁)[1]と言ったときには、それなりの感懐と自負心を持ってのことであった。コンラッドにとって、この時までには、「もてなし厚い大ブリテン島の海岸」が「我が家」となっていたのであり(『書簡集』第一巻、一二頁)[2]、彼が仕える帝国は、彼の見るかぎり、良き仕事をなしていたのである。コンラッドの共感は明らかに保守的なものであった。これより数年前、ある友人に宛てて、一八八五年の総選挙での自由党の勝利についての失望感を書き、「まともで、尊敬に値し、神聖なるものすべて」すなわち「偉大なる大英帝国」は「正気を失って崖から転がりだした」と嘆いている(『書簡集』第一巻、一六頁)[3]。一八九〇年、初めてコンゴ河を蒸気船で遡行したとき、コンラッドはこうした考え方を持っていたのであり、すでに一般に流布していた「アフリカ」を携えていた。それは、エドワード・サイードが言うところの「心象地理」(『オリエンタリズム』四九頁)であり、アフリカを旅するヨーロッパ人に、地図、蚊除けのブーツ、日除け用ヘルメット《ソラトピー》帽などを常備させるものであった。サイードが「オリエンタリズム」は神話的に作り上げられたものと特徴づけたように、「アフリカ」もまた、初めてそこを訪れる人々の心の中に、あらかじめ存在していたのである。コンラッドがすでに読んでいたマンゴ・パークやデイヴィッド・リヴィングストンら探検家による冒険談は、彼のために「アフリカ」を力強く創り出していた。コンゴ河の蒸気船に乗りこむ頃には、コンラッドは、少なくとも部分的には、「暗黒大陸というヴィクトリア朝の神話」(ブラントリンガー『暗黒の支配』一七三頁)の犠牲者であった。コンゴ河を最初に遡行したときに記した日記の初めあたりで、一人の若い白人の紳士《サーブ》が何もかも本物《パッカ》でないと不満げであるのは、驚くことではない。[*2] しかし、この旅について一八九八—九九年に小説として書かれたものは、これに先行する、また後に続く彼の小説と同様、帝国主義的ヨーロッパによる「文明化の使命」に対して、より手厳しい態度を明確にしている。マーロウについてピーター・ナザレスが注目していることは、コンラッドについても当てはまる。つまり、アフリカに行って、その地で、そしてアフリカの人々の中に、闇を見つけようとしたのであるが、意に反して、闇は「我々」自らの中にあると認めざるを得なかったのである（「暗闇を抜けて」一七五頁）。

冒険心を持って植民地に入り込んだという自らの役割について明らかに鈍感な見解しか持っていなかった若い船員が、慈善のためという帝国主義の欺瞞《ぎまん》的主張を白日のもとに曝《さら》そうとする小説家の卵へと変化していく、この変化はどのように説明され得るであろうか。答は、一つには、もともと帝国主義に対するコンラッドの態度形成に関わる複雑さにある。たしかに、自身の家族がロシア帝国主義の犠牲者となったことを目の当たりにしている。シュラフタ（ポーランドの地主層）として、父方のコジェニョフスキ家も、母方のボブロフスキ家も、専制政治に抵抗した愛国者であった。「一八六三年の不運な蜂起」（『個人的記録』二四頁）の際、伯父の一人は殺され、別の伯父はシベリア流刑となり、その地で没している。父親はポーランドの独立をめざす愛国的運動ゆえに一八六二年に国外追放となり、五歳のコンラッドは両親とともに流刑地へ同行するが、その厳しい環境の中で母親は数年後に亡くなり、健康を害した父親はその数年後の一八六九年に死去した。

こうした出来事に対するコンラッドの見方は、母方の伯父でありコンラッドの後見人であるタデウシュ・ボブロフスキのより保守的な見解というフィルターをかけられるようになった。つまり、圧制に対するコジェニョフスキ家の愛国的衝動は、コンラッドの記憶するかぎり、生涯を通じて、ボブロフスキの合理的かつ懐疑的な保守主義によって常にある程度和らげられたのだった。継承したものは、圧制的な専制政治への敏感さであると同時に、社会的な、とくに民族主義的な運動の理想主義に対する深い懐疑の念であった。コンラッドの青年期とその後の発展の「すべての面」において、ロシアによる支配とロシアによるポーランド占領が影響を及ぼしたとまで言い切る批評家もいる（シュチピェン「コンラッド『個人的記録』の歴史的背景」一二頁）。確かに、十七歳のコンラッドが自らの意志で異国での生活を選んだのは、ポーランドでロシア臣民であることがもたらす諸々の結果、とくに兵役を避けたいという理由によるところが大きい。

もう一つの答は、ヨーロッパの帝国主義自体が、一八八〇年から一九一四年の間に変質したことがある。この期間に植民地征服は加速し、世界規模で広がっていった。この「新帝国主義」は、産業化した国々において食料、原料、市場、および投資の機会に対する必要性と欲望が増大したことへの複雑な反応であり、ドイツ、ベルギー、イタリア、アメリカ合衆国、日本などの新参者によって推し進められた。一方、二百年以上にわたって植民地を拡大してきたイギリスは、フランスとともに、その営みを倍加させた。これら増殖した植民地大国は、特に熱帯地方において、しだいに小さくなる空間を我が物とすべく、競合を激化させていった。アフリカだけを見ても、ヨーロッパによる領土保有率は、一八七五年の一一％から一九〇二年には九〇％へと増大した。このように数字が跳ね上がったのは、コンゴ問題を中心とした一八八四―八五年のベルリン会議によるところが大きく、これによって、イギリスと他の西洋十三ヵ国間で効率的にアフリカ分割が実施され、ベルギー王レオポルドの悪名高き、かつ不適切にも命名された「コンゴ自由国」が誕生した。一九一四年までに、アフリカ全土は、エチオピアとリビアとモロッコの一部を除いて、西欧列強によって切り分けられ、太平洋は全域が分配された。そこで、この時期、特に熱帯に手を伸ばしてそこを支配することが公然と論議され、ヨーロッパ諸国間の競争意識をあおる差し迫った争点となった。ヨーロッパ諸国は、自らのテクノロジー（すなわち、征服や併合を可能にした技術上の優位そのもの）がゴムなどの熱帯産物への依存度を高めていることに気づき、また、自身の「文明」がココア、茶、コーヒー、砂糖キビ、植物油といった熱帯の食産物を必要としていることを知る。一八八〇年代の大不況の頃までは地球規模での自由交易が常であったが、次第に保護貿易主義が国際経済の多くの場面で主流となった。植民地領有に向けての奪い合いは、政治的・経済的競合であったのみならず、帝国の所有地を広げて既得の帝国を防衛するための軍事力強化につながった[*3]。

メアリー・キングズリーの『西アフリカ研究』（一八九九）はコンラッドが好んで読んだ本であるが、キングズリーが近代帝国主義への不満を語るとき、それは、自らの祖先たちが行った旧式の帝国主義とはまったく異なるものに対してであり、彼女は同時代人たちが新規で歴史的に重要な展開と感じているある変化に注目していたのである。まもなく帝国主義と呼ばれるもの（ホブズボームによれば、一八九〇年代までは一般に通用する用語ではなかった）を当時分析しようとすれば、このように世界のほぼ全域を領土分割することは、少数国家による公式の統治であれ非公式の政治的支配であれ、国内的および国際的発展の一般的な型からみて、「十九世紀中葉の自由貿易・自由競争の自由主義的世界とは著しく異なる」（ホブズボーム『帝国の時代』五九頁）新しい局面と見えたであろう。おそらくそれが、コンラッドが一八八五年時点で「正気を失った」と嘆いた旧い帝国のことであり、その後を継いだ別の帝国を目の前にして嘆かれてしかるべき事実であったろう。「本当の仕事は赤色の場所でなされている」[4]というマーロウの発言について、イアン・ワットはコンラッドによる後期ヴィクトリア朝の読者への挨拶だと理解するが、おそらくコンラッドは、新帝国主義が植民地化する側もされる側にも破滅的な結果をもたらしたことがだれの目にも明らかになる以前には、そのような旧い帝国の時代があったとも考えたであろう。

一九〇〇年までには主要列強は世界のほとんどで所有権を主張しており、相互の競争は激化していた。本国の中心となる都市、特にロンドンは、世界金融の強力な中核となっており、一方、コンラッドが仕えた商船隊は、原料および加工品を運ぶ先導的な運送業の担い手になっていた。一八八六年、ポーランドの愛国的シュラフタの息子が二十九歳にしてイギリス臣民かつイギリス商船の船長となるまでに、コンラッドはすでに八年間こうした帝国の事業に携わっていたのであり、オーストラリアへ毛織物製品を、バンコクへ石炭を積み荷として運び、また、シンガポールからボルネオ奥地へ工業製品を輸送しては、その帰りに川の上流のダヤクが集めたグッタペルカ〔アジア熱帯の木の樹液から採れるゴムの一種〕、ラタン、真珠貝、蜜蝋《みつろう》を運び出していた。コンフッドが当初「交易」「交換」について考えていたことは、きっと、交易とは富の交換であり双方に利益をもたらすというアダム・スミスの思想をトマス・ラッフルズ風に変更したものに近かったであろう（ベネット『帝国の概念』六七頁）。近年メアリー・ルイーズ・プラットらが論じているように、「交易」と「交換」は建前ほどには無害でもなければ相互利益をもたらすものでもなかったが、コンラッドがこうした見解に接する機会が多くあったわけではない。プラットによれば、「相互依存とは、常に、資本主義による自らのためのイデオロギーであった」（『帝国の眼差し』八四頁）。しかしながら、小説を書き始める頃には、コンラッドも、「交易」が何のごまかしもない「当然の」ものであるかどうかを疑い始めていた。帝国の担い手たちがその全体像をイデオロギーに隠されている中で理解するのは困難であったとしても、コンラッドのような特異な立場にあった者にとっては、帝国が文明を導く使命を持つという急速に認知されだしたレトリック――それは、自身の行為を正当化するために必ず持ち出したものであるが――の先を読み、そのうえでそうした言説と「ただ獲物のゆえに獲物を奪う」（『「闇の奥」その他の物語』一四〇頁）という現実との不一致に気づく（事実、まもなく気づいたのだったが）ことは可能であった。彼は、時流の「文明化論議」の下に隠されてはいても、植民地領土の拡大・併合という事業が経済的必要性から生じていることを理解していたのである。マーロウが感傷的な叔母に気づかせたように、交易会社は確かに利潤追求のために経営されていたのだった。

　この時期、帝国主義の性格が外に向かって変化し、コンラッドの経験や視野にもきわめて重要な展開が見られる。彼は植民地主義をいっそう近くで見るようになった。植民地のさまざまな前哨地間の交易に携わっていたコンラッドは、常に特権的なヨーロッパ船の航海士ないしは船長であった。「原始的なるもの」を決して好むことなく、マーロウのように、出向いた外地で「現地人化」したり、「上陸して、一緒に叫んだり踊ったりする」危険を冒すことはなかった。航海で訪れたさまざまな港にあって、他の船の船員たちと距離を保っていたほどである。しかし、蒸気船ヴィーダー号に乗務中に三十歳の誕生日を迎えたコンラッドは、マレー群島の沿岸をあちこち回りながら、うわべは円滑になされているように見える帝国の交易の向こう側を垣間《かいま》見る機会を得た。ヴィーダー号がボルネオの川を遡行し、ジャングルに入り込み、それまでは彼自身が広大な帝国の現実として経験していた被植民地地域に建ち並ぶ堂々たる構えの建物、諸々の機関、港の建物、白人用ホテルなどを後にして、ヨーロッパ人野営地のような粗末な造りの交易所に辿り着いたとき、コンラッドは、植民地化する側とされる側の双方の実態を目にしたのである。いずれもが、偉大でもなければ進歩的でもなく、愚かしいものとして彼に衝撃を与えた。公的文言《ぶんげん》や当時の溢れるほどの旅行記や冒険小説に記されている「熱帯での白人」というイメージは、現実の場面で見出されることはなかった。目にしたのは、文明の松明《たいまつ》を効率良く慈悲深く掲げる者たちではなく、ヨーロッパから切り離され、ホームシックになり、権力や思い込みの人種的優越や酒に溺れる者たちの姿であった（ナイデル『ジョウゼフ・コンラッド——年代記』九九頁）。帝国の交易という日常的な仕事（それは、表向きは関わりのある者すべてにとって利益となるはずである）と、その実際の有り様とのあいだの落差は、コンラッドを深くとらえることとなった。

そして、いっそう注意して帝国を見て、領土拡大に伴う残虐行為を目にするにつれ、「文明化」すなわち道徳的向上という大義名分に対するコンラッドの疑念は深まっていった。同様に、競合する植民地大国間や相反する文化間での権力闘争を目撃することで、年少の頃の政治的闘争の記憶が呼び起こされ、それらが少年時代に熱中して読んだ英雄冒険談ともつながって、慙愧《ざんき》の念と同時に想像力を喚起することになった。彼は敬愛していた「真実」の探求者たちの足跡をたどったのだが、そこで目にしたのは、勇敢なる探検のあとに行われたあさましい搾取の実態であった。このマレー群島での経験を素材に、二年後、最初の小説となる『オールメイヤーの阿房宮』

を書き始め、それは当時の支配的言説によって構築されていた帝国の問題を真剣に疑問視する作品となる。一八八八年にヴィーダー号での契約を終え、次に選んだ仕事は、蒸気船でのコンゴ河の遡行《そこう》であった。そこでの七ヵ月はコンラッドを変貌させ、いっそう内省的な、つまりヨーロッパ帝国主義の営為に批判的な見解を彼に迫ることとなった。この理解こそ、以後すべての作品に深く影響することになったが、それは、書きかけのままアフリカに持参していた『オールメイヤーの阿房宮』についても同様である。

　コンゴでの体験から回復を図るべくロンドンの病院に数ヵ月入院していた一八九一年から、『オールメイヤーの阿房宮』が出版される一八九五年までの間、コンラッドは、海で過ごすのと同じくらいの時間をイギリスで過ごしていた。その頃までには盛んに新聞を読むようになっており、帝国の拡大継続をめぐるさまざまな議論によく通じていたはずである。そうした議論の発言者の多くは、インド（多かれ少なかれ帝国の現実の姿である）と、「白人入植者」による植民地と、熱帯の領土とを、区別していた。「白人入植者」による植民地が「イギリス帝国連邦」の一部となるべきかどうかも、別個の、とはいえ無関係ではない側面として議論されていた。しかし、熱帯地方、特にアフリカにおける拡大継続を支持するかどうかといった論議は、よりとげとげしく喧《かまび》しくなっていた。ベルリン会議はアフリカ分割をほぼ完成させたとはいえ、新領土の統治方法と地位をめぐって、たとえばウガンダは保護領とすべきか、スーダンを併合すべきかなどについて、イギリスでの論議は続いていた。一八八一年、ケンブリッジの近代史教授ジョン・シーリーは、帝国をめぐる論議が二分されていると見た。一つは、拡大と併合の継続を是とする「膨張論者」であり、もう一つは、帝国を無用で重荷と考え、すみやかに放棄するに越したことはないとする「悲観論者」であった。「膨張論者」の代表的意見は、イギリス人たる者がその帝国を放棄するなら自らの責務をないがしろにするに等しいというものであり、他方は、さらなる拡大は破綻をもたらすと反論した。しかし、これらの「悲観論者」ないしは「小イギリス論者《リトル・イングランダーズ》」は、往々にして沈黙を迫られ、前進を阻む非愛国者として激しく非難された。新帝国主義は、一八八五年、一八八六—九二年、そして再度一八九五—一九〇二年に、首相ソールズベリー侯ロバート・セシルによって、またその植民地相ジョウゼフ・チェンバレンによって、声高かつ頻繁に唱えられた。ソールズベリー侯は、政府の「道徳的責務」として、「イギリスの商業と、イギリスの事業と、イギリス資本の適用への道筋を円滑にする」ために、拡大と併合の継続を支持した（ベネット『帝国の概念』三二二頁）。両者とも、効果的なレトリックをもって、経済問題を道徳問題に摩《す》り替えていった。

ヨーロッパ人たちが「未開の」人々を統治する権利を主張するにあたっては、たいてい、自らが技術と道徳において優越しているという根拠に基づいており、イギリス人も例外ではなかった。ミルナー卿（当時のケープ総督）は、一九〇三年にヨハネスブルクの市評議会において、「白人が統治せねばならない。なぜなら、白人は黒人よりも、何歩も何歩も高みにあるからである」（同書、三四三頁）と発言している。この見解は、十九世紀後半のヨーロッパ人に固有の進化論思想を如実に示すものであった。ダーウィンが示唆し、エドワード・タイラー、ハーバート・スペンサー、ベンジャミン・キッドといった人類学者や社会学者がさらに練り上げたモデル、つまり当時普及していた中心的モデルは進化論であり、人類は「野蛮」から「文明」へと成長するのであり、進歩は必然であり普遍的である、というものであった。文明は、子供が大人に成長するのとほぼ同じように進歩する。すなわち、それは、衝動性と具象的思考と魔術信仰が特徴的な低次元の幼児のような段階から、内省的で抽象思考ができ「本物」の宗教を受容する成人のような優秀性が特徴的な高度な段階へと、多かれ少なかれ均質的に進歩していくというのである。事実、キッドの『熱帯の支配』（一八九八）はヨーロッパによる植民地化に反対の立場であったが、それは、より高度に進化した人種を汚染から守るためであった。キッドによれば、「野生化する」「未開に馴染む」「熱帯ぼけ」とは、そうした植民地化の実験がもたらす不幸な結果であった。「低級な」人種はそれなりに「自然に」進化すればよいのであって、彼らの「効率の悪さ」はそこに住む白人に悪影響を及ぼす危険がある、という論である。確固とした行政的支配が必要である(現地人たちは自分たちの持てるものを自力で開発できないだろうから)が、永続的な植民地を建設することは考慮するには及ばない。キッドは、白人が熱帯地方に定住した場合の悪しき結果に強い警戒の念をいだき、この退行への潜在的可能性と適者生存を唱える進化モデルの主張との間の矛盾にはまったく無関心であった。むしろ、高度に進化したヨーロッパ人は、自らを文明化した諸々の要素、つまり自分を作り上げた「道徳、倫理、政治、身体の諸条件」(『熱帯の支配』五〇頁)と常につながっているべきである、と考えた。それは、自らの複雑さを前提に、権威の維持をいっそう正当化するものであった。現地人たちは人間の発達の進化がより低い状態にあるという見方は、めったに反論されることもなく、これらの「より若い」兄弟姉妹たちを手助けすることがより高度に発達した人々の「責務」であるというのが多くの人の認めるところであり、領土拡大へ向けて便利に使われた主張であった。

そうした主張にとっては、拡大と支配の継続は、道徳的かつ実際的であるだけでなく、ともかく自然なことでもあった。それに対し、コンラッドの作品は、ヨーロッパ人による介入が「途方もない《ファンタスティック》」(『「闇の奥」その他の物語』一六六、一八二頁)ことを示している。文明化という使命が「神話的なほどに強調」され、『その光が目も眩むほどにまぶしい』ことで、東西の出会いをめぐる他の苦々しい物語は消し去られることになったが(シャープ「植民地支配抵抗の人物像」一四三頁)、その苦々しさこそがコンラッドが作品で描き出しているものである。一八九七年、彼はソールズベリー内閣を「腑抜けた愚かしさ」と形容した(『書簡集』第一巻、三三九頁)[5]。ソールズベリーや他の膨張論者たちによる道徳的優越、啓蒙、進歩についての声高な発言は、コンラッドには、聞こえは良いが不誠実で破壊的な表現に思えたに違いない。彼が作品で描く帝国主義的介入は、オランダ、ベルギー、フランス、イギリス、アメリカなど、いずれの場合も、進歩の前哨所としてではなく、不自然で致命的な分裂行為として捉えられている。そもそもの生い立ちからして懐疑的な体質であり、理想ないし高邁《こうまい》な思想はいったん行動に移されるや消滅することは自らの経験から知っており、さらに、さまざまな植民地の港を出入りした職業上の利点から見ても、かくも褒め上げられた「進歩」に類似したものはどこにも見あたらなかったからである。

新帝国主義がますます組織化され、支配を強め、行政の面でも世界的規模で連携を強めていったことは、十九世紀末から二十世紀初頭にかけての大きな世界的事実であった。この新帝国主義を生み出した経済は、不可避的に世界的規模のものであり、「十九世紀にはその傾向がさらに定着した。資本主義経済の活動は、この地球上のはるか遠隔地にまで拡がり、あらゆる地域をかつてないほど根本的に変化させた」（ホブズボーム『帝国の時代』四一頁）。こうした変容は、コンラッドの作品においては、進歩的なるものとしてではなく、自身が「子供の頃からの憧れ」と表現したサラワクのラジャであるジェイムズ・ブルックや、あるいはジェイムズ・クック船長のような人物による冒険的功績とは異なり、そうしたものから嘆かわしいほどに矮小《わいしょう》化したものとして描かれた。[*4] 彼の作品は、全体に支配を行き渡らせようとするこの「新」帝国主義の世界を、まだ「空白」があった時代へのノスタルジアをこめて描いたものであった。だとすれば、まずはボルネオがコンラッドの想像力をかき立てたことは驚くにあたらない。なぜなら、そこでは、トム・リンガード船長のような個人が泥の川の孤立した上流部で自分の裁量のままに交易を独占できる時代、あるいはマレー諸国においては擬似的な政府特許会社といった比較的未組織の無法状態から地球規模での商業的交易や帝国の競合という世界へと変化していく時代が、世界史において最後の瞬間を見せていたからである。そして、事情は急速に変化しつつあり、『オールメイヤーの阿房宮』を書き始めるまでには、この地域で起こりつつある交易実態の変容の中に置かれた孤独な交易者を描くにあたって、物語の設定年代を過去へ十年間ずらす必要があった（テナント『ジョウゼフ・コンラッド』七七頁）。それは、コンラッドの作家生活の最初の十五年間がこのような新帝国主義が展開していく世紀転換期にまたがっていたからであり、この時期の彼の主要作品は、まさにこの問題を反映しているのである。

II

『オールメイヤーの阿房宮』と『島の流れ者』

コンラッドの最初の小説二点（『オールメイヤーの阿房宮』と『島の流れ者』）と、『救助』、初期の短編の多く、『ロード・ジム』、および『勝利』は、現地人ダヤク族、移住者である中国人、マレー人スルタン、アラブの有力商人、オランダ人・イギリス人交易者たちの間での複雑に競合する人種・文化間の関係を描いている。どの集団も理想化されてはおらず、むしろ我々が感じるのは、ありふれた人間の欲望によって内部的にも外部的にも煽《あお》られ、追放や権力闘争が繰り返されていく様である。それは、複数の視点からなる世界であり、豊かにして歴史的に重要な視点を提示しており、無知で後進的な「彼ら」と勇敢で進歩的な「我々」というような、均質で自らを寿《ことほ》ぐ話ではなく、またアブドゥル・ジャンモハメドが示したような、当時の植民地小説の大半にみられるマニ教的善悪二元論の対立ではない。広く流布している報道や、熱帯を舞台とする当時の英雄的白人の冒険物語や、地上の暗黒部分を文明化する白人の道徳的（そして経済的）責務としてイギリスの政治指導者たちが公言するものなどに表象されている帝国の世界像は、どこにも見出すことはできない。

R・L・スティーヴンソンが南太平洋を舞台とする物語の中で描いたもの、そして後にJ・A・ホブソンが帝国批判の書『帝国主義論』（一九〇二）において考察することになるものは、コンラッドも自身の目で見ていた。つまり、「イギリスは（中略）損なわれた性格及び経歴の者に対して、便利な辺境（リンボー）〔不用な者の行き着く場所、忘却の淵〕を供給する」（ホブソン　五二頁）のであって、文明化の使命のもとに前進する光の使者に対してではない、と。グナティラカは、この点でコンラッドとホブソンの考えが一致することを、『勝利』の中に見出しているが（『イギリス小説における発展途上国』六八―六九頁）、その観察は、帝国の前哨所を舞台とするコンラッドの他の小説にも当てはまる。『オールメイヤーの阿房宮』は、帝国の営為一般や、特にそれに伴う「麗しい言葉」に対するコンラッドの懐疑を反映しており、サンバーなる辺境地でのヨーロッパ人を英雄的に描くことを拒否している。オールメイヤー自身、苦々しげで挫折したオランダ人であり、黄金と栄光を手に入れる夢はこの沈滞した前哨所で潰《つい》えている。リンガードは、富と冒険を求めてマレー群島へ侵入したイギリス人交易者であるが、ますます実体のない影のような存在となり、彼のはかない希望は挫折する。この「損なわれた性格及び経歴の者」たちの中に、キッドらが言うところの優越した白人たちを見ることはできない。

コンラッドの小説は、ヨーロッパ人に相応の特権を与えていないだけでなく、ヨーロッパ人一般に向けられた現地人の視点を代弁するものでもあって、言い換えれば、疎《うと》まれた白人とそうでない白人とを区別しない視点をとる。現地人たちはリンガードを「ラジャ・ラウト」（海の王）と呼んではいるが、その一方で、実際にはさほど尊敬してはおらず、白人たちは二心ある破壊をもたらすご都合主義者であって、「口に祈りを唱えて、手に鉄砲を持って」（『オールメイヤーの阿房宮』一二五頁）この地に来た、と見る。オールメイヤー夫人とニーナの見方、および『オールメイヤーの阿房宮』と『島の流れ者』の両方に登場する現地人支配者の腹心ババラッチの見方は、このヨーロッパ人とその事業に対して真っ当な賛辞を送るものではない。ババラッチは「オランダ人ども」を憎み、今やどこにでも姿を現す白人リンガードによって「彼の幸福と栄誉にとって不可欠のすべての物が一瞬にして灰《かい》燼《じん》に帰した」（『島の流れ者』五二頁）、それ以前の日々が戻るのを熱望している。ババラッチはオールメイヤー夫人と謀《はか》るが、オールメイヤー夫人自身、白人リンガードの「有利な立場」を受け入れたことで苦い思いをさせられた。すなわち、もとの海賊の部族から「救出」され、ヨーロッパ人の学校へ送られ、オランダ人カスパル・オールメイヤーと結婚させられた。同様に、ニーナは、シンガポールでの十年間のヨーロッパ式教育の後、白人男性の人種的偏見による傷だけを負い、さらに母親やデインの語る現地人の勇気と冒険の物語に比べて、ヨーロッパ文化の空疎さを強く感じる。オールメイヤーの最後の敗北は、最愛の娘からの拒絶である。「ひ弱で、伝統を持たない」彼は、娘に渡せる物は何もない。ニーナが激しく非難するのは、よく言われる現地人たちの道徳的劣等性ではなくて、偏狭で、道徳的に空疎で、人種的に排他的で、活力を欠くヨーロッパ文明のほうである。『島の流れ者』において、アイーサは、同様のことをヴィレムス側の人々について考える。「白人以外の者には不幸だけしかもたらさず（中略）すべての土地を盗み、すべての海に君臨し、憐れみも真実も知らずに、ただ自分の力に酔っている人々」（『島の流れ者』一五三頁）であると。ここにおいては、当時の植民地言説において往々にして沈黙させられている現地人が、「彼ら」と「我々」という単一論理での語り方に割って入る。ペーテル・ヴィレムスは、オールメイヤーよりもさらに共感しにくい人物であり、我々は、彼の零落の原因は、本人自身の空疎さと、「文明化」という事業そのものの空疎さにある、と考える。そこには、前進する帝国の高貴なる仕事という姿はどこにもなく、ただ、「阿片の密売や、火薬の不法売買や、武器の大量密輸入」（同書、八頁）がある。

　さらにどちらの小説も、リンガード船長の慈悲深い父親的温情主義《パターナリズム》を非難している。それは、自身の所有物と考えるこの一角に幸福と繁栄をもたらすことができるのは自分と自分の交易のみであるというリンガードの思い込みを、否定することである。そして、リンガードと実在のサラワクのラジャ、ジェイムズ・ブルックとを比較対照することで、喪失感が明確に示される。リンガードが地域の海賊を掃討しサンバーに秩序をもたらしたことは、ブルックがサラワクでなしたことと同様であるが、リンガードは「一人の挫折したブルック」として描かれているのであり、慈悲深い専制君主という彼の夢が実現したのは一瞬のみである。このように、コンラッドの最初の二つの小説は、帝国主義の中心的公言の一つ、つまり、優越したヨーロッパ文明が地球の暗黒の地を照らすという公言に対し、疑問を投げかけている。交易は、進歩をもたらすよりも、さまざまな競争関係を激化させ、阿片を持ち込んだだけであり、夢を誘発するこの薬物は皮肉にもオールメイヤーを最終的に抹殺する。

コンラッドが熱帯での白人を描写するとき、それは英雄像を「転覆」させたものであり、現地人の表象は、帝国の事業という覇権的な見方を不安定にするように作用する。たとえば、ババラッチは不屈であり、我々は彼が「効率の悪い」人種に属すると見なすことはない。ハント・ホーキンズによれば、当時、現地人たちはヨーロッパ人を神のように頼れる超人的存在と考えているといった、帝国の侵入行為を正当化する説が支配的であったが、コンラッドの小説はそうした説に挑むものであった。ホーキンズが言うには、フランツ・ファノンが『黒い皮膚、白い仮面』(一九五二)で植民地の心理状態を検証したのと同様に、コンラッドは現地人の依存性という説を疑問視した(「植民地主義の心理」八六―八七頁)。ホーキンズによれば、コンラッドの描く現地人たちが依存的な立場に置かれている場合もしばしばあるが、その一方で、彼らは結局のところ、「ヨーロッパ人に依存していたとしても、それを超えて積極的な反抗を始め、(中略)多くの場合、まず自分の土地から植民者たちを駆逐することをめざす」(同論文、八七頁)。ホーキンズは、初期の短編「カライン」ではミンダナオの首長が追い立てられた犠牲者として位置づけられていると論じ、コンラッドは「反植民地抗争」の代弁者であり、自身の個人史ゆえに帝国の侵入による犠牲者たちに共感を持ち得た、と述べている。この短編においても、コンラッドは、ヨーロッパ人による侵入の不自然さと狂気(この場合は、スペインによるフィリピンへの侵入)、および現地人の抵抗が不可避であることを強調している。ベニタ・パリーが論じているように、受動的で従順な現地人という一般に受容された考えをこのように崩壊させること、つまり、「植民地主義者の知識で固定化され一律化された対象」としての現地人像を中心からずらすことは、帝国主義的言説を脱構築するにあたって重要な点である(「植民地言説の最新理論における諸問題」二九頁)。

アフリカを舞台とする小説群

「カライン」は雑誌連載の後、コンラッドの最初のアフリカ作品「進歩の前哨所」とともに、短編集『不安の物語』(一八九八)に再録された。この短編集への「作者覚書」において、コンラッドは「進歩の前哨所」について、「わたしが中央アフリカから持ち帰った略奪品の中でもっとも軽量なもので、主なものは『闇の奥』であった」(『不安の物語』序文四頁)と書いている。コンラッドは、自身の略奪品が「ほんの少量」で「他の誰にとってもあまり役に立たない」と弁明しているが、ここでの彼の皮肉は、ヨーロッパによるアフリカ侵入が善意から生まれたものであるとの主張の仮面を剝ぎ、さらにこの侵入が利己的な性質を帯びて日常的に行われている実態をあばき出す効果をあげていることである。また、「進歩の前哨所」は、「闇の奥」と同様、現地人の劣等性を当然視しヨーロッパによる支配を正当化するような、当時の人種観の誤謬《ごびゅう》をついている。「進歩」の前哨所に配属された二人の白人男性カイエールとカルリエは、かくも「損なわれた性格」であり、会社の象牙収集事業の運営については現地人の簿記係マコーラに、日々の糧については近隣の首長ゴビラに頼らざるを得ない。こうして、キッドのように「西洋文明の疑うべくもない優勢」の理由は「精力的な人種」にあるとする論は、誤りだとして退けられている。もちろん、ヨーロッパ人の侵入を正当化するような「進歩」は、完全に欠落している。「闇の奥」の場合は、中断された鉄道と、鎖に繋《つな》がれて強制労働させられる現地人たちと、死の森とがあるだけである。カイエールとカルリエの前哨所は帝国の光から遠く、象牙貿易は奴隷貿易へと退化し、ゴビラの村人らは殺され、村々は焼かれる。この皮肉によって、アフリカで進行する帝国の文明化事業についてのコンラッドの批判は激しさを増す。それがもっとも端的に表れているのは、カイエールとカルリエのまったくの無能ぶりと、「文明化活動の神聖さ」を宣言しながら「光明と信仰と通商をたずさえて地上の暗黒なる土地へ赴いた者たちの徳をたたえる」小説や新聞記事を二人が嬉々として読む様《さま》とが、並置されている場面である(『「闇の奥」その他の物語』一一頁)。

さらに、アフリカを舞台とする二つの物語が生き生きと表現しているのは、この「途方もない侵入」（同書一六六、一八二頁）の不自然さであり、特に、現地人たちの追い立てである。「進歩の前哨所」における十人の交易所労働者は遠方の部族の出身であり、六ヵ月だけの契約にもかかわらず、どうしたものか「もう二年以上も進歩の大義に仕えていた」（同書、一七頁）。彼らはたいてい悲惨で不健康なうえ、友人、家族、食べ慣れた食糧、心地よい信仰などから遠く離された者として描かれている。カイエールとカルリエは事情がまったく理解できないまま、アフリカ人の非能率や見るからに怠惰な様子に注目するだけである。「闇の奥」におけるマーロウは、ネリー号上の聞き手たちが考えたこともなかったような、植民地でのこうした残酷な側面について、人を不安にさせる類似性《アナロジー》を使うことによって生々しく表現しようとしている。マーロウは、コンゴ河沿いにある会社の中央交易所への長い徒歩旅行について語りながら、「寂寥《せきりょう》、人一人見ず、小屋一つ見ない」と、その様子を報告する。

> 「住民たちは、とっくの昔にいなくなってしまっている。そうだ、もしあの不可解な黒奴の大群が、ありとあらゆる恐ろしい武器に身を固めて、突然あのディールとグレイヴゼンド間の街道に現れたとして見給え、そして構わずそこいらの男を捕まえては、重い荷物を背負わせるのだ。見る間に界隈は、小屋も農場も空っぽになってしまうに決まっている」
>
> （同書、一六〇頁）

マーロウは当時の人種差別用語を使ってはいるが、侵略のもたらす不合理な非道さに対して、聞き手たちよりは、ないしはおそらく読者たちよりは、敏感であった。「アフリカの最暗部」の沼地やジャングルの道を、黒人の人夫たちがお決まりのごとくに列を作り、「文明の使者」である白人らに付き従っているような非道さは、日々の新聞の挿絵で当然のようになっているものであった。

これら二篇のアフリカの物語において、もう一つ、明瞭になっていることがある。それは、エドワード・ガーネットが最初に気づいていたことであるが、当時の植民地言説においてはまだ暴かれていなかった帝国主義のある一面、つまり、「小ぎれいな小説群」の中では帝国主義下で実際に行われている業務を隠蔽《いんぺい》する必要があった、そのことを暴いた点である。ジェレミー・ホーソンが指摘しているように、簿記係マコーラは「闇の奥」の会計係を先取りしている。つまり、両者とも上手な筆記と正確な簿記の能力を持ち、官僚化した会社制度を逆手に取ってその能力を生かし、合法的に盗み行為をしているのである。特にマコーラは、真実を覆い隠す必要があることや、事実、帝国主義は隠蔽に頼っていることを理解している（ホーソン『語りの技法』一六〇―六三頁）。一方、自分たち二人は「交易と進歩の先駆者」（『「闇の奥」その他の物語』一〇頁）だと考えるカイエールとカルリエは、事実と虚構を区別できない、また区別しようとしないという意味で、よりコンラッド的な中心人物であり、真実よりもマコーラの作り話を好む。この場合の真実とは、彼らが実際は奴隷商人であり、帝国主義がそうした野蛮行為を必要としているということである。目的は、かくも残酷に手段を正当化する。このことは、以前は帝国主義の言説には含まれていなかったが、現在では、帝国や帝国宣伝活動《プロパガンダ》のレトリックへの重要な批判点となっている。

「闇の奥」の反帝国主義は、なかでもE・D・モレルが聞き知ることとなった。モレルのコンゴ改革運動は、国王レオポルドの「自由」国での奴隷制を廃止するためのものであり、モレルはその活動を進める上で「闇の奥」に刺激されたと感じていた。モレルが書いたパンフレット『コンゴ奴隷国』（一九〇三）の序文には、「我々はアフリカ世界へ、ジョウゼフ・コンラッドがその記憶すべき物語の中で描いた〝闇の奥〟へ、再度、目を向けることになった」（『コンゴ改革運動の歴史』六一―六頁）と書かれている。コンゴでの残虐行為を伝える当時の報道がコンラッドの言葉をイギリスの読者にいっそう反響させたことは、間違いない。しかし、もし「進歩の前哨所」がベルギーの帝国主義を特定して批判しているようにある人たちに見えたとしたら、「闇の奥」の場合は、明らかに、その懐疑をずっと広く、ずっと国際的な対象へ向けるものであった。つまり、帝国主義列強のなかで非難を免れずにすむものは一つとしてない、ということだ。イギリス人船長マーロウは、フランスの蒸気船でアフリカに到着し、フランスの軍艦が西アフリカ海岸の沖合に停泊して森林地の「敵」に向けて発砲しているのを目にする。河の上流へと遡行する蒸気船に乗り込むと、船長はスウェーデン人で、会社の交易所では多くのベルギー人と一人のロシア人に会う。クルツ自身、イギリスでも教育を受け、両親はイギリスとフランスの家系出身であった。すなわち、「ヨーロッパ全体が集ってクルツを作り上げた」（『「闇の奥」その他の物語』二〇七頁）。マーロウは、テムズ河（もう一つの「地上の暗黒の地」）に浮かぶネリー号の上で、会計士、弁護士、会社重役に物語を語るが、それは、イギリス人株主たち全員、つまりは帝国を可能にした投資者たちに語りかけているのである。この点で、コンラッドの認識は、明らかにJ・A・ホブソンのものである。コンラッドがホブソンの『近代資本主義発達史』（一八九四）や『南アフリカの戦争』（一九〇〇）を読んだかどうかは別として、コンラッドの小説は、ホブソンの基本的な主義主張、つまり帝国主義は多くの人を犠牲にして少数の人を潤すという、『帝国主義論』（一九〇二）で十全に展開される考えと、明らかに合致している。*[5]

『ロード・ジム』

一八九八年、コンラッドが最初に『ロード・ジム』冒頭の素案を書いたとき、すでに東洋の海を舞台とする小説三点と短編五点を書き終えていた。ヨーロッパの優越という言説に対し、これほどアンチテーゼとなる話はなかろう。一八八〇年八月、ムスリムの巡礼者たちをシンガポールからジェッダ（メッカの外港）へ運ぶ船をヨーロッパの高級船員たちが荒天の海で見捨てたという実際のジェッダ号事件は、チェンバレンやソールズベリーらの公言に則して帝国の概念を形作っていた人々、つまり現地人は進歩の遅れた野蛮人で、ヨーロッパの文明人たちの英知を必要としていると考える人々を、当惑させたにちがいない。ジェッダ号がアデンに曳航《えいこう》されてきたとき、この出来事は一騒動を引き起こし、ロンドンの新聞などは熱い論議を展開した。[*(6)] ここで問題となったのは、ヨーロッパの名誉の喪失であり、多くの事実が明らかになるにつれて、特にイギリスの名誉の喪失が懸念されたのだった。この事件について、たいていの人々は、ヨーロッパによる現地人支配のまさに核心部における掟破りと見なした。裁判所も同様に判断し、船長の資格は剝奪された（ジムの場合も同様の扱いとなった）。そして、「船を見捨てた白人たち」の物語は、自分たちのほうが道徳的に優位であるとするヨーロッパ人の公言に影を投げかけながら、植民地のベランダや、オーストラリアや東洋の港の事務所で、こののち何年も語り継がれたにちがいない。ブリアリー船長の自殺は、統治する階層が支配を正当化するための神話にとって本質的な道徳律が無残に裏切られた、そのことに対しての一つの反応であったとも言えよう。

　ジムは、一見、冒険小説の読者たちにお馴染みの人物のように見える。白い服を着た主人公は「我々の仲間の一人」であり、彼の願望は、帝国の夢を構築するようにと働きかける小説・虚構によって形作られている。しかし、ジムは、ラジャ・ジェイムズ・ブルックでもなければ、冒険小説的ヒーローでもなく、彼らと違って、パトゥーサンに悲劇的な混乱を引き起こす。ジムによってこの地でなされた当初の事態改善はマーロウも認めるところではあるが、ジムの最後の行為は、住民らに混乱を、デイン・ウォリスの両親に悲劇をもたらす。彼自身にとって、またドラミンの家族とその共同体にとって不運なことに、ジムは、帝国の諸事実と、自らが耽読していた帝国の小説群とを、混同していたのである。[*(7)]

　ジムが実在のブルックでないのと同様、一八八〇年代は一八四〇年代とは異なっていた。すでにコンラッドは「ヒーローたちやヒロイズムを放棄していた」（ダラス『ジョウゼフ・コンラッドと西洋』一四二頁）、そのこと自体、新しい世界経済によって作り出された新しい状況と関連している。紳士ブラウンの出現による破滅は、一人の小説家の単なる偶然の思いつきではない。一八八〇年代までに文明の網は広範囲に広がり、帝国主義的文明の手も長く伸びていたのであり、『勝利』のヘイストが気づくように、歴史の外側に置かれた場所などどこにもなかった。つまり、ブラウンとのそのような出会いは不可避であった。「〝闇の力〟の盲目の共犯者」（『ロード・ジム』三五四頁）ブラウンの登場は、近代の帝国主義イデオロギーが情け無用の商業活動の中でもたらす、予見不可能で、かつ不可避的な結末である。帝国の商業活動という面で見ても、この西太平洋の交易船長は、噂によれば、「コプラを扱っている一流の貿易会社から、内密に資金援助を受けていた」（三五三頁）。ブラウンは、「その活動はどこまでも影響力を広げ、その関心は経済的利潤のみ」という帝国の政策がもたらす非人間的な結果を具現している（ゼルニック「コンラッドの『ロード・ジム』」七七頁）。やはりここでも、コンラッドは、イデオロギーが曖昧なままにしておきたがっていることを白日のもとに晒《さら》そうとしている。

『相続人たち』

コンラッドの小説のみでなく、当時の社会情勢もまた、帝国主義の結果はどこまでも影響力を広げ、かつ破壊的であることを証明した。一八九九年末にボーア戦争が勃発し、この悲惨な植民地戦争は、それ以前には気がついていなかった多くの人々に、帝国主義政策が人命、金銭、精神的エネルギーといった面で支払わなければならない代償について知らしめることとなった。この戦争についてのコンラッドの考えは複雑ではあったが、キプリングらが主張したように民主主義のためになされたのでないこと、またその代償があまりに高すぎることを理解していた。「このような事態はすべて、一般論としても、言いようもなく愚かです。というのは、戦争とは明らかに何かを終わらせるための過程であるべきなのに、この高貴なる事業は（中略）終わりなき抗争の始まりだからです」（『書簡集』第二巻、二〇七頁[6]）。コンラッドにとってボーア戦争とは、近代民主主義国家が道徳的伝統を捨てて、

「物質的利益」に至上の価値を置くことで帝国による侵入を正当化するという展開を端的に示すものであった。彼は、チェンバレンやソールズベリーらの「麗しい言葉」が南アフリカでのイギリスの覇権を求めてどのような主張をしようとも、本当の動機は金（ゴールド）であるとたぶん疑っていたであろう。

南アフリカで戦争が勃発した十月、コンラッドとフォード・マドックス・フォードは、『相続人たち』に取りかかった。ちょうど、『ブラックウッズ』誌で『ロード・ジム』の連載が始まったところで、コンラッドはこの作品を執筆中でもあった。コンラッド自身、また後世の読み手たちも、この共作『相続人たち』を主要作品とは見なしてこなかったが、これはまちがいなく時局的な関心事を扱った小説であり、さらに、帝国主義は「麗しい言葉」によってではなく投資家によって実践されること、新帝国主義は国を超えた現象であることを、この時点でコンラッドが理解していたことを示している。この小説は、植民地的枠組みの中で投資に励むコーロッパ人資本主義者たちの姿や、また、ジョウゼフ・チェンバレンに似た攻撃的人物ギュルナールや国際的金融資本家メルシュ公爵によって表現される情け容赦ない新帝国主義が力を増していく様を描いている。メルシュ公爵がレオポルド二世を模していることは誰の目にも明らかで、「グリーンランド」というコンゴのような植民地領土を率い、「北極地域再生協会」を創設する（『相続人たち』九二頁）。感受性の鋭い何人かはこの「偉大な協会」が「不幸なエスキモーたちを法人ぐるみで搾取する団体」（八〇頁）でしかないことに気づくが、一方、この搾取を支えている株主らは彼を「誠の慈善家」と見なすのである[*(8)]。

『ノストローモ』

コンラッドが将来の物語候補の一つとして最初に『ノストローモ』を考えついたのは一八九八年であり、この小説において、それまでとは異なる種類の帝国主義に目を転じることになる。コスタグアナは独立国ではあるが、経済的には植民地であり、指導者層は白人家系、つまり現地に留まっているスペイン系エリートたちが占め、彼ら自身、外国からの投資に依存している。イギリスやアメリカの金《かね》が介入することで、チャールズ・グールドのサン・トメ鉱山の銀は外国へ流出し、外国の投資家やコスタグアナの白人たちをますます富ませることになる。今日の読者はこの状況を「経済的帝国主義」と呼ぶことはできるが、この用語自体、コンラッドの時代に使われていたわけではない（グナティラカ『イギリス小説における発展途上国』一二〇頁）。

南米を主題にした小説は当時としては比較的目新しく、特に南米におけるアメリカの帝国主義となればその通りなので、この点、コンラッドは進行中の変化をとらえて予見的であった。一八九八年、『ロード・ジム』と「闇の奥」を執筆しながら『ノストローモ』を構想し始めた頃、コンラッドは、『サタデイ・レヴュー』誌に載った、当時進行中の米西戦争をめぐるカニンガム・グレアムの論文を読んでいた。アメリカは「白人の重荷」を担ぎ上げてフィリピンを併合すべきと主張したキプリングとは対照的に、グレアムは、ヨーロッパとアメリカが南米の内政問題に介入することによる危険性をひたすら論じた。この問題でコンラッドはグレアムの意見に賛成で、合衆国を「ならず者」と非難し、ドイツ（帝国主義へのもう一つの攻撃的新参者）と合わせて両国を「盗人」と呼んでいる（『書簡集』第二巻、六〇、八一頁）[7]。コンラッドが『ノストローモ』の執筆を始めた頃、アメリカは「自明の運命《マニフェスト・デスティニー》」に則《のっと》って領土拡張を顕在化しつつあり、これはコンラッドとグレアムともに驚愕《きょうがく》する展開であった。

アメリカの介入が有害で帝国主義的動機によるものであり、かつ破壊的であること、そしてそれはヨーロッパがアジア・アフリカで、あるいはロシアがポーランドで、侵略、分割、併合を進めているのと同様であることを、コンラッドは理解していた。ゆえに、『ノストローモ』の中で、スラコの町をコスタグアナから分離するよう促すことによって海外の投資家や国内の白人らに利益を与えるというデクーの案は、ヤンキーによるパナマ侵略と同様、物質的利益に有効に奉仕するものである。この作品でも、帝国の事業は多くの人々を犠牲にして少数の人に利益をもたらすというホブソンの中心的信条が例示されており、一方、より馴染みのあるコンラッド的真実も描かれている。つまり、オールメイヤーの金《きん》やクルツの象牙と同様、グールドの銀は腐敗を誘い、グナティラカの言う発展途上の国々に顕著なやり方でもって、「個々人や、植民地会社や、帝国的列強」にその影響を及ぼしていく（『イギリス小説における発展途上国』一二〇頁）。かくして、経済的帝国主義は、それが利するように見える少数の人をも腐敗させる。

パトゥーサンでのジムの働きについて、我々読者は、批判的ではあっても、おおむね共感することができる。しかし、『ノストローモ』においては、この批判の度合いが深まる。「物質的利益」の持つ破壊力がすべての人の生活に関わってくるからである。小説の序にあたる警告的な話の中で、「巨大な量の輝くばかりの金《きん》」についての噂がグリンゴーたち〔英語を話す外国人。特にアメリカ人〕に「致命的な呪い」をかけるが、それと同じくらい確実に、サン・トメ鉱山の銀は、腐敗とは無縁なはずのノストローモだけでなくチャールズ・グールドをも魅惑し、取りつく。チャールズは二十歳のときから鉱山の「魔力に取りつかれ」（『ノストローモ』五九頁）、まもなく「鉱山に支配される」ようになった（五五頁）。ここで、コンラッドはミダス王の話を現代に転化して、「物質的利益」に自己の信念を「縛り付ける」――グールドはあのように判断を間違えてそうしたのだったが――ことに警告を発している。なぜなら結果として悪が広がるからだ、というのである。エミリア・グールドが早くに気づくように、鉱山の再開を正当化するための「進歩」に支払う代償は、実に高い。当初、進歩をめぐる夫の見解に賛同しているときにも、エミリアの懸念は残る。鉄道はこの国が必要としている進歩をもたらすという夫の確信に同感しつつも、それによって将来必然的にもたらされる大規模な変化を危惧し、「大切に保存しておきたいと思う素朴で絵のように美しいものも幾つかあります」と言っている（一二〇頁）。しかし、結局「物質的利益」が勝利を収めるので、エミリアが恐れたように、その代償は彼女の予見したとおりのものとなり、彼女自身は、夫も彼女の個人的幸福への願望も銀にからめとられるという悲しさを味わうことになろう。

　進歩はこの小説の標語である。鉄道会社の会長ジョン卿は、もちろん進歩を信奉しており、鉄道は「進歩的かつ愛国的な事業のため」（三四頁）不可欠であるとして推進する。そして、鉱山が繁栄をもたらしていることは明らかで、道路は改良されて新しいケーブルカーが走り、港や埠頭や何マイルもの鉄道が整備される。その一方で、鉱山は多くの人々を犠牲にして少数の人にのみ利益をもたらしていることも明らかである。金持ちの近代的な別荘と顕著な対照をなすように、「バナナ畑と、棕櫚《しゅろ》の葉の茂みと、小暗い木立のこんもりした三つのかたまりが、グールド特許鉱山の鉱夫たちの飯場になっている第一の村、第二の村、第三の村の所在を示した」（一〇一頁）。そして、進歩は抑圧を必要とする。軍隊へ強制的に徴用するために投げ縄を使って人集めをすることについて、鉱山の監督者ドン・ペペは、「仕方がないといった顔で肩をすくめながら」、「どうにも仕方ありませんや！　かわいそうに！　かわいそうに！　でも国家はどうしても兵隊が必要ですから」（九七頁）とグールド夫人に弁解する。目に見える社会的変化は、いずれも明らかな搾取の結果であり、小説の結末では、不安定さと新たな革命を予感させ、見た目に新しい秩序は脅かされている。特に、この場合の「途方もない侵入」の破壊性は、終わりがないかのように見える。事実、将来は、過去と同様、混乱を呼びそうである。希望を失わないエミリア・グールドでさえ、鉱山とその銀は抑圧者であって、当初は夫とともに理想的に思い描いたような解放者などではないことを、最終的には自身の苦悩の中で認めざるを得ない。ミッチェル船長の将来への楽観主義が根拠のないものであることは、この小説の形式によって示唆されている。『ノストローモ』では時系列が非常に錯綜しているがゆえに、ジョスリン・ベインズが注目したように、「何も達成されていない。本の最後に至って、我々読者は実質的に開始地点に再帰しているのである。コスタグアナの将来は、その過去とほとんど変わりがないかのように」（『ジョウゼフ・コンラッド――評伝』三〇一頁）。

ガーネットのような当時の数少ない感受性の鋭い読者たちがコンラッドの小説の「転覆性」を認めた一方、今日の読み手の中には、同じ小説がイデオロギー的に両義的で保守的でさえあるとして批判する向きもある。しかし、「我々を照射してきた」世界は、もちろんコンラッドが知っていたものではない。ジェイムズ・クリフォードは、エメ・セゼールのようなポストコロニアル作家らによって投げかけられた新しい見方について論じているが、彼は、そのセゼールにとって文化とは、「複雑で雑種的《ハイブリッド》なもの、失われた起源から救出され、汚辱に満ちた現在から構築され、ひとつの植民地的言語の内部で、しかもその言語に抗って、はっきりと表現されたもの」[8]であったと紹介している（『文化の窮状』二五五頁）。

しかし、十九世紀末まで、『文化』は、単一の進化の過程を指し（中略）人類の基本的な進歩の運動であると思い込まれてきた」（同書、九二―九三頁）のであり、当時の人類学・社会学の思想は、非ヨーロッパの民族について知識を広めはしたが、「彼らの野蛮」と「我々の文明」を説明するために差異を系統化する程度のことしかしなかった。「しかしながら、世紀の変わり目が近づくと、進化論者の確信は揺らぎはじめ、文化に関する新しい民族誌学的概念が可能となってきた。文化という言葉が複数形で使われはじめた。そのことは、個別ではっきりとした境界を有し、それぞれ平等な資格で意味をもつ生活様態として成り立っている世界があることを示唆していた」と、クリフォードは続ける（同箇所）。

これは、コンラッドや彼の同時代人たちの大半が理解していたことではない。現代人の走りの一人として、コンラッドは、民族や思想が世界規模で分裂していく流れや、亡命や根無し草状態という流れを感知してはいたが、彼の書いたものは、一枚岩的な統一体や伝統的な階層制度が分散していくことを認識し、その現象にかかわる一方で、この感知された無秩序に対して喪失感や不安感を表現してもいる。このように、コンラッドの小説は、同時代人の大半よりも間違いなく複雑な反応ではあったが、セゼールが異種混交性と雑種性を受け入れたような、そのような受容が作品中に見出されるわけではない。一方、この「心をかき乱す不安」ゆえに、コンラッドの作品は、「植民地世界における冒険の興奮と興味に支えられ、帝国事業に疑念を表明するどころか、ただひたすら帝国の成功を確認し言祝《ことほ》ぐことに奉仕する」ことを良しとした同時代の小説群の「楽観論、肯定的意見、ゆるぎない自信」からは、一線を画している（サイード『文化と帝国主義』一八七―八八頁）。他の誰よりも、コンラッドの反応は複雑である。彼のみが、「文化面において帝国がいかに巧妙なかたちで支援されまた顕在化するかという問題にとりくんだ」（同箇所）。そして、コンラッドの小説は、ヨーロッパが世界の物語を語るときの排他的な権威を不安定化したのであり、それはまだ一九五〇年代、六〇年代の独立運動がそうした権威に挑み始めないうちから、すなわち、植民地化された側が「書き返す」作業を始める以前のことであった。コンラッドは、世紀転換期にあって、現地の人々の「独立した歴史と文化」についてほとんど何も知らなかった。アジア、アフリカ、南米におけるヨーロッパ拡大主義による破壊や、新植民地主義による破滅的大音響のような後遺症がどの程度のものか、知っていたはずもない。

同時代に帝国について書かれた多くの「楽観論、肯定的意見、ゆるぎない自信」に対して、コンラッドはある程度の挑戦を試みた。その理由は、おそらく、自身の異文化間移動という文化的に複雑な経験、つまり「ハイフンでつないだ（外国系の）白人」という位置づけにあると言えよう（プラット『帝国の眼差し』二一三頁）。さらに、一時中断を強いられた文化に属するもう一人、ゴア系ウガンダ人作家ピーター・ナザレスは、自分自身およびケニヤの作家グギ・ワ・ジオンゴが「書き返す」作業をする上でコンラッドの作品が深く影響した、と語っている。ナザレスは、コンラッドが帝国主義に何がしかの批判を加えた最初の作家であったと見なす。ナザレスによれば、植民地世界においては、マルクスとレーニンは検閲によってあらかじめ排除されていた。

「しかし、コンラッドがいた。リーヴィスの「偉大なる伝統」に数えられた一人として、密やかに通り抜けながら、実際にはその伝統を足元から掘り崩した。ジェイン・オースティンの『マンスフィールド・パーク』の登場人物たちは、家長が植民地に出かけることで贅沢三昧の生活を送ることができるが、コンラッドは、我々を実際に植民地へ連れて行き、家長ないし代理人がそこへ到着したとき、そこで何が起きるか、そして本国での彼の富がいかにして植民地での情け容赦ない行為でもって潤っているかを示したのである。ゆえに、コンラッドは精神的な解放者であった」

（「暗闇を抜けて」一七八頁）

コンラッドの小説は、植民地化された民族にとって、教訓的とも言えるものであった。それは、植民地化されるとは、また、押し付けられた世界観という「ガラスの檻《おり》」の中で生きるとは、正確にはどういう意味かについての新たな解釈を意識させてきたということであり、それは、精神的な脱植民地化へ向けての第一歩であった。ガイアナの小説家ウィルソン・ハリスもまた、コンラッドの小説が彼自身の作品に対して解放者としての効果を持ったとし、他の「コンラッド以後の遺産」であるジーン・トゥーマーの小説『砂糖きび』（一九二三）やウォレ・ショインカの劇『路』（一九七三）についても同様である、と述べている。ハリスは、これらの作家にとって「闇の奥」は「先駆的な小説」であり、「コンラッド自身は成し得なかったにしても、その可能性の閾《しきい》を指し示したもの」（「最前線」八七頁）と位置づけている。これらポストコロニアル作家は、「麗しい言葉」に向けて「書き返す」作業においてコンラッドが彼らの先取りをしていたと考え、彼を「我々の仲間の一人」と見なしているのである。

コンラッドのアンビヴァレンス（両価性）を強調する批評家でさえ、あるいはベニタ・パリーのように、彼の小説での政治的抗議は「消音されている」と読む批評家でさえ、コンラッドが早い時期に帝国の欺瞞を脱神話化することに貢献したことはきわめて意義深いと認めている。

「コンラッドは帝国主義を直視していたのではなかったとしても、その小説は、構造的には一体化され精神的には分断された一つの宇宙において、両半球間の戦争状態を表現したものであり、その意味で、彼は帝国主義全体を見ていた。ゆえに、拡張主義的な資本主義文明の倫理的基盤を検証することや、世界征服に駆られる帝国主義を批判的に考察することを、読者に促したのである」

（『コンラッドと帝国主義』八頁）

コンラッドの小説が、帝国に対する当時の支配的な態度の名残《なごり》を不可避的にとどめ、自身の不安を明示しているとしても、それらは帝国主義を再検討する方法において、重要な貢献をするものである。ガーネットが「闇の奥」について最初に気づいたように、この作品は、帝国の事業が当たり前でやむを得ないと見なす、その裏側にある装置を白日のもとに曝し、文明化の使命という善意を装った仮面の裏に隠された征服者の顔を可視化させたのである。[*9]

原注

（1）ジャーナリスト兼改革論者E・D・モレルは、一九〇四年、コンゴ自由国のイギリス領事、改革論者で、後のアイルランド民族主義者ロジャー・ケースメントとともに、コンゴ改革協会を創設した。モレルは自著『コンゴ改革運動史』の中で、「闇の奥」はコンゴにおけるベルギーの残虐行為についてこれまでに書かれた「もっとも説得力のあるもの」と明記した（二〇五頁、注一）。一方、コンラッドは、以前コンゴで会っていたケースメントに宛てた手紙で、モレルのパンフレット『コンゴ奴隷国』への礼を述べ、レオポルドによる植民地での暴虐に関してモレルが伝える厳しい諸現実はたしかにそうであったと認めている（『書簡集』第三巻、九五頁、訳注〔9〕参照）。

（2）たとえば、『コンゴ日記』（九―一〇頁）を見よ。

（3）ヴェーバー『ヨーロッパ近代史』（七三八頁）を見よ。特に、歴史的背景についての詳細な論議については、ホブズボーム『ヨーロッパの時代』（五八―六一頁）を見よ。

（4）イギリス人ジェイムズ・ブルックは、東洋の海を舞台とするコンラッドの小説の中で、さまざまな登場人物のモデルとなった。ブルックが最初一八三九年にサラワクに来た頃、ジムの場合のように、反乱が進行中であった。サラワクを統治していたのはブルネイのスルタンの叔父ムダ・ハシムであり、ブルックは彼を助けて反乱を鎮圧した。次いで、内陸のダヤクをマレー人海賊から救い、一帯をイギリスの交易に安全な場所とし、その功績でサラワクのラジャとなった。ジムのごとく、正義を施し、臣下の人々から敬愛された。ブルックがコンラッド作品に及ぼした影響については、以下の文献を見よ。ゴーダン『ジョウゼフ・コンラッド』、フライシュマン『コンラッドの政治』、セイヴソン『ジョウゼフ・コンラッド――一モラリストの形成過程』、ワッツ編『R・B・カニンガム・グレアムに宛てたジョウゼフ・コンラッドの書簡』。

（5）ゼルニックによれば、ここでコンラッドは、帝国主義とは「大っぴらには目に見えない力が作用するもの」というホブソンの主張を響かせている。ホブソンの認識は、コンラッドと共通している。それは、近代政治のわかりにくさは、ある特定の時機（たとえば一八九七年の女王戴冠六十周年）、「帝国」が実際には多くの人々を犠牲にして少数の人にのみ奉仕していたときにも、一般の人々の支持が統一的に合わさって、「帝国」への圧倒的な感情を喚起するように働きかけるシステムゆえである。

（6）実際の出来事と、それに対する当時の反応については、シェリー『コンラッドの東洋世界』（六一頁以下）を見よ。

（7）『ロード・ジム』は、植民地主義言説、特に十九世紀末に一般に流布していた帝国のヒーロー像を、作品の語り自体によって転覆させているという点については、ゼルニックを見よ。もともとの全知の語り手は途中からマーロウの声に取って代わられるが、後者はいくつもの視点を束ねて織り上げていくもので、全体を包括する権威があるわけではない。物語進行の原則は、英雄的行為についてのまっすぐな時系列ではなく、関与しながらも不備のある語り手が切れ切れに解釈を施していく行為そのものである。『ロード・ジム』の構造は、常に帝国主義に奉仕してきた諸々の慣例をひっくり返すことで、転覆するのである。そこには、帝国の英雄も、秩序も、終結もない。

（8）『相続人たち』と『ロマンス』をボーア戦争への抗議として、また帝国主義一般への告発として読んでいる研究書として、フライシュマン『コンラッドの政治』がある。

（9）コンラッドと帝国主義という主題について論じた研究書・論文は、以下のとおり。ブラントリンガー『暗黒の支配』、ダラス『ジョウゼフ・コンラッドと西洋』、フライシュマン『コンラッドの政治』、グナティラカ『イギリス小説における発展途上国』、ホーキンズ「コンラッドの帝国主義批判」と「コンラッドと植民地主義の心理」、ヘイ『ジョウゼフ・コンラッドの政治小説』、クレン『コンラッドのリンガード三部作』、マフード『植民地の遭遇』、パリー『コンラッドと帝国主義』、ワット『十九世紀におけるコンラッド』、ホワイト『ジョウゼフ・コンラッドと冒険伝承』。

訳注

コンラッドからの引用英文については、次の日本語訳を借用した（一部変更）。

『コンラッド自伝――個人的記録』木宮直仁（訳）［鳥影社、一九九四年］
『東洋のある河のほとりの物語』渥美昭夫（訳）［鹿島研究所出版会、一九六四年］
『文化果つるところ』蕗沢忠枝（訳）［角川書店、一九九〇年］
『ロード・ジム』鈴木建三（訳）［講談社、二〇〇〇年］、柴田元幸（訳）［河出書房新社、二〇一一年］
『闇の奥』中野好夫（訳）［岩波書店、一九五八年］
「進歩の前哨基地」田中昌太郎（訳）『コンラッド中短篇集1』［人文書院、一九八三年］
『ノストローモ』上田勤ほか（訳）［筑摩世界文学大系、一九七五年］

〔1〕一八九〇年五月二十二日付、カロル・ザグルスキに宛てた手紙。
〔2〕一八八五年十月十三日付、スピリディオン・クリシチェフスキに宛てた手紙。
〔3〕一八八五年十二月十九日付、スピリディオン・クリシチェフスキに宛てた手紙。
〔4〕「闇の奥」からの引用（『「闇の奥」その他の物語』一四五頁）。帝国が競って海外領土を広げていった時代、世界地図の上でイギリス領は赤色で塗られることが常であった。
〔5〕一八八九年二月七日付、T・フィッシャー・アンウィンに宛てた手紙。

〔6〕　一八九九年十月十四日付、R・B・カニンガム・グレアムに宛てた手紙。
〔7〕　一八九八年五月一日付、カニンガム・グレアムに宛てた手紙。
〔8〕　引用は、クリフォードがセゼールの『帰郷ノート』（一九三九）に言及し、セゼールにとっての「故郷」についてまとめた一文。
〔9〕　一九〇三年十二月十七日付、ロジャー・ケースメントに宛てた手紙。

引用文献

本論文中の引用英文について、日本語訳のあるものについては一部変更のうえ借用した。

Achebe, Chinua. ‘An image of Africa: Racism in Conrad’s “Heart of Darkness”’. *Massachusetts Review* 17.4 (1977), 782–94.

Baines, Jocelyn. *Joseph Conrad: A Critical Biography*. London: Weidenfeld & Nicolson; New York: McGraw-Hill, 1960. Reprinted. Penguin Books, 1971.

Bennett, George. *The Concept of Empire: Burke to Attlee, 1774–1947*. Vol. 6 of *The British Political Tradition*. Ed. Alan Bullock and F. W. Deakin. London: Black, 1953.

Brantlinger, Patrick. *Rule of Darkness: British Literature and Imperialism, 1830–1914*. Ithaca: Cornell University Press, 1988.

Clifford, James. *The Predicament of Culture*. Cambridge, MA: Harvard University Press, 1988.［太田好信ほか（訳）『文化の窮状』、人文書院、二〇〇三年］

Conrad, Joseph. *Almayer’s Folly*. 1895. Ed. Floyd Eugene Eddleman and David Leon Higdon. Cambridge: Cambridge University Press, 1994.

‘Congo Diary’ and Other Uncollected Pieces. Ed. Zdzisław Najder. Garden City, NY: Doubleday, 1978.

‘Heart of Darkness’ and Other Tales. Ed. Cedric Watts. Oxford: Oxford University Press, 1990.

The Inheritors. 1901. Garden City, NY: Doubleday, 1924.

Last Essays. Ed. Richard Curle. London: Dent, 1926.

Lord Jim, A Tale. 1900. Ed. John Batchelor. Oxford: Oxford University Press, 1983.

'The Mirror of the Sea' and 'A Personal Record'. 1906 and 1912. Ed. Zdzisław Najder. Oxford: Oxford University Press, 1988.

Nostromo. 1904. Ed. Keith Carabine. Oxford: Oxford University Press, 1984.

An Outcast of the Islands. 1896. Ed. J. H. Stape and Hans van Marle. Oxford: Oxford University Press, 1992.

Tales of Unrest. 1898. New York: Doubleday & Doran, 1928.

Darras, Jacques. *Joseph Conrad and the West: Signs of Empire*. London: Macmillan, 1982.

Eagleton, Terry. *Criticism and Ideology: A Study in Marxist Literary Theory*. London: Verso, 1976. ［高田康成（訳）『文芸批評とイデオロギー』、岩波書店、一九八〇年］

Fanon, Frantz. *Black Skin, White Masks*. 1952. New York: Grove, 1967. ［海老坂武（訳）『黒い皮膚、白い仮面』、みすず書房、一九九八年］

The Wretched of the Earth. New York: Grove, 1963. ［鈴木道彦ほか（訳）『地に呪われたる者』、みすず書房、一九九六年］

Fleishman, Avrom. *Conrad's Politics: Community and Anarchy in the Fiction of Joseph Conrad*. Baltimore: Johns Hopkins University Press, 1967.

Frank, Katherine. *A Voyager Out*. New York: Ballantine Books, 1986.

Goonetilleke, D. C. R. A. *Developing Countries in British Fiction*. London: Macmillan; Totowa, NJ: Rowman & Littlefield, 1977.

Gordan, John Dozier. *Joseph Conrad*. 1940. New York: Russell & Russell, 1963.

Green, Martin. *Dreams of Adventure, Deeds of Empire*. New York: Basic Books, 1979.

Harris, Wilson. 'The frontier on which "Heart of Darkness" stands'. *Research on African Literature* 12 (1981), 86–92.

Hawkins, Hunt. 'Conrad's critique of imperialism in "Heart of Darkness"'. *PMLA* 94 (1979), 286–99.

'Conrad and the psychology of colonialism'. In *Conrad Revisited: Essays for the Eighties*. Ed. Ross C. Murfin. University: University of Alabama Press, 1985, pp. 71–88.

Hawthorn, Jeremy. *Joseph Conrad: Narrative Technique and Ideological Commitment*. London: Arnold, 1990.

Hay, Eloise Knapp. *The Political Novels of Joseph Conrad*. Chicago: Chicago University Press, 1963; rev. edn. 1981.

Hobsbawm, Eric. *The Age of Empire*. New York: Vintage, 1989.［野口建彦・野口照子(訳)『帝国の時代』、みすず書房、一九九三年］

Hobson, J. A. *Imperialism: A Study*.［矢内原忠雄（訳）『帝国主義論』、岩波書店、一九五一年］

Humphries, Reynold. 'The discourse of colonialism: its meaning and relevance for Conrad's fiction'. *Conradiana* 21.2 (1989), 107–33.

Hunter, Allan. *Joseph Conrad and the Ethics of Darwinism: The Challenges of Science*. London: Croom Helm, 1983.

Jameson, Fredric. *The Political Unconscious*. Ithaca: Cornell University Press, 1981.［大橋洋一・木村茂雄・太田耕人（訳）『政治的無意識――社会的象徴行為としての物語』、平凡社ライブラリー、二〇一〇年］

JanMohamed, Abdul. *Manichean Aesthetics*. Amherst: University of Massachusetts Press, 1983.

Kidd, Benjamin. *The Control of the Tropics*. New York: Macmillan, 1898.

Krenn, Heliéna. *Conrad's Lingard Trilogy: Empire, Race, and Women in the Malay Novels*. New York: Garland Publishing, 1990.

Mahood, Molly. *The Colonial Encounter*. London: Collins, 1977.

Morel, E. D. *History of the Congo Reform Movement*. 1924. Ed. Roger Louis and Jean Stengers. Oxford: Clarendon Press, 1968.

Mphahlele, Ezekiel. *The African Image*. New York: Praeger, 1974.

Najder, Zdzisław. *Joseph Conrad: A Chronicle*. Tr. Halina Carroll-Najder. New Brunswick, NJ: Rutgers University Press; Cambridge: Cambridge University Press, 1983.

Nazareth, Peter. 'Out of darkness: Conrad and other third world writers'. *Conradiana* 14.3 (1982), 172–87.

Parry, Benita. *Conrad and Imperialism: Ideological Boundaries and Visionary Frontiers*. London: Macmillan, 1983; Topsfield, MA: Salem Academy / Merrimack Publishing, 1984.

'Problems in Current Theories of Colonial Discourse'. *Oxford Literary Review* 9.1–2 (1987), 27–58.

Pratt, Mary Louise. *Imperial Eyes*. London: Routledge & Kegan Paul, 1992.
Rushdie, Salman. *Imaginary Homelands*. London: Granta, 1992.
Said, Edward. *Culture and Imperialism*. New York: Knopf, 1993. [大橋洋一（訳）『文化と帝国主義』、みすず書房、一九九八年]
Orientalism. New York: Random House, 1978. [今沢紀子（訳）『オリエンタリズム』、平凡社、一九八六年]
Saveson, John E. *Joseph Conrad: The Making of a Moralist*. Amsterdam: Rodopi, 1972.
Sharpe, Jenny. 'Figures of colonial resistance'. *Modern Fiction Studies* 35 (1989), 137–55.
Sherry, Norman. *Conrad's Eastern World*. Cambridge: Cambridge University Press, 1966.
Sherry, Norman, ed. *Conrad: The Critical Heritage*. London: Routledge & Kegan Paul, 1973.
Szczypien, Jean M. 'The historical background for Joseph Conrad's *A Personal Record*'. *The Conradian* 15.2 (1991), 12–32.
Tennant, Roger. *Joseph Conrad: A Biography*. London: Sheldon Press; New York: Atheneum, 1981.
Thornton, A. P. *The Imperial Idea and its Enemies*. London: Macmillan, 1985.
Watt, Ian. *Conrad in the Nineteenth Century*. Berkeley: University of California Press, 1979; London: Chatto & Windus, 1980.
Watts, C. T., ed. *Joseph Conrad's Letters to R. B. Cunninghame Graham*. Cambridge: Cambridge University Press, 1969.
Weber, Eugen. *A Modern History of Europe*. New York: Norton, 1971.
White, Andrea. *Joseph Conrad and the Adventure Tradition: Constructing and Deconstructing the Imperial Subject*. Cambridge: Cambridge University Press, 1993.
Zelnick, Stephen. 'Conrad's *Lord Jim*: meditations on the other hemisphere'. *Minnesota Review* 11 (1978), 73–89.

第11章 コンラッドとモダニズム

ケネス・グレアム［Kenneth GRAHAM］
山本　卓（訳）

I

「モダニズム」という言葉が以下の意味で用いられるとき、すなわち一九〇〇年から一九三〇年にかけてのイギリス・ヨーロッパ・アメリカなどの地域において、現在（主観的な意味で、かつ歴史のなかでの我々の立場から見た現在である）の見地からすると、当時もっとも「新しく」、時代の空気に敏感で、影響力があった作家、思想家、芸術家に通底し、共通する特徴を指すと考えるならば、コンラッドは間違いなくモダニストになる[*(1)]。

年代に関しては、異議を唱える余地はほとんどない。コンラッドの円熟期は、短く見積もっても「闇の奥」（一八九九）から『西欧の眼の下に』（一九一一）にかけてであり、場合によっては『勝利』（一九一五）や『陰影線』（一九一七）にまで拡大できるかもしれない。また、この時期には、フロイトの『夢判断』（一九〇〇）、アインシュタインの相対性理論（一九〇五）、ウィリアム・ジェイムズの『プラグマティズム』（一九〇七）、ユングの『無意識の心理学』（一九一二）が世に出ている。『密偵』が出版された一九〇七年には、ピカソの「アヴィニオンの娘たち」

が現代絵画に革命を起こし、キュービズム（立方体派）が出現した（アポリネールがキュービズムを称賛したのは一九一三年である）。一九〇八年、シェーンベルクが複雑な無調音楽を創作し、現代音楽の流れを変えたかと思えば、プルーストは一九一三年に『失われた時を求めて』の初巻〔初巻「スワン家のほうへ」は、三部からなる。第一部「コンブレー」、第二部「スワンの恋」、第三部「土地の名・名」、のこと〕を出版し、独自の手法で現代小説のあり方を変えた（コンラッドは出版直後にこれを読み、高く評価した）。自我の二重性を幻想的に物語る「秘密の共有者」をコンラッドが発表した一九一二年、トーマス・マンは『ヴェニスに死す』を出版した。この作品は、自己分裂の探求というモダニズムの特徴を、おそらくはもっとも豊かに表現し、間違いなくもっともニーチェ的に扱ったものである。一九一四年にはコンラッドの『運命』が出版される一方で、ジッドの『法王庁の抜け穴』が登場する（コンラッドはジッドとは知合いで、全面的とは言えないまでも敬愛していた）。一九〇七年から一九〇八年にかけて発表されたリルケの『新詩集』と一九一〇年に出版された散文作品『マルテの手記』は、「象徴主義」の発達過程における転換点であり、創造的な感性が現代社会からますます疎外される状況を考察するにあたっては、画期的な作品である。カフカの「変身」が世に出た一九一五年は、ちょっとした「驚異の年《アナス・ミラーバラス》」で、コンラッドの『勝利』、ウルフの処女小説『船出』、ドロシー・リチャードソンの『尖塔』、フォードの『善良な兵士』、ロレンスの『虹』、フレイザーの『金枝篇』の最終巻、T・S・エリオットの「アルフレッド・プルーフロックの恋歌」が発表され、ジョイスの『若き芸術家の肖像』の雑誌連載が完結した。一九一七年には『陰影線』が出る一方で、パウンドの『キャントーズ』の最初の三篇、ヴァレリーの『若きパルク』、イェイツの『クール湖の野生の白鳥』が出版された。そして、一九二四年にコンラッドが亡くなるまでの数年の間、エリオットの『荒地』（一九二二）、ジョイスの『ユリシーズ』（一九二二）、フォースターの『インドへの道』（一九二四）といった作品が、英語によるモダニズム文学作品の絶頂を飾ることになる。

しかしながら、コンラッド作品の多くは、少なくとも第一印象においては十九世紀写実主義の伝統の延長線上に位置しているように見えるかもしれない。たとえば、『密偵』の冒頭においてヴァーロックがロンドンを歩き回る様子の描き方、『ロード・ジム』におけるジムがパトゥーサンでくりひろげる冒険についての写実的な語り、あるいは『西欧の眼の下で』のサンクトペテルブルクの場面などである。コンラッドは、現実的で、観察力の鋭い、写実主義者の目を絶えず持ち続けていた。それは、堅固な日常世界の崩壊を引き起こす白昼夢的な感覚を表現しようとする彼の傾向を色濃く残した「闇の奥」や『勝利』にも当てはまる。事物の表層を剝ぎ取る能力、また物質的な表面から切り離されたために身動きがとれなくなり、どうしようもない静止状態に陥る登場人物たちを描くことができたという点で、コンラッドはモダニストと言ってもよい。しかし、十九世紀の伝統への傾倒――これは彼の敬愛する作家に、バルザック、フロベール、モーパッサンがいたことからも裏づけられる――があったからこそ、コンラッドは、良きにつけ悪しきにつけ、意識の危険な戯れにたいしてこの世界がいかに堅牢であるかを示し、両者の緊張関係をはっきりと表現することができたのである。[*2] さらに一九〇二年に、当時の彼の作品を出版していたブラックウッド宛てにコンラッドが出した小説家としての信条声明も、特筆すべき、また、まったくもって彼らしい出来事となる。ここではコンラッドは、自分はジョージ・エリオットとは違って「モダン」だと訴え、しかし自分の現代性についてはジョージ・エリオットやバルザックでさえも賛同するような言葉で表すのだ。「本質において、[私の作品は]行為です（中略）。私の感覚（これが文学芸術の基本です）を絶対的に信じて、観察し、感じ、解釈した行為、すなわち突かれれば血を流し、現世で活動する人間の行為なのです」（『書簡集』第二巻、四一八頁[1]）。

この手紙が興味深いのは、技法によって外面を忠実に描写する写実主義を、「行為」という内容すなわちテーマに関係づけていることであり、これもまたコンラッドの思考を形成する最重要な前モダニズム的要素の一つである。しかしながら、彼独自の「写実主義《リアリズム》」と同じく、この前モダニズム的な要素のために、行為を信用しない彼のモダニズムは逆説的によりいっそうその効果を増すのである。コンラッドは意志を失ってしまう恐怖や、それがどこでも起こりうること（少なくともクルツが認識した「恐怖」の一端や、題辞《エピグラフ》にクルツの死を掲げたT・S・エリオットの「うつろな人々」（一九二五）にこれは当てはまる）を執拗に強調したが、この背後には、十九世紀的な英雄像、すなわち行動する人間への彼のこだわりがある（幼少年時代に読んだ書物の中に、ジェイムズ・フェニモア・クーパーやキャプテン・マリアットがあった）。さまざまなレベルにおいて、コンラッドの小説や物語は、十九世紀の先行作品のイメージの痕跡、あるいはそれらのパロディをも内包していると見なすことができる。たとえば、『ロード・ジム』や『ノストローモ』は、身体的な行動によって英雄として自己を正当化し加入儀礼《イニシエーション》〔通過儀礼の一種。個人が特定の社会・集団に成員として加入するさいに通過しなければならない儀式のこと〕を行う物語である。また、『勝利』は窮地に陥った女のために熱帯の島で悪の力と戦う高潔な世捨て人を描く。そしてパロディは、それが喜劇的かどうかはさておき、エリオット、パウンド、ジョイス、あるいはカフカに見られるように、モダニズムにおいて偏重されたジャンルの一つとなる。英雄的行為や意味のある行動というものに対する十九世紀的イメージ（それにはポーランド・ロマン主義が抱えたイメージも含まれる）を持ち続けたコンラッドのような作家だけが、それらのイメージや価値観についてもっとも大胆で複雑な批評を展開できたのである。[*3]

　コンラッドの小説の形成過程において継承された重要なもう一つの十九世紀的な「存在」は、ヴィクトリア朝小説が取り憑かれていたとも言える、個人が善悪の判断を行うさいのヴィクトリア朝式のパターンである。コンラッドとジョージ・エリオットとの間に共通する要素はほとんど見られないものの、次の一点において両者は一致する――二人とも道徳的試練の重大局面をめぐってプロットを構築し、個人の決断という決定的な行為を引き起こした潜在的原因と、決断が及ぼす広範囲にわたる影響を常に分析しようとしているのだ。『ミドルマーチ』（一八七一―七二）第七十章の冒頭に掲げられたジョージ・エリオット自身の文章による題辞《エピグラフ》は、特徴のある言葉遣いでこう語る――「我々の行為は現在も我々と一緒に長い旅をつづける、／そしてこれまでの我々のあり方が今の我々をつくり上げる」。エリオットと同様に、道義的な選択という複雑な病理分析に関心を抱いたコンラッドは、個人の一生が永久に決まってしまう瞬間や行為があると考える。たとえば、ジムやラズーモフの場合、それは彼らが臆病風に吹かれる瞬間であるし、デクーやノストローモは自らの意志によって犯罪に手を染める瞬間に、彼らの運命は決まってしまう。また、スティーヴィーを利用し、結果的に彼を死に至らしめてしまうヴァーロックの決断のような、浅はかで怠惰な自己中心的な行為も同様である。コンラッドは個人の責任と、道徳的試練にさらされる重大局面をことさら重視したが、こうした態度で彼に匹敵するのは、モダニズムの作家のなかではおそらくロレンスだけだろう。コンラッドの人生観を示すこうした考え方は、まさに十九世紀自由主義の伝統、すなわち、ジョン・スチュアート・ミルに（そしてさらに前のワーズワスに）端を発し、トロロプやジョージ・エリオットの小説を経て、ヘンリー・ジェイムズに至る苦悩に満ちた自由主義の伝統に根ざしたものに思われる。

　コンラッドの小説は非人間的な運命や宿命を強く意識し、それが個人の自由意志という考えを明らかに軽んじるものである――「この狂気と絶望の行為は永遠に不可解な謎に包まれる運命にあるようだ」（『密偵』二二八頁）――と解釈するにしても、気をつけなければいけないのは、この宿命観もまた、モダニズム独特のものではなく、後期ヴィクトリア朝に見られた考え方だということだ。一八八〇年代から一八九〇年代にかけて、ハーディやギッシングは、十九世紀末の悲観的な宇宙観、つまり、宇宙とは環境に左右されない個人の責任といった人間の考え方をあざ笑う敵であり、その力の前では人間は無力であることをさまざまに書き表した。一八九一年にハーディが『ダーバヴィル家のテス』の結末に書いた「神々の司は（中略）もうテスをもてあそぶのをやめたのだった」という一文は、その後に世に出ることになる「闇の奥」の最終場面の「すべてを呑みこむような暗黒の口」や、『密偵』におけるウィニーの自殺の「不可解な謎」という表現と直接的に共鳴し合う。コンラッドを論じるとき、我々はしばしば彼の作品が決定的な矛盾要素を抱えているような印象を持ってしまう。つまりここまでの議論では、コンラッドは、個人の命運の責任は個人にあるというジョージ・エリオット流の考え方と、ハーディ流の全面的決定論〔一切の事象、特に自由と考えられている人間の意志やそれに基づく行為は、何らかの原因によってあらかじめ全面的に決定されているとする説〕とを接合したように見えるのである。しかしながら、逆説的ではあるが、ここに看過できないコンラッドのモダニズムへの貢献がある。彼は、前モダニズム的感性に深く根ざすものの、互いに対立し合う二つの特質を受け入れ、それらを流動的に並べ置き、彼独自の不安を孕んだ新たな調子と言葉遣いを通して、二十世紀の知の世界に伝えたのである。

II

コンラッドを十九世紀の文脈に照らし合わせて考えること（彼が生まれたのは一八五七年で、その頃ディケンズやサッカレーはまだ創作活動をしていたという事実は忘れられがちなのだ）は、彼の二十世紀の作品で生き続ける一昔前の感性や技法の痕跡を突き止めるだけにとどまらない。それは、二つの世紀を分断する一本の明確な境界線が存在するという考え方そのものを問い直すことでもある。たとえば、ハーディやギッシングとの脈絡でコンラッドのペシミズムを考察するとき、我々は、多くの著作に影響を与えたショーペンハウアーの厭世哲学のことを思い浮かべる。『意志と表象としての世界』が、十九世紀がはじまって間もない一八一九年に出版されたからである。しかしながら、自由意志と永続性を否定し、この世界自体が悪意に満ちた幻想であるという冷たい観念に基づく彼の懐疑論は、二十世紀の懐疑論にそのまま受け継がれていく。そして、二十世紀の懐疑的な態度とは、伝統的にモダニズムの主要な特徴の一つだと考えられているのである。つまり、コンラッド自身の哲学的な懐疑主義は、後方を見ると同時に前方を見据えている。コンラッドはショーペンハウアーを振り返り（コンラッドはショーペンハウアーを読んでいた）つつ、一八八〇年代にあらゆる価値観の相対性と人間の暗い衝動の特権化を思索し始めたニーチェのほうをも振り返る（コンラッドはニーチェを嫌っていたが、おそらく読んでいただろう）[*4]。しかし同時に、コンラッド的なものの見方のなかでもっとも支配的な、強烈な懐疑的態度が見据えているのは、一九二〇年代のモダニズムの主要作品の根底に存在する断片性、偶然性、一時性から成る世界観なのだ。有名な書簡の中で、コンラッドは宇宙を非情な機械になぞらえている――「それは我々を編み込み、そして編み出す。それは時空、苦痛、死、腐敗、絶望やありとあらゆる幻想を編んできた――ただそれだけだ」（『書簡集』第一巻、四二五頁）[2]。また別の手紙では、「信仰は神話であり、信念は浜辺の霧のように移ろう。思考は消え、言葉は口にしたとたんに死ぬ。そして、昨日の記憶は明日への希望と同じくらいはかない」（『書簡集』第二巻、一七頁）[3]と語る。こうした人間の存在を矮小化して考える態度は、ハーディと共鳴するかもしれない。しかしながらそれは、フォースターの『インドへの道』において、ムア夫人がマラバール洞窟の中で空虚な神と遭遇する描写、あるいは、フォークナーによる『響きと怒り』（一九二九）のクエンティン・コンプソンが、最後に懐中時計の時を刻む音につかまったおがくず人形を見る場面[4]に劣らず、力強くもわびしく、来るべき時代を予兆させるものである。

同様に、コンラッドが写実主義作家のフロベールやモーパッサンから影響を受けたことも、彼の過去への指向性を物語るかもしれない[*5]。しかし、コンラッドとフランスの写実主義作家とに共通する主観を排した知的態度や、とりわけその小説手法は、新しい時代のモダニズムの主要側面につながっていく。ここでいうモダニスト的な傾向とは、対象からの自己の切断《ディタッチメント》、徹底的に凝縮された「客観的な」イメージ（これはパウンドやイマジストが用いた）、作家個人の姿を隠蔽しつつも、世界は確固とした意味をもたないという作家の世界観、すなわち懐疑的な考え方を表現するための多元的な視点を可能にするペルソナや複雑な語りなどである。コンラッドの小説に遍在するアイロニー、あるいはもっとはっきり雑多といってもいいアイロニーは、フロベール流の（そして十九世紀的な）ディタッチメントを物語る。しかし同時に、マーロウなどを内部の語り手として用いる技法や、間接的な語りや対象から距離を置く技法に加え、主観を介在させない技法は、フォードの『善良な兵士』、フィッツジェラルドの『グレート・ギャッツビー』（一九二五）、ヘミングウェイの『われらの時代に』（一九二五）、エリオットが『荒地』のなかで用いたテイレシアスのペルソナや多重的な声へとそのまま続き、ジョイスにつながっていく。ジョイスはフロベールから出発し、芸術家志望の主人公スティーヴン・ディーダラスを経由して、彼独自の芸術の主音というべきものを意識的に作り上げたのだった——「芸術家は、天地創造の神に似て、自らの作品の内側、背後、彼方、あるいは上方にとどまり続ける。彼は透明になり、純化されて存在を消し、対象から距離を置き、つめを切っている」（『若き芸術家の肖像』二二三頁）。

　コンラッドは、フェニモア・クーパー、バルザック、ユゴー、ディケンズ、ツルゲーネフにどっぷりと浸かり、時代的にフロベールとフロベール以後の写実主義作家の影響下にあった一方で、モダニズムの先駆け、もしくは第一段階とさえいえる作品が登場する一八九〇年代に創作活動を開始した。初期のパウンドやT・S・エリオットの多くの著作、イェイツやウォレス・スティーヴンズではほとんどの作品、ジョイスの『若き芸術家の肖像』（と、もちろん彼の詩）のかなりの部分、初期のロレンス、フォークナーの多くの作品、そして、ウルフの感性や言葉遣いにおいて中心となる側面は、その直接の起源をいわゆる「デカダン運動」（十九世紀のヨーロッパ文学、とくにフランス文学の中の文学運動）に持つ。なかでも、彼らに受け継がれたのは、イメージと象徴の使用、対象の輪郭を意図的に曖昧にすることで、内側からよりいっそう精神的な連想を放出する技法、芸術家が司祭の代わりを務めるようになったという考え方、行動と道徳から成る世界を小ばかにし一蹴する姿勢、「個性」の否定にもつながる定型化、「形」の偏重、ありのままのこの世界を芸術によって作られた別のリアリティで書き換えたいという根源的な衝動である。コンラッドはサンボリスト作家〔象徴主義の作家〕をひとくくりにして手放しで褒めることはしなかった（し、とりわけメーテルリンクをいくらかばかにしていた）。とはいえ、彼はボードレールやランボーといったほとんどサンボリストとも言っていいような詩人の作品は読んでいたし、『勝利』のアクセル・ヘイストの人物造形に際して、ピエール・ロティのサンボリスト的なレトリックからだけでなく、ヴィリエ・ド・リラダンからも影響を受けたことは十分に考えられる。一八九〇年代の感性や思想とコンラッドが大きく相似している点は、彼が頻繁に「謎」(mystery) とか「言語に絶した」(unutterable) という言葉を使うこと、（『ナーシサス号の黒人』の序文におけるように）孤独な芸術家を賛美することにあるが、とりわけ、夢のような体験や幻覚、現実世界での意欲を突如喪失することで生じるさまざまな影響、世界の現実性が消失する感覚を表す挿話を、現実世界における行動や追求を描いた話の大部分に組み込んでいることに見出される。「闇の奥」においては河の霧がマーロウの方向感覚を狂わせる場面、『ノストローモ』の「イザベル島」の挿話の中と『陰影線』の全体において感覚喪失を伴う暗やみの描写、ボレル屋敷《シャトー・ボレル》でめまぐるしく展開する幻想的事象と現実感のない声によって身動きがとれなくなるラズーモフ、サンビュラン島でヘイストが生涯苛まれる憂鬱と無気力などは、そうした例の一端である。

コンラッドを一八九〇年代の文脈に照らし合わせることで、九〇年代の十年間とそれ以降の三十年が連続していることを我々は確認できた。ここからは、コンラッドが歴史移行期においてもっとも関心を持ったデカダン作家、ヘンリー・ジェイムズを取り上げ[*6]、コンラッドや一八九〇年代についてのこの連続性をさらに考察しようと思う。

『わが生涯と文学』に再録された一九〇五年の随筆「ヘンリー・ジェイムズ——鑑賞」は、スティーヴン・クレインについての短評二編とゴールズワージー論一編を別にすれば、コンラッドが同時代人について書いた唯一の注目すべき論考である。コンラッドがここで指摘しているのは、「量と迫力」がジェイムズを芸術の英雄たらしめていること、ジェイムズの登場人物たちは美徳のためになにかを放棄する能力によってヒーロー、もしくはヒロインとなっていること、ジェイムズの偉業の中心にあるのはおそらく「永続的な意識」であること、そして、ジェイムズは「繊細な良心の歴史家」（コンラッドはどうやら「意識」(consciouness) と「良心」(conscience) を同一物と見なしているようである）、つまり「本質」を持った歴史家であるということだ。こうした称賛が表現されているものの、ジェイムズの説明としてこの論考はかなり薄っぺらなものである。しかしながら、これは控えめに見ても、二人の作家が共有したきわめて重要な二つの特徴を表している。すなわち、一表現形式としての小説の責務と潜在力を賛美する考え方と、芸術において精神性（「意識」や「良心」）と「本質」を最重要視する態度である。コンラッドによる芸術家英雄論は、『若き芸術家の肖像』の結末部で、スティーヴン・ディーダラスが神話の中の芸術の父、「名工匠」ダイダロスを呼び起こし、彼が創作活動の目的とした「私の民族のいまだ創られざる良心」を先取りする。こうした例はほかにもある。ヴァージニア・ウルフが生み出した芸術家肌の人物バーナードが、『波』（一九三一）の結末部で、時間の波の「無定形」とその崩落に敵対して自身の意識が繰り広げる「絶えざる闘い」と努力を言祝《ことほ》ぐ場面がそうだし、マンの『ヴェニスに死す』において主人公であり犠牲者でもある芸術家アッシェンバッハが、ヴェニスの浜辺で死に際に覚える勝利感と喪失感も同様である。また、ウォレス・スティーヴンズが詩人を抒情的に神格化したことにも同じことが言えるだろう。彼によれば、詩人はあらゆる価値観が湧き出す精神的源泉であり、なおかつそれに「形」を与える存在なのだ。さらにコンラッドの芸術家英雄論は、モダニズムがこうした勝利を収めた歴史上の特定の期間を越え、フォークナーが一九五〇年に行ったノーベル賞受賞演説さえも先取りする。その演説は、芸術家の労苦と「忍耐」、来るべき世界の終末の「暮れ行く夕べ」や「人間精神の苦悩と汗」をコンラッド風としか言いようがない賛美の言葉で彩られているのだ。モダニズムといえば、アイロニーや対象から距離を置いて自分の立場をはっきりさせない姿勢、悲観主義《ペシミズム》、省略法をイメージすることが多いが、一方でモダニズムには、コンラッドの『ナーシサス号の黒人』の序文とジェイムズに関する随筆に始まり、二十世紀半ばのちょうど終わりに至るまで一つの旋律が一貫して流れている。その旋律は、司祭に代わって「人生のすべての真実」を伝えようとする芸術家の持つ高度な技巧と精神性を率直に言祝ぐもので、ルネサンスあるいはロマン派の詩人たちが詩のために謳った賛歌のどれにもおとらず気高いのである。

ジェイムズは二十世紀初頭の芸術という宗教のもっとも輝かしい一例を示す芸術家であるとはいえ、その芸術をこの上なく精妙に批判した批評家でもあって、意識に対する自らの関心を、きわめて奇抜な言葉を介して、コンラッドが触れなかった経験の領域へもちこんだ。対するに、コンラッドは、暗示に富むレトリックを用いた言葉遣いや、悪夢、実存的な裏切り、個の崩壊のイメージを推し進めて、ジェイムズ流の意識にとりつかれた想像力ですら届かない領域に踏み込んだ。『黄金の杯』（一九〇四）の四人の恋人たちと陰謀者たちは、嘘と言い逃れの網にかかって、たがいを地獄の淵へと追い詰め合うが、割れた杯は、ある程度の犠牲を伴うにしても、最後には比喩的に再び継ぎ合わされる。一方、これと同じ年の一九〇四年、コンラッドはジェイムズ以上の辛辣さを発揮して、『ノストローモ』に結末をつけた。これを行うのに、開始場面と同様に、「プラシード」（穏やかな、という意味のスペイン語）という皮肉な名のついた「真っ暗な湾」が一切を飲み込んでしまうイメージを用いたのである。構造の一貫性と優雅さの探求、つまり、間接的な語りの方法の意識的な探求、人間性や文化に対する潜在的な懐疑的不安、裏切りや虚言が持つ魅力、理想主義者の破滅に対して感じる魅惑、読者が直接的ではなく感覚的に知る、作品全体を覆って黙考する作家の存在――こうしたものによって、ジェイムズとコンラッドはつながっている。そのつながりの深さに比べれば、相手の作品を解釈しきれていない評論を読んで、二人が互いに覚えた心の痛みなどはさしたるものではなかった（コンラッドは、一九一四年の「若い世代」という書評記事[3]で、ジェイムズが

『運命』を酷評したことに深く傷ついた）。ジェイムズとコンラッドは、小説において見事な造形手法や強力な分析を発揮し、同時代の人々に二つの世界の間に身を置く経験を伝えた。二人の作家はアメリカやポーランドからの亡命者で、それぞれの母国において理想主義と行動にこそ価値があるという伝統の中で育ち、現代という新しい時代にあって、たがいに似通った知性と感性を生かし、文体における実験を重ねながら、新時代の割れた杯と暗闇の中心《ハート・オブ・ダークネス》に立ち向かったのである。

III

十九世紀と二十世紀が一続きであることは当然のことなのだが、一九一〇年前後は、芸術家や思想家、そして読者にとっても、恐ろしいほどの爆発の危機を孕んだ新しい夜明けのように映っただろう。一九二四年、ヴァージニア・ウルフは「一九一〇年の十二月頃に人間の性格は変わった」（「小説の登場人物」四二二頁）とちょっぴりおどけた調子で記した。また、夫レナード・ウルフは、五十年以上後にこの当時を振り返り、一九一一年を、「万華鏡のように変幻極まりない夢の中で生きていた」年と評し、「ロンドンでの生活は刺激的だった。（中略）あらゆる方面で激しい変化が起こっていた。（中略）フロイト、ラザフォード[6]、アインシュタインによる研究は、人間の精神や宇宙についての知識を根底から変えつつあった。こうした刺激的な出来事は、芸術の分野でも起こりつつあった」（『もう一度はじめる』三七頁）と記した。さらにウィンダム・ルイスが一九一四年に創刊した画期的な（と彼が期待を込めた）季刊誌『突風《ブラスト》』の宣言は、その時点ですでに芸術の分野に満ちあふれていた活力を利用し、独特のどなりつけるような文体とそれにふさわしい渦巻きの比喩をもちいて、徹底的な変革を表現しようとしたものである——「渦巻きよ、永遠なれ！　この街の中心で突然発生した偉大な芸術の渦巻きよ、永遠なれ！（中略）

我々には人間の無意識が必要だ――人間の愚劣さ、獣性、夢が必要なのだ。我々が唯一完全だと思うものは、我々自身なのだ」（「渦巻きよ、永遠なれ」四二―四六頁）。かくて、突風は吹き続けた。

　コンラッドとウィンダム・ルイスとの間にフォード・マドックス・フォードという（もろい）つなぎ役がいたが、ケント州の田舎に移ったポーランド貴族の子孫よろしく超然として、気難しいコンラッドが、時代の声を奏でる『突風』の騒々しさに感銘を受けたとはあまり考えられない。しかしながら、人間の無意識、人間の愚劣さ、獣性や夢、そして完全性についてのひとりよがりの妄想というような問題はまさに、コンフッドが多弁になるところであった。新しい時代――一九一〇年であれ、一九一四年であれ、一九二四年であれ、そして、その代弁者がウィンダム・ルイスであれ、T・S・エリオットであれ、一匹狼のD・H・ロレンスであれ――が意味を持つのは、冷笑的で、知ったかぶりをしていて、訓戒的で、人間の性質のなかに隠された真実をあばくことに強い関心を持っているときだった。「時という衣を引き剝がされた真実」という表現は、「闇の奥」（「闇の奥」は言うなればコンラッドの『突風』である）における印象深い名文句の一つであるが（『「闇の奥」その他の物語』一八七頁）、冷めた真実の目で古い因習的な世代の偽善を見透かそうとするモダニズムの風潮の一面を捉えている。コンラッドによる、そしてマーロウによるさまざまな表象において、クルツは多彩な面を見せるが、なかでも作品の多くを占めるのがきわめて現代的な英雄としての側面である。クルツはその逸脱した意志と知的まなざしを悪魔的なまでに集中させ、倒錯した熱意を持って、甲冑《かっちゅう》をまとった冒険の騎士のように禁断の経験を追い求め、他者のみならず自己をもさげすみ、過激で飽くなき欲望に支配され、自己の外にある社会通念を顧みず、自己の核を成す良心もなく、集団の中にあっても孤独な異邦人なのである。彼は常識を覆すエトランジェ（異邦人）、特性のない男（ムージルの表現を借りれば）であり、彼を取り巻く周辺世界のあらゆるペテンと見せかけの価値体系を破壊する。

だからこそ、僕はクルツを非凡だというのだ。彼には言うべきことがなにかあった。そしてそれを言ったのだ。僕もいわば一度は死の深淵を覗き込んだことのある人間だ、だからこそ、彼のあの凝視——すぐ眼の前の蝋燭の火さえすでに見えないくせに、まるで全宇宙を抱擁せんばかりに大きく見開き、そして闇の中に鼓動する一切の魂を、その底まで貫くかと見えたあの鋭い凝視——あの意味が一層よくわかるように思えるのだ。一切を要約し——そして判決を下した。「恐怖だ！」と。驚くべき人間だった。これもまた一種の信念の告白だったからだ。とにかく率直さがあり、確信があった。あの一声の中には、叛骨の高鳴りもあれば、すさまじいまでの真実の一瞥もあった、——欲望と憎悪の不思議な交錯があった。

（『「闇の奥」その他の物語』二四一頁[7]）

ここには間違いなく、新しい時代の到来を告げる主音がある。それは、ヴァージニア・ウルフにとって「人間の性格が変わった」と見えた十一年も前にすでに発せられていて、ウィンダム・ルイスなる者の騒々しい太鼓の音色よりもはるかに複雑で意義深い音だ。経験の中に潜む理解を超えた「恐怖」、言い換えれば「真実」は「すさまじい」ものであるとの知覚、そして「恐怖」という言葉を、その文脈のなかでいったんは道徳的「判決」を示す言葉として用いながら、それを取り消すかのように「叛骨」や、道徳とは無関係な「欲望」や「憎悪」といった感情を意味する言葉として用いることで、「恐怖」の意味が曖昧であること、——これらすべては、相対性と不安、ロゴス中心主義《ロゴセントリズム》〔フランスの哲学者デリダの用語。ロゴスとは、言葉を通じて表される理性的活動。言語・思想・教説など〕の時代の幕開けを告げる公式宣言とも言えるだろう。そこで引き合いに出されるクルツとは、激情にあふれ呪われた人物でありつつも、「全宇宙」を一手に引き受け、その言葉がいかに唾棄すべきものであったとしても、語るべき「もの」を持っていたという点では英雄的なのである。

一八九九年に新時代の基調を告げるモダニズム宣言としての「闇の奥」について、さらに考察を進めよう。この物語の本質は、クルツをマーロウの無意識の分身とすることで、人間の中に埋もれた語られざるものを扱っている点にある。しかも、作品が世に出たのは、実質的な意味においてフロイトの時代と言われるものがまさに始まったばかりの頃なのである、[*7]『ヒステリー研究』（一八九五）、『夢判断』（一九〇〇）に始まり『トーテムとタブー』（一九一二―一三）、『文明とそれの不満』（一九二〇）までに至るフロイトの著作に、さまざまな作家が意見を持った。ジョイスやウルフの見解は是非の入り交じったものだったし、ロレンスは敵対的で、コンラッドは特に何も言っていない。しかし、無意識や、意識作用での自由連想の役割についてフロイトの概念がもたらした革命的な衝撃がなかったならば、ジョイスやウルフが語りの表現技法として「意識の流れ」を発展させることはおよそ不可能だったであろう。それにもまして大事なのは、一九〇〇年以降の小説では登場人物造形の基本原理に大きな変化が起こったことだ。この時代の小説は、人物の外面から内面へ、行為を中心とする様式から隠れた動機、夢、空想、本能的な衝動を中心とする様式へ、直線的に流れる時間や物理的な空間という伝統的領域から心理的時間や非論理的構造という革新的次元へと変化した。これらは、必ずしもフロイトの直接的な影響を示すものではないかもしれないが、少なくとも、個人というものに対する認識の見直しが広範囲にわたって共有されていたことを物語るし、その変革においてもっとも体系的で明晰だった理論家として、フロイトの名前を挙げてもかまわないだろう。W・H・オーデンは「ジークムント・フロイト追悼」（一九三九）において次のように述べている――「我々にとって彼はもはや一人の人間ではなく、／今や時代思潮そのもの、／彼のもとで我々はそれぞれの人生を送っている」（『精選詩集』九三頁）。

いかにも「闇の奥」らしいことだが、この小説は、新フロイト学派の用語、あるいはユング的な用語まで引いて言うなら、マーロウが自分の「分身」、すなわち自分の「隠れた自己《シャドウ・セルフ》」を追いかける様子を語っている（こうした探求のテーマは「秘密の共有者」や『勝利』を経て『陰影線』までのコンラッドの作品にときおり繰り返される）だけではなく、語りの技法が、方向感覚の喪失というこれまでにない心理状態の世界へと降りて行く様子を直線的に描くという点で、あきらかにモダニズム的である。先説法や後説法《フラッシュバック》を頻繁に用いて時間軸をずらす「錯時法」、ライトモチーフ〔leitmotifs—繰り返しあらわれる主題、中心思想〕を十分に説明しないまま反復し投影する叙述（ブリュッセルの事務所で編み物をする女たち、死んだ操舵手やクルツの悪夢のような圧迫、肉体から切り離された声、大きく開けた口）、場違いな遭遇（道化服姿のロシア人青年「ハーレクィン」）、極端に変化するテンポ、時たま発せられるグロテスクなユーモア、全体に漂う夢と幻覚の雰囲気、こうしたものはすべて、一つの目的を持った文体技法と見なすことができる。その目的とは、我々が普段馴染んでいる知識と自己の体系を創造的に揺るがし、覆い隠された現実——原始本能的な力の追求と願望充足というクルツの世界——についてのフロイト的「不満」を、日常的な意識によって成立する「文明世界」に解き放つことなのだ。

　さらに「闇の奥」には、フロイト思想と足並みを揃え密接に結託しながら、二十世紀初頭の文学的想像力の形成に大きく寄与した神話的性質の片鱗が見える[*8]。冒険を求めての旅という構造を持った物語。探求の主人公がさまざまな試練をくぐりぬけ成長を遂げる物語のパターン。これと非常に類似する、若い僧が年老いた僧を生贄として捧げこれと一体化するという、フレイザーが『金枝篇』（一八九〇—一九一五）で論じた神話の基本型に沿う、不実な従者が年長の主君を追い詰め、「殺害し」、地位を簒奪するという物語のパターン。さらに、編み物をする女たちはローマ神話のパルカたち〔出生と運命を司る三女神〕を、コンゴ河は世界の誕生の秘密にかかわる蛇を、「未開の女王」とクルツの婚約者は邪悪な女神と慈悲の女神を、それぞれ想起させる神話的暗示など。こうした諸処の神話的性質は、『荒地』によって神話の新たな使用法を示したエリオットが、ジョイスの『ユリシーズ』を革新的だと称賛した根拠の具体例以上のものに相当する。

神話を用い、現代と古代とをたえず巧みに対比させながら、ジョイス氏は、誰しも追随せざるを得ないような手法を追求している。(中略)それは、要するに、むなしさと混迷がはてしなく広がる光景を呈する現代史を統制し、秩序立て、それに形と意義を与える手法である。(中略)我々は今や、語りの方法ではなく、神話的方法を使う。それは現代世界を芸術へと開く第一歩であると、私は心底信じる。

(「『ユリシーズ』、秩序、神話」一九八―二〇二頁)

しかしこれ以上に革新的なのは、「闇の奥」が認識論的両義性を提示したことだ。というのは、この両義性は神話の利用以上に作品全体に及んでいて、控えめに見ても、個人の経験に無意識の領域を定めたことに劣らず重要だからである。コンラッドのほとんどすべての主要作品によって裏づけられるように、この両義性はそれだけで十分に初期のモダニズムの宣言の役割を果たす。というのも、意味が客観的で単一であるとする実証主義的で機械的な世界観や、芸術家をジョージ・エリオットの言う「博物学者」と見なす考え方、すなわち芸術家は、意識や言葉が意味生成において機能する自律的な(ときに破壊的にもなる)働きに悩むことなく、核となる意味を一つだけ抽出しこれを提示するという考え方に対峙することこそが、初期モダニズムのやり方だからだ。「闇の奥」はその物語の最初から最後まで、意味は単一であるという考えと、ここから派生する、言葉によるコミュニケーション行為が信頼に足るという考え方に、全力で異議を唱えているように思われる。マーロウは主音を設定するために、真実と個人のアイデンティティについて芸術家が抱える不安と作品の哲学的不安とを結びつけ、言葉を使って物語るという彼自身(つまりコンラッド流)の行為自体の妥当性を疑う。

君たちはこの話が本当にわかるか?　なんでもいい、とにかくわかるかというのだ。そうだ、僕は、なにか君たちに夢の話をしているような気がする――空しい努力をねえ。そうじゃないか、いくら夢の話をしたところで、あの夢の感覚はとうてい伝わるはずがないからだ（中略）なにか全く不可解な神秘に捕えられたようなあの気持ち、夢の本質というのは、すべてそれなんだが……

そうだ、不可能だよ。（中略）我々の生も、夢と同じだ、――孤独なんだよ……

（『「闇の奥」その他の物語』一七二頁）

そして、現代イギリス小説においてもっとも過激な両義性を示すものが、「地獄だ！　地獄だ！」（二三九頁）というクルツの最後の叫びが喚起する「夢の感覚」、すなわち「言葉」なのだ。この言葉は、彼自身に下した倫理的判決（それによって人間的価値という概念を是認することができる）と解釈できる一方で、倫理的判決や人間中心主義への信頼を根底から破壊する、人生についての「真実」の凝縮ととることもできる。さらにこの二重性は、マーロウがクルツの婚約者についた嘘が理想や寛容という価値観を擁護したものなのか、あるいはマーロウが常に虚言だと見なしてきた「死」、すなわち「闇」に最終的に屈したことを示すのかという結末部分における両義性とも呼応する。ジョイスのスティーヴン・ディーダラスの知性や美的感覚のほとばしりを、『ある芸術家の肖像』は揶揄しているのか否か、『灯台へ』（一九二七）の中でラムジー夫人やリリイ・ブリスコウが勝ち得た「形」を、過ぎ行く時という混沌に照らし合わせるとき、はたしてそれは生命力にあふれたものなのか、それとも幻想にすぎないのか、『虹』（一九一五）のアーシュラ・ブラングウェンが新しい世界を求めたとき、彼女が新たに創造する自己は、他者に対して行った彼女の破壊行為を補うものだったのか――こうした典型的なモダニズム的両義性も、『闇の奥』と比べれば精彩を欠いたものになる。両義性の点で『闇の奥』に匹敵する作品はおそらく『インドへの道』で、フォースターは二つの相反する事象をどちらか一方に偏ることなく表出している。『インドへの道』は個人の関わり合いや感情、知恵に根ざした人生を強力に支持する一方で、マラバール洞窟の場面は、神の他者性を明確に示す。神が人間界の価値観に近づくのは偶然のことであり、神は本質的に、あらゆる価値観や人間に理解できる意味とは無縁の他者であることが語られるのである。

さらに引き続き、「闇の奥」をコンラッドの強靱さと特徴が遺憾なく発揮されている作品として取り上げるとき、初期モダニズムの宣言に貢献したと考えられるもう一つの特徴は、物語が持つ黙示録への明確な指向性である。フランシス・フォード・コッポラの映画『地獄の黙示録』に手がかりを得るまでもなく我々は、コンラッドが終末論的なもの、すなわち最後にはこの世界が崩壊するというイメージに強くたぐり寄せられていたことに気づく。クルツは最期の言葉を発することで、「大きく一歩踏み出し、断崖を越えてしまったのだ（中略）、この見えない世界への閾《しきい》を」（二四一頁）。そのとき「闇」は、空しい理想を信じるクルツの許嫁《いいなずけ》にとっての「救いともいうべき幻影《イリュージョン》」やマーロウの語りを聴く仲間たち、「静かな水路」、「世界のさい果て」をすべて飲み込んでしまう最終呪文となる——「僕はあの担架に載せられながら、大地も人も一呑みとばかりに、グワッと大口を開いた［クルツの］幻影を見たのだった」（二四五頁）。同じような描写として、『密偵』の結末の数行に見られる、世界の「崩壊と破壊」を計画するプロフェッサーの終末論的なイメージや、内容とは対照的な題名を掲げる『勝利』の最後を飾り、主人公ヘイストとともに物語そのものが終わってしまう言葉、「無」が挙げられるだろう。そして、破滅で終わる結末は古来文学ではお馴染みのものであるが、モダニズム作品は、破壊がすべてを飲み込むイメージや、そこまでいかないにしても最終的に恐ろしい啓示を受けるイメージが持つ抗しがたい魅力を明確に物語っているように見える。これこそフランク・カーモードが、この思潮を最終審判の日に取り憑かれていた中世後期になぞらえつつ、モダニズムの、一八九〇年代以降「頻繁に繰り返した世界観」の一つと見なすものである。カーモードは、この世界観を「終末の意識あるいは帷《とばり》のはためき」（「モダン性」四〇頁）と、さらに、「黙示録は現代の不条理の一部分である」（『終わりの意識』一二三頁）と表現している。

ロレンスは、同時代の黙示録的な悲観主義者と闘い、「始めもしないうちから降参するという態度が、どうしてコンラッドやああした人々――「廃墟に囲まれた作家たち」――にこうも浸透しているのだろうか。コンラッドのあそこまで悲観的で意気地がないところが許せない」[*9]と述べたが、そのロレンスですら、彼らに劣らず黙示録に魅了されていた。『セント・モア』（一九二五）での悪夢を見ているかのような光景においては、「あふれんばかりの人類という存在物のふくれあがった腐敗」で充満した世界を再び浄化するために、破壊と「断絶」が必要だと語られている。イェイツは「再臨」（一九一九）の最後で、「無秩序だけが世界に放たれる」とき「ベツレヘムに向かって身をかがめ、生まれ出ようとする」「荒々しい野獣」という有名な一節を書いたが、多くの場合それも黙示録的モダニズムの主音を鳴らしたものと解釈される。しかし、コンラッドは「野獣」に匹敵するような印象深いイメージを彼らよりはるか以前に提示していた。それこそが――ベツレヘムから遠く遠く離れた所で――毒づき、弁じ立て、威嚇し、大地をまるごと呑み込もうとするクルツの大きく開けた口なのである。

IV

イギリス・モダニズムの代表的作家とコンラッドとの関係に焦点を合わせるためには、これまでの議論と密接に関わる、コンラッド作品のある特徴を考えればよい。その特徴とは、次に述べる二つの事柄が一触即発の対立関係にあったことから生じる知的な緊張関係と語りの間接性である。すなわち、一方で、コンラッドは秩序・義務・結束を信じながら、他方で、秩序・義務・結束をすべて否定するようなある原始的な混沌を、意識的な信念というよりは強迫観念や夢想に近い、直観によって感知していたのだ。一面では、コンラッドは道徳的な皮肉屋であり、自己欺瞞、偽善、道義的怠惰、感傷に流される人物を、彼以上に攻撃した作家はいない。実際、ドンキン（『ナーシサス号の黒人』）、ヴァーロック（『密偵』）、ピョートル・イヴァノヴィッチ（『西欧の眼の下に』）、ショムベルク（『勝利』）、ソティロ（『ノストローモ』）、マッシー（「万策尽きて」）などの登場人物は作品中できわめて批判的に描かれる。しかしながら別の一面においては、コンラッドのアイロニーは、出現すると同時に（この同時性のために、前述した対立関係が彼の小説の形式に大きな影響を与えることになる）倫理をはるかに越えて、登場人物の人格と態度が持つ価値を一様に切り崩してしまう。さもなければ、船底のネズミたち（蒸気船の機関部で働く機関士や罐炊き。たとえば、『ロード・ジム』の機関長、二等機関士、「万策尽きて」の機関長マッシー、二等機関士ジャックや中国人の罐炊き）、似《え》非《せ》巡礼者、不誠実な利己主義者たちはもっと違ったように描かれただろう。コンラッドのアイロニーはマーロウを切り崩す。彼は、クルツの婚約者についた嘘に内在する「死」に屈してしまったからである。アリスタン船長、マックワー船長、エリス船長といった、自らの愚鈍さや鈍感さのために、船乗りの掟への信念が疑われてしまうような人物に対しても同様である。また、アイロニーはウィニー・ヴァーロックのような女性の価値も損ねる。彼女の姉弟愛は、愛情に関して不毛な『密偵』の世界において唯一肯定すべきものであるが、夫と同質の近視眼的な倫理観と怠惰のせいで、しかるべき意義を持たないからだ。それは、徐々に人間性を失う夫を黙認したグールド夫人の価値も引き下げる。さらにアイロニーは、自らを苛《さいな》み続けるラズーモフさえも切り崩す。物語は全体として同情的な調子なのにもかかわらず、ラズーモフが最後に行う罪の告白は、冷笑的にも、蔑《ないがし》ろにされ、彼にとって意味のある救済にならないし、彼以外の人物に意味のある影響を及ぼすこともない。コンラッドのアイロニーは大きく開けたクルツの口と同じくらい情け容赦なく、なんでも飲み込んでしまう。こうしてコンラッドはアイロニーを使って価値観、言葉遣い、観念を擁護しながらも、同時にドラマティック・アイロニーによってそれらを転倒させる。こうした知的には耐え難いが創作の上では刺激的な姿勢を、彼は絶えずとるのである。芸術的効果の点でこの自己矛盾を補填《ほてん》するのは、ごく簡単に言えば、矛盾を表現しようとする熱情だろう。この自己矛盾が「モダン」なのは、極端な自己矛盾、半ばそれらしく見せかけただけの全一性、そしてそこで生成された語りの形式と言葉遣いが孕む著しい危険性のためである。

　たとえば、『ロード・ジム』の核となる第二十章において、英雄像を自分に重ねるという欺瞞を犯すことで、それが持つ「破壊的要素」にジムが深く没入していく様子を、シュタインが神託めいた言葉で是認する場面がある。ここではコンラッドが彼自身の道徳的行動規範を解体している。神話や象徴を、審理し、裁き、類別するというそれまでの語りの様式と対抗させながら、道徳的難局を計り知れない神秘へと変容させることで、コンラッドはまったく対照的な二つのイメージ——シュタインの蝋燭の光（と彼の言葉）が彼の部屋で不気味にも浮かび上がらせる「水晶のように透明な虚空」のイメージと、ジムの運命についてシュタインが発する同じ言葉の中に明らかに存在する、「静かで穏やかな神秘の海」に漂いつつも手が届きそうな「絶対的真理」のイメージ——を爆発寸前の状態で提示する。まるで、真理や意味という形の内部に、底なしの淵がぼんやりと存在しているかのようである。しかしながら真理は、「絶対者」という至高の権威にまで持ち上げられ、勝ち誇ったように虚空の上に漂う。パトナ号事件を語る分析的かつ内省的な様式から、パトゥーサンでの挿話における英雄的行動の表象様式へと文体が突如飛躍するのは、作品が抱える欠陥で、ロマン派的になりすぎたために生じた不整合としばしば批判されるが、そうではない。むしろ実際のところは、文体の飛躍があるからこそ、内的な緊張関係を強烈に表現できるのであって、この緊張関係が物語の全体的な「状況」と面白さを作り上げているのだ。[*10]

　もう一つ簡潔な例として、「闇の奥」の驚くほど無造作な一節を挙げてみよう。ここには、「悪」と「真理」がひどく融合し、それぞれの言葉がほとんど意味を持たないくらいに圧縮されていることに我々は気づく。語り手が、道徳的分類に基づいて、中央出張所の「巡礼たち」に対して「愚かな貪婪《どんらん》の臭いがただよっていた」と自信に満ちた判断を下す場面からほんの二つばかりあとの文で、つぎのように述べる。「一歩外へ出れば、茫漠たる荒野の沈黙が（中略）悪か真理にも似た、圧倒するような大きさをもって、この滑稽な人間どもの侵入の、いつかは跡形もなく拭い去られるのを、じっと我慢強く待っているかのように思えた」（一六六頁）。悪をこれほど易々と無頓着に真理と同一視できるのであれば、「愚かな貪婪」と侮蔑し、自信満々にはねつける行為はあまり説得力を持たないだろう。しかしながら、コンラッドはこの逆説的融合——「悪か真理にも似た」——に囚われ続ける。彼は「たしかな人生の事実」に基づく価値判断と明確な意味の体系を築き上げようとする一方で、別の想像力、すなわちE・M・フォースター流に言えば、「恐怖と空虚」を求める想像力によって、根気よくこの体系を解体しようとするのだ[*(11)]。

　コンラッドの作家気質における二律背反性について我々が立てた仮説から、さらに二つの事柄を導き出すことができるだろう。一つは、この仮説によって、コンラッドとロレンス、ウルフ、フォークナーといった作家がかなり関連づけられるので、緊張関係を表現するコンラッドの言葉遣いは、モダニズムの原型を示すと考えられることだ。二つ目に、こうした二重のものの見方こそが、それ自体でモダニズム的と言えるような形式上の特徴を生み出していることである。

　たとえば、ロレンスは、人間の性質を改善するという彼の道義者的使命のせいで、しばしばモダニズムの傍流と位置づけられてきたが、コンラッドと同様に実験的な語りの形式、すなわち対立要素の並置、不安定な気分や内面の危機、場面と説明の交互反復、一貫性のないその場限りの象徴性、内部崩壊をきたすほどの自己矛盾、さらにはその結果としての覚醒を編み出した。ロレンスがそうした語りの手法を生み出したのは、彼の思考と感情との根源的な軋轢《あつれき》に応えた結果であるが、その軋轢はコンラッドに引けをとらず過激な両極性を、少なくとも一つ抱える。ロレンスは、男女の性関係や「自己の充足」に積極的な価値を見いだしそれを信じた一方で、個人を超越した存在や人間性を解体する絶対的な存在に対して如何ともしがたい憧れ、言い換えれば、自然力崇拝を抱いていたのである（『虹』におけるアーシュラの、月かサセックスの丘陵地帯の一部になりたいという欲望、『恋する女たち』のバーキンの暴君化、『カンガルー』における指導者礼賛、「大尉の人形」における氷河などにそれは看取できる）。ロレンスは全力で、個人を抽象化し解体する力と戦いつつも、彼の深いところではコンラッドと同様に、そうした力に親近感を持っている。どの時代の作家にも当てはまる矛盾とモダニズム作家特有の矛盾とを分けるのは、モダニズムではこうした内的矛盾がむき出しのまま過激に提示される点であり、そこでは型破りで生き生きしたリズムにあふれ、矛盾を孕んだ新しい文体が使われる。

ヴァージニア・ウルフもまた、「形」に対する彼女の見解――「秩序が支配する（中略）。絶対的な善のようなもの、強烈な力の結晶のようなもの」――と、彼女が抱える暗い、超現実主義《シュールレアリズム》的な無秩序《アナーキズム》――「稲妻が走る巨大な混沌、（中略）互いの上に折り重なる（中略）巨大な海獣」（『灯台へ』一一三頁、一一五頁）との間に、コンラッドと同じくらいアイロニックで自己崩壊的なリズムを構築する。ウルフは意識やイメージをコンラッドよりもはるかに流麗に駆使するが、核となる不安は同質のものだ。とりわけ両者が共有するのは、モダニズム特有のグロテスクに歪んだイメージ、啓示や転換点といった瞬間の強調、時計の時間よりもむしろ心理的な時間に従う表現主義的な語り[8]などに、心おきなく不安を解放するという表現形式である。

コンラッド的なひな型により近いのがフォースターで、『ハワーズ・エンド』（一九一〇）に付された「ただ結びつけよ」という題辞《エピグラフ》にも示されているように、彼は人の結びつきや共感的な知性を格別に重視していた。しかしながら、豊饒《ほうじょう》、誕生、収穫を示唆する作品の結論部のさなかで、マーガレット・シュレーゲルが「いけないことはなにもなさいませんでしたわ」と夫を思いやる嘘をつくことは、自らを欺き、自己の価値観に背くというほとんどコンラッド的なアイロニーとなり、それによって他のモダニズム作品と同じように、フォースターのヒューマニズムは瓦解してしまう。したがって、「何度も何度もその言葉［さようなら］が引き潮の崩れ波のように落ちた」という一節（『闇の奥』において、マーロウの究極の嘘の話題を受けて発した重役の言葉「とうとう引き潮の引き始めを逃してしまったな」を連想させる）は、物語のそれまでの流れを劇的に逆転させ、『インドへの道』のマラバール洞窟にひびく「アウ-バウム」（Ou-boum）という反響音のように、フォースターが構築しようとした知性と人とのつながりの体系の中心部に、まったく異質な闇の奥《ハート・オヴ・ダークネス》をつくりだすのである。

フォースターの語りの形式は、ジェイン・オースティンの伝統を引き継いでいるものの、コンラッドの語りにまさるとも劣らないモダニズム的な技巧——筋立てや表現における皮肉な展開、アンチ・クライマックスの利用、予期せぬ反復や遭遇、暴力やメロドラマの抑制が突然外されたような瞬間、語調の切り替え——を使って、彼が抱える矛盾を表現する。ジョイスはおそらくモダニストの中でもっとも軽妙洒脱な知性と詭弁性にあふれた作家で、独特の極端な心理探究や奇抜な技巧上の実験を、高度に抑制され形式の整った引喩やパロディ、多層構造的で華々しい言葉遣いによって表現する。ジョイスの洗練された文体に比べればコンラッドの文体はほとんど荒削りといっていいほどに映るが、そのためにこそ、さらに暗示に富み、規則性を感じさせないものになっている。フォークナーは意識の流れという手法面ではジョイスのもっとも明白な後継者であるが、その作品においてはコンラッド的原型がより支配的である。フォークナーは、破壊的なニヒリズムと道徳律の構築（『響きと怒り』におけるクェンティンとディルシーの対照的な語りの様式はその一例）との力強い《ダイナミックな》両義性によって、激しい実験と転位に富んだ文体を創り出す。そのとき作家は、ジョイス流の沈着冷静で知性あふれる態度でそうした激しさを抑えるのではなく、田舎町の静かな環境で執筆活動に打ち込めたぶん、さらに自由なコンラッド流の姿勢で創作に渾身の力を傾けたのだった。

結局のところ、問題は極端さ・過激さに集約されるだろう。モダニズムから過激なものを除けば、そこには何も残らない。おそらく、モダニズム作家の矛盾とロマン派作家の矛盾を誰もが納得できるように区別する唯一の方法は、モダニズム作家が内的矛盾に応じるときに生み出される形式の極端な分裂だろう。確かにロマン派にも、キーツ、ノヴァーリス、ニーチェ、ボードレール、ドストエフスキーの系譜に見られるような、逆説的で、曖昧で、固定されているというよりは動的で、自己中心的で、自己解体的で、そして自己再生的な、「内なるもの」や「本質」を探究するという性質がある。[*12] しかしコンラッドの自己分裂は、それが抱える矛盾した状態を、破壊的とも言えるほど際だって流動的かつ威圧的に表現する点で、まさしくこの時代の産物である。このとき用いられるのが整った「形」への「不満分子」である。すなわち、さまざまに移ろい信頼できない語りの視点、メロドラマ的なまでに過熱した物語の山場の「配置」、レトリックやシンボルによって突如として現れる過度の補正や不安定化、意味体系を壊してしまう反語的な並置と反復、読者を困惑させる迷路のような時間的「円環」、閉所恐怖症的な緩慢な動きから躍動的なスピードへと突然切り替わる語りのテンポ、比較的写実風の文章と対比的におかれた幻想的、夢想的文章、互いに対立するさまざまな作者の声や語調等々である。これらはコンラッドの語りに見られるもっとも強い特徴でもある。コンラッドの文体は矛盾を豊かに表現し、閉じた語りに対するアンチテーゼの可能性を拓く。形あるものは断片化と、欲望は恐怖と、自制はパニックと、傲慢は自己喪失感と、主張は表象と、光は闇と絶えず作用し合うことで全体的な効果を生み出す。こうした点でコンラッドは、彼が影響を受けたロマン派や十九世紀の作家の領域をはるかに超え、まさしくクルツのように、「最後に大きく一歩を踏み出して、（中略）断崖を越えてしまった」のである。

「崖っぷち」の世代の背後にあった重圧のすべてが、コンラッドの創造的知性における前述の内的緊張と二重性に流れ込んでいる。それは、自由という意味においても絶望という意味においても、断片化の意識にとりつかれた時代であった。芸術、思想、政治の古い体系や古い慣例が崩壊しつつあったこの時代においては、人間の個性は向き合った二つの鏡の中のように溶解していくか、さもなければ、自己を駆り立て、抽象化し、変容させることのできる無意識の層を曝《さら》け出すしかなかった。それは過激の時代であり、戦争の時代であり、「すべての戦争を終わらせるための戦争」の時代であった。アイロニーにとりつかれ自己分裂状態に陥ったこの時代の作家たちは、極端な実験的文体に救いを求め、両刃《もろは》の（したがってコンラッド的な）「秩序」観を表現しようとした。それは、カーモードによれば「カフカ、プルースト、ジョイス、ムージルなどの初期モダニズムの偉大な実験的小説の中に現れる（中略）一種の形の整った絶望」（「モダン性」四八頁）なのだ。したがって、マーロウの「真理か悪か」という意味的に撞着的になっている表現や、「ハート」（英語では、中心、奥地、思いやりなど、多義に富む語）と「闇」の組合せに見られる隠れた撞着語法と同様に、この「形の整った絶望」のような撞着語法表現を用いないことには、コンラッド的な不可解さが持つ自傷的な活力とエネルギーを適切に表現することはできない。この不可解さこそが、本質的にモダニズムそのものが持つ謎であり、またその原動力にさえなったのである。

原注

（1）モダニズムという用語の定義における多様な幅を含めて、モダニズム全般を論じたものについては、以下を参照のこと。ブラッドベリ『可能性』、ブラッドベリ、マクファーレン共編『モダニズム　一八九〇―一九三〇』、フォークナー『モダニズム』、ヨシポヴィッチ『モダニズムの教訓』、カーモード『現代評論』、レヴィン「モダニズムとは何だったか」、スペンダー『モダンの闘争』。

（2）コンラッドを十九世紀の伝統の中で位置づけようとする試みの中で、もっとも包括的なものは、ワット『十九世紀におけるコンラッド』である。コンラッドとフランスの伝統をきわめて徹底的に論じた著作として、エルヴェの『ジョウゼフ・コンラッドのフランス的側面』を参照のこと。

（3）十九世紀の冒険小説がどのようにコンラッドの言説を形づくったかに関する研究としては、本書に収められたホワイトによる第10章と、同著者『ジョウゼフ・コンラッドと冒険伝説』を参照。コンラッドが十九世紀におけるポーランドの伝統から受けた影響については、ナイデル『コンラッドのポーランド環境』（一―三一頁）を参照。

（4） コンラッドのショーペンハウアーからの影響については、カーシュナー『コンラッド――芸術家としての心理学者』（二六六―七五頁）、ノウルズ「アーサー・ショーペンハウアーを誰が恐れるか」、ウォラガー『ジョウゼフ・コンラッドと懐疑論の小説』（二八―五七頁）を参照。コンラッドとニーチェについてはジョンソン『コンラッドの知性の原型』とサイードの「コンラッドとニーチェ」を参照。

（5） コンラッドがアナトール・フランスと同様に、フロベールやモーパッサンを敬愛していたこと、この三人の作家から驚くほど広範囲にわたって借用していたことは、エルヴェの『ジョウゼフ・コンラッドのフランス的側面』の中で十分な証明がなされている。

（6） コンラッドとジェイムズの文学上の関係を論じたものとしては、ネットルズ『ジェイムズとコンラッド』を参照。

（7） たとえば、ハフの『イメージと経験』は、フロイトが芸術に及ぼした影響をルネサンス期におけるプラトンの影響になぞらえる。フロイトの影響については、ムア『モダンの時代』やネルソン編『フロイトと二十世紀』を参照。

（8） 「フロイトと未来」の中でトーマス・マンは、次のように書いている。「人間心理への関心があらゆる創作の中心となるように、神話への関心は精神分析の根幹になっている。神話への関心が個人の幼少期に起こるということは、同時に、人類の幼少期、すなわち原始的で神話的な時代にも起こるということでもある。（中略）なぜなら、神話は人生の土台だからだ。それは永遠の設計図、宗教儀式における式文であり、ある人生が無意識からその特性を再生産するときに流れ込む場所である」（三一七頁）。この論文全体がモダニズム論として卓越したものであるし、ショーペンハウアーの位置づけも興味深い。

（9） 一九一二年十月三十日付、エドワード・ガーネットに宛てた手紙。『D・H・ロレンス書簡集』第一巻、四五六頁。

（10） バチェラーはマーロウ、シュタイン、ジムを結びつけて、次のように主張する。「『ロマン』という特性がこの三人を結びつけていることは、私の解釈を補強する。彼らは三枚からなる一組の自画像作品で、「結束」を求めるコンラッドのアイデンティティの三つの側面であり、また苦悩し落ち込んだ作家像を一組にまとめたものなのだ」（『ジョウゼフ・コンラッド伝』（一一一頁））。

（11） 「闇の奥」『ロード・ジム』『ノストローモ』『西欧の眼の下に』『陰影線』の語りの形式における間接的要素〔訳注――語

りの直線的進行を阻む反対要素）と緊張についての詳細な分析については、拙著『小説の間接的手法』（九三―一五三頁）を参照のこと。

(12) モダニズムとロマン主義の密接な関係については、ブラッドベリ『現代イギリス文学の社会的文脈』、カーモード「モダン性」、ラングバウム『モダン精神』、トリリング「芸術とノイローゼ」や「フロイトと文学」、またはソーバーン『コンラッドのロマンティシズム』も参照のこと。コンラッドはボードレールを読んで高く評価したが（エルヴェ『ジョウゼフ・コンラッドのフランス的側面』二四四―四六頁）、ドストエフスキーを極端に嫌った（対照的にコンラッドはツルゲーネフを称賛していた）。しかしながら、ドストエフスキーの影響――控えめに言うのであれば両者の類似点――がこれまでしばしば指摘されてきた。ゲラード『小説家コンラッド』（二三六―四六頁）やサンドストロム「ドストエフスキーとコンラッドにおける苦悩の根源」を参照のこと。

訳注

〔1〕一九〇二年五月三十一日付、ウィリアム・ブラックウッドに宛てた手紙。

〔2〕一八九七年十二月二十日付、R・B・カニンガム・グレアムに宛てた手紙。

〔3〕一八九八年一月十四日付、R・B・カニンガム・グレアムに宛てた手紙。

〔4〕クェンティンの虚無的な人生観を映す場面。おがくず人形は人間一般を表す。

〔5〕書評紙『タイムズ紙文芸付録』の一九一四年三月十九日号と四月二日号に掲載された。

〔6〕一九一一年、アーネスト・ラザフォード（一八七一―一九三七）は原子核を発見した。

〔7〕「闇の奥」の引用に対する日本語訳は、中野好夫訳（岩波文庫、一九九五年）による。以降、同様。

〔8〕表現主義は、二十世紀初頭に起こった、主観を極度に強調する芸術運動。

引用文献

Auden, W. H. 'In Memory of Sigmund Freud'. *Selected Poems*. Ed. Edward Mendelson. London: Faber & Faber, pp. 91–95.

Batchelor, John. *The Life of Joseph Conrad: A Critical Biography*. Oxford: Blackwell, 1994.
Bradbury, Malcolm. *Possibilities: Essays on the State of the Novel*. Oxford: Oxford University Press, 1966.
The Social Context of Modern English Literature. Oxford: Blackwell, 1971.
Bradbury, Malcolm and James MacFarlane, ed. *Modernism 1890–1930*. Harmondsworth: Penguin Books, 1976.
Conrad, Joseph. *'Heart of Darkness' and Other Tales*. Ed. Cedric Watts. Oxford: Oxford University Press, 1990.
The Secret Agent. 1907. Ed. Bruce Harkness and S. W. Reid. Cambridge: Cambridge University Press, 1990.
Eliot, T. S. '*Ulysses*, order and myth'. *Dial* 75 (1923), 480–83.
Faulkner, Peter. *Modernism*. London: Methuen, 1977.
Graham, Kenneth. *Indirections of the Novel: James, Conrad, and Forster*. Cambridge: Cambridge University Press, 1988.
Guerard, Albert J. *Conrad the Novelist*. Cambridge, MA: Harvard University Press, 1958.
Hervouet, Yves. *The French Face of Joseph Conrad*. Cambridge: Cambridge University Press, 1990.
Hough, Graham. *Image and Experience: Studies in a Literary Revolution*. London: Duckworth, 1960.
Johnson, Bruce. *Conrad's Models of Mind*. Minneaplolis: University of Minnesota Press, 1971.
Josipovici, Gabriel. *'The Lessons of Modernism' and Other Essays*. London: Macmillan, 1977.
Joyce, James. *A Portrait of the Artist as a Young Man*. 1915. Ed. Seamus Deane. Harmondsworth: Penguin Books, 1992.
Kermode, Frank. 'The Modern'. In *Modern Essays*. London: Collins, 1971, pp. 39–70.
'The Modern Apocalypse'. In *The Sense of an Ending*. Oxford: Oxford University Press, 1968, pp. 93–124. 〔岡本靖正（訳）『終わりの意識』、国文社、一九九一年〕
Romantic Image. London: Routledge & Kegan Paul, 1957. 〔菅沼慶一・真田時蔵（訳）『ロマン派のイメージ』、金星堂、一九八二年〕
Kirschner, Paul. *Conrad: The Psychologist as Artist*. Edinburgh: Oliver & Boyd, 1968.
Knowles, Owen. '"Who's afraid of Arthur Schopenhauer?": a new context for Conrad's "Heart of Darkness"'. *Nineteenth Century Literature* 49.1 (1994), 75–106.
Langbaum, Robert. *The Modern Spirit: Essays on the Continuity of Nineteenth and Twentieth Century Literature*. New York:

Oxford University Press, 1970.

Lawrence, D. H. *The Letters of D. H. Lawrence, Volume I.* Ed. James T. Boulton. Cambridge: Cambridge University Press, 1979.

Levin, Harry. 'What was Modernism?'. *In Refractions: Essays in Comparative Literature*. New York: Oxford University Press, 1968, pp. 271–95.

Lewis, Wyndham. 'Long live the vortex'. *Blast* (1914). Reprinted in *A Modernist Reader: Modernism in England*. Ed. Peter Faulkner. London: Batsford, 1985, pp. 42–46.

Mann, Thomas. 'Freud and the future'. In *Essays by Thomas Mann*. New York: Vintage Books, 1958, pp. 303–24.

Moore, Harry T. *'The Age of the Modern' and Other Literary Essays*. Carbondale: Southern Illinois University Press, 1971.

Najder, Zdzisław. Introduction. *Conrad's Polish Background: Letters to and from Polish Friends*. Ed. Zdzisław Najder. Tr. Halina Carroll. London: Oxford University Press, 1964, pp. 1–31.

Nelson, Benjamin, ed. *Freud and the Twentieth Century*. London: Allen & Unwin, 1958.

Nettles, Elsa. *James and Conrad*. Athens: University of Georgia Press, 1977.

Said, Edward. 'Conrad and Nietzsche'. In *Joseph Conrad: An Appreciation*. Ed. Norman Sherry. London: Macmillan, 1976, pp. 65–77.

Sandstrom, Glenn. 'The roots of anguish in Dostoevsky and Conrad'. *Polish Review* 20. 2–3 (1975), 71–77.

Spender, Stephen. *The Struggle of the Modern*. London: Hamish Hamilton, 1963.

Thorburn, David. *Conrad's Romanticism*. New Haven: Yale University Press, 1974.

Trilling, Lionel. 'Art and neurosis' and 'Freud and literature'. In *The Liberal Imagination*. New York: Doubleday, 1957, pp. 155–75 and 32–54.

Watt, Ian. *Conrad in the Nineteenth Century*. Berkeley: University of California Press, 1979; London: Chatto & Windus, 1980.

White, Andrea. *Joseph Conrad and the Adventure Tradition: Constructing and Deconstructing the Imperial Subject*. Cambridge: Cambridge University Press, 1993.

Wollaeger, Mark A. *Joseph Conrad and the Fictions of Skepticism*. Stanford: Stanford University Press, 1990.

Woolf, Leonard. *Beginning Again: An Autobiography of the Years 1911–1918*. London: Hogarth Press, 1964.

Woolf, Virginia. 'Character in Fiction'. 1924. *The Essays of Virginia Woolf*. Ed. Andrew McNeillie. London: Hogarth Press, 1988, III, pp. 420–36.

To the Lighthouse. 1927. Ed. Susan Dick. Oxford: Blackwell, 1992.

第12章 コンラッドが与えた影響

ジーン・M・ムーア［Gene M. Moore］
西村 隆（訳）

コンラッドは「ひとりの人間の真の人生とは、他人が彼について何を思い浮かべるかということなのである」（『西欧の眼の下に』一四頁）と書いたが、もしこの言葉が真実なら、コンラッドの「真の人生」は近現代文学の至るところに顕在していることになるし、現代人の文化の自意識の中に根を下ろし、血肉化していると言っていいだろう。コンラッドの作品は、広くアルバニア語、イディッシュ語から韓国語、スワヒリ語に至るまで、世界中の四十以上の言語に翻訳されている。コンラッドは文学のモダニズムを定義し作り上げた作家の一人であり、彼の影響を受けた作家は数多い。アンドレ・ジッド、ラルフ・エリソン、グレアム・グリーン、ホルヘ・ルイス・ボルヘス、V・S・ナイポール、ウィリアム・S・バローズ、イタロ・カルヴィーノといった、互いにはまるで似ていない作家たち、タイプ的にはコンラッドと異なる作家たちも、彼の影響下にある。またコンラッドの作品のうちいくつかは、新しい文学ジャンルを切り開いたものとして評価されている。『密偵』や『西欧の眼の下に』は社会から疎外され続けるスパイを描いた文学史上最初の作品に数えられているし、『ノストローモ』は南米の植民地主義をパノラマ的に描いた文学史上初の叙事詩であり、「闇の奥」は現代西洋文明の奥底に潜む「恐怖」（'horror'）を文化的に証し立てる作品としてよく引き合いに出される。コンラッドの生涯や作品に触発された映画・旅行記・彫刻・漫画などは数多い。またコンラッドに関する学会や学術雑誌も存在するし、ゆうに千を超える研究書や論文が刊行されている。

　我々が現代という状況をどう眺め、どう定義づけていくか、その見方に対してコンラッドの作品はこれほどまでに大きな影響を与えているのである。それはなぜだろうか。その答えは、コンラッドが「岐路に立つ者」であるということにありそうだ。すなわち彼は、自らがそうであったように、自国の文化を引き継げなかった者が、何に忠誠を誓うべきか、自分は何者なのかと葛藤するさまを描き、掘り下げようとした作家なのである。コンラッドは亡命者《エグザイル》として情熱的な皮肉を込めつつ、また文化的な植民者として必然的に「偽のイギリス人」とならざるを得ない立場から、自国語ではない言語で、土地を奪う者と奪われる者双方のありようを描こうとしたのである。

「影響」ということの問題

　芸術家の作品は人々の想像力に影響を与え、そこに「流入する」が、その過程を詳細に追うのは至難の業《わざ》である。テクスト相互の影響関係《インターテクスチュアリティ》には始まりも終わりもないのだ。コンラッドの作品自体も、彼自身の生涯や、作家としての経歴の形成に寄与したさまざまな影響の所産ないし表れと見なすことができる。またコンラッドが与えた影響について考える場合、彼から影響を受けたと認めている作家たちの言葉を引用することもできるし、またはっきりそのように表明していない場合でも、偶然というにはあまりにも際立って見える対比点と類似点を指摘することができる。しかし結局のところ、影響の強さを正確に測る術はない。[*(1)] 影響というものはその性質から言って、証明することができないからだ。さらに影響というものには、プラスの面とマイナスの面がある。もし、ある作家が後続の作家たちの手本になり得るとしたら、ハロルド・ブルームが述べたように、その作家の作品は後続の作家たちにとって、オイディプス的な「不安」を引き起こす存在にもなる。あとから来た作家は、圧倒的なほど雄弁な文学上の父（偉大な先輩作家）の支配によって窒息しそうになりながらも、それに打ち勝とうとして苦闘するからである。あとから来た作家たちは先輩作家を吸収し超えようと努力するが、彼らの作品が先輩作家の作品と似ている度合いだけではなく、逆説的だが、異なっている度合いによっても影響関係を見て取ることができる。影響の過程は、父と子というフロイト的な図式が暗示するほど直線的であったり、単一であったりすることは少ない。ヴィクトル・シクロフスキーが述べたように、文学史の流れは父から息子へと受け継がれるだけではなく、おじから甥へ、すなわち直線的ではなく「チェスの騎士《ナイト》の動きのように」斜めに受け継がれることもあるからだ。文学上の影響は多くの道を通って、しかも回り道をしながら、伝わるのである。

　ある作家が及ぼす影響は、その作家の作品自体の性質とは関係のない要素によって左右されることもある。一般読者だけではなく批評家にとっても、コンラッドの全作品は「傑作」だけに絞り込まれ、こうして絞り込まれた傑作がさらにわずかばかりの有名なキャッチフレーズやモットーに要約されてしまう傾向がある（たとえばクルツの「地獄だ！」'The horror!' という台詞とか、マーロウの「我々の仲間の一人」'one of us' という言い回しなど）。また大学の概論的な講義で代表的な作品を取り上げる場合、『ロード・ジム』や『ノストローモ』のような長い作品よりも、「闇の奥」のように比較的短い作品を選ぶことが多いだろう。文学上の正典《キャノン》〔文学史上の名作〕を形成するさまざまな意見も、作家の影響力を左右する。ある作品が広く読まれるようになると、正典中でのその作品の位置は、変化し続ける批評界の動向や一般読者の好みに耐え、それに応えていく力がどれほどあるかということで決められるからである。

　正典はまた学問分野やマス・メディアによって多様に変化し、コンラッドの影響も映画や音楽や視覚芸術へと広がった。だからコンラッドの作品中、「映画での正典」となったものは、彼の文学上の正典とはかなり異なる。「アクション／冒険」映画である『地獄の黙示録《アポカリプス・ナウ》』（一九七九）を見た人のほうが、その脚本の下敷きになった小説「闇の奥」を読んだ人よりもおそらくずっと多いだろう。この映画は、内容は原作とはかなり異なるものの「コンラッドの」影響と呼べるものを世の中に広く伝播させたとも言える。また、アメリカ人ピアニストのジョン・パウエルは、「闇の奥」に創造的刺激を受けて『黒人狂想曲《ラプソディーネーグル》』という曲を作り、一九二〇年七月にコンラッドのためにそれを演奏した。一九六〇年代から七〇年代にかけては、コンラッドの作品に着想を得たオペラがいくつも作られた。タデウシュ・バイルト作『明日《ユトロ》』（ワルシャワ、一九六六）、ジョン・ジュベール作『西欧の眼の下に』（ロンドン、一九六九）、リチャード・ロドニー・ベネット作『勝利』（ロンドン、一九七〇）、ロムアルト・トファルドフスキ作『ロード・ジム』（ワルシャワ、一九七三）である。作家というのは大抵そうだが、コンラッドも特に晩年においては写真にうってつけの人物だった。彼の特徴ある容貌は、忘れられない映像として大衆の心に焼き付いたのである。彼のゴツゴツした顔の輪郭、先の尖ったあごひげ、厚ぼったい瞼といったものが線画・絵画・写真の題材となり、頭部・胸部の彫刻がジェイコブ・エプスタイン、ジョー・デイヴィッドソン、ブルース・ロジャーズ、ドーラ・クラークらによって造られた*(2)。

ある作家の作品が文化的教養を示すものと見なされるようになると、その作品は必ず諷刺の対象となったり、歪められたりする。さらには、単なる文学上の問題をはるかに超えた議論の出発点として用いられることもある。たとえば、「コンラッドはとんでもない人種差別主義者だった」（ハムナー編『ジョウゼフ・コンラッド——第三世界の視点』二二四頁）という有名なチヌア・アチェベの批判の狙いは、「闇の奥」の倫理的価値についての従来の見方を問い直すことだけではなく、もっと一般的に、人種差別の問題が西洋文化の中でこれまで考えられてきた以上に根深いところにあると論じることにもあったのだ。このことを論じるのに、「西欧の眼」の権威を持つ者としての、また第三世界の人々のスポークスマンとしてのコンラッドの名声が、アチェベにとって格好の標的を提供してくれたわけである。

仲間内での交流

コンラッドは作家として出発した頃、友人に恵まれていた。本格的に作家生活に入ったときから、ジョン・ゴールズワージー、ヘンリー・ジェイムズ、スティーヴン・クレイン、H・G・ウェルズといった小説家仲間のいる芸術的な環境に身を置くことができた。もっとも強くコンラッドに感銘を受けた作家はフォード・マドックス・フォードで、彼はコンラッドと共作で三つの小説を出したばかりではなく、コンラッドの秘書兼編集者に当たる役割も務めた。もしフォードが絶えずコンラッドを励まし、進んでコンラッドの口述を筆記するということがなかったら、コンラッドの二つの回想録『海の鏡』と『個人的記録』は出版されなかっただろう。フォードは一九二〇年にハーバート・リードにこう言った――「私が文学について知っていることはすべてコンラッドから学んだものだ。そして、イギリス人が文学について知っていることはすべてこの私から学んだのだ」(ラドウィッグ編『フォード・マドックス・フォード書簡集』一二七頁)。一九〇九年以後はコンラッドとフォードの友情は冷めていったが、フォードは最後までコンラッドを称賛し敬いつづけた。フォードは自身の回想録で、特に『ジョウゼフ・コンラッド――個人的な思い出』(一九二四)の中で、コンラッドと共作した初めの頃に築き上げた文学上の印象主義の原理について語っている。「タイム・シフト(時系列の移動)[1]」や「プログレシオン・デフェ[2]」のような技法はフォードの全作品を通じて使われているし、共作にあたってまずフォードが着想や草稿を提供したという事実から、コンラッドが共作にどう関わったのかをかなり詳細に辿ることができる*[3]。フォードは『質素生活有限会社』

という小説の中でコンラッドをパロディ化している。またコンラッドが、長い間約束していた「地中海を舞台にした小説」をどうやら仕上げられないまま一九二四年に亡くなったとき、フォードはそれと基本的に同じ要素を含むプロットと舞台を用い、『サスペンス』[3]の奇抜な続編『神々よりわずかに劣る』[4]（一九二八）を書き上げた。

　コンラッドはノーマン・ダグラスやスティーヴン・レノルズのような若手作家を励ましたり、作家として「売り出す」のを助けたりした。エドワード・ガーネットがロンドンのジェラード街のモンブラン・レストランで開く「火曜昼食会」に出ていた作家の多くは、コンラッドの文体だけではなく、彼の人柄の力をも折に触れ話題にした。その仲間の一人であるH・M・トムリンソンの作品、ブラジルへの汽船の旅を綴った『海と密林』（一九一二）は、コンラッドの作品をただちに思い起こさせるような見事なアイロニーと正確な文体を備えている。コンラッド同様、ラテンアメリカの主題に興味を抱いたR・B・カニンガム・グレアム、一九一六年にコンラッドについての本を出したヒュー・ウォルポールといった作家たちは、コンラッドの忠実な友であり続け、よくコンラッド家に滞在した。

　コンラッドに個人的な影響を受けたのはイギリスの作家だけではない。とはいえ、イギリス以外の国でコンラッドの作品が人々にどれだけ読まれているかは結局、翻訳がどれだけ出ているかにかかっていたけれども。彼は何人ものフランス作家や文芸評論家と会い、尊敬されてもいた。ポール・ヴァレリー、サン・ジョン・ペルス、ヴァレリー・ラルボーといった人たちがそうである。アンドレ・ジッドはコンラッドの「台風」をフランス語に翻訳し、フランス語による最初のコンラッド全集を監修した。ジッドはまた、自身のコンゴ旅行記（『コンゴ紀行《ヴォヤージュ・オ・コンゴ》』一九二七）[5]をコンラッドの霊にささげた。G・ジャン＝オーブリーの著書である二巻本の『ジョウゼフ・コンラッド――伝記と書簡』（一九二七）は、コンラッドの伝記を最初から最後まで書き上げた初めての労作であった。

　コンラッドが個人的に与えた影響は、純粋に文学的なものだけにはとどまらなかった。妻ジェッシーと二人の息子は、夫（父）と過ごした生活についての回想録を出版した。また、彼と共に航海した船員たちの中には、その航海についての思い出を書き記した者もいる。G・F・W・ホープ、J・G・サザーランド、デイヴィッド・ボーンといった人たちがそうである[*4]。

モダニズム作家たちへの影響

T・S・エリオットは、自身の詩「うつろな人々」の題辞《エピグラフ》に「クルツさぁ――はぁ死んだだよ」（'Mistah Kurtz—he dead'）を引用したことで、コンラッドの影響を広めるのに大きな役割を果たした。エリオットは『荒地』の題辞に、クルツの「地獄だ！　地獄だ！」（'The horror! The horror'）を引用するつもりでいたが、エズラ・パウンドに止められて断念した。それでも、現代に潜む「恐怖」とコンラッドを結び付けて考える伝統は、かなりの部分までエリオットによって作られたものである。

F・スコット・フィッツジェラルドがプリンストン大学の学生だった頃、まだコンラッドの作品はそこでは取り上げられていなかった。だがフィッツジェラルドはコンラッドの作品を綿密に研究し、物語を間接的に語る技法や時系列を寸断する技法[6]をコンラッドから学んで、それを『グレート・ギャッツビー』（一九二五）で用いた。フィッツジェラルドはH・L・メンケン宛の書簡の中で、コンラッドからいろいろなことを学んだと認めており、自身の『ギャッツビー』だけではなくユージン・オニールの劇『ジョーンズ皇帝』やW・サマセット・モームの『月と六ペンス』もコンラッドの模倣だと述べている（ターンブル編『F・スコット・フィッツジェラルド書簡集』四八二頁）。ニック・キャラウェイ（『グレート・ギャッツビー』の語り手）を「当事者でもあり観察者でもある」人物として使う発想は、マーロウを用いた間接的な叙述というコンラッドの実験にヒントを得たものである。アーサー・マイズナーは、『グレート・ギャッツビー』におけるコンラッドの影響は「実を結ばない悲しみ、すぐに終わってしまう人間の喜び」といった言い回しにも見られると指摘している[*5]。コンラッドが一九二三年五月にアメリカを訪れた時、フィッツジェラルドとリング・ラードナーは、コンラッドが滞在していたオイスター・ベイにあるダブルデイ屋敷[7]の芝生の上で酔っ払って踊り、コンラッドの注意を引こうとしたが、管理人に捕まって追い出されるだけに終わった。またフィッツジェラルドはヘミングウェイに対し、コンラッドの影響を受けすぎないようにと対談の中で警告した。「私と同様、あなたは登場人物の台詞を直接引用する時にコンラッドのリズムが乗り移らないように注意しないといけません。一つの言い回しを際立たせ、それによって登場人物が生きるようにしようとしている場合は特にそうです」(ターンブル、三〇〇頁)。のちに評論家たちが『夜はやさし』(一九三四)の劇的さを欠く結末を批判した時、フィッツジェラルドはコンラッドとヘミングウェイの言葉を引用して自身を弁護した。「消え入るような静かな終止法のほうが、特定の条件下では劇的な結末よりも良いのだと会話の中で私に教えてくれたのはヘミングウェイだったと思う。私もヘミングウェイも、その発想の素をコンラッドからもらったのだ」(ターンブル、前掲同書、三六三頁)。

　ヘミングウェイはフォードの『トランザトランティック・レヴュー』誌に載せた追悼文の中で、コンラッドの作品と自分との特別な関係について述べ、いささか礼儀を欠く発言をしてまで、当時の批評の風潮に反論した。「私が知っている人のあいだでは、コンラッドは三流作家であり、T・S・エリオット氏は優れた作家であるということで、ほとんど意見が一致しているらしい。しかし私としては、もしエリオット氏をすりつぶして乾いた細かい粉にし、それをコンラッド氏の墓にふりかけると、まもなくコンラッド氏が生き返り、無理やり呼び戻されたことに困惑しながらもまた作品を書き始める――そんなことができるなら、明日の朝早くにも挽き臼を持ってロンドンへ出発したい」。ヘミングウェイは、自分はもうコンラッドの作品を読み返すことはないだろうと言っておきながら、「自分で作品を書くことや、他の作家や、今まで書かれたことやこれから書くべきこと、こういった一切合財のものにうんざりしたら、どうしてもコンラッドの作品が読みたくなる」と言い、そういう時のためにコンラッドの作品を手元に置いておいた。彼は旅行に出る時によくコンラッドの作品を持っていったし、ある時カナダへ向かう途中で、コンラッドの『放浪者』の連載版を読んで徹夜してしまい、翌朝になって後悔して、こう書き留めている。「僕は旅行が終わるまでこの作品を読み終えないつもりだったのに。なんだか、親から引き継いだ財産を使い果たしてしまった若者みたいな気分だ」(『アーネスト・ヘミングウェイ署名記事集』一一四―一一五頁)。

一九三一年のインタビューで、ウィリアム・フォークナーは「私がもっとも好きな本は『白鯨』と『ナーシサス号の黒人』の二つだ」と述べた(メリウェザー&ミルゲイト編『庭のライオン』二一頁)。彼のコンラッド好きはその後も変わらず、一九五五年にも別のインタビュアーに対して「私はディケンズを毎年徹底的に読むし、同じようにコンラッドも徹底的に読んでいる」と述べている。彼はまた、若い作家が勉強のために読むべき作品として、『ロード・ジム』と『ノストローモ』を挙げている(同書、四九、一一一頁)。一九五〇年にフォークナーがノーベル文学賞の授賞式で行ったスピーチは、コンラッドが一九〇五年にヘンリー・ジェイムズについて書いた随筆を「露骨なほどに流用した」ものと言われている(マイヤーズ「現代作家へのコンラッドの影響」一九一頁[*(6)])。

コンラッドの遺産をもっとも明白に受け継いでいるのはグレアム・グリーンである。グリーンはコンラッドと同様、多くの未開地を旅行し、失われた宗教的・政治的「思想」を探しているうちに、植民地の官僚たちが罪にまみれ、道徳的に腐敗していく様子を目撃した。グリーンの『情事の終わり』(*The End of the Affair*, 一九五一)というタイトルはコンラッドの中編小説「万策尽きて」('The End of the Tether')を連想させるし、たとえば『密使』(一九三九)や『ヒューマン・ファクター』(一九七八)のような小説と『恐怖省』(一九四三)のような「娯楽作品」でグリーンが描いたスパイの怪しげな世界は、コンラッドの『密偵』に始まる伝統を受け継いでいる。『喜劇役者たち』

（一九六六）は『ノストローモ』の後日談としても読めるし、『燃え尽きた人間』（一九六一）は『勝利』の基本要素を「闇の奥」の舞台設定と混ぜ合わせた作品と言える。グリーンはコンラッドの作品の力に自分が引き込まれていることを十分承知していた。この影響関係はロバート・ペンドルトンの研究書『グレアム・グリーンのコンラッド的基本プロット《マスタープロット》』において詳細に跡付けられている。グリーンは、『夕暮れの噂』（一九三二）などの初期作品において、『黄金の矢』におけるようなコンラッドの後期の文体（グリーンは、コンラッドがヘンリー・ジェイムズに影響されてこの文体を編み出したと考えた）にあまりにも強く影響を受けたと感じていた。その結果、グリーンはコンラッドの作品を読むのはもうやめようと決意した。彼はこう書いている——「一九三二年頃、私はコンラッドの作品を読むのをやめた。コンラッドが私に及ぼす影響があまりにも大きく、あまりにも破滅的だったからだ」（『登場人物を探して』三二頁）。グリーンはこの誓いを二十五年間守り通したが、のちに『燃え尽きた人間』となる作品の素材を集めるためにコンゴへ行こうと思い立った時、とうとう「闇の奥」を手に取って読んだ。ハンセン病患者が住むコンゴ河沿いの植民地を旅した時のことをグリーンは手帳に書きとめたが、これは『登場人物を探して』（一九六一）中の「コンゴ日誌」の部[8]に再録されている。この日誌もコンラッドの「コンゴ日記」に書かれている旅をなぞったものである。グリーンが旅行中に読んだ本の中にはフランスの作家ロマン・ギャリーのアフリカ小説『空の根』（一九五六）も含まれていて、「もしこの作品がこれほどあからさまにコンラッドの文体と技法を下敷きにしてさえいなければ、敬服に値する本」と評し、この小説の主人公モレルを「マーロウのフランス人版」と呼んだ（『登場人物を探して』四八頁）。ギャリーは、スラヴ系の血を引く点でコンラッドと似ていることもあってか、のちにイギリス文学における「異物」としてのコンラッドの独自性について論評し、「イギリス人はコンラッドが疑いもなく今世紀最大の小説家であることをいまだに許せないと思っている」（『今夜は静かな夜になる《ラ・ニュイ・スラ・カルム》』[9] 二五八頁）と述べた。

マルカム・ラウリーは一九四〇年に書いた優れたソネットの中で、コンラッドの業績に対する敬意を表明した。もっと最近のものとしては、ポール・セローの小説にはコンラッドの小説の舞台設定やテーマへの深い関心が見られる。『密林の恋人たち』（一九七一）は明らかに「闇の奥」の注釈書として読めるし、『聖人ジャック』（一九七三）はシンガポールを舞台としていることや、タイトルをもじったということ以上のものを『ロード・ジム』に負っている。そしてグリーンの『ここは戦場だ』（一九三四）と同様、セローの『わが家の兵器庫』（一九七六）はロンドンにおけるテロリズムが家庭や政治に及ぼす影響を、コンラッドが『密偵』で最初に辿ったのと同じ流儀で描き出している。

『加算機――随筆集』（一九八六）に収められている「登場人物をカット・アップする」[10]というエッセイの中で、ウィリアム・S・バローズは、『裸のランチ』（一九五九）の中のカール・ピーターソンとベンウェイ博士の「会見」は、コンラッドの『西欧の眼の下に』の中でミクーリン顧問官がラズーモフを尋問する場面から直接借りてきたものだと認めている。バローズは、自分が意識的にコンラッドの作品を借用したということを、自分の作品とコンラッドの作品のしかるべき箇所とを並べることで証明してみせている。

コンラッドが近現代のポーランド文学に与えた広範囲な影響については、ステファン・ザビェロフスキが書いた研究書がある。また、ドイツにも早くからコンラッドに敬意を表していた作家たちがおり、トーマス・マンもその一人である。戦後もコンラッドの影響はヨーロッパ中に広がっていった。ジークフリート・レンツの中編小説『灯台船《ダス・フォイアシフ》』（一九六〇）とコンラッドの『勝利』の間には、興味深い類似関係が見られる。ジッドやグリーンと同様、アルベルト・モラヴィアも自身のアフリカ旅行について語るさい、コンラッドに言及している。イタロ・カルヴィーノは大学を卒業する時に、コンラッドについて卒業論文を書いている。

ある時には、コンラッドの小説は影響力のある模範としてだけではなく、小説の現実の舞台設定となったりもしている。ハワード・ノーマンの『ジョウゼフ・コンラッド・ホテルでのキス、ほか数篇』と題された短編集に収められている同名の物語においては、ハリファックスにあるホテルのオーナーが、コンラッドの作品から抜粋したページを廊下の壁に貼り付け、しかも階ごとに異なる小説を使うという念の入れようを見せる。ノーマンは、コンラッド愛好家たちの熱狂ぶりを揶揄して、「時々、コンラッドが寝た部屋を一目見たいとか、コンラッドが執筆に使った机を見たいという旅行客が訪れるのだった」（一二三頁）と書く。さらにまた語り手が、ある夜酔っ払って、壁に貼ってあった『ノストローモ』の「たぶん一章分をまるまる」音読したと語ったりする（厳密に言えば、「一章分をまるまる」読める状態にするには、ホテルのオーナーは『ノストローモ』二冊分を壁に貼っておく必要があったはずだが、ノーマンはそのような技術的な問題を気にしていない。ましてや、酔っ払っている語り手がそんなことに気づくはずもない）[11]。

コンラッドの影響を受けた人すべてが肯定的な反応を示したわけではない。エドマンド・ウィルソンは『西欧の眼の下に』を評して、「私が今までに読んだ中でおそらくもっとも語り口が下手な物語」と言い、「第二部の終わり以降はすべて、題材の扱い方を間違えた見本のように思える」と付け加えた（『文学と政治についての書簡』三五六頁）。ウラジーミル・ナボコフは、よく自分とコンラッドの境遇が比較されることに慢性的な苛立ちを覚え、コンラッドは子供向けのロマンティックな冒険物語を書く作家だ、とあっさり片付けた[12]。

> 私はかつて、コナン・ドイル、キプリング、コンラッド、チェスタトン、オスカー・ワイルドや、本質的に子供向けの作品を書く作家たちのロマンティックな作品を読んで大いに楽しんだものだ。しかし前にどこかではっきり言っておいたように、私はジョウゼフ・コンラッドとは根本的に違う。第一に、コンラッドは英語作家になるまでポーランド語で作品を書いたことがない。第二に、私はコンラッドが使うお上品な常套句

> や、彼が描く原始との衝突に我慢がならない。コンラッドはかつてロシア語版の『アンナ・カレーニナ』よりも、ガーネット夫人[13]が英訳したもののほうが好きだと書いたことがあるそうだ！　こんな話を聞くと「夢かと思う《サ・フェ・レヴェ》」——どうしようもないほど馬鹿げたことに直面した時、フロベールがよく言ったように。
>
> （『強烈な意見』五六—五七頁）

『アンナ・カレーニナ』云々のくだりは明らかに、コンラッドがエドワード・ガーネットに宛てた一九〇二年六月十日付けの手紙に言及したものである。この手紙の中でコンラッドは、ガーネット夫人の翻訳は「すばらしい」と述べた上で、「『アンナ・カレーニナ』という作品自体に関しては、私はあまり評価していません。だから、あなたの奥様の翻訳のほうが、はるかにまばゆい光を放っています」（『書簡集』第二巻、四二五頁）と書いている。コンラッドが『アンナ・カレーニナ』を原書で読めるほどロシア語に堪能だったかどうかは、永遠に謎のままである。

伝記の小説化

　コンラッドの前半生は彼の小説と同じぐらい冒険に満ちているので、彼の伝記を小説化したもの、すなわち伝記小説《ヴィロマーンセ》が少なくとも三篇は作られている。いずれも彼の生涯での顕著な出来事と、その反映と見られる作品中での出来事との関係を探求したものである。そのうち二篇はポーランド人が作者で、英訳は出ていないが、アダム・ギロンが『コンラディアナ』[14]でその内容を説明し、抜粋を載せている。レシェク・プロロクの小説『放射状の線』（一九八二）は、コンラッドが一八八六年オタゴ号でモーリシャスへ航海した時のことを取り上げ、この島でウジェニ・ルヌフとアリス・ショーという二人の若い女性とコンラッドとの間に生まれた恋愛関係を描写している。この小説の最後の部分で、主人公コジェニョフスキ〔ポーランド人としてのコンラッドの姓〕の夢は破れ、モーリシャスを去り、処女作である「黒い髪の航海士」の執筆に再び取りかかる。ヴァツワフ・ビリニスキの『マルセイユでの事件』（一九八三）は、コンラッドの青年期に起きた事件、すなわちフランス船籍の船で働くことを禁止され、伯父タデウシュ・ボブロフスキからの仕送りも使い果たしてしまった時期のことを描いている。コンラッドはそこでドイツ人の友人から金を借りるが、モンテ・カルロのギャンブルでその金をすってしまい、最後には拳銃で自殺を試みるが未遂に終わる。電報で呼び出された伯父は、ただちにキエフからマルセイユへ旅立ち、勝手気ままな甥の面倒を見る（コンラッドはのちに、自分は決闘で怪我をしたのだと言い張り、自ら『黄金の矢』でこの「事件」を脚色した。これが本当は自殺未遂であることがわかったのは、コンラッドが死んでから何年も経ってからである）[15]。小説『マルセイユでの事件』に対するギロンの評価はあまり好意的ではない。彼に言わせれば、この小説には「ほとんど何の出来事もない」し、「真の主人公」であるボブロフスキは尊大な頑固者で、ことあるごとにユダヤ人差別の言葉を吐く人間として描写されている。この小説におけるコジェニョフスキの役割は、伯父からの質問に対してぶっきらぼうで逃避的な返事を返すことだけにとどまっている。

　コンラッドの伝記小説のうち、もっとも実験的なのはジェイムズ・ランズベリーの『コジェニョフスキ』（一九九二）で、「秘密の共有者」の事件についての調査という形式を取っている。「コジェニョフスキ船長は自分が小説家だと称しているが、それは嘘だった」という巧みな設定で、この小説は「秘密の共有者」の諸要素をさまざまなジャンルを用いて辿っていく。たとえば手紙、回想記、詩、一幕の短い劇、新聞広告、そして「秘密の共有者」は「男性の同性愛」の話だというフロイトの分析までも。アウトサイダーとして、抑圧されている人々に同情的なコンラッドの立場と、「秘密の共有者」の同性愛的な要素とを結び付ける一節の中で、ランズベリーが作り上げた架空の人物としてのフロイトはこう断言する――「この小説の中に頻繁に出てくる『見知らぬ者』(stranger)という言葉は、間違いなく『同性愛者』という意味で使われている。このような言い換えは、迫害されている少数派の間ではよく行われる」(『コジェニョフスキ』一三三頁)。ランズベリーのこの小説は、コンラッドの作品に潜む暗号と戯れるだけではなく、コンラッドに関するありがちな包括的・学究的アプローチを皮肉ってみせているのである。

影響の不安

コンラッドは同時代の大多数の作家よりも「第三世界」の人々についての見聞が広かった。彼の最初の二編の小説の主人公、カスパル・オールメイヤーとペーター・ヴィレムスは、人種的偏見に基づく植民地主義の道徳的腐敗を示す顕著な例である。オールメイヤーはヨーロッパ中心主義的な野心を抱くが、娘のニーナはそれを拒否して原住民の王侯の若者の元へ走り、オールメイヤーは失意のどん底に沈む[16]。『島の流れ者』においては、アイーサはヴィレムスの故国を酷評してこう言う――「嘘と邪悪の国で、そこからは私たちのように白人でない者には不幸しかやって来ない」(『島の流れ者』一四四頁)。したがって、植民地の人間史を記録すると同時に、土着の伝統に培われた権利や主張を享受することと、西洋の科学技術や通信手段を使って外の広い世界に触れることとの折り合いをつけた生き方(*modus vivendi*《モーダス ヴィヴェンディ》)を求める植民地の人々の苦闘を記録しておこうと努めた作家たちが、コンラッドの影響を強く受けたのは当然である。アチェベのように、コンラッドはどうしようもないほどイギリスびいきで人種差別主義者だと考える者もいる一方で、コンラッドの作品においては文化に対する意識と、帝国主義に対する盲目が微妙かつ複雑に混交していると考える者もいる。だから、たとえばV・S・ナイポールやエドワード・サイードなどはコンラッドの業績に大いに敬意を抱いてはいるものの、ナイポールは『ロード・ジム』を評して「自分の人種からはじき出された男」を主人公にした「帝国主義的」な小説だと述べているし、サイードも同じような人種的偏見を『ノストローモ』の中に見出している。

　コンラッドは英語で小説を書くアフリカ作家に大きな影響を及ぼしている。ジャクリーン・バードルフは、ケニアの小説家グギ・ワ・ジオンゴの作品に関して「コンラッドの作品が、単なる〈影響〉にとどまらず、下敷きとして埋め込まれている。その程度があまりにも強いので、彼の主要な二つの小説［『一粒の麦』（一九六七）と『血の花弁』（一九七七）］はコンラッド作品のパロディと言っても過言ではない。なにしろ二作とも、コンラッドの作品に関する解釈を提示しているのだから」と指摘している（論文「グギ・ワ・ジオンゴの『一粒の麦』と『血の花弁』」三七頁）。また、スーダンの作家タイーブ・サーレフの作品『北へ遷《うつ》りゆく時』（一九六九）の中では、主人公は「闇の奥」のマーロウと逆方向に旅をする。*(7)

　V・S・ナイポールはコンラッドとの出会いについて、「コンラッドの暗黒」という優れたエッセイの中で語っているが、コンラッドの遺産に敬意を表した主な小説としては『暗い河』〔17〕（一九七九）だけが残っている。この小説は、「闇の奥」の物語を「反対側から」、すなわちアフリカ東岸部のイスラム教徒とヒンズー教徒の植民地主義の視点から語り直したものである。ナイポールは、わずか七十年前までクルツの奥地出張所があった村に移り住んで店を開く若者の物語を描く。イスラム教徒とヒンズー教徒が支配する地域では、西洋の植民地と比べれば覇権主義的な色合いは薄いものの、現地人が自らを正当化する洗練された言葉を持たない〔18〕という点では同じくらい植民地的な伝統が色濃く残っており、その重荷と西洋による支配の圧力との間で、文化的な帰属意識を持ち続けるのは難しい。こうした難しさを、ナイポールは切々と描いていく。そして以下のような一節でナイポールの語り手は、マーロウの主張、すなわち植民地の搾取はその背後にある「理念」によってのみ正当化されるという主張の意味を明らかにする。

沿岸に住む我々にアフリカの歴史という概念を与えてくれたのがヨーロッパであるなら、嘘というものを我々に教えたのもヨーロッパだと思う。ヨーロッパ人が来る前にアフリカのあの地域に住んでいた我々は、自分たちのことについて嘘などついたことがなかった。それは何も、我々のほうが道徳心が強かったからではない。そもそも自分たちの価値を計ることもしなかったし、嘘をつくような話題があるとも思っていなかったからこそ、嘘をつかなかったのである。何も考えずに淡々とやることをやる、我々はそういう民族だったのだ。しかしヨーロッパ人たちは、言っていることと実際にやることがまったく違う、そういうことが平気でできる連中だった。彼らは自らの文明に負っているものについての理念を持っていたからこそ、そんなことができたのだ。それは彼らが我々に対して持っている有利な点だった。

（『暗い河』一六―一七頁）

コンラッドにとっての永続的なテーマの一つは、我々西欧人が文明に「負っている」ものの曖昧さ、そして文明がそれと引き換えに我々に要求するものの偽善性であった。コンラッドは元々イギリス人ではないのにイギリス作家として認められようと苦闘したわけだが、ナイポールも同じ状況を生きてきたし、コンラッドと同様、故国とイギリスの両方からしばしば誤解され非難を浴びたりした。「第三世界」の教条主義者《イデオローグ》たちは、ナイポールがゴミの散らかる植民地の惨状を暗鬱な口調で描写したことや、イギリス紳士の生活を演じてみたがる不可解な願望を抱いていることを批判した。一方、西欧の批評家たちは、彼を「第三世界」の作家としてしか受け入れようとしなかった。つまり、彼が西欧の作家として「成功」したいという大望を抱いているとしたら、それは「故国」の人々に対して果たすべき義務をないがしろにする厚かましい行為だとして片付けられてしまったのである。ナイポールが置かれたこのような状況は、コンラッドが言語や文化の面で同化を果たした珍しい例としてだけではなく、イギリス作家としても認められようと努力した状況とよく似ている。もしロマン・ギャリーが言ったようにイギリス人が完全にはコンラッドを「我々の仲間の一人」と認めていないとすれば、コンラッドはあくまでポーランド人であり、彼の業績はポーランドの文化に対する罪深い「裏切り」という面からもっともよく理解できると熱心に主張する人もいるのである。

　文化的葛藤という点について言えば、置かれた個人的な状況がもっともよくコンラッドと似ている作家はイェジ・コシンスキである。コシンスキの最後の作品である『六九番通りの隠者』（一九八八）は、自意識的なウィットや、タルムード〔ユダヤの律法〕や哲学の知識の断片（脚注や出典指示もきちんと付いている）、あちこちに挿入された印刷所に対する校正の指示、そして性交渉や精神分析やヨガやホロコーストについての言及の寄せ集めである[*8]。さらにコンラッドについても、膨大な言及がなされている。コンラッドと同様、コシンスキも自ら選んだ言語（英語）で作家として名を成すまでに圧政的な体制の中で生き延びてきたし、コンラッド同様、英語圏の作家になり切るために大きな代償を払っている。コンラッドの文化的・個人的な神経症は慢性の痛風、憂鬱症、神経衰弱となって表れたのに対して、コシンスキは子供の頃のトラウマが、コンラッドよりもさらに強烈な妄想症《パラノイア》となって表れ、最後には自殺するに至った。イェジ・コシンスキという名前自体、ユゼフ・コジェニョフスキ（Józef Korzeniowski）というコンラッドのポーランド名と頭文字が同じだし、『六九番通りの隠者』の主人公の名前ノルベルト・コスキー（Norbert Kosky）は、事実上コンラッドのポーランド姓に含まれる音声の順序を並べ替えたものである。

文学ジャンルに与えた影響

偉大な小説はすべて、ユニークであると同時に模範的でもある。コンラッドの傑作のうち、少なくとも三つは小説のサブジャンルにとっての模範になっている。「闇の奥」における河の船旅は内面的な暗黒への下降でもあるが、この船旅はキューバの小説家アレホ・カルペンティエールの『失われた足跡』（一九五三）やガイアナの小説家ウィルソン・ハリスの『孔雀の宮殿』（一九六〇）、アメリカの詩人ジェイムズ・ディッキーの『救出』（一九七〇）といった作品の中に繰り返し立ち現れている。[*9] また、「闇の奥」に触発されて作られたスウェーデンの文学作品が二つある。オーロフ・ラーゲルクランツの『闇の奥との旅』（一九八七）と、スヴェン・リンドクィストの『すべての悪魔を抹殺せよ』（一九九二）である〔「闇の奥」の中で、クルツは「すべての獣を抹殺せよ！」という言葉を書き記す。このタイトルはそのもじり〕。河というテーマは、ミネケ・スヒッペルがオランダ語で書いた小説『コンラッドの河』（一九九四）のタイトルにも明白に繰り返されている。「闇の奥」は数多くのSF（空想科学小説）の下敷きとなっており、その中でももっとも有名なのがロバート・シルヴァーバーグの『大地への下降』（一九七〇）である。シルヴァーバーグはまた、中編小説『秘密の共有者』（一九八八）でもコンラッドの作品からタイトルを借りている。[*10]

『ノストローモ』はラテンアメリカの人が書いたものではないにしても、やはり植民地支配下のラテンアメリカを叙事詩的に描いた最初の小説であるから、カルペンティエールやガブリエル・ガルシア・マルケス（コロンビア）、マリオ・バルガス・ジョサ（ペルー）、アウグスト・ロア・バストス（パラグアイ）といった作家たちのパノラマ的な年代記へと繋がる伝統の源流をなしている。ガルシア・マルケスの小説『コレラの時代の愛』においては、コンラッドが武器の密輸人としてカメオ出演を果たす[19]（三二〇頁）。コンラッドの影響はフォークナーを介してラテンアメリカに到達した。フォークナーのヨクナパトーファ郡〔フォークナーのほとんどの小説の舞台となっているアメリカ南部の架空の場所〕は、ガルシア・マルケスがマコンドという架空の村を創作するさいに直接のモデルとなった。しかしながら、コンラッドが『ノストローモ』で描くコスタグアナの銀山は神話的であると同時に物質的であり、悪魔的であると同時に経済的でもある。そして夢と「物質的利益」の対立を描くコンラッドの筆致は、ポストコロニアルのラテンアメリカの状況に特有の歴史意識や文化的アイデンティティの意識を描く技法としての「魔術的リアリズム」の先駆となった。ホルヘ・ルイス・ボルヘスはヘンリー・ジェイムズやドストエフスキーよりもコンラッドのほうが偉大な小説家だと考えていた。「なぜならコンラッドの場合には、全てのものが真に迫っていて、同時に詩趣に富んでいるからだ。違うかい?」(バーギン『ホルヘ・ルイス・ボルヘスとの会話』七一頁)。ボルヘスは、「ストーリーテラー」としてはヘンリー・ジェイムズのほうが優れていると思っていたが、小説家としてはコンラッドのほうが優れていると見なしていた。ボルヘスの短編小説「グアヤキル」[20](短編集『ブロディー博士の報告書』所収)は『ノストローモ』を下敷きにした歴史ファンタジーであり、またボルヘスは自身の詩の一篇に「ジョウゼフ・コンラッドの本から見つかった原稿」というタイトルを付けた。

コンラッドが小説のジャンルに与えた影響のもっとも明白な例は、二つのスパイ小説『密偵』と『西欧の眼の下に』である。この二つの小説にみられる道徳的な多義性、政治的陰謀、家庭の腐敗といったものの混合物は、W・サマセット・モームやグレアム・グリーン、特にジョン・ル・カレのスパイ小説に長く影響を与えた。スパイ小説の始祖としての功績は、シャーロック・ホームズの創作者コナン・ドイルともある程度分かち合わなければならないし、さらに、ドストエフスキーの『悪霊』(一八七二)やアースキン・チルダーズの『砂洲の謎』(一九〇三)のような国際的な陰謀を扱った先行の作品の功績も認めざるを得ない。それにもかかわらず、逆スパイ活動の世界の道徳的な闇は、コンラッドが創作した、いかにも気乗りしない二重スパイたち〔ヴァーロックとラズーモフ〕によって初めて探求されたものである。彼らスパイたちは、感情的な愛着と政治的な義務の間で板挟みになり、最終的には自分がどこに忠誠を尽くそうとしているのかさえわからなくなってしまう。コンラッドは、冷戦の最前線にいる者が抱える緊張感やこまごました悩みを理解するための永続的で有用なモデルを提供したのである。[21] 彼が示した模範は、ジョン・ル・カレの「スマイリー三部作」(一九七四―八〇)によってさらに推し進められることになる。「スマイリー三部作」は『鋳掛け屋、仕立て屋、兵隊、スパイ』と『スクールボーイ閣下』(主人公のジェリー・ウェスタビーはサイゴンでグレアム・グリーンとコンラッドの作品を読む)、完結篇の『スマイリーと仲間たち』から成る。ル・カレは『リトル・ドラマー・ガール』(一九八三)の登場人物に「チャーリー」、「ジョウゼフ」[22]、「クルツ」という名前もしくは暗号名をつけることでコンラッドに控えめながらも敬意を表した。また、ル・カレの一九八六年の小説『完璧なスパイ』には、『ロード・ジム』をそっくりそのまま真似たところがあると指摘されたことがある(ダレスキの論文「『完璧なるスパイ』と、ある偉大な伝統」六二頁)。

コンラッドの足跡を辿った人たち

「私と同世代のコンラッド」と題したエッセイの中で、ポーランドの作家ヤン・ユゼフ・シチェパニスキは、ナチスの占領下でポーランドが抵抗運動を展開した頃のポーランドの若者たちにとってコンラッドの作品が非常に大きな影響力を持っていたと回想している。少なくとも一つの例において、コンラッドの作品は決定的な影響を及ぼした。シチェパニスキの「偶然《プシパーデク》」という小説は本当にあった出来事に基づくものだが、ゲシュタポから逃げてきた青年が倫理的な責務をテーマとする『ロード・ジム』に影響されて故国に戻り、危害を及ぼす恐れのある写真を回収しようとするが、捕まって処刑されるという話である。

コンラッドの作品を彼の旅の歴史的文脈と照らし合わせて真摯に学究的に研究しようという試みは、ノーマン・

シェリーによって初めて行われ、『コンラッドの東洋世界』（一九六六）と『コンラッドの西洋世界』（一九七一）として発表された。ジャーナリストであり旅行作家でもあるガヴィン・ヤングは、シェリーの足跡をたどり、『コンラッドを探して』（一九九一）を書いた。この本は、コンラッドの作品からの引用とヤング自身がマレー諸島を旅行した時の感想とを混ぜ合わせた形で書かれている。これよりもっと以前に書かれ、しかも観光客風の目で見たものではない旅行記としては、ドイツの劇作家ホルスト・ラウベの『二つの河の間で――ジョウゼフ・コンラッドへの旅』（一九八二）がある。これはコンラッドのサンバー[23]へ着くまでのラウベの旅を、順を追って描いたものである。コンラッドの足跡をたどったのは勇敢な文学研究者ばかりではない。作家兼冒険家ともいうべき人たちは、コンラッドの作品の詳細よりも、イメージを生き生きと呼び覚ましてくれる源としてのコンラッド作品の潜在力に惹き付けられた。そういった作家たちへのコンラッドの影響は、たとえばレッドモンド・オハンロンの旅行記『ボルネオの中心へ』（一九八四）やアンドルー・イームズの旅行記『陰影線を越えて――東南アジアの旅』（一九八六）のタイトルに色濃く表れている。

文学以外のジャンルでの影響

一九一九年にモリス・トゥルヌールが『勝利』の無声映画を製作して以来、コンラッドの作品はアルフレッド・ヒッチコック、アンジェイ・ヴァイダ、フランシス・フォード・コッポラなどの監督によって映画化・ビデオ化され、その数は七十以上にのぼる。コンラッドは存命中、小説よりも金儲けになるジャンルを使って作品を宣伝することにやぶさかではなかった。彼は『密偵』と二つの短編小説を劇の脚本に書き直し、自身の短編「ガスパール・ルイス」を基にした映画の脚本を書いた。

コンラッドの作品を映画化したものは色々あり、原作にどれだけ忠実であるかは作品によって大きく異なる。しかしそれらの中でもっとも原作に忠実な映画でも何らかの改変を含んでおり、それが一般の観客のコンラッド理解に影響を与える可能性はある。たとえば、コンラッドの研究家たちはよくキャロル・リード監督の『島の流れ者』（日本での公開タイトルは『文化果つるところ』）が、コンラッドの作品を映画化したものの中では「もっとも傑作」の部類だと言うが、原作ではアジア系か混血となっている女性の配偶者はすべて西洋人の女性に置き換えられており、ヴィクトリア期のイギリスの服装をしている。マレー諸島を舞台にした小説を映画化する場合にも、実際にマレー諸島でロケが行われたことは一度もない。映画の製作者たちは、コンラッド作品の舞台となっている土地の民族的・文化的特徴にほとんど注意を払ってこなかった。リチャード・ブルックス監督の『ロード・ジム』（一九六五）はカンボジアで撮影されたし[24]、原作のパトゥーサンはイスラム教世界なのに、映画では仏教の儀式が行われているし、古典的な劇の悪役といったタイプのフランス人の植民地提督が出てくる[25]。コンラッドのマレー小説においては、「原住民」、アラブ人、「ポルトガル人」、中国人がみんな支配権や生き残りを賭けてオランダやイギリスの勢力と戦うという複雑な状況が描かれているのだが、映画ではそういう複雑な歴史的・民族的要素は完全に無視されるか、もしくはせいぜい西洋人同士の私的な戦いとして描かれる程度である（コッポラ監督の『地獄の黙示録《アポカリプス・ナウ》』におけるウィラード（マーロウ）とカーツの対決のように）。コンラッドの『密偵』を基にしたヒッチコック監督の映画『サボタージュ』（一九三六）や『勝利』を映画化した作品のすべては「ハッピーエンド」で終わっているが、これもやはり観客の受けを考えてのことである*[11]。「闇の奥」が、「ジェンダーを転倒させた《リヴァース・ジェンダー》」低予算のコメディ映画『死のアボカド森の人食い女』（一九八八）の下地として利用されたことすらある[26]。

映画に与えたコンラッドの影響は、彼の作品を直接映画化したものだけにとどまらない。オーソン・ウェルズは「闇の奥」を映画化しようとして結局実現しなかったが、その時に使おうと思っていた技法の多くを、代わりに製作した『市民ケーン』（一九四一）の中で活かした（シンヤード「ジョウゼフ・コンラッドとオーソン・ウェルズ」）。イギリスの監督リドリー・スコットは、コンラッドの短編「決闘」を『デュエリスト／決闘者』（一九七七）として映画化したことがあり、『エイリアン』シリーズにおいても宇宙貨物船に「ノストローモ」と「スラコ」[27]という名前を付けてコンラッドを偲んだ。影響を広める手段としての映画の重要性を軽視してはいけない。これまでにコンラッドの小説を実際に読んだ人よりも、映画版を見た人のほうがはるかに多いだろうからである*[12]。

これまでコンラッドの研究家たちに軽視されてきたものの、影響を広める手段として重要なもう一つのジャンルは、主に子供向けの「古典を紹介する」漫画本である。これまでに『ロード・ジム』と『密偵』の漫画版がアメリカとイギリスで出版されている。『挿絵で楽しむ古典シリーズ　完全便覧』の著者であるダン・マランは、『ロード・ジム』はこのシリーズで一九五七年から一九七五年までの間にイギリスで少なくとも五度の増刷を重ねたと指摘した。さらに外国語版はブラジル、フィンランド、メキシコなど十ヵ国で出版された。このように改作した「コンラッド」作品がどれほど生き残るか定かではないが、漫画を通じて初めてコンラッドに触れ感化された若い読者は多いはずだ。

コンラッドの遺産

なぜコンラッドが与えた影響はこれほど広く深いのか。彼の生涯と作品は、現代の作家や読者にとってなぜそれほどまでに魅力的なのか。おそらくその答えの一つは、彼の驚くほど広い経験と、彼のアイロニーの底無しと言ってもいい深さ、この類い稀なる組合せにあるのだろう。

コンラッドは、非西洋の人々の主張や熱望に声を与え、描き出した最初の西欧作家である。彼は故国喪失者であったため、少しでも多くの人に支持されたいと願って作品を書いた。本質的に母国を持たないという状況があったため、さまざまな国の人物が彼の小説に登場することになった。彼の最初の二作の主人公はオランダ系の入植者であり、ノストローモは南米に住むイタリア系移民であり、ラズーモフは故国から追い立てられたロシア人であり、ヘイストはスウェーデン系である。ヴァーロック氏の出自ははっきりしないがどうやらヨーロッパ大陸からのものであり、クルツは「全ヨーロッパ」が作り上げた人物と書かれている。『ロード・ジム』においては、パトナ号の乗組員たちはコンラッド作品によくある多国籍の状況の典型となっている。船主は中国人で、船長は「ドイツ系だがオーストラリアのニュー・サウス・ウェールズ出身で、祖国ドイツを捨てたある種の裏切り者」であり（一四頁）、二等機関士はロンドンの下町っ子で、舵手はマレー人であり、「貨物」としてイスラム教徒巡礼者八百人が積み込まれている。コンラッド自身は熱烈なイギリスびいきだったが、彼の作品は終生変わらずに『オールメイヤーの阿房宮』の「作者覚書」に書かれている認識を体現していた——すなわち、「私たちとは遠く離れた異国の人々との間にも絆がある」という認識である（『オールメイヤーの阿房宮』三頁）。彼はこの「絆」に忠実であり続け、世界がますます小さくなった現代に生きる私たちは、コンラッドこそ人類は本質的に一つなのだということを早くから強力に言い続けた人であると理解するようになった。マーロウはジムが「我々の仲間の一人」だと言ったが、この「我々」には私たちすべてが含まれているのである。

後から習得した言語によって、作家として生計を立てる決意を固めた脱国者として、コンラッドは絶えず必死に言葉と苦闘しなければならなかった。彼は英語を母語なみに操れるという自信を最後まで得ることができず、自分が満足に引き継いだと思える言語や文化がなかったため、その文体には取り憑かれたようにアイロニーと多義性が表れている。T・E・ロレンスが述べたように、「すべてのことが、飢えたような状態で終わる。自分が言えない、できない、考えられないことが何かある、ということをほのめかしたまま」（ガーネット『T・E・ロレンスの手紙』三〇二頁）。『西欧の眼の下に』の語り手の語学教師と同様、コンラッドも「言葉は現実の大敵である」（『西欧の眼の下に』三頁）ということをよく知っていた。現代文学は、言語の亡命者によって築き上げられている。しかしジョイスやナボコフと違い、コンラッドは言葉遊びや新語の発明によって自らの「域外性」を言祝《ことほ》ぐことはしなかった[28]。それどころかコンラッドは、自らの文化的帰属意識が基本的に不安定だということを、語り手の口調の中に埋め込んだ。彼の語り手は、根本的で多様な他者性という立場から、故国・わが家《ホーム》という考え方に向かって訴えかける。コンラッドの最後の小説『サスペンス』の最初の章で、主人公コズモ・レイザムは見知らぬ男、いわば彼の「秘密の共有者」であるアッティリオと出会う。アッティリオは彼に、かつて自分が船員をやめて荒野の隠遁者に弟子入りした時のことを話す。話を聞き終えたコズモはアッティリオに尋ねる――「つまり君は、その隠遁者の声の調子が心の琴線に触れたというだけの理由で、わざわざ勤めていた船を降りたっていうんだね。そういうことかい？」アッティリオは答える、「まさにそういうことですよ、旦那」（『サスペンス』七頁）。コンラッドの作品がなぜ延々と影響を与え続けているのか、おそらくこれ以上の説明はないだろう。

原注

（1）このような困難にもかかわらず、ジェフリー・マイヤーズはコンラッドの影響力を測定しようと試み、「二十近くのコンラッドの作品が（中略）少なくとも三十五人のアメリカ、ラテンアメリカ、イギリス、ドイツ、フランス、ポーランドの作家に影響を与えた」と述べた（「コンラッドが現代作家に与えた影響」一八六頁）。誇張しがちな傾向はあるものの、マイヤーズはコンラッドが文学に与えた影響というテーマについて有益なヒントを与えてくれる。『コンラディアナ』第二二巻第二号（一九九〇年夏）は「コンラッドが与えた影響」の特集号である。

（2）コンラッドの肖像画としてもっとも有名なのはウォルター・ティトルが描いたものである（ロンドン、ナショナル・ギャラリー所蔵）。ブルース・ロジャーズとドーラ・クラークは、コンラッドをかたどった彫刻を船首像〔船の舳先《へさき》に飾りとして付ける像〕として作った。ロジャーズの作品の複製品は、コネティカット州ミスティック海事博物館に現在永久展示中の帆船ジョウゼフ・コンラッド号の船首を飾っている。

（3）コンラッドとのあいだでやりとりされたフォードの書簡や、フォードの『昨日に帰る』（一九三二）のような回想記に加えて、モーリーの論文「ジョウゼフ・コンラッドとフォード・マドックス・フォード」と、ブレバックの『ジョウゼフ・コンラッドとフォード・マドックス・フォードと「ロマンス」の執筆過程』を参照のこと。

（4）コンラッドのもっとも古くからの友人の一人であるＧ・Ｆ・Ｗ・ホープの回想録が、出版はされていないものの「コンラッドの友人」というタイトルで、タイプ原稿として残っている（テキサス大学オースティン校のハリー・ランサム人文学研究センター所蔵）。

（5）マイズナー『楽園の向こう側――Ｆ・スコット・フィッツジェラルド伝』（一八六頁）。マイズナーが引用している例は、『グレート・ギャッツビー』の第一章の四段落目の最後の部分である。ロングの論文「『グレート・ギャッツビー』とジョウゼフ・コンラッドの伝統」も参照のこと。

（6）コンラッドがフォークナーの『アブサロム、アブサロム！』に与えた影響については、引用文献リストに挙げたロスの論文を参照のこと。コンラッドがアメリカ文学に与えた影響についての全般的な研究としては、セカーとモデルモグが編集した『ジョウゼフ・コンラッドとアメリカの作家たち』と、キャラバインの論文「コンラッドとアメリカ文学」を参照のこと。

（7）『ノストローモ』と『血の花弁』の比較については、フィンチャムの論文「口述、読み書き、共同体」を参照。ナザレスの「コンラッドの末裔たち」には、アフリカの作家たちにコンラッドが与えた影響についての概観が述べられている。ハムナー編『ジョウゼフ・コンラッド――第三世界の視点』には重要な論文がいくつも再録され、コンラッドや植民地世界についての資料に注を付けた書誌もある。

（8）コシンスキが描く主人公コスキーはどうやら自分の校正したゲラを読むことができないらしい。彼がしょっちゅう嘲っていた印刷屋たちが仕返しをしたようだ。というのも、出来上がってきた本は誤植だらけだからだ。

（9）ピーターズの論文「『闇の奥』と『孔雀の宮殿』における夢の意識の重要性」を参照。カリブの作家たちにコンラッドが与えた影響についての概観としては、フーガンの「影響の不安――カリブ人の中のコンラッド」を参照。

（10）ＳＦにコンラッドが与えた影響については、クライナーの論文「ＳＦの誕生に当たってコンラッドが果たした、忘れられた役割」を参照。

(11) ヒッチコックの『密偵』という映画は、コンラッドの小説ではなくW・サマセット・モームの「アシェンデン」物を基にしている。

(12) 一九八七年十二月に、コンラッドの作品を基にした映画の祭典「闇の芸術」がロンドンの国立映画劇場で開かれた。

訳注

〔1〕 巻末の「重要文芸用語解説」を参照のこと。

〔2〕 progression d'effet—小説の後半へ行くに従い、ストーリーの展開は速さを増していくべきである、という考え方に基づく技法。

〔3〕『サスペンス』はコンラッドの最後の作品（未完）であり、ナポレオンを巡る陰謀に主人公コズモ・レイザムが巻き込まれていくという内容の歴史小説。「地中海を舞台にした小説」というのはもちろんこの作品のことである。

〔4〕 ナポレオン時代の大人物たちを批判的に描いた作品。この小説のタイトルは、旧訳聖書の『詩篇』八編五節「あなたは人を神よりわずかに劣るものとして造り」をもじったもの。

〔5〕 邦訳は、河盛好蔵訳（岩波書店、一九三八年）および杉捷夫訳（新潮社、一九三八年）。

〔6〕 巻末の「重要文芸用語解説」を参照のこと。

〔7〕 ダブルデイ出版社の創業者フランク・ネルソン・ダブルデイの所有していた広大な屋敷。

〔8〕『登場人物を探して』は二篇のアフリカに関する日誌から構成されている。

〔9〕 友人フランソワ・ボンディとの対談録。

〔10〕「カット・アップ」は、既成の文章を切り刻み、混ぜ、前後左右縦横に編集していく小説技法。

〔11〕 本のページは両面印刷なので、壁に貼り付ければ裏側が読めなくなってしまう。だから表・裏両方のページが読めるように壁に貼っていくには、同じ本が二冊必要となる。しかし作者のノーマンはこのことに気づいておらず、一冊分だけを壁に貼り付けてあるという設定になっているのに、語り手はなぜか「一つの章まるまる」が読めてしまう。

〔12〕 コンラッドはポーランド出身、ナボコフはロシア出身で、どちらも英語のネイティヴ・スピーカーではないのに英語

で作品を書いたこと、同じスラヴ系であることから、よく比較された。

（13）エドワード・ガーネットの妻、コンスタンス・ガーネット。巻末の索引を参照のこと。

（14）*Conradiana*—米国テキサス工科大学出版局発行の、コンラッドについての学術研究誌。

（15）一九五〇年代に新しく発見された、伯父ボブロフスキが友人のステファン・ブシチニスキに宛てて出した一八七九年三月付の手紙に、コンラッドの自殺未遂の真相が述べられている。

（16）『オールメイヤーの阿房宮』において、マレー諸島に住む白人オールメイヤーは混血の娘ニーナをヨーロッパに連れ帰って一緒に暮らす計画を立てるが、ニーナはそれを拒否して現地の王侯の息子について行く。夢破れたオールメイヤーは廃人同然になり、寂しく死んでいく。

（17）*A Bend in the River*—この小説のタイトルの直訳は『河の湾曲部』であるが、邦訳は『暗い河』というタイトルで、小野寺健訳（TBSブリタニカ、一九八一年）がある。

（18）「現地人（支配されている人々）が自らを正当化する言葉を持たない」のは、植民地の大きな特徴である。支配者側の言説のみが正しいものとされ、流布しているからである。

（19）コンラッドは若い頃、スペインの政争に関与し、武器を密輸していたことがあった。また「カメオ出演」とは、有名人が小説や映画などにひょっこりと顔を現すこと。たとえばヒッチコックの映画で、監督のヒッチコック自身がどこかの場面にさりげなく出演しているなど。

（20）タイトルの「グアヤキル」は、エクアドル共和国の都市の名。

（21）コンラッドは「冷戦」よりもはるかに前の時代の作家だが、彼の作品はのちの「冷戦」時代の作家たちにとって格好のモデルを提供した、ということである。

（22）ここに挙がっているル・カレの作品は、『完璧なるスパイ』を除き、早川文庫で読むことができる。

（23）ボルネオ東海岸の村で、『オールメイヤーの阿房宮』と『島の流れ者』の舞台である。

（24）原作の後半部の舞台となっている架空の土地「パトゥーサン」は、カンボジアのあるインドシナ半島ではなく、マレー諸島（現在のインドネシアなど）に設定されている。

（25）原作の小説ではフランス人の提督は存在しない。

（26）コンラッドの作品がB級映画にさえ翻案されているという例。なお「アボカド」はアメリカ熱帯原産の木。

〔27〕「スラコ」は『ノストローモ』の舞台となっている架空の町の名前。

〔28〕ジョイスは英国植民地時代のアイルランド人で、英国から与えられた英語という言語に対する疎外感を抱いていた。ナボコフはロシアからアメリカに亡命した作家で、英語のネイティヴ・スピーカーではなかった。二人とも作品中で言葉遊びを用いたが、コンラッドは彼らと違い、言葉遊びなどは使っていない。

引用文献

Achebe, Chinua. ‘An image of Africa: racism in Conrad’s “Heart of Darkness”’. *Massachusetts Review* 17.4 (1977), 782–94. Reprinted in Hamner, ed., *Joseph Conrad: Third World Perspectives*, pp. 119–29.

Bardolphe, Jacqueline. ‘Ngugi Wa Thiong’o’s *A Grain of Wheat* and *Petals of Blood* as readings of Conrad’s *Under Western Eyes* and *Victory*’. *The Conradian* 12.1 (1987), 32–49.

Bloom, Harold. *The Anxiety of Influence*. Oxford: Oxford University Press, 1973.

Borges, Jorge Luis. *Borges: A Reader*. Ed. Emir Rodriguez Monegal and Alastair Reid. New York: Dutton, 1981.

Doctor Brodie’s Report. Tr. Norman Thomas di Giovanni. New York: Dutton, 1972.

Brebach, Raymond. *Joseph Conrad, Ford Madox Ford, and the Making of Romance*. Ann Arbor: UMI Research Press, 1985.

Burgin, Richard. *Conversations with Jorge Luis Borges*. 1969. New York: Avon, 1970.

Carabine, Keith. ‘Conrad and American literature: a review essay’. *The Conradian* 13.2 (1988), 207–19.

Conrad, Joseph. *Almayer’s Folly*. 1895. Ed. Floyd Eugene Eddleman and David Leon Higdon. Cambridge: Cambridge University Press, 1994.

Lord Jim. 1900. Ed. John Batchelor. Oxford: Oxford University Press, 1983.

An Outcast of the Islands. 1896. Ed. J. H. Stape and Hans van Marle. Oxford: Oxford University Press, 1992.

Suspense. 1925. Ed. Richard Curle. London: Dent, 1954.

Under Western Eyes. 1911. Ed. Jeremy Hawthorn. Oxford: Oxford University Press, 1983.

Daleski, H. M. ‘*A Perfect Spy* and a great tradition’. *Journal of Narrative Technique* 20.1 (1990), 56–64.

Fincham, Gail. 'Orality, literacy, and community: Conrad's *Nostromo* and Ngugi's *Petals of Blood*'. *The Conradian* 17.1 (1992), 45–71.

Ford, Ford Madox. *Joseph Conrad: A Personal Remembrance*. London: Duckworth, 1924.

García Márquez, Gabriel. *Love in the Time of Cholera*. Tr. Edith Grossman. New York: Knopf, 1988.

Garnett, David, ed. *The Letters of T. E. Lawrence*. London: Cape, 1938.

Gary, Romain. *La Nuit sera calme*. Paris: Gallimard, 1974.

Gillon, Adam. '*The Radiant Line*: a new Polish novel about Conrad'. *Conradiana* 17.2 (1985), 109–17.

'*The Affair in Marseilles*: another Polish novel about Conrad'. *Conradiana* 25.1 (1993), 53–67.

Greene, Graham. *In Search of a Character*. 1961. Harmondsworth: Penguin Books, 1968.

Hamner, Robert D., ed. *Joseph Conrad: Third World Perspectives*. Washington, DC: Three Continents Press, 1990.

Hemingway, Ernest. 'Conrad, optimist and moralist'. 1924. Reprinted in *By-Line: Ernest Hemingway*. Ed. William White. New York: Bantam, 1968, pp. 114–15.

Hervouet, Yves. *The French Face of Joseph Conrad*. Cambridge: Cambridge University Press, 1990.

Huggan, Graham. 'Anxieties of influence: Conrad in the Caribbean'. *Commonwealth* 11.1 (1988), 1–12.

Kirschner, Paul. *Conrad: The Psychologist as Artist*. Edinburgh: Oliver & Boyd, 1968.

Kleiner, Elaine L. 'Joseph Conrad's forgotten role in the emergence of science fiction'. *Extrapolation* 15 (1973), 25–34.

Knowles, Owen. 'Conrad, Anatole France, and the early French Romantic tradition: some influences'. *Conradiana* 11.1 (1979), 41–61.

Lansbury, James. *Korzeniowski*. London: Serpent's Tail, 1992.

Laube, Horst. *Zwischen den Flüssen: Reisen zu Joseph Conrad*. Frankfurt: Syndikat, 1982.

Long, Robert Emmet. '*The Great Gatsby* and the tradition of Joseph Conrad'. *Texas Studies in Literature and Language* 8 (1966), 257–76, 407–22.

Lowry, Malcolm. 'Joseph Conrad'. *The Collected Poetry of Malcolm Lowry*. Ed. Kathleen Scherf. Vancouver: UBC Press, 1992, pp. 117–18.

Ludwig, Richard M., ed. *Letters of Ford Madox Ford*. Princeton: Princeton University Press, 1965.

Meriwether, James B. and Michael Millgate, ed. *Lion in the Garden: Interviews with William Faulkner, 1926–1962*. Lincoln: University of Nebraska Press, 1968.

Meyers, Jeffrey. 'Conrad's influence on modern writers'. *Twentieth Century Literature* 36.2 (1990), 186–206.

Mizener, Arthur. *The Far Side of Paradise: A Biography of F. Scott Fitzgerald*. New York: Vintage, 1959.

Morey, John Hope. 'Joseph Conrad and Ford Madox Ford: a study in collaboration'. Unpublished PhD thesis, Cornell University, 1960.

Morf, Gustav. *The Polish Heritage of Joseph Conrad*. London: Sampson Low, Marston, 1930.

Nabokov, Vladimir. *Strong Opinions*. London: Weidenfeld & Nicolson, 1973.

Naipaul, V. S. *A Bend in the River*. 1979. New York: Vintage, 1980.

'Conrad's darkness'. 1974. In *The Return of Eva Perón*. New York: Vintage, 1981, pp. 221–45.

Nazareth, Peter. 'Conrad's descendants'. *Conradiana* 22.2 (1990), 101–09.

Norman, Howard. *'Kiss in the Hotel Joseph Conrad' and Other Stories*. New York: Summit, 1989.

Pendleton, Robert. *Graham Greene's Conradian Masterplot*. London: Macmillan, 1995.

Peters, Bradley T. 'The significance of dream consciousness in *Heart of Darkness* and *Palace of the Peacock*'. *Conradiana* 22.2 (1990), 127–41.

Ross, Stephen. 'Conrad's influence on *Absalom, Absalom!*''. *Studies in American Fiction* 2 (1974), 199–209.

Said, Edward. 'Through gringo eyes: with Conrad in Latin America'. *Harper's Magazine*, April 1988, 70–72.

Secor, Robert and Debra Moddlemog, comp. *Joseph Conrad and American Writers: A Bibliographical Study of Affinities, Influences, and Relations*. Greenwood, CT: Westport, 1985.

Sherry, Norman. *Conrad's Eastern World*. Cambridge: Cambridge University Press, 1966.

Conrad's Western World. Cambridge: Cambridge University Press, 1971.

Shklovsky, Viktor. *Theory of Prose*. 1925. Tr. Benjamin Sher. Elmwood Park, IL: Dalkey Archive Press, 1990.

Sinyard, Neil. 'Joseph Conrad and Orson Welles'. In *Filming Literature: The Art of Screen Adaptation*. London: Croom Helm,

1986, pp. 111–16.

Sutherland, J. G. *At Sea with Joseph Conrad*. 1922. Reprinted. Brooklyn: Haskell House, 1971.

Szczepański, Jan Józef. 'Przypadek'. *Tygodnik powszechny* 4 (1948). Also as 'In Lord Jim's boots'. Tr. Edward Rothert. *Polish Perspectives* 18.1 (1975), 31–44.

Turnbull, Andrew, ed. *The Letters of F. Scott Fitzgerald*. New York: Delta, 1965.

Wilson, Edmund. *Letters on Literature and Politics, 1912–1972*. Ed. Elena Wilson. New York: Farrar, Straus, Giroux, 1977.

Young, Gavin. *In Search of Conrad*. London: Hutchinson, 1991.

Zabierowski, Stefan. *Dziedzictwo Conrada w literaturze polskiej XX wieku* [*The Legacy of Conrad in Twentieth-Century Polish Literature*]. Cracow: Oficyna Literacka, 1992.

監訳者あとがき

The Cambridge Companion to Joseph Conrad を翻訳して本にする計画が、平成十九年の春、「東京／京都コンラッド・グループ」（日本コンラッド協会の前身）で自然発生的に持ち上がった。平成十九年と言えば、コンラッド生誕百五十周年にあたっていたので、当初、一年以内に出版までこぎつけようとの声も挙がったが、まもなくそれは実行不可能であることがわかったので、それならば、多少年月がかかってもよい仕事を残そうということになり、これにとりかかったのだった。

原書が刊行されたのは、一九九六年である。一九九〇年代といえば、コンラッド研究が大きな展開をした重要な時期にあたる。すなわち、この時期はエドワード・サイードの『オリエンタリズム』などを契機として、文学テクストに対して歴史的・文化的文脈での読み直しが試みられた時期で、コンラッドは常にその中核を占め、文学研究以外の分野でも言及されることが多かった。そして、この傾向は今なおつづいている。この書は、そうした活況を反映しつつ、かつその時点でのコンラッド研究の動向を堅実にまとめ、次の十年へと繋ぐ役割をした意義深い本である。

■ コンラッドとはどういう作家か

ジョウゼフ・コンラッドはポーランド上流階級の家庭に生まれたが、三歳のとき、熱心な愛国主義者である父が危険な政治活動を行ったことで逮捕され、北ロシアに追放された。コンラッドは両親とともにこの苦難に満ちた日々を送った。流刑先の厳しい気候のため、母は、コンラッド七歳のとき、肺結核で病死。四年後に父も肺結核で病死し、孤児となる。一八七四年、あと二カ月足らずで十七歳というとき、コンラッドは、ロシア圧政下のポーランドからフランスに亡命。船員という労働者階級を経験し、一八七八年、二十歳のとき、初めてイギリスの土を踏む。その後、コンラッドは、地上のほとんどあらゆるところへ出かけ、地中海、西インド諸島、オーストラリア、東南アジア、インド洋、東シナ海、南アフリカおよび南米沿岸、南太平洋、大西洋諸島を訪れた。一八八六年八月、二十八歳のとき、イギリスへの帰化が認められ、その三ヵ月後、商船長の資格を得た。一八九四年、三十六歳のとき、後見人である伯父の死を潮時に、海洋生活に見切りをつけ、作家活動に入る。最終的には、コンラッドにとっては第三言語である英語で、「闇の奥」『ロード・ジム』「青春」「台風」『ノストローモ』『密偵』『西欧人の眼の下に』などすぐれた小説を書いた。これが、コンラッドの文学がコスモポリタン的、文化横断的であると言われることの所以である。多様性と差異を認める思考から多様なテーマを内包する作品が生まれた。

　コンラッドはポーランド出身でありながら、イギリス文学史上確たる地位を占めているユニークな作家である。急速に英語の国際第一言語化が進行する現在においては、これは非常に興味深い問題である。インド、香港、フィリピンなど、旧植民地の英語圏文学では、自分の母語でない英語で文学を書くということが今や一般化しているが、十九世紀末から二十世紀初頭においては、そうした例は皆無に近く、コンラッドはそのような文学者の先駆けとして大きな意味を持つ。

　もっとも特筆すべきは、モダニズム文学の先駆けとして、コンラッドが後世の小説家に多大な影響を与えたということであろう。T・S・エリオット、グレアム・グリーン、F・スコット・フィッツジェラルド、アーネスト・ヘミングウェイ、ウィリアム・フォークナー、V・S・ナイポールなど、実に多くの作家が、小説のテーマ、小説の技法の両面において、コンラッドから学んでいる。

日本に目を転じれば、早くも明治時代に平田禿木、夏目漱石がコンラッドに注目したし、コンラッドの村上春樹への影響は今やよく知られた常識と言ってもよく、直近では二〇一〇年に、辻原登がコンラッドの名作を思わす『闇の奥』という小説を発表した。さらに、二〇一〇年一月、井上義夫編訳により『コンラッド短編集』(ちくま文庫)が、二〇一一年三月には、柴田元幸訳による『ロード・ジム』が河出書房新社の『世界文学全集3』に収まって出版されている。

フランシス・フォード・コッポラ監督によるアメリカ映画『地獄の黙示録《アポカリプス・ナウ》』(日本公開一九八〇年)が、コンラッドの中編小説「闇の奥」をベースにしていることはよく知られている。それもあってか、私自身、電気通信大学という理工系の大学に勤めていた頃、専門教養の演習科目に「闇の奥」と似たような題材に基づいた短編「進歩の前哨所」をとりあげたところ、百名を越える学生が集まり、十五名定員にもかかわらず、四十名まで受け入れて講義した経験がある。昨今、「英文科」の枠組みが弱くなってきているとはいえ、D・H・ロレンス、ヴァージニア・ウルフなどとともに、コンラッドは、その内容の難しさにもかかわらず、英文科の卒論の定番的な作家として人気の高さを誇っている。

■本訳書について

各章の著者は、長年培った研究スタイルを持ち、さまざまな視点からコンラッド文学を紹介している。

たとえば、コンラッドの伝記を扱った第1章で、著者のノウルズ氏は、作家としてのコンラッドを常に念頭に置き、批評的な視点を保ちながら、コンラッドを取り巻く時間的空間的要素と、その作品世界の進展・衰退との相関関係を明快に語っている。

第2章は、ゲイル・フレイザー女史がコンラッドの短編小説創作法について、書簡集等を丹念に読み込むことで明らかにした秀逸な論文である。著者はこの芸術家の経済事情に目を配りながら、雑誌編集者との関係やヘンリー・ジェイムズの作法との対比を縦横に織り込みつつ、長編小説との相違点にまで言及している。

第3章は、「闇の奥」が発表されてから百年の受容史を、五十年、二十五年、その後の二十五年と区切って概観している。セドリック・ワッツ氏は、「闇の奥」の時代性と先見性を説く傍ら、小説手法や主題を、シェイクスピアからロマン主義に遡って論じ、さらにモダニズム、現代のポストコロニアル文学に至るまでの潮流をたどる。大量の先行研究を抱える作品の文脈と批評史を簡潔にまとめたこの論文は、「闇の奥」理解への確かな道案内である。

J・H・ステイプ氏による第4章『ロード・ジム』は、主人公のジムが、豊かな想像力ゆえに船外逃亡の罪を犯し、それを償うために送ったその後の人生に、理想主義と現実主義の果てしない相克と葛藤を読み込んだ論である。

第5章『ノストローモ』は、二十世紀の政治哲学者ハンナ・アレントの革命論などを引き合いに出しながらの論及である。最後は、現代の資本主義社会の抱える問題にも関係してくることが解説されていて、考えさせるものを多く含んでいる。

ジャック・ベアトゥー氏による第6章『密偵』は、コンラッドがこのような形のアイロニーに満ちた作品を仕上げるにいたった外的状況を明快に論じ、このアイロニーの裏に潜む人間性を探究し、当時のロンドンがアナーキー的な状況にあったことを指摘する。コンラッドの傑作の呼び声が高い『密偵』への理解を深めるためにも、一読すべき考察である。

第7章ではコンラッドらしい語りの技法が存分に駆使された『西欧人の眼の下に』が分析される。「シニシズム」をキーワードとしつつ、ロシアの複雑な政治状況において、物事に対する態度やイデオロギーの複層的な構造が物語においていかに表現されているのかが論じられている。

第8章は、フェミニズム批評や精神分析学の成果を十分取り込み、絵画的分析、視点の問題を盛り込んで、後期小説を扱う。先行の批評、特にトマス・モーザーの評論の影響で、これまで十分に評価されていなかった後期小説を新たな角度から読もうとする意欲的な論考である。著者のハンプソン氏は、二〇〇七年十二月、日本学術振興会主催による「ＬＡＣ国際シンポジウム『文学とテロル』」が東京大学駒場で開かれた折、講演のために来日されたことがある。私たちコンラッド・グループは彼と学術的交流をはかる機会を得ただけでなく、東京を案内して親交を深める経験をも有することができた。このとき、江戸東京博物館の開館十五周年記念特別展「北斎――ヨーロッパを魅了した江戸の絵師」を一緒に観て回ったのだったが、彼はおびただしい展示品を飽きもせず、食い入るように眺めていた。今にして思えば、この章で用いられる絵画的分析は、ハンプソン氏の日ごろの趣味と蘊蓄の賜物であることに気づく。

第9章は、ドイツの社会学者テンニエス、ロシアの文芸評論家バフチン、イギリスの美学者エドワード・ブロウ、ポーランドのコンラッド研究家ズジスワフ・ナイデル、イギリス生まれの文芸評論家イアン・ワットなどの理論や評論を適宜応用しながら、「コンラッドの語り」が小説の主題といかに有機的に一体をなしているかを解説したものである。

第10章「コンラッドと帝国主義」は、冒険小説というジャンルからこのテーマを論じた著書のあるアンドレア・ホワイト女史による執筆である。女史は、十九世紀末から二十世紀初頭にかけての欧米諸国の帝国主義活動を一次資料によって観察するかたわら、コンラッドの「闇の奥」『ノストローモ』など各作品の意義を帝国主義の歴史的文脈のなかで捉えている。

第11章のケネス・グレアム氏による「コンラッドとモダニズム」は、コンラッドを十九世紀からの連続性という、より大きな潮流から再検証したものである。彼が注目するのは、コンラッドの時代的な両義性であり、さらにはそこから生み出される過激さである。コンラッドの作品は倫理の狭間で揺れる主人公といった物語のパターンという十九世紀的な要素を内包しつつも、同時に既存の倫理への懐疑とその瓦解を企てる点でモダニストに通じる態度を示す。しかしながら、コンラッドは単なるモダニストの先駆けにはとどまらない。むしろその過激さはD・H・ロレンスやジョイス、フォークナーといったモダニスト作家の作品にも十分拮抗しうる、と著者は論じる。読者は、この論文によって、コンラッドが置かれた時代の過渡期的な状況こそが、そうした過激さの原動力となったし、彼をヨーロッパ文学の脈絡においてきわめて意義深い作家たらしめていることを理解する。

第12章ではコンラッドの作品そのものを論評するのではなく、コンラッドの作品に影響を受けて制作された文学作品や映画などが数多く取り上げられ、一つ一つに執筆者ジーン・ムーア氏の寸評が付されている。コンラッドがいかに多方面にわたって、しかも国境や言語の壁を越えて影響を与えたかを、時にはB級映画のようなものも取り上げながらユーモラスに解説した後で、最後は百年ほど前に書かれたコンラッドの作品が現代においていかなる意味を持つのか、なぜ現代でも大勢の人がコンラッド作品の魅力に取り憑かれるのかを述べて締め括っている。文学作品を読むことはそれ自体が娯楽であり喜びであるが、作品に影響を受けた者が自らの社会を見つめ直し、自分のメッセージを発していく契機にもなり得る。そういう意味で、第12章はコンラッドの作品を鑑賞した者がその読書体験をいかに今後に活かしていくかを読者に考えさせ、まさに本書の読者を激励する鮮やかな締め括りになっていると言えよう。

顧みれば、私たちは本書の翻訳に四年近い歳月を投入したことになる。各章の翻訳担当者から集まった原稿を、力不足を感じつつも私がすべて目を通した。そのあと、各担当者と何度も往復問答を重ねた。よりよい翻訳を目指してみんな日夜奮闘努力した。

この書の成立までには多くの友人や親しい方の援助と励ましがあった。吉田徹夫氏には、初期段階において、集まった原稿をもとに翻訳の技法と実践を指導していただき、この書で書簡に言及のある箇所については、差出人、宛先、日時を注に入れるのが良いという助言をいただいた。さらに四章分の原稿を読んで、改善すべき点をご教示いただいた。奥田洋子・日本コンラッド協会会長には会員相互間の意思統一を図っていただいた。ポーランド語の日本語表記に関しては、泉博之氏、スペイン語の日本語表記に関しては、山内有道氏に教えを受けた。アン・レイン（Ann Lane）元日本女子大学講師には、日本にいられたときにもオーストラリアにお帰りになったあとも、英語表現や文学上のことがらに関する質問に快く答えていただいた。索引は私が暇をみては書いていったが、途中、田中和也君や翻訳担当者数名の協力を仰いだ。わが人生の伴侶にはあらゆる面で相談にのってもらった。九十八歳になる母はこの書が研究社から出ることをことのほか喜んでくれた。研究社編集部の津田正氏には、私たちの成果をいっそう実のあるものにしていただいた。氏の献身的なお仕事に、私たち翻訳担当者一同、心からの敬意と感謝を捧げる次第である。

翻訳に当たっては、原文の意味を正しく伝えることを第一義とし、日本語と英語間の構文・表現上のちがいが著しいときには、思い切った意訳を施した。わかりやすい翻訳を目指して、私たちは最善の努力を傾注したつもりであるが、なお、思わぬ誤りを犯している可能性がある。読者の皆様のご叱正、ご教示を賜れば幸いです。

平成二十四年四月十六日

社本　雅信

KENKYUSHA
〈検印省略〉

コンラッド文学案内《ぶんがくあんない》

2012年5月31日　初版発行

編著者
J. H. ステイプ

訳者
社本雅信《しゃもとまさのぶ》（監訳）・日本《にほん》コンラッド協会《きょうかい》（訳）

発行者
関戸雅男

発行所
株式会社　研究社
〒102–8152　東京都千代田区富士見2–11–3
電話　編集 03(3288)7711(代)　営業 03(3288)7777(代)
振替　00150–9–26710
http://www.kenkyusha.co.jp/

印刷所
研究社印刷株式会社

装幀
清水良洋

ISBN 978–4–327–47226–9　C3098　Printed in Japan

執筆者・訳者紹介（配列は担当章の順）

●執筆者紹介

オーエン・ノウルズ（Owen Knowles） ハル大学英語科上級講師（Senior Lecturer）を退任し、現在、同大学リサーチフェロウ（Research Fellow）。著書『ジョウゼフ・コンラッド――年譜』*Joseph Conrad: A Chronology*（Macmillan, 1990）、『注釈付きジョウゼフ・コンラッド批評書誌』*An Annotated Critical Bibliography of Joseph Conrad*（Harvester Wheatsheaf, 1992）。編書ケンブリッジ版コンラッド全集の『青春・闇の奥・万策尽きて』（2010）。英国ジョウゼフ・コンラッド協会発行の紀要 *The Conradian* の元編集長・現書評編集員。

ゲイル・フレイザー（Gail Fraser） カナダ、ブリティッシュコロンビア州ニューウェストミンスター市、ダグラス・カレッジ元講師（Instructor）。著書『ジョウゼフ・コンラッドの作品における織り目模様』*Interweaving Patterns in the Works of Joseph Conrad*（UMI Research Press, 1988）。

セドリック・ワッツ（Cedric Watts） サセックス大学英語科教授を退任し、現在、同大学名誉教授。著書『ジョウゼフ・コンラッドのR. B.カニンガム・グレアムに宛てた書簡』*Joseph Conrad's Letters to R. B. Cunninghame Graham*（Cambridge University Press, 1969）、『コンラッド入門』*A Preface to Conrad*（Longman, 1982, 改訂版 1993）、『ジョウゼフ・コンラッド――文筆生活』*Joseph Conrad: A Literary Life*（Macmillan, 1989）などコンラッド関連の書、およびシェイクスピア、トマス・ハーディ関連の書。Penguin Books, Oxford World's Classics, Everyman 発行のコンラッド作品の編集。

J. H. ステイプ（J. H. Stape） 千葉大学英文科客員教授、日本女子大学英文科教授、京都大学英文学専修客員教授を歴任後、現在、ロンドンのセント・メアリーズ・ユニバーシティ・カレッジのリサーチフェロウ（Research Fellow）、ヴァンクーヴァーのサイモン・フレイザー大学生涯学習コース講師および同じくヴァンクーヴァーのファーリー・ディキンソン大学特任教授。著書『コンラッドの多様な人生』*The Several Lives of Joseph Conrad*（2007）、『E. M. フォースター年譜』*An E. M. Forster Chronology*（Macmillan, 1993）。編書ケンブリッジ版コンラッド全集の『わが生涯と文学』（2004）、Macmillan 社発行の「対談と回顧」シリーズ中の『E. M. フォースター』（1993）と『ヴァージニア・ウルフ』（1995）、ヴァージニア・ウルフの『夜と昼』（Blackwell, 1994）、共編書として、『島の流れ者』『放浪者』（Oxford World's Classics）、ケンブリッジ版コンラッド全集の『個人的記録』（2008）、『アンガス・ウィルソン――参考文献一覧、1947～87年』*Angus Wilson: A Bibliography, 1947–87*（Mansell, 1988）。

エロイーズ・ニャップ・ヘイ（Eloise Knapp Hay）米国カリフォルニア大学サンタバーバラ校英語科教授。著書『ジョウゼフ・コンラッドの政治小説』*The Political Novels of Joseph Conrad*（University of Chicago Press, 1963）、『T. S. エリオットの否定論的道程』*The Negative Way of T. S. Eliot*（Harvard University Press, 1982）。ジェイムズ、プルースト、キプリング、フォースターに関する論文多数。1996 年没。

ジャック・ベアトゥー（Jacques Berthoud）ヨーク大学英語科教授を退任し、同大学名誉教授。著書『ジョウゼフ・コンラッド――円熟期』*Joseph Conrad: The Major Phase*（Cambridge University Press, 1978）。編書『ナーシサス号の黒人』『オールメイヤーの阿房宮』『運命』（Oxford World's Classics）、『陰影線』（Penguin Books）。共編書ケンブリッジ版コンラッド全集『陸と海の間に』（2008）。2011 年没。

キース・キャラバイン（Keith Carabine）ケント大学（カンタベリー）英語科上級講師（Senior Lecturer）を退任し、現在、同大学名誉上級講師（Emeritus Senior Lecturer）。編書『ノストローモ』（Oxford World's Classics）。コンラッドに関する論文多数。編著『ジョウゼフ・コンラッド――評論家による評価』*Joseph Conrad: Critical Assessments*（Helm Information, 1992）。

ロバート・ハンプソン（Robert Hampson）ロンドン大学ロイヤルホロウェイカレッジ英語科教授。著書『ジョウゼフ・コンラッド――裏切りとアイデンティティ』*Joseph Conrad: Betrayal and Identity*（Macmillan, 1992）、共編書『ロード・ジム』、編書『勝利』『闇の奥』および多数のキプリング作品（以上、Penguin Books）。英国ジョウゼフ・コンラッド協会発行の紀要 *The Conradian* の元編集長。

ヤコブ・ルーテ（Jakob Lothe）ノルウェー、オスロ大学文学部英文学教授。著書『コンラッドの語りの手法』*Conrad's Narrative Method*（Oxford University Press, 1989）、編書『スカンジナヴィアにおけるコンラッド』*Conrad in Scandinavia*（Columbia University Press, 1995）。現代文学に関する論文多数。

アンドレア・ホワイト（Andrea White）アメリカ、カリフォルニア州立大学ドミンゲス・ヒルズ校教授を退任し、現在、同大学名誉教授。米国ジョウゼフ・コンラッド協会元会長。著書『ジョウゼフ・コンラッドと冒険伝統――帝国主義言説の構築と脱構築』*Joseph Conrad and the Adventure Tradition: Constructing and Deconstructing the Imperial Subject*（Cambridge University Press, 1993）。

ジーン・M・ムーア（Gene M. Moore）オランダ、アムステルダム大学英語科上級講師（Senior Lecturer）。著書『プルーストとムージル――研究手段としての小説』*Proust and Musil: The Novel as Research Instrument*（Garland Publishing, 1985）、編著『コンラッドの都市――ハンス・ファン・マルレに捧げるエッセイ集』*Conrad's Cities: Essays for Hans van Marle*（Rodopi, 1992）、編書『映画化されたコンラッド作品』*Conrad on Film*（Cambridge University Press, 1997）。

●訳者紹介

社本雅信（しゃもと・まさのぶ）1940年生まれ。東京大学大学院人文科学研究科英語英米文学修士課程修了。2006年3月電気通信大学教授を定年退職し、電気通信大学名誉教授。（共著）『アメリカを読む』（筑摩書房、1986)。（論文）「ジョウゼフ・コンラッド「万策尽きて」——ウェイリー船長の失ったものと与えたもの」（電気通信大学紀要第18巻第1・2合併号、2006.1）（翻訳）ジョウゼフ・コンラッド著『万策尽きて　ほか一編』（リーベル出版、2006)、R. J. フォーブス著『古代の技術史』（下・II）「鍛冶の進化とその社会的・聖的地位」（朝倉書店、2011)。

田中賢司（たなか・けんじ）

立命館大学文学部大学院文学研究科英米文学専攻修士課程修了。現在、海技大学校（航海科）教授。（共訳）『英和対訳IMO標準海事通信用語集』（成山堂書店、2008）（論文）'On Conrad's "Autocracy and War" and the Dogger Bank Incident'（Wiesław Krajka 編 *Conrad: Eastern and Western Perspective*, Volume XIX，2010所収）.

井上真理（いのうえ・まり）

学習院大学大学院人文科学研究科イギリス文学専攻博士後期課程単位取得退学。現在、東京理科大学、工学院大学、跡見学園女子大学非常勤講師。

奥田洋子（おくだ・ようこ）

津田塾大学大学院文学研究科英文学専攻博士課程単位取得退学。現在、跡見学園女子大学文学部コミュニケーション文化学科教授。日本コンラッド協会会長。（論文）"*Under Western Eyes*: Words and the Living Body"（*The Conradian*, no. 16(1), 1991.9)，"The Emotional Sub-Text of 'The Duel' "（『コンラッド研究』第2号、日本コンラッド協会、2011)。

中井義一（なかい・よしかず）

京都府立大学大学院文学研究科英語英米文学専攻博士後期課程退学。現在、海技大学校非常勤講師。

伊藤正範（いとう・まさのり）

東北大学大学院文学研究科博士後期課程修了。博士（文学）。現在、関西学院大学商学部准教授。（論文）「『見えない』テロリスト、『見える』テロリスト——*The Invisible Man* と *The Nigger of the "Narcissus"* における退化者の可視性」（『コンラッド研究』第1号、日本コンラッド協会、2009)、"Newspapers in Pockets: Journalism and the Language of Fiction in *The Secret Agent*"（『英文学研究』英文号第51巻、日本英文学会、2010)。

伊村大樹（いむら・ともき）

サセックス大学大学院修士課程修了、京都大学大学院文学研究科英語学英米文学専攻博士後期課程単位取得退学。現在、大谷大学、京都ノートルダム女子大

学、神戸市立外国語大学非常勤講師。

岩清水由美子（いわしみず・ゆみこ）
関西学院大学大学院文学研究科博士課程単位取得満期退学。現在、長崎県立大学教授。（著書）『コンラッドの小説における女性像』（近代文芸社、1999）。（訳書）ジョウゼフ・コンラッド作『闇の奥』（近代文芸社、2001）。

宮川美佐子（みやかわ・みさこ）
京都大学大学院文学研究科博士後期課程修了。博士（文学）。現在、福岡女子大学文学部英文学科准教授。（論文）「『肉屋と警官の間で』――『闇の奥』における食と暴力」（『英文学研究』第79巻1号、日本英文学会、2002）、「ラズモフはなぜ轢かれるのか――コンラッド『西欧の目の下に』における告白」（『英語青年』第148巻12号、研究社、2003）。

設楽靖子（しだら・やすこ）
東京大学大学院総合文化研究科博士後期課程単位取得退学。現在、武蔵大学・日本女子大学非常勤講師。（論文）"*The Shadow-Line*'s 'Sympathetic Doctor': Dr Willis in Bangkok, 1888"（*The Conradian*, no. 30, 2005）、（翻訳）タム　ソンチー著『近代化と宗教――複合社会シンガポールの場合』（井村文化事業社、1989）。

山本　卓（やまもと・たく）
東北大学文学研究科博士後期課程中退。現在、金沢大学人間社会学域学校教育系教授。（論文）「無害な脅威：『ダイナマイター』におけるテロリズムと虚構」（『金沢大学人間社会学域学校教育学類紀要』第1巻、2009.2）、（翻訳）エペリ・ハウオファ著、共訳『おしりに口づけを』（岩波書店、2006）。

西村　隆（にしむら・たかし）
東京大学大学院人文社会系研究科修士課程修了、東京大学大学院人文社会系研究科博士後期課程中退。現在、大阪教育大学教育学部准教授。（論文）「"Heart of Darkness" における帝国主義批判の立脚点」（日本英文学会中部支部『中部英文学』第20号、2001.3）、「19世紀末イギリスにおける「文明 / 原始」観――Joseph Conrad, "Heart of Darkness" を巡る思想史的考察」（日本英文学会中部支部『中部英文学』第22号、2003.3）。

〈校閲〉
吉田徹夫（福岡女子大学名誉教授）

〈索引作成協力〉
田中和也（たなか・かずや、大阪大学大学院文学研究科英米文学博士後期課程）、井上真理、西村隆、岩清水由美子、宮川美佐子、設楽靖子、伊藤正範、奥田洋子

コンラッド略年譜

［　］は国内外の歴史に関係する。* は日本の、無印は世界の歴史に関係する。

1857年　12月3日、ユゼフ・テオドル・コンラット・コジェニョフスキ（後のジョウゼフ・コンラッド）、詩人・戯曲家・翻訳家・政治活動家である父アポロ・コジェニョフスキと母エヴェリーナ（エヴァ）（旧姓ボブロフスカ）のあいだの一人っ子として、ポーランド領ウクライナ地方のベルジチェフで、あるいはその近くで生まれる。

［10月、ハリス、幕府に通商条約の必要を説く］*

1861年　アポロ・コジェニョフスキ、反ロシアの陰謀の廉でワルシャワにおいて逮捕、投獄される。

［南北戦争（〜65年）］

1862年　コジェニョフスキ一家、北ロシアのヴォログダへ流罪になる。

［8月、生麦事件起こる］*

1865年　4月18日、エヴァ・コジェニョフスキ病没。コンラッド7歳。

1868年　アポロ・コジェニョフスキ父子、ガリツィアのルヴフ（現ウクライナのリヴィウ）へ移動する。

［明治維新］*

1869年　5月、アポロ・コジェニョフスキ、クラクフで没す。母方の伯父タデウシュ・ボブロフスキがユゼフ・コンラット・コジェニョフスキの後見人となる。コジェニョフスキ、病弱のため、このあと数年間家庭教師について教わる傍ら、たまに正規の学校に通う。

［6月、版籍奉還、知藩事を置く］*

［スエズ運河開通］

1873年　家庭教師アダム・プルマンとともに、オーストリア、ドイツ、スイス、北イタリアを旅行。

［6月、地租改正］*

1874年　ポーランドを離れマルセイユに向かい、フランス商船の見習い水夫となる。海運業兼銀行業デレスタング・エ・フィス社に勤める。

1874–77年　75年、バーク型帆船モンブラン号に乗客兼見習いとして、76

年、スクーナー船サンタントワーヌ号に「司厨《しちゅう》員」として乗り組む（カリブ海へ航海）。

［西南戦争（77年2月～9月）］*

［イギリス、ヴィクトリア女王、インド皇帝の称をとる］

1878年　賭博での借金がかさみ、マルセイユで胸部に向けて拳銃を発砲し自殺を図るも、重傷を免れる。コンラッドにとって英国船第一号である汽船メイヴィス号に乗り組む。6月18日、ローストフト〔イングランドの東南岸にある港〕に到着する。スキマー・オヴ・ザ・シー（海のあじさし鳥）号に二等水夫として乗り組む（イギリス沿岸を航行）。

［スタンリー『暗黒大陸横断記』］

1878–80年　大型快速帆船デューク・オヴ・サザーランド号で（オーストラリアへ）、ついで汽船エウロペ号に（地中海沿海を航行）二等水夫として乗り組む。

1880年　二等航海士の資格試験に合格。汽船ロッホ・イーティヴ号に三等航海士として乗り組む（オーストラリアへ）。

1881–84年　小型帆船パレスチナ号、帆船リヴァズデイル号、帆船ナーシサス号に二等航海士として乗り組む（東南アジアおよびインドへ）。

1884年　一等航海士の資格試験に合格。

［アフリカ分割に関するベルリン列国会議（84年11月～85年）］

1885–86年　大型帆船ティルクハースト号に二等航海士として乗り組む（シンガポール、カルカッタへ）。

［坪内逍遥『小説神髄』（85年9月～86年4月）］*

［コンゴ自由国（ベルギー王の私有地）（85年～1908年）］

1886年　8月19日付をもって、イギリスに帰化。11月、商船船長の資格試験に合格。12月3日、29歳の誕生日。

［グリニッジ天文台爆弾事件］

1886–87年　ファルコンハースト号に二等航海士として乗り組む。大型帆船ハイランド・フォレスト号に一等航海士として乗り組む（ジャワへ）。船中で怪我をし、シンガポールで入院。

［二葉亭四迷『浮雲』（87年6月～89年）］*

1887–88年　汽船ヴィダー号に一等航海士として乗り組む（シンガポールからオランダ領東インドのいくつかの港を航行）。

1888年　バンコックで停泊中のバーク型帆船オターゴ号に、船長として

乗り組み、オーストラリア、モーリシャスへ赴く。

1889年　オタゴ号の船長職を辞す。ロンドンに短期間居を定め、『オールメイヤーの阿房宮』の執筆をはじめる。

［2月、大日本帝国憲法発布。7月、東海道本線開通］*

1890年　遠縁にあたる作家マルグリット・ポラドフスカとの交友が始まる。「コンゴ上流地域貿易振興株式会社」のために、河汽船〈ベルギー王〉号の副船長として、そして一時的に、船長としてコンゴ自由国に入る。

［10月、教育勅語発布。11月、第1回帝国議会開く］*

1891–93年　旅客快速帆船《クリッパー》トレンズ号に一等航海士として乗り組む（オーストラリアへ）。船客に混じっていたジョン・ゴールズワージーに会う。ウクライナにボブロフスキを訪ねる。

1894年　『オールメイヤーの阿房宮』が出版を受諾される。出版社の原稿審査係エドワード・ガーネットに会い、さらに、後に結婚するタイピストのジェッシー・ジョージに会う。イギリスの汽船アドワ号の二等航海士として契約するも、フランスへ往復航海をしただけで、カナダへ移民を運ぶという所期の目的を達成できず。コンラッドの海上生活の終わり。

［日清戦争（8月～95年4月）］*

1895年　『オールメイヤーの阿房宮』が「ジョウゼフ・コンラッド」というペンネームで出版される。

［樋口一葉『たけくらべ』］*

1896年　『島の流れ者』が出版される。3月24日、ジェッシー・ジョージと結婚し、フランス北西部ブルターニュに新婚旅行。「救助者」の執筆開始。エセックス州スタンフォード・ル・ホープに居を構える。H.G.ウェルズと知り合い、ヘンリー・ジェイムズと書簡のやり取りをはじめる。

1897年　作家兼政治家カニンガム・グレアムやスティーヴン・クレインとの友好がはじまる。『ナーシサス号の黒人』が出版される。12月3日、40歳の誕生日。

［ヴィクトリア女王即位60周年式典（ダイヤモンド・ジュビリー）］

1898年　長男ボリス生まれる。『不安の物語』が出版される（「カライン」「白痴」「進歩の前哨所」「帰宅」「潟湖《せきこ》」収録）。フォード・マドックス・ヘファー（のち、フォード）と共同文筆活動をはじ

め、ヘファーからケント州ポストリングのペント・ファームの賃貸借契約を引き継ぐ。

［アメリカ・イスパニア（米西）戦争（4 月〜12 月）。フィリピン、アメリカ領となる］

1899 年　「闇の奥」連載。

1899–1900 年　『ロード・ジム』連載。

［ボーア戦争（南ア戦争）（〜1902 年）。中国、義和団事件（〜1901 年）］

1900 年　フォードとともにベルギー滞在。J. B. ピンカーがコンラッドの作家代理人となる。『ロード・ジム』が単行本として出版される。

1901 年　『相続人たち』（フォードとの合作）が出版される。

［ヴィクトリア女王の死（1 月 22 日）。エドワード 7 世（1 月〜1910 年）］

1902 年　『「青春——一つの物語」ほか二編』が出版される（「青春」「闇の奥」「万策尽きて」収録）。

［1 月、日英同盟成立］*

1903 年　『「台風」その他の物語』（「台風」「エイミー・フォスター」「フォーク」「明日」収録）と『ロマンス』（フォードとの合作）が出版される。

1904 年　『ノストローモ』が連載され、単行本として出版される。ジェッシー・コンラッド、膝を怪我し、生涯にわたって部分的な障害が残る。

［日露戦争（2 月〜05 年 9 月）］*

［オランダ領東インド成立］

1905 年　カプリ島に逗留。「明日」を戯曲化した「もう一日」がロンドンで上演される。

［夏目漱石『吾輩は猫である』］*

1906 年　南フランス、モントペリエールに逗留。次男ジョンの誕生。回想記『海の鏡』が出版される。『密偵』がアメリカで連載される。

［島崎藤村『破戒』］*

1907 年　モントペリエール、ついでジュネーブに逗留。『密偵』が単行本として出版される。ベッドフォード州ルートン・フー、ソマリーズに居を移す。12 月 3 日、50 歳の誕生日。

1908 年　『六つの物語』が出版される（「ガスパール・ルイス」「密告者」「怪物」「無政府主義者」「決闘」「伯爵」収録）。
［コンゴ自由国、ベルギー領に編入］

1909 年　ケント州オールディントンに居を移す。フォードと絶交。
［精神病理学者ロンブローゾ死］

1910 年　『西欧の眼の下に』完成後、神経衰弱になる。ケント州オールストン、キャペル・ハウスへ転居。
［6 月、大逆事件。8 月韓国併合］*

1910–11 年　『西欧の眼の下に』が連載され、単行本として出版される。

1912 年　『いくつかの回想』（のちに『個人的記録』と改題）と『海と陸の間《あわい》に』が出版される（「幸運の微笑」「秘密の共有者」「七つ島のフレイア」収録）。ニューヨークで『運命』連載。
［清が滅び、中華民国が成立］
［大正天皇（7 月～26 年）］*

1914 年　『運命』が単行本として出版される。経済的成功をはじめて得る。夏に、家族を伴いポーランドを訪れる。第 1 次大戦の勃発により数週間身動きとれず、オーストリア、イタリアを経由して帰英。
［第 1 次世界大戦（7 月～18 年 11 月）。パナマ運河開通］

1915 年　『潮路の中に』（「マラタ島の農園主」「パートナー」「二人の魔女の宿」「ドルがあったばっかりに」収録）と『勝利』が出版される。

1917 年　『陰影線』が出版される。12 月 3 日、60 歳の誕生日。

1919 年　ケント州ワイ近くのスプリング・グローヴに転居。ベイジル・マクドナルド・ヘイスティング脚色の『勝利』がロンドンで上演。カンタベリー近くのビショップボーン、オズワルヅに転居。『黄金の矢』が出版される。ダブルデイ・ハイネマン社共同全集のために、「作者覚書」を書き始める。
［ヴェルサイユ講和条約調印］

1920 年　1898 年に着手した『救助』が出版される。
［国際連盟正式成立］

1921 年　コルシカ島を訪れ、『放浪者』と『サスペンス』執筆にそなえ調査を開始。『わが生涯と文学』が出版される。全集の出版開始。

1922 年　演劇用に脚色した『密偵』がロンドンで上演される。

1923 年　アメリカ合衆国を訪問し熱狂的な歓迎を受ける。『放浪者』が合

衆国で連載され、単行本として出版される。
［9 月、関東大震災］*

1924 年　ナイトの爵位を辞退する。オズワルヅで心臓発作のため死去、享年 66。カンタベリー共同墓地のローマ・カトリック区画に埋葬される。『ある犯罪の本質』（フォードとの合作）が単行本として出版される。

1925 年　『聞き書き集』（「武人の魂」「プリンス・ローマン」「実話」「黒い髪の航海士」収録）と『サスペンス』が出版される。

1926 年　リチャード・カール編集『最後の随筆集』が出版される。
［昭和天皇（12 月～89 年）］*

1928 年　「姉妹たち」（未完の遺稿）が出版される。

（社本雅信［訳］）

書籍案内

山本　卓（訳）

コンラッドの生涯と作品に関する書籍、論文、注解は、その質や領域ともに圧倒的に多岐にわたる。以下に挙げる図書目録は、現在もなお増加し続ける著作物についての信頼度の高い、かつ包括的な情報を読者に提供するものである。ここでは基本参照図書の目録に加えて、1940 年代以降の主要な研究成果や批評を精選し、年代順に解説する。論文も重要なものを数編挙げているが、ここで重要視したのは、コンラッドの業績全体を扱ったもの、また、その特質を論じたもので、英語の書籍として出版され標準的なページ数を持つ研究である。本書における各章の注釈にも、対象作品に関わりの深い研究や、批評の観点にまつわる幅広いテーマへの言及がある。

原　本

コンラッドの全集で学術的に信頼できる版は、現在のところ存在しない。テクスト研究は 1960 年から着手されているが、コンピュータを使ったテクスト照合が可能になってようやく、コンラッド作品のテクスト状況がきわめて複雑であったことが明らかになった。目下ケンブリッジ大学出版局から散発的に刊行されている The Cambridge Edition of the Works of Joseph Conrad が批評版標準テクストとなるだろう。また、これまでにフランス語、イタリア語、ポーランド語でのコンラッド作品集が出版されている。

- Dent's Collected Edition of the Works of Joseph Conrad. London: Dent, 1946–55.

  もっとも入手しやすい選集であるが、作品の戯曲版やフォードとの合作『犯罪の本質』（*The Nature of a Crime*）は収録されていない。1923 年から 28 年にかけて出版された Uniform 版の再刷のため、本全集の丁付けなどは Uniform 版、また、1920 年代にアメリカで出版された非常に多くの「版」（正確には、刷）と同じである。

- *Opere*. Ed. Ugo Mursia. 5 vols. Milan: Mursia, 1967–82.

  作品を主題別に分類した全集で、学識に裏付けられた注釈と有用な解説注がつく。イタリア語。

- *Oeuvres*. Ed. Sylvère Monod. Pléiade edition. 5 vols. Paris: Gallimard, 1982–92.

  モノーによる導入概説は、批評的視座の点で得るところが多い。個々の作品について翻訳者や批評家が書いた「論評」にも、啓発的なものが多数ある。注釈は情報量が多く、詳細な解説が加えられており、コンラッドのフランス語的な語法や借用表現、フランス文学とのつながりに関してはきわめて信頼度が高い。フランス語。

- Oxford World's Classics. Oxford: Oxford University Press, 1983–.

  原本の誤植を訂正した上で、写真オフセット印刷を用いた再版で、原本の多くがDent版からのものである。テクスト本文に加えて、批評的な観点から論じたイントロダクション、コンラッドの生涯年表、精選文献リスト、テクスト注釈、地図、解説注を収録する。

- Penguin Twentieth-Century Classics. Harmondsworth: Penguin Books, 1983–.

  収録作品の原本は多種多様であるが、コンラッドのほとんどの作品が、Oxford World's Classicsシリーズと似た書式で出版されている。

- The Cambridge Edition of the Works of Joseph Conrad. Cambridge: Cambridge University Press, 1990–.

  作品の執筆、改稿、出版、受容に関する詳細な歴史に、異文テクスト、解説注、テクスト注を付けた、批評版の標準作品集。これまでに『密偵』(Ed. Bruce Harkness and S.W. Reid, 1990)、『オールメイヤーの阿房宮』(Ed. Floyd Eugene Eddleman and David Leon Higdon, 1994) が刊行されている。

  〔訳者注〕

  　2012年の時点では上記に加えて以下のタイトルが発行されている——『わが生涯と文学』(Ed. J. H. Stape, 2004)、『個人的記録』(Ed. Zdzisław Najder and J. H. Stape, 2008)、『陸と海の間《あわい》に』(Ed. J. A. Berthoud, Laura L. Davis, and S.W. Reid, 2007)、『青春・闇の奥・万策尽きて』(Ed. Owen Knowles, 2010)、『最後の随筆集』(Ed. Harold Ray Stevens and J. H. Stape, 2010)、『サスペンス』(Ed. Gene M. Moore, 2011)、『不安の物語』(Ed. Allan H. Simmons and J. H. Stape, 2012)、『ロード・ジム』(Ed. J. H. Stape and Ernest W. Sullivan, 2012)。

標準的な作品に加えて、

- *'Congo Diary' and Other Uncollected Pieces*. Ed. Zdzisław Najder, Garden City, NY: Doubleday, 1978.

  「コンゴ・ノート」、未完小説「姉妹たち」、『犯罪の本質』のほか、これまで

に未収録の小作品を収録。

多数あるコンラッド作品のペーパーバック版や独立再刷のうち、特に言及する価値があるもの。

- *The Portable Conrad*. Ed. Morton Dauwen Zabel. New York: Viking, 1947; rev. edn. Frederick R. Karl, 1969.

  コンラッドを研究しようとする人に役立つ概説書。短編数編を書簡や批評散文の抜粋とともに収録。ゼイベルによる学術的価値の高いイントロダクションが付く。

- Norton Critical Editions. New York: Norton. *Heart of Darkness*, ed. Robert Kimbrough, 1963; 3rd edn. 1988. *Lord Jim*, ed. Thomas Moser, 1968. *The Nigger of the 'Narcissus'*, ed. Robert Kimbrough, 1979.

  「権威あるテクスト」と謳ってはいるものの、実際のところは誤記の多いHeinemann版作品集（1921年出版）の再刷シリーズ。しかしながら、ここに収録されている批評論文やコンラッドが利用した出典に関する幅広い参考資料はたいへん役に立つ。

- *Selected Literary Criticism and 'The Shadow-Line'*. Ed. Allan Ingram. London: Methuen, 1986.

  コンラッドの書簡や「作者覚書」からの抜粋という形で、書名に示された中編小説の背景を論じる。

- *'Heart of Darkness': A Case Study in Contemporary Criticism*. Ed. Ross C. Murfin. New York: Bedford Books of St Martin's Press, 1989.

  Heinemann版の粗悪テクストの再刷で、解説注もつかないが、精神分析批評、読者受容批評、フェミニズム批評、脱構築批評、新歴史主義批評など5つの論文を収録し、近年の批評動向を多角的に紹介している。

- *The Complete Short Stories of Joseph Conrad*. Ed. Samuel Hynes. 4 vols. London: Pickering; Hopewell, NJ: Ecco Press, 1992–93.

  Kent版（実質的にはDoubleday社の'Sun-Dial'版）から、中編小説や短編小説を再刷したもの。コンラッドの生涯の略年表や、テクスト校訂についての言及が多少ある。解説注なし。

書簡集

1920年代にはコンラッドの妻や友人によって個別に書簡集が出版されていたが、それらはすべて、活字に起こす作業が不正確であり、また作家のプライバシー

に配慮しすぎたものになっている（コンラッドの経済状態や当時存命中の人物についての箇所が、編集段階で削除されている）。学術的な意図をもって編纂された書簡集の出版は1950年代後半に始まり、1960年のJocelyn Bainesによる伝記が大きな影響力をふるった。現在、ケンブリッジ大学出版局から刊行中の『書簡集』によって、初期の書簡集はその役目を終えつつある。ケンブリッジ版『書簡集』が完結するまでは、G. Jean-Aubryがまとめた*Joseph Conrad: Life and Letters*の第2巻（London: Heinemann; Garden City, NY: Doubleday, Page, 1927）が必須図書となる。

• *The Collected Letters of Joseph Conrad*. Ed. Frederick R. Karl and Laurence Davies. 8 vols. Cambridge: Cambridge University Press, 1983–.

フランス語の書簡、およびポーランド語で書かれた書簡の英訳を含め、現存するおよそ4,000通の書簡から信頼度の高いテクストを作成することを目標に掲げている。各巻には、詳細な年表、イントロダクション、コンラッドが手紙を宛てた人物の大まかな伝記、編集過程の様子、図版、簡潔な注釈、インデックスが付く（各巻の出版後に発見された書簡は、本章末尾に挙げた専門雑誌や*Notes and Queries*に掲載されるのが常ではあるが、これらの書簡については、本書簡集の最終巻にまとめられることになっている）。

〔訳者注〕

1. 原書では全8巻となっているが、実際は9巻構成で2007年に出版完了済み。
2. *Notes and Queries*は、1849年W. J. Thomsが創刊した週刊誌、今は年4回発行の季刊誌。Oxford University Pressが出版している。元は、作家・美術家・歴史家・科学者らが寄稿して、各人の意見・考証・質疑応答などを発表していたが、今はほとんど文学関係に絞られ、学術的色彩の強いものになっている。

個々の書簡集については、以下の3冊が重要。

• *Joseph Conrad: Letters to William Blackwood and David S. Meldrum*. Ed. William Blackburn. Durham, NC: Duke University Press, 1958.

『青春』と『ロード・ジム』の執筆時期にコンラッドが書いた書簡と、ブラックウッド社に保存されていたコンラッド宛の手紙を合わせたもの。

• *Conrad's Polish Background: Letters to and from Polish Friends*. Ed. Zdzisław Najder. Tr. Halina Carroll. London: Oxford University Press, 1964.

コンラッドの伯父で後見人でもあったタデウシュ・ボブロフスキが作者に宛てた手紙の英訳と、ポーランド語で書かれた書簡の翻訳を収録。伝記資料としてきわめて重要。

- *Joseph Conrad's Letters to R. B. Cunninghame Graham*. Ed. C. T. Watts. Cambridge: Cambridge University Press, 1969.
 充実したイントロダクションと情報量の多い注釈によって、2 人の友情が重要であったことを示している。

コンラッドの文通について、以下の書籍を補足しておく。

- *A Portrait in Letters: Correspondence to and about Conrad*. Ed. J. H. Stape and Owen Knowles. Amsterdam: Rodopi, 1996.
 コンラッド宛、および彼のことを中心話題にした書簡選集で、コンラッド宛の書簡についての資料収蔵案内が付いている。

伝　　記

コンラッドの数奇な生涯は、1920 年代にはすでに伝記作家の注目を集めていた。作家の友人であるジャン＝オーブリー（Jean-Aubry）は資料を後世に残すことで、その消失を防いだものの、肝心の伝記の内容はお粗末で、時に事実とは異なる記述がある。コンラッドの伝記について、純粋に学術的な見地からの探求が試みられたのは、ようやく作家の死後 30 年を経てからである。コンラッドの特異な生涯と経歴には、彼のポーランド人としての生い立ち、マルセイユ時代、洋上経験に加えて、イギリスでの友人、知人、同時代のイギリス人作家との広範な交友関係についての調査が必要であった。文書資料は、公文書館による収蔵、および個人所有という形で、ヨーロッパ、北アメリカ、アジア、オーストラリアの各地に散らばっている。さらに、伝記作家は年月による欠落部分、とりわけロシア革命期と第 2 次世界大戦期に破壊されてしまった記録と重要な諸書簡にも取り組まなければならない。過去 20 年にわたり資料の蓄積が行われてきた結果、ようやく信頼に足るコンラッドの生涯の輪郭が定まった。ただし、上で述べたように、伝記を取り巻く状況は一筋縄ではいかないので、将来新たな発見がなされる可能性もある。

- Baines, Jocelyn. *Joseph Conrad: A Critical Biography*. London: Weidenfeld & Nicolson; New York: McGraw-Hill, 1960. Reprinted. Penguin Books, 1971.

学術的な調査に基づいて書かれた、最初の重要な生涯伝記である。小説に関する議論は今となっては時代遅れの感があるが、一読の価値がある。後の学問的成果はベインズが示した基礎的資料に倣って詳細に研究を続けた集積によるものである。

- Sherry, Norman. *Conrad's Eastern World*. Cambridge: Cambridge University Press, 1966.

コンラッドの東洋小説のモデルや題材を、作家の実体験と読書経験に基づいてたどっている。コンラッドがどのように題材を改編したかを示し、その後の伝記的研究を促した点で影響力の大きい伝記。

- Sherry, Norman. *Conrad's Western World*. Cambridge: Cambridge University Press, 1971.

シェリーの第一作と同様の研究手法をとり、「闇の奥」、『ノストローモ』、『密偵』を扱う。

- Sherry, Norman. *Conrad and His World*. London: Thames & Hudson, 1972, reprinted 1988; New York: Scribner's, 1977.

コンラッドの生涯と作家経歴における主要な出来事に、美しい図版を付け、広範な知識に基づいた簡潔な要約を行っている。これからコンラッドを研究しようとする人にとっては、優れた足がかりとなる。

- Karl, Frederick R. *Joseph Conrad: The Three Lives—A Biography*. New York: Farrar, Straus, and Giroux; London: Faber & Faber, 1979.

構成にバランスを欠き、事実を正確に伝えていない箇所があるという欠点を持つが、ほかの伝記には書かれていないコンラッドの経歴や経済状態についての情報がある。

- Najder, Zdzisław. *Joseph Conrad: A Chronicle*. Tr. Halina Carroll-Najder. New Brunswick, NJ: Rutgers University Press; Cambridge: Cambridge University Press, 1983.

コンラッドの生涯を扱った伝記のなかでも、もっとも信頼できる学術的なもので、徹底的な記録調査に基づいている。コンラッドのポーランド時代の背景については、今後も本書を超えるものは出てこないと思われる。

- Tennant, Roger. *Joseph Conrad: A Biography*. London: Sheldon Press; New York: Atheneum, 1981.

二次資料をもとに書かれた一般向けの解説書。研究者には役に立たない。

- Meyers, Jeffrey. *Joseph Conrad: A Biography*. London: Murray; New York: Scribner's, 1991.

主に一般読者を対象としており、新たな「視点」を追求するあまり不自然に

強調された部分が本書の欠点となっている。研究者にはほとんど役に立たない。

- Batchelor, John. *The Life of Joseph Conrad: A Critical Biography*. Oxford: Blackwell, 1994.

  コンラッドの伝記で頻繁に扱われる部分を横断的に記述したものであるが、主要な長短編小説をバランスよく読解し、コンラッドの著作と人生とをきめ細やかに関連づけている。

コンラッドの生涯における特定の側面に光を当てたり、作家の人生に対して独自の探求を行う専門的な伝記。

- Allen, Jerry. *The Sea Years of Joseph Conrad*. Garden City, NY: Doubleday, 1965; London: Methuen, 1967.

  コンラッドの洋上時代の経歴についての先駆的な研究だが、小説の内容を信憑性の高い伝記的資料として扱っているところに重大な欠陥がある。

- Meyer, Bernard C. *Joseph Conrad: A Psychoanalytical Biography*. Princeton, NJ: Princeton University Press, 1967.

  コンラッドの精神状態と著作をフロイト的な視座から論じたものだが、テーマの枠組みから逸脱する部分が随所にある。

- Watts, Cedric. *Joseph Conrad: A Literary Life*. London: Macmillan, 1989.

  コンラッドの作家人生における歴史的、経済的な状況を簡潔に説明した伝記で、作品の連載、コンラッドと代理人や出版社との関係といったテーマを取り扱う。市場からの圧力が小説の形態に及ぼす結果について、いくつかの提起を行っている。

学術的な伝記を補完する 3 冊の伝記。

- Najder, Zdzisław, ed. *Conrad under Familial Eyes*. Tr. Halina Carroll-Najder. Cambridge: Cambridge University Press, 1983.

  コンラッドの家族や幼少時代に関する文書や書簡、およびポーランドの親戚や友人による追想録を収録する。

- Knowles, Owen. *A Conrad Chronology.* London: Macmillan; Boston: Hall, 1989.

  コンラッドの生涯と作家人生について、1 年ごと、時には日々の記録形式で書かれた伝記。歯切れのよい文体で綴られており非常に読みやすい。

- Ray, Martin, ed. *Joseph Conrad: Interviews and Recollections*. London: Macmillan, 1990.

家族、友人、知人、同時代の作家が書いたコンラッドについての追想録を集めたもので、広範にわたる豊富な注が付いている。

書籍目録

1960年代に William R. Cagle が着手した、コンラッド作品についての学術的な一次書籍目録は現在まで刊行されていない（複写であれば、インディアナ大学のリリー図書館から実費にて入手可能（The Curator, The Lilly Library, Indiana University, Bloomington, IN 47405–3301, USA））。主要作品集と多岐にわたる編纂集についての多数の記述は、コンラッドを専門とする研究者の役に立つ。

• Wise, T. J., ed. *A Bibliography of Joseph Conrad*. 2nd edn. London: Richard Clay & Sons, 1921.

Wise が個人所有する多数の生原稿、タイプ原稿、限定版冊子、著者のサイン入りの初版本についての解説。現在それらの資料の大部分は大英図書館 Ashley Collection に収蔵されている。

• Keating, George T., ed. *A Conrad Memorial Library: The Collection of George T. Keating*. Garden City, NY: Doubleday, Doran, 1929.

単一の収蔵としては最大となる、原資料やコンラッド関係資料の目録。現在はイェール大学の Beinecke Rare Book and Manuscript Library に収蔵。

• Ehrsam, Theodore G., comp. *A Bibliography of Joseph Conrad*. Metuchen, NJ: Scarecrow Press, 1969.

不完全な箇所もあるが、初版本、当時の書評、翻訳のほか、コンラッドの死亡記事や故人についての回顧録、初期の競売記録を包括的に目録化したもの。

• Lindstrand, Gordon. 'A bibliographical survey of manuscripts of Joseph Conrad'. *Conradiana* 2.1（1969–70）, 23–32; 2.2（1969–70）, 105–14; 2.3（1969–70）, 153–62.

コンラッドの直筆、およびタイプ原稿の収蔵所についての予備目録。その後発見された膨大な資料（とりわけ Donald W. Rude が発見したもの）は、通常、後ろのほうに列挙した学術雑誌において言及されている。

• Fagnani, Flavio, comp. *Catalogo della collezione Conradiana di Ugo Mursia*. Milan: Mursia, 1984.

ピサ大学の The Ugo Mursia Memorial Collection（後述、研究センターの項を参照）の収蔵目録。

英語、もしくは他の主要言語で書かれた批評や研究を緻密に記録し、個々の業績についての評価を行った書籍目録も多数ある。

- Higdon, David Leon, *et al.,* comp. 'Conrad bibliography: a continuing checklist'. *Conradiana*. 1968–.

  近年の批評についての包括的な更新リスト。もともとは年 1 回の更新だったが、現在では隔年の更新となっている。

- Teets, Bruce E. and Helmut E. Gerber, comp. *Joseph Conrad: An Annotated Bibliography of Writings about Him*. DeKalb: Northern Illinois University Press, 1971.

  1966 年以前に出版された書評、批評、研究、博士論文についての便覧。

- Knowles, Owen. 'The year's work in Conrad studies: a survey of periodical literature'. *The Conradian* 9.1 (1984) to 12.1 (1987).

  1983 年から 1986 年にかけて発表された批評を、洞察力にあふれた、わかりやすい文章で解説、評価したもの。

- Secor, Robert and Debra Moddelmog, comp. *Joseph Conrad and American Writers: A Bibliographical Study of Affinities, Influences, and Relations*. Westport, CT: Greenwood Press, 1985.

  比較研究や影響研究向けに使いやすい目録だが、類縁性に関してはいくぶん誇張がある。

- Teets, Bruce E., comp. *Joseph Conrad: An Annotated Bibliography*. New York and London: Garland Publishing, 1990.

  前述した Teets と Gerber による便覧の続編で、1975 年までの更新と追補を収めている。

- Knowles, Owen, comp. *An Annotated Critical Bibliography of Joseph Conrad*. Hemel Hempstead: Harvester Wheatsheaf; New York: St Martin's Press, 1992.

  批評に関する手引き書で、1914 年から 1990 年までの批評が、慎重かつ的確に取捨選択してある。主に 1975 年以降に出版された書籍と論文に力点が置かれる。

- Perczak, Wanda, comp. *Polska Bibliografia Conradowska 1896–1992*. Toruń: Wydawnictwo Universytetu Mikołaj Kopernika, 1993.

  ポーランド語訳作品、ポーランド語での書籍や論文についての包括的な目録。また、コンラッドのポーランド時代の経験、影響、受容に関する英語文献のリストもある。

手引き書

- Karl, Frederick R. *A Reader's Guide to Joseph Conrad.* London: Thames & Hudson; New York: Noonday Press, 1960. ［邦訳：野口啓祐、野口勝子共訳『ジョウゼフ・コンラッド――暗黒の形而上学をたずねて』(北星堂書店、1974)］

  現在では古めかしくなってしまったが、コンラッドのモダニズム的、かつ実験的な手法についての概要である。

- Daleski, H. M. *Joseph Conrad: The Way of Dispossession.* London: Faber & Faber; New York: Holmes & Meier, 1977.

  コンラッドの主要作品における哲学的なテーマを、鋭く明晰に論じたもの。高度な研究者向け。

- Berthoud, Jacques. *Joseph Conrad: The Major Phase.* Cambridge: Cambridge University Press, 1978.

  手引き書の見本となるような本で、『ナーシサス号の黒人』から『西欧の眼の下に』に至る小説について、精緻で、十分な情報を踏まえた議論を展開している。

- Gillon, Adam. *Joseph Conrad.* Twayne English Authors No. 333. Boston: Twayne, 1982.

  一般読者とコンラッド研究に取りかかろうとする学部学生向けの、主題別の概説書。入門書。

- Watts, Cedric. *A Preface to Conrad.* London: Longman, 1982; rev. edn. 1993.

  コンラッドの伝記的、および文化的環境、特に『ノストローモ』における作者独特の語りの手法を簡潔に扱っている。

- Ray, Martin. *Joseph Conrad.* London: Arnold, 1993.

  主要小説に焦点を当てた、短い概説書。コンラッド研究を始めたばかりの学部学生向け。

- Watts, Cedric. *Joseph Conrad.* Writers and Their Work. Plymouth: Northcote for the British Council, 1994.

  コンラッドの生涯と主要作品を概観した小冊子。ごく簡潔な作品のあらましと読書案内を手に入れたい読者向け。

参照図書

- Sherry, Norman, ed. *Conrad: The Critical Heritage*. London: Routledge & Kegan Paul, 1973.

  長編小説とほとんどすべての短編小説についての当時の書評のうち、代表的なものをよりすぐって収録。

- Bender, Todd K., comp. *Concordances to the Works of Joseph Conrad*. New York and London: Garland Publishing, 1976–.

  コンピュータ分析による用語索引集で複数の巻に分かれている。用語索引とコンラッドの用語使用の分析を収録する。

- Page, Norman. *A Conrad Companion*. London: Macmillan; New York: St Martin's Press, 1986.

  コンラッドの生涯と作品についての参照手引き書では最初のもの。

- Tutein, David W. *Joseph Conrad's Reading: An Annotated Bibliography*. West Cornwall, CT: Locust Hill Press, 1990.

  コンラッドが読んだ書物をアルファベット順にリスト化している。これまで手つかずだった重要なテーマをまとめているが、典拠の示し方が適当ではない。

- Marle, Hans van. 'A novelist's dukedom: from Conrad's library'. *The Conradian* 16.1 (1991), 55–78.

  Tutein による調査結果に、多数の追加図書を加え、コンラッドが読んだ書物を研究する際の学術的な手法を確立している。

- Carabine, Keith, ed. *Joseph Conrad: Critical Assessments*. 4 vols. Robertsbridge: Helm Information, 1992.

  コンラッドの作家人生の初期から 1990 年代までに出された批評についての、大部な概説書。コンラッド研究に必須となる学術誌や研究書・研究論文《モノグラフ》を収蔵していない図書館にとっては、とりわけ有用な本。

批　　評

コンラッドの死後、彼の評価は下り坂となる。しかし、1940 年代のイギリスとアメリカにおいて再評価が行われ、主要作家としてのコンラッドの評価が固まった。こうした動きは、印象批評的な論文の減少と学術的批評の勃興におおむね呼応する。コンラッドの主要小説は過去数十年間にわたって精力的に研究されてきたし、代表作以外の作品も様々な点から、おそらくは余すところなく分析されてきた。また、コンラッドの作品についての批評は、例外なくその時期に主流となっ

ていた批評形式を反映している（これについては、上に挙げた Knowles の書籍目録がうまくまとめている）。初期の批評については、ここでは重要なものだけに限定せざるをえなかったが、近年の批評に関しては、その広範さと多様性を示せるよう心がけた。

●1930 年代から 1950 年代にかけて

イギリスにおいて、コンラッドの再評価は Edward Crankshaw と Muriel Bradbrook による作品全体を論じた研究に端を発し、F. R. Leavis の影響によって弾みがつき洗練されていく。同時期、アメリカでは John Dozier Gordan と Morton Dauwen Zabel が、作品の出典を精緻に検証し、作家の業績をそれまで以上に精妙に評価するという研究手法の基礎を築いた。1950 年代になると、戦後意識の影響と、大学教育の拡大、大学教員の間に生まれた新たな専門意識、当時勃興した〈新批評《ニュークリティシズム》〉に後押しされて、コンラッドの作品を純粋学問的に再評価し解釈する動きが進んだ。

- Crankshaw, Edward. *Joseph Conrad: Some Aspects of the Art of the Novel*. London: John Lane, 1936. Reprinted. New York: Russell & Russell, 1963.

  フォード・マドックス・フォードの友人の手による作品理解の行き届いた論述。歴史的な関心が中心である。

- Gordan, John Dozier. *Joseph Conrad: The Making of a Novelist*. Cambridge, MA: Harvard University Press, 1940.

  記録資料や小説作成の過程に関して指標となる研究。後の研究書の多くがこの研究をふまえて行われている。

- Bradbrook, M. C. *Joseph Conrad: England's Polish Genius*. Cambridge: Cambridge University Press; New York: Macmillan, 1941. Reprinted. New York: Russell & Russell, 1965.

  包括的な概説書。歴史への関心が中心となる。

- Leavis, F. R. 'Revaluations: Joseph Conrad'. *Scrutiny* 10.1 (1941), 22–50 and 10.2 (1941), 157–81. Reprinted in *The Great Tradition: George Eliot, Henry James, Joseph Conrad*. London: Chatto & Windus; New York: G.W. Stewart, 1948. ［長岩寛・田中純蔵訳『偉大な伝統――ジョージ・エリオット、ヘンリー・ジェイムズ、ジョウゼフ・コンラッド』（英潮社、1972）］

作家について新たな評価を試みた論文で、多大な影響力を持つ。コンラッドを主要なイギリス写実主義作家の系譜に位置づけている。

- Hewitt, Douglas. *Conrad: A Reassessment*. Cambridge: Bowes & Bowes, 1952; 3rd edn. Bowes & Bowes and Totowa, NJ: Rowman & Littlefield, 1975.

  簡潔ながらも洞察力に富んだ議論を展開しており、コンラッドの評価向上に貢献した研究。

- Moser, Thomas C. *Joseph Conrad: Achievement and Decline*. Cambridge, MA: Harvard University Press, 1957. Reprinted. Hamden, CT: Archon Books, 1966.

  後期の作品をあまり評価しなかった点、また、コンラッドが男女関係の心理状態を説得的に描くことができないと主張した点で、長らく影響力があった。1980年代から90年代にかけてのコンラッド再評価の際には、多くの反論が試みられた。

- Guerard, Albert J. *Conrad the Novelist*. Cambridge, MA: Harvard University Press, 1958. Reprinted. 1979.

  心理学的、神話主義的研究で影響力があった。ときに還元主義的な側面がみられるものの、個々の作品について鋭い読解がなされている。

●1960年代および1970年代

1960年代の批評はモーザーとゲラードによる議論をふまえたもので、ノースロップ・フライ（Northrop Frye）の *Anatomy of Criticism*（1957）〔邦訳：海老根宏訳『批評の解剖』（法政大学出版局、1980）〕によって編み出された原型批評の影響を受けた。おそらくこの時期になされた批評業績で、恒久性がありそうなものは、コンラッドの哲学的傾向と政治的見解、そして19世紀に支配的であったイデオロギーと彼自身との関わり合いを論じたものである。また、コンラッドのヨーロッパ大陸での状況にも関心が集まった。1960年代は、とりわけアメリカ合衆国の博士論文において、コンラッドの標準テクストの欠陥に目が向けられ始め、テクスト研究にも着手された。コンラッドの没後50年を記念して、テキサス、マイアミ、カンタベリー、サンディエゴで学会が開催されたが、これはコンラッド研究における転換点となった。すなわち、コンラッドが多様な学術批評家によって様々な角度から研究される世界的な作家であることが確認されたのである。過去20年間の批評的洞察の洗練に加えて、批評家たちはレトリックと語りへの関心を示した。

- Hay, Eloise Knapp. *The Political Novels of Joseph Conrad: A Critical Study*. Chicago: University of Chicago Press, 1963; rev. edn. 1981.

　コンラッドの政治的見解がいかに生み出されたかに力点をおいて、複数の小説を克明に論じている。

- Watt, Ian. 'Joseph Conrad: alienation and commitment'. *The English Mind: Studies in the English Moralists Presented to Basil Willey*. Ed. Hugh Sykes Davies and George Watson. Cambridge: Cambridge University Press, 1964, pp. 257–78.

　保守主義、実存主義、マルクス主義などの哲学的、および政治的思想についてのコンラッドの姿勢を見事に同定した、独創的で影響力の強い論考。

- Busza, Andrzej. 'Conrad's Polish literary background and some illustrations of Polish literature on his work'. *Antemurale* 10 (1966), 109–255.

　ポーランド文学の伝統からコンラッドが得たものを特定し、それらの出典をたどり、その上で作家の美学における相互文化的な側面を丁寧に論じている。

- Miller, J. Hillis. *Poets of Reality: Six Twentieth-Century Writers*. Cambridge, MA: Harvard University Press, 1966.

　『密偵』に焦点を当て、現象学的な見地からコンラッドを論じた非常に影響力のある研究書。

- Fleishman, Avrom. *Conrad's Politics: Community and Anarchy in the Fiction of Joseph Conrad*. Baltimore: Johns Hopkins Press, 1967.

　家族環境や文化環境からコンラッドの政治思想をたどり、彼が書いた時事評論を分析している。

- Kirschner, Paul. *Conrad: The Psychologist as Artist*. Edinburgh: Oliver & Boyd, 1968.

　モーパッサンやアナトール・フランスからの借用を調べ、コンラッドが大陸文学から受けた影響を探求する先駆的な研究書。個人と社会に焦点を当てて個々の作品を扱った丹念な読解は示唆に富む。

- Graver, Lawrence. *Conrad's Shorter Fiction*. Berkeley: University of California Press, 1969.

　短編小説だけを扱った最初の研究書で、独自の説得力のある考察がなされている。また、短編小説および中編小説家としてのコンラッドを概観するには有用な書物である。しかしながら、現在ではその内容のほとんどが、後の批評によって塗り替えられた。

- Thorburn, David. *Conrad's Romanticism*. New Haven, CT: Yale Uni-

versity Press, 1974.

コンラッドをイギリス・ロマン派文学の系譜のなかに巧みに位置づけている。

- Sherry, Norman, ed. *Joseph Conrad: A Commemoration*. London: Macmillan; New York: Barnes and Noble, 1976.

1974年のカンタベリー学会での発表を精選した研究書で、非常に多岐にわたる刺激的な構成になっている。

- Hawthorn, Jeremy. *Joseph Conrad: Language and Fictional Self-Consciousness*. London: Arnold; Lincoln: University of Nebraska Press, 1979.

語りの手法、言語、イデオロギーの相関関係をマルクス主義的な批評の観点から探求する。

- Watt, Ian. *Conrad in the Nineteenth Century*. Berkeley: University of California Press, 1979; London: Chatto & Windus, 1980.

コンラッドの文学的、および思想的背景に関する著者の論考をまとめ、大幅に拡張した研究書で、彼独特の研究手法を展開する。初期のコンラッド小説についての批評の中ではもっとも重要なものとして、広く認知されている。

●1980年代および1990年代

近年のコンラッド研究者は、1970年代に出版された重要な伝記、洗練度を増すテクスト研究、多くの独創的な批評などを踏まえつつも、新たに浮上してきた批評動向、すなわちポスト構造主義、新歴史主義、フェミニズムなど、テクストの外部の要因を重視する文学研究方法に目を向ける必要があった。また、伝統的なテーマ（コンラッドの作品の審美性、歴史や文学史における位置づけ、資料の発掘と保存）を追求する一方で、コンラッド研究は様々な解釈論の影響を受けざるをえなかった。近年の多くの研究が、直接的、または間接的に、個別の作品やコンラッドの作品全体についての再評価を試みている。

- Senn, Werner. *Conrad's Narrative Voice: Stylistic Aspects of his Fiction*. Berne: Francke Verlag, 1980.

コンラッドの表現様式、および様式と彼の美学的、哲学的立場との関わりを丹念に研究したもの。

- Hunter, Jefferson. *Edwardian Fiction*. Cambridge, MA: Harvard University Press, 1982.

コンラッドをエドワード朝時代の潮流の中に位置づけ、冒険小説と帝国主義

に対する彼の態度を論じた重要な章がある。

- Hunter, Allan. *Joseph Conrad and the Ethics of Darwinism: The Challenges of Science*. London: Croom Helm, 1983.

 重要なテーマに取り組んでいるものの、作家が受けた個々の影響については説得力に欠ける。

- Berthoud, Jacques. Introductions to *The Nigger of the 'Narcissus'* and *Almayer's Folly*. Oxford: Oxford University Press, 1984, 1992. Introductions to *The Shadow-Line* and *Chance*. Harmondsworth: Penguin Books, 1986, 1996.

 先進性に富んだ刺激的な評論で、全体としてコンラッドの文学的、歴史的な背景について鋭敏であざやかな解釈を見せる。個々の作品の形式的な側面を分析したものである。

- O'Hanlon, Redmond. *Joseph Conrad and Charles Darwin: The Influence of Scientific Thought on Conrad's Fiction*. Edinburgh: Salamander Press; Atlantic Highlands, NJ: Humanities Press, 1984.

 書名とは異なり、『ロード・ジム』だけを扱う。しかし、アラン・ハンター同様、個別的な影響の特定に際しては、客観的な議論が不十分である。

- Parry, Benita. *Conrad and Imperialism: Ideological Boundaries and Visionary Frontiers*. London: Macmillan; Topsfield, MA: Salem Academy/Merrimack Publishing, 1984.

 現代のイデオロギー批評を用いて論じたもの。植民地を舞台にした小説を様々な批評を織り交ぜながら包括的に読解するために、歴史や背景に力点を置いた分析手法は採っていない。

- Purdy, Dwight H. *Joseph Conrad's Bible*. Norman: University of Oklahoma Press, 1984.

 コンラッドが用いた聖書にまつわる数多くの引喩について、その修辞的、イデオロギー的な意義を特定し分析する。

- Watts, Cedric. *The Deceptive Text: An Introduction to Covert Plots*. Brighton: Harvester; Totowa, NJ: Barnes & Noble, 1984.

 コンラッドの小説に焦点を当て、語りの二重性と曖昧な物語展開を探求している。

- Conroy, Mark. *Modernism and Authority: Strategies of Legitimation in Flaubert and Conrad*. Baltimore: Johns Hopkins University Press, 1985.

 ジェイムソン流のマルクス主義批評の特徴とフーコーからの影響を併せ持つ研究で、資本主義的な中産階級読者向けに書かれたコンラッドの作品が、モダ

ニスト作家としてふさわしいものであったかを論じる。

- Fogel, Aaron. *Coercion to Speak: Conrad's Poetics of Dialogue*. Cambridge, MA: Harvard University Press, 1985.

  バフチンのディスクール（ディスコース）理論を援用し、対話の機能を分析する。

- Murfin, Ross C., ed. *Conrad Revisited: Essays for the Eighties*. University: University of Alabama Press, 1985.

  学会での発表論文を集めた書籍で、とりわけ植民地主義《コロニアリズム》や後期小説といった近年の批評を特徴づけるテーマの論考が収められている。

- Bloom, Harold, ed. *Joseph Conrad: Modern Critical Views*. New York: Chelsea House, 1986.

  過去の定評ある論文を再収録する一方で、フェミニズム批評やポスト構造主義の論文も収録する。アメリカで出版された論文に限定しているので、現在の批評の多様性やその質を示せないという重大な欠陥がある。「闇の奥」『ロード・ジム』『ノストローモ』についても同シリーズの研究書がある（すべて 1987 年刊行）。また、Chelsea House's Major Literary Characters シリーズには『マーロウ』があり（1992 年）、こちらはより多彩な批評家の業績を集めている。

- Raval, Suresh. *The Art of Failure: Conrad's Fiction*. London: Allen & Unwin, 1986.

  コンラッドの主要小説を特徴づける強烈な懐疑主義が、どのような意味を持つかを分析、追求する。

- Billy, Ted, ed. *Critical Essays on Joseph Conrad*. Boston: Hall, 1987.

  1971 年から 84 年にかけて出版された論文を再収録しており、批評の概説書として有用。

- Hamner, Robert D., ed. *Joseph Conrad: Third World Perspectives*. Washington, DC: Three Continents Press, 1990.

  コンラッドが描いたアフリカ、アジア、南アメリカの世界像についての論文を再収録しており、使いやすい。非西洋圏からの見解も収録する。

- Hawthorn, Jeremy. *Joseph Conrad: Narrative Technique and Ideological Commitment*. London: Arnold, 1990.

  Hawthorn の前著を発展させ、自由間接話法について詳細で精緻な分析を加える。

- Erdinast-Vulcan, Daphna. *Joseph Conrad and the Modern Temper*. Oxford: Oxford University Press, 1991.

  バフチンのディスクール（ディスコース）理論を用いた批評書。コンラッドの

悪名高い偏愛癖に着目し、その矛盾と曖昧さを突いている。

- Hervouet, Yves. *The French Face of Joseph Conrad*. Cambridge: Cambridge University Press, 1991.

　コンラッドによるフランス作家からの借用について多くの証拠を挙げ、小説の美学的な歴史における彼の位置を浮き彫りにする。フロベール、アナトール・フランス、モーパッサンが与えた影響を論じる。

- Nadelhaft, Ruth L. *Joseph Conrad*. Atlantic Highlands, NJ: Humanities Press; Hemel Hempstead: Harvester Wheatsheaf, 1991.

　還元主義的で視野の狭いフェミニズム研究であり、コンラッド批評の修正を試みるものの説得力がない。

- Smith, David R., ed. *Joseph Conrad's 'Under Western Eyes': Beginnings, Revisions, Final Forms—Five Essays*. Hamden, CT: Archon Books, 1991.

　現在ではコンラッドの中心作品と見なされている小説の作法と、個人的、文化的な背景に焦点を当てた論文集で、うまく編纂されている。

- Henricksen, Bruce. *Nomadic Voices: Conrad and the Subject of Narrative*. Urbana: University of Illinois Press, 1992.

　主要作品における語りの技法を、脱構築の観点から論じたもの。

- Moore, Gene M., ed. *Conrad's Cities: Essays for Hans van Marle*. Amsterdam: Rodopi, 1992.

　伝記、歴史、解釈をテーマにした多岐にわたる論文をそつなく編纂しており、コンラッドの小説中の都市風景におよぼした幾つかの影響や都市風景の描き方を探る。

研究センター

- ジョウゼフ・コンラッド研究センター (The Joseph Conrad Study Centre)。ジョウゼフ・コンラッド協会 (Joseph Conrad Society) (イギリス)。

　ロンドンにある「ポーランド社会・文化協会」(The Polish Social and Cultural Association) のコンラッド・ルームには貸出不可ではあるが、初版およびそれ以降の版のコレクションと、学術雑誌《ジャーナル》と研究書・研究論文が多数収蔵されている。コレクションの閲覧を希望するなら、コンラッド協会名誉秘書に連絡を取る必要がある (住所は学術機関誌の項を参照)。

- コンラッド研究センター (The Center for Conrad Studies)。ケント州立

大学、著作目録・編纂研究所（Institute for Bibliography and Editing）。

このセンターは、多岐にわたる一次および二次資料（紙媒体とデジタル媒体）を収蔵しており、それらはケンブリッジ版コンラッド作品集の編集に活用されている。コレクションの閲覧を希望する研究者は、ケンブリッジ版コンラッド全集の主席編集長（Kent State University, 1118 Library, PO Box 5190, Kent, OH 44242–0001, USA.）に連絡を取る必要がある。

• ウーゴ・ムルシア記念コレクション（The Ugo Mursia Memorial Collection）。イタリア、ピサ、ピサ大学。

コンラッドの著作の初版およびそれ以降の版を多数収蔵する（貸出不可）。また、コンラッド研究において標準的な批評書・批評論文やイタリア語のコンラッド批評も数多く持つ（収蔵カタログについては、上述した書籍目録の項を参照のこと）。コレクションの閲覧を希望する研究者は、ピサ大学英語学部に連絡を取る必要がある。

学術雑誌

コンラッドに関する論文は数多くの学術雑誌に掲載されている。以下に挙げる4つの雑誌は、作家の生涯と作品の様々な側面を論じた研究や批評を掲載しており、定例学会や不定期会合の情報を提供する。

• *The Conradian: Journal of the Joseph Conrad Society* (UK).

年2回発行。コンラッド協会の年次学会での発表、論文、注解、および書評を掲載する。定期購読の申込みは以下のとおり。The Honorary Secretary, The Joseph Conrad Society (United Kingdom), c/o The Polish Social and Cultural Association, 238–246 King Street, London W6 0RF, UK.

• *Conradiana: A Journal of Joseph Conrad Studies*.

年3回発行。論文、注解、書評、最近の研究のチェックリストを掲載する。定期購読の申込みは以下のとおり。Texas Tech Press, Sales Office, Texas Tech University, Lubbock, TX 79409–1037, USA.

• *L'Epoque Conradienne*.

年1回発行。論文や学会報告を掲載。最近の号には書評も収録する（主として英語を使用）。定期購読の申込みは以下のとおり。Société Conradienne Française, Faculté des Lettres et des Sciences Humaines, Campus universitaire de Limoges-Vanteaux, 39E rue Camille-Guérin, 87036 Limoges, France.

• *Joseph Conrad Today: The Newsletter of the Joseph Conrad Society of*

America.

年 2 回発行。簡単な注釈や書評、アメリカ現代言語協会（MLA）年次学会で本協会が主催する発表についての告知と報告を掲載する。他の学会についての情報もある。定期購読の申込みは以下のとおり。The Joseph Conrad Society of America, c/o Department of Humanities, Drexel University, Philadelphia, PA 19104–2875, USA.

〔訳者注〕

研究センターと学術雑誌に関してはインターネットの情報がもっとも有用である。特に学術雑誌 *Joseph Conrad Today* はここで示された大学とは別の大学に主幹校が移動している。

日本における
コンラッド紹介・研究の流れ

本書の「書籍案内」においてコンラッド研究の動向がまとめられているが、そこでは、批評の流れとの連動で、(1) 1930 年代〜50 年代、(2) 1960 年代〜70 年代、(3) 1980 年代という 3 つの時代区分がなされている。では、日本におけるコンラッド紹介および研究を時系列で振り返れば、どのようにまとめることができるであろうか。おそらく、次のような時系列での区切り方が可能と考える。(1) 1895〜1924 年、(2) 1925〜45 年、(3) 1945〜1970 年代、(4) 1980 年代以降。以下、この区分に沿って、流れを簡単に辿ってみる。

1.　1895〜1924 年：コンラッドとの同時代

コンラッドがロンドンの文壇にデビューした 1895 年は、日本では明治 28 年。樋口一葉が代表作を一気に書き上げた年、あるいはラフカディオ・ハーンが日本滞在記を出版し始めた年にあたる。コンラッドが存命中のこの時期、日本でのコンラッド紹介において主要な役割を果たしたのは、夏目漱石と日高只一である。漱石のロンドン留学は 1900 年 10 月〜1902 年 12 月であり、イギリスの文芸誌などにコンラッドの名前が浮上してくる現場に居合わせたことになる。1909 年 1 月、『国民新聞』に漱石の談話「小説に用ふる天然」が掲載され、これに対して早稲田大学出身で後に早大教授となる日高只一が『読売新聞』に反論を載せ、それに漱石が「コンラッドの描きたる自然に就て」と題されたエッセイで答えるという経緯があり、これが日本の一般読者がコンラッドの名前を目にした最初であろう（もっとも、1904 年に『英語青年』の読者であれば、“To-morrow” ついで “Youth” の原文と注釈が連載されるのを目にしたであろう）。

これ以降、少しずつコンラッドへの具体的な接近がなされていく。日高は、1911 年にいくつかの質問を記した手紙を送ったらしく、1922 年にはケントのコンラッド宅を訪問しており、研究者としてこの作家に直接の面識を得た唯一の日本人になった。また、1914 年に『學鐙』に載った東皐のコンラッド紹介文を見ると、伝記的事実や作品紹介において正確で、イギリスでの批評動向をよく反映している。このときまでにはイギリスの文壇事情が日本に伝わりやすい条件が整ってきたと推察される。

日本でコンラッドが本格的に論じられるようになるのは、川口喬一氏の指摘にあるように、1920 年、『新文芸』創刊号での「コンラッド特集」であった（『昭和初年の「ユリシーズ」』2005）。その後まもなく 1924 年 8 月にコンラッド逝去の際は、平田禿木が『読売新聞』に追悼文を寄せたほか、『英語青年』が 10 月に特

集号を組んでおり、コンラッドを直接知る日高や「コンラッド小観」を載せた禿木を始め、福原麟太郎、澤村寅二郎らが寄稿しており、これ以降のコンラッド研究・紹介・翻訳を展開させていく準備がなされている様子が窺える。すなわち、日本では、コンラッドの死去とほぼ時期を同じくして、作品が一般向けに翻訳され始め、高等教育での英語教材に取り込まれて、本格的に論じられるようになっていったと言える。

2. 1925～45年：加藤朝鳥から中野好夫まで

英米におけるコンラッド評価は、「作者没後にいったん下降し、1940年代の再評価まで停滞した」と本書「書籍案内」にあるが、日本においては、その動向からは何がしかの「時差」をもって別の展開があったと言える。それは、前述のように、コンラッドという作家の紹介自体が、一般読者においても高等教育の場でも1920年代から本格化したからであり、そのことはコンラッド作品が一般読者の目に触れやすい形で継続して翻訳出版されていったことから窺える。

コンラッド作品の翻訳紹介について主要作品を中心にみると、嚆矢は1926年、加藤朝鳥による *Almayer's Folly* の翻訳、『南の幻』である。朝鳥は、上記の日高只一と早稲田での同期にあたるが、1920～21年に『爪哇《ジャワ》日報』主筆として蘭領東インドに滞在していた折にコンラッドに注目したという経歴をもち、独特の文体で多くの読者を得た。加えて、朝鳥は1930年代にポーランド文学を日本へ翻訳紹介した業績で知られる人物であり、コンラッドの翻訳者がポーランド文学の紹介者に転じた事実は、知るに値するエピソードと考える（吉上昭三「ポーランド文学と加藤朝鳥」『ポロニカ』第1号、1990）。

続いて、1928年に平田禿木訳『チャンス』（優れた解説付き）、1931年には谷崎精二訳『ロード・ジム』が世界文学全集の一編として刊行されていった。また、高等教育の教材としてではあるが、日高只一はコンラッドの自伝を「思い出の記」と題して「訳注英文学名著全集」に入れ（1929）、澤村寅二郎は「研究社英米文学評伝叢書」の1冊として小編ながら優れた評伝を残した（1934）。

中野好夫が1940年に訳した「闇の奥」は、もともと河出書房の新世界文学全集に収められた1点であるが、後日コンラッド作品の中で特別の位置を与えられる“Heart of Darkness”の邦訳タイトルがこのとき定訳となったことは、日本におけるコンラッド受容において幸運なことだったと言えよう。

1940年代前半、自伝的小説『陰影線（*The Shadow-Line*）』やエッセイ集『海の鏡（*The Mirror of the Sea*）』も訳されたが、これらが「海洋文学名作叢書」「現代海洋文学全集」というシリーズの中に収められていることは、当時日本国内で南方への関心、海洋への拡大気運が高まっていたことと無縁ではなかろう。英語が学校教育から排除されていたと言われる戦中期に、海軍で『ロード・ジム』などが教材として使われていたという興味深い事例も指摘されている（脇田裕正「日本のコンラッド――戦前日本のコンラッド受容について」『コンラッド研究』第2

号、2011)。

3. 1945〜1970年代：研究の進展、世界文学全集での翻訳

「書籍案内」には1940年代におけるコンラッド再評価を促した数点の研究書が挙げられているが、F. R. リーヴィス著『偉大な伝統——ジョージ・エリオット、ヘンリー・ジェイムズ、ジョウゼフ・コンラッド』(1948) を始め、これらの代表的研究書、およびアーノルド・ケトル著『イギリス小説序説』(1953) やアーヴィング・ハウ著『政治と小説』(1957) は、日本の英文学研究者・学生にも多くの影響を与えた。そのことは、1950年代〜60年代に大学用教材として良質の注釈本が刊行されたことからも窺える。これらは、長い目で見て、読者の広がりや研究の進展に貢献したであろう。岩崎民平の注釈による『青春』(大阪教育図書、1951)、朱牟田夏雄による『闇の奥』(研究社、1953) や『明日』(金星堂、1959) などは、精読を志すうえで、現在でも重宝な手引き書である。実際、1970年代のイギリス小説研究文献の総点数を見ると、毎年20〜30余点のコンラッド論文が刊行されており、最多のロレンスとハーディに続いて、ディケンズかコンラッドが3位という多さである (宮崎芳三他編『日本における英国小説研究書誌』)。1966年に「20世紀英米文学案内」シリーズ (研究社) の1冊として刊行された中野好夫編『コンラッド』は、この時点での日本におけるコンラッド研究の到達点を示している。

一般読者にも、コンラッド作品は目に触れやすい形で翻訳紹介されていった。戦後の邦訳は『文化果つるところ』(1953) から始まるが、これはイギリスでキャロル・リード監督によって『島の流れ者 (*An Outcast of the Islands*)』が映画化されたことと連動している。『ロード・ジム』の訳 (1965) が続いたのも、ピーター・オトゥール主演で映画化された時期と一致している。

1960年代〜70年代にコンラッドの主要作品のほとんどが翻訳出版されているが、それは複数の出版社による世界文学全集の隆盛と関係している。『ナーシサス号の黒人』(1967)、『ロード・ジム』(1967, 1978)、『西欧の眼の下に』(1970)、『勝利』(1967, 1971)、『ノストローモ』(1975) といった長編小説がこうした普及性のある形で翻訳出版されたことによって、一般読者および宮本輝や村上春樹など後の日本人作家によるコンラッドへの注目が可能になったと言えよう。また、中短編作品については、1950年代〜60年代に英宝社や南雲堂から短編集や対訳が出ていたが、1983年に『コンラッド中短篇小説集』(人文書院) として、既刊訳の再録および新訳を合わせた3巻本のまとまった形で読者に提供された意義は大きい。

4. 1980年代以降：海外における研究動向との連動

「書籍案内」にまとめられているように、欧米でのコンラッド研究は「作者の没後50年にあたる1974年が分水嶺をなしており」、この年、初めてのコンラッド

国際会議が開催された。1970年代のこうした海外の研究動向が共時的に日本での研究状況に反映されたとは言えないにしても、吉田徹夫著『ジョウゼフ・コンラッドの世界――翼の折れた鳥』（開文社出版）の刊行が1980年であることは、偶然ではなかろう。「コンラッドの標準的参考書として長く参照されるべき1冊」と評された本書は、きわめて充実した書誌を含み、この時期に海外でのコンラッド研究と日本国内での研究とが同じ土俵の上、少なくとも同じ時間軸の上に乗ったことを窺わせる。

続く1980年代のコンラッド研究は、ニューヒストリシズム、ポストコロニアリズムといったさまざまな批評理論の影響を受けながら、特に1978年のE・サイード著『オリエンタリズム』を機に、主に「闇の奥」を中心としたコンラッド作品への注目度が高まっていく。これと並行して、イギリスを中心に、網羅的な書簡集、標準的伝記、綿密なテキスト研究の刊行開始により、基礎的な研究文献の整備が体系的に進められ、研究環境は一新される。

こうした海外の研究動向をリアル・タイムで反映しながら、国内でのコンラッド関係の単著・論文も着実に増えていくが、ここでは、その後の研究の展開方向を示す論文として、度會好一「『闇の奥』と世紀末」（1985）（『世紀末の知の風景』［南雲堂、1992］に所収）のみを挙げておく。また、海外のコンラッド研究誌での掲載論文も徐々に増えていくが、中井亜佐子著 *The English Book and Its Marginalia: Colonial/Postcolonial Literatures after "Heart of Darkness"* (Rodopi, 1999) は、国外で刊行された日本人によるコンラッド研究書として最初の1冊である。

一方、本邦初訳ないしは新訳も継続して刊行されてきた。主な初訳タイトルとしては、木宮直仁訳『海の鏡――コンラッド海洋エッセイ集』（1991）、『コンラッド自伝――個人的記録』（1994）、社本雅信訳『帰宅』（1994）、『万策尽きて』（2006）などが挙げられる。入手しやすい文庫本の形で、中島賢二訳『西欧人の眼に』（1998）、同編訳『コンラッド短篇集』（2005）、土岐恒二訳『密偵』（1990）（以上岩波文庫）、井上義夫編訳『コンラッド短篇集』（ちくま文庫、2010）が現在流通している。特に新訳が待たれていた「闇の奥」は、岩清水由美子訳（2001）、藤永茂訳（2006）の後、黒原敏行訳（2009）が光文社古典新訳文庫で刊行された。最新の世界文学全集（河出書房新社）には、柴田元幸訳『ロード・ジム』が新訳で入った（2011）。これらには詳細な作家・作品解説が付されている場合が多く、研究成果を一般読者に伝えている。現在までに、コンラッド作品のうち、エッセイを除けば、長編小説と短編のそれぞれ数点以外のほぼ全タイトルが日本語に訳出されている。

最後に、この作家の名前を冠した年刊の機関誌『コンラッド研究』が、2009年、日本コンラッド協会から、イギリス、アメリカ、ポーランドの学会などと連携しながら創刊されたことを記しておく。（設楽　靖子）

索　引

〔ア　行〕

アインシュタイン、アルベルト　Albert Einstein (1879–1955) ──331

『アカデミーと文学』　*Academy and Literature*　1869年ロンドンで創刊された文学・芸術・科学のための定期刊行物 *The Academy* の後身。1902年に *Academy and Literature* と改名し、1905年の途中で再び誌名を *The Academy* に戻したりして、1916年まで継続した。──294

「明日」　'To-morrow'　1902年8月『ペルメル・マガジン』誌に掲載され、1903年短編集『「台風」その他の物語』に収録された。1904年、コンラッドはこれを『もう一日』というタイトルの一幕物の戯曲に仕立てた。やもめ暮らしのハグバード船長は隣家のむすめベッシー・カーヴィルを気に入っている。船長は、15歳で家を飛び出した船乗りの息子が「明日」帰り、ベッシーと結婚することを期待して、家具調度品をそろえるのに余念がない。そんな中、息子のハリーは16年ぶりに帰宅するが、遊ぶ金を無心するために立ち寄ったにすぎず、船長は息子を目の当たりにしながら息子と認めようとしない。ハリーは、父がベッシーと結婚させたがっていることを知り、再び放浪の旅に出る。視力を失った父を世話する日々に明け暮れ、ハリーに嫁ぐ日を心待ちにしていたベッシーは、結婚の夢破れて絶望の淵に沈む。船長はひたすら息子の「明日」の帰宅を信じつづける。──59, 70, 242

アスキス、ハーバート　Herbert Asquith (1852–1928)　イギリスの政治家。1908年から16年まで首相を務めた。──97

アダムズ、ジョン　John Adams (1775–1826)　アメリカの政治家。独立革命の指導者として活躍。第2代大統領 (在位 1797–1801)。──27

アチェベ、チヌア　Chinua Achebe (1930–)　ナイジェリアの作家。1975年マサチューセッツ州立大学で、コンラッドと「闇の奥」を批判した「あるアフリカのイメージ」という講演で物議をかもし、ポストコロニアル批評の旗手となった。──90, 91, 92, 93, 94, 95, 101, 139, 140, 295, 366, 367, 377

アポリネール、ギヨーム　Guillaume Apollinaire (1880–1918)　フランスの詩人。キュービズム、シュールレアリスムなどの前衛運動を指導した。──332

アリストテレス　Aristotle (384–322 B.C.)　古代ギリシアの哲学者。──151

「ある船の話」　'The Tale'　→　「実話」

アレント、ハンナ　Hannah Arendt (1906–75)　ドイツ出身のアメリカの政治哲学者。『革命について』(1963)。──142, 151–52, 154

アンウィン、T・フィッシャー　T. Fisher Unwin (1848–1935)　1882年に出版社を設立。1895年から98年にかけて、コンラッドの初期の作品『オールメイヤーの阿房宮』『島の流れ者』『不安の物語』を出版した。有望な新人作家を見つけ出し市場に送り出すという評判が高かった。──18, 47, 51, 53, 74, 75, 133, 326

アンダーソン、ロバート　Robert Anderson　ロンドン警視庁犯罪捜査課 (CID) の警視監。著書『アイルランド自治運動に関する側面的な情報』(1902) は、『密偵』に

影響を与えた。──173, 200

イェイツ、ウィリアム・バトラー　William Butler Yeats (1865–1939)　アイルランドの詩人・劇作家。1923年ノーベル文学賞受賞。──35, 332, 338, 350
イーグルトン、テリー　Terry Eagleton (1943–)　イギリスの文芸評論家・哲学者。マルクス主義文芸批評の第一人者。──89, 139, 294
イプセン、ヘンリック　Henrik Ibsen (1828–1906)　ノルウェーの劇作家・詩人。近代散文劇の父。『人形の家』(1873)、『ヘッダ・ガブラー』(1890)。──131
イームズ、アンドルー　Andrew Eames (1958–)　イギリスの新聞記者・旅行作家。──384
『陰影線』　The Shadow-Line　第一次世界大戦の勃発により、ポーランド訪問の日程を切り上げ帰英後ほどなく執筆をはじめて、1915年12月半ばに完成。出版は、2年後の1917年3月。邦訳に、朱牟田夏雄（『世界の文学24』［中央公論社 1971］所収）、奥村透（アポロン社、1980）、田中勝彦（八月舎、2005）がある。──31, 71, 107, 235–37, 246, 260, 261, 267, 269, 289, 331, 332, 339, 346
『イングリッシュ・レヴュー』　The English Review　イギリスの月刊文芸雑誌。フォード・マドックス・ヘファーが1908年12月創刊、主筆を1年あまり務めた。コンラッドをはじめ、ヘンリー・ジェイムズ、D. H. ロレンス、トマス・ハーディ、エズラ・パウンドなどが寄稿した。発行期間1908年12月～1937年。──57

ヴァイダ、アンジェイ　Andrzej Wajda (1926–)　「ワイダ」とも。ポーランドの映画監督。──384
ヴァレリー、ポール　Paul Valéry (1871–1945)　フランスの詩人・哲学者。──332, 368
ヴィニィ、アルフレッド・ド　Alfred de Vigny (1797–1863)　フランスの詩人・劇作家・小説家。──11
ヴィリエ・ド・リラダン　Villiers de 'L Isle-Adam (1838–89)　フランスの小説家・詩人。反俗孤高の姿勢に貫かれた独自の文学世界を展開した。──339
ウィルソン、エドマンド　Edmund Wilson (1895–1972)　アメリカの批評家。『アクセルの城』(1931)。──374
ヴェーバー、マックス　Max Weber (1864–1920)　ドイツの社会学者・経済史家。──156
ウェルギリウス　Virgil (70–19 B.C.)　ローマの詩人。トロイアの英雄アイネーアースを主人公とする、未完の叙事詩『アイネーイス』を著した。──82, 187, 188, 274
ウェルズ、H. G.　H. G. Wells (1866–1946)　イギリスの小説家・批評家・歴史家。空想科学小説で知られる。『タイムマシン』(1895)、『透明人間』(1897)、『世界史概観』(1920)。──18, 54, 67, 73, 79, 175, 367
ウェルズ、オーソン　Orson Welles (1915–85)　アメリカの俳優。「闇の奥」の映画化を予算不足で断念したあと、自ら監督、脚本を手がけた主演デビュー作『市民ケーン』(1941)でアカデミー脚本賞を受賞。──87, 385
ウォッツ、イアン　Ian Watts　→　ワッツ
ウォット、セドリック　Cedric Watt　→　ワット
ヴォルテール　Voltaire (1694–1778)　フランスの作家・啓蒙思想家。『カンディド』

(1759) は当時の社会を風刺したピカレスク小説。——81

ヴォルホフスキー、フェリックス　Felix Volkhovsky (1846–1914)　ロシアのジャーナリスト、革命家、作家。流刑先のシベリアを逃れ、ロンドンに亡命した。——178

ウォルポール、ヒュー　Hugh Walpole (1884–1941)　イギリスの小説家。コンラッドを敬愛した。『ジョウゼフ・コンラッド』(1916)。——31, 368

『海の鏡』　*The Mirror of the Sea*　コンラッドの、海・船・船乗りたちに対する自叙伝的回想記。1906年10月、出版。(『海の想い出』木宮直仁訳［平凡社ライブラリー、1995］)。——4, 244, 367

ウルフ、ヴァージニア　Virginia Woolf (1882–1941)　イギリスの女性小説家・評論家。「意識の流れ」を追求する内面描写に重きを置く小説を書いた。小説『船出』(1905)、『ダロウェイ夫人』(1925)、『灯台へ』(1927)、『波』(1931)、評論『一般読者』(1925)。——33, 88, 332, 338, 340, 342, 344, 345, 353, 354

ウルフ、レナード　Leonard Woolf (1880–1969)　イギリスの作家・社会改良家。1912年レズリー・スティーヴンの娘ヴァージニアと結婚し、1917年以来、出版社ホガース・プレスを経営。——342

『運命』　*Chance*　『闇の奥』や『ロード・ジム』の語り手マーロウが登場する最後の作品。入れ子構造の複雑な語りの手法を用いて、詐欺罪に問われて破産した資産家を父に持つ、フローラ・ド・バラールと夫アンソニー船長との関係が語られる。当初、この小説は1905年に 'Dynamite' という短編として構想されていたものの、長い執筆中断があった。その後、1912年1月から6月30日にかけて『ニューヨーク・ヘラルド』紙に連載された。単行本は、アメリカではダブルデイ社から1913年10月に、イギリスではメシューエン社から1914年1月にそれぞれ出版された。——30, 50, 60, 97, 237–40, 243–45, 250, 259, 261, 332, 342

『英国評論』　*The English Review*　→　『イングリッシュ・レヴュー』

「エイミー・フォスター」　'Amy Foster'　1901年5月末から6月初旬にかけて執筆、同年12月に週刊紙 *Illustrated London News* に連載されたのち、1903年発行の短編集『台風』その他の物語』に収録される（佐伯彰一の訳により、『潟、エイミィ・フォスター』［英宝社、1956］所収；中島賢二訳『コンラッド短編集』［岩波文庫、2005］所収）。——6, 8, 49, 52, 54, 55, 59, 61, 63, 67, 68, 131

エプスタイン、ジェイコブ　Jacob Epstein (1880–1959)　アメリカ生まれで、イギリスで活躍した彫刻家。——366

エマソン、ラルフ・ウォルドー　Ralph Waldo Emerson (1803–82)　アメリカの詩人・哲学者。——106

エリオット、ジョージ　George Eliot (1819–80)　イギリスの作家。『フロス河畔の水車小屋』(1860)、『サイラス・マーナー』(1861)、『ミドルマーチ』(1871–72)。——107, 333, 334, 335, 336, 347

エリオット、T. S.　T. S. Eliot (1888–1965)　アメリカ生まれのイギリスの詩人・劇作家・評論家。季刊評論誌『クライテリオン』を1923年から1939年にかけて編集。1948年ノーベル文学賞受賞。詩『荒地』(1922)、『四つの四重奏曲』(1944)、詩劇『カクテル・パーティ』(1950)、評論『聖なる森』(1920)。——33, 86, 87, 88, 332, 334, 338, 343, 346, 369, 370

エリソン、ラルフ Ralph Ellison (1913–1994) アメリカの作家・研究者。小説『見えない人間』(1952)。——363

「追い詰められて」 ‘The End of the Tether’ → 「万策尽きて」
『黄金の矢』 *The Arrow of Gold* 1918年に短期間で完成、翌年ロンドン、ニューヨークで単行本として出版された小説。第三次カルリスタ戦争が行われていた1870年代なかばのマルセイユを舞台に、カルロス主義者であるドーニャ・リータという女性と、主人公かつ語り手である若き船乗りムッシュー・ジョルジュとの恋愛・別離が物語の主軸をなすが、ブラント大尉、オルテガ、リータの姉テレーズなど複数の人物のリータに対する見方により、リータの謎めいた魅力を際立たせようとしている。——14, 243–46, 251, 256, 259, 372, 376
オーデン、W. H. W. H. Auden (1907–73) イギリス生まれのアメリカの前衛詩人・劇作家。長編詩『不安の時代』(1947)。——212
オニール、ユージン Eugene O’Neill (1888–1953) アメリカの劇作家。1936年にノーベル文学賞を受賞。——345
オハンロン、レッドモンド Redmond O’Hanlon (1947–) イギリスの文筆家・旅行作家。——384
オーブリー、ジャン Jean-Aubry → ジャン＝オーブリー
『オールメイヤーの阿房宮』 *Almayer’s Folly* コンラッドの最初の小説。1889年の秋に執筆にかかり、航海中も原稿を携え、1894年5月ロンドンで書き上げた。トム・リンガードが登場するマレー三部作の第一作であるが、作品舞台の時系列からすれば最後の作品にあたる。25年間ボルネオ島サンバーで苦しい生活を強いられてきたオールメイヤーは、金鉱探しの事業を成功させたのち、マレー人の妻とのあいだにできた娘ニーナを伴って母国オランダに帰り、裕福な生活を娘と一緒に送ることを夢見るが、ニーナに拒絶され、絶望し、孤独を紛らすためにアヘンを吸引し死んでいく。田中勝彦訳 (八月舎、2003) がある。——6, 16, 18, 19, 50, 72, 106, 172, 260, 267, 269, 302, 303, 306, 307–8, 387, 391

〔カ 行〕

カイザー、ヴォルフガング Woltgang Kayser (1906–1960) ドイツの文芸批評家。『言語芸術作品』(1948)。——277
「怪物」 ‘The Brute’ 短編集『六つの物語』に収められた一編。1906年完成、翌年ロンドンの日刊新聞『デイリー・クロニクル』12月5日号に掲載された。航海のたびに怪物と化して人間の命を奪い、最後は、見張り番の高級船員が女に見とれていたために座礁する船に関する物語。——59
「ガスパール・ルイス」 ‘Gaspar Ruiz’ 『ノストローモ』の完成後間もない1904年の終わりごろに執筆をはじめ、1905年10月に完成。1906年に『ペルメル・マガジン』誌の7〜10月号に連載されたのち、短編集『六つの物語』(1908) に収録される。スペイン統治からの独立をめざす戦いを繰り広げた南米チリを舞台に、政治的信念をもたない怪力無双の善良な若者が、政治と革命に翻弄され、最後は王党派の妻の敵討ちに力を貸し命尽きる物語。ガスパール・ルイスの生涯は「まきこまれた」男の悲劇である (佐伯彰一)。この「ロマンティックな話」(副題) は、語り手サンティエラ将軍の話を聞き手の一人が報告するという二重構造の形で進行

する（邦訳は、増田義郎訳が『潟、エイミィ・フォスター』［英宝社、1956］に所収；『コンラッド短編集』中島賢二訳［岩波文庫、2005］に所収）。　——45, 59, 384
「潟《かた》」 ‘The Lagoon’ → 「潟湖《せきこ》」
ガーネット、エドワード　Edward Garnett (1868–1937)　イギリスの文芸評論家、出版顧問。コンラッドの、特に初期の作家活動に強い影響力を与えた。——18, 19, 32, 50, 53, 60, 85, 137, 177, 206, 294, 313, 321, 324, 368, 375
ガーネット、コンスタンス　Constance Garnett (1862–1946)　エドワード・ガーネットの妻。ロシア文学の翻訳者。コンラッドとは1895年、夫を通じて初めて会った。——53, 137, 375
カフカ、フランツ　Franz Kafka (1883–1924)　チェコ、プラハ生まれのユダヤ系ドイツ語作家。実存主義文学の先駆者。『変身』(1915)、『審判』(1925)、『城』(1926)。——86, 88, 290, 332, 334, 357
カーペンター、エドワード　Edward Carpenter (1844–1929)　イギリスの著述家、社会改革家。詩『民主主義を目指して』(1883–1902)。——79
カーモード、フランク　Fank Kermode (1919–　)　イギリスの文芸批評家。『終わりの意識』(1968)。——208, 229, 349, 357, 359
「カライン——ある思い出」 ‘Karain: A Memory’ 「潟湖《せきこ》」と同じく裏切りをテーマとする短編。1897年2月に完成、同年『ブラックウッズ・エジンバラ・マガジン』誌に連載されたのち、1898年に短編集『不安の物語』に収録される。ミンダナオ島に武器弾薬を調達していた3人のイギリス人が、カラインという王《ラージャ》の口から過去に殺《あや》めた友人の亡霊におびえているとの告白を受けたとき、3人のうちの一人が、ヴィクトリア女王の彫像を彫った6ペンス硬貨をお守りとして与え、カラインを恐怖から解放するという話。物語は、「私」という名前を明かされていない語り手が、カラインから聞いた話を、数年後ロンドンで回想するという枠形式を採っている（『コンラッド海洋小説傑作集』奥村透訳［あぽろん社、1980］所収）。——52, 55, 59, 60, 310, 311
ガリバルディ、ジュゼッペ　Giuseppe Garibaldi (1807–82)　イタリアの将軍。1834年マッツィーニの率いる青年イタリア党に入党。36年南アメリカに渡り、ブラジルの革命運動に参加して有名になる。48年帰国。60年義勇兵を率いて両シチリアを占領し、サルジニア王に献上、イタリア統一に貢献した。——138, 144, 145, 154, 155
カール、リチャード　Richard Curle (1883–1968)　イギリスの作家、編集者、ジャーナリスト。コンラッドとの最初の出会いは1912年、以後親しい友人となった。交友録『ジョウゼフ・コンラッドの最後の12年間』(1928)。——31, 256
カルヴィーノ、イタロ　Italo Calvino (1923–1985)　イタリアの小説家・評論家。——363, 373
ガルシア・マルケス、ガブリエル　Gabriel García Márquez (1928–　)　コロンビアの作家。1982年にノーベル文学賞を受賞。『百年の孤独』(1967) など。——381, 382
ガルネレ、アンブロワーズ=ルイ　Ambroise-Louis Garneray (1783–1857)　フランスの海洋画家・海洋小説家。——12
カルペンティエール、アレホ　Alejo Carpentier (1904–80)　キューバの小説家・音楽学者。独裁政権に反対してフランスに亡命し、シュールレアリスムの影響を受けた。革命後に帰国。『失われた足跡』(1953)。——381

『聞き書き集』 Tales of Hearsay　コンラッドの7番目の短編集で、コンラッドの没後 1925年T・フィッシャー・アンウィンにより出版された。カニンガム・グレアムがこの短編集に題名をつけ、序文を書いている。「武人の魂」「プリンス・ローマン」「実話」「黒い髪の航海士」の4編が収められている。──巻末 10

「帰宅」 'The Return'　1898年4月出版の短編集『不安の物語』に収められた短編の一つ。ロンドンの金融街シティで働くビジネスマンとその妻との断絶をテーマにした象徴性に富む物語（『万策尽きて　ほか一編』社本雅信訳［リーベル出版、2006］所収）。──51, 53

キーツ、ジョン　John Keats (1795–1821)　イギリスのロマン派詩人。──356

ギッシング、ジョージ　George Gissing (1857–1903)　イギリスの作家。下層中産階級・労働者階級の生活のための悲劇を、リアリズムの手法で厭世的に描く多くの長編小説を書いた。小説『新グラブ・ストリート』（1891）。──335, 336

キッド、ベンジャミン　Benjamin Kidd (1850–1916)　イギリスの社会学者。『社会進化論』（1894）、『熱帯の支配』（1898）。──304, 305, 308, 311

キプリング、ラドヤード　Rudyard Kipling (1865–1936)　インド生まれのイギリスの小説家、詩人。当時の帝国主義の風潮と異国趣味に応え、インドを背景にした小説を数多く書いた。1907年ノーベル文学賞受賞。詩「白人の重荷──合衆国とフィリピン諸島」（1899）、小説『ジャングル・ブック』（1894）。──18, 78, 79, 316, 318, 374

ギボン、パーシヴァル　Perceval Gibbon (1879–1926)　イギリス、ウェールズの小説家、ジャーナリスト、詩人。コンラッドの友人。商船員として働いた後、作家となる。──242

ギャリー、ロマン　Romain Gary (1914–80)　フランスで活躍した作家・映画監督。──372, 380

キャンベル、ジョウゼフ　Joseph Campbell (1904–87)　アメリカの比較神話学者。『神の仮面──西洋神話の構造』全4巻（1962–68）。──51

『救助』（「救助者」）　The Rescue ('The Rescuer')　「マレー三部作」と呼ばれる長編の一つ。1896年3月に「救助者」という題で執筆を始めたが、完成に20年以上を要し、出版は1920年。この小説は『オールメイヤーの阿房宮』『島の流れ者』に登場するトム・リンガードの全盛期を扱っている。リンガードは、カリマタ海峡内の砂洲で座礁したヨットの救出に携わるうちに、ヨットの持ち主の夫人を好きになる。この恋の目覚めが、マレー人の友人ハッシムとイマダの立場を苦境に陥れ、果てには非業の死に追いこむことになる。東洋人と西洋人との間の信義と裏切りという問題を多様な人物の行動を通して追求した作品である。1929年に映画化された。──19, 30, 46–47, 50, 106, 109–10, 131, 142, 257, 307

ギロン、アダム　Adam Gillon　ポーランド生まれのアメリカのイギリス文学者・文芸評論家・作家。『ジョウゼフ・コンラッド』（1982）。──375, 376

キーン、W. B.　W. B. Keen (?–?)　文学界に属さないコンラッドの長年の友人の一人。「青春」「闇の奥」に登場する会計士のモデル。1891年、コンラッド、ホープ、キーン、メアーズは小型帆船ネリー号でテムズ川河口の帆走を楽しんだ。──83

キングズリー、メアリー　Mary Kingsley (1862–1900)　イギリスのアフリカ探検家、ガボンを訪れた最初のヨーロッパ人。『西アフリカ紀行』（1897）、『西アフリカ研究』（1899）──300

クック、ジェイムズ　James Cook (1728–79)　イギリスの航海者、通称「キャプテン・クック」。オーストラリア・ニュージーランド・南極大陸を探検した。——296, 306

グナティラカ、D.C.R.A.　D.C.R.A. Goonetilleke (1938–)　スリランカのイギリス文学者。『イギリス小説における発展途上国』(1977)。——295, 307, 318, 319

クーパー、ジェイムズ・フェニモア　James Fenimore Cooper (1789–1851)　アメリカの小説家。独立戦争・辺境開拓地・海洋を背景とした多くの小説を書いた。——12, 334, 338

クライン、ジョルジュ・アントワーヌ　Georges Antoine Klein (?–1890)　コンラッドが一時的に船長を務めたベルギー王号 (Roi des Belges) に乗り合わせた若い駐在員。重病人としてスタンリー滝の出張所から運び込まれたが、レオポルドビルを過ぎたところで死亡、近隣の村に埋葬された。——83

クラーク、ドーラ　Dora Clarke (1895 頃 –?)　イギリスの女性画家・彫刻家。アフリカ人の頭部のスケッチ画・彫刻で独自性を発揮した。——366, 388

クリフォード、ジェイムズ　James Clifford (1945–)　アメリカの人類学者。『文化の窮状』(1988)。—— 321

グリーン、グレアム　Graham Greene (1904–91)　イギリスの小説家。罪とか罪悪の主題をスリラー的手法で追求する独自の作風を確立した。『権力と栄光』(1940)、『第三の男・落ちた偶像』(1950)、『情事の終わり』(1951)、『燃え尽きた人間』(1960) など。——87, 88, 363, 371, 372, 373, 382, 383

グリーン、マーティン　Martin Green (1927–)　イギリス生まれのアメリカの作家・ポストコロニアル理論家。『冒険の夢、帝国の行為』(1979)。——296

グレアム、R. B. カニンガム　R. B. Cunninghame Graham (1852–1936)　スコットランドの政治家、作家、ジャーナリスト。コンラッドとの初めての出会いは 1897 年で、以降コンラッドの生涯にわたる友人になった。『幻のエル・ドラード』(1901)。——18, 79, 101, 138, 150, 170, 171, 177, 179, 318, 325, 327, 331, 368

クレイン、スティーヴン　Stephen Crane (1871–1900)　アメリカの小説家・詩人・新聞記者。コンラッドと初めて会ったのは、1897 年 10 月、ギリシア–トルコ戦争の取材活動からロンドンに着いたときであった。——18, 51, 79, 339, 367

「黒い髪の航海士」 'The Black Mate'　創作時期をめぐって、作家コンラッドと妻ジェッシーとのあいだで異論のある作品。作家の記憶によれば、もともとは 1886 年に大衆新聞 *Tit-Bits* が開催した賞金つきの「船乗りのための特別賞」と銘打った懸賞小説に応募した短編。この短編は、『西欧の眼の下に』の執筆が滞る中で拡充されて、1908 年 4 月の『ロンドン・マガジン』誌に掲載された。のちに、没後出版の短編集『聞き書き集』(1925) に収められる。若白髪の青年バンターは、老人と間違えられて仕事に就けないので、髪を黒く染めて航海士として雇われる。だが、航海中に嵐に遭って毛染めの瓶を割ってしまう。バンターは、幽霊に出会いあまりの怖さで髪が白くなった、と船長に嘘をついて窮地を脱する。——59, 376

クロポトキン、ピョートル　Piotr Kropotkin (1842–1921)　ロシアの貴族、無政府主義者・地理学者。『ある革命家の手記』(1899)。——178

ケースメント、ロジャー　Roger Casement (1864–1916)　アイルランドの民族主義者・人権活動家。コンゴ自由国で行われている現地人への残虐行為をイギリス政

府に報告した。コンラッドは 1890 年コンゴ川河口近くのマタディでケースメントに初めて会った。――94, 101, 295, 324

ゲッディス、ゲアリ　Gary Geddes (1940–)　カナダの詩人。『コンラッドの後期小説』(1980)。――234, 235, 252, 262

「決闘」　'The Duel'　コンラッドのナポレオン時代を舞台にした最初の小説。1908 年 1 月から 5 月にかけて『ペルメル・マガジン』誌に連載され、のちに、短編集『六つの物語』(1908) に収録された。フランス軍に所属する二人の騎兵隊士官のあいだで 16 年間にわたり繰り返される決闘に関する物語。――70, 386

ゲラード、アルバート・J　Albert J. Guerard (1914–2000)　アメリカの批評家、小説家、イギリス文学者。『小説家コンラッド』(1958)。――174, 200, 234, 289, 290, 359

ケルヴィン卿　Lord Kelvin (1824–1907)　イギリスの物理学者。本名のウィリアム・トムソンにちなんだトムソンの原理で、熱力学第二法則を導いた。これにより、エントロピー増大による地球の「熱的死」を予言した。――78, 100

コジェニョフスキ、アポロ　Apollo Korzeniowski (1820–69)　コンラッドの父。――10, 12, 82, 205, 217, 229, 298

コジェニョフスキ、エヴァ　Ewa Korzeniowski (1832–65)　旧姓ボブロフスカ Bobrowska. コンラッドの母。――10, 205

コシンスキ、イェジ　Jerzy Kosinski (1933–91)　「コジンスキ (ー)」とも。ポーランド生まれのアメリカの作家。――380, 389

『個人的記録』　*A Personal Record*　『イングリッシュ・レヴュー』誌に 1908 年 12 月創刊号から翌年 6 月号まで『いくつかの思い出』(*Some Reminiscences*) との題名でエッセイが連載され、1912 年 1 月同じ題名で「くだけた序文」を加え単行本として出版された。同年、アメリカのハーパー社は『個人的記録』と題名を改めて出版。1916 年以降はすべての版で『個人的記録』という題名が採用された。この回想記には、コンラッドの最初の小説『オールメイヤーの阿房宮』執筆にまつわるエピソード、オールメイヤーに会ったときの思い出、二等航海士、一等航海士、船長資格試験を受験した時の記述、マルセイユ時代の思い出、「英語で小説を書かなかったら、一切書くことはなかったろう」といった感想などが含まれている (邦訳に、『コンラッド自伝』木宮直仁訳 [鳥影社、1994] がある)。――4, 11, 22, 37, 84, 114, 143, 188, 195, 204, 228, 244, 296, 298, 367

『コズモポリス』　*Cosmopolis*　発行期間 1896 年 1 月～98 年 11 月。国際政治、歴史、文学など、幅広いジャンルを扱ったイギリスの月刊評論雑誌。コンラッドの「進歩の前哨所」を 1897 年 6 月～7 月に分割掲載した。――53, 56

コックス、C. B.　C. B. Cox　イギリスの文学者。『ジョウゼフ・コンラッド――現代人の想像力』(1974)。――86

コッポラ、フランシス・フォード　Francis Ford Coppola (1939–)　アメリカの映画監督、プロデューサー、脚本家、作曲家。ジョン・ミリアス脚本、「闇の奥」を原作とする『地獄の黙示録』(1979) でカンヌ・グランプリを受賞。――85, 349, 384, 385

ゴールズワージー、ジョン　John Galsworthy (1867–1933)　イギリスの小説家・劇作家。自由主義的改良主義の立場から、資産階級の物欲を批判的に描いた。『フォー

サイト家物語』(1922)。——18, 22, 23, 169, 177, 339, 367

コールリッジ、サミュエル・テイラー　Samuel Taylor Coleridge (1772–1834)　イギリスの詩人、批評家。「老水夫行」はワーズワスとの共著『抒情民謡集』(1798) に収められている。——81

コロンブス、クリストファー　Christopher Columbus (1471–1506)　イタリア生まれの航海者。1492 年アメリカ大陸に上陸。——139, 144, 150, 151

『コーンヒル・マガジン』 *The Cornhill Magazine*　発行期間 1860〜1975 年。サッカレーを主筆として創刊、ギャスケル、ジョージ・エリオット、ハーディ等の小説を連載し、テニスン、ロバート・ブラウニング、ラスキンなども寄稿した、質の高い文芸雑誌。——50, 56, 71

コンラッド、ジェッシー　Jessie Conrad (1873–1936)　作家コンラッドの妻。旧姓ジョージ (George)。コンラッドとは 1894 年に初めて会った。コンラッドとの間に二人の息子ボリス (1898 年生まれ) とジョン (1906 年生まれ) をもうけた。『私の知っていたジョウゼフ・コンラッド』(1926)、『ジョウゼフ・コンラッドとその仲間』(1935)。——5, 6, 7, 16, 28, 38, 368

コンラッド、ボリス　Borys Conrad (1898–1978)　コンラッドの長男。『私の父——コンラッド』(1970)。——31

〔サ　行〕

『最後の随筆集』 *Last Essays*　主に 1921 年以降に新聞・雑誌などに発表したエッセイ、雑誌社にあてた手紙、その他多様なノンフィクションの書き物 20 編を、リチャード・カールが編集し、これに序文をつけた評論集。コンラッド没後の 1926 年 3 月に J. M. デント社から出版された。海洋や帆船時代に関するエッセイ、本書の第 5 章で言及される「地理学と探検家たち」、交遊録「スティーヴン・クレイン」「ジョン・ゴールズワージー」、「闇の奥」との関連で興味深い 1890 年執筆の「コンゴ日記」('The Congo Diary') などが収録されている。——82, 150, 296

サイード、エドワード　Edward Said (1935–2003)　アラブ系パレスチナ人の比較文学者、文芸評論家。ポストコロニアル理論を確立した。『オリエンタリズム』(1978)、『文化と帝国主義』(1993) など。——72, 139, 140, 145, 149, 151, 156, 162, 163, 297, 322, 358, 378

サーヴァン、C. P.　C. P. Sarvan　ザンビアの文学者。タミル語による文学を支援。——93, 94, 101

『サヴォイ』 *The Savoy*　1896 年 1 月、アーサー・シモンズがビアズリーを絵画部主任として創刊した、イギリスの純芸術雑誌。同年 12 月、第 8 号で終刊。寄稿者に上記 2 人のほか、コンラッド、E・ダウソン、イェイツなどがいた。——51

サザーランド、J. G.　J. G. Sutherland (1871–?)　中立国ノルウェーの国旗を掲げ商船に見せかけたブリガンティン型帆船の英国軍艦レディ (Ready) 号の艦長。第一次世界大戦中の、1916 年 11 月 6 日から 17 日にかけてコンラッドを乗せて北海を哨戒した。『ジョウゼフ・コンラッドと一緒の航海記』(1922)。——369

『サスペンス』 *Suspense*　ナポレオンがエルバ島を脱出する直前の、1815 年における政情不安なジェノヴァを舞台に、英国人貴族の青年コズモ・レイザムが巻き込まれる社交界での恋愛沙汰、革命派との危険な接触を描く小説。題材自体はコンラッドが 20 年以上あたためてきたものだったが、未完に終わった。——30, 142, 243,

256–58, 260, 262, 388, 390

『サタデイ・レヴュー』 *The Saturday Review* イギリスの政治・文学・科学・芸術の評論を中心とした週刊誌。1855 年から 1938 年まで発行を続けた。寄稿者にアンソニー・トロロプ、H. G. ウェルズ、ジョージ・バーナード・ショー、マックス・ビアボームなどがいる。——229, 318

サッカレー、ウィリアム・メイクピース William Makepeace Thackeray (1811–63) イギリスの作家。小説『虚栄の市』(1847) など。——113, 336

ザビェロフスキ、ステファン Stefan Zabierowski (1940–) ポーランドのコンラッド研究家。——373

サミュエルズ、H. B. H. B. Samuels (1860–1933) マルシャル・ブルダンの義理の兄。——171

サーレフ、タイーブ Tayyib Sālih (1929–2009) スーダン共和国の作家。小説『北へ遷りゆく時』(1969)。——378

サン＝ジョン・ペルス St.-John Perse (1887–1975) フランスの詩人・外交官。1960 年ノーベル文学賞受賞。「風」(1946)。——368

サンダーソン、エドワード・L Edward L. Sanderson (1867–1939) 1893 年 3 月、ゴールズワージーと連れ立って南海に R. L. スティーヴンソンを探す (徒労の) 旅に出たが、その旅を終えて、帆船トレンズ号でオーストラリアからヨーロッパへ帰る途中、当時一等航海士であったコンラッドと初めて会った。この出会いをきっかけに、コンラッドとの安定した交友関係が長くつづいた。——18

シェイクスピア、ウィリアム William Shakespeare (1564–1616) 幼少時代、父による『間違いの喜劇』と『ヴェローナの二紳士』の翻訳が手近なところにあって、コンラッドはこれを読んだことがあるかもしれない。当時のヨーロッパ文化に占めるシェイクスピアの影響力は大きく、1878 年、コンラッドがイギリスに上陸する以前には、何らかの形で、シェイクスピアを読んでいたと推測される。1914 年 3 月には、A. C. ブラッドリーの『シェイクスピアの悲劇』を読んだ。コンラッドの作品の中では、『ロード・ジム』がシェイクスピアの影響をもっとも強く受けていると言われる。また、デイヴィッド・ロッジをはじめ多くの評論家は、『勝利』の主題設定に『テンペスト』との類似性を指摘する。——11, 77, 97, 98, 132, 133, 188, 226, 242

ジェイムズ、ウィリアム William James (1842–1910) アメリカの心理学者・哲学者。ヘンリー・ジェイムズの兄。——331

ジェイムズ、ヘンリー Henry James (1843–1916) アメリカ生まれのイギリスの作家。英米心理主義小説の先駆者。コンラッドとは 1897 年 2 月ロンドンで初めて会い、その後友好的な関係が続いた。『デイジー・ミラー』(1878)、『ある貴婦人の肖像』(1881)、『ねじの回転』(1898)。——16, 18, 32–33, 34, 44, 45, 47–48, 71, 79, 111, 231, 238, 245, 335, 339, 340, 341, 342, 358, 367, 371, 372, 382

ジェイムソン、フレドリック Fredric Jameson (1934–) アメリカの文芸評論家・マルクス主義政治理論家。『政治的無意識』(1981)、『ポストモダニズム、あるいは後期資本主義の文化的ロジック』(1991)。——139, 145, 149, 153, 161, 162, 163

ジェファソン、トマス Thomas Jefferson (1743–1826) アメリカの第 3 代大統領 (在任 1801–09)。生来の文才と相俟って「独立宣言」の起草者と称せられるにいたっ

た。――162

シェリー、ノーマン　Norman Sherry (1935–　)　アメリカの文学者。イギリス生まれ。コンラッド研究のスタンダードといえる 3 冊『コンラッドの東洋世界』『コンラッドの西洋世界』『コンラッドと彼の世界』のほか、グレアム・グリーンの伝記で著名。――83, 384

『ジェントルマンズ・ジャーナル』　*Gentleman's Journal*　発行期間 1909〜10 年。カナダの詩人ブリス・カーマンが主筆を務めたアメリカ、ニューヨークの新聞。コンラッドは 1909 年 6 月にカーマンから同紙への寄稿を求める手紙を受け取った。――55

シェーンベルク、アルノルト　Arnold Schönberg (1874–1951)　オーストリアの作曲家。無調の音楽、十二音技法を創始。1933 年アメリカに亡命。――332

『潮路の中に』　*Within the Tides*　1911 年から 1914 年にかけて雑誌に掲載された物語を収め、「作者覚書」を加えて、1915 年に出版された中短編集。「マラタ島の農園主」「パートナー」「二人の魔女の宿」「ドルがあったばっかりに」の 4 編で成り立っている。このうち、「マラタ島」と「ドルが」には、形式と主題の点で、この時期に書かれた『勝利』との類似点がいくつか見出される。――30

ジオンゴ、グギ・ワ　Ngugi Wa Thiong'o (1938–　)　ケニアの作家。1970 年代後半からケニアの民主化を唱え、反体制作家として迫害を受ける。『一粒の麦』(1967)、『血の花弁』(1977)。――88, 93, 101, 322, 378

シクロフスキー、ヴィクトル　Victor Shklovsky (1893–1984)　ロシア・フォルマリズムの文芸評論家。――365

シチェパニスキ、ヤン・ユゼフ　Jan Józef Szczepański (1919–2003)　ポーランドの作家。ポーランド作家同盟の最後の議長。戒厳令当局による作家同盟解体に反対して最後まで戦った。――383

ジッド、アンドレ　André Gide (1869–1951)　フランスの小説家・批評家。既成の宗教や道徳からの人間性の解放を追求。コンラッドとは 1911 年 7 月にキャペル・ハウスで初めて会った。その後 10 年にわたり、コンラッド作品を自身で、あるいは編集責任者として、フランス語に翻訳する仕事を推進した。『背徳者』(1902)、『狭き門』(1909)、『法王庁の抜け穴』(1914)、『コンゴ紀行』(1927) 等。――31, 35, 332, 363, 368, 373

「実話」　'The Tale'　1917 年『ストランド・マガジン』誌に発表され、コンラッドの没後出版された短編集『聞き書き集』(1925) に収められた短編。コンラッド得意の枠構造の語りを使用する。名前の示されない男女が室内で会話している。女にせがまれた男は、第一次大戦中のある軍艦の話をする。艦長は中立船を発見し船長と話すが、敵船の偽装ではないかと疑い、正体を暴こうとわざと危険な航路を教える。しかし中立船はその指示に従って航行し、乗員ごと沈没する。語り終えると男はその艦長が自分であると女に明かし、女の同情を振り切って部屋を出て行く。コンラッドらしい不確実性、曖昧性に満ちた佳品。(『コンラッド短編集』井上義夫編訳［ちくま文庫、2010］に「ある船の話」として収録)。――267

「姉妹たち」　'The Sisters'　コンラッドの未完の長編小説。『オールメイヤーの阿房宮』『島の流れ者』に次ぐ第 3 作目の小説として 1895 年の秋に着手したが、96 年 3 月ガーネットの助言を受けて、執筆を断念した。この断片には、7 つの章が含まれていて、2 つのつながらない物語で成立している。最初の 4 章においては、若い画家

スティーヴン (Stephen) が、人生の「信条」を求めて、祖国ルテニアを去り、ヨーロッパを放浪した挙句、パリに落ち着く。残り3章では、もう1つの物語が展開して、そこでは北スペインのバスク出身のリータ・オルテガが、両親を亡くしたので、姉とともにパリに住むおじの世話になっている姿が描かれる。この作品はズジスワフ・ナイデル編の『コンゴ日記と未収録の作品』(1978) に収録されている。——46, 47, 244, 245

『島の流れ者』 *An Outcast of the Islands* 長編小説第二作目。1894年8月に執筆を始め、翌年9月に書き上げた。単行本は1896年3月にイギリスのT・フィッシャー・アンウィン社より、同年8月にアメリカのアプルトン社より出版された。本小説は『オールメイヤーの阿房宮』『救助』と並んでトム・リンガードが登場するマレー三部作のうちの一つであり、作品舞台の時系列では三作品の中間に当たる。オランダ人ペーテル・ヴィレムスがセレベス島マカッサルで犯した罪から逃れ、ボルネオ島サンバーに再生の機会を求めるが叶わずに破滅する過程を、マレー人の女アイーサとの愛欲生活、ヴィレムス自身の人種差別意識、イギリス・オランダ間で繰り広げられる政治・経済上の覇権争いなどと絡み合わせて描く(『文化果つるところ』蕗沢忠枝訳、角川文庫、1953、復刊1989)。——18, 47, 50, 51, 106, 107, 260, 269, 307-9, 377, 385

シムノン、ジョルジュ Georges Simenon (1903–89) フランス語で作品を書いたベルギーの推理小説作家。探偵メグレ警視を創造した。300点以上の作品を書いた多作家。——174

ジャン=オーブリー、G. G. Jean-Aubry (1882–1950) フランスの文学者。コンラッドの最初の伝記作者。アンドレ・ジッドの紹介で、コンラッドとは1918年5月に初めて会った。『ジョウゼフ・コンラッド——伝記と書簡』2巻 (1927)、伝記『海を夢見る人』(1957)。——31, 33, 368

ジャンモハメド、アブドゥル Abdul JanMohamed アメリカのポストコロニアル研究家、「鏡面型境界知識人」(specular border intellectual) の概念を提唱した。論文「マニ教的アレゴリーの経済」(1985)。——307

シュウォーツ、ダニエル・R Daniel R. Schwarz (1941–) アメリカのイギリス小説研究家。『コンラッド——「オールメイヤーの阿房宮」から「西欧の眼の下に」まで』『コンラッド——後期小説』——174, 236, 237

ジュベール、ジョン John Joubert (1927–) 南アフリカ生まれのイギリスの作曲家。「交響曲第1番」(1955)、「西欧の眼の下に」(1968)。——366

ショー、ジョージ・バーナード George Bernard Shaw (1856–1950) アイルランド生まれのイギリスの劇作家。コンラッドの劇『もう一日』を気に入った。ノーベル文学賞受賞。『人と超人』(1903)、『ピグマリオン』(1912)。——54, 79

ジョイス、ジェイムズ James Joyce (1882–1941) アイルランドの小説家・詩人。人間の内面を意識の流れによって描き、20世紀の文学に大きな影響を与えた。『ダブリンの人びと』(1914)、『若き芸術家の肖像』(1916)、『ユリシーズ』(1922)、『フィネガンズ・ウェイク』(1939) など。——17, 33, 35, 86, 190, 261, 290, 332, 334, 338, 345, 346, 347, 348, 355, 357, 388

ショインカ、ウォレ Wole Soyinka (1934–) ナイジェリアの詩人、戯曲家。戯曲『路』(1973)。——323

ショウォールター、エレイン Elaine Showalter (1941–) アメリカの文学者。フェ

ミニズム批評で知られる。――90

『勝利』 *Victory* もともとは 1912 年ごろに「ダラーズ」('Dollars') という短編で構想されたのち、1914 年 6 月に草稿が完成された。のち雑誌掲載としては、アメリカでは 1915 年 2 月に『マンシーズ・マガジン』誌にて、イギリスでは同年 8 月 24 日から 11 月 9 日にかけて『スター』誌にて登場した。単行本は、アメリカでは 1915 年 3 月 26 日にダブルデイ社から、イギリスでは同年 9 月 24 日にメシューエン社から出版された。――30, 49, 240-42, 243, 245, 252, 254, 261, 267, 307, 316, 331, 332, 333, 334, 339, 346, 349, 351, 372, 373, 384, 385

『勝利』(舞台用脚色) *Victory* コンラッドの舞台装置、衣装、役作りに関しての提案を取り入れつつ、ベイジル・マクドナルド・ヘイスティングズ (Basil Macdonald Hastings) が、小説『勝利』を劇にしたもの。1919 年 3 月 26 日から 7 月 6 日にかけて、ロンドンのグローブ座で 80 回を越える上演がなされて、コンラッドの劇作品としては商業的にもっとも成功したものとなった。脚本は Richard J. Hand による編集で、*Conrad's Victory: The Play and Reviews* (Amsterdam/New York: Rodopi, 2009) に収録されている。――30, 261

ショーペンハウアー、アルトゥール Arthur Schopenhauer (1788–1860) ドイツの哲学者。「盲目の意志」という悲観的な世界観などで知られ、19 世紀後半の哲学、文学、芸術に広い影響力を持った。コンラッドでは特に『闇の奥』『密偵』などを論じる際にその影響がよく論じられる。――270, 336-37, 358

シーリー、ジョン John Seeley (1834–1895) イギリスの歴史家。『英国膨張史論』(1883)。――303

シルヴァーバーグ、ロバート Robert Silverberg (1935–) アメリカの作家。『大地への下降』(1978)。――381

シン、フランシス・B Frances B. Singh アメリカの文学者。10 年間のインド滞在を経てポストコロニアル研究に入る。――93

シンクレア、メイ May Sinclair (1863–1946) イギリスの女性作家。『ハリエット・フリーンの生と死』(1922) は、「意識の流れ」手法により、結婚しないまま両親のもとで暮らした一人の女性の少女時代から中年時代までをたどったものである。――98

『人生と文学についての覚書』 *Notes on Life and Letters* → 『わが生涯と文学』

「進歩の前哨所」 'An Outpost of Progress' 1896 年 7 月、フランスのブルターニュに滞在中に執筆され、1897 年『コズモポリス』誌 6〜7 月号に連載されたのち、1898 年 4 月に短編集『不安の物語』に収録された。ベルギー人カルリエとカイエールは共に独立した思想を持たない凡庸な人物であるが、ヨーロッパにいるときは進歩した文明の機械的機構に身を任せていれば何不自由なく生きていけた。しかし、文明から切り離されたアフリカの交易所で原始の人間性、孤独と対峙せざるを得ない状況に立ったとき、ただ自己崩壊していくしか為す術がなかった。コンラッド自身もっとも気に入っていた作品とされる (増田義郎の訳により「文明の前哨所」として、『潟、エイミィ・フォスター』[英宝社、1956] 所収。『コンラッド中短編小説集』田中昌太郎訳 [人文書院、1983] に「進歩の前哨基地」、『コンラッド短編集』井上義夫編訳 [ちくま文庫、2010] に「文明の前哨地点」として収録)。――48, 49, 50, 51, 52, 54, 62, 63, 78, 273, 311-13

スウィフト、ジョナサン　Jonathan Swift (1667–1745)　アイルランド生まれの、イギリスの風刺作家。『桶物語』『書物戦争』(ともに 1704)、『ガリヴァー旅行記』(1726) など多数。──81

スウォヴァツキ、ユリウシュ　Juliusz Słowacki (1809–49)　ポーランドのロマン派詩人・劇作家。──11

スコット、ウォルター　Sir Walter Scott (1771–1832)　スコットランドの詩人・小説家。物語詩『最後の吟遊詩人の歌』(1805)、小説『アイヴァンホー』(1819)。──156

スコット、リドリー　Ridley Scott (1937–　)　イギリス出身の映画監督、プロデューサー。『エイリアン』(1979)。──386

スタンダール　Stendahl (本名アンリ・ベール [Henri Beyle]) (1783–1842)　フランスの作家。社会風刺と人物の心理分析にすぐれ、ロマン主義的傾向以上にリアリズム的傾向の強い作風で、バルザックと共にフランス近代小説の先駆者とされる。小説『赤と黒』(1830)、『パルムの僧院』(1839) など。──108, 118

スタンリー、H. M.　H. M. Stanley (1841–1904)　イギリスの探検家。アフリカで行方不明になっていたリヴィングストンを発見。自らも大陸横断に成功するなどアフリカ各地を探検。『暗黒大陸の横断旅行』(1878)、『暗黒アフリカ』(1890)。──11, 78

スティーヴンズ、ウォレス　Wallace Stevens (1879–1955)　アメリカの詩人。その純正哲学的な詩風と特異な表現形式から、しばしば 'poet's poet' と呼ばれる。詩集『ハーマニウム』(1923)。──338, 340

スティーヴンソン、ロバート・ルイス　Robert Louis Stevenson (1850–94)　イギリス、スコットランドの小説家・詩人。1890 年保養のためタヒチ島に渡り、サモア群島のウポル島で没した。『宝島』(1883)、『ジーキル博士とハイド氏』(1886)、童謡集『子供の詩園』(1885) など。──18, 70, 78, 108, 307

ステプニャーク＝クラフチンスキー、セルゲイ　Sergei Stepniak-Kravchinsky (1851–95)　ナロードニキ (ロシアの人民主義者)。『地下ロシア』(1882)。──178

ストラウス、ニーナ・ペリカン　Nina Pelikan Straus (1942–　)　アメリカの文学者。フェミニズム批評で知られる。──88

ストーン、ロバート　Robert Stone (1937–　)　アメリカの作家。『ドッグ・ソルジャー』(1975)〔映画：同タイトル、1978〕、『鏡の間』(1967)。──52

スヒッペル、ミネケ　Mineke Schipper (1938–　)　オランダの小説家。ライデン大学教授。小説『コンラッドの河』(1994)、評論『内側の人々を想像する──アフリカと帰属意識の問題』(1999)。──381

スペンサー、エドマンド　Edmund Spenser (1552–99)　シェイクスピアとともにイギリス・ルネサンスの最高峰を占める、チョーサー以来の偉大な詩人。『妖精の女王』(1590, 96)　──36

スペンサー、ハーバート　Herbert Spencer (1820–1903)　イギリスの哲学者、進化論に立脚する唯物主義の哲学を広い観点から体系化した。「適者生存」という言葉は、彼の造語。『第一原理』(1862)、『社会学の諸原理』(1876–96)。──304

スミス、アダム　Adam Smith (1723–90)　イギリスの経済学者。『国富論』(1776)。──151, 301

スミス、ジョハンナ・M　Johanna M. Smith　アメリカの文学者。フェミニズム批評

で知られる。――90, 91

『西欧の眼の下に』 *Under Western Eyes* 1910年12月から1911年10月にかけて『イングリッシュ・レヴュー』誌と『ノース・アメリカン・レヴュー』誌に連載ののち、一部改訂されて1911年10月5日に英国メシューエン社、同年10月19日にアメリカのハーパー兄弟出版社より単行本化された（『西欧の眼のもとに』水嶋正路訳、思潮社、1967;『西欧の眼の下に、青春』篠田一士訳［集英社〈世界文学全集61〉、1981］に所収;『西欧人の眼に』中島賢二訳［岩波文庫、1998］）。――6, 22, 25, 26, 28, 38, 46, 49, 72, 127, 204–33, 267, 282, 286–89, 331, 351, 363, 373, 374, 382, 388

「青春」 'Youth' 1898年9月に『ブラックウッズ・マガジン』誌に掲載後、『「青春」ほか二編』（1902）に収められる。1881年から83年にかけて、コンラッドがパレスチナ号に二等航海士として乗り込んでいたときの体験が、物語の素材になっている。物語は、マーロウが4人の友人に昔語りをし、友人のうちの一人がその話を記録するという枠小説の形式をとる。マーロウは青春時代に乗り込んだ古びた貨物帆船ジュディア号に関する話をする。この船はイギリスから石炭を積んでバンコックへと向かう船だった。船は出航前に汽船に衝突されたり、水漏れを起こして修理のためドックに入ったり、積荷の石炭から火が出たりなど困難続きだった。最終的には、船員たちは数隻の小舟でジャワの港に辿り着き、マーロウははじめて見る東洋に魅了される。（『青春・台風』田中西二郎訳［新潮文庫、1967］所収;「青春」宮西豊逸訳、角川文庫、1965; 土岐恒二訳が『西欧の眼の下に、青春』［集英社〈世界文学全集61〉、1981］に所収）。――23, 46, 55–59, 63–64, 65, 107, 115, 116, 235–36, 237, 238

『「青春」ほか二編』 *Youth: A Narrative; and Two Other Tales* コンラッドの2番目の短編集。1902年11月にブラックウッド社より出版。1898–1902年に執筆し、『ブラックウッズ・エジンバラ・マガジン』誌に連載された「青春」「闇の奥」「万策尽きて」を収録。――57

ゼイベル、モートン・ドーウェン Morton Dauwen Zabel（1901–64）『現代小説における技巧と特性』（1957）。――140, 234

セカー、ロバート Robert Secor アメリカの文学研究者。『移動するパースペクティヴのレトリック』（1971）、『ジョウゼフ・コンラッドとアメリカの作家』（1985）。――208, 234, 240

「潟《せき》湖《こ》」 'The Lagoon' 1896年の夏に執筆され、1897年『コーンヒル・マガジン』誌1月号に掲載、1898年に短編集『不安の物語』に収録される。愛してはいけない女ダイヤメレンとの愛を成就させるために、国外へ逃亡する羽目に陥ったとき、マレー人アーサットは逃亡の強力な助っ人であった兄を見捨てて、海から内陸へ入った潟湖で二人きりの生活を営むようになった。物語はアーサットの語る話を聞く作者の分身と思しき「白人」の視点から多くは語られているが、「白人」とアーサットの行動と心理を外から眺め記述する全知の作者の存在も感じられるという、「入れ子構造」の技法が採られている（『潟、エイミィ・フォスター』［英宝社、1956］に増田義郎訳として所収;『コンラッド中短篇小説集1』［人文書院、1983］に土岐恒二訳として所収）。――48, 49, 50, 59, 110

セシル、ロバート（ソールズベリー侯） Robert Cecil（1830–1903） イギリスの保守

党の政治家、首相（1885–86, 1886–92, 1895–1902）。――304, 305, 314, 317
セゼール、エメ　Aimé Césaire（1931–2008）　西インド諸島マルティニック島の詩人。1930–40 年代にネグリチュード運動の旗手として活躍。――321, 322
セリヴェルツォフ将軍　General Seliwertsow　ロシア秘密警察の幹部として、ロシア人ニヒリスト（虚無主義者）たちのパリにおける活動を弾圧したとされている。――171
セルバンテス・サアベドラ、ミゲル・デ　Miguel de Cervantes Saavedra（1574–1616）　スペインの小説家。自ら波瀾万丈の生涯を送る中で、近代小説の先駆としても名高い『ドン・キホーテ』（2 部、1605, 1625）を執筆。――12, 128
セロー、ポール　Paul Theroux（1941–　）　アメリカの作家。――373
「専制政治と戦争」　‘Autocracy and War’　『わが生涯と文学』（1921）に収められたエッセイ。『ノストローモ』を完成させた数ヵ月後の、1905 年、日露戦争に誘発されて書いた政治論。「物質的利益」をよりどころとしない世界平和の実現、日本軍とロシア軍の比較、ロシアに対する反感、祖国ポーランドへの愛国心などを記し、『ノストローモ』を論じるときにはよく引き合いに出される重要なエッセイである。――142, 160, 161, 176, 185, 199, 217
『センチュリー・マガジン』　*Century Magazine*　アメリカの月刊雑誌。1881 年創刊の *The Century Illustrated Monthly Magazine* の後身。1909 年誌名を *Century Magazine* に改めた。発行期間 1881～1930 年。――60

『相続人たち』　*The Inheritors*　フォード・マドックス・フォード（当時ヘファー）とのはじめての合作として 1901 年に出版された。植民地に投資するヨーロッパ人金融資本家や関連の政治家らの姿が、第四次元世界への連想や「地を受け継ぐ者たち」への問いを含めて描かれている。1899 年末に勃発したボーア戦争と同時期の執筆で、時局的な要素が強く、「闇の奥」との共通点もいくつか見出される。この作品はほとんどフォードが着想し執筆したものとされている。――316–17
ソールズベリー卿　Lord Salisbury　→　セシル
ゾラ、エミール　Émile Zola（1840–1902）　フランス自然主義文学の小説家。『テレーズ・ラカン』（1867）、『居酒屋』（1876）、『ナナ』（1879）。――18, 78

〔タ　行〕

『大西洋横断評論』　*Transatlantic Review*　→　『トランザトランティック・レヴュー』
「台風」　‘Typhoon’　1900 年 10 月から翌年の 1 月にかけて執筆され、1902 年に『ペルメル・マガジン』誌の 1～3 月号に連載された。中国近海を航行する蒸気船南山号は、中国人労働者《クーリー》を乗せて福建へ帰る途中に台風に見舞われるが、マックワー船長の胆力により危機を脱し、無事目的地にたどり着く、という話。想像力を欠き、眼前の仕事に集中するマックワー船長だからこそ、船社会全員の生き残りが可能であった。マックワー船長は、イギリスの国民性に訴える要素を多分に備えた人物であり、F. R. リーヴィスはこの作品を高く評価している（『青春・台風』田中西二郎訳［新潮文庫、1967］所収；「颱風」沼沢洽治訳として『コンラッド中短篇小説集 2』［人文書院、1983］所収）。――49, 52, 55, 58, 59, 61, 64, 65, 66, 67, 73, 368
『「台風」その他の物語』　*‘Typhoon’ and Other Stories*　1903 年 4 月、ハイネマン社か

ら出版された短編集。1900年9月から1902年1月にかけて執筆した「台風」「フォーク」「エイミー・フォスター」「明日」が収録されている。——66, 67, 68, 69

タイラー、エドワード　Edward Tylor (1832–1917)　イギリスの人類学者。『原始文化』(1872)。——304

ダーウィン、チャールズ　Charles Darwin (1809–82)　イギリスの博物学者。1831–36年、ビーグル号で南半球を周航して動植物・地質を調査、『ビーグル号航海記』(1840)を刊行。『種の起源』(1859)および『人間の由来』(1871)によって、自然選択説を提唱して生物進化を説明、思想界に大きな影響を与えた。——78, 270, 304

ダグラス、ノーマン　Norman Douglas (1868–1952)　イギリスの作家。生涯の多くを海外で、主にイタリアで過ごした。コンラッドは1905年カプリで初めてダグラスと会い、友人としてダグラスの作家デビューに協力した。小説『南風』(1917)。——368

タナー、トニー　Tony Tanner (1935–98)　イギリスの英米文学研究家・文芸評論家。コンラッド論のほか、『姦通の文学』(1979)、『言語の都市』(1971)など。——122, 128, 208

ダブルデイ、F. N.　F. N. Doubleday (1862–1934)　アメリカの発行者。——31, 34, 370

ダレスキー、H. M.　H. M. Daleski (1926–2010)　イスラエルのイギリス文学者。『ジョウゼフ・コンラッド——自己放棄の道』(1977)は、意識的に「自己」を手放すことで、より大きな自己認識にいたる。自己放棄が忠誠・連帯への道であると論じる。——174

ダンテ、アリギエリ　Alighieri Dante (1265–1321)　イタリアの大詩人。『神曲』(1300–21)。——82, 274

『短編六つ』　*A Set of Six*　→　『六つの物語』

チェルヴォニ、ドミニク　Dominique (Dominic) Cervoni (1834–90)　ノストローモのモデル。コルシカ人。1876年、コンラッドがサンタントワーヌ (Saint-Antoine) 号でカリブ海へ3度目の航海をしたときの船員仲間。——138

チェンバレン、ジョウゼフ　Joseph Chamberlain (1836–1914)　イギリスの政治家、1895–1902年第3次ソールズベリー保守党内閣で植民地相を務めた。——304, 314, 317

『チャップマンズ・マガジン』　*Chapman's Magazine*　イギリス、ロンドンのチャップマン＆ホール社が発行した小説主体の月刊雑誌。主筆はオズワルド・クローファード。発行期間1895〜98年。42刷で終刊。——53

チョーサー、ジェフリー　Geoffrey Chaucer (1340–1400)　イギリスの詩人。「英詩の父」と呼ばれる。『カンタベリー物語』(1384–1400)。——81

「地理学と探検家たち」　'Geography and Some Explorers'　コンラッドの没後出版された『最後の随筆集』(1926)に収められたノンフィクションの書き物。1923年11月に完成、雑誌『世界の国々』(1924年2月創刊号)に掲載された。——150

チルダーズ、アースキン　Erskine Childers (1870–1922)　イギリスの作家・政治活動家。バルト海をヨットで航行中のイギリス人の二人が、ドイツのイギリス本国侵

攻の陰謀に気づく、スパイ小説『砂州の謎』(1903) で有名。——382

ツルゲーネフ、イワーン　Ivan Turgenev (1818–83)　「トゥルゲーネフ」とも。ロシアの作家。詩情豊かで繊細な作品を多く残した。コンラッドはコンスタンス・ガーネットの翻訳を通してツルゲーネフを愛読した。『猟人日記』(1825)、『ルージン』(1856)、『貴族の巣』(1859)、『父と子』(1862)、『処女地』(1876) など。——47, 48, 79, 338

デイヴィッドソン、ジョー　Joe Davidson (1883–1952)　アメリカの彫刻家。——366

ディケンズ、チャールズ　Charles Dickens (1812–70)　ディケンズは、コンラッドが1870年に『ニコラス・ニックルビー』(1838–39) をポーランド語の翻訳ではじめて読んでから、生涯愛読する作家となった。『オリヴァー・トゥイスト』(1838)、『クリスマス・キャロル』(1843)、『デイヴィッド・カパーフィールド』(1849–50)、『荒涼館』(1852–53)、『辛い世』(1854)、『二都物語』(1859) など。——9, 11, 47, 107, 270, 336, 338, 371

ディッキー、ジェイムズ　James Dickey (1923–97)　アメリカの詩人・小説家・批評家。小説『救出』(1970)、『白の海へ』(1993)。——381

テイト、ネイハム　Nahum Tate (1652–1715)　イギリスの劇作家。彼の戯曲の大半は、先行作家の改作である。シェイクスピアの『リア王』の結末を変えて、王を生かしハッピーエンドで終わらせた。ジョンソン博士はこれを是認し、この劇はそういう形で上演された。——97

テニスン、アルフレッド　Alfred Tennyson (1809–92)　イギリスのヴィクトリア朝を代表する桂冠詩人。『イン・メモリアム』(1850)、『国王牧歌』(1869–72) など。——81

テンニエス、フェルディナント　Ferdinand Tönnies (1855–1936)　ドイツの社会学者。社会の有り様を伝統的共同体のゲマインシャフトと個人が利益によって互いに結びつくゲゼルシャフトに分類した。——269, 270

ドイル、アーサー・コナン　Arthur Conan Doyle (1859–1930)　イギリス、エディンバラ生まれの医師・推理小説家。名探偵シャーロック・ホームズを創造した。——180, 239, 374, 382

トウェイン、マーク　'Mark Twain' (1835–1910)　アメリカの作家。「コンゴ改革協会」アメリカ支部のメンバー。『レオポルド王の独白』(1905)。『レオポルド王の独白』(1905) はレオポルド2世のコンゴ統治についての独白形式という体裁をとりながら、王の植民地支配を痛烈に批判・糾弾した書。——295

トゥーマー、ジーン　Jean Toomer (1894–1967)　アメリカの黒人作家。——323

トゥルゲーネフ、イワーン　Ivan Turgenev　→　ツルゲーネフ

トゥルヌール、モーリス　Maurice Tourneur　フランスに生まれ、のちアメリカに帰化した映画監督。『勝利』(1919)。——384

ドストエフスキー、フョードル　Feodor Dostoevski (1821–81)　ロシアの文豪。コンラッドとの関係においては、特に『西欧の眼の下に』『ロード・ジム』に、『罪と罰』(1866) と共通するテーマを見出す評論が多い。——28, 70, 137, 208, 356, 359, 382

トドロフ、ツヴェタン　Tzvetan Todorov（1939-　）ブルガリア出身のフランスの哲学者・文芸評論家。——239
トファルドフスキ、ロムアルト　Romuald Twardowski（1930-　）ポーランドの作曲家。——366
トムリンソン、H. M.　H. M. Tomlinson（1873-1958）イギリスの作家・ジャーナリスト。海洋文学については屈指の作家。小説『われらの過ぎし日のすべて』（1930）、旅行記『海と密林』（1912）。——368
『土曜評論』　The Saturday Review　→　『サタデイ・レヴュー』
『トランザトランティック・レヴュー』　Transatlantic Review　発行期間1924年1月〜25年1月。1924年パリでフォードが発行し編集したイギリスの文芸評論雑誌。ヘミングウェイは副編集長を務めた。ジョイス、パウンド、ガートルード・スタイン、eeカミングズなどの作品を掲載した。——370
トルストイ、レオ　Leo Tolstoy（1828-1910）ロシアの文豪。19世紀後半の複雑なロシア社会の実相を描き、リアリズム文学の最高峰とされる。コンラッドの『ノストローモ』『サスペンス』は、『戦争と平和』（1863-69）に対抗しようとした作品として比較対照される。——136, 137, 147
トロロプ、アンソニー　Anthony Trollope（1815-82）イギリスの小説家。『院長』（1855）、『バーチェスター・タワーズ』（1857）など。——113, 335

〔ナ　行〕

ナイデル、ズジスワフ　Zdzisław Najder（1930-　）ポーランドのコンラッド研究家。『コンラッドのポーランド的環境』（1964）、『ジョウゼフ・コンラッド——年代記』（1983）〔改訂版『ジョウゼフ・コンラッド——伝記』（2007）〕、『一族の目に映じたコンラッド』（1983）。——36, 177, 275
ナイポール、V. S.　V. S. Naipaul（1932-　）旧イギリス領である西インド諸島トリニダード出身のイギリス作家。——223, 231-33
ナザレス、ピーター　Peter Nazareth（1940-　）ゴア系ウガンダ人の作家。現在はアメリカ在住。——363, 377-79
『ナーシサス号の黒人』　The Nigger of the 'Narcissus'　1897年11月に刊行された小説。1884年にコンラッドはボンベイで二等航海士としてナーシサス号に乗りダンケルクで下船したが、このときの経験を題材にした作品。物語は、イギリスの帆船ナーシサス号がボンベイを出港し、喜望峰を巡ってイギリスに帰るまでを描く。航海途上において、"nigger"ことジェイムズ・ウェイトが自らの病を吹聴して船員を不安にさせたり、怠惰なドンキンが職務を果たさなかったりといったように、船乗りの絆が多々試される。その上、嵐や凪などの自然環境からの挑戦もあり、船乗りは生き残りをかけて協調する。最終的にはアリスタン船長や老練な船乗りシングルトンの尽力で、船は無事イギリスへたどり着く（上田勤訳が『筑摩世界文学大系50』［筑摩書房、1975］に収録）。——19, 20, 54, 65, 73, 100, 122, 136, 228, 236, 267, 269-72, 273, 339, 341, 351, 371
「七つ島のフレイア」　'Freya of the Seven Isles'　1910年12月に書き始め、翌年3月に完成。1912年10月出版の短編集『陸と海の間に』に収録される。イギリスとオランダが貿易上の覇権争いを演じた19世紀末の東インド諸島を舞台に、デンマーク人の美しい少女（フレイア・ネルソン）とイギリス人の青年貿易商（ジャス

パー・アレン)とのあいだに生まれたロマンスが、中年のオランダ人海軍大尉(ヘームスカーク)の性的嫉妬と悪だくみによって、崩壊するさまを描いた作品。物語は、時系列に沿った語りによって淡々とすすむが、邪が正に打ち勝つ結末は、コンラッドの厳しい現実認識を反映したものになっている(瀬藤芳房訳「七つ島のフレイアさん」旺史社、2000)。——45, 54, 60

ナボコフ、ウラディミル　Vladimir Nabokov (1899–1977)　ロシア生まれのアメリカの小説家。『ロリータ』(1955)。——374, 388

ニーチェ、フリードリヒ　Friedrich Nietzsche (1844–1900)　ドイツの哲学者。『ツァラトゥストラはかく語りき』(1883–91)、『権力への意志』(1884–88)。——332, 337, 356

『ニューヨーク・タイムズ』　The New York Times　1851年以来ニューヨークで発行されている日刊紙。アメリカの有力な新聞の一つ。——204

『ニューヨーク・ヘラルド』　The New York Herald　1835年から1924年のあいだ、発行を続けた日刊紙。1912年1月21日から3月25日にかけて、『運命』を連載した。——31, 60

『ニュー・レヴュー』　New Review　ハイネマン社が発行した、月刊の文芸評論誌。1889年から94年にかけて、アーチボールド・グローヴが編集、1895年から97年にはW. E. ヘンリーの編集のもと、H. G. ウェルズ、ヘンリー・ジェイムズの小説、キプリング、R. L. スティーヴンソンの詩などが掲載された。——20, 51, 56

ノヴァーリス　'Novalis'（本名フリードリヒ・フォン・ハルデンベルク［Friedrich von Hardenberg］）(1772–1801)ドイツ浪漫派を代表する詩人・小説家・哲学者。詩「夜の讃歌」(1800)、小説『青い花』(1801)。——117, 356

『ノストローモ』　Nostromo　コンラッドの長編小説ではもっとも長い作品であり、架空の南米国家コスタグアナで銀山の物質的利益を巡る人々の思惑が描かれる。この小説は元々短編小説として1902年末より執筆されたが、結果的には長編化して1904年8月30日に完成された。雑誌連載としては1904年1月29日から10月7日にかけて『T. P. オコナーズ・ウィークリー』誌に掲載された。後に単行本はハーパー兄弟出版社から刊行され、イギリスでは1904年10月14日に、合衆国では同年11月23日にそれぞれ発売された（上田勤、日高八郎、鈴木建三共訳が『筑摩世界文学大系50』［筑摩書房、1975］に所収）。——3, 24, 25, 26, 43, 49, 61, 136–67, 234, 240, 269, 273, 282–86, 289, 317–20, 334, 339, 341, 351, 363, 365, 371, 372, 374, 378, 381–82, 389

ノーマン、ハワード　Howard Norman (1949–　)　アメリカの小説家。小説『ジョウゼフ・コンラッド・ホテルでのキス、ほか数篇』(1989)。——374

ノルダウ、マックス　Max Nordau (1849–1923)　ハンガリー生まれのユダヤ作家、評論家、医師。『退化論』(1892–93)［英訳1895］。——78

〔ハ　行〕

ハイネマン、ウィリアム　William Heinemann (1863–1920)　イギリスの発行者。1890年に出版社を立ち上げ、最初の10年間に、コンラッドの『ナーシサス号の黒人』のほか、R. L. スティーヴンソン、ラドヤード・キプリング、H. G. ウェル

ズなどの小説を発表した。——34
バイルト、タデウシュ　Tadeusz Baird（1928–81）　ポーランドの作曲家。オペラ「明日」（1966）。——366
バイロン　Lord Byron（1788–1824）　イギリスのロマン主義時代をもっともよく代表する詩人。『ドン・ジュアン』（1819–24）は、主人公がヨーロッパ中を放浪する話を骨子として、当時のイギリス社会を風刺した長詩。——81
ハウ、アーヴィング　Irving Howe（1920–93）　アメリカの批評家、政治・社会学者。『政治と小説』（1957）。——155, 156, 161, 170, 174, 187
パウエル、ジョン　John Powell（1882–1963）　アメリカのピアニスト・作曲家・民俗音楽学者。——366
パウンド、エズラ　Ezra Pound（1870–1972）　アメリカの詩人。1907年アメリカを去って、ロンドン、パリ、イタリアに滞在。1945年まで帰国しなかった。ロンドンにおいて、イマジズムなどの運動を推進した。『キャントーズ』（1925–60）。——33, 332, 334, 337, 338, 369
ハガード、ライダー　Rider Haggard（1856–1925）　イギリスの冒険小説家。アフリカを舞台とする冒険小説で人気を博す。『ソロモン王の洞窟』（1885）。——78
パーク、マンゴ　Mungo Park（1771–1806）　イギリス、スコットランド生まれのアフリカ探検家、ニジェール河の水路を探査した。『アフリカ内陸部の旅』（1799）。——297
「伯爵」　'Il Conde'　1908年8月に出版された『六つの物語』の中の一編。名前の示されない一人称の語り手は、ナポリで優雅な療養生活を送っている「伯爵」と呼ばれる老人と親しくなる。語り手が一時ナポリを出て帰ってみると、伯爵の様子がおかしい。伯爵は「忌まわしい出来事」を経験したのだった。伯爵は事の顛末を語る——国立公園へ音楽を聴きに行ったさい、身なりの良い若者に恫喝され金品を奪われた。幸い被害は少なく、万が一のために20フランの金貨をもっていたことを思い出して、カフェでくつろいでいると若者もそこに来ていた。20フラン金貨で勘定を払ったところ、金貨を隠し持っていたことで、若者に強くなじられた、というのである（『コンラッド中短篇小説集3』中野好夫訳［人文書院、1983］に所収；『コンラッド短編集』中島賢二訳［岩波文庫、2005］に所収）。——70
「白痴」　'The Idiots'　執筆時期が確定しない「黒い髪の航海士」を除けば、コンラッドの最初の短編。コンラッドはこの短編を新婚旅行中の1896年5月に書き終えた。同年10月に『サヴォイ』誌の第6号に掲載、のち1896年短編集『不安の物語』に収録。農園を経営するジャン＝ピエール・バカドーとスーザンとの間に生まれた4人の子供はすべて知能に障害がある。ピエールは自分の不動産を知能の正常な男子に継がせたい一心から、スーザンに性行為を求める。スーザンは夫を殺害し、夫の幻影に怯えて海への投身自殺を試みるが、思い直して村人の前で罪を告白しようと引き返す途中、岩場から足を滑らせて転落死する。女性の性と権利をテーマに、精緻な語りの技法が用いられた作品。——50, 54, 63
ハーコート、ウィリアム　William Harcourt（1827–1904）　イギリスの自由党国会議員。内務大臣（1880–85）、大蔵大臣（1886, 1892–95）を務めた。——171
バックリー、ジェローム・ハミルトン　Jerome Hamilton Buckley（1917–2003）　カナダ生まれの、アメリカのイギリス文学者。——107
ハーディ、トマス　Thomas Hardy（1840–1928）　イギリスの小説家・詩人。小説

『ダーバヴィル家のテス』(1891)、『日蔭者ジュード』(1895)、詩劇『覇王たち』(1904–8)。——79, 335–37

バトラー、サミュエル　Samuel Butler (1835–1902)　イギリスの作家・風刺家。——79

バードルフ、ジャクリーン　Jacqueline Bardolphe　フランスのポストコロニアル文学研究家。——378

バートン、リチャード　Richard Burton (1821–90)　イギリスの探検家・東洋学者。先駆的なアフリカ探検記録で知られる。——11

『ハーパーズ・マガジン』 *Harper's Magazine*　ニューヨークのハーパー兄弟出版社が、1850年に創刊した月刊総合雑誌。当初、サッカレー、ウィルキー・コリンズ、ディケンズなどのイギリス作家の作品を再録したが、1870年代から次第にアメリカの作家のものも掲載するようになった。——53

ハフ、グレアム　Graham Hough (1908–90)　イギリスの文芸評論家・詩人。——238

バフチン、ミハイル　Mikhail Bakhtin (1895–1975)　ロシアの文芸理論家。——107, 111, 272

パーマー、ジョン　John Palmer (1926–　)　アメリカのイギリス文学研究者。『コンラッドの小説——文学的成長研究』(1968)。——207, 234

ハムスン、クヌート　Knut Hamsun (1859–1952)　ノルウェーの作家。1920年、ノーベル文学賞受賞。ハムスンの作品には文明に対する嫌悪と人間の唯一の充足感は土と共にあるという信念が表現されている。——290

パリー、ベニタ　Benita Parry　南アフリカ共和国のイギリス文学者。『コンラッドと帝国主義』(1983)。——128, 145, 310, 323

ハリス、ウィルソン　Wilson Harris (1921–　)　元イギリス領、ガイアナの作家・詩人。1959年からイギリスに定住。——93, 323, 381

ハルヴァーソン、ジョン　John Halverson (1928–97)　アメリカのイギリス文学者。——137

バルガス・ジョサ、マリオ　Mario Vargas Llosa (1936–　)「バルガス・リョサ」とも。ペルーの作家。現代ラテンアメリカ文学を代表する一人。政治活動にも積極的にかかわる。2010年ノーベル文学賞受賞。小説『都会と犬ども』(1963)、『緑の家』(1966)、『世界終末戦争』(1981)、『楽園への道』(2003)。——381

バルザック、オノレ・ド　Honoré de Balzac (1799–1850)　フランスの小説家。母親から愛されない不遇の少年時代の後、パリ大学で法律を学びつつ法律事務所で書記見習いとして働く。こうして法律と近代社会との関係を学んだことを血肉として、「人間喜劇」という小説体系を考え出し、フランス社会全体を描き出そうとした。「人間喜劇」の下、彼の小説各作品は有機的に結びついており、同じ人物が別のいくつもの作品に登場するという「人物再登場」の手法がとられている。代表作品として、『ゴリオ爺さん』(1834–35)、『谷間の百合』(1835年)など。スタンダールと並びフランス近代小説を確立すると同時に、リアリズムの小説家として、のちのフロベールなどに影響を与えた。——126, 333, 338

バローズ、ウィリアム・S　William S. Burroughs (1914–97)　アメリカの作家。『裸のランチ』(1959)。——363, 373

「万策尽きて」 'The End of the Tether'　1902年3月に執筆に着手、6月下旬、石油ランプの破裂により原稿の一部を消失するという出来事に見舞われながら、10月半

ばに完成。同年の7〜12月に、『ブラックウッズ・エジンバラ・マガジン』誌に連載され、雑誌連載中の11月に出版された短編集『「青春」ほか二編』に収録される。ほかの二作と違い、伝統的な三人称の語りによる作品である。主人公である老船長ウェイリーは、愛娘の窮乏を救うために、現役引退後の暇つぶしのために買っておいた小型帆船を手放し、蒸気船ソファーラ号の船長として再び海へ出るが、欲得うずまく人間関係にまきこまれ、のっぴきならない状況へ追い込まれていく。家族の絆のありようをその極限状況において捉えた作品 (『万策尽きて　他一編』社本雅信訳［リーベル出版、2006］所収)。——56, 71, 122, 351, 371

ピカソ、パブロ　Pablo Picasso (1881–1973)　スペイン生まれのフランスの画家・彫刻家。——331

ピサカーネ、カルロ　Carlo Pisacane (1818–57)　イタリアの革命家、政治思想家。——193

ヒッチコック、アルフレッド　Alfred Hitchcock (1899–1980)　イギリス出身の映画監督・プロデューサー。1956年にアメリカの市民権を獲得。数々のサスペンス映画をヒットさせ、「サスペンス映画の神様」と呼ばれた。——384, 385, 390

「秘密の共有者」　'The Secret Sharer'　「秘密の同居人」「秘密をともにする者」とも。1909年11月の終わりに書き始め、12月初めに完成。1912年10月出版の短編集『陸と海の間に』に収録される。1888年にコンラッドがはじめて船長に任じられ、バンコックで停泊待機していたオターゴ号の指揮をとって航海した経験と、1880年カッティー・サーク号上で発生した殺人事件とを素材にした分身物語。『コンラッド短編集』(ちくま文庫、2010) に井上義夫による訳が、『世界の文学53』(中央公論社、1966) に小池滋の訳がそれぞれ所収されているほか、田中勝彦訳 (八月舎、2003)、奥村透訳 (アポロン社、1980) がある。——49, 52, 61, 64, 67–70, 72, 236, 332, 346, 376, 388

ヒューイット、ダグラス　Douglas Hewitt (1920–　)　イギリスの批評家。『コンラッド——再評価』(1952)。——234, 261

ビリニスキ、ヴァツワフ　Wacław Biliński, (1921–99)　ポーランドの作家。——376

ピンカー、J. B.　J. B. Pinker (1863–1922)　機を見るに敏な作家代理人であった。コンラッドの代理人を20年以上務めた。コンラッドのほかにアーノルド・ベネット、H. G . ウェルズ、ヘンリー・ジェイムズ、スティーヴン・クレイン、フォード・マドックス・フォードの利益を守った。——21, 26, 27, 28, 52, 54, 55, 59, 136, 179, 235

ファノン、フランツ　Frantz Fanon (1925–61)　西インド諸島マルティニク島出身、フランスのポストコロニアル理論の先駆者。『黒い皮膚、白い仮面』(1952)、『アフリカの革命に向けて』(1964)。——153, 159, 162, 310

『不安の物語』　*Tales of Unrest*　コンラッドの最初の短編集。1898年4月、T・フィッシャー・アンウィンにより出版される。「カライン」「白痴」「進歩の前哨所」「帰宅」「潟湖《せきこ》」を収録。——311

フィッツジェラルド、F・スコット　F. Scott Fitzgerald (1896–1940)　アメリカの「失われた世代」の作家。小説『グレート・ギャッツビー』(1925)、『夜はやさし』(1934) など。——115, 338, 369–70

フィールディング、ヘンリー　Henry Fielding (1707–54)　イギリスの小説家。小説『ジョウゼフ・アンドルーズ』(1742)、『トム・ジョーンズ』(1749) など。――108

「フォーク」 'Falk' 「台風」直後に執筆にかかり 1901 年 5 月に完成。カニバリズムを主題とするため、雑誌社の編集者の好みに合わず、雑誌に掲載されることはなかった。個人が生きるためにカニバリズムに依拠せざるをえない限界状況に立ったときには、文明社会の道徳律は無効であり、生き抜こうとする本能は、「確かで永久不変な行動原理の真実」であることを示唆する短編 (『コンラッド海洋小説傑作集』奥村透訳 [あぽろん社、1980] 所収)。――54, 55, 59

フォークナー、ウィリアム　William Faulkner (1897–1962)　アメリカの作家。フォークナーの小説における複雑で間接的な語りの手法はコンラッドの影響が大きい。諸作品は南部の年代記とも言うべきもので、南部貴族の没落、黒人と血の問題、北部の産業主義の侵入と土地の問題などを主題としながら、人間の普遍的な姿をきわめようとする。1950 年ノーベル文学賞受賞。小説『響きと怒り』(1929)、『サンクチュアリ』(1931)、『八月の光』(1932)、『アブサロム、アブサロム！』(1936) など多数。――41, 207, 209, 218, 227–28, 234

フォースター、E. M.　E. M. Forster (1879–1970)　イギリスの小説家。象徴的・暗示的な方法を用いて、人間の内面を描いた。『ハワーズ・エンド』(1910)、『インドへの道』(1924) など。――70, 337, 338, 340, 353, 355, 371, 381

フォード、フォード・マドックス　Ford Madox Ford (1873–1939)　イギリスの小説家、詩人、批評家、編集者。1919 年、ヘファーからフォードに改名。1908 年に文芸雑誌『イングリッシュ・レヴュー』、1924 年には『トランザトランティック・レヴュー』を創刊した。コンラッドの文学上のもっとも親しい友人。コンラッドとは、『相続人たち』『ロマンス』『ある犯罪の本質』の合作がある。『第五の女王』(1906)、『善良な兵士』(1915)。――6–8, 21, 26, 27, 28, 35, 39, 43, 57, 72, 172, 173, 240, 245, 257, 258, 262, 317, 332, 338, 343, 367–68, 370

「二人の魔女の宿」 'The Inn of the Two Witches'　1912 年のおわり頃に完成、『ペルメル・マガジン』1913 年 3 月号に掲載され、のち中短編集『潮路の中に』に収録。ナポレオン戦争時代のスペインを舞台に、イギリス人海軍士官エドガー・バーンが遭遇した怪奇な出来事に関する物語で、バーンが残した手記を語り手が読むという語りの構造をとっている。バーンは、失踪した先輩トム・コービンを探す中で、二人の魔女と若く怪しい女性が経営する宿に立ち寄る。その宿でバーンは、細工されたベッドの天蓋に危うく窒息させられそうになるが、コービンとは異なり何とか逃げのびる。――59

フライ、ノースロップ　Northrop Frye (1912–91)　カナダの批評家。神話批評の確立に貢献した。『批評の解剖』(1957)。――86

フライシュマン、アヴロム　Avrom Fleishman　アメリカのイギリス小説研究家。『コンラッドの政治――ジョウゼフ・コンラッドのフィクションにおける共同社会とアナーキー』(1967)。――174

ブラウニング、ロバート　Robert Browning (1812–89)　テニスンと並んでヴィクトリア朝を代表する詩人。劇的独白という心理的な手法を駆使して、人物の性格を描写し、場面や立場を説明し、人生問題を効果的に表現した。詩集『男と女』(1855)、『劇中人物』(1864)。『指輪と書物』(1868–69)。――81

ブラウン、フォード・マドックス　Ford Madox Brown (1821–93)　フォード・マドッ

クス・フォードの祖父。イギリスの歴史画家。D. G. ロセッティらラファエロ前派と親しむ。──21

『ブラックウッズ・エジンバラ・マガジン』 *Blackwood's Edinburgh Magazine* 1817年、スコットランドの出版者ウィリアム・ブラックウッド（1776–1834）が創刊した保守系月刊雑誌。定期刊行物で小説を連載したのはこの雑誌が最初である。1906年に『ブラックウッズ・マガジン』と改称された。──21, 23, 44, 53, 55–58, 77, 109, 317

ブラックウッド、ウィリアム　William Blackwood (1836–1912)　『ブラックウッズ・エジンバラ・マガジン』の創刊者の孫。1897年から1902年にかけて、「カライン」「青春」「闇の奥」「万策尽きて」『ロード・ジム』を雑誌や本にして発表した。──21, 26, 333

プラット、メアリー・ルイーズ　Mary Louise Pratt (1948–　)　アメリカの文化人類学者、ラテンアメリカ文学者。植民地的遭遇の空間を「接触領域」と定義づけ、植民者と被植民者間の文化横断現象、相互関係、不平等などを考察した。『帝国の眼差し』(1992)。──301

ブラッドブルック、M. C.　M. C. Bradbrook (1909–93)　イギリスの文芸評論家、シェイクスピアの権威。ケンブリッジ大学英語科における最初の女性教授。客員教授として来日したことがある。『ジョウゼフ・コンラッド──イギリスの天才ポーランド人』(1941)。──139, 234

ブラッドリー、A. C.　A. C. Bradley (1851–1935)　イギリスのイギリス文学者。『シェイクスピアの悲劇』(1904)は、「シェイクスピアに対する審美的または鑑賞的批評の最高峰として、他の追随を許さぬものがあり、その光芒はおそらく不滅であろう」（富原芳彰）。──242

プルースト、マルセル　Marcel Proust (1871–1922)　フランスの作家。大作『失われた時を求めて』(1913–27)は円環的な時間という考えを基礎とした、モダニズムのみならず20世紀を代表する小説。コンラッドがプルーストを愛読していたことは書簡によって明らかになっている。──290, 332, 357

ブルダン、マルシャル　Martial Bourdin (1868–94)　フランス人のアナーキスト。グリニッジ天文台の近くで携えていた爆弾の暴発により、1894年2月5日死去。──171

ブルック、ジェイムズ　James Brooke (1803–68)　イギリスの探検家、ボルネオ島サラワク王国の初代白人王（ホワイト・ラジャ）（在位 1841–67）。──306, 315, 325

ブルックス、リチャード　Richard Brooks (1912–92)　アメリカの映画監督・脚本家・プロデューサー・作家。1965年にピーター・オトゥール主演でコンラッドの『ロード・ジム』を映画化。──385

ブルーム、ハロルド　Harold Bloom (1930–　)　アメリカの文学批評家。フロイトのエディプス・コンプレックスの説やデリダの脱構築などを文学批評に取り入れ、独自の論を展開。アメリカのイェール大学を中心とする「イェール学派」の中心的人物の一人。──365

フレイザー、J. G.　J. G. Frazer (1854–1941)　イギリス生まれの社会人類学者。『金枝篇』(1890–1915)は、未開社会の神話・呪術・信仰に関する研究書。──332, 346

フロイト、ジークムント　Sigmund Freud (1856–1939)　オーストリアの精神分析の

創始者。チェコ生まれ。すぐれた芸術論も著した。──86, 174, 259, 331, 342, 345–46, 365, 376, 377
ブロウ、エドワード　Edward Bullough (1880–1934)　イギリスの美学者。「芸術上の一要素と美的原則としての『心理距離』」(1912)。──275–76
フロベール、ギュスターヴ　Gustave Flaubert (1821–80)　フランス、リアリズム文学の巨匠。フランスの作家の中で、おそらくコンラッドがもっとも強い影響を受けた作家。小説に科学的方法に基づく没我的な客観主義を採り入れ、的確な美しい文体で、人生の実相を仮借なく描いた。小説『ボヴァリー夫人』(1857)、『感情教育』(1869)。──47, 48, 61, 108, 118, 204, 270, 333, 337, 338, 375
プロロク、レシェク　Leszek Prorok (1919–84)　ポーランドの作家。『放射状の線』(1982)。──375
ブロンテ、エミリー　Emily Brontë (1818–48)　イギリスの作家。姉シャーロットと妹アンの三姉妹の二女。『嵐が丘』(1847)。──9, 81
『文化果つるところ』　*An Outcast of the Islands*　→　『島の流れ者』
「文明の前哨地点」　'An Outpost of Progress'　→　「進歩の前哨所」

ベアトゥー、ジャック　Jacques Berthoud (1935–2011)　イギリスのイギリス文学者。『ジョウゼフ・コンラッド──円熟期』──128, 207
ヘイ、エロイーズ・ニャップ　Eloise Knapp Hay (1926–96)　『ジョウゼフ・コンラッドの政治小説』(1976; 改訂版 1981)。──207
ベインズ、ジョスリン　Jocelyn Baines (1924–72)　現代最初のコンラッド伝記作家。『ジョウゼフ・コンラッド──評伝』(1960)。──173, 320
ベケット、サミュエル　Samuel Beckett (1906–89)　アイルランドの劇作家、小説家。1969年、ノーベル文学賞受賞。小説『マーフィー』(1938)、戯曲『ゴドーを待ちながら』(1952)。──88
ベネット、アーノルド　Arnold Bennett (1867–1931)　イギリスの小説家。フランス自然主義の影響を受け、写実的小説を書いた。『老妻物語』(1908)。──18, 188
ベネット、リチャード・ロドニー　Richard Rodney Bennett (1936–)　イギリスの作曲家。「硫黄の鉱山」(1963)、「勝利」(1970)。──366
ヘファー、フォード・マドックス　Ford Madox Hueffer　→　フォード
ヘミングウェイ、アーネスト　Ernest Hemingway (1899–1961)　アメリカの作家。戦争・闘牛・狩猟など常に死に密着した行動的世界を非情・簡潔な文体で描く。『日はまた昇る』(1926)、『武器よさらば』(1929)、『誰がために鐘は鳴る』(1940)、『老人と海』(1952)。──338, 370–71
『ペルメル・マガジン』　*Pall Mall Magazine*　発行期間 1893～1914年。1890年代の病的な耽美主義を排し中道を行くことを謳った、イギリスの月刊文芸雑誌。寄稿者にメレディス、ハーディ、スティーヴンソン、キプリングなどがいた。──52, 55, 59
ペンドルトン、ロバート　Robert Pendleton　イギリス出身、渡米し、カリフォルニア州ベイ・エリアのコミュニティ・カレッジで英語を教えている。『グレアム・グリーンのコンラッド的主要プロット』。──372
ヘンリー、W. E.　W. E. Henley (1849–1903)　イギリスの詩人・編集者・劇作家。R. L. スティーヴンソンの親友。1895–98年、文芸評論誌『ニュー・レヴュー』を

編集した。──20, 51
「ヘンリー・ジェイムズ──鑑賞」 'Henry James: An Appreciation' ヘンリー・ジェイムズの小説の偉大さを語りながら、コンラッド自身の芸術観を述べたエッセイ。1904年10月半ば、執筆終了。1905年アメリカの雑誌に掲載され、のちに『わが生涯と文学』(1921) に収められた。──339

ポー、エドガー・アラン Edgar Allan Poe (1809–49) アメリカの小説家・詩人・批評家。短編「モルグ街の殺人」(1841) は探偵小説の原点となった名作。ほかに「アッシャー家の崩壊」(1839)、「黄金虫」(1843)、「黒猫」(1843)、「アモンティリャードの酒樽」(1846)、詩「大鴉」(1845) など。──238
『放浪者』 The Rover 未完の『サスペンス』を除くとコンラッド最後の長編小説。当初は短編集として構想されたが、のちに長編化。この小説は、『サスペンス』の執筆中に副産物として生まれたとされ、作品舞台も同じくフランス革命期の地中海近辺となっている。雑誌連載として1923年9月から12月にアメリカの『ピクトリアル・レヴュー』誌に掲載。単行本は、アメリカでは1923年12月1日にダブルデイ社より限定版が、イギリスでは同年12月3日にT・フィッシャー・アンウィンによりそれぞれ出版。主人公のペロール (58歳) が45年間インド洋を放浪した後、1796年に休息を求めて故国へ帰り、故郷のポルクロール島が望めるジアン半島の農園に落ち着くが、やがて時代の波に巻き込まれ、実の娘に対するような愛情を感じるアルレットとその恋人レアール大尉の幸せのために、自ら命をなげうつに至る過程を描く。──142, 161, 164, 243, 251–52, 254–55, 256, 257, 260, 371
ホーキンズ、ハント Hunt Hawkins アメリカのイギリス文学者・詩人。──152–53, 310
ホーソン、ジェレミー Jeremy Hawthorn (1942–) ノルウェーのイギリス文学者・文学理論家。『ジョウゼフ・コンラッド──語りの技巧とイデオロギーへの献身』(1990)。──313
ボードレール、シャルル Charles Baudelaire (1821–67) フランスの詩人。詩集『悪の華』(1857) により、フランス象徴派への道を開いた。近代詩の祖とされる。散文詩『パリの憂鬱』(1869)。──79, 339, 356
ホブズボーム、エリック Eric Hobsbawm (1917–) イギリスの歴史家。『帝国の時代』(1987)。──300, 306
ホブソン、J. A. J. A. Hobson (1858–1940) イギリスの自由主義思想家、経済学者。『帝国主義』(1902)。──307, 314, 319, 325
ホープ、G.F.W. G.F.W. Hope (1854–1930) 文学界に属さないコンラッドの一生涯の友人。「闇の奥」に登場するネリー号の所有者 (会社役員)。コンラッドが帰化する際の保証人、結婚式では証人になった。──83, 369
ボブロフスキ、タデウシュ Tadeusz Bobrowski (1829–94) コンラッドの母の兄 (伯父)。妻を出産で亡くしていたので、1869年コンラッドが12歳で孤児となった時から自身が死ぬまで、コンラッドの父親代わりをつとめた。──12, 14, 82, 205, 298, 376
ホメーロス Homer 古代ギリシアの叙事詩人。──82
ポラドフスカ、マルグリット Marguerite Poradowska (1848–1937) コンラッドの遠

縁の親戚で、駆け出し作家時代の親友の一人。「闇の奥」におけるマーロウの「伯母」、クルツの「婚約者」のモデルと考えられている。コンラッドは、1890年、16年ぶりにウクライナを訪問する途中でブリュッセルに立ち寄ったとき、ポラドフスカと初めて会った。——48, 83

ボルヘス、ホルヘ・ルイス　Jorge Luis Borges (1899–1986)　アルゼンチンの小説家・詩人・評論家。——363, 382

ボーン、デイヴィッド　David Bone　1923年、コンラッドがダブルデイの招待を受けて、アメリカを訪問した際、コンラッドを乗せてニューヨークまでの船旅を共にした「タスカニア号」の船長。コンラッドはボーン兄弟と親しくなった。——369

〔マ　行〕

マイズナー、アーサー　Arthur Mizener (1940–77)　アメリカの作家・小説家。F・スコット・フィッツジェラルドの最初の伝記『楽園の向こう側』(1951) で知られる。——370

マクリントック、レオポルド　Leopold McClintock (1819–1907)　イギリスの海軍将校、北極探検家。——296

マドセン、ペーター　Peter Madsen　コペンハーゲン大学教授。比較文学。——274

「マラタ島の農園主」　'The Planter of Malata'　1913年11月に書き始め12月に執筆終了、1915年出版の短編集『潮路の中に』に収録される。東洋の孤島で生糸のプランテーションを経営するジェフリー・ルヌワールが、本土の町を訪問した折、ロンドンから到着したムーアサム教授父娘に出会い、娘のフェリシアに恋をする。フェリシアは、婚約者アーサーが横領事件に巻き込まれたために一度は婚約を解消したが、その後潔白が証明されたので彼を探しに来たのだった。実はアーサーはウォールターという偽名でルヌワールの助手として働いていたが、すでに死んでいる。ルヌワールはムーアサム父娘を引き止めるためにこの事実を隠していたが、一行がマラタ島へ来たときに、不審を抱いたフェリシアに事実を告げて愛を告白する。しかし、フェリシアは激怒して一行は島を去る。絶望したルヌワールはひとり島に残り、やがて死を覚悟して海へ泳ぎ出る。——49

マラン、ダン　Dan Malan　1941年から1971年まで発行がつづいた、古典文学への入門を目的とするアメリカの漫画雑誌『挿絵で楽しむ古典』に関する情報を記した『挿絵で楽しむ古典シリーズ　完全便覧』(1991) で知られる。——386

マリアット、フレデリック・キャプテン　Frederick Captain Marryat (1792–1848)　イギリスの海軍大佐・海洋小説家。『ピーター・シンプル』(1834)、『海軍少尉候補生イージー君』(1836)。——11, 334

マルヴィ、ローラ　Laura Mulvey (1941–　)　イギリスの映画理論家。フロイトやラカンの精神分析とフェミニズムとを交差させる、フェミニズム映画批評を打ち出した。『視覚的快楽と物語映画』(1975)、『視覚的快楽とその他の快楽』(1989)。——259–60

マルクス、カール　Karl Marx (1818–83)　ドイツの経済学者・哲学者・社会主義運動家。『資本論』(1867)。——151, 323

マーロウ、クリストファー　Christopher Marlowe (1564–93)　イギリスの劇作家、詩人。——81

マロック、W. H.　W. H. Mallock (1849–1923)　イギリスの作家、哲学者。政治的に

は保守主義を、信仰の点では正統派の立場を貫き、無神論、社会主義を批判した。小説『旧体制の変容』(1886)。──182

マン、トーマス　Thomas Mann (1875–1955)　ドイツの作家。ヒューマニズムの立場から一貫してナチスを批判。38年、アメリカに帰化。第二次大戦後はスイスに定住。『魔の山』(1824)、『ファウスト博士』(1947)、短編小説『ヴェニスに死す』(1912)。──86, 174, 332, 358, 373

『マンチェスター・ガーディアン』　The Manchester Guardian　イギリスの新聞。1821年、ジョン・エドワード・タイラー (1791–1844) をトップとする非国教会系の人々が創刊、1880年代から1890年代にかけて、地方紙から国内外に知名度の高い新聞に発展した。1959年に『ガーディアン』に紙名が変更された。──294

ミツキェヴィッチ、アダム　Adam Mickiewicz (1798–1855)　ポーランドを代表する国民的ロマン派詩人であり、政治活動家。──10, 11

「密告者」'The Informer'　1906年に『ハーパーズ・マガジン』誌の12月号に掲載された後、1908年に「皮肉な話」('An Ironic Tale') という副題をつけて、短編集『六つの物語』に収録された。無政府主義を扱い、『密偵』や『西欧の眼の下に』の先駆的な作品。邦訳は、『コンラッド短編集』(井上義夫編訳[ちくま文庫、2010];中島賢二訳[岩波文庫、2005]に所収。──59, 190, 192

『密偵』　The Secret Agent　コンラッドの政治長編のうちの一冊であり、1907年9月にロンドンのメシューエン社とニューヨークのハーパー兄弟出版社からほとんど同時に出版された。コンラッドが『ノストローモ』を1904年に執筆して疲れ果てたのち、「無政府主義者」や「密告者」といった政治色のある短編を書く中で構想された。この長編は、「作者覚書」からうかがえるように、1894年のグリニッジ天文台爆破未遂事件から着想を得たものである。邦訳に、土岐恒二訳 (岩波文庫、1990)、井内雄四郎訳 (河出書房新社、1974) がある。──24, 25, 26, 30, 45, 49, 142, 168–203, 228, 234, 286, 331, 333, 349, 351, 363, 371, 373, 382, 384, 385, 386

『密偵』(舞台用脚色)　1907年の『密偵』を劇化した作品。はじめ4幕ものとして脚色されたが、公演に際して、3幕ものに仕立て直され、ロンドンの「アムバサダーズ・シアター」にて、1922年11月2日から11日にかけて上演された。劇という媒体の性質上、作品中の時間と場所を統一するために、構成と筋はかなり変わっている。例えば、冒頭は、ウィニーの頭の弱い弟の生活を保障するために、母親が自ら養老院へ出立する場面から始まり、結末は、夫を殺したウィニーが絞首刑をおそれて錯乱状態に陥る場面で終わっている。コンラッドのほかの劇と同様、デント社などの全集には入っていない。──30, 384

ミラー、J・ヒリス　J. Hillis Miller (1928–　)　アメリカの文芸評論家、脱構築的批評理論の第一人者。『文学論』(2002)。──174

ミル、ジョン・スチュアート　John Stuart Mill (1806–73)　経済学者・哲学者。社会民主主義、自由主義思想に多大な影響を与えた。『自由論』(1859)、『功利主義論』(1863)。──335

ミルゲイト、マイケル　Michael Millgate　カナダのイギリス・アメリカ文学研究者。──33

ミルトン、ジョン　John Milton (1608–74)　イギリスの詩人。『失楽園』(1667)。──

81

ミルナー、アルフレッド　Alfred Milner (1854–1925)　ミルナー卿。ドイツ生まれのイギリスの政治家、南アフリカ駐在高等弁務官兼ケープ総督。イギリスの帝国支配で大きな役割を演じた。——304

ムージル、ロベルト　Robert Musil (1880–1942)　オーストリアのモダニズム小説家。未完の長編小説『特性のない男』。——343, 357

「無政府主義者」　'An Anarchist'　1905年12月完成、1906年8月『ハーパーズ・マガジン』誌に連載されたのち、1908年短編集『六つの物語』に収録された。無政府主義者というレッテルを貼られたが、実際はまったくそうではない男に関する物語。のちの『密偵』に継承されてゆく原型的なアイディアが含まれている短編小説(『コンラッド短編集』中島賢二訳[岩波文庫、2005]に所収)。——59

『六つの物語』　A Set of Six　1908年8月、ロンドンのメシューエン社から出版された。「ガスパール・ルイス」「密告者」「怪物」「無政府主義者」「決闘」「伯爵」の短編6編が収められている。——142

ムファーレレ、エゼキエル　Ezekiel Mphahlele (1919–)　南アフリカの作家。評論集『アフリカのイメージ』(1962)。——295

メアーズ、C. H.　C. H. Mears　文学界に属さないコンラッドの長年の友人の一人。「青春」「闇の奥」に登場する弁護士のモデル。ステイプの『コンラッド伝』は、この弁護士のモデルを、コンラッドおよびホープと共にデューク・オヴ・サザーランド号で働いたことのある精肉商 Edward Gardner Mears (p. 70)、『オックスフォード・コンパニオン』は T. L. Mears としている (p. 162)。——83

メシューエン、アルジャノン　Algernon Methuen (1856–1924)　イギリスの出版者。1889年に Methuen & Co. (後の Methuen Publishing Ltd.) を設立。教科書出版の傍ら、キプリング、スティーヴンソン、メーテルリンクなどを出版。1906年から1915年にかけてコンラッドの作品を6編発行した。——170, 172, 179

メーテルリンク、モーリス　Maurice Maeterlinck (1862–1949)　ベルギーの詩人・劇作家。象徴派に属する。戯曲『青い鳥』(1909)。——339

メルキオーリ、バーバラ・アーネット　Barbara Arnett Melchiori　イタリアのイギリス文学者。『後期ヴィクトリア朝小説におけるテロリズム』(1985)。——181, 182

メルドラム、デイヴィッド・S　David S. Meldrum (1864–1940)　ブラックウッド・ロンドン出版社の文学部門部長・作家。コンラッドの作家としての資質を早くに認め、特に、短編集『『青春』ほか二編』と『ロード・ジム』の出版に尽力した。——55

メンケン、H. L.　H. L. Mencken (1880–1956)　アメリカのジャーナリスト・批評家・言語学者・雑誌編集者。——369

『もう一日』(劇)　One Day More　コンラッド初の劇作品。中・短編集『『台風』その他の物語』に収められている「明日」を脚色したもの。ロンドンの「ロイヤルティ劇場」にて、1905年1月25日から27日にかけて上演された。のち、『イングリッシュ・レヴュー』1913年8月号に掲載され、1917年と19年には限定版が出版されたものの、ハイネマン版、メダリオン版、デント版の全集には含まれていない

(『もう一日』小津次郎訳［白水社、1954］)。——242
モーザー、トマス・C　Thomas C. Moser　アメリカのイギリス文学者。『ジョウゼフ・コンラッド——達成と衰退』(1957)。——29, 234, 235
モーパッサン、ギイ・ド　Guy de Maupassant (1850–93)　フランスの小説家。ノルマンディの農民の生活、都会の小市民の生活、上流の社交界などさまざまな題材を、的確な言葉を用いて厭世的な傾向の強い小説を書いた。コンラッドは特に『ベラミ』(1885)、『ピエールとジャン』(1888) を愛読した。——37, 47, 48, 61, 66, 79, 270, 333, 337, 358
モーム、W・サマーセット　W. Somerset Maugham (1874–1965)　イギリスの小説家。『人間の絆』(1915)、『月と六ペンス』(1919) など。——369, 382
モラヴィア、アルベルト　Albert Moravia (1907–90)　イタリアの小説家・評論家。——373
モレル、E. D.　E. D. Morel (1873–1924)　イギリスのジャーナリスト、コンゴ改革運動のメンバー。『赤いゴム』(1906)。——94, 295, 313, 324–25

〔ヤ　行〕

「闇の奥」　'Heart of Darkness'　1899 年 2 月に『ブラックウッズ・エジンバラ・マガジン』誌に掲載された後、1902 年『「青春」ほか二編』に収録される。この中編の下地には、コンラッド自身が 1890 年 7 月〜12 月にベルギー領コンゴにて船長として雇われた (実際には船の指揮はしなかった) さいの、植民地主義体験があるとされる。物語はマーロウが大陸奥地で象牙貿易商人クルツと会ったさいの衝撃を 4 人の友人たちに昔語りするという体裁をとる。邦訳に、中野好夫 (岩波文庫)、岩清水由美子 (近代文芸社)、藤永茂 (三交社)、黒原敏行 (光文社古典新訳文庫) がある。——11, 23, 46, 54, 56, 58, 61, 62, 64, 70, 72, 77–105, 107, 115, 116, 124, 132, 139, 237, 238, 273–74, 276–80, 282, 289, 291, 294, 301, 305, 311–14, 318, 323, 324, 331, 333, 335, 339, 343–49, 352, 363, 366, 372, 373, 378, 381, 385
ヤング、ガヴィン　Gavin Young (1928–2001)　イギリスのジャーナリスト・旅行家。『コンラッドを探して』(1991)。——384

ユゴー、ヴィクトル　Victor Hugo (1802–85)　フランスのロマン主義の詩人・小説家・劇作家。『レ・ミゼラブル』(1862)。——12, 18, 67, 338
ユング、C. G.　C. G. Jung (1875–1961)　スイスの心理学者・精神医学者。人間の性格を内向型と外向型に分類し、これを神話、伝承の解明に適用しようとした。著『無意識の心理学』(1912)、『心的類型』(1921) など。——86, 331, 345

〔ラ　行〕

ライト、ウォルター・F　Walter F. Wright (1912–　)　アメリカのイギリス文学者。『ジョウゼフ・コンラッドにおけるロマンスと悲劇』(1949)。——234
ラウベ、ホルスト　Horst Laube (1939–　)　ドイツの劇作家。——384
ラウリー、マルカム　Malcolm Lowry (1909–57)　イギリスの小説家。——373
「ラグーン」　'The Lagoon'　→　「潟《せき》湖《こ》」
ラーゲルクランツ、オーロフ　Olof Lagercrantz (1911–2002)　スウェーデンの作家・批評家。——381

ラシュディ、サルマン　Salman Rushdie (1947–　)　インド出身、イギリスの作家。『悪魔の詩』(1988)、『想像の祖国』(仏語 1991, 英語 1992)。——295

ラス・カサス、バルトロメ・デ　Bartolomé de Las Casas (1474–1566)　スペインの宣教師・歴史家。コロンブスの第三次航海に加わった。インディオの奴隷化に反対し、「インディオの使徒」と呼ばれる。——139

ラッセル、バートランド　Bertrand Russell (1872–1970)　イギリスの数学者・哲学者・社会思想家。オットリーン夫人、コンラッドとの関係については、R. L. クラーク の『ラッセル伝』(1976) に詳しい。1950 年ノーベル文学賞受賞。——30, 31

ラッフルズ、トマス　Thomas Raffles (1781–1826)　イギリスの植民地行政官、シンガポールの建設者。『ジャワ史』(1817)。——301

ラドクリフ、アン　Ann Radcliffe (1764–1823)　イギリスの小説家。ゴシック小説『ユードルフォ城の秘密』(1794)。——81

ラードナー、リング　Ring Lardner (1885–1933)　アメリカの作家・ジャーナリスト。『メジャーリーグのうぬぼれルーキー』(1916)。——370

ラルボー、ヴァレリー　Valéry Larbaud (1881–1957)　フランスの小説家・評論家。——368

ランズベリー、ジェイムズ　James Lansbury (1935–　)　イギリスの作家。小説『コジェニョフスキ』(1992)。——376–77

ランボー、アルテュール　Arthur Rimbaud (1854–91)　フランスの詩人。象徴派の偉大な異端者。——339

リーヴィス、F. R.　F. R. Leavis (1895–1978)　イギリスの批評家、ケンブリッジ大学准教授《リーダー》。『偉大な伝統』(1948) の中で、リーヴィスはジェイン・オースティン、ジョージ・エリオット、ヘンリー・ジェイムズ、D. H. ロレンスと並んで、コンラッドをイギリス小説の偉大な伝統の担い手として位置づけ論じている。——128, 149, 235, 323

リカード、デイヴィッド　David Ricardo (1772–1823)　イギリスの経済学者。『経済学および課税の原理』(1817)。——151

『陸と海の間《あわい》に』　*'Twixt Land and Sea*　1912 年出版の短編集。「秘密の共有者」「運命の微笑」「七つ島のフレイア」を収録。——30

リード、キャロル　Carol Reed (1906–76)　イギリスの映画監督。イギリス・1968 年、『オリバー！』でアカデミー賞受賞。『文化果つるところ』(1951)、『第三の男』(1949)。——87, 385

リード、ハーバート　Herbert Read (1893–1968)　イギリスの詩人・批評家。——367

リヴィングストン、デイヴィッド　David Livingstone (1813–73)　スコットランドの宣教師・アフリカ探険家。『アフリカ探検記』(1857)。——180, 181

リチャードソン、ドロシー　Dorothy Richardson (1882–1957)　作家・画家。小説における「意識の流れ」の手法の創始者。——296, 297

リルケ、ライネル・マリア　Rainer Maria Rilke (1875–1926)　プラハ生まれのオーストリアの抒情詩人。——332

リンドクィスト、スヴェン　Sven Lindqvist (1932–　)　スウェーデンの作家。——381

ルイス、ウィンダム　Wyndham Lewis (1882–1957)　イギリスの作家・画家・批評家。アメリカで生まれたが、ほとんどヨーロッパで過ごした一種の世界人。急進的芸術運動「渦巻き主義」の指導者。エズラ・パウンドと共に季刊雑誌『突風』(1914–15) を編集した。小説『ター』(1918)、『神をまねる猿』(1930)、評論『芸術を持たない人々』(1934)。――342, 343, 344
ル・カレ、ジョン　John Le Carré (1931–　)　イギリスの小説家。スパイ小説で有名。――382–83
ルサージュ、クローディン　Claudine Lesage　フランスのコンラッド研究家。――138
ルソー、ジャン=ジャック　Jean-Jacques Rousseau (1712–78)　フランス啓蒙期の思想家・作家。『社会契約論』(1762)、『告白録』(1782)。――195
ルーテ、ヤコブ　Jakob Lothe (1950–　)　ノルウェーのイギリス文学者。『小説と映画における語り』(2000)、『コンラッドの語りの方法』(1989)。――174

レヴィ=ストロース、クロード　Claude Lévi-Strauss (1908–2009)　フランスの人類学者。――86
レオポルド二世　Leopold II (of Belgium) (1835–1909)　ベルギー国王 (在位 1865–1909)。スタンリーにコンゴ開発を援助して、1882 年「コンゴ国際協会」を設立、1885 年コンゴ地方が協会の領有として国際的に認められると、「コンゴ自由国」は王の私領地となった。――78, 299, 313, 317
レノルズ、スティーヴン　Stephen Reynolds (1881–1919)　イギリスの小説家。小説『貧乏人の家』(1908)。――31, 368
レンツ、ジークフリート　Siegfried Lenz (1926–　)　ドイツの作家。短編小説「燈台船」(1960)。――373

ロア・バストス、アウグスト　Augusto Roa Bastos (1917–2005)　パラグアイの小説家。――381
ローグ、ニコラス　Nicolas Roeg (1928–　)　イギリスの映画監督、撮影監督。『真・地獄の黙示録』(1994) など。――85
ロジャーズ、ブルース　Bruce Rogers (1870–1957)　帆船ジョウゼフ・コンラッド号の船首像としてコンラッドの木彫り胸像をつくった。――366
ロセッティ、ヘレン　Helen Rossetti　フォード・マドックス・フォードのいとこ。――173
ローゼンフィールド、クレア　Claire Rosenfield (1930–97)　アメリカのイギリス文学者。『蛇の楽園』(1967) はコンラッドの政治小説論。――207
ロック、ジョン　John Locke (1632–1704)　イギリスの哲学者・政治思想家。経験論および啓蒙思想の創始者とされる。『悟性論』(1690)。――151
ロッジ、ヘンリー・カボット　Henry Cabot Lodge (1850–1924)　アメリカの政治家・歴史家。――145, 146
ロティ、ピエール　Pierre Loti (1850–1923)　フランスの海軍将校で 19 世紀末から 20 世紀初頭にかけて活躍した作家。――18, 339
『ロード・ジム』 *Lord Jim*　1898 年ごろに構想されたのち、1899 年 10 月から 1900 年 11 月にかけて『ブラックウッズ・エジンバラ・マガジン』に掲載された。単行本は、イギリスでは 1900 年 10 月 9 日に『ロード・ジム――ある物語』としてブ

ラックウッド社から、アメリカでは 1900 年 10 月 31 日に『ロード・ジム——ある
ロマンス』としてダブルデイ社から出版された。邦訳に、小野協一訳『ロード・
ジム』[八潮出版社、1965]、鈴木建三訳[講談社文芸文庫〈上・下〉、2000];柴田
元幸訳 (『世界文学全集 3』[河出書房新社、2011] がある。——23, 46, 49, 52, 55,
61, 64, 71, 72, 106–35, 144, 221, 234, 236, 237, 238, 239, 268–69, 273, 280–83,
289, 290, 307, 314–16, 317, 318, 325, 333, 334, 351, 352, 358, 365, 371, 373,
378, 383, 385, 386, 387

ロバーツ、アンドルー・マイケル　Andrew Michael Roberts (1958–)　イギリスの
イギリス文学者。『ジョウゼフ・コンラッド』(1998)、『コンラッドとマスキュリ
ニティ』(2000)。主にジェンダーの観点からコンラッドの作品を論じている。——
244, 247, 250

ロレンス、D. H.　D. H. Lawrence (1885–1930)　イギリスの作家。現代文明社会で人
間の幸福を可能にするのは原始的性本能であるという「性の哲学」を打ち立てた。
『息子と恋人』(1913)、『チャタレイ夫人の恋人』(1928)。——88, 332, 335, 338,
343, 345, 350, 353–54

ロレンス、T. E.　T. E. Lawrence (1888–1935)　イギリスの軍人、考古学者。イギリ
スの国策に沿って、オスマン帝国に対するアラブ人の反乱を支援し、「アラビアの
ロレンス」と呼ばれた。——387

ロンドン、ベット　Bette London　アメリカのイギリス文学者。——90

ロンブローゾ、チェーザレ　Cesare Lombroso (1836–1909)　イタリアの精神科医・
犯罪人類学者。『犯罪人論』(1876)。——78, 195

〔ワ 行〕

ワイダ、アンジェイ　Andrzej Wajda　→　ヴァイダ

ワイリー、ポール　Paul Wiley　アメリカのイギリス文学研究家。『コンラッドの人間
尺度』(1954) で、コンラッドの初期小説は「世捨て人」、中期小説は「扇動者」、
後期小説は「騎士」が特徴的に描かれている、と論じている。——234, 244, 245

ワイルド、オスカー　Oscar Wilde (1854–1900)　アイルランド生まれのイギリスの劇
作家・小説家・詩人。『ドリアン・グレイの肖像』(1891)。——79, 374

『わが生涯と文学』　Notes on Life and Letters　コンラッドが 1898 年から 1920 年にか
けて折々に書いたエッセイ、評論などのノンフィクションを、リチャード・カー
ルが委託されてまとめたもの。1921 年に出版された。——10, 176, 185, 186, 199,
339

ワッツ、セドリック　Cedric Watts　イギリスのイギリス文学研究家。『コンラッド入
門』(1982、改訂版 1993)、『ジョウゼフ・コンラッド——文筆生活』(1989)。——
112, 149

ワット、イアン　Ian Watt (1917–1999)　イギリス生まれの文芸評論家。『小説の勃興』
(1957)、『十九世紀におけるコンラッド』(1979)。——13, 128, 137, 207, 270, 279,
282, 283, 300

重要文芸用語解説

曖昧、曖昧性　ambiguity　語句や表現が2つ以上の意味を持つこと。両義性。多義性。文学研究では、肯定的な含意をもつ語として使われることが多い。ウィリアム・エンプソンは『曖昧の七つの型』（1930）で「一つの表現に対していくつかの可能な反応の余地があるとき、言葉のもつそのようなニュアンス」を「曖昧」と呼んでいる。

アイロニー　irony　見かけと現実の相違が認識され、そこから生じる皮肉をいう。反語法、逆説的手法。アイロニーには3つのタイプがある。1つは、表面の意味とは反対の気持ちをことばの裏に含ませる表現法としてのアイロニーである。コンラッドが短編「進歩の前哨所」において怠け者で無能な二人の主人公を「交易と進歩の二人の開拓者」と呼んでいるのは、その一例である。2つ目はソクラテス的アイロニーと呼ばれるもので、話者が相手の意見を大げさに受け入れるふりをしながら、結果としてその意見の矛盾を衝き相手を窮地に追い詰める手法である。3つ目は「ドラマティック・アイロニー」と呼ばれるもので、舞台上の役者（小説では登場人物）が気づいていない現象を観客（読者）が気づいているようなときに生じる皮肉をいう。

語りの焦点化　narrative focalization　フランスのジェラール・ジュネットの提唱した概念。「焦点化」ということばで、「眺める」という行為を規定した。

語りのパースペクティブ、語りの遠近法　narrative perspective　語り手の視点からの空間的・時間的展望のこと。

還元（主義）的な、（過度に）単純化する；還元主義、（過度な）単純化志向　reductive; reductiveness　文学作品が本来的に有している複雑な意味を可能なかぎりすべて探求し明らかにするのではなくて、その意味を単一化・単純化して作品を解釈しようとする傾向をいう。作品に対する「還元的」解釈は、作品を、たとえば、個人的動機、精神的欠陥、民族的・社会的意識、神話的原型のような要素の産物とみなすような解釈である。

間接的な語りの手法、語りの間接性　oblique narrative convention [method, technique] / narrative obliquity　入れ子構造の物語に見られるような語りの手法。作者が、全知の語り手のみの語りに拠らず、さまざまな語り手をもちいて、一つのストーリーを別のストーリーの中に組み込んだり、一つの声を別の声の中に埋め込んだりする語りの話法。たとえば、「闇の奥」では、語り手マーロウの語るメイン・ストーリーは、匿名の語り手によって、読者に物語られる。この手法により、作者コンラッドとメイン・ストーリーとのあいだに一定の距離が保たれている。なお、indirect narration も「間接的な語り」の意味で使うが、oblique narrative のほうは、「間接的で曖昧性を強調した語り」というニュアンスが入る。

錯時法　achronological technique　物語論のジェラール・ジュネットの用語。出来事の順番を入れ替えて叙述する技法。後説法（過去の回想場面を語りのなかに組み込む手法）と先説法（未来の事柄・出来事を先取りして語る手法）がある。

時系列（時間軸）を寸断する技法　disrupted chronology　過去・現在・未来と、時系列

に沿って物語を展開するのではなく、時系列を崩したり、さまざまに入れ替えたりする技法。物語を展開するのに、現在から過去へ遡る形をとったり、2つの時系列を同時進行させる形をとったり、あるいは時系列の順番をあちこち移し変えたりする形をとる。

修辞批評　rhetorical cricism　読者との特定の関係を進展させるために作家が「語り手」に与える手法という観点から文学を分析した1960, 70年代の文学批評。アメリカのウェイン・ブースの小説研究『フィクションの修辞学』(1961) が先鞭をつけた。

先説法　anticipation　ジェラール・ジュネットの用語。未来の事柄・出来事を先取りして語る手法。これにより、読者に期待をもたせることができる。

タイム・シフト　time-shift　時系列の移動、時間軸のずらし。時系列の順番を入れ替える技法。すなわち、ストーリーを時系列に沿って順次展開するのではなく、ストーリーの中心となる過去を起点に、ストーリーをさらに過去 (大過去) へ後退させたり、過去における未来へと飛躍前進させたりする技法。この技法によって、伏線を張ったり、物語を面白く盛り上げたりすることができる。

遅延解読　delayed decoding　イアン・ワットの考案した造語。一つの感覚的印象を提示し、後《あと》までそれに名前を与えたりそれの意味を説明したりしないでおく小説の技法。これにより読者を観察者が何かを知覚したまさにその瞬間の意識に直接引き入れ、後にその知覚を引き起こした原因が説明される。平たく言えば、種明かしを先送りする技巧のこと。

二重人間　*homo duplex* (ホモ・ドゥプレックス)　相反する価値観に引き裂かれた人間。コンラッドについてこの言葉を用いる場合には、イギリスとポーランドの両国に原点を持つ人間、あるいは革命主義の伝統と保守主義の伝統、騎士道精神の伝統と平等主義の伝統、ロマン主義の伝統と実用主義の伝統とのあいだをさまよう人間という意味で使われる。

フォルマリズム　formalism　1917年ごろにはじまったロシアの文学運動。芸術における形式、様式、手法を重視し、芸術の社会的・政治的・哲学的な側面を考慮からはずした。ヴィクトル・シクロフスキらのフォルマリストは芸術作品をその形式的手法からもっぱら評価した。文学の言語は日常の言語とは異なり、批評家の仕事はこの「文学性」を明確にすることである、というのがフォルマリズム批評の最重要の信条である。

分身技法　doubling　「分身《ダブル》」(ドイツ語「ドッペルゲンガー (Doppelgänger)」) をモチーフにした小説はドイツ・ロマン派の作家アーデルベルト・フォン・シャミッソー、E.T.A. ホフマンらを皮切りに19世紀に西欧に流行した。19世紀後半、科学的 (実験) 心理学として現代心理学が誕生して、実生活上の「多重人格」という症状への関心が高まり、現代人の自我の分裂という問題がしばしば取り上げられるようになると、この種の小説がますます盛んになった。「分身」技法は、個人の内部にある相容れない衝動を対象化する方法である。エドガー・アラン・ポー「ウィリアム・ウィルソン」、ドストエフスキー「分身」、ロバート・ルイス・スティーヴンソン『ジーキル博士とハイド氏』、オスカー・ワイルド『ドリアン・グレイの肖像』などが有名。

ペルソナ　persona, personae　ラテン語の「仮面」から来た語。① 劇・小説などの登場人物。また、文学作品の語り手。たとえば、T. S. エリオットの詩「プルーフロッ

ク」、ドストエフスキーの小説『地下生活者の手記』において、ストーリーを語る「わたし」は（必ずしも）作者ではなく、作者自身が投影された「ペルソナ」である。② ペルソナ、仮面：C. G. ユングの心理学で、おもて向きの人格。個人の内面的個性を表わすものではない。

明暗対照（技）法　chiaroscuro（キアロスクーロ）　イタリア語。絵画において、光と影の明暗の段階的対比によって立体感を表す方法。明暗法。明暗効果。（三省堂『大辞林』）

モチーフ　motif　物語・音楽・美術などで、創作の動機となった主要な題材・思想・イメージ・エピソードなど。

枠構造の［をそなえた］語り　frame narrative　枠小説、枠物語、額縁小説ともいう。物語の中にさらに物語を埋め込むかたち。